KB083562

정비석 문학 선집

단편소설

지은이 정비석(鄭飛石, Bi-seok Jeong)_1911년 5월 21일 평안북도 의주에서 출생했다. 정비석의 본명은 서죽(瑞竹)으로, 니혼대학 문과에서 수학하였다. 1935년『매일신보』신춘문예에 콩트「여자」가 당선된 이후, 1936년「졸곡제」(『동아일보』), 1937년「성황당」(『조선일보』), 1938년「애증도」(『동아일보』)가 신춘문예에 연달아 당선되면서 본격적인 작품 활동을 전개했다. 1950년대 '『자유부인』 논쟁'은 그에게 대중소설가라는 이미지를 심어 준 사건이었다. 그러나 그는 대중의 감정구조에 호소하는 애정의 문제뿐만이 아니라 고향이나 전통의 정서를 정감 있는 언어로 재현하는 한편, 현실에 기투하는 주체의 문제를 심도 있게 다루었던 작가였다. 50년대 이후『명기열전』,『민비』등 역사소설로 작품 경향을 전환하여 80년대 말까지 작품 활동을 하였다. 소설『청춘의 윤리』,『여성전선』,『자유부인』,『산유화』, 수필집『비석과 금강산의 대화』,『노변정담』,『나비야 청산가자』, 평론집『소설작법』등이 있다.

엮은이 김현주(金鉉珠, Hyun-ju Kim)_연세대학교 국어국문학과 및 동 대학원을 졸업하고 문학박사 학위를 받았다. 현재 한양대학교 기초·융합교육원 교수로 재직 중이며, 대중서사학회 회장을 맡고 있다. 저서로는『대중소설의 문화론적 접근』,『마인』(편저),『역사소설이란 무엇인가』(공저),『페미니즘은 휴머니즘이다』(공저),『여원 연구』(공저),『1970년대 문학 연구』(공저) 등이 있으며, 논문으로는「아프레걸의 주체화 방식과 멜로 드라마적 상상력의 구조」,「구활자본 소설에 나타난 '가정담론'의 대중 미학적 원리」,「『제국신문』에 나타난 혼인제도와 근대적 파트너십」,「1950년대 잡지『아리랑』과 명랑소설의 '명랑성' 연구」등이 있다.

정비석 문학 선집 1 단편소설

초판 인쇄 2013년 1월 5일 **초판 발행** 2013년 1월 15일
지은이 정비석 **엮은이** 김현주 **펴낸이** 박성모 **펴낸곳** 소명출판 **출판등록** 제13-522호
주소 서울시 서초구 서초동 1621-18 란빌딩 1층
전화 02-585-7840 **팩스** 02-585-7848 **전자우편** somyong@korea.com **홈페이지** www.somyong.co.kr

978-89-5626-776-0 04810
978-89-5626-775-3 (세트)

값 38,000원

70년대 중반, 서재에서 집필 중인 정비석

한국전쟁 중 종군작가로 참여한 정비석. 맨 오른쪽은 작가 박영준

한국전쟁 종군작가 시절의 정비석. 오른쪽에서 세 번째는 평론가 백철

작가 모윤숙(가운데)과 함께

1950년대 후반, 영화 〈자유부인〉의
출연 배우였던 이민과 함께

평론가 김팔봉(오른쪽)과 함께

1957년 소설 『산유화』가 영화로 만들어질 때 출연진들과 함께한 정비석

60년대 초반, 서재에서
영화배우 김지미와 함께한 정비석

영화배우 전계현(가운데)과 함께한 정비석

문인들의 모임에서 조경희, 전숙희, 박화성 등과 함께

1960년 말, 후암동 자택에서의 망중한을 즐기는 작가 정비석

낚시대를 늘이고도 作品 構想에 餘念이
암놈이 물리면 女主人公 — 숫놈이 걸리
男主人公으로 …. .

고기를 낚으며 작품 구상 중인 정비석.
이 사진 뒤에 누군가 "낚시대를 늘이고도 작품 구상에 여념이.
암놈이 물리면 여주인공 – 숫놈이 걸리면 남주인공으로……" 라고 써 놓았다.

『자유부인』 삽화를 그리면서 인연을 맺어,
오랫동안 동료이자 정비석 소설의 삽화를
전담했던 김영주 화백과 함께한 정비석

청와대 모임에서. 가운데가 정비석. 오른쪽 끝이 육영수 여사.

대한제국 마지막 황위 계승자였던 영친왕(가운데)과 이방자 여사와 함께한 정비석

화가인 운보 김기창 등과 모임을 가졌던 정비석.
사진 뒷면에는 ‘정비석 선생 혜존. 운보 증’이라는 운보의 글씨가 인상 깊다.

70년대 중반, 서재에서 집필 중인 정비석

1970년 초, 후암동에서 동부이촌동 한강맨션으로
이사한 직후 자택에서

1980년대, 70대의 정비석

부인 박정순 여사와 함께

말년의 가족 모임. 좌측부터 차남 남수, 삼남 춘수, 둘째 사위 최상홍, 손자 최석훈, 정비석, 장남 천수.

1988년 문화 훈장을 받는 자리에서. 왼쪽은 큰며느리 오른쪽은 차녀 은혜

1983년 소설 『손자병법』 출간 당시의 정비석

1991년 정비석의 천안 공원묘지 모습. 14년 뒤인 2005년 부인 박정순 여사도 정비석과 함께 이곳에 안장했다.

단편소설

정비석 문학 선집 1

A Literary Collection of Bi-Seok Jeong

정비석 지음 / 김현주 엮음

일러두기

1. 이 책은 정비석의 소설을 모아 간행한 『정비석 문학 선집』이다.
2. 작품의 배열은 발표순을 원칙으로 하였으며, 출전은 각 권 말미에 '수록 작품 목록'을 따로 두어 밝혔다.
3. 일본어로 창작된 작품은 작품 말미에 (일문 번역)이라고 표시하였다.
4. 표기법은 원문을 그대로 수록하는 것을 원칙으로 하였다. 그러나 오기가 분명한 경우는 바로 잡았고, 오늘날 독자가 의미를 파악하기 어려운 어휘나 설명을 필요로 하는 부분은 각주로 처리하였다.
5. 띄어쓰기는 현대어 표기법에 따라 교정하되, 국립국어원의 표준국어대사전을 기준으로 삼았다.
6. 한자는 괄호를 사용하여 한글과 병기하였다. 한글의 음과 동일한 경우는 ( )로, 다를 경우는 [ ]로 표기하였다.
7. 대화 · 인용은 " ", 생각 · 강조는 ' ', 시 · 소설은 「 」, 단행본 · 신문 · 잡지는 『 』, 영화 · 가요 등은 〈 〉로 통일하였다.
8. 원문 해독이 어려운 글자는 □로 표시하였다.
9. 정비석의 전체 작품 연보와 연구 목록은 『정비석 문학 선집』 마지막 권에 수록될 예정이다.

『정비석 문학 선집』을 펴내며

소설가 정비석은 1935년 『매일신보』 신춘문예에 「여자」, 1936년 『동아일보』 신춘문예에 「졸곡제」, 1937년 『조선일보』 신춘문예에 「성황당」, 1938년 『동아일보』 신춘문예에 「애증도」가 연속적으로 당선되면서 혜성같이 등장한다. 그가 문단에 등단하여 활동한 시기는 김동리나 서정주의 활동 시기와 맞물려 있다. 그럼에도 정비석은 『자유부인』, 「성황당」 등에서 애욕의 관계를 주로 다룬 작가이자 『명기열전』, 『손자병법』 등을 히트시킨 대중 역사물 작가로 널리 알려져 있었다. 최근에 탈식민주의적 입장에서 정비석의 친일문학이 연구의 대상이 되기도 하였지만, 정비석이라는 작가는 학계에서 새로운 조명이나 관심의 대상이 되지는 못했다.

정비석 선생 탄생 100주년을 맞이하여, 2009년경 내가 활동하는 '대중서사학회'에서 '정비석 소설의 총체적 조명'이라는 기획 아래 세미나 팀이 꾸려졌다. 2년여 동안 30여 편의 정비석의 중 · 장편소설을 읽었고, 그 결과 2011년 10월 22일 서강대학교에서 '정비석의 문학세계와 위상, 대중적 소비의 메커니즘' 이라는 주제로 학술 대회를 개최하여, 여기에서 그의 문학을 초기소설부터 대중 역사물까지 총체적으로 되돌아보게 되었다. 이 학술 대회에서 나는 정비석의 초기 단편소설 연구를 발표하기로 하고, 작품을 모으고 검토하기 시작했다. 그런데 단편소설의 분량이 결코 적지 않다는 사실과 장편과는 다른 예리한 문학적 성취와 미학이 있다는 사실을 발견하면서, 우리 문학사에 새롭게 보충할 귀중한 자산을 발견한 듯한 희열과 감동을 느꼈다. 이때 발표한 논문을 약간 수정한 것이 1권 말미에 실린 「정비석 초기 소설에 나타난 애정의 윤리와 주체의 문제」이다.

정비석 소설, 특히 단편소설이 그 동안 제대로 주목 받지 못했던 것은 그의 작품이 대중문학이라는 편견이 지배적이었기 때문이다. 또한 이광수, 김동리, 김동인, 박계주, 김내성 등 대부분의 작가들의 작품이 50년 이후 문학 전집으로 출간되었지만, 유독 그의 작품만은 예외였다. 단지 1948년에 「성황당」, 「졸곡제」, 「애증도」 등 3편의 단편소설만을 모아 『성황당』으로, 그 후 「냉혈 동물」 등 3편을 첨부하여 『모색』 또는 『서북풍』이란 제목의 단행본으로 출간되었을 뿐이다. 1950년 전후 문학사에서 수용될 수 있는, 특정한 경향의 극히 적은 작품만이 독자에게 제공된 것이다. 150편이 넘는 그의 단편소설들은 대중과 학계에서 잊히고 낡은 저널 속에 이름 없이 묻히고 말았다.

나는 탄생 100주년 기념 연구 논문을 발표하고 나서, 선생님의 단편소설의 가치와 문학사적 의의를 기억하고 확대해 보고 싶다는 소망을 갖게 되었다. 단편소설 선집을 편찬하고자 유족을 수소문했고, 다행히 선생님의 손자인 정인관 군(회고록 집필자)을 만나게 되었다. 이제까지 한 번도 편찬된 적이 없는 선생님의 문학 선집 출간에 관해 신중하게 논의했다. 개인적으로 정인관 군은 1989년 전후 내가 대학

원 시절에 과외로 만난 학생이다(이제는 군이라고 부르기에는 약간 어색할 정도로 훌쩍 나이가 든 제자이다). 그 시절 내가 정인관 군의 집에서 뵈었던 정비석 선생님은 돌아가시기 1~2년 전으로, 외부 활동을 전혀 못 하실 때였다. 그럼에도 불구하고, 「고고」에 나오는 춘파 선생처럼 꼿꼿한 총기를 잃지 않으셨던 모습이 눈에 선한다. 그 우연한 만남으로 나는 대중소설 연구자로서 나의 학문적 지향을 결심하게 되었는지도 모른다. 어쨌든 유족들께서는 이미 친일의 문제까지도 역사와 문학사의 판단에 맡기는 대승적인 입장에 서 있었고, 출간할 수 있도록 흔쾌하게 동의해 주셨다. 전집의 모든 편집권을 나에게 일임하셨을 뿐만 아니라, 어려운 출판 환경을 고려하여 저작권도 양해해 주셨다. 그 후 소명출판의 박성모 사장님께 정비석 문학 선집의 출간을 제의하였고, 사장님 역시 흔쾌하게 출간 동의를 해 주셨다.

이렇게 출판을 확정하고 그동안 모았던 자료를 다시 추리고, 보충할 자료를 찾아 돌아다니는 고달픈 과정을 거치면서 나는 잠시 출간을 기획한 나의 열정을 후회하기도 하였다. 왜냐하면 고구마 줄기에 고구마 씨알이 무수히 달리듯 여기저기 저널에 선생님의 작품이 산재해 있었고 그 양도 엄청났기 때문이다. 어렵게 작품을 모아 선집 수록 목록을 만들고 초벌 입력을 출판사에서 맡기고, 출간되기까지 약간의 여유를 가지려 했다. 그러나 그런 여유로움을 채 누리기도 전에, 교정 과정에서 또 한 번의 난제에 봉착했다. 작품 입력 원칙에 관한 것이었다. 독자들의 가독성을 높이기 위해 현대어로 바꿀 것인가, 아니면 원본의 고유성을 확보하기 위해 그대로 수록할 것인가, 또는 둘을 절충하여 몇 가지 원칙을 정해 부분적으로 바꿀 것인가 하는 문제였다. 이것은 이 책의 출간 목표와 예상 독자를 정하는 문제였고, 결국 고민 끝에 띄어쓰기만 수정하기로 결정했다. 왜냐하면 선생님의 소설에 자주 사용되는 평안도 지역 언어를 현대 표준어로 바꾸면 향토적 서정의 흔적들이 소실되기 때문이다. 전숙희 선생의 교우록인 「평생 친구 비석 선생」(『동아일보』, 1984.1.24)에서도 전하듯이, 선생님은 일상생활에서 '지독한 평안도 사투리'를 쓰셨고 이것이 소설에 그대로 녹아들어 있었다. 또한 현대어의 원칙과 다른 접미사나 합용병서 등도 그대로 실었는데, 이는 고어가 품어 내는 감칠맛과 선생님의 문학적 흐름을 연구하는 중요한 자료가 되기 때문이다. 특히 소설 속에 사용된 표현이나 표기법이 그대로 우리말의 저장고이고 이런 말의 쓰임이 우리말의 경계를 확장시킬 것이라고 판단했기 때문이다. 따라서 이 선집은 선생님의 소설 원본을 그대로 수록하되 띄어쓰기와 정확한 오기만을 수정하였다. 그러므로 소설 원본을 오류 없이 수록하기 위해 오히려 더 많은 심혈을 기울여야 했고, 여러 사람을 동원하여 여러 번의 대조 작업을 거쳐야만 했다.

이 선집은 등단 후부터 1950년대까지 선생님의 소설들을 모아 발표 시기에 따라 순차적으로 수록할 계획이다. 우선 등단 이후 해방 전의 단편소설을 1, 2권으로, 해방 이후 한국전쟁 이전인 해방기까지의 단편소설을 3권으로 출간한다. 「성황당」 뿐만 아니라, 일제 말에 창작된 한글 소설인 「한월」, 「추야장」, 「김첨지」 등의 작품을 보면, 한글의 아름다움과 고향과 전통의 정서가 잘 어우러져 있는 것을 발견할 수 있다. 애욕의 세계만을 그린 대중 작가 정비석이 아니라, 고향의 정서와 삶의 윤리를 그리워하면서 동시에 민족적인 정서와 민족의 공통 기억을 구성하는 작가 정비석의 소설적 지평을 새롭게 발견할 수 있다. 물론 여기에는 일제 강점기에 일본에 동조적인 내용을 담은 일본어 소설도 번역하여 같이 수록하였다. 이들 일본어 소설은 주로 동아 협동체를 역설하는 내용이지만, 문학적 정서와 지향성의 또 다른 지평을 맛볼 수 있다. 앞으로 전쟁기와 전후인 1950년대 단편소설을 모아 출간할 것이며, 중 · 장편소설 몇 편을 보충하여 완간할 예정이다.

선생님의 작품을 집대성하여 문학 선집을 출간하는 거대한 일은 많은 사람들의 도움으로 가능했다. 출간을 허락해 주신 정천수 선생님을 비롯한 유족 여러분, 특히 유학을 앞두고 경황없는 와중에도 회고록 집필은 물론이고 다른 유족들을 만나 출간을 상의하고 선생님의 사진 등 여러 자료를 수집해 주었던 정인관 군에게 깊은 감사의 인사를 전한다. 그리고 열악한 출판 환경 속에서도 선집 출간을 흔쾌히 허락해 준 소명출판 박성모 사장님, 공홍 부장님 등 출판사 식구들에게도 이 자리를 빌어 고마움을 전한다.

또한 선집 2권의 편집을 맡는 한편 일본어 소설을 발굴하고 번역까지 해 준, 나와 특수한 관계인 연세대 학부대학의 진영복 교수의 수고도 기억하고 싶다. 선집 교정 과정에서 함께 애써 준 한양대 국문과 박사 과정에 있는 황성규 선생과 일본어 번역 자문을 맡아 주신 연세대 다지마 데쓰오 선생님께도 진심으로 감사드린다.

이처럼 오랫동안의 노력과 많은 사람의 도움으로 『정비석 문학 선집』을 펴내면서, 정비석 소설을 최초로 한 자리에 모았다는 긍지와 정비석 소설 연구의 새로운 전환점을 마련할 것이라는 기대를 가져

본다. 이 선집에 대해 학계의 여러 연구자들이 따뜻한 관심과 학문적 열정을 쏟아주기를 소망할 뿐이다.

2012년 8월 27일
행당동 연구실에서
김현주

『정비석 문학 선집』의 발간을 축하하며

정비석 작품들의 오랜 산일(散逸)을 생각하면, 그동안 우리 근대문학 연구가 몇몇 명망가들 위주로 이루어져 왔음을 실감하게 된다. 1937년 「성황당」이라는 문제작을 통해 깊은 숲 속에서 숯을 구우며 사는 순박한 이들의 토속적 삶을 그려낸 그는, 우리 세대에게는 오히려 저 화려체 수필 「산정무한」으로 기억되는 존재다. 지금도 금강산 어디선가 암연히 수수롭게 저물어가는 그의 마음이 번져오는 듯하다. 해방 후 크게 히트한 『자유부인』이나 『소설 손자병법』, 『소설 초한지』 등으로 그는 대중적 인지도를 높이며 동시에 자신을 향한 학문적 호기심을 가파르게 줄여갔다.

대중적 호응과 학문적 고평이 싸늘하게 반비례하는 관행의 중심에 그는 오랫동안 서 있었던 것이다. 그런데 이번에 발간되는 『정비석 문학 선집』을 통해 우리는 우리 사회의 실존적 욕망과 역사의 모순을 심층까지 들여다보려 했던 정비석 문학의 중요한 자료를 접하게 된다. 그리고 편자들의 꼼꼼하고도 성실한 자료 탐사와 재구를 통해 비로소 본격작가로서의 정비석이 새롭게 탄생하는 순간을 만나게 된다.

문학평론가, 한양대 국문과 교수

유성호

:: 차례

정비석 문학 선집

1

여자(女子)

"…… 처녀는 남자에게 대하여 녀왕과 갓치 거만하엿고 고양이와 갓치 교활하엿다. 그러나 이튼날 아츰 녀자가 자기의 단 한 가지 보배인 정조를 밧치고 나자 그는 어제까지 노예로 알든 갓튼 사내 압헤서도 양과 갓치 온순하여야 할 숙명적 운명을 깨달엇다. 녀자는 어제날 남자가 하듯이 사내 압헤서 굴복해야 할 자신을 깨달엇다. 그것은 아주 평범한 질리[眞理]엿다."

여기까지 읽고 난 영애(永愛)는 보든 책을 탁 덥퍼 노앗다. 그것은 외국 소설의 한 절이엿다.

"흥! 녀자를 막 그러케 못난이로 알든가? 얼빠진 소설가란 참말 우습지!"

영애는 혼자 이러케 중얼거렷지만 아모리 하여도 자기가 지금 당한 것 갓튼 녀자에 대한 모욕을 참을 수가 업서서 그는 책장을 다시 뒤젓다. 그리하여 이제 그 책장을 잡아 쎄여서 갈기갈기 찌저 버렷다.

"이런 늠의 책은 찌저 버려야!"

그리고 나서도 맘이 노이지 안어 초인종을 눌너 심부름 애더러 책

방에 안직 한 권 남어 잇슬 것 갓튼 그 책을 사 오라 하엿다. 영애는 그런 것을 다만 한 녀자에게도 보이고 십지 안어서 그것까지 마자 찌저 버릴 결심이엇다.

영애는 금년 열아홉 살 된 리남작의 외딸이다. 그는 공작과 갓치 화려하엿다. 그래 그는 지금 막 그 책을 읽고 나서 자기의 자존심이 깨어진 것 갓튼 불쾌로 맘이 진정되지 안엇다.

"경호!"

영애는 반사적으로 자기의 애인 경호를 생각하엿다. 경호는 리남작이 경영하는 인쇄 회사의 비서(秘書)다. 그리고 영애는 그를 무한 사랑한다.

'경호도 그런 남자일까? 아니 그이는 안 그럴 께야! 안 그리쿠말구! 흥 쏘 내가 그러케 만만하다구! 제가 내에게 어듸를…….'

영애는 이러케 생각하니 경호가 갑자기 그리워도 지고 직접 한 번 무러 보고도 십헛고 그리고 실지로 시련도 헤 보고 십헛다. 그리하여 녀자— 특히 영애 자신이 얼마나 초월한 녀성이라는 것을 알니우고도 십헛다. 영애는 곳 회사에 속달을 보냇다.

긴급한 일이 잇스니 곳 경호더러 오라는 속달이엿다. 그리고 나서 영애는 혼자서 재를 어슬넝어슬넝 거닐며 빙그레 우섯다. 충실한 개 갓치 자기 압헤 업대일 경호를 생각하고……. 한 시간 후에 경호는 불이나케 달녀왓다.

"영애 씨! 저 불으섯서요!"

경호는 공손히 머리를 숙히고 대령하엿다.

"경호 씨! 들어오세요. 분주할 턴데 곳 오섯구만오."

녀자는 사내가 너무나 충실한 데 만족하고 우섯다.

"글세 분주하지만 곳 오라기에……."

"다른 게 아니라요. 우리 내일 석왕사 갓치 가요!"

"내일이요? 내일은 목요일인데?"

"목요일이면 어째요? 응 휴일이 아니란 말이죠? 휴일이 아니면 아니지— 그럼 경호 씨는 사랑하는 녀자를 위하여 그만 희생도 못하겟단 말요?"

"아니 그런 것은 아니지만 그러케까지 곡해하시면—"

"가티 가지요!"

녀자는 녀왕과 가티 거만하엿다.

"네! 그러겟슴니다. 그럼 몃 시 차로?"

경호는 속으로 은근히 반가웟다. 사장(社長)의 쌀하고 가티 려행을 간다면 한 달 결근을 해도 목 잘니울 근심은 업는 것이 아니냐? 게다가 녀자— 그림에 쩍으로만 보고 한 번 마음것 안어 보지도 못한 영애와 가티……. 예기치 안은 호박이 쌍에서 소슨 셈이엿다.

"내일 아츰 여섯 시 전으로 와서 행구 준비를 해 주어요. 네?"

"여섯 시요. 그럼 그러겟슴니다. 다섯 시 반에 꼭 오지요."

경호는 재배하고 영애의 압흘 물너갓다. 영애는 다시 시대착오인 아까 그 외국 소설가를 비우스며 개선장군가티 만족의 미소를 씌엿다.

× ×

석왕사에서—

밤 아홉 시가 넘도록 영애는 경호를 압세우고 약수터로 절간으로 산골작이로 싸단엿다. 아모리 하여도 영애에게는 경호가 한 머리의 충실하고 령리한 개에 지나지 안엇다. 경호는 손발과 가티 영애의 의사대로 움직이엿다.

"경호 씨! 다리가 압허 죽겟서요. 좀 업어다 주지 안으려우?"

"다리가 압흐세요? 업어다 드리지요." 경호는 산골작이 돌작판에 영애를 업고 씨글씨글 갑분 숨을 쉬엿다. 영애는 다시 빙그레 우스며 남자는 참말 녀자에게 업지 못할 심복이라고 하엿다.

밤—

"경호 씨! 내 방에서 갓치 자요. 네? 혼자 무서워 죽겟서."

"글세요. 괜찬을까요?"

"호호호. 괜찬쿠말구! 못난 사내!"

영애는 자즈러지게 웃으며 경호를 끌어다가 자기 엽헤 누엿다. 그날 저녁 영애는 경호에게 정조를 주엇다.

녀자의 권세를 시련하기 위하여—

이튼날 아츰 영애는 어쩐지 서분한 기분이 생겻다. 허나 영애는 힘써 명랑해지며

"오늘 삼방 갈까?"

영애는 어덴지 안정되지 안엇다. 말이 되분하고 한편 구석이 빈 것 갓치 쓸쓸하엿다.

"삼방? 삼방은 뭣하려! 여기 당분간 잇지!"

경호의 대답에 영애는 퍽 불쾌하엿다. 자기의 의사라면 물불을 안 가리고 듯든 경호가 아니냐?

"삼방 가요!"

영애는 거이 명령적이엿다.

"글세 삼방보다 조용한 게 석왕사가 조치 안소? 나의 종달새! 여기서 오래오래 묵어갑시다."

경호는 영애를 껴안엇다. 영애는 놀내여 경호를 뿌리첫다.

지금것 한 번도 그런 무레스런 버릇이 업섯든 경호가!

"나의 종달새!"

하고 껴안다니! 경호는 완연히 영애를 자기 소유로 알고 그리고 영애의 의견은 도외시하는 반면 자기의 의견을 공공연히 주장하는 것인가?

영애는 와락 분이 털씃까지 뻐첫다.

"경호! 오늘로 우리 회사에서는 목 잘니우는 줄 알어!"

영애는 이러케 부르짓고 십엇다. 치가 바르르 떨녓다. 심장이 콩 쀠듯 하엿다. 그러나 어듸인지 자기에게는 허운한 모통이가 잇는 갓태서 영애는 혀를 꼭 깨물고 경호를 쏘아보앗다. 경호는 영애의 긴장된 얼굴에 혼자 '키쓰'를 하고 나서

"오 나의 양가티 귀여운 안해여!" 하엿다.

영애는 다시 치를 바르르 떨엇다. 그리고 속으로 '녀자란 녀자란 것은 이러케도 약한 것인가?' 하고 부르지즈며 어적게 읽은 외국 소설의 일 절을 의미 잇게 회상하고 그리고 그런 조흔 교훈을 깨닷지 못한 자신을 안타까이 뉘우첫다.

궁심(窮心)

동짓달 보름을 지난 일기는 어지간히 쌀쌀하엿다. 거리엘 나단니노라면 찬바람이 귀밋틀 단겨서 옷깃 속으로 속속드리 숨여들어 피부를 간드려지게 어여 놋는 듯하다. 그래 그런지 저녁의 종로도 그리 분잡지는 안엇다. 그리고 거니는 사람마다 두텁한 외투 속에 목을 푹 파뭇고 양손을 포켓트 속에 옴츠려트린 채 빨낙빨낙 다러나듯 한다.

태호(泰浩)도 외투 깃을 세워서 귀를 감싸고 저녁거리를 종로에서 동대문을 향하여 뚜벅뚜벅 거르며 '속 모르는 친구들은 나를 한 개의 행복된 신사로 알 께다. 허기야 나 자신으로 생각하드라도 밥이 바르게까지 궁상스러우리라고는 믿어지지 안는 판이 아니냐!' 속살로 이렇게 궁리하엿다. 사실 작년 겨울만 해도 태호는 치울 때 집에 도라가면 땃뜻한 아릇목이 기대리고 잇엇든 것이엇다. 그러기에 그는 이때껏 뼈에 사모치는 치위를 느껴 본 적은 없엇다. 밖앗은 아모리 칩드라도 십 분 혹은 이십 분만 다름박질치면 아릇굿경짓목에 요를 깔어 놓고 태호를 기대리는 안해가 귀여운 고양이와 같이 옴츠라치고 잇지 않엇느냐! 그런 것을 생각하면 태호는 그리 칩지도 않은 바람이 언만 너무나 쌀쌀하게 감각되엿다. 이 길로 그냥 거러서 집이라고 차저 드러간다야 단간 셋방 어름장같이 싸늘하고 어둑컴컴한 구석에서 바들바들 떨고 잇는 안해가 오늘도 실망의 눈으로 바라볼 것밖에 없엇다. 태호의 발거름은 천 근만치나 무거워젓다. 갈 곳만 잇으면 집에 드러가고 십지 않엇다. 자기를 원망하는 것은 아니지만 그대로 아모 말없이 실망의 빛으로 자기를 바라보는 안해의 경상이 측은하기 짝이 없기 때문이엇다. 태호는 문듯 고개를 드니 바로 건너편에 '단성사' 영화 광고가 눈에 띄엿다. 그래 태호는 현깃증 나는 것도 이저버리고 광고 사진 압헤 가서 물끄럼이 쏘아보앗다. 그리고 순간적으로 오늘 저녁 사진 구경이나 할까 하고 생각하고 나서 다시 손으로 포켓트 밑바닥을 끌거 보고 혼자 픽! 우섯다. 그는 놀낸 사람 모양으로 획 도라서서 다시 거닐며 그렇케 좋아하는 안해에게 영화 구경을 못 시키는 것도 발서 넉 달이 지낫구나 생각하엿다. 태호가 부청 고원을 떠러진 지도 발서 일곱 달이 되엿다.

태호는 지난 사월 달까지 경성 부청 고원으로 행세하엿다. 그러나 부청 고원이라는 직업이 문학에 취미를 갖이고 방종한 생활을 좋아하는 태호의 성에 찰 리가 없엇다. 태호는 늘 한번 비약할 자신을 꿈구며 그럭저럭 나흘을 보내엿다. 그러든 것이 지난 사월 어느 일요일에 동무들과 인천 월미도에 봄노리 갓다가 이튼날 결근된 것이 원인이 되여 과장과 말다툼을 하고 그 자리에서 퇴직하고 마럿다. 이리하야 태호는 벼락같이 실직당하고 말엇지만 그때는 그의 맘은 씨언하기 짝이 없엇다.

'사내자식이 한 번 낫다가 얼마나 할 일이 없어서 그런 좀된 일을

하고 업드렷담.'

이렇게 호언(豪言)할 때 그는 자기의 새 출발에 많은 기대를 가젓섯다. 직무 시간의 짬짬을 타서 지은 창작 몇 편이 인쇄화하여 임이 어떤 작가의 월평에는 장내를 촉망하는 신진의 한 사람으로까지 곱혀스니 넉넉한 시간의 여유를 두고 쓰면 무엇이 되려니 하는 것이 그의 량견이엇다. 그런 용기가 나는데는 이백칠십여 원이라는 저금통장이 날개가 된 것은 말할 것도 없엇다. 하여튼 그 돈 이백칠십여 원이 다 없어지기까지에는 어떻케 되겟지 하늘이 문허저도 소피할 구멍이 잇다고 설마 입을 내신 하누님이니 입에 거미줄 쓸날까. 이렇케 세상을 달큼이 본 것이 태호의 실책이엇다. 놀고먹는 그들에게 이백칠십 원이라는 돈은 결코 많치는 못하엿다. 장작 한 가치 쌀 한 되를 사도 금액은 험석험석 깍기우곤 하엿다. 그리하여 일곱 달이 지난 지금에는 남은 돈이라고는 안해의 쓰든 부스럭이 돈 구 원 각수밖에 없엇다. 게다가 버리라고는 하나도 없엇다. 히망이든 문학도 결국 밥은 못되엿다. 그래 그는 발서 오래 전붙어 다시 취직처를 구하여 도라단니는 것이지만 직업소개소도 다 허사엿다. 학교 교장한테 부탁하엿지만 교장은 '나마이끼'하다고 책망만 하였다. 태호는 비로서 처음 세상이 고된 것을 깨달엇다. 취직이라는 것이 하늘에 별따기보다도 어려움도 알엇다. 그래 그는 취직도 단념하고 되는대로 되여라 없으면 굶어 죽지 하엿지만 그래도 행여 하는 요행과 그리고 집에 꽁꽁 백여서 야위여진 안해의 꼴을 볼 수가 없어서 공연히 나단니엇다. 그는 밤 여들 시 반에야 지친 다리를 끌고 숭삼동 셋방에 도라왓다. 안해는 불도 안 켜고 이불에 달달 말녀서 누어 잇다.

"불까지 안 켤 거야 잇소. 불이나 좀 켜구 잇구려."

태호는 방 안에 발을 드려 놓자 구둘 바닥이 되려 방바닥 신세를 질녀는 것을 깨달으며 전기 스윗찌를 눌넛다. 캄캄하든 방이 갑자기 휘황해젓다. 그래도 안해는 아릇목이라고 아릇구테 누어 잇엇다. 웟목 구석에는 행리가 되는대로 놓엿고 안해의 행주치마가 어제 그대로 책상 우에 놓여 잇다.

"여보 자우?"

태호는 달레달레 말닌 이불을 헤치고 안해의 얼굴을 더듬엇다. 이불을 제치니까 안해는 눈이 시울녀 눈시울이 사물사물하면서 방긋우서 보인다. 태호는 말없이 안해를 처다보앗다. 크리-ㅁ을 안 바르는 지도 발서 오래엿지만 살빛 그대로의 안해는 더욱 예뻐보엿다. 그동안 시달닌 탓으로 그의 턱은 나른히 뽑은 듯이 선명하엿다. "퍽 기대렷지?" 이윽고 태호가 물엇다. "오늘은 어느 데파-트에서 해를 지웟소?" 안해는 그를 가엽게 처다보며 반문하엿다.

"데파-트? 천만에— 여기저기 취직처를—"

"호호호……. 거즛말 마세요. 다 아는걸……."

딴은 사실 그러하엿다. 영리한 안해가 아니냐! 태호는 자기를 리해해 주고 조곰도 불평이 없는 안해가 어쩔 수 없이 귀엽고 미더웟다.

"영애! 미안하우."

"왜요?"

"당신이 부모를 배반하고 나한테 온 것은 참말 당신의 오산이엿서. 부잣집 딸을 다려다가 밥을 굶게 하고 헐벗게 햇스니 어듸 내 도리가 되엿소."

태호는 아모런 표정도 없이 진심 그대로 토해 놓앗다.

"글세 그런 말은 마세요. 응! 당신이 뉘 속살을 떠보시려는 심산이구려? 그러나 죽어도 같이 죽고 굶어도 같이 굶자는 언약이 아니엿서요?"

안해는 뽀로퉁해서 좀 원망스런 기색이엇다.

"글세 그야 그러치만 그래도 당신 빰 여윈 것을 보면—"

"아이! 내 빰보다도 당신 눈 홀닥해진 것은 어쩌구요."

이윽고 그들은 팡으로 한 끼를 어엿다.

한 조각 팡이 목구멍을 넘어갈 때 목구멍에서는 꿀드럭하고 요란한 소리가 낫다.

"참 금자상점(金子商店)에서 이번 달에는 연말도 되고 하여 회게를 말쩡이 해 줘야겟대요. 그 사람들은 안직두 당신이 부청엘 댄니는 줄 아는 모양이야."

안해는 아까 생각을 하고 태호에게 말하엿다.

"흠 얼마나 된대?"

"이십사 원 각수라나요."

"주지 허허허." 그는 팡을 씹다가 엉터리없이 우섯다. 안해도 간신이 따라 웃고 나서

"쌀값 채근두 왓습디다."

"그다음에 누구 안 왓든가?"

"주인 노파도 방세를 줄사 해서 나왓다 갓죠."

"흐-ㅁ 다들 줘야겟는데— 헌데 그 존경 받을 나기에 얼혼이 낫겟구려. 안됫는데 혼자 내버려 두고 싸단녀서."

"멀요. 배운 도적 갓다구 그것두 차차 익숙해 가는걸."

"그래도 식그럽지. 내일붙어는 내가 잇어서 견딜까?"

"안되요. 당신은 나가세요. 나만 잇으면 박앗주인이 안 게시니 잇다 오라구 핑게가 되지만 당신은 어른 체면에 창피하지 안어요?"

"그러치만 당신이 너무……."

태호는 다음 말이 생각되지 않엇다. 너무나 감격할 안해의 충성에 가슴만이 답답해 왓다.

이튼날도 태호는 숭삼동에서 십 리가 넘는 본정 M 백화점까지 것지 않을 수 없엇다. 태호를 종일토록 아모 불평 없이 따뜨시 간수해 주는 곳은 백화점 긔언실[喫煙室]밖에 없엇다. 그는 발서 몇 번이고 백화점이라는 근대 산물에 감사의 뜻을 표하엿는지 모른다. 백화점은 발서 세모(歲暮) 경기로 대번잡을 일우엇다. 그는 긔연실 한편 복쓰에 푹 파뭇쳐서 '지금 여기 드러온 객(客)들의 포켓트만 이틀 다 나를 떨어준다면.' 이런 생각과 혹은 '내가 만약 후일에 거부가 된다면 그여코 백화점을 경영하리라.' 이런 엉터리없는 공상으로 시간을 허비하엿다. 그는 백화점에 대한 뎨재[題材]로 소설도 한 편 꾸며 볼까 생각하엿다. 그러나 결국에 잇어서는 모다 굼주린 녀석의 군소리에 지나지 못하엿다. 태호의 현실은 결국 숭삼동 어름장 같은 셋방뿐이엿다. 이튼날도 그러하엿고 그다음 다음날도 역시 그것이엿다. 그러는 동안에 구 원이라는 돈은 송도리채 다 소모되고 말엇다. 인제는 정말 두 주먹밖에 없는 참경이엇다. 그래 태호는 생각다 못해 마츰내 그의 이모부[義母夫]='어머니의 아우의 남편'되는 김윤채(金允采)를 차저가기로 하엿다. 윤채는 어느 은행원으로 월수입이 이백 원에 가까웟다. 태호는 그를 차저가는 것이 죽기보다 더하엿고 그리고 자기의 일생을 통하여 남에게 궁상을 말하여 보기는 이번이 처음이엿다. 태호는 자신 혼자뿐이라면 차라리 굶어 죽는 편이 낳으리라고 생각하지만 부자집 딸로 애지둥지 길너나서 무슨 인연으로인지 자기를 딸어온 안해를 위하여 태호는 윤채를 차저가지 않을 수 없엇다. 그날도 태호는 여니 날과 같이 슬그머니 아모 말 없이 집을 나와서 백화점에서 해를 지우고 저녁 다섯 시 반에야 윤채를 차저갓다.

태호가 안내된 응접실은 꽤 커섯다. 태호는 '이 방 안에 잇는 기구 값만 주어도 우리는 십 년을 더 넘어 살 터인데.' 하고 생각하며 가슴을 조이고 잇엇다. 이윽고 풍채 좋은 윤채가 나타낫다.

"아저씨 그동안 안령하십니까?"

"응 자네 부청은 구만뒷다데그려?" 윤채 대번에 나오는 말이엇다.

"네……."

"뭐 과장하구 다투엇다지?"

"별로 그런 것도 아니지만—"

"지금 젊은 자들은 정신이 까라안지를 못해서 걱정이야. 자네만 해두 부모가 일즉 도라가시구 혈혈단신이 아닌가? 그러니 자기를 잘 반성해서 도라가신 지하의 부모에게 근심을 끼치지 안토록 해얄 터인데 도대체 과장하고 싸운다야 어떤 이익이 잇으리라고 생각하나?"

"……." 태호는 자기가 온 것을 후회하엿다. 머리에서붙어 퍼붓는 이 모욕을 참을나야 참을 수 없엇다. 몸이 부들부들 떨엿다.

"그래 지금은 무슨 직업을 잡엇나?"

"못 잡엇서요."

"그것 보게. 현대 사회에는 모든 것이 포화 상태에 잇으니까 잃어

버리기가 쉽지 엇기는 만무하거든. 그래 장차 무슨 생각이 잇는가?"

"별루 없읍니다. 아젓씨께서 어디 좀……."

"내니 어쩔 수 잇나 생활도 퍽 옹색하겟구만."

"네."

태호는 이때라 하고 한 번 말을 빚이워 보고 싶엇지만 참아 말이 나가지 않엇다.

"근대 청년들은 너무 우까우까해서 좀 옹색한 경험들을 해 봐야! 그것이 되려 장내를 위하여 행복이거든."

"굶어서 죽어 버리면 장내 근심이 없으니 행복일는지 모르겟습니다."

태호는 윤채의 너무나 모욕적이고 쌀쌀한 태도를 참다 참다못해 이왕 틀닌 바에야 하고 되는대로 내쏘앗다.

"그것 보게! 자네 그 태도가 틀녓단 말야. 어른 앞에서 공손할 줄은 모르고……. 원 사내 녀석치고 굶는다는 게 어디 입에 담을 소린가 말야? 그야 자네가 정말 곤궁하다면 몇 십 원 못 보태 줄 내가 아니지만 돈이 아까워 그러는 게 아니라 자네더러 세상이 어떠타는 것을 한번 알니기 위하여서라도 나는 당분간 자네에게 은혜를 베풀 수는 없네. 그러는 것이 되려 자네를 근본적으로 돕는 것이 되거든! 그리고 자네도 나히 차차 들어가면 내 말이 옳앗다는 것을 차차로 깨닷게 되지."

윤채는 못맛당한 얼굴에 새파란 노기를 띄여 가지고 이렇게 대번에 토하여 버리고 응접실을 나가고 말엇다. 태호는 한참 동안 윤채가 사라진 문을 노려보고 잇다가 안악에서 여편네의 스립퍼 끄는 소리가 가까워 오는 것을 듯고 얼는 응접실을 뛰여나왓다. 아마 아즈머니가 윤채 대신으로 나오는 것 같앗지만 아즈머니를 대하고 싶지 않어서 태호는 허겁지겁 그 집을 나섯다. 거리에 나선 태호는 한층 더 우울하엿다. 오늘은 집에 도라가야 단돈 십 전도 없고 저녁 준비도 없고— 태호는 종로 사정목에서 소지품인 만년필을 전당 잡혀 식팡 이십 전어치를 사 들엇다. 처음에는 만년필을 잡히면 단 한 가지의 희망인 소설 원고도 못 쓸 터이니 외투를 잡힐까 하엿지만 기왕 몇 날 안되면 다 잡어 먹을 바에야 하고 생각하니 하로라도 더 치위를 면하는 것이 급선무 같앗다.

태호가 팡 뭉치를 들고 들어오니까 안해는 돈이 어서 낫느냐고 의아하며 팡 봉지를 터처서 남편 앞에 내밀엇다. "친구를 맛나 취해 왓지." 태호는 뎐당포라는 것을 아직 모르고 살어 온 안해에게 사실을 알녀 주긴 너무 거북하엿다. 안해는 너무나 침급한 남편의 얼굴을 한동안 처다보다가

"오늘은 당신 얼굴빛이 더 납뿌니 웬일이서요? 어디 달푸신 데는 없어요?" 하고 근심한다.

"밖앗 날이 몹시 찬 탓이겟지."

침묵이 게속되엿다. 밖에서는 야무지게 부는 바람소리가 그들을 위협하듯이 들녀왓다.

"저—" 안해는 문듯 말허두를 내다가 끊어 버리고 남편의 동정을 살핀다.

"뭘 말요?"

"저— 내일 재동집에 가 볼까 해요."

재동집이라는 것은 영애의 친정이엿다.

"뭣하려?"

“가서 우리 사정을 좀 말해서…….”

“흥! 좀 보살펴 달나구? 아예 구만두우? 갓득이나 나 같은 사내는 사람으로 안치는 그 댁에 가서 비라리 소리를 해요. 맛붙어 사는 딸까지 빼앗앗다는 집에 가서! 아유 아예 아스우 굶어 죽는다손 치드라두 남에게 측은이 뵈지 맙시다.”

태호는 오늘 낮 윤채의 일을 혼자 생각하고 이제로는 다시 뉘게 청을 안 대리라 결심하엿다.

“그래두 그때는 그때고 지금은 지금이니까…….” 안해는 다시 애원하듯 말하엿다.

“글세 아스라니까! 정 가고 싶거든 아예 가고 마우.”

태호는 시에미 역증에 개 뱃대기 칭다는 격으로 성을 더락 썼다.

“그럼 구만두죠. 그렇케까지 노예실 거야 잇소?”

안해는 갈낭갈낭 고이는 눈물을 소매로 스치엇다. 또 한동안 말이 없엇다. 태호는 태호대로 안해는 안해대로 제각기 제 생각에 잠겨 잇엇다. 그리다가 태호는 무슨 생각을 하엿는지 고개를 들어 안해를 처다보고 빙그레 웃는다. 우슴의 끝에는 쓸쓸한 적막의 구름이 아롱지엇다.

“영애!” 태호는 선명히 불넛다.

“네?” 영애는 태호를 처다보앗다.

“………….” 태호는 입을 다물엇다.

“웨 그리세요?”

“말하기 좀 거북한데—”

“글세 무슨 말이게요? 말슴하세요!”

"그럼 말할게. 오해는 말으우! 영애는 말야. 나하고 같이 산다는 게 일평생 고락일 터이니 오늘로라도 재동댁에 도라가서 그간 잘못되엿읍니다 하고 사죄하고 다시 새로운 출발을 하는 것이 어떼?"

"저더러 나가라는 말슴이요?" 영애의 음성은 약간 떨엿다.

"아니 나가라는 것보다 영애를 위하여 하는 말이야. 영애보다도 나 자신을 위하여서도 그렇고. 하여튼 나 혼자 굶는 것은 문제 아니지만 당신까지 굶기고 보니 내 가슴은 아프거든."

"그럼 굶는 남편을 내버려 두고 나만 배부르게 먹고 살난 말이요?"

"허허허…. 말하자면 결국 그렇게 되겟지. 하지만 그편이 되려 남편을 위하는 것도 되니까 말이지."

"그럴나면 애당초 당신을 딸아오지를 안엇지요."

"일장춘몽으로? 알엇으면 그만이지 뭘."

"일장춘몽으로? 당신은 내게 어떤 오해를 품으신 게 아니야요? 아까 내가 재동 댁에 단녀오겟다고 한데서—"

"아니 그런 것은 아니야. 그런 것은 아니지만 원 너무 구차하니까 별에별 생각이 다— 나는구만."

"별별 생각이 다 난다고 함부로 그런 생각을 하시면 남을 모욕하는 게 아니야요. 눈이 멀정한 남편을 내버려 두고 먹을 것이 없다고 나간다는 것이……."

"그럼 어떠커우? 살길이 막연하니."

"그러기 아까붙어 저는 이렇게 생각햇서요."

"어떠케?"

물에 빠지면 집 조각도 붓잡는다구 태호는 안해의 말에 무슨 기적이나 나올까 하고 귀를 기우렷다.

"호호호 그렇게 신기스럽게 드르실 건 못 되요."

영애는 태호의 너무나 마지메*한 태도에 약간 불안을 느꼈다.

"글세 말해 보구려."

"저 같은 것두 어디 씨울 수 잇을까요?"

영애는 말을 맺고 입설을 꼭 깨물엇다. 그의 얼굴은 부끄러움에 약간 빨개젓다.

"그야 잇구말구 웨 취직을 해 볼나구?"

"수입이 좀 잇을까 하구."

"그야 안될 것 없겟지만 그러니 내가 어떻케 파리한 당신의 등을 깍거 먹고 잇겟소?"

태호의 음성은 부드러운 듯하면서도 비참하엿다.

"상관 잇나요. 부부일체랫으니 서로 닥치는 대로 버러먹어야지."

"글세 그렇킨 하지만 당신더러 교환수ㄹ 하라겟소. 버스껄을 하라겟소? 까소링껄 카페 여급은 더더구나. 할나면 백화점 점원이나 관공청 사무원이면 그런대로 하면 괜찮치만 그거야 또 얻기가 난사구."

"굶은 바에야 닥치는 대로 하지요. 언제 체면 가리겟서요?"

"그렇기야 허지만."

"뭐시 제일 손 빠를까요?"

"뭐 내일루 입속을 할나우? 허허 쉽기야 카페 여급이 제일 빠르지. 여급이라면 당신 같은 재색은 이제라도 곳 될 수 잇지."

* 마지메(まじめ) : 진심임, 진지함, 성실함.

"아유 놀니지 마세요."

"아니 사실 그래. 만약 당신이 여급이 된다면 허허허 우습지. 내 술 마시려 늘 가지. 허허."

"그래요. 오세요. 네?"

그들은 오래간만에 모든 것을 이저버리고 맘것 우섯다. 그리고 우슴이 끝난 후에는 더 쓸쓸하엿다. 치위는 여바란 듯이 습격하여 왓다. 암마상의 호각 소리가 밤거리에 애수를 가득 품고 떨니며 들녀왓다.

태호는 부잣집 딸로 호화로히 자라난 영애가 발 한 자국 잘못 밟엇기 때문에 가즌 고생을 하게 되고 게다가 인제는 허영심 아닌 생활난으로 인하여 직업 젼선에 스스로 드러가 보겟다는 것이 한없이 가긍하엿다. 자기가 일시의 불평으로 일터를 내버리고 만 것이 지금 이 꼴이 되엿구나 생각하니 뉘우치기 그지없었다.

태호는 지금이라도 부청 고원이라는 것에 어떤 욕망을 가질 수는 없엇다. 굶는 셈 치더라도 이제 다시 그런 자리를 붓들고 십지는 않엇다. 그러나 그런 것도 노칫기 때문에 안해의 피를 말녀 먹어야 하나 생각하니 그것이 안타까웟다.

"그럼 내일루라두 구해 볼까요? 자리를…."

영애의 눈에서는 젼에 없는 광채가 빛낫다. 머리에 털 난 후로 처음 돈버리를 해 본다고 생각하니 여간 흥분되지 않엇다. 그러나 장차 헤아릴 수 없는 길에 대한 불안도 어지간하엿다.

"뭐? 정말이요?"

"그럼 정말 아니구요. 가만 요대로 앉어 잇으면 누가 밥을 줘야지요."

"그러나 당신더러 밥 멕여 달나기가 원—"

"언제는 제가 당신 밥 먹엇겟서요? 인제는 은혜를 좀 갑허야죠. 못할 게 잇나요. 다 사람 하는 노릇이지 별게 잇을나구요."

"허나 말은 쉽지."

"글세 된다면 되는 줄 아세요. 나두 그동안 말은 안 햇지만 두고두고 퍽 머리를 짜 보앗담니다."

"난 모르겟소. 당신 임이로 하구려."

태호는 그런 얘기가 길어 갈스록 가슴만 답답하엿다. 안해가 자기를 어떻케 생각하는 것은 아니지만 사내가 게집더러 밥버리를 해 오랄 수는 없는 일이엇다. 체면상 태호의 자존심이 허락지 않앗다. 태호는 너무나 게면적음에 쓴입만 쩝쩝 다시엇다.

이튿날 태호는 일즉 집을 나왓다. 오늘은 그동안 단녀 본 몃 군데에 다시 한순 도라보리라 하엿다. 처음 차저간 곳이 C 백화점이엇다. 태호가 C 백화점 전무를 찻기는 이번이 세 번채이다.

오십이 넘어 머리가 반백이 된 전무는 태호를 자기 책상 한 모퉁이에 앉이우고 문서만 두적거리며 태호의 존재는 잊어버린 듯하엿다.

"선생님만 꼭 믿습니다. 바다에 뜬 빈 배 같애서 어디 한 곳 의지할 곳 없는 몸이니 선생님밖에 의탁할 곳이 어디 잇슴니까!"

태호는 한참 기대리다가 종시 이렇케 애걸하엿다.

"글세!" 하고 전무는 다시 문서를 뒤적이다가

"글세. 딱헌 일일세. 지금 우리 백화점에서는 불경기인이니만치 지금 잇는 점원도 해고를 식키는 판이니 어쩔 수 없단 말야."

"그러치만 선생님의 힘이라면."

"내 힘? 나니 어떨 수 잇나. 내 사업이 아닌 바에."

"혹시 다른 곳이라도 주선해 주신다면."

"다른 곳 허허허……. 더더구나 어려운 일이야."

전무는 게면적게 웃고 나서 급사더러 어디 갓다 올 곳이 잇으니 자동차를 부르라 한다. 태호는 발서 판서가 틀는 것을 깨달엇지만 마즈막으로 오즘 이약이되어두 하고

"선생님! 제 앞길은 오로지 선생님에게 달엿습니다. 선생님이 건저 주지 않으신다면 썩고 말 청년입니다."

태호는 이렇게 말하고 나서 자기 자신으로도 놀나기도 하고 또한 뉘우치지도 않을 수 없엇다.

'아직 삼십도 못된 젊은 내가 아니냐! 나의 앞길은 무한히 씩씩하여야 할 게 아니냐! 그리고 내 힘으로도 얼마든지 앞길을 개척할 수 잇지 안느냐! 그런 내가 왜 이 늙은이에게 죽어 대령을 하고 잇노? 일자리 그 너저줄한 일자리 한 달에 단돈 삼사십 원이 원수가 되녀 이런 늙어빠진 것에게 내 자신을 헌신짝같이 내던지다니 아! 나도 발서 정신적으로 매장당하고 만 인물이로구나! 아! 아니다 아니다. 그것은 나의 순간적 실책이엿다. 내가 그 늙은이에게 무엇을 바랄꼬?'

태호는 이렇게 생각하니 시방 배터 놓은 말을 취소라도 하고 싶엇다. 태호는 당황히 전무 앞을 물너 나와서 바람 찬 네거리를 힘것 활기 치며 거닐어 보앗다. 그리고 확실히 젊엇다는 젊음의 특권을 맘것 행세하여 보기 위하여 두 다리에 힘을 뻐즈시 주어 보앗다. 일(一)순간 피가 가속도로 뒤끌는 것 같음을 느꼈다.

태호는 그다음 S 주식회사 지배인 N 신문사 영업 국장 등 자기의 머리에 떠오르는 잘난 사람들을 삿삿치 차저보앗지만 그들 역시 C

백화점 전무와 꼭 같은 말밖에 않아엿다. 태호에 잇서서도 윤채나 전무나 혹은 영업 국장이나 꼭 같음을 볼 뿐이엇다. 태호는 아마 잘난 사람들이란 결국 그렇게 냉정하여야 되나 부다 하고 생각하엿다.

집에 도라올 때 태호는 아까 C 백화점 전무에게 굴욕적 언사를 한 것을 생각하여 보고 스서로 낯이 빨개젓다. 자기와는 완전히 딴 세게에서 호흡하는 그들에게 굴종할 아모런 필요도 없음을 새삼스러히 깨달엇다.

밤 아홉 시에 집에 도라오니 방 안은 텅 뷔엿섯다. 의려히 잇어야 할 안해 그리고 지금까지 한 번도 없어 본 적이 없난 안해가 없어젓다. 혹시 변소에 간 것이나 아닌가 하엿지만 얼마를 기대려도 도라오지를 않엇다. 혹 하두 갑갑하니까 거리 구경을 나간 게지 하면서도 태호는 어쩐지 불길한 예감이 떠돌앗다. 탈주?

생활난으로 흔히 탈주하는 것을 신문 기사에서 읽은 생각이 떠올낫다. 태호는 아룻목에 펴 놓은 이불에 손을 너어 보앗다. 이불은 산뜩한 그 채로 잇었다. 태호는 영애가 그여히 탈주를 하엿구나 생각하엿다. 그래 무엇 써 놓은 것은 없나 하고 책상 설합 행리 이 구석 저 구석 뒤져 보앗지만 아모것도 발견치 못하엿다.

야— 한 조각의 글월도 없이 생각하며 태호는 서럽기도 하고 무거운 짐을 버서 놓은 것 같은 가벼움도 느꼈다. 안해가! 죽기를 같이하자든 안해가 밤도망을 치다니? 여자가 못 미더웟다. 한긋 생각하며 그런 것을 위하여 허겁지겁 쏙은 것이 분하기도 하엿다. 어제 재동댁에 가 보겟다고 한 것도 이제 미루어 보면 발서 그 기미가 잇엇든 것이엿다고 생각되였다. 그여히 안해라는 것까지 떠나고 마럿구나 생각하니 고해 같은 이 세상에 손가락 하나 도아줄 사람 없는 자신이 너무나 외롭고도 쓸쓸해 보엿다.

아니 안해가! 영애가 원 그럴 리야 잇을나구 하고 주인 노파더러 물어볼까 하엿지만 말이 헤거니 채거니 하여 꼬리가 길어지면 공연히 이 사람 저 사람 알게 될 터이니 그렇게 되면 결국 자기 낯만 더 더러워질 것 같애서 '갈 자는 가거라.' 하고 태호는 외투를 입은 채로 이불 속에 드럽떼엿다. 안방에서 열한 시를 치논 소리가 들닌다. 태호는 잠을 이르려고 하여도 눈은 샛별같이 말정말정해 왓다.

둘이 자든 이불이 혼자 잘녀니까 어쩐지 허순하고 그리고 치위가 몹시도 사모칫다. 태호는 이불을 푹 뒤집어썻다. 그 순간 바람에 풍겨서 이불에서 안해의 내음새가 산들하고 코 신경을 간질렷다. 그래 태호는 다시 이불에 코를 대 보앗다. 이불에서는 여자의 보드러운 살결 같은 내음새가 이상하게도 태호의 신경을 찌르는 듯하엿다. 태호는 허공을 부여잡고 싶은 충동을 어쩔 수가 없엇다. 오래동안 물질에 줄엿든 태호엿다. 이제 다시 성에 굼주려야 한다고 생각하니 갈스룩 텁텁 태산 같앗다. 태호는 바른 다리를 번적 들어서 이불을 감싸 안고 한참 동안 갑분 숨을 쉬엿다. 이윽고 정신이 안정되니 태호는 영애 없어진 것이 자기에게는 퍽 잘 되엿다고 하엿다. 생산할 능력이 없는 자기가 안해까지를 가질 권리는 없는 것 같앗다.

그리하면 태호는 고요히 안해의 앞길에 행복을 심축하엿다.

안방 시게가 열두 시를 다섯 채 칠 때엿다.

방문을 똑똑 똥 두드리는 소리가 낫다. 태호는 귀를 번적 들엇다. 누구? 귀신이 아닌가? 하엿다. 잠간 가만잇노라니 다시

"똑똑똑!"

"거- 누구요?" 태호의 목청은 엄청나게 컷다.

"저애요. 문 좀 여러 주세요."

영애의 음성이엿다. 태호는 이거 어떻게 된 일야 하고 생각하며 혹시 자기 귀의 착각이 아닌가 하고

"누구…."

"저애요. 영애야요."

태호는 문을 열어 줘야 하나 하고 잠간 망서리다가 별덕 이러나서 전등을 켜고 문을 여러 주엇다. 영애는 손에 네모진 얄판한 함 한 개 하고 그리고 커다란 조희 뭉치 들고 생글생글 우스며 드러온다.

"퍽 기대렷죠? 어디 다러난 줄 아섯죠?"

영애는 고개를 개웃둥하며 방긋 웃는다. 태호는 안해가 자기 속을 디려다본 듯이 말하며 생뚱하게 너무나 귀엽게 구려 돼려 얄미웁끼 생각되여

"어듸를 갓든 게요?" 하고 무뚝뚝히 물엇다.

그러면서도 안해를 잠간이나마 의심한 것이 큰 죄라도 지은 것같이 불안스러웟다.

"돈버리 갓댓죠. 이것 보세요. 잠간 동안에 돈 십 원 버러서 이렇게 당신 메리야스를 사 왓다우. 그리구 이것은 팡."

하고 영애는 가지고 온 물건을 일일히 태호 앞에 내놓고 팡 봉지를 터티기 시작한다.

"돈을 벌다니? 어떻게 십 원을 버러?"

태호는 영애가 탈주하지 않은 것이 분명하니 한긋 퍽으나 반가웟

지만 그 반면에 여자가 밤에 십 원이라는 돈을 번다는 것이 좀 수상하기도 하엿다.

"글세 십 원 버릿다니까 조런 이 팡붙어 잡수세요. 천천이 애기할께."

영애는 마락마락한 크리-ㅁ 팡을 태호 손에 쥐여 준다. 태호는 팡을 받어 들자 입에 춤이 줄드르르 하고 흐름을 깨달엇다.

"열두 시 넘엇죠? 퍽 기대렷을 께야. 속으로는 증도 낫서슬 께구."

"헌데 대관절 이 돈들이 어디서 낫소?"

태호는 돈의 출처를 알나는 것보다도 너무 급속키 먹기가 흉측해서 이렇게 말하엿다. 그러면서도 태호는 팡 한 개를 세 입에 다 먹어버리고 다시 한 개 들엇다.

"참 별일 다 잇어요. 헌데 나 이 돈 받은 게 이제 생각하면 잘못한 것 같애."

영애는 잠간 후회하는 기색을 하엿다.

"왜 어떤 돈이길래?"

"글세 제 말 들으세요. 제가 어적게 직업 전선에 나세겟다구 안 그랫서요."

"그래 그래서."

"그래 오늘 낮에 다시 생각해 보앗지만 아모리 하여도 그러야만 되겟기에 오늘 저녁에 어디 여급 구하는 데나 없나 하고 거리에 나섯지요. 낮에 나가기에는 남 보기 수치도 할 뿐더러 카페 주인과 얘기하기도 거북할 것 갓구 해서 밤에 나갓죠."

"혼자?"

"그럼 혼자 않이구. 혼자서 종로 뒷골목 카페마다 돌아단니며 문밖에 '여급 입용(女給 入用)' 이라구 쓴 것만 차젓죠."

"그래 차젓나?"

"한 두어 시간 돌아단니다가 종로회관이라나요. 꽤 큰 카페ㅂ 디다."

"응 종로회관이라구 잇서."

"그 카페 문밖에 '여급 입용(女給入用)'이 부처 잇습디다그려. 그래서 드러가 볼까 하고 정작 발길을 옴기려니까 참아 발길이 도라서져야지요. 그래서 밖에서 가많이 듯자노라니 계집들이 자즈러지게 웃는 소리 취한 사나히의 너털웃음 소란스러운 쟈쯔 반드 연속적으로 헝크러저 나오는 딴스의 스텝프……. 도무지 나 같은 얼간이는 견대날 것 같어야지요. 그래 어쩌나 하누 하고 아마 반 시간이나 밖에서 떨고 잇엇지요. 그 사이에도 수많은 신사들이 들낙날낙하는데 들어가는 사람들은 그야말로 진짜 신사로 아주 점잔치만 나오는 손님들은 모다들 빗뚝꺼리며 혀를 달달 굴니겟지요. 카페란 결국 세상을 마비케 하고 취케 하는 것 갓습디다. 그래 그러구 섯누라니까 사십이 넘을락 말락한 신사 두 분이 내 앞을 슬적 지나서 그 카페로 드러가시겟지요. 드러가는 서슬에 뒤에 섯든 신사가 내 방향을 향하여 잠간 바라보시다가 드러가시겟지요. 그래 나는 혹시 같이 오시는 동무를 기대리시나 하고 그대로 넘기고 잇엇는데 얼만간 잇드니 아까 그 신사가 모자도 안 쓰신 채 카페를 나오서서 사방을 휘휘 돌아보시드니 내 앞으로 닥어오십니다그려."

"혼낫겟구만?" 태호는 팡 조각을 씹으며 댓구를 낳는다.

"아유 혼난 얘기야 다해 머해요. 그런 일을 난생 처음 당하니까 가슴이 덜컥 내려안고 소름이 쭉 끼치고 가슴이 콩 뛰듯 하고 아유 얼마나 무서웟겟서요. 그게 서울 복판 종로엿스니 말이지 여기같이 쓸쓸한 곳이엿다면 악 소리를 치고 쓰러젓슬 수밖에 없지요."

"그래 그다음은?"

태호는 영애가 놀니는 시눙을 하는 것이 웃읍기도 하고 애처럽기도 하엿다.

"그 신사가 내 앞에 오시드니 누구를 기대리고 섯느냐고 뭇겟지요. 그래 나는 머리를 숙이고 못 드른 체하니까 그렇게 뽑낼 게 잇소 엇소 적지만 내 정성이니 이것 받으시우 하며 내 옆에 봉투 한 장을 끼워 주겟지요. 그래 나는 그것을 내던지고 다러 올나다가 도대체 이런 남자들은 여자에게 무엇을 주나 하는 흥미도 잇고 그리고 혹시 돈이라도 들어 잇다면 하는 비루한 마음도 생겨서 그대로 가만잇엇죠. 그러니까 그 사내가 내 손을 덤석 잡으며 하는 말이 오늘 저녁 열한 시에 파고다공원 탐 옆에서 맛납시다. 지금은 같이 온 손님 때문에 하고 손에 힘을 주어 내 손을 잡는데 마츰 그때 카페 안에서 찾는 소리가 나니까 카페를 들어가시겟지요."

"그래 그 봉투에 돈이 드럿든가?"

"그래 그 봉투를 가지고 다름질치듯 하여 얼마간 와서 떼 보니까 돈 십 원이 들어 잇겟지요. 예전 같으면 그 자리에서 당장 침을 받어 버리고 말 것이지만 궁하면 추하다구 으려히 받지 않을 것인 줄 알면서두 받어 왓지요. 받어 오면서 생각해 봐도 내가 꼭 잘못한 것은 같엇지만 잘못이면 잘못이엿지 굶어 죽겟는데 그만 죄야 하고 당신 보기에도 부끄러운 것을……."

영애는 가쁜 숨을 쉬고 나서 태호를 바라보앗다. 그의 눈에는 용서를 비는 애원의 빛이 가득하엿다.

"사흘 굶어 높은 선반 없다구 인간의 본능이니 하는 수 없는 일이지. 난들 거 잘됫군 하지는 못할망정 잘못햇다구 큰소리 칠 신세는 못 되니까."

"그래두 퍽 잘못한 것 같애."

영애는 고롬을 들어서 입에 너어 잘근잘근 씹는다. 태호는 가많이 눈만 꺼벅이다가

"허허허 의식족이지레절(衣食足而知禮節)이라구 옛날 성인의 말슴 그른 것 없어. 하여간 팡을 먹으니 뱃심이 뚝 나오는구만. 그놈은 아마 당신을 야미노온나[不良女]로 안 게지."

"글세……."

"언 놈인지는 모르지만 저 녹앗지. 십 원 강락(江落)한 셈이구만."

"아니 참. 그 속에 명함이 든 것을 명함은 제가 내버렷지요. 아이구 뭐라드라 김, 김윤, 오오! 오라 김윤채 C 은행 김윤채라구 그랫든가 봐."

"뭐? 뭐? 김윤채?"

태호는 너무나 이외임이 눈을 둥그렇게 해 가지고 곱채 뭇지 않을 수 없엇다.

"왜! 알으셔요."

"아니 글세 모르지만 일홈은 늘 들엇서. 정녕 김윤채야?"

태호는 다음 순간 눈을 고요히 감엇다. 자기가 갓을 때에 어텅 돈 한 푼 못 주겟다든 김윤채가………. 태호는 고요히 생각해 보앗다.

C 백화점 전무에게 살여 달나고 애걸하든 태호 자신! 가난[貧]에 대한 모욕으로 주는 돈을 받온 안해!

아지도 못하는 게집에게는! 게집이길래. 큰돈을 턱턱 내주는 김윤채!

방 안은 잠간 고요하엿다. 태호는 눈을 스르륵 감고 그 돈을 받은 순간이 안해의 심경을 상상해 볼 뿐이엇다. (昭和 十年 二月 十六日 龍川에서)

상처기(喪妻記)
—「상처 이후(喪妻以後)」*의 전편(前篇)

1

'정순 병 위독 즉내'

나는 이러한 별사 배달의 전보를 받었을 때 어리둥절하였다.

기껍다 할까 성가시다 할까 또 혹은 슲으다 할까. 하여튼 형용할 수 없는 착잡한 감정에 사로잡히지 않을 수 없었다. 안해가 평소에 그리 안타깝게 사랑해 본 적이 없는 안해가 병이 위독하다는 데 대하여 나는 각별히 놀래거나 하지는 안었다. 다만 평소에는 내게 비하여 몇 갑절이나 튼튼하든 안해가 갑작이 위독하다니 너무나 의외인데 좀 별시러운 기분이 안 생기는 것도 아니였지만 '정순이도 역시 사람인데' 하면 그것도 예사로워 보였다. 그러나 전보를 다시 한 번 훑터 보고 나는 순간적으로 어떤 불쾌한 감정을 억제할 수 없었다. 안해 정순은 나보다 삼 년이나 우인 금년 설흔 살 난 여자다. 게다가 정순

* 「상처 이후」는 「졸곡제」로 추정된다.

은 낫 놓고 기억자도 못 그리는 아주 발바당이다. 그래 나는 항상 안해의 무식에 불만을 품어 왔었고 따라서 자식에 대한 가정교육도 충분치 못할 것들을 생각하여 아니 톡 털어놓고 말하자면 그런 생각보다도 나 자신을 위하여 좀 더 리해ㅅ성 있는 여자였으면 하고 평소에 생각해 왔다. 나의 그러한 안해에 대한 불만은 때로는 안해가 불의에 죽어 버렸으면 하는 생각을 갖게 한 적이 있었다. 그러나 그럴 때마다 나는 황소와 같이 튼튼한 안해의 체질과 숱당 막떼기와 같이 빼빼 말너빠진 나를 비교해 보고

'웬걸 안해는 나보다 이십 년을 더 살텐데.' 하고 혼자 코우슴 치며 실망하는 것이었다. 사실 나 같은 약질로서 안해와 장수(長壽)를 다툰다는 것은 너무 엉터리없는 일 같았다.

나는 잠 잘 때 곁에 누은 안해가 맛치 사자 모양으로 코낌을 되지게 내뿜는 것을 볼 때 그 너무나 굉장한 기운에 일시는 아연히 바라본 적도 있다. 그러한 지나친 건강은 나에게 어떤 불쾌를 느끼게 하였다. 그리하여 나는 안해를 한 개의 거인으로 처 두었다. 내가 그렇게 초인적 존재로 인정한 정순이가 지금 이 전보지 우에 가로누어서 신흠하고 있거니 하면 나는 평소에 가졌든 내 생각이 실현이나 되는 것이 아닌가 하고 한편은 반가우면서도 역시 그렇게 되고 보니 어떤 죄를 지은 것 같애서 맘속에 불안을 느끼지 안을 수 없었다. 나는 입속으로

"이를 어쩐담!" 하고 중얼거리며 팔둑시게를 굽어보았다.

오전 열 시 반— 아직두 자동차는 몇 번이고 탈 수 있었다. 그러나 나는 선뜻 떠나고 싶지도 안었다. 원체 월급쟁이의 몸이라 몇 해를

벼르고 벼르다가 금년에야 겨우 휴가를 얻어 피서라고 약수에 온 지 불과 한 주일밖에 못 되였고 그리고 수객들과의 사귐도 인제 겨우 다 되여서 피서지의 재미는 이제부터라고 하든 판에 돌연히 이런 비보—니 어지간히 식그러웠다.

"원! 게집년두 고뿔 한 번 안 알코 떠날 때에도 싱싱하든 것이 왜 하필 지금 병이람."

나는 누게 향하여 하는 것도 아니지만 짜증을 혼자 내보면서도 병상에 누어서 나 오기를 기대리고 있을 정순을 그려 볼 때 좀 측은한 생각도 났었다. 사람의 생명이란 알 수 없는 것이니 그렇게 빨리 죽을 사람을 내가 미워했든가? 생각하니 갑작이 죽기 전 얼굴이라도 한 번 보고 싶었다. '혹은 내가 죽기를 은근히 원한 탓도 아닌지.' 이렇게도 생각하니 안질부질이다. 정순이가 방금 숨이 넘어 간 것 같애서 나는 어쩔 바를 모르며 짐을 되는대로 허투루마투루 싸 놓고 차표를 사러 갔다. S행 자동차는 오후 두 시였다. 그래 나는 오후 두 시 차표를 사 놓고두 인제 남은 세 시간 반을 기대리기가 여간 초좋지 않었다. 그래 차부에 다시 달려가서

"여보 그 전에는 림시차라도 못 내우?" 안타까워 못 견댈 지경이여서 나는 채처 묻지 않을 수 없었다.

"안 됩니다. 손님이 많으서야지요."

"두 시 차를 타면 북행 저녁차에 꾀 믿소?"

"네."

"아니 그 전에는 북행은 없나요?"

"웨요. 열두 시 이십 분에 안동행 완행이 있읍죠."

나는 이 말을 듣고 더욱 안질부질했다. 열두 시 차를 타면 새루 세 시에는 집에 도착될 것이고 두 시 반 차를 타면 네 시 반에야 집에 닫게 될 것이다. 불과 시간 반의 차이지만 나는 시간 반 늦게 들어감으로써 안해의 맞으막 얼굴을 못 맞나 볼 것 같았다.

"여보! 열두 시 차를 타게 할 수는 없겠소?"

"글세요." 하고 차부의 사무원은 고개를 개웃거리다가 "정 급허시다면 대절(貸切)을 하시는 게 어때요?"

"대절은 얼마요." 위선 주머니와 황론이다.

"글세 팔(八) 환! 칠(七) 환만 내시오."

"칠(七) 환." 나는 사무원의 말을 한 번 되푸리하는 동안에 승합차(乘合車) 임금 일 원과 칠 원을 비겨 보고 차이 륙(六) 원을 알어냈다.

"그럼 그렇게 해 주우. 열두 시에 믿기는 넉넉하겠지요."

나는 죽어 가는 안해 얼굴 한 번 보는데 육(六) 원을 랑비한다고 생각하니 그만했으면 안해가 인제 죽드라도 원한이 없을게요 나로서도 뉘우칠 것이 없다고 자신했다. 이윽코 자동차에 올라앉으니 건성 시게만 보아진다. 약수터에서 S역까지 사십 분이면 넉넉하다는 것을 번연히 알면서도 그리하지 않을 수 없는 나였다. 그러나 또한 정작 차에 올라앉어서 더위가 무럭무럭 타올으는 방 속에 드락드락 고린 냄새를 피우며 누었을 안해를 생각하니 결코 상쾌한 기분은 못났다. 나는 가만히 눈을 감고 안해에 대한 추억을 더듬는다.

정순은 열일곱 살 때 싀집을 왔다. 그때 나는 겨우 열네 살로 보통학교 사 학년이였다. 그러나 나는 원체 몸이 약한 탓인지 그때도 코를 줄줄 흘리며 단녔다. 그런 것을 볼 때마다 정순은 어머니가 자식을 달래듯 손수건을 내 조끼 주머니에 넣어 주며 코는 손등으로 문대지 말고 손수건으로 씻으라고 타일르든 것을 나는 지금도 기억한다. 정순이가 시집 온 이듬해에 아버지가 도라가고 그리고 사(四) 년 후인 내가 서울 B 고보 이 학년 때 어머니마저 도라가셨다. 이렇게 시부모 상을 치르고 나는데도 나는 떠나 있는 몸이라 가사를 알 턱없어 모든 것을 정순이가 맡어보았다. 그래 그때 실상은 정순이가 가장이였고 현재에도 내가 원체 그런 구저분한 것을 좋아하는 성질이 아닐 뿐 아니라 남에게 매워 있는 몸이 되여서 가사 일습은 정순이가 맡아보는 것이다. 정순은 말하자면 나의 조강지처(糟糠之妻)다. 정순은 시집 온 이후로 가운을 자기 두 억개에 떠메고 살어왔다. 그런 것을 생각하면 나는 과거에 우연이나마 안해에 대하여 불만을 품었든 것을 뉘우치지 않을 수 없다. 그뿐 아니라 안해가 죽는다면 우리 집 세간사리가 말이 안될 것 같다. 나는 그렇게 충실한 안해에 대하여 불만을 품었으니 하늘인들 웨 벌을 안 주랴 함에 고개가 저절로 숙으려진다. 그뿐이랴. 정순은 나에게도 다시없는 현처였다. 내가 몸이 약한 것을 짐작하고 음식이라도 되는대로 해 온 적은 한 번도 없었다.

나히가 어리다 하여 남편을 깔본다거나 성가시게 군다 하여 역증을 내거나 한 적은 도시 없었다. 나는 그러한 안해의 미쩜을 짐작하기는 하지만 나의 로맨틱한 성질은 소와 같이 충직한 것보다 비닭이와 같이 명랑하고 귀여운 것을 요구하였다. 아 그러나 안해가 위급하다는 비보를 받은 지금에 나는 피여오르는 안개와 같이 가슴에 점점 떠오르는 애닲음을 어쩔 수가 없다. 나는 문득 “기억(基億)아” 하고 불러 보았다. 기억은 금년 두 돌 지난 나의 단 하나인 아들이다.

2

내가 집에 들어섰을 때에는 먼 친척 되는 노파가 안해의 간호를 하고 있었다. 노파는 나를 썩 보자 사뭇 놀나는 기색을 하고 눈을 휘둥그래 뜨며

"아이구 장의님 말두 마슈. 글세 어찌나 급하든지 허리를 딱 까부리고 앉은 채 방 안을 열 구비나 돌면서 이마에는 기름땀을 방울방울 흘리시겠지요."

하고 자기의 설명이 그때 광경의 십분지일도 낱아내지 못하는 것을 안타까워하는 모양이다.

"헌데 의사는 안 왔다 갔소?"

나는 노파의 대답보다도 그것을 알어보았다. 그리면서 나는 인제 겨우 잠이 들었다는 안해의 얼굴에서 하룻밤 사이에 수척한 흔적을 찾어보았다. 안해의 안곽은 자동차를 타도 하로에는 못다 가리 만큼 홀닥 드러가섰고 그의 뺨도 뼈만 남긴 듯이 예워졌다. 잠을 들었는지 눈은 고즈건히 감었지만 숨소리는 여전이 거츨다.

이불 우에 내놓은 팔도 각별히 핏기가 없어 보이고 아직도 이마에는 땀방울이 잡힌 채 있다.

"아까 M 병원 의사가 와서 주사를 놓고 가섰는데 그때부터 곰불락닐락하기가 좀 낳고 잠은 인제 겨우 드섰다우."

"M 의사가 그래 무슨 병이랍디까?"

"글세요. 난 또 그건 안 물어봤지요."

어처구니없는 사람도 있는 것이다. 나는 다만 고소(苦笑)할 수밖에

없었다. 이렇든 무지한 노파들한테 쌔여서 죽을락 살락하며 신흠하였을 안해를 생각하니 안해가 갑작이 불상해 보인다. 나 같은 몰인정한 것을 남편으로 믿고 살어오는 정순이가 세상에 제일 불행한 여자 같았다.

"전보는 누가 쳤수?"

나는 전보 처 준 사람에게 새삼스러히 고마운 뜻을 표할 심사가 생겼다.

"저— 조합에 단니는 긴상이 쳤지요. 어쩌녁 치겠다는 것을 기억어머니가 치지 말라구 그래서 그만두었다가 아적에 쳤지요. 그때두 칠 테면 알는다고 하지 말고 집에 일이 있다고 치라구 그랬는데 아무 그렇게 쳤죠?"

나는 이 말을 듣고 머리를 방망이로 얻어맞은 듯이 정신이 앐즐해졌다. 방금 죽을지 모르는 병석에 누어서도 내가 놀날 것을 근심해 주는 안해의 심정! 이 세상에 그서 더 귀여움이 어데 있으랴. 나는 저절로 용소슴처 오르는 눈물을 시츠며 간신히 안해의 팔을 붙잡어 보았다. 안해는 그대로 죽은 듯이 반응이 없다. 안해를 죽어 주면 하고 바래든 내가 감히 그런 안해의 손을 잡을 자격이 있는지 없는지 나는 그런 것을 고려할 여유도 없이 안해의 팔을 꼭 붙잡었다. 열도 꽤 높은 것 같고 맥박도 퍽 고되다. 나는 더 어떻게 할 방도를 모르고 가만이 앉어 있었다. 가슴 밑바닥에서부터 투겨 오르는 참회의 눈물 가슴을 두드리는 회오의 쓸아림 그런 것들이 나로 하여금 안해를 깨워 놓고 안해 앞에서 죄를 사하여 달나고 빌지 않으면 안될 것을 재촉하것만 나는 오직 나의 흥분이 안해에게는 불리할 것을 깨닫고 겨우겨우 참고 안해의 얼굴을 나려다볼 뿐이었다.

"기억이 어디 갔소?" 내가 노파에게 묻는 말에 안해는 깜짝 놀나 눈을 번쩍 뜨며 나를 처다본다. 훼둥그래한 눈이 처음은 놀나는 기색이고 다음에 눈을 스르르 감고 안해의 왼팔을 잡은 내 손 우에 자긔 바른손을 갔다 놓으며

"언제 오셨소?" 하고 모기 소리만 한 음성으로 묻는다.

"이제 왔소. 그런데 어떻게 앒어 그러우? 지금은 좀 났소."

"지금 좀 나요. 웨 좀 더 있다 오시쟌쿠 공연히 전보를 처서."

안해의 눈에서는 옥 같은 눈물이 흘러내린다.

"그러지 말구 날내 낫기나 하우. 그래 의사가 뭐랍디까? 무슨 병이랍디까."

나는 내 손수건으로 안해의 이마엣 땀을 시처 주었다. 안해는 다시 눈을 스르르 감고 말이 없다.

"그래 지금은 앒으쟌소이까?"

"주사를 마졌드니 좀 나요. 기억이 어디 갔소?"

안해는 나를 처다보며 묻는다. 나를 치어다보는 그의 눈가죽은 천근많지 무거워 보인다.

"글세. 밖에 놀러 나갔나."

"이제껏 있었는데요. 아이구 참 기억이가 어찌나 울든지."

안해는 말끝에 한숨을 쉬이며 눈물을 참느라고 입설을 꼭 깨문다. 이윽고 기억이가 달려들어 오며

"아부지! 아부지 언제 완?" 하고 달려와서 내 무릎 우에 털석 주저앉는다.

"오! 기억아! 인제 왔다! 엄마 앓아 하는데 너 인제부터 젖 먹으면 안된다 응?"

나의 이러한 말을 듣고 어린것은 낯갈이 좀 달너지며 울먹울먹하면서도 고개을 주악거린다.

"기억아! 날마다 찾드니 아부지 오섰구나 반갑지?"

안해는 간신히 우스며 기억을 처다본다.

"아부지 아까 의연이 말 타구 왔다 갔단다. 엄메 침놓구 갔단다."

기억은 큰일이나 보고하듯이 연성 고개를 갸웃거리며 조잘댄다. 그럴 적마다 안해는 힘없는 눈을 떠서 기억을 처다보며 웃는다.

"기억아! 너 었저녁두 젖 먹자구 졸났니." 나의 무릅에

"아니." 기억은 고개를 도리질한다.

"이제부턴 젖 먹지 말어야 한다. 네가 젖 먹으면 어머닌 알는단다."

"응—"

기억은 이제부터 젖을 못 먹겠거니 하고 금방 서름이 터질 것 같았다. 기억의 이러한 형상을 볼 때 애비 된 나의 맘은 한없이 쓸아렸다. 그러나 안해가 의외에 점점 회복되는 것을 볼 때 나는 날뛸 듯이 반가웠다. '안해가 죽으면' 하든 어제까지의 생각은 완전히 사라지고 나는 다만 안해의 속히 회복되기만을 빌었다. 목숨을 다하여 내게 헌신하려는 안해에게 대하여 나 자신 목석이 아닌 이상에야 어찌 불공의 맘을 가질 수 있으랴!

"참 점심을 안 잡수섰겠으다레. 장손 오마니 어디 가섰나."

안해는 고개를 들며 밖을 내다본다.

"나 말이요 난 안 먹겠서. 가만 누어 있수."

나는 매양 안해의 태도에 감격될 뿐이다. 알는 줄을 알면서도 과자 한 곽 안 사 들고 들어오는 나지만 안해는 몸 지어 누어서도 내 점심 걱정이니 자아를 내던저 남에게 봉사하는 맘 그것은 아름다움의 처음일 께다.

"기억아! 어머니 날내 났게 해서 기차 타구 멀리 놀러 가자 응."

나는 문득 안해가 평양 구경이 하고 싶다든 것이 생각나서 이렇게 안해를 위로할 겸 기억을 달래였다.

"기억아!" 안해는 고개를 내 편으로 돌리고 "장손 오마니더러 참외 좀 사 오라구 그래라."

"웨 참외가 먹고 싶소? 나 때문에 그러우? 나 때문이면 그만두."

"앙이 아부지 참무 사다 먹자우." 내가 반대하니까 기억은 짜증을 낸다. 그래 나는 기억이더러 돈을 주어 밖에 내보내고 우리 부부 단둘이 되자 나는 처음 안해의 손을 붙잡어 보고 다음 그의 가슴에 손을 대 보고 그리고 그다음에 그의 조갈이 이러나는 입설에 입을 마추어 주었다. 안해는 눈을 꼭 감고 고요히 누어 있을 뿐이었다. 나는 그때처럼 안해에게 대하여 진실한 사랑을 느낀 적은 없었다.

"날내 나우. 해가 길어서 얼마나 지루하겠수."

나는 내 자리에 도라오며 이렇게 말하였다.

"인제 곧 이러날걸 뭘요. 아마 음식 먹은 것이 체했든 모양이야요."

"조곰식 먹지 그러게."

나는 불숙 이런 말을 하고 안해가 내 말에 불쾌한 감정을 일으키지나 않나 하고 기색을 삶였다.

그러나 안해는 그런 기색은 조곰도 없이

"난 먹는 것밖에 몰라서." 하고 생그레 웃는다.

창백한 얼굴에 방긋이는 우슴은 매화 마른 등걸에 꽃이 핀 것 같애서 귀엽기 그지없었다. 나는 다시 안해의 손을 붙잡어 보았다.

3

보리 저녁 때쯤 되었을 때다. 입때껏 이런 이야기 저런 이야기 하며 연성 우서 대든 안해가 갑자기 앞으기 시작해 온다고 허리를 꼬리고 안달복달이다. 나는 어쩔 줄을 몰랐다. 다 나은 줄로만 알었든 안해가 다시 알키를 시작하니 웬 셈인가 하고 속만 타 왔다. 그래 곧 읍내로 의사를 다리려 보내는 일변 안해의 옆에서 눈만 말끔히 나려다만 볼 뿐이었다. 기억은 또 엄마가 죽는다고 겡겡 울기를 시작한다. 그래 나는 기억을 앉고 달내도 보고 질책으로 위협도 해 보지만 곰불락 닐락하는 엄마를 처다볼 때마다 기억은 그쳤든 서름이 다시 복바치곤 하다. 나는 안해의 옆으로 가까히 가서

"여보 어디 좀 쓸어나 봅시다. 뱃속이 어떻기에 그렇게도 동통이 심하담. 거우[蛔蟲] 배알이는 아닌지?"

하고 기억을 물팍에 앉이운 채 바른손을 안해의 속옷 밑으로 너어 배를 쓸어 보고 더듬어도 보았다. 그러나 뱃속은 무슨 원인인지 몰나라 겉만은 아모렇지도 않다. 그래 안해가 상을 찗으리고 급해 하는 것을 그대로 배를 한참 쓸어 주었다.

거우 배알이라면 뱃속에서 요동하는 것이 있을 것이고 손으로 쓸 때에는 좀 시원한 맛이 있는데 안해는 조금도 시원해 하는 형색이 안 보인다. 발서 안해의 이마에 땀발이 잡혔다.

"본시 거우 배알이는 없었지?"

나의 이러한 무름에 안해는 간신히 고개를 도리질할 뿐이었다. 아마 아까 낮에 좀 나은 것 같았든 것은 확실히 진통제의 힘인 것에 틀림없었다. 그렇다면 잠간 동안일망정 빨리 주사를 놓아서 안해를 괴롬에서 구해 주고 싶지만 의사라고는 오 리 밖에 있으니까 아직도 올 시간이 멀었다. 의사의 올 시간 먼 것은 나를 안해보다도 못하지 않게 괴롭힌다. 삼딴같이 검은 기름이 즈르르 도는 머리칼을 벼개 우에 되는대로 내 헹크리고 머리는 벼개 밑에 떠러저서 눈 한 번 못 뜨고 이리저리 뒤치질을 하는 것은 참아 보기에 참혹하다. 나는 다시 손을 넣어 안해의 뱃등을 쓸어 보았다. 그러나 그 효과는 아모것도 없다. 순간 나는 내 손에 촉감되는 안해의 그 토실토실한 뱃거죽을 알어 내고 이런 야드르르한 뱃속에 병이 있을 리 없는데 하는 야릇한 감정을 맛보고 다음 순간 삼 년 전에 기억이 낳을 때 어처구니없이 신고하든 생각이 나서 이번에도 애를 낳으려는 것이나 아닌가 하는 엉터리없는 생각까지 났다. 그러나 배지 않은 애를 낳으 리 없고 안해는 확실히 병이라고 단정하고 나니 삼 년 전 동통의 결과가 아희였듯이 이번 동통의 결과는 안해의 죽엄이 아닐까 하는 어마어마한 생각이 불연듯 났다. 그러나 안해의 죽엄을 상상해 본 나는 당황히 머리를 흔들어서 그런 생각을 애써 떨처 버리려고 하였다.

기억이는 또 나의 팔을 붙잡고 엄마를 처다보며 울이 댄다. 그럴 때마다 안해는 죽을 힘을 다하여 눈을 떠서 기억을 한 번 처다보고 다시 스르르 감는다. 안해의 눈은 확실히 푸러젔다.

뽀-이해진 그의 눈은 시력을 잃어버린 것 같다. 나는 안해와 기억을 번가라 보고 이 두 인간 우에 아니 나까지 합하여 세 인간 우에 지금 무슨 큰 변이 생기려는 것을 상상치 않을 수 없었다. 안해는 내가 엺때껏 진실히 사랑해 온 안해는 못 되였다. 그러나 나를 소중히 여기고 아희를 지극히 사랑하는 안해를 볼 때 나는 안해의 죽엄이야말로 나의 파멸이오 동시에 기억에게는 더할 수 없는 쓸아린 운명임에 틀림없을 것을 깨달었다.

"여보! 어디가 앞우? 어느 발쭈가?"

나는 타올루로 안해의 땀을 씻고 헝크러진 머리를 쓰다듬으며 침착히 물었다. 잠시 안해는 허리를 꼬부린 채 말이 없다가 다시 상을 한 번 찌푸려 안씸을 주고 나서

"배—"

하고 대답할 뿐이다. 배? 배가 앞으다는 것은 발서부터 알고 있지만 나는 안해의 그 대답을 들을 때 안해의 고통이 여간치 않다는 것을 다시 한 번 깨달은 듯하다. 웬만만 하다면 복부의 어느 부분이 앞은 것을 대개 짐작하지만 고통이 심하면 일부분보다도 신체의 어느 부분이나 다 앞은 것 같음을 느끼는 것이 아니냐? 그래 나는 애써 모으로 누어 허리를 꼬부리는 안해를 바로 눞여 놓고 맛치 진찰할 때의 모양으로 안해의 복부를 부분 부분 꼭꼭 눌러 보았다. 위 소장 대장 이녑 저녑 다 눌러 봐야 별로 손에 맞추이는 곧도 없을 뿐더러 안해도 별로 따끔이 앞어 하지도 않는다. 그래 나는 좀 우습게 생각하다

가 문득 맹장염 하고 머리에 떠올으는 것이었다. 그래 얼른 속옷을 좀더 내리우고 안해의 외인편 하복부 맹장 있는 곳을 가만히 짚어 보았다. 그리자 안해는 갑자기 허리를 꼬부리며 금시에 죽는 형색을 한다. 올타 맹장염이로군. 나는 하눌이 아니 방 안이 금시에 샛놀해지는 것을 깨달었다. 일시는 아모것도 보이지 않었다.

맹장염 급성 맹장염은 이십사 시간 내에 수술을 못하면 죽는 것이 아니냐. 본시 의학에 대한 상식이 박약한 나는 안해가 죽는다는 공포에 어찌할 바를 몰랐다. 맹장염이라면 읍에서 의사가 온다야 별수 없는 일이다. 그런 조고마한 병원에서 맹장염 수술을 한다는 것보다는 병을 그대로 내버려 두는 것이 도리혀 낳을 것이니까? 그럼 S시(市)로 그러나 안해의 태티듯 하는 꼴로는 자동차도 탈 상싶잔었다. 그러나 시간을 경각에 달렸다. 어적게 열한 시가 좀 넘어서부터 시작되였다니 오늘 밤이면 이십사 시간이 아니냐 이제 남은 대여섰 시간! 안해의 생명이 인제 여섰 시간 동안에 달렸고 동시에 나와 기억의 운명도 그러하고 또 안해의 생명은 그 여섰 시간을 운용하는 내 태도에 달린 것이 아니냐. 돌연 나는 안해의 생명의 스윗치를 붙잡은 나 자신을 발견하였을 때 다만 가슴만이 콩 뛰듯 하였다.

"이젠 죽었구나."

긴장된 순간에 안해를 처다본 나의 머리에는 이런 생각밖에 없었다. 그렇게 생각하니 안해가 조곰만 가만이 있어도 죽는 것 같았다. 여섰 시간 그것을 잘 운용해야 한다고 나의 머리속에서는 경마 기수가 채죽으로 말을 몰듯 하지만 그 시간에 그 사람을 어떻걸 수 없는 절벽을 나는 보았다. 자동차도 읍에서 와야 하고 그럴나면 읍에 사람을 보내야 하고 또 여기서 S시(市) 병원까지 갈나면 적어도 한 시간은 걸려야 하고……. 절망이었다. 기억의 우는 소리도 내게는 않 들렸다. 다만 절망이라는 두 글자가 뚜렸이 낱아나 보인다. 그러나 애써 보다가 않되는 것은 할 수 없는 일이지만 처음부터 가만있을 수는 없다고 생각하며 읍에 사람을 보내려고 이러선 것은 아마 이삼 분 후였을 께다. 그러나 그 짧은 이삼 분도 내게는 두세 시간을 공연히 허비한 것같이 나의 둔한 것이 뉘우처졌다. 웬셈인지 M 병원 의사도 안직 안 오니 내 가슴은 빡빡 글러내는 것 같았다.

"아-부-지 엄마 앒아."

기억은 닫자곧자로 내게 달겨들며 운다. 순간 나는 '어미 죽은 어린 것' 하고 생각하니 어린애를 달래는 나 자신 하염없이 흘러나리는 눈물을 어찌할 수 없었다.

"무-ㄹ-"

안해는 탈탈 타올으는 입설을 혀끝으로 축이며 간신히 말한다. 안해의 눈에도 어느듯 눈물이 흘느고 있었다. 안해에게 물을 마끼려니까 안해는 고개도 못 뜬다. 그래 나는 숱까락이 필요한 것을 생각할 새도 없이 내 입에 물을 물어 안해의 입에 옴겨 주었다. 모든 감정을 잊어버리고 오로지 안해를 살려보겠다는 일렴으로…….

이십 분 삼십 분이 지나도 자동차는 오지 않는다. 나는 조급해서 앉어 있을 수가 없었다. 혹시 자동차가 다 떠나고 없지나 않나? 하는 생각과 한 푼이면 한 푼많지 안해의 생명이 쫄아들 것을 생각하니 나는 꺼저갈 듯이 애가 탔다. 날내 자동차 엔징 소리가 들려와야 할 터인데…….

이윽고 프르릉 하고 삐ㅇ 하드니 자동차가 온다. 아! 나는 얼마나 반가웠으랴. 시계는 다섰 시 반을 가르치고 있다.

'아! 이젠 살어났구나!' 하는 생각으로

"여보! 어서 일어나서 자동차를 탑시다."

나는 안해에게 이런 말을 하며 저고리 앞자락을 여미여 주니까 안해는 내 말에 의아하는 기색을 하드니

"어딜?" 하고 묻는다.

"병원에요. S시(市) D 병원에 가서 입원을 해야죠."

안해는 잠간 얼굴을 찌으렸다가

"아니 난 싫어!"

"웨?"

"난, 난 여기서 죽을 테야."

안해의 눈에서는 물에 담겄든 옷을 건저낸 듯이 주르르 샛맑안 눈물이 흘은다.

"죽긴 웨 죽는다구 그루? 괴로운 대루 어서 일어나우. 내 부축해 줄께. 기억아 너도 같이 가자 응."

그러나 안해는 종시 응치 않고

"난 싫어. 아무래두 죽을 걸 여기서 죽을내."

"글세. 그런 소린 말구 어서 어서 갑시다."

안해의 말이 내 가슴판에 못을 박는 것 같았지만 나는 성화같이 재촉하였다. 그리고 어름더름하다가는 않 될 것을 깨닫고 운전수와 둘이서 안해를 않어서 차간에 태우고 옆에 내가 앉어서 안해를 안어 주었다. 기억은 차동차가 처음인지라 이때껏 슲음을 잊어버린 듯이 경

이의 눈을 번득거릴 뿐이다. 이윽고 부르렁 하고 발동하며 차는 전진을 한다.

아! 새 생명의 새 출발이여 인젠 살어났구나 하는 환희에 나는 안해의 신흠 소리도 귀에 들어오지 않고 날뛸 듯이 기뻐하였다.

운전수의 팔둑시계는 다섰 시 사십칠 분이었다.

4

자동차 안에서 안해는 퍽 괴로워하는 모양이였지만 나의 맘은 여간 시언치 않었다. 차가 해 지기 전에 D 병원에 다을 것이니 안해의 목숨을 틀림없이 구해 낼 수 있다는 기뿜에 안해를 앉고 있는 나의 팔에는 새로운 힘이 용소슴쳤다. 내 지혜로 내 과단성으로 한 개의 생명을 살려 내놓는다고 생각하니 여간 반갑지 않었다. 더욱이 나의 사랑하는 안해임에 있어서랴. 나는 안해가 병상에 누어서 내게 몇 번 이고 감사의 뜻을 표할 것을 상상하매 못 견디게 달리는 자동차가 더디 생각되여 발도 굴러 보았다. 자동차 박휘가 돌조각을 타고 넘든가 우먹진 데를 지나갈 때이면 안해는 얼굴을 찦으리곤 한다. 그러나 나는 안해의 엉덩이를 내 두 무릎으로 떠받고 상반신은 젖가슴을 휘감은 두 팔에 힘을 다하여 앉고 있었다. 그러나 안해는 웬일인지 있다금 힐끗하고 눈을 떠서 나를 처다보며 무었이라고 하소하려다 마는 것같이 보였다. 그래 나는 얼는 멀거니 밖았을 재미있게 내다보고 있는 기억을 끌어서 안해의 손에 쥐여 주었다. 기억은 다시 밖았을 내다보고 그다음 엄마의 참혹 망상한 꼴을 보고 주둥이를 이리저리 빛죽거린다.

"기억아 자동차 재미있지. 저—산 봐라. 얼는 얼는 달어나지 안니."

나는 기억을 달래여 다시 창밖을 내다보게 해 놓고 안해의 몸집을 몹이 빛꼬는 것이 심상치 않은 것 같아서

"잠간만 참우. 인제 한 이십 분이면."

이렇게 말하며 안해의 얼굴을 드려다보니 그 순간 안해는 병인에게는 도저히 있을 수 없는 힘으로 젖가슴을 휘감은 나의 두 팔을 뿌리치고 머리를 앞으로 굽이려다가 내 물팍에서 미끌어 나서 밑바닥에 콱 쓸어진다.

"여보! 정순이 어쩐 일이요?"

나는 거이 무이식적으로 안해의 쓸어진 것을 이러 앉지려 하며 벌덕 일어섰다. 기억이가 놀래여 돌아서며 이 꼴을 보드니 으악 소리를 질으며 울고 있다.

나는 등골세 기름땀이 흘으는 것을 깨달을 여유도 없었다. 안해를 다시 쓸어안어서 쿠숀에 누이며 안해의 손을 받삭 부서지게 쥐여 보았다.

"운전수 빨리 쭐 스피드!"

나는 고함을 질으듯이 이렇게 명령하고 나서 내 옆에 섰는 기억을 안해 가까히 가저가며

"여보 정순이 정신 좀 채리우. 기억이 여기 있으니 정신 좀 채리우. 기억이 여기 있으니 정신 좀 채려요."

운전수에게와 같은 음성으로 명령해 보았다. 모성애의 위대한 힘으로 기적적으로 회생할까 하는 생각에서 기억을 내세웠지만 안해는 가슴 우에 쓸어지는 기억의 우름도 못 듣는 모양이었다.

"엄메-엄메-"

기억은 어미의 쓸어진 얼굴 우에 눈물방울을 흘리며 조그마한 손으로 억게를 흔들어 본다. 그러나 억게는 호흡할 때마다 몺이 음직일 뿐이었다.

"여보! 정순이! 병원엘 다 왔는데 어서 내립시다."

어느듯 자동차는 S시(市)까지를 달리고 있다.

나는 안해의 가슴을 앉고 일어서려 하였다. 그러나 안해는 몸부림을 하며 "기-기-어-" 하고 허공에 바른팔을 내저으려다 만다. 아마 안해는 기억을 찾는 모양이였지만 나는 일 초라도 속히 내릴 차비를 하느라고

"자! 저기가 병원이 아니요. 어서 내립시다."

하고 다시 안었다. 그러나 그 순간 안해는 무섭게도 나를 꽉 껴앉드니 내 얼굴 우에 "후—" 하고 차디찬 입김을 내뿜었다.

"앗!" 나는 너무나 놀래여 안해를 그대로 큐슌 우에 놓처 버렸다.

"어이! 스톱! 스톱!"

내가 운전수에게 이렇게 발악할 지음에 차는 발서 D 병원 문에 스톱하였다. 나는 우연히 안해의 손을 많어 보니 손끝이 싸늘하다. 그래 가슴을 짚어 보니 온기는 아직 식지는 않었다. 그러나 맞으막 호흡을 내쉬인 안해가 다시 소생할 리는 만무치 않으냐 나는 죽은 사람이 소생하는 기적은 믿고 싶지 않었다. 차라리 죽은 신체나마 고이

모시는 것이 안해를 위하는 맘에 틀림없을 것이다. 나는 기억이와 더부러 안해를 붙들고 실컷 울었다. 자동차 부근에는 발서 무수히 사람들이 모여 선 것도 깨닫지 못하고

"정순이! 기억을 어떻거라구 이렇게 빨리 죽었소."

하고 예누다리를 하며 목을 놓아 울었다. 안해의 푸러헷친 가슴은 백납초같이 새팔해 같다. 방그-시 벌린 그의 입설은 무었인가 하소하려는 것 같았다. 아 나와 기억은 안해를 붙들고 울고 울고 또 울었다.

이윽고 교통 순사가 와서 경찰서로 가자는 김에야 나는 내 정신에 돌아왔다. 나는 다시 한 번 더 안해를 처다보았다. 삼십을 일생으로 불초한 나를 남편으로 두었기 때문에 이렇다 할 취미를 한 번도 맛보지 못하고 공연한 훼욕과 과도의 고생을 하다가 자동차에서 죽어 버린 안해 계정순(桂正淳)*이!

삼십이라는 나히도 아까웠으려니와 아직도 젖먹이를 두고 가는 어미의 쓸아림. 안해의 가슴은 그여코 썩지 않을 것 같았다. 채 담을지 못한 그 입설도 기억을 불으다가 채 말을 맺지 못한 그 입설이 아니냐. 나는 기억을 꽉 끌어앉고 순사가 곁에 있는 것도 불고하고 달리는 차 우에서 안해에게 뜨거운 키쓰를 해 주었다.

"나의 사랑하는 안해 정순이여 험한 길 길이길이 안녕히 가서지이다."

자동차는 번잡한 시가지를 헤여나듯 달렸다. 자동차 우에 실닌 나

* 동일 소설 내에 등장인물의 이름이 2개 이상 사용될 경우, 이 선집에서는 가장 많이 사용된 이름으로 통일하였다. 또한 한자와 병기된 이름은 한자어대로 표기하고 1회만 한자를 병기하였다. 예컨대 이 소설의 원문에는 '게정순(桂正淳)'이라고 표기하였으나, 한자음대로 '계정순'으로 고쳐 표기하였다.

와 기억은 의지할 곳 없는 외로운 맘에 사로잡혀 천치와 같이 멍하니 앉어 있었다.

석양 노을이 우리를 조상하는 듯 길가에 가득히 퍼저 있다.

졸곡제(卒哭祭)

1

땀과 때꾹 새까마케 배여 코리탑지근히 배인 냄새나는 홋뗑이 한 겹으로 북국의 시월 치위를 막으며 셋방 구석으로 도라오는 언삼(彦三)에게는 등에 걸머진 지게도 적지 안이 방한 도음이 되엿다.

언삼은 두 손을 좀 늘어진 멜태끈 사이에 끼워서 밧삭 죄여 지게판이 등에 찰닥 붙게 하며 거리의 한편 구석을 거닐엇다. 지게판이 등에 찰닥 붙으니 어쩐지 몸이 좀 후근해지는 것 같앗다. 게다가 일금 칠십 전야(一金 七十 錢也)라는 근람에 처음 만저 보는 거액의 금전이 지금 자기 지갑에 잇다고 생각하니 후근해지는 것은 그의 몸뿐이 아니엇다. 언삼은 싱그레하고 곰의 발같이 어슬터슬한 얼굴을 구겨서 웃어 보앗다. 그리고 나서 다시 한 번 다저 보듯이 옷 우흐로 지갑을 쓰다듬어 본다. 지게군으로서 하로에 칠십 전이라는 수입은 금시 처음인 분수에 넘찌는 행운에 틀림없엇다. 하로에 이십 전 삼십 전 운수가 괘 좋와야 오십 전— 그것도 지게군 노릇을 시작한 지 석 달에 단 두 번밖에 없는 일이엇는데 오늘은 웬걸 생각지도 안튼 바에 칠십(七十) 전이라는 수입이니 언삼은 너무나 큰 행운에 그것이 혹 어떤 불길의 징조가 아닌가 하는 의구까지 생겻엇다. 그러나 하여튼 내중에는 갑산엘 가는 수가 셈이 잇드라도 칠십 전이라는 수입은 그를 무조건하고 즐겁게 하엿다.

언삼은 거리를 벗어나서 교외로 나오다가 오늘 저녁과 내일 아츰먹을 량식으로 호좁쌀 두 되를 삿다. 포대로 사면 아니 주저넘게 포대 운운은 그만두고 말[斗]로 사드라도 이 원 륙십 전이면 되지만 원체되로 파는 것은 한 되에 이십칠 전을 땅땅 받어 낸다. 생각 같애서는 돈 생긴 김에 아예 돈껏 사 둘까 하엿지만 남들은 다들 솜옷을 입은 지금이라 어린 장손이란 놈 내복이라도 하나 사 입히고 그리고 장작새도 사야 할 터이고 해서 속상하는 것을 꿀꺽 참고 두 되만 사들엇다. 언삼은 쌀자루를 잘못하여 내리 떠룰까 보아 거름조차 조심히 걷는다. 그는 전등불 빛나는 거리를 지나고 어득시근한 길을 얼마큼 걸어서야 자기 셋방이라고 찾어왓다. 쭉데기로 영을 해 덮은 높이 넉자가 될락말락한 집이라기보다도 도야지 우리라고 하는 것이 마땅할 움막이 증강 내음새나는 개굴역에 잇다. 언삼은 그 집 한편 옆 모퉁이 어둑컴컴한 들창 앞에 가서

"야! 금녀야!"

하고 부른다. 안에서는 아모 대답이 없다. 언삼은 어쩐지 쓸쓸하엿다. 진종일 짐을 지다가 집이라고 찾어오면 처권이 잇어서 따뜻이 지은 밥이라도 곧 갓다 주면 그래도 과히 고생 같지는 안켓는데 집에 돌아오는 길로 여섯 살멕이 딸년을 더리고 밥을 지어야 하니 맘이 쓸

쓸치 안흘 수 없엇다.

"금녀야! 이년이 어딜 갓나?"

언삼은 다시 한 번 불러 보고 혼자 중얼거린다. 그리자 뒷방에서

"아바지 완?"

하며 머리칼이 탑수룩한 게집애가 코를 훌적 들여마시며 뛰어나온다.

"응 지금 온다. 장손인 송구(상기) 안 왓네?"

언삼은 방문을 열고 지게를 벗어서 방 안에 들여노흐며 묻는다.

"송구 안 와서."

금녀는 쌀자루를 받어서 박아지에 쏟는다.

"야래 어떠케 된 일야!"

언삼은 근심스러운 빛을 하며 방 한편 구석에서 저녁밥 지을 준비를 한다.

단간방 아랫구석이 부억이오, 좀 높이 가마니를 네 개 이여서 깔은 것이 소위 방이엇다. 언삼은 좁쌀을 한 벌 물에 쓸쓸 헤워서 그대로 솥에 너코 불을 땐다.

금녀는 벽아궁에 앉어서 훼진 홋옷바지 사이로 두 무릅을 쭉 내밀고 불을 홀홀 하며 쪼인다.

"장손이래 참밥 먹구 나갓네?"

"고롬."

금녀는 또 신기하게 불만 쪼인다.

언삼은 어쩐지 궁금하엿다. 어연지간에 밥도 끌키 시작하여 인제 곧 담으면 먹게 되고 게다가 창자가 텅 비여 뱁이 맛붙을 지경인데 장손이가 아직도 안 오니 웬일일까? 전날 같으면 벌서 왓겟는데— 언

삼은 장손을 찾아 보고 싶엇으나 어디라 찾을 수도 없엇다. 장손의 일은 안동현서 신의주로 사탕 밀수입이엇다.

밥이 보지적보지적하고 잦는 소리가 나자 솥뚜껑 사이로 흐미한 내음새가 코를 스치여 언삼이나 금녀나 똑같이 주먹 같은 침을 억지로 꿀꺽 삼켯다.

"장손이가 와야 밥을 먹을 턴데 앤 배고픈 줄도 모르고 아직 안 올까?"

언삼은 이러케 중얼거리며 방문이자 부억문인 봉창문을 열고 밖을 내다본다. 발서 사방이 컴컴한지라 오가는 사람이 누구인지 분간할 수 없엇다. 언삼은 양지기에 김이 무럭무럭 나는 조밥을 담어 노코 금녀더러 먼저 먹으라고 장손이 오기를 기대린다. 조밥을 한 수깔 무뚝이 떠서 조그만한 입으로 덥석 삼키고 오물오물 씹는 금녀를 물끄럼히 바라보든 언삼은 다시 한 번 침을 꿀꺽 삼키고 일어서며

"애가 날래 와야겟는데—"

짜증 비슷이 말하며 밖을 내다본다.

컴컴한 사방이 언삼의 머리에 검은 구름을 갖다 주엇다. 언삼은 어쩐지 또 쓸쓸해젓다. 오늘 낮의 큰 행운이 어떤 불길의 징조가 아니엇나 하고 생각한다. "만인게[萬人契]에 일등하는 것은 조흔 신수가 아니야." 하든 옛 영감들의 말삼을 생각하며 언삼은 피울까 말까 하는 담배를 한 대 피웟다. 인제 곧 저녁을 먹을 것이니 피울 필요가 없엇겟지만 자꾸만 흐르는 침 때문에 담배라도 피우지 안흘 수 없엇다. 씨-ㅇ 하고 지나가는 바람에 열어제친 방문을 "지-끈!" 하고 닫드려 준다. 언삼은 벼락인가 하고 가슴이 덜컥하엿다. 밥 먹든 금녀도 "엄메야" 하며 언삼의 무릎에 엎덴다.

언삼의 가슴은 점점 에여젓다. 장손이가 어찌된 일일까? 언삼의 단 하나의 히망인 장손이가 도라오지 안는다는 것은 언삼의 가슴을 너무나 어둡게 하엿다. 현기증 나는데 연신 담배만 빤 탓인지 언삼은 정신이 후리후리해진다. 그대로 밖을 내다보고 잇노라니

"아버지—"

하며 장손이가 달려온다. 아! 얼마나 기뿐 일이냐? 언삼은 벌덕 일어서며 죽엇든 아들이나 도라오는 듯이 맛바덧다.

"오! 장손아! 웨 그리 늦엇니."

"그놈의 안된 놈이 세관 감시 시간이 지나기를 기대리노라구."

어느듯 언삼이와 장손은 본능적으로 수깔을 들고 밥상에 마조 앉엇다. 밥은 아직 식지 안헛다.

2

"아바지. 오늘은 얼마나 버런?"

식후에 장손이가 언삼에게 물엇다. 언삼은 어둠 속에서 싱그레 웃으며

"글세. 오늘은 일곱 냥[七十 錢]을 벌엇구나. 참말 신수가 조핫지. 날마당 오늘 같기만 하면 우리두 조밥이나 근심 없겟는데."

언삼은 슬하에 소독히 쭈구리고 앉은 장손과 금녀의 머리를 쓰다듬는다. 인제 겨우 열세 살에 집안 형편과 세간사리 궁리가 멀끔한

장손이란 놈이 기특하고도 귀엽거니와 여섯 살에 에미를 여이고 애비를 졸졸 따르는 금녀가 가긍도스러웠다. 언삼은 저녁때가 제일 즐겁고도 애달펐다. 자식들을 앞에 앉히고 얘기하는 것은 다시없는 락이지만 또한 그런 때마다 락이라고는 한 번도 못 보고 죽은 처권이 생각되여서 끝없이 서럼이 복바쳣다.

"일곱 냥? 에-라."

장손은 눈을 훼둥그레 뜨며 어성을 높여 놀래고 기뻐한다.

"넌 얼마 버러서?"

언삼은 장손에게 물엇다.

"닷 돈(五 錢)! 오늘은 두 탕밖에 못해서 그 왜, 누깔 뚝 베진 조선 놈의 감시(監視) 잇잔은!"

"그래."

"그놈 때문에 두 탕밖에 못해서 두 탕에 겨우 다슷 근밖에 못 내왓스니 닷 돈이지? 그러치 아바지?"

"응 그래도 장하다. 그 추운 강바람을 쏘이구 얼마나 추웟니? 홋뎅이를 입구."

언삼은 다시 장손의 등을 어루만진다. 어미도 없는 어린것들의 등을 깎는 애비는 어지간히 슬펏다. 차라리 애비 된 내가 죽고 에미가 살엇든들 허다못해 낡은 포대를 꿰매 줘도 저러케 칩게는 안 햇으리라 생각하니 어쩔 수 없이 어린것들이 불상해 보엿다.

언삼은 어린것들에게 날래 자라고 아릇목에 단 하나인 이불을 깔어 주고 자기는 웃목에서 새끼를 꼬기 시랫한다. 새끼를 꼬아야 장손이 내복도 사 줄 터이고 해서 그는 밤을 새여 꼰다. 새끼를 꼬면서 언삼은 지난날 동리 사람들과 같이 담배도 피우고 옛말로 우슴 낙담에 지지벅거리든 때를 회고하고 절로 나는 한숨을 후유 내쉬엿다.

"그적만 해도 내게는 다시없는 행복된 시절이엇다."

이러케 중얼거리는 언삼은 어느듯 옛날로 도라가 버린다. 옛날 머잔은 옛날이엇다. 바로 석 달 전만 해도 언삼은 이러케 설사롭지*는 안엇다. 언삼이가 신의주로 옮겨 와서 자유노동자인 지게군으로 전락되기 전에는 그는 순진한 농사꾼이엇다. 논 닷 말지기**에 밭 하루 갈이를 언삼이 부처와 두 아희가 다루는 것은 그리 힘든 일은 아니엇다. 그리고 거기서 나는 수입은 벼 한 섬에 십 원을 노치지 안는 한에서 가장 단출하고 질소한 언삼이네 살림의 재원으로 부족하지는 안헛다. 게다가 초가 막사리나마 엉뎅이 들여노흘 자긔 집이 잇엇다. 그래서 언삼은 봄부터 가을까지 지주에게서 농채를 내여 먹다가 가을이 되면 농터에서 나는 수입으로 농채를 갚어 왓다. 그는 거이 개미 체바퀴 돌 듯 꼭 같은 방식을 매년 반복하여 왓다. 그래 그는 좀 농채라도 안 지고 살면 부자가 될 상싶어서 밤낮 새끼를 꼬느니 가마니를 치느니 하엿지만 타고난 운명인지 역시 가세는 그 모양대로 잇엇다. 그러나 그는 그럭그럭하느라면 장손이란 놈이 커서 할 일이 잇으려니 그러면 팔자 바꿈이 되려니 하는 막연한 희망에 그리 불행치는 안핫다. 물론 어느 때나 현실에 만족을 느껴본 적은 없엇지만 그 대신 절망을 부르짖은 적도 또한 없엇다.

* 설사롭다 : '가난하다'의 평안북도 방언.

** 말지기 : 마지기[斗落]. 논밭 넓이의 단위. 한 마지기는 볍씨 한 말의 모 또는 씨앗을 심을 만한 넓이로, 지방마다 다르나 논은 약 150~300평, 밭은 약 100평 정도이다.

말하자면 농사군의 누구나가 다 그러한 것과 같이 희망을 아들에게 부치고 어서 아들이 자라기만 고대하엿다. 그리고 아들이 자라는 동안 지금의 평범한 운명에는 조곰도 변동이 없으려니 믿어 왓다.

그러나 고대하는 희망의 실현보다도 꿈도 안 꾸엇든 비참한 현실이 그를 습격하고야 말엇다.

지난여름이엇다. 가물이 근 한 달격이나 게속된 끝에 급격히 폭풍우가 머리에 쏟기 시작하엿다. 오매로 고대하든 비인지라, 농사군들은 처음에는 찌푸렷든 눈쌀을 펴고 금년도 풍년이라고 배장단을 첫다. 그러나 그만 왓으면 하는 동안에 비는 끄칠 줄을 모르고 자꾸만 퍼부엇다. 게다가 바람이 마적의 무리 떼산이처럼 습격을 하여 와서 농가에서는 점점 가슴이 두근거리기 시작하엿다. 더구나 압록강을 옆에 끼고 잇는 언삼이네 사는 면소 마을의 인심은 더할 수 없이 전전긍긍이엇다. 채ㅅ굽 받듯 하는 비를 무릅쓰고 논드렁이 문허질까 보아 산지를 들고 밤을 새이며 드나드는 한 가정의 가장과 허리가 끈허지도록 애써 김을 매 놓앗는데 하는 안악네의 근심……. 마을은 비ㅅ속에 발깍 뒤집힐 듯하엿다. 그러나 비는 여전히 하세하여 밤으로 낮을 닛는다. 그리고 바람도 미친 호랑이 모양으로 앙 소리를 질으며 한창 자라는 벼에게 노대를 친다. 언삼은 도모지 잘 수가 없엇다.

농사지어 놓은 것이 없어지면 죽는 목시나 다름없다고 믿으니 밤잠도 변변히 오지 안헛다.

3

그러나 하늘은 그들의 그러한 근심을 모르는가 사변은 종시 일어나고야 말엇다. 하로 아츰 누구의 소린지는 모르나 왜자 하고 고함치는 소리가 나고 그 뒤니여 사색이 된 마을 사람들이 산지를 들고 부들부들 떨며 강변으로 뛰여간다.

"보동이 터저 들어온덴다!"

하는 고함과 함께!

불시에 마을은 게엄령 나린 전률할 기분에 찻다. 마을 사람들은 죽기를 한사한 비장한 결심으로 제각기 산지를 메고 터저 간다는 압록강 보동을 막으러 강변으로 달려간다. 그러나 그 뒤를 니여 정복한 순사 세 명이 숨차게 딸어와서

"오-이고라!* 물이다 물이! 가지 마라 가믄 죽은다. 다들 이리 와! 아부나이요!"**

산지 든 농군들은 그러나 잠간 멈추엇든 발을 되것기 시작한다. 그래 정복 순사는 애가 타서 죽겟다는 듯이 다시 딸어가며

"고라!*** 물이 왓소! 동이 터진다. 죽어! 이리 와!"

상류에서의 전화로 지금 막 강물이 범람하여 하류로 습격한다는 정보를 받은 경관은 어쩔 줄을 모르고 안타까워한다.

"안 죽어요! 또 죽어두 좋아요. 보동이 터저서 먹을 것이 없어지면

* 오-이고라! : 야!
** 아부나이요(あぶないよ)! : 위험해!
*** 고라! : 야!

살어 뭣하우?"

한 농부가 갑분 숨을 쉬지도 못하고 대답한다. 그리자 다달은 경관은

"우물쭈물하지 말구 어서 집으로 되도라가! 방금 웃물이 내려와서 보동이 터진다니 죽지 안을랴면 어서 어서!"

정복 입은 경관의 권위로 명령한다. 다들 멍하니 섯다!

"보동이 터진다!"

그 말은 하늘이 문허진다는 것보다도 무서웟다. 다들 입만 딱 버리고 잇엇다. 그리다가 경관이

"곤칙쇼! 나니시데룬다이!"*

하며 검 자루를 휘두르는 김에 숨찬 걸음으로 집으로들 뛰여왓다. 마을은 산이 가리워서 생명의 위험은 조금도 없엇다. 그러나 생명만 남고, 생명을 키워 갈 논과 밭이 없어지는 것은 더 큰 비참에 틀림없엇다.

"보동이 터젓다!"

하는 웨침과 함께 아! 삽시간에 평야는 수국이 되고 말엇다. 새파랏튼 드을이 하-얀 물로 변하고 말엇다.

날카로운 잇발로 보동을 물여 끈은 물결은 평야를 미친 듯이 휩쓴다. 뒷물은 압물을 치밀고, 물은 물을 치밀어서 평야로 평야로! 치미는 물은 머리를 장긋 들엇다가 턱 거꾸러저 노대를 치며 산본에 와서 쏘-하고 물방울을 튕긴다. 마을 사람들은 너무나 의외엣 운명에 마치 아모런 관게도 없는 것같이 노소를 물론하고 산 우에서 응성하였다.

* 곤칙쇼! 나니시데룬다이! : 이놈아! 뭐하고 있는 거야!

다만 안악네들만이 어린애를 품에 안고 울고불고할 뿐이엇다. 언삼의 처는 금녀를 등에 업은 채 보이지 안는 자기 집 논터가 어디 갓느냐구 혼자 씽씽 울다가 그만 기가 막히워서 산 우에 쓸어지고 말엇다.

물은 이튼날도 찌지 안엇다. 시기가 알 배일 때라 이 이상 더 물속에 채여 잇으면 전멸이라고 야단이지만 물은 그대로 너훌너훌할 뿐이엇다. 그 이튼날은 징그럽게도 날이 개이고 해가 비죽히 솟앗다. 그러나 마을 사람들은 얼마나 햇님을 원망하엿든고? 사흘만에 물이 찌여스나 벼는 보이지 안코 무연한 들판이 왼통 매토로 잘판지근히 분장되엿다.

마을은 발끈 뒤집혓다. 사십여 호의 농가에서는 눈물로 날을 보내엿다. 갑자기 마을에 유걸 쌈지가 터진 셈이다. 그중에도 언삼이네는 설상에 가상으로 산에서 졸도햇든 안해가 좀처럼 정신을 차리지 못하엿다. 무슨 병인지 알 수 없지만 병은 심상치 안헛다. 지옥 생활 같은 나달은 한 보름 동안 보낸 후엿다. 안해는 싱겁게도 죽어 버리고 말엇다. 언삼은 더할 수 없는 슬픔을 맛보앗다.

집안의 대들보로 여기든 안해의 주검은 도리여 그들로 하여금 유리(流離)의 길을 밟게 하엿다. 벌서 먹을 것도 없어지고 지주도 받을 터무니가 없는지라 농채를 주지 안헛다. 그래 시재 버러먹을 곳을 찾어 신의주로 찾어오게 되엇다. 집은 농채 오십 원 대신으로 지주에게 넘겨주고 이불 한 자리와 밥바리 서너 너덧 개만 들고 마을— 십여 년 살든 마을을 떠나는 언삼의 괴로움은 가슴을 빼개는 듯하엿다. 마을과 신의주는 그리 머지는 안치만 그래도 떠난다고 생각하니 다시 못 올 마을이 새로히 그리워저서 자꾸 돌다보곤 햇다. 그것이 벌서 석 달 전! 그 후의 마을의 소식은 아득하엿다. 이런 생각을 하며 언삼은 꼬든 새끼를 멈추고 한숨을 집는다. 지갑을 털어 보앗지만 담배도 없엇다. 내일의 살림을 생각하며 깊이깊이 집는 언삼의 한숨은 서리와 같이 새차서 땅이라도 꺼질 듯하엿다.

교외의 밤은 슬픔 속에 깊어 갓다.

4

몇 날 후엿다. 저녁을 막 치르고 뒷설거지를 하고 잇노라니 '피날루'라는 별명을 가진 노파가 찾어왓다.

"어서 들어오시우. 우리 집 문턱이 낮어젓나. 아즈머니가 어떠케 이러케."

언삼은 가싯물에 질그릇을 씻다 말고 손을 물속에 담근 채 노파에게 허리를 굽실하며 어설굿게 말한다.

"그새 잘 잇엇소? 어! 참 저거 바! 홀애비 살림이 가엽군! 설거지도 다 제 손으로 하고! 호호호호호! 사내 설거지하는 꼴이라구야! 그릇에서 × 내음새 나겟군그래. 호호"

오십 줄을 넘은 노파는 새룩새룩 주름살 간 얼골을 더 구겨서 웃어댄다.

"아즈머니두 원 하하. 그걸 밤낮 붓잡구 잇기에 내음새가 나겟수?"

"오즘은 안 누나 뭐? 호호 그래두 홀애비 것이 돼서 하 괜치는 안켓

군! 참 세상엔 홀애비처럼 불상한 건 또 없어! 입성을 꿰맬래두 그러쿠 밥 짓는대두 그러쿠."

노파는 은근히 음성을 나주처 정 가득한 태도를 보인다.

"불상허니 어떡허우?"

언삼은 가만잇을 수가 없어서 댓구를 노핫다.

"어떡허긴? 웨 에미네가 없어서! 발에 채이는 것이 맨 게집년인데."

"아즈머니 발에 채이는 것은 여편네지만 내 발에야 어디 채워야지요."

"글세. 그만두! 사내루 생겨나서 사채기에 ××달구 에미네 없이 산다는 게야 말인가. 원!"

"하하! 그러치만—"

언삼은 다음 대답이 없엇다. 따는 그럴 상도 싶엇다. 그러나 자신의 처지를 생각할 때 자기한테 올 녀편네는 잇을 상싶지 안엇다. 잠간 침묵이 게속되엿다.

"여보! 장손 아범!"

노파는 목성을 나추어, 웃목, 언삼에게로 닥어앉으며 은근한 태도를 보인다.

"예?"

언삼은 무슨 일인가 몰라 숙엿든 고개를 번적 들어 노파를 처다보앗다.

"장손 아범두 그냥 홀애비로는 살 수 없는 게 아니요. 과부티는 없어두 홀애비 내음새는 코리타분하다구. 영 홀애비로 살 수야 없잔우? 또 말이야 바른대루 아따 아직두 나히 사십이엿다. 칠십을 산다손 치드라두 아직 삼십 년이 남엇으니 웨 홀애비로 늙겟수? 그러기 장가를 드는 것이 어떠냐 말이유?"

노파는 신이 나서 눈을 껌뻑껌뻑하고 입을 실룩실룩하면서 연손 손짓을 하여 타일듯 한다. 언삼은 지금껏 생각지도 안헛고 또 생각한다야 쓸데없는 일이라구 믿엇든 일을 갑자기 듣게 되니 어찌 대답해야 좋을지 몰라 어리둥절하엿다. 언삼은 흥! 코우슴 한 번 하며 귀밑까지 붉어지는 얼굴을 숙여 버렷다.

"장손 아범 생각은 어떳수? 여보 글세 우물쭈물할 게 뭐요. 홀애비 장가가는 것쯤이야 당연에 웃당연이지."

노파는 장손 아범의 옆모습을 말끔히 바라보며 대답을 기대린다. 언삼의 가슴은 갈팡질팡하여 진정되지 안헛다. 이때껏 생각해 본 일은 없엇지만 정작 그런 얘기를 듣고 보니 미상불 녀편네가 얻고 싶지 안흔 것도 아니엇다. 언삼은 여편네가 잇으면 위선 밥짓기와 옷 근심은 면할 수 잇으려니 생각하며 하나 얻어볼까 하는 맘가지 들엇다. 게다가 그동안은 살림에 너무 쪼들리고 죽은 안해 생각 때문에 특별이 괴로운 적이 없엇지만 지금 여편네 말이 나고 보니 아직 나히 사십인지라 피여오르는 정욕을 위하여서도 없어서는 안될 것 같엇다.

"글세 어느 여편네가 나한테 온답디까? 올 사람이 잇어야 얻지 안수?"

언삼은 불숙 이렇게 말하며 게면적은 낯을 감추기 위하여 길마루에 향하여 매렵지도 안흔 코를 킹! 하고 풀엇다.

"없긴 웨 없다구 그러우?"

노파는 놀래는 기색을 짓고 나서 다시 좀 더 닥어앉으며 음성을 나추어

"내가 달래 온 게 아니라 지금 축동 안에 나히 설흔네 살 먹은 과부

가 잇는데 그래 그 과부와 장손 아범과 어떠케 맛부처 볼가 하구 온 게야. 그 색시두— 호호호— 참말 색시지 뭘 그래. 아직 설흔넷이지만 이십 안팍으로밖에 안 보여— 그 과부가 즉 내 시누이의 딸이야. 이 태 전에 서방이 열병으로 죽고 여때껏 혼자서 버러먹다가 녀편네가 아무리 끌끌하면 혼자 사는 재간이 잇나. 그래서 나랑 제 에미랑 다 권해서 마차운 데가 잇으면 옮가 안도록 됏는데 세상에 어디 그리 무던한 사내가 잇담? 생각하고 생각한 끝에 장손 아범이 하두 무던하고 유순하기에 호호호……. 택지우택에 뽑혓으니 한턱해야 해!"

노파는 발서 혼인이 다 된 것같이 기뻠에 못 참겟다는 듯이 몸집을 뒤척댄다. 언삼은 미상불 즐겁지 안흔 것도 아니엇다. 수다한 홀애비 중에서 뽑히엿다는 것은 다시없는 행복이엇다.

"글세요. 이러케 수고를 해 주시니 고맙기는 하지만—"

언삼은 속살은 웃슥햇지만, 말만은 엉거즈츰이 햇다.

5

"뭐 또 어떠한 말유! 아따 인물이 미인엿다, 일 잘하것다, 그리구 속이야 다시없이 착하지. 부처 오누이라구 장손 아범과 천상배필일걸."

"흥 하하하"

언삼은 천상배필이라는 말이 우수워서 어둠 속에 히주그레 웃엇다.

"그런데 한 가지 말할 것은 저편두 어린것이 둘이 잇어! 다섯 살멕이 세 살멕이 이러케 둘야. 그러나 둘 다 게집애니깐 뭐 한 사오 넌만 잇으면 남의 집 애보개로 보내면 그만이지 뭘. 어서 얻어 두우 그리구 겨울에 추울 적이면 푹은히 안구 잣으면 그만인 걸 웨 그루?"

소년 과수로 신의주 일판에서도 '피날루'라는 별명으로 유명한 늙은이라 사내들과 꼭 같은 농담을 곳잘 하엿다.

"아즈머니두 원 우습게두."

언삼은 그러면서도 속으로는 좀 실망하엿다. 더바디가 둘식이나 되면 식구가 여섯이 될 게다. 지금 세 식구 먹기에도 귀차한데 여섯 식구를……. 그뿐 아니라 에미와 애비 다른 네 애들이 의조케 살 것 같지는 안엇다. 그러케 되면 애들 싸움이 어른 싸움이라고, 비록 지금 생각 같아서는 그럴 리 없을 것 같지만 실제로 당하고 보면 애들 때문에 부부간에 의 상할 일이 없다고도 단언 못할 노릇이엇다. 어구나 언삼은 언제나 밖에 나가 잇는 몸이라 진종일 이붓에미하고 잇을 금녀를 생각하니 도저히 얻을 생각은 안 낫다. 그러나 한끗 생각하면 이대로 홀애비로는 늙을 수가 없엇다. 며누리를 얻는다면 문제는 없지만 며누리를 얻는 것보다 여편네를 얻는 것이 문제 해결의 첩경일 것이고, 또 사실 말이 낫으니 말이지 삼십이 가까워서야 장가를 갖든 언삼인지라, 사십인 지금에도 밤에 혼자 잘라면 앞이 허순한 게 여간 쓸쓸치 안헛다. 그래서, 이리 뒤적 저리 뒤적 벙어리 냉가슴 알 틋하든 언삼은

"어디 얻어볼 맘이 없수? 어서 얻어보우. 이런 기회가 또 잇다구."

하고 한 번 비꼬는 노파의 말에

"글세요."

굵다란 손가락으로 머리를 빽빽 긁는다.

"그럼 내일 낮에 서로 선을 보구 그다음에 어떠커든지 할까? 맞선만 하면야 홀딱 반해서 어쩔 줄을 모르고 그 밤으로 자자구 할 것을 호호"

노파의 자꾸만 놀려 대는 김에 언삼은 또 귀밑이 붉어지며

"그럼 그러케 해 주. 아즈머니, 내일 낮에 아즈멈 댁으로 가리다. 그동안 나두 생각 좀 해 봐야겟구."

"생각은 무슨 생각 개로 태여낫으면 똥 먹는 것이 당연하듯 홀애비 됏으면 장가가는 게 당연하지. 돈이 없기에 그러지 돈만 잇으면 색시 장가들 판에 안 그래. 장손 아범."

노파는 내일을 약속하고 가 버렷다. 이슥고 잠자리에 누은 언삼은 너무나 여러 갈레의 생각에 갈피를 잡을 수가 없엇다. 집안을 위하여 여편네를 얻는 것도 그럴듯햇고 아히를 위하여 그대로 며누리 얻기까지 늙는 것도 그럴듯햇다. 밤은 점점 깊어가나, 언삼은 도저히 잘 수가 없엇다. 게다가 첫 치위라, 선들선들하는 바람이 문틈으로 몰려와서 정신만 말정해지고 허리만 까부러저 왓다. 생각이 생각의 꼬리를 물고 맛닷드니 새벽역이 되여서는 그런 생각은 겨우 다 없어젓다. 그러나 다음에 오는 것은 정욕의 주림이엇다. 홀애비로 지낸 지 발서 석 달! 손을 곱아 본 언삼은 전신에 갑자기 정욕이 홍수 치밀듯 하는 것을 깨달엇다.

안해! 생각만 하여도 입에 생침이 즐즐 흘럿다. 죽은 안해의—몸은 수척하면서도 젖가슴만은 툭 터질 듯이 발달되어 토실토실하든 그 젖무덤!

해볕에 타서 적동색이면서도 뽑은 듯이 미끈하든 그 넙적다리! 갸금한 통상의 중앙에 유난히 빛나든 그 눈동자! 바람과 해볕에 탄 얼굴이엇지만 결코 누구의 안해보다도 못지안흔 언삼의 처권이엇다.

언삼은 생활의 쫄린 속에서도 항상 자유롭고 아름다운 꿈이 잇엇으니 그것은 안해에 대한 만족과 안해를 품에 안는 순간이엇다.

오늘 밤과 같이 치운 밤에는 밤늦도록 마을 새냥을 갓다가 돌아오면 안해는 자든 잠에도 의려히 그 따뜻한 품으로 남편을 안어 주엇다. 그런 지나간 일을 회고하니 언삼은 혼자서 새우잠을 자는 자신이 그지없이 설어웟다. 그러나 다시 도라오지 못할 안해다. 안해 이외의 게집을 한 번도 사괴어 보지 못한 언삼은 문득 아까 노파가 말하든 설흔네 살의 과부에 대한 흥미에 붓적 끌엇다. "나히는 설흔넷이지만 실상은 이십 안팍으로밖에 안 보인다." 든 노파의 말은 더욱 고지식한 언삼이를 흥분되게 하엿다.

"망할 놈의 늙은이 맞선만 하면 홀닥 반해서 그 밤으로 자자구 그럴 리라구!"

언삼은 아까 노파의 농담을 한번 되노이며 어둠 속에서 싱글 웃고 두 주먹을 사채기 사이에 끼우고 허리를 딱 까부렷다. 어쩐지 전신이 훅군 달어왓다. 숨이 가뻐지는 것도 같엇다.

"망할 놈의! 호미밥 먹은 놈의 것이 기운은 어디서 이러케 날가?"

언삼은 내일 기여코 그 게집을 만나리라 결심하엿다. 그리고 정영코 미인일 그 게집과 한 자리에 누엇을 자기를 상상하니 꼬박이 뜬눈으로 새이는 긴 시간도 그리 괴롭지는 안헛다. 새벽 다섯 시 고동이 뚜 하고 들려왓다.

6

이튿날 지게를 지고 나선 언삼은 도무지 심란하여 견댈 수가 없엇다. 어데를 가야 조을지 또 어디가 어딘지를 모르고 공연히 거리를 어슬렁거리며 싸다녓다. 그러면서도 생각은 조곰도 머리에서 떠나지 안헛다. 이십 안팍으로 보인다는 과수와 맞선을 본다는 것은 공연히 그를 기뿌게 하엿다.

"아 누추한 꼴루 맞선을 어떠케 본담."

그는 혼자 중얼거리며 자기 옷을 도라보고 게면적게 싱글한다. 그는 발서 몇 번채 해를 처다보앗다.

짧은 겨울날이건만 오늘은 웬일인지 낮 되기가 한 달같이 길어 보엿다. 그래 그는 아까운 줄도 모르고 연신 담배를 피운다. 그리면서 다시

"그것을 얻어 살어야 옳은가?"

하고 스스로 묻고 그 답에 몹시 궁색해 한다. 그리다가 그는 덜컥 이런 생각도 낫다.

"하여튼 우수운 일이야 그러케 젊엇으면 나 같은 가난뱅이한테 올 리가 없는데—"

일러 놓고 보니 이상치 안흔 것도 아니엇다.

신의주판 하두 많은 홀애비에서 하필 지게꾼인 언삼을 고른 게 어쩐지 이상하엿다. 그러고 보니 언삼은 한시라도 속히 만나 밧으면 하는 조바심증이 생겻다. 중낮이 되여서 그는 과부와 맞선을 하엿다. '피날루'의 말처럼 곱지는 못하엿고 또 그리 젊지도 못하엿고 게다가 죽은 안해대구는 모든 점이 어림도 없엇으나 '홀애비 눈에 미운 게집

없다.'는 속담도 잇거니와 언삼의 눈에 과히 못 생겨 보이지는 안헛다. 게다가 혹 병신이나 아닌가 하고 아까 안타까이 근심햇드니 조금도 몸트집은 없는 것 같앗다.

결국 언삼은 어느 정도까지의 만족을 얻엇다.

그래 오늘 밤 다시 '피날루' 노파와 맛나기로 하고 헤여젓지만 거리에 나온 그는 암만 해도 그 여편네의 — 어린것에게 아직 젖을 멕이는 탓도 되겟지만 — 그 턱 버그러진 젖무덤이 몹시도 눈에 암암하여 보이지 안는 노끈으로 전신을 박결하여 끌어당기는 것 같앗다.

한참 그런 궁리를 하다가 이러다가는 안된다. 얻을 때에는 얻는 셈치드라도 위선 내일 먹을 식량을 위하여 오늘 벌지 안흐면 안되겟다고 벌떡 일어서 보고 그는 그제야 자기가 공동변소 옆에 앉어 잇는 것을 알고 픽 웃엇다. 이날은 운수가 조앗겟는데 웬일인지 돈이라고는 단 이십 전밖에 못 벌엇다.

"내가 게집한테 미첫군! 게집한테 미치면 집안이 망하는 법이야"

이런 줄은 모르고 애비가 돈과 쌀을 버러 오려니 하고 기대릴 어린 것들을 생각하고 언삼은 집으로 가는 발길이 천 근같이 무거웟다. 집에 오니 장손은 발서 와 잇엇다. 겨우 해서 쌀 한 되를 사 들고 들어오는 언삼은 자식들 보기가 그지없이 부끄러웟다. 언삼은 여편네를 얻어 올랴면 자식들과도 의논을 하리라 결심하엿다.

그러나 다시 생각하니 자식들에게 너이들의 훗에미를 얻어 오겟다고 하는 것도 쑥스럽기도 하거니와 오늘 같애서는 입 가진 동물을 셋식이나 터치기는 도저히 불가능한 일이엇다. 그는 이리저리 궁리한 끝에 아예 단념하고 말리라고 다짐을 하엿다.

그러나 그러케 다지고 나니 어쩐지 갑작이 방 안이 쓸쓸해 보엿다. 밤에 노파가 왓을 때

"아즈머니 난 얻기 그만두겟쇠다. 머— 색씨가 부족해서 그런다거나 얻고 싶지 안허서 그런다는 것보다 얻어 온다야 먹을 것이 근심이거든요. 참 우정(일부러) 수고를 해 주시는데 이러케 말하기는 거절하는 것 같애서 박절하지만 집 사정이 그러니 딱하지 안수."

언삼은 연신 머리를 뻑뻑 긁고 담뱃대를 들엇다 노핫다 하면서 몹시 미안한 기색이다. 그러면서도 여간 서운치 안헛다. 엽방 늙은이 말에 의하면 '피날루'가 언삼을 소개한 것도 오직 언삼의 심지가 무던하여서 이붓자식에게도 고마이 굴리라는 것과 또 과부 본인의 그런 조건이 잇엇든 탓이라니, 그처럼 생각하고 주선해 주는 노파에게 딱 잡어떼는 것이 미안도 적지 안헛거니와 들어오는 복을 내쫓는 것 같애 자신도 퍽 섭섭햇다.

"그래두 얻어 두는 게 내 생각 같애서 조암 즉한데."

노파는 실망한 기색으로, 다시 한 번 권해 본다.

"글세 얻으면 그것들을 다 어떠커우, 아즈머니두 생각 좀 해 봐주. 자 그래 버리를 못하면 내 자식을 굶기겟수? 또 이붓자식이라 해서 그 애들을 굶기겟수? 이왕 굶는 바에야 내 색기나 굶겻으면 그만이지 남의 색기까지 다려다가 굶기잔 필요는 없거든요."

"허! 그저 장손 아범 심지야 다시없이 무던하지."

노파는 감탄하고 나서

"그러나 부처끼리 손목을 잡고 나서면 식구 대여섯이야 굶기겟나 원! 입 주신 하느님은 굶기지 안는다구, 설마 굶어야 죽겟나. 또 여봐

장손 아범. 굶어도 부처 간에 손목 잡고 굶으면 혼자 굶기보다는 좀 괜찬흘 게 아니야"

"글세요-."

언삼은 듣고 보니 그럴 상도 싶어서 살며시 노그러진다.

털어노코 본다면 언삼은 누구보다도 녀편네를 얻고 싶은 것은 사실이엇다.

"그러기 얻어 두래두 그래 늙은이가 웨 장손네게 해롭게 하겟소. 색시는 다시없대두 그래! 또 말이야 바른대루, 이번만 노쳐 보우 다음에는 또 잘 잇을나구?"

능그러운 노파는 녹으러지는 언삼의 태도를 보고 두 ××짬을 찌르는 듯, 한 대의 동침을 노앗다. 언삼은 생각지 안은 것도 아니엇지만 사실 장래로는 이런 운수가 한 번도 도라올 것 같지는 못햇다. 그러고 보면 장차는 굶어 죽는 한이 잇드라도 맛부터 사는 것이 상책이라 하엿다.

7

"그럼 어떡헐 셈이유. 속히 귀결을 지어야지 얻는다든가 그만둔다든가?"

전술이 능란한 노파는 드디어 적을 궁지에 몰아너코야 말엇다. 언삼은 한참 고개를 숙이고 잇다가

"그럼 얻어 살게 해 주—"

간단한 그러나 침통한 음성이엇다. 언삼은 장래일 모르지만, 현재에는 여편네를 얻는 것이 자식들에게도 행복일 것 같엇다. 노파가 언삼의 말을 전하마 하며 돌아간 뒤에 여태껏 잠잣코 눈만 꺼벅이며 듣고 잇든 장손이가 은근히

"아버지 그 노친네래, 뭘 그르네?"

하고 묻는다. 언삼은 아차 잘못하엿구나 후회하엿다. 장손이와 금녀에게도 의견—의견이라기보다 말해 보고 얻는 것을 하고 뉘우첫다.

"장손아! 집안에 내인이 없어서 하나 얻어 올까 하는구나."

언삼의 말은 어떠케 들으면 애원하는 것도 같앗고, 또 어떠케 들으면 민망해 하는 것도 같앗다.

"어디서?"

"축동 안에서, 그런데 애가 둘씩이나 된다는구나."

"애래 둘이야? 몇에 난 거?"

"다슷허구 둘잡이허구."

"그 따위래 돈 벌간 머?"

언삼은 가슴에 찔끔하엿다. 장손은 새루 올 엄메보다도, 밥 벌거지 두 마리가 근심되는 것이엇다. 집안 살림에 대하여 그처럼 밝은 어린 것인데 늙은 애비는 멋두 없이 모아만 드리자니 언삼은 뼈가 쑤시엇다. 내가 웨 좀 더 딱 잡어떼지 못하엿든가 하고 자신을 비우섯다.

'내가 게집에게 미첫구나.'

언삼은 잠에서 깨여난 사람처럼 새로히 자신을 깨닫고 그리고 오늘 낮에도 쓸데없는 공상에 버리를 못한 것이 여간 부질없어 보이지

안혓다. 그뿐더러 장내를 생각하여도 장손이가 치위를 무릅쓰고 철교를 넘나들며 한 푼 두 푼 모아온 돈으로 이붓자식을 멕여 주기에 애비로서는 도저히 못할 노릇이엇다. 또 그뿐일까 이불 안[內]엣 공소안 듣는 사내 없다구, 언삼이 자신이 혹 안해의 말을 믿고 어미 없는 불상한 것들에게 큰소리라도 치면 저것들이 누구를 믿고 살어갈까 생각이 여기까지 미치니 언삼은 그대로 앉엇을 수가 없어 밖으로 뛰여나와서 줄다름질처 '피날루' 노파의 뒤를 딸엇다.

"아즈머니! 아즈머니! 거 '피날루' 아즈머니요?"

언삼은 어둠을 뚫코 달리며 고함첫다.

한참 달려서야 겨우 노파를 붓잡은 언삼은

"아까 그 말은 그 그만둬 주."

갑분 숨을 씨근거리며 한숨을 내접는다.

"이건 뭐! 그래도 ×을 달구 다니유? 사내답지도 않게 이랫다저랫다."

"글세 아까두 말햇거니와 사정이거든요. 글세 이거 좀 보우. 장손이란 놈 벌어 오는 밥을 어떠케 이붓자식에게 멕이겟수? 그러구 아즈머니 말은 이태 후이면 그것들을 남의 집에 애보개로 보내면 그만이 아니냐구 하지만 내 딸 그대루 멕이면서 그것들을 남의 집에 주면 저이 어미니 좋아할 턱이 잇수? 안 그래요. 아즈머니."

"건 그러치만―"

거기에는 노파도 대답을 못하고 만다.

"또 그 여편네두 그런 군즈러운 것이 잇기에 날 같은 거지에게 오겟다는 게지. 그러찬으면 웨 잘 오월다. 그러기 나두 내 색기를 위하고 그 여편네는 제 색기를 위하긴 피챠에 일반 아니유?"

"……."

"그러기 그런 얘기난 해 주구래. 그리구 아즈멈두 과히 나무래지 말구요. 그럼 난 가 봐야겟수다. 갑자기 벌컥 달어 나와서 그것들이 무슨 영문인가 할 텐데—"

언삼은 노파를 그대로 두고 다시 다름박질하여 집으로 달어왓다.

그는 무거운 짐을 퍼 노흔 것같이 심신이 헌츨하엿다. 어떤 괴로운 일이 잇드라도 두 자식을 위하여 몸을 바치리라는 단심이 용소슴쳣다. 그러나 밤이 깊어 오고 치위가 조여 오니 또 어쩐지 쓸쓸하엿다. 하지만 세상모르고 자는 장손을 품속에 꼭 안은 언삼은 무심치 안흔 하늘이 머잔어 이것들 우에에 축복을 주시리라 굳게 신념하엿다.

8

음력으로 시월을 반 넘은 신의주는 발서 아츰저녁으로 어름이 얼기 시작하엿다. 차차 차거워 가는 일기와 같이 언삼이네 살림사리도 점점 쪼들어 갓다. 시월 달을 잡으면서부터는 웬일인지 하로에 삼사십 전 버리도 여간한 일이 아니엇다. 이 거리 저 거리 가가*의 상품 진렬장 밑에서 양지갈갬을 하면서 두 손을 모아 홀홀 입김만 불 뿐이엇다.

진종일 그것이 지게꾼의 일과엿다. 잇다금 어데선가 짜-하고 웨치

* 가가 : 여기서는 '가게'의 원말.

는 소리만 나면 가득가득 조을든 눈을 번적 떠서 사방을 휘둥그레한 눈으로 살펴보는 것이지만 역시 지게꾼을 부르는 것은 아니엇다. 그럴 때이면 제각금 먼저 가겟다고 일어서서 서들든 지게군들은 다시 싱거운 표정을 하며

"망할 놈의" 하고 제자리에 와서 쭉으리고 앉는다. 지게꾼으로서의 오랜 역사를 가진 '건수존우'의 말에 의하면 지게꾼의 가장 불경기 시기는 가을부터 겨울이라고 한다. 언삼은 그런 말을 듣고 어쩐지 가슴이 서늘해 왓다. 하로에 적어도 쌀 두 되는 가저야 먹겟고 밥을 끄릴라면 장작 오 전어치는 가저야겟는데 다시 말하면 아모리 해도 삼십구 전은 가저야겟는데 요즘 같해서는 하로에 삼십 전도 신통치 안타. 그래서 엇저녁부터 언삼은 좁쌀에다가 무 줄거리를 얻어다가 함께 두고 죽을 쑤어 먹기로 햇다. 그러커니 하루에 쌀 한 되면 넉넉햇다. 그런 것도 장손이와 금녀는 처음 먹어서 그런지 공연히 맛이 조타고 떠드러 대는 것을 생각하니 어린것들이란 참말 너무나 천진스러웟다.

이러나저러나 호좁쌀죽 끄려 먹는 것도 장손이란 놈이 다만 십 전이라도 버러 오기에 입에 드러 오는 것이라고 생각하니 언삼은 공연히 가슴이 두근거렷다.

"애비를 잘못 만난 탓으루!"

언삼은 입속에 중얼거리며 이 한겨울을 어떠케 지내나 하는 일에 가슴이 막막하엿다.

"돈이 이십 원만 잇으면 노동조합에 들 터잇데."

언삼은 지금 노동조합에 가입하는 것이 그의 단 하나인 희망이엇다. 노동조합에만 일자리가 턱턱 밀리고 일자리가 밀리면 돈이 많이

드러오고 돈이 많이 드러오면 장손이란 놈더러 철교 넘나드는 일은 그만두래야겟는데— 그러나 노동조합에 가입하는 데는 보증금 이십 원이 필요하엿다.

"망할 놈의!" 참말 노동조합이란 언삼이 말마따나 망할 놈의 것이엇다. 보증금 이십 원을 갓다 대일만 하면 구태여 노동조합에 들 필요가 없지 아느냐? 그러타면 돈 이십 원 없는 놈은 일도 못해 먹으리란 말인가? 바람이 몬지를 모라다가 지게꾼들 웅켜 앉은 데 퍼부엇다.

"에이 빌어먹을 놈의 바람!"

공연한 바람에 대한 짜증이엇다. 그들은 바람에게밖게 짜증 쓸 곳이 없엇다. 해가 저므러 가는 것을 그들은 가장 두려워한다. 일이야 생기건 말건 그대로 해만 계속하면 그래도 그리 불행할 것 같지 안은 그들이다.

웨냐하면 거리에서 양지갈갬을 하는 동안 그들은 자긔 집의 우울한 분위기에서 해방된 셈이니까! 그러나 노을이, 쇼-윈도의 웃층 가라스에 비스듬이 비치고 변또 낀 육거리 월급쟁이들이 이저리 흐터지면 지게꾼의 얼굴에서 해볕에 녹아 스러젓든 우울의 구름이 떠오르기 시작한다.

오늘은 겨우 다습(五合)밖에 못 가지고 가겟거니 생각하고 언삼은 남몰래 얼굴을 찡그렷다.

집에 가서 장손이와 금녀를 다리고 오론도론 지낼 것을 상상하면 집이란 다시없이 그리운 것이지만 그러나 자식을 뱃껏 못 멕이는 아비의 가슴은 자식 보기에 낮이 뜻뜻하엿다.

그러나 이러케 근근덕사로 살어가노라면 또 어떤 행운이 도라올

는지도 모르고 게다가 장손이가 크면 아모 근심 없으려니 하는 히망은 늘 언삼의 원기를 도다 주엇다.

저녁이라는 명색으로 무 줄거리 국을 한 그릇 먹고 난 언삼은 한숨을 후유 내쉬엇다. 배는 부르지 못하드라도 이럭저럭 또 하로를 살엇다는 안도의 한숨이엇다. 저녁 후에 세 식구는 곧 자리에 누엇다. 일즉부터 조름이 올 턱없엇지만, 치위에 부들부들 떨며 앉엇잔 맛고 없엇고 짚[藁]이 없으니 새끼도 못 꼬고 더구나 하루 진종일 얼쾻다가 저녁만 소지 올리듯 하고 나니 방바닥이 몹시 차저 서로 껴안지 안흐면 치위 때문에 어린것들이 자지를 못한다. 그래 언삼은 가운데 누워서 금녀는 바른편에 장손은 외인편에 하나씩 껴안고 자는 것이다.

언삼은 자리에 누은 때가 고작 평화스러웟다. 오누이를 한편에 하나씩 껴안고 살에 살을 맞대고 재우는 것은 그의 다시없는 즐거움이엇다.

그리 넓지 못한 이불은 꼭 껴안은 그들 세 몸둥이를 간신히 덮어 주엇다. 그래 혹 잠결에 이불이 한켠으로 치우치지나 안나 하여 언삼은 늘 어둠 속에 손을 어름쓴다. 같은 셋방이면서도 옆집에서는 김장 준비하느라고 또드락또드락 댕가지 다지는 소리가 밤늦도록 들려온다. 언삼은 그 소리에 밤새껏 자지를 못하고 공연히 흥분되엇다. 맘성 같애서는 김장 한 독쯤은 해 노코 싶지만 우선 독이 없엇다. 작년만 해도 채전에서 나는 것으로 김장 두어 독은 문제업시 하엿건만—그리고 그런 것은 안해에게 맡겨둔 채 챙견도 안 햇든 것을— 하고 생각하니 다시 죽은 안해가 못 견디게 그리웟다. 칠월 십일 일! 잊어지지도 안는 안해의 죽은 날!

"팔월 열하루 구월 열하루 시월 열하루!"

언삼은 이불 속에서 금녀를 껴안은 채 손고락을 곱아 보다가 아직도 퍽 남은 줄 알엇든 안해의 졸곡제(卒哭祭)가 내일 모레라는 것을 발견하였다. 안해가 죽은 지 발서 백일!

기억이 새로운 마련해선 너무 빨리 간 것 같다. 그러나 그 백일이라는 동안에 겪은 풍파와 고초를 생각하면 백 년도 더 된 것 같다.

9

"내일 모래가 졸곡제!"

언삼은 젯날 매밥[白米飯]이라도 지어 노코 어린것들과 가치 논아 먹고 싶엇다.

그러는 것이 남편의 도리로서 또는 아들을 가르키는 애비의 의리로서 옳을 것 같앗다. 그러나 요즘 상태 같애서는 그만 돈이 손에 들어올 상싶지 안엇다. 이튼날 언삼은 전보다도 부즈런히 나섯다. 한 닢이라도 더 버러서 정성일망정 안해의 졸곡제를 지내 주겟다는 지성에서엿다. 그러나 세상은 언삼의 그런 사정을 아는지 모르는지 너무나 쓸쓸하엿다. 언삼은 그날도 겨우 이십오 전의 수입밖에 없엇다. 그 이십오 전이라는 돈도 쌀 가가에서 조희 봉지쌀과 바꾸고 마니 결국 뷘 주머니다.

이튼날— 이날이 바루 안해의 졸곡젯 날이다.

언삼은 오늘은 아모리 해서도 입쌀 한 되는 버러야겟다고 아글타

글하엿다. 그러나 언삼의 심사와는 반대로 오늘은 이십오 전도 안 생긴다. 중낮이 지나고 제지 회사의 고동이 낫지만 주머니는 아츰에 집을 나온 그대로 잇다. 언삼은 시간을 따라, 점점 초조햇다. 가만 앉엇슬 수가 없어서 이리저리 거리로 싸다니며 행여 찾는 사람이 잇을까 햇지만 아무도 찾는 군이 없엇다. 그리자 아-ㅇ 하고 고동을 요란히 지르며 남행 새루 한 시 급행차가 철교를 건너온다. 언삼은 얼핏 정거장에나 나가 보리라 하고 바른 길을 찾어 재빠르게 뛰여나갓다. 발서 그동안에 차가 다어서 말숙한 신사들이 내리는 쪽 인력거를 잡어탄다. 언삼은 그 인력거군이 여간 밉지 안엇다. 그리고 또 여간 부럽지 안헛다. 저놈들은 오늘 저녁 배부르게 먹으려니 하면 어쩐지 샘증이 생겻다. 언삼은 정거장 안으로 들어가서 짐 가지고 나오는 손님이 잇으면 허리를 굽실하고

"나으리, 짐 안 지우시렵니까?"

하고 묻는다.

"아니! 실소."

그리기도 하고 어떤 손님은 들은 둥 만 둥 그대로 지나가서 인력거를 마중이나 나온 것처럼 잡어 타고 달어난다.

"제길할 놈! 대답이나 하려무나."

언삼은 이러케 또 혼자 짜증을 쓰며 또 헛길이엿다고 막 정거장을 나오려는데

"요보! 요보상! 고라."*

* 요보! 요보상! 고라 : 조선 놈! 조선 놈아! 야.

하고 사십 가까운 일본 양복쟁이가 부른다. 언삼은 획 도라서며

"옛? 옛 옛! 웨 그리십니까."

허리를 굽실하며 가까히 갓다. 양복쟁이는 지금 막 수화물 취급소에서 내주는 행리를 지고 가자고 명령한다. 언삼은 너무나 조은 김에 어쩔 줄을 모르고 백 근 가까이 무거운 짐을 성냥갑같이 가벼히 질머젓다.

"경찰서 앞에까지 어루마요?"

뒤따라오며 묻는 김에 언삼은 걸어가는 그대로

"그저 이십 전만 주시구려."

하고 말햇다.

"나니? 이시비젠이? 시비전이 좃소. 짓센데이이야." *

언삼은 속으로 십 전이면 십 전도 조타고 생각햇다. 이윽고 우편국 뒤의 어떤 조그마한 일본 집에 다다른 언삼은 주인이 지시하는 대로 짐을 집 안에 들어다 주엇다. 헌데 마츰 안주인은 어대 나갓는지, 열대여섯 난 게집애가 혼자 잇다가 오는 사람을 아버지라고 부르며 맞는다. 언삼은 짐을 방 안에 옮겨 노코 나오다가 우연히 싹문 안에 노힌 경대 우에 샛밝안 돈지갑을 보앗다. 언삼은 갑자기 가슴이 뜨끔하엿다. 주인은 안방에 들어가서 옷을 가러입고 게집애는 부억에 나가서 세숫물을 뜨는 모양이고—아모도 보지는 안는다.

순간—언삼은 가슴이 두근거리고 치가 떨렷다. 피가 순환하기를 딱 멈춘 것같이 전신이 찔끔햇다. 유난히 눈에 띠이는 새빩안 지갑! 지갑은 뱃속에 돈이 갓득 찻는지 뱃가죽이 불룩하엿다.

* 나니? 이시비젠이? 시비전이좃소. 짓센데이이야 : 뭐? 이십 전이? 십이 전이 좋소. 십 전으로도 돼.

"저놈을 갖엇으면 안해의 졸곡제는 잘 지내—"

언삼은 현관에 나와서 신을 신는 순간 이러케 생각하고 얼른 손을 내밀어서 경대 우에 노인 지갑을 집엇다. 그리고 이내 밖으로 나와서 부들부들 떨리는 다리로 꼬부랑길을 넘어서 축동 밖으로 나왓다. 정신없이 다름질친 언삼은 축동에 와서야 겨우 자기가 남의 물건을 훔쳣다는 놀랍고도 무서운 사실을 깨달엇다.

언삼의 이마에와 손에는 땀이 축진히 흘럿다.

난생 처음 남의 물건을 훔처 본 언삼은 용서할 수 없는 죄인인 자신을 깨닫고 전율치 안흘 수 없엇다.

"내가 웨 이런 죄를 짓는담."

하고 뉘우치지만 벌서 지나간 일이엇다. 언삼은 다시 부르르 떨고 나서 허리춤 속에 손을 너허 보앗다. 손아귀에 쥐여지는 조그마한 지갑하고는 단즛하게 무거웟다.

"이 돈으로 졸곡제를 지내야나?"

이런 궁리를 하다가 언삼은 문득 수상한 자신을 발견하고 방금 누가 뒤에 쫓아오는 것 같애서 집으로 달어왓다.

10

언삼은 황겁히 방으로 들어와서 안으로 문을 잠것다. 방금 뒤로 순사가 자긔를 잡으러 덮눌러 오는 것 같어서 견댈 수가 없엇다. 언삼은 그대로 어름장 같은 방에 혼자 쓸어저 누엇다. 금녀는 옆집에 가서 놀고 잇는 긔색이엇다. 한창 정신을 못 차리든 언삼은 얼마 후에 겨우 원긔를 가다듬어 일어낫다. 그리하야 마치 깊은 잠에서나 깬 사람같이 탁-풀린 눈을 들어 허리춤에서 끄집어내인 새빩안 지갑 속을 검사해 보앗다.

일금, 일 원 육십칠 전(一金, 一圓 六十七 錢)

지갑 속에는 겨우 그뿐이엇다. 언삼은 그 돈이 적은 것을 알고야 겨우 안도의 한숨을 쉬엿다. 만약 그 속에 십육 원이라는 돈이 들어 잇엇드면 언삼은 질색을 하고 말엇을 것이다. 십육 원이라는 돈은 그를 너무나 크게 위협하엿을 것이니까!

"허! 내가 도적질을 하엿구나!"

언삼은―순사, 경찰서, 재판소, 감옥, 이런 것을 질서 없이 련상해 본다. 죄지은 자의 가는 길! 그것은 너무나 언삼을 심난케 하엿다. 장손이가 돌아왓을 때 언삼은 겨우 일어나서 쌀 두 되, 조기 세 개, 초 두 대, 고기 한 근을 사 오라고 일 원 오십 전을 내주엇다. 장손이가 돈이 어디서 낫느냐구 묻는 말에 언삼은 어안이 벙벙하엿다. 남의 것을 훔처 왓다면 아―자식인들 얼마나 애비를 안된 놈이라고 비웃으랴.

"남-남헌테 꿰 왓지-꿰 왓서, 오늘 저녁이 너이 어미 졸곡제길래……."

이러케 대답하는 언삼의 음성은 몹시 떨렷다. 비록 가난하엿으나 어진 안해가 아니엇느냐? 그런 안해가 설사 남편의 정성이라 해도 남의 것을 훔처 온 돈으로 지어 주는 메를 잘 먹을지 그것까지가 의문이엇다.

언삼은 겉으로는 쓸언 듯이 이밥을 부둑히 두 그릇 지어서 고기국에 바처 애들에게 권하엿다.

그러나 맘속은 언제나 자신의 범죄에 떨고 잇다. 그런 줄은 모르고 장손이와 금녀는 오래간만엣 이밥이라고 제각기 밥 한 그릇에 국 두 그릇을 넘실 먹어 버렷다. 그러나 언삼은 구미까지를 제껴서 겨우 몇 술 뜨고 말엇다. 밤 열 시 가까이 되어서 언삼은 안해의 젯상에 대할 랴고 일부러 메를 지엇다. 그리하여 열한 시 가까이 되어 안해의 기렴인 단 한 가지 죽기 전에 새로 해 입은 무명치마를 웃굿 바람벽에 걸고 그 앞에 젯상이라고 이밥 한 그릇에 조기 한 개를 덮어 노앗다. 그리고 그 앞에 초ㅅ불을 켜고 장손이와 금녀더러 절을 하라 하엿다. 장손이와 금녀는 처음에는 좀 어색한지 실타고 하드니 나종에는 엄메 하고 웨치며 그대로 탁 엎대여 목을 노하 울기를 시작한다. 그래 언삼은

"울기를 그치라. 울랴거든 속으로 울어라."

이러케 달래며 자신 역시 쏟아지는 눈물을 소매자락으로 슬금슬금 씻는다. 그런 중에도

"엄메— 엄메—"

하고 벽에 걸어 노흔 어미의 치마귀을 붓잡고 하염없이 눈물 콧물을 흘리는 금녀의 정상이란 바라보는 애비의 핏대가 끈키게 괴로웟다. 한바탕 그런 후에 언삼은 젯상을 물리고 잠자리를 깔엇다. 울고불고 하는 김에 맥이 폭 빠젓든 금녀는 노앗든 이밥을 또 반 넘어 아구아구 먹고 나서 곧 자리에 눕자 색색 잠이 들엇다. 장손이는 밥도 안 먹고 누어서 씩씩 울고 잇드니 그대로 잠이 든 모양이다. 언삼은 그것

들이 치워 할까 보아 이불을 폭폭 덮어 주고 너훌너훌하는 초불 밑에 우두머니 앉어서 담배만 피운다. 안해보다 여듧 살이나 우이여서 늘 안해보다 몬저 죽는다고 믿엇든 언삼이가 이처럼 안해의 졸곡제를 지내게 되엇다고 생각하니 가슴에 서리가 배치듯이 쓰라리고 설어웟다. 지금쯤 안해는 지부 황천에 가서 무엇을 하고 잇을까. 아마도 우리들이 가기를 기다리고 잇겟지. 이 터문이없는 생각을 하고 잇을 때의 가지가지 즐겁든 추억에 어느듯 밤은 깊엇다. 게다가 저녁에 비방울이 몇 개 떨어지드니 갑자기 바람이 덮처서 그야말로 본격적인 치위엇다. 그래 저녁에 불 때고 밤에 메 짓느라고 또 때엇지만 방 안은 점점 얼어 와서 그대로 앉엇는 언삼은 발등이 깨져 올 지경이다. 전신이 마치 림종 시의 안해의 몸둥아리처럼 얼어들어 왓다. 이대로 앉어서는 도저히 견댈 수가 없다.

이런 때에 생각나는 것은 술이엇다. 언삼은 술이라도 한 목음 마셧으면 몸이 좀 후눈해질 것 같앗다. 그래 그는 아직도 지갑에 이십여 전 남어 잇는 것을 생각해 내고

"에라! 죽은 안해의 졸곡제 저녁인데, 한잔 먹자."

하고 어린것들의 이불을 꼭꼭 감싸 주고 밖으로 나왓다. 언삼은 선술집에 가서 곱부로 두 개를 드윽 들이키고 안주로 주는 낙화생을 내일 아침 금녀 주리라는 생각으로 손에 들고 집으로 오노라니 어둠 속에 젤그덕하고 검(劍) 흔들리는 소리가 낫다. 언삼은 그 소리에 멈칫 발을 멈추엇다. 그는 어안이 벙벙하엿다. 등골세 찬 땀이 바싹 낫다.

11

"나를 잡으러 오는구나."

하엿다. 잠간 벼락 맞은 사람처럼 멀거니 섯노라니까 순사는 저편 거리로 지나가고 만다. 그제야 겨우 숨을 내쉬인 언삼은 발자최를 죽여가며 집으로 도라왓다. 어쩐지 열병을 한 달 알코 난 사람같이 다릿맥이 풀리고 정신이 헤천헤천해 왓다. 오랫만에 마신 탓인지 두 곱보술이 꽤 몸에 퍼진다. 언삼은 그대로 이불을 들고 두 짬에 끼워서 한편에 하나식 자는 것을 껴안고 눈을 감엇다. 바람이 쉬하고 문을 스치고 지나가는 김에 또 찔끔하고 놀래엿다.

밤이 들자 치위는 더욱 가하여 왓다. 이처럼 치워서는 밤이 밝기 전에 모다 얼어 죽고 말 것 같다. 그리고 오늘 밤 얼어 죽지 안는대도 아직도 시초인 이 치위가 그대로 세 생명을 두어 줄 것 같지는 안헛다.

"잘 죽엇지, 잘 죽엇서—"

언삼은 거이 소리를 입 밖에 내여 이러케 중얼거린다. 참말이지 따저 보면 죽은 안해보다도 산 세 생명이 더 불상하엿다. 죽으면 그만인 것을 공연히 살어서 고생이라고 언삼이은 생각하엿다. 어섬더선 사이에 술이 깨니 전신이 더 얼어 왓다. 금녀와 장손은 마치 병아리 엄지품을 파고 기어들듯 자우편으로 바싹바싹 파고든다. 언삼은 파고드는 대로 힘껏힘껏 껴안어서 자기 몸에 잇는 온기가 다 그리로 옮으면 하엿다. 그리고 내일 저녁은 이보다도 더 치우려니 하면 너무나 싫엇다. 바람이 또 몬지를 모라다가 문에, 퍼붓는 서슬에 언삼은 아깨 본 순사 생각이 낫다. 그 순사는 정령 자기 집을 찾는 것이라 그는 믿엇다. 그러하면 날이 밝으면 순사의 박승에 꽁지워서 앞장서서 경찰서로 가야 할 것이다. 언삼은 치를 부르르 떨엇다. 그 참혹한 꼴을 장손이와 금녀에게 보이고 싶지 안혓다. 착한 애비로 믿고 잇는 것에게 그런 추한 꼴을 보이는 것은 가슴을 어이는 것보다도 아플 것이다.

"아! 내가 웨 그런 죄를 지엇든고?"

언삼은 다시 좌우 겨드랑이에 두 어린것을 껴안고 부들부들 떨엇다. 언삼은 어린것들에게 언제까지든지 착한 애비로 잇고 싶엇다. 또 그뿐 아니라 만약 자기가 잡혀간다면 의지할 곳 없는 그들이다. 자식을 나허서 밥바가지를 들고 집집마다 대문간 적간을 시키는 것보다는 차라리 죽여 버리는 것이 나을 것 같앗다.

앗! 내가 웨 이런 생각을 할까? 언삼은 자기 생각에 놀래여 눈을 번득 떳다. 웃목에 켜 놓은 초불이 문틈으로 달겨드는 바람을 딸아 너훌너훌 춤을 추고 잇다. 어린것을 껴안은 언삼의 팔과 다리는 아플 정도로 얼어 왓다. 언삼은 다시 얼어 죽는 세 생명을 생각한다—. 그대로 가면 얼어 죽고 내가 경찰서에 갓치면 역시 어린것들이 동령을 하다 얼어 죽고 나만 남을 것이고—. 아! 길은 꼭 하나 죽엄뿐이엇다. 더구나 언삼은 자식들에게 잡혀가는 제 꼴을 보이고 싶지는 안혓다.

언삼은 벌덕 일어낫다. 너훌너훌하는 초ㅅ불에 안해가 숨어서 손짓을 하는 것 같앗다.

"죽은 안해는 우리보다 얼마나 행복이냐?"

언삼은 넌즈시 고개를 높여서 아릇목 솥 옆헤 시퍼런 시칼을 보앗다. 초ㅅ불에 번득이는 시칼이 언삼의 손을 이끄는 것 같앗다. 언삼은 눈을 한번 크게 떠서 사방을 돌아보앗다. 구석구석이 어득시근하게 무엇인가 피비린내 나는 것을 조상하는 듯하다. 언삼은 고개를 돌려 금녀와 장손의 얼굴을 번갈어 보앗다. 평화로운 듯이 싸근싸근 자고 잇는 그 귀여운 얼굴! 이러게 평화로운 잠 속에서 영영 죽어 버리는 것이 치위에 쪼들려 눈이 발정해서 얼어 죽는 것보다 얼마나 행복이랴! 언삼은 금녀의 입설에 자기 입설을 꼭 마주 대엇다. 그리고 한참 만에

"마즈막이다."

하며 고개를 드는 언삼의 눈에서는 죄 없는 눈물이 방울방울 떨어젓다. 언삼은 다시 장손에게도 그러케 하고 나서 젯상에 노앗든 이밥 남은 것을 마즈막으로 어린것들에게 멕여 줄까 하는 생각이 낫다. 언삼의 눈앞에는 아까 그 너무나 탐스러히 먹든 금녀의 얼굴이 떠올랏다. 이밥! 밥에 주린 것들이엇다. 잠간 무거운 침묵이 아연같이 둔하게 흘렷다. 초ㅅ불이 또 너훌너훌 귀신의 치마귀같이 너훌거린다. 언삼은 그 순간 구막에 노힌 시칼에서 자기를 부르는 무엇인가를 깨달앗다. 그는 넌즈시 손을 내밀어 시칼을 잡어당기려 하엿다.

그리자 무엇인가 또 힘차게 언삼의 손을 꽉! 붓잡는 것이 잇다. 그래 언삼은 번득 고개를 들어 뒤를 돌아보앗다.

"앗!"

언삼은 쓸어지고 말엇다.

언삼의 눈앞에는 힌 저고리에 힌 치마를 입은 안해가 흐들진 화장을 하고 서서 생글생글 우스며

"어린것을 웨 죽일랴구 그리서요!"

하고 책망하는 것이 아니냐? 언삼은 차디찬 방바닥에 쓸어진 채 정신

을 일허버리고 말엇다. 멀리 멀리서 새벽닭 소리가 들려온다. 초ㅅ불
은 아직도 누구를 부르는지 너훌너훌 손짓을 하고 잇다.

바다의 소야곡(小夜曲)

파도는 천 리(千 里), 바다는 만 리(萬 里).

가도 가도 구름은 끝없는 길을.

×　　　　×

풀끼 없는 생활을 해탈하고 병마에 시든 넋이나마 하늘가 저 구름 따라 미지의 세계로 달내여 보고 싶다. 손가락 하나 갈폿할 기력조차 없기에 훨훨이도 자유로히 날어단니는 구름이 부러움을 지나처 그지없이 얄궂기도 하다. 그러기에 약병도 주사도 영철의 끄러오르는 사랑도 숙희에게는 아모런 위안을 주지 않었다. 오직 저므러 가는 창공을 거침없이 저어 가는 구름만이 굿세게 맘에 댕겨 그는 무심코 노래를 불너 보며 바다가으로 고요히 힘없는 발길을 옮겼다.

제철 지난 해수욕장은 사막처럼 쓸쓸하다. 군데군데 억게쭉찌를 닥으고 서 있는 빠락들은 맛치 나표리의 페허처럼 애수를 말하는 듯 석양 노을의 반사를 받으며 댕그란히 서 있다. 쭉찌를 웅크리고 있는 것이 어쩨 싸늘하게도 치워 보여 금방 콜롱콜롱 기침 소리가 들녀올 것 같기도 하다.

바다에서 떠오른 태양이 하로의 피곤한 여정(旅程)을 맛치고 저녁 산속에 고요히 자최를 감초는 동해안의 서글픈 낙조(落照)－굼틀거리는 물결 우에 나붓기는 한 줄기 붉은 흐름은 위대한 태양이 밸어 놓은 최후의 각혈처럼 처참하나 그런 생각이 나자 숙희는 갑자기 가슴이 뭉쿨하여 톡! 외마디 기츰을 기츠며 손수건으로 입을 감쌋다. 붉은 물줄기가 꿈틀거릴 때마다 거기에도 악착스런 생명이 복개이고 있는 것 같아 순간 숙희는 온 일신에 몸소름이 쪽 끼치었다.

그는 스웨터-깃을 가만히 여미어 단추를 채우면서 다시 바다가으로 발길을 옴기었다. 발자욱 옴겨논 때마다 바삭바삭 모래 부서지는 소리가 심장에까지 감각되여 유난히 싸늘하다. 간얄핀 바람이 며욱 내음새를 풍기며 옷깃 사이로 숨여든다. 숙희는 바람 속에 아귀라도 숨어서 그것이 내장 속으로 파고드러 오는 것 같음을 느끼었다. 한 발자욱식 앞으로 옴겨 놓을 때마다 숙희는 새삼스러히 물결 소리를 깨달었고 물결 소리를 깨달으면 깨달을수록 파도가 작구만 몸을 끌어댕기는 것 같다. 영흥만(永興灣)이 일본해와 간신히 일맥상통하는 저 멀니 지평선 넘어로 바라보이는 한줄기 해협－아득한 해협에서부터 남실남실 흘너넘치며 퍼덕이는 파아란 물결은 대지(大地)에 부닥겨서는 부서지고 부서지는 순간마다 하얀 잇빨을 악 새려문다.

대륙과 해양과의 악전고투! 바다는 영원의 폭군처럼 정벌의 야망에 날뛰고 대륙은 꾸준한 침묵 속에 방어를 게으르지 안는다.

이 영원한, 숙명적인 쟁투를 보자, 숙희는 너무나 잔약한 자신을 깨달았다. 섬찍! 옷을 버서 던지고 파도 속으로 덤벼들어 바다의 포악성을 정벌하고 싶었다. 그러나 다음 순간 그는 자기의 가슴속에서는 지금도 무수한 결핵균들이 시시각각으로 조그마한 폐장을 파먹고 있는 것을 깨닷자 어차피 죽엄을 목초에 바라보면서도 단 하로라도 더 살기 위하여 이렇게 철 지난 해수욕장으로 찾어온 자기가 그지없이 불상하면서도 비열해 보였다. 금시로 가슴속에서 벌기*가 꿈틀거리는 것같이 서먹서먹하다. 숙희는 순간 오한을 느끼어 두 팔로 앞가슴을 밧싹 감싸 안으며 잔교(棧橋)에 발을 올려놓았다. 잔교는 아득한 지평선에까지 맛다은 듯이 바다 우에 내뻐덧다.

잔교 맨 끝단에서 반작이는 전등불은 숙희를 부르는 샛별 같았다. 무신코 전등을 바라보며 숙희는 고요히 거닐었다.

여영(餘映)도 슬어진 바다는 안개 같은 황혼 속에 하로밤의 서글픈 보금자리를 꾸미고 있다. 해협에서 소사오른 황혼은 송림을 나려덮고 다음에는 바다에는 바다를 희롱하는 것이다. 이 잔교를 그냥 거러가면 내종에는 사파와는 동떠러진 다른 세계가 전개될 것 같고 그러기에, 한 번 가면 다시는 이 다리를 도라오지 못할 것을 느끼면서도 새 세계에 대한 동경이라 할까 발을 옴겨 놓지 않을 수 없는 힘을 깨닷는 것이다. 희망의 즐거움은 또한 이별의 서글픈 애수이기도 하다.

발길은 드디어 잔교의 맨 끝에 다다렀다.

한 발자국 밖은 시퍼런 파도다. 숙희는 발을 딱 멈추고 다리에 힘을 주며 파도를 쏘아보았다. 시시각각이 물꼬리로 노대를 치는 파도

* 벌기 : '벌레'의 방언.

는 그 빛갈조차 점점 검풀어 갔다. 무엇인가 삼키고야 말듯 한 파도의 포악성에 숙희는 발작으로 죽엄에 대한 공포를 느끼고 그, 굿센 유혹의 마수는 금방 자기의 목덜미를 없누르는 것만 같았다.

숙희는 와락 물결 속에 덤벼들고 싶은 충동을 간신히 자제하며 잔교에 댕그란히 걸처 앉었다. 멀니 원산 항구의 등불들이 정답게도 간흘적으로 깜박이고 있다.

방긋 눈을 떳다가 살작 사라지는 순간—그 순간이 뭆이도 아름답다.

사람이란 결국 저 등대와 같은 것이 아닐까? 삶의 행락을 찬미하는 순간이 벌서 죽엄의 저주가 아닐까? 유구한 영원에 비기면 사람의 생명은 그야말로 삽시다. 그 짧은 동안에도 질투 분노 악착 쟁투……를 일삼는 것이 인간이 아니였든가?

차라리- 차라리 아모런 악착한 생각을 갖어 보지 않은 채 죽어 버리는 것도 퍽은 아름다울 것 같다.

죽엄—그것은 무한한 신비 같기도 하다. 저 등대와 같이 미련 없이 죽어 보는 것도 일종의 정취 같다. 문득 숙희는 사흘 후이면 한번 찾아오겠다고 한 영철을 생각하였다. 그리고 지금쯤은 영철이가 올 필요 없다고 딱 잡아뗀 숙희의 편지를 읽고 얼마나 실망할까도 상상해 보았다. 황소처럼 튼튼하고 사자처럼 기골이 늠늠한 영철이가 그 편지를 읽고 실망의 한숨을 쉬는 숨소리가 금방 가슴에까지 울녀오는 것 같기도 하다.

영철이를 슬프게 하는 것은 큰 죄를 짓는 것처럼 가슴이 아프다. 그러나 눈앞에 죽엄을 바라보는 숙희는 영철의 사랑이 진실한 것인줄을 알면서도 그대로 받어 드릴 수도 없었다. "나를 믿어 주시요."

하든 그 말은 얼마나 삶의 정력에 찬 음향이냐! 그것은 죽엄과는 아주 동떠러진 세계에서 오직 앞날만을 바라보는 사람의 부르지즘이 아니냐? 바야흐로 죽엄의 문을 두드리고 있는 숙희에게 그런 말을 들녀주는 것은 숙희의 새로운 슲음은 될지언정 즐거움은 되지 않었다. 숙희는 그때마다 영철이와 자기와의 세게를 분별하였고 그러기에 영철의 너무나 리기주의인데 불현듯 증오까지를 느끼는 것이었다.

숙희는 거이 날마다 보내 주는 영철의 편지를 읽고 무쇠라도 녹일 듯이 열렬한 문구를 발견할 때마다 견댈 수 없는 불쾌감을 느끼여 마츰내 영철을 지극히 사랑하는 자신을 인정하면서도 사랑을 거부하는 최후의 편지를 쓴 것이다. 이런 생각을 하다가, 숙희는 믄득 심호흡을 하였다. 해풍 속에 있는 '오존'을 조곰이라도 더 많이 마시겠다는 제 심사를 저로서도 알 수 없다. 벌서 모든 것을 단념한 몸으로서도 본능적으로 이렇게 삶에 대한 욕망이 뿌리깊이 잠재해 있는가 하니 건강이 씩씩한 영철이가 생활력에 날뛰는 것도 당연한 일로, 그를 원망하고, 그를 쓰다고 한 것도 어째 후회스럽다. 숙희는 감었든 눈을 방긋 떳다. 연약한 바람이 옷고름을 나부끼며 지나간다.

"아! 영철 씨!" 숙희는 가느다렇게 부르지즈며 가슴에 두 손을 모으고 긔도하는 마리아처럼 밤하늘을 우러러보았다. 그 얼굴빛은 초승달처럼 차다. 발밑에 파도 소리가 멀니서 들녀오는 슈밸트의 자장가처럼 가슴속에 숨여든다. 숙희는 잔교 우에서 무릎을 꾸렀다. 평화와 행복에 잠긴 바다는 영겁(永劫)한 시간의 흐름 속에서 잠을 이르고 있다. 멀니멀니 해협에서 사랑의 원무곡이 들녀오는 듯하다. 안개처럼 연약한 멜로디-를 타고, 저기 영철이가 가까히 오는 것 같다. 적동색의 굵다란 팔로 뽀-트를 저어 오는 것도 같다.

숙희의 귀에는 뽀-트 언저리를 찰닥찰닥 따리는 물결 소리가 귀에 새롭다. 문득, 뿌— 하고 원산 항구를 떠나는 기선의 도라[銅羅] 소리에 숙희는 다시 눈을 번뜩 떴다. 순간— 모든 것은 꿈이었다. 사방은 캄캄하고 문득 얼굴에 부닥치는 해풍은 너무나 차다. 숙희는 깜작 놀나 눈을 크게 뜨며 벌덕 이러섯다. 아모 데도 영철의 그림자는 보이지 않고 마즌편에선 그림자만이 식컴하여 두옥신같이 무섭다. 맛치 해소(海嘯)라도 별안간에 일어난 것처럼 파도 소리가 요란히 높이 소사 오른다. 물결은 숙희를 위협하는 것 같다. 전등불에 빛이 꿈틀거리는 물결 속에서 숙희는 수많은 귀신의 손아구를 보았다. 모든 것이 처참하고도 잔인하다. 숙희는 어찌할 바를 몰랐다.

"영철 씨!" 오직 영철의 튼튼한 손만이 자기를 구원해 줄 것 같다. 그는 헝크러진 머리칼이 여윈 뺨을 감싸는 것도 쓰다듬을 새 없이 어두운 바다를 향하여 부르지젔다. 어쩐지 심장이 콩 뛰듯 날뛴다. 죽엄의 사자가 금방 자긔를 붓잡으려 온 것만 같아 숙희는 힘을 다하여 잔교를 부둥켜않으며 어서 영철의 구원의 손길이 오기를 기다렸다. 그러나 일 분 이 분 삼 분, 오 분…….

바람과 파도는 초를 다토아 사나와진다. 찌저질 듯한 긴장을 이겨날 수 없어 숙희는 거이 무의식중에 잔교 우에 쓸어졌다. 그와 동시에 왈칵 잔교 우에는 다량의 각혈이 흘넜다. 숙희는 이제는 무서운 생각도 없다. 오직 영철을 기다리는 의식만이 남어슬 뿐이다. 그렇게 십 분 가량—

"숙희 씨!" 문득, 해변에서, 부르는 소리가 났지만 사나운 바람은 심술궂게 그것마저 삼켜 버렸다.

"숙희 씨!" "숙희, 숙희 씨—"

부르지즘은 처량하게 들였다. 숙희는 그제야 꿈속처럼 고개를 들었다. 그러나 대답할 긔력조차 없다. 허나, 숙희의 눈은 야광주처럼 빛낫다. 주린 범의 눈 같기도 하다. 숙희는 고개를 돌녀 바다가를 바라보았다.

"숙희 씨!" 숨 갑분 부르지즘이 점점 가까워 오고 이내 잔교를 달내는 발자최 소리도 들닌다. 이윽고 잔교 우에 쓸어진 숙희를 발견하자

"숙희 씨! 숙희 씨! 웬일이요?" 하고, 사나히는 왈칵 숙희에게 달겨들어 그를 껴안는다.

"영철 씨!" 숙희는 맛치 꿈인 것처럼 빙그레 우스며 눈을 스르르 감고 영철에게 모든 운명을 마꼇다. 영철이가 어떻게 여기 나타나슬까 그런 것은 무를 필요조차 없다. 숙희는 그것을 '신의 힘'이라고 믿는다.

'주여! 시드는 몸에 사랑의 기쁨을 부어 주시어 감사합니다.' 숙희는 뇌수 속에서 이렇게 외여 보았다. 그와 동시에 화려한 천국을 눈앞에 그려 보며 백어같이 간얄핀 팔을 들어 영철의 억게를 붓들었다.

"숙 숙희 씨! 정신 차려서 저기 저 불을 보시요. 저기 따뜻한 보금자리가 당신을 기다리고 있으니 도라값이다."

귀껼에 들너오는 그 거룩한 말에 숙희는 문득 불을 보려고 눈을 방그시 떳다.

소나무 숲 속에서는 조그마한 반디불이 동방의 샛별처럼 빛났다.

불— 아! 그리고 따뜻한 보금자리! 그것은 바다에 지친 사람에게는 영원한 동경이 아니냐? 숙희는 생사를 잊어버리고 다시 팔에 힘을 주

어 영철을 힘껏 부둥켜앉으려고 애썼다.

파도는 점점 사나워 오고 속림 속은 너무나 음침하다.

캄캄한 천지에는 보이지 않는 투쟁이 아우성치고 있다. 다만 멀니 보이는 등대만이 바다의 세레나-데를 노래하는 멜로디-처럼 애수스럽게 반득이고 있을 뿐이다. (丙子 八月 松濤園에서)

애정(愛情)

1

현실은 속박이요 사랑은 자유다.

해수욕장에서 갓 잡은 잉어같이 날뛰는 천사에게 은근한 사랑을 느끼었다고 훼욕을 당하거나 뺨을 맞거나 할 일은 조금도 없다. 사랑은 아름다운 점에서 꿈이요 꿈이기에 더 자유다. 꿈꾸는 것은 의사(意思) 이전의 것인 것과 마찬가지로 사랑을 느끼는 것도 자유 이전의 자유다.

사랑을 느끼는 것은 행동은 아니고 감정이다. 창공에 떠도는 한 점 구름같이 것잡어 볼 수 없는 것이 감정이다. 그러나 감정의 충동인 사랑이 영그러 한날 행동으로 표현될 때 그것은 벌서 자유일 수 없다. 사랑이 현실로 옮는 그 순간 사랑은 현실적인 속박을 벗어날 수 없다. 따라서 사랑은 자유인 점에서 달큼하고 현실적인 점에서 가시덤불같이 괴롭다. 여기에서 꿈과 현실의 비참한 갈등이 생기는 것은 말할 것도 없다.

K가 오뉴월 삼복 찌는 듯한 거리를 혼자 헤매이며 안달복달하는 것도 역시 그 때문임에 틀림없다.

"다시는 은주(恩珠)를 생각지 말자—"

K는 거이 자기 귀에까지 들릴 정도로 중얼거려 보았다.

그러나 다음 순간 지금껏 천 번이고 만 번이고 외여 본 그 말이 이제 새삼스러히 아무런 효력도 없을 것을 알자 그렇게나 잊어버리려고 애씀에도 불구하고 역시 질질 끌고 있고 더구나 사내답지 못하게 그런 부질없는 일 때문에 벼르고 별러서 휴가를 맡어 가지고 원산까지 갔다가 이틀도 채 못 되여 주책없이 돌아온 것을 생각하면 자신으로서도 코웃음 치지 않을 수 없는 일이었다. 애초에 주저넘게 휴가를 맡어 가지고 안해가 바가지를 긁는 것도 들은 둥 만 둥 도망이라도 치듯이 튜렁크 하나를 들고 해수욕장으로 다러난 것도 말하자면 은주를 잊어버리자는— 아니 은주가 살고 있는 서울을 잠시라도 떠나봄으로써 그를 잊어버리자는 생각에 틀림없었다. 그러나 기차를 탔을 때 차 안에 있는 모든 젊은 여자가 K의 눈에는 은주로 보였고 기차도 은주 있는 곳으로 가까히 달려가는 것만 같았다. 허나 순간순간에 원산행 차 안에 실려 있는 자기 자신을 깨닫자 거이 절망에 가까운 생각까지 일어나는 것을 어찌할 수 없었다.

허나 K를 실은 택시가 쏜살같이 낯설은 원주 시가지를 달릴 때 문득 귀에 설은 사투리와 아울러 그는 서울과는 아주 연락조차 못할 머나먼 곳에 온 것 같은 애틋한 향수와 함께 이제는 은주도 자기에게서 멀리 떠나 버린 것 같아여 일시 가벼운 한숨조차 쉬였으나 그러나 택시가 해안선(海岸線)을 끼고 돌아 멀리 동해 바다 지평선이 바라보이자 저 안개 자욱한 지평선에서 불숙 은주가 튀여나올 것만 같아여 엉겁결에 쿠숀에서 상반신을 일으키기까지 하였다.

K는 이십 일이나 그렇게 묵을라면 으레히 셋방을 얻어 될 수 있는 한도로는 깍쟁이질을 해야 될 처지임을 알면서도 하가에 방을 얻으러 돌아다닌다든가 그런 것까지 식그러워 되는대로 되여라 하고 위선 여관 한 방을 차지하여 튜렁크를 내던지고 해수욕복을 한 벌 사들고 욕장으로 나왔다.

파아란 물결이 구비쳐 감돌아드는 하이얀 모래벌에는 울긋불긋한 빛갈 빛갈 빛갈이 난무하였다.

모래 우에서 날뛰는 새까만 잉어 떼는 시대의 아라모-드*를 헤엄치는 세기의 총아(寵兒)들이다. 군데군데의 찬란한 무지개빛 암브랠라** 밑에서 속삭이는 사랑의 웃음소리가 꿈결같이 흘러오자 K는 문득

"내가 도대체 무엇을 하러 이런 데를 왔을까?"

하고 자문하고 한숨을 쉬지 않을 수 없었다.

사랑의 도피행(逃避行)!

그러나 K는 섶을 지고 불속으로 덤벼든 것처럼 이번 길이 완전히 실패인 것을 깨달었을 때 그는 거이 소리를 놓아 울고 싶기까지 하였다. K는 처음 외국 땅에 발을 디려놓은 사람처럼 쓸쓸함을 느끼며 물에 들어갈 준비 운동으로 사지를 굴신하는 그때 문득 뒤에서

"K! K군 아닌가?"

하는 소리가 들렸다.

* 아라모-드(à la mode) : fashion의 프랑스어. 여기서는 '유행'을 의미함.
** 암브랠라(umbrella) : 우산.

"요 S! 자네 여기 와 있는가!"

K는 이런 곳에서 의외에도 S를 만난 것만은 그지없이 반가웠지만 그러나 S의 뒤에서 S과 함께 뭉겨 놀던 무리에게 시선이 가자 다시 것잡을 수 없는 우울에 빠지고 말았다.

그들—두 여자와 한 사나히의 시선이 자기에게로 총공격되는 것을 느끼자 애인도 없이 사내 혼자 이런 곳에 온 자기를 그들이 얼마나 비웃을까 싶어 얼굴이 홧홧 달었고 따라서 다시 은주를 생각지 않을 수 없었다.

"혼자 왔나?"

하는 S의 질문에 K는 거이 어한이 벙벙함을 느끼며

"응 자네 퍽 재밋는 모양일세. 오래 있겠나?"

하여 버렸다.

"응 아직두 한 이십 일 가량—자네는?"

"나? 난 일부러 온 게 아니구 원산에 잠간 출장 왔던 걸음에………."

"원산에 출장을? 허—"

S는 좀 이상해 하는 눈치였다. K는 그 말에 또 땀발이 잡히여서

"나 잠간 물에 들어갔다 나오마."

하고 재빠르게 바다로 뛰여들어 도비다이[飛臺]* 편으로 제법 유유히 헤염쳐 갔다. 그러나 그는 아무래도 해수욕에 더 머므를 필요도 느끼지 않었고 또 있고 싶지도 않었다.

모두 사랑에 날뛰는 시대에 사랑을 피한다는 것은 얼마나 어리석

* 도비다이(とび-だい) : 다이빙대.

은 일이냐!

이튿날 아침 경성행 열차 속에서 K는

'그렇다! 사랑은 자유다. 은주를 사랑하는 것이 무엇이 잘못이란 말이냐? 사랑은 진실이다. 진실을 억누를 무엇이 있단 말이냐!'

이렇게 외여 보고 제법 자신으로서도 원기를 얻은 듯싶어 그러고 보면 이번 길도 쇠통 허사는 아니였다고 서울에 내리는 그 발로 곧 은주를 찾어갈 것을 굳게 결심하였다. 은주에게 자기의 애정을 숨김없이 고백하고 그리하여 뒷일이야 어찌됐던 간에 저만의 보금자리를 꾸미기로 약속할 생각이였다. 마음을 그렇게 먹고 보니 지금껏 사내답지 못하게 구지지해 있은 것이 어째 못난이같이 후회스러웠다. 그래 K는 문득 은주가 상호(相浩)의 가정에서 뛰여나와 자기와 단둘만의 새로운 가정을 베푸는 것을 상상하고 그지없이 즐거웠으나 그러나 다음 순간 은주를 잃어버린 상호와 자기를 잃어버린 안해의 얼굴을 그려 보고 다시 우울해지는 것을 어찌할 수 없어 당황히 담배를 피여 물었다. 더구나 안해의 순정을 누구보다도 잘 알고 있는 자기로서는 두 아기를 다리고 거리에서 거리로 집씨처럼 헤매일 안해를 생각하면 거의 몸소름까지 끼쳐 어깨가 으쓱해졌다. 그러고 보면 혹은 은주가 가정을 내버리고 자기게로 달려올 만한 그만한 용기가 있을까 의심한 것도 부질없는 일로 K 자신 안해와 두 아이를 뿌리치고 은주와 손을 맞잡을 수 있을까. 위선 그것이 문제였다. 생각이 여기까지 미치자 K는 문득 입에 물었던 담배를 되는대로 차 바닥에 내던지고 황충이라도 죽이듯이 구두로 꺽 밟고 발에 힘을 주어 썩썩 부벼버렸다.

2

지극히 불쾌한 기분으로 역 앞 광장에 나섰을 때는 그러나 때마츰 황혼도 짙은 밤이였기 때문에 K는 어지간히 원기를 회복할 수 있었다. 이만한 정도이면 은주를 만나도 그리 괴로운 압박을 느낄 듯싶지는 않고 혹은 지금껏 몇 번이고 자기들의 사랑을 상호에게 고백함으로써 그의 양해를 얻으려던 것이 이런 때에 쉽사리 될는지도 모른다고 튜렁크는 역에 마낀 채로 제법 뚜벅뚜벅이 전차길로 나섰다.

그러나 동대문 가는 전차가 종로 네거리를 지나 종로 삼정목에 가까워 오자 그의 머리는 점점 무거워졌다.

단성사 앞에서 전차를 던지고 돈화문 가는 뻐스를 기대릴 생각조차 없이 그대로 초조히 거니는 그는

'지금쯤은 그여코 상호가 있으리라.'고 생각하며 상호에게 고백하는 것보다 먼저 은주의 결심을 알어야 할 필요를 느끼었고 상호와의 의론은 그 후에라도 늦지 않다고 맘먹으며 그러랴면 위선 은주와 단둘이 만나 보는 것이 급선무일 듯싶으나 그러나 은주와 단둘이 만날 기회도 그리 쉽지 않으리라고 생각하니 맥이 탁 풀리고 만다.

K가 돈화문 앞에 있는 쌀방 가가 옆으로 뚤린 골목길을 접어들 때 그의 가슴은 몹시도 울렁거렸다. 거기서 다시 한고비를 돌면 바루 김상호— 아니 은주가 살고 있는 집이다. K는 그 집 대문 밖에 서서 잠간 안엣 사정을 살피었다. 대문에서 똑 마조 띠이는 은주가 살고 있는 큰방은 전등불은 밝게 켜 있으나 그러나 아무런 인기척도 없다. 대문을 가만히 밀어 보니 대문이 삐걱 소리를 내며 열린다.

K는 그 소리에 아차! 금방 상호가 누구냐고 고함을 치며 나올 듯싶어 깜짝 놀랬으나 그러나 안은 역시 괴괴하다.

'혹시 거리에 나간나?' 하고 생각하다가 K는 문득 오늘이 일요일인 것을 깨닫고 따라서 은주와 상호가 극장 구경이나 간 것에 틀림없다고 상호와 어깨를 나란히 하고 재미나는 얘기를 속삭이며 연극 구경을 하고 있을 은주를 생각하자 갑작이 고독한 자신을 발견하고 은주가 과연 저번에 자기의 고백을 솔직히 들어 키쓰까지를 허락해 준 것은 혹은 단순한 그의 우정과 련민의 정이 아니였든가. 어째 그런 동정을 꼬박히 사랑으로 오해한 것이 그지없이 어리석어 보이기까지 하였다. 그러나 K는 자기의 고백을 듣던 순간에 신장대같이 파들파들 떨며 몹시 양심의 괴로움을 느끼던 은주를 그려 보고 그리고 은주가 그런 양심의 고민 때문에, 그 죄를 조금이라도 풀기 위하여 실제 이상으로 상호에게 접근하는 것이나 아닐는지 그렇게도 생각해 보았다.

K는 아무리 해도 그 검푸른 바탕에 수정같이 맑은 은주의 눈에는 거즛이라고는 띠끌만치도 있을 상싶지 않었다.

허나 그들이 쌍쌍히 극장 구경을 갔을 생각을 하면 K는 안절부절이다. K는 그들의 아기자기한 꼴을 봄으로써 자신을 모욕하고 싶은 생각까지 났다. 그래 K는 그들이 늘 가는 C 극장으로 가려고 골목을 도루 나오다가 문득 꺾을 짬에서 한 쌍의 부부를 만났다.

"요— K!"

"아규! K선생님!"

하는 것은 틀림없는 상호와 은주의 음성이였다. K는 아무 대답도 없이 먼저 그들을 바라보았다. 엇쓸한 가등 빛에 비치는 은주의 얼굴은 확실히 붉어 보였다.

"원산 가셨다더니 언제 오셨어요?"

한참 서로 물끄럼히 보고만 섰다가 은주가 침묵을 깨트렸다.

"참 정녕 갔든가? 원산 갔다가 벌서 와?"

상호도 생각난 듯이 묻는다.

"응 귀찮어 되돌아왔네."

황충이를 삼킨 듯이 쓰디쓴 웃음을 웃는 것을 보자 은주는

"웨 저렇실까—"

말은 그러나 그실은 모든 것을 알어채인 듯싶어 얼굴빛이 금시 해쓱해지는 것을 K는 알 수 있었다.

"K군 어디 가서 차나 한잔 마시자구."

상호의 후돈한 우정에 K는 늘 감사를 느끼면서 그러나 그러기에 더 괴롭지 않을 수 없었다. 허나 K로서는 지금 상호와 은주에게 끌리여 차집으로 갈 생각도 없거니와 상호와 마조 앉는 시간이 길면 길수록 괴로웠고 상호를 사이에 두고 두 사람이 서로 말 못할 가슴을 품은 채 질식할 필요를 느끼지 않어

"나 지금 차에서 내리는 길이여서 집에 가 봐야겠는데 미안하지만 후일로 미루세."

하고 힐긋 은주를 쳐다보고는

"참 가 봐야겠네."

하고 도망치듯 내빼였다. 물론 뒤에서 상호가 뭐라고 소리치는 말이 들릴 턱없었다.

3

K는 그러나 물론 그길로 집에 들어가지는 않었다. 떠날 때에 가뜩이나 바가지를 긁으며 반대하던 안해가 이제 이틀도 채 못 되여 돌아온 것을 보면 얼마나 자기를 비웃을까. 또 그보다도 그렇게나 설게 떨듯 가더니 웨 왔느냐고 물으면 그 대답에 궁할 것을 생각하고 당분간은 뜨내기 생활을 할 작정이었다. 물론 이제로 집에 들어가면 안해가 바가지를 긁으면서도 속살로는 퍽 반가워할 것쯤은 짐작하지만 그러나 그렇게 변변치 못한 사내 꼴을 보이는 것이 어째 사내의 권위에도 틀릴 상싶고 게다가 귀찮은 계집의 아양이란 꽤 구역나는 일이라고 위선 눈앞에 띠이는 대로 바-'에치오피아'로 들어섰다.

바-에치오피아는 그 이름이 표현하는 대로 사방 바람벽은 새까맣게 장식되었고 카운터-바른편에는 에치오피아 황제 하일레세라시에 일세(一世)의 바른팔을 높이 들고 무엇인가 호소하는 – 몹시 고민하는 표정이 나타난 사진이 걸려 있었다.

K는 어덴지 음침한 이 술집이 맘에 댕겨 지-ㅇ*을 청하였다. 점심도 변변히 먹지 않은 뷔인 창자에 양주의 알콜은 안개같이 퍼지었다. 연겊어 다섯 잔을 마시고 나니 가슴이 매카-하고 정신이 흐리터분하다. 그러나 별로 취한 것 같지는 않어 술은 자꾸 댕긴다.

"오이! 비-루구레 비루오!"**

K는 양주 따위로는 성미 차지 않어 비루를 청하였다.

* 지-ㅇ : 진. 서양 술의 한 종류.
** 오이! 비-루구레 비루오! : 여기! 맥주 좀 줘!

K는 여급이 따를 새도 없이 제 손으로 따러 냉수 마시듯 벌컥벌컥 드리켰다. 그래도 취하는 것 같지는 않은데 이제 다리가 허쩐하고 방안이 뽀얗다. 숙으렸던 고개를 번쩍 드니 문득 눈앞에 은주가 보였다. K는 본능적으로 팔을 벌여 여자의 허리를 휘감으며

"은주? 오! 나의 은주!"

하였다. 그러나

"아이 놓세요, 취하셨네. 내가 뭐 은준가요?."

하는 것은 틀림없는 여급이였다. K는 문득 제정신에 돌아오자 어찌할 바를 몰라 "술! 술! 술!" 하다가 술하고 자기 입에서 쏟아저 나오는 음향이 어째 퍽 구슬프게 울려 자신 아지 못하는 사이에 가슴이 턱 매키고 눈물이 주루루 흘렀다.

테불 우에 엎대여 얼마 동안 울고 난 K는 이대로는 도저히 백여 날 수 없으리 만큼 가슴이 빠개지는 듯싶어 훌적 빠에서 나와 그길로 은주를 찾어가는 것이었다. 정신은 조곰도 흐린 것 같잖은데 전등불들이 도깨비불처럼 왔다 갔다 하는 것이 이상했다.

K는 돈화문 가까이 오자 문득 아까 본 은주 부처가 생각나 도대체 그들의 단락한 가정을 파괴할 권리가 내게 있든가? 그것이 웃으웠고 가사 은주가 K의 고백에 별다른 댓구 없이 듣고만 있었다기로니 그것만으로 은주가 K의 사랑을 허락한다고 할 수도 없거니와 남편에게 현처인 은주를 생각하는 것이 옳지 않다는 것도 굳게 느껴졌다. 그러나 K로서는 자기의 은주에 대한 사랑은 절대적이오 가장 신성한 것이라고 깨닫자 지성이면 감천이라고 한 생명의 진실을 억누를 무엇이 세상에 존재하랴 하고 제법 원기를 도꾸어 상호의 집 대문간에 다

다렸을 때는 그러나 대문조차 K를 비웃는 듯 굳게 닫겨 있었다.

K는 대문 쪽에 이마를 맞대고 틈새로 안을 디다보니 아까 불 켜 있던 큰방은 캄캄하다. K는 불현듯 그 캄캄한 방 안에서 상호와 은주가 자고 있을 것을 생각하고 질투의 불길이 폭풍처럼 치밀었다. 과연 은주는 편히 잠이 들었을까? 만약 편히 잠이 들었다면 K는 한사코 은주를 잊어버릴 생각이었다. 웨냐하면 사랑을 가진 가슴이란 좀처럼 해선 자지 못하는 것이니까. K는 은주가 지금 자고 있는가 깨여 있는가 그것만이 문제 같았다. 그러나 그런 것은 좀체로 알 일이 못 되었다. 그래 K는 주먹을 불끈 쥐여 대문을 탁 따렸다.

덜컹! 하는 소리가 꽤 크게 고요한 밤공기를 뒤흔들었다. 그 결에 K는 문득 깊은 밤중에 혼자 악마와 같은 짓을 하고 있는 자신을 무섭게 느끼며 다시 안에 귀를 기우렸다. 안에서는 무어라고 수근거리는 소리가 들렸다.

"그러면 그렇지!" K는 혼자 중얼거리며 악마의 웃음을 싱긋 웃고는 "나야 나! K야!" 하려다가 금방 상호가 뛰여나오는 것만 같아 발을 휙 돌려 골목을 나오고 말었다. 그러나 큰 거리에 나왔을 때 그는 지금 상호면 상호래도 만나서 모든 것을 고백할걸 하고 뉘우치니 금시에 은주의 그 다정한 손길이 구세주같이 그리웠다.

"그 손! 아! 그 손!"

K는 경문이나 외이듯이 중얼거리며 오직 은주의 손길만이 서리찬 이 가슴을 녹여 주리라고 생각하며 허공에 크로스엎 된 태양 같은 은주를 하우치러다가 그만 땅 우에 쓰러지고 말었다. K는 기선을 타고 바다에 나간 것처럼 전신이 흐물흐물 움직이는 것을 느끼었다.

4

눈을 번득 떠 보니 사방이 훼청하다. 오금이 우스스 치워 오고 어깨가 뻐근하다.

'어딜까?' 하고 두 번째 눈을 뜨니 반짝이는 별이 보인다.

'?'

K는 웬심인가 의아하며 정신을 가다듬으니 눈앞에 보이는 것은 틀림없는 밤하늘이었다. 그는 가만히 사방을 둘러보자 이내 자기가 이런 거리 바닥에서 쓰러진 것이 웃으웠고 또 어찌해서 이런 데를 왔을까 생각해 보았으나 역시 생각이 까마아득하다. K는 딘즛이 일어나서 양복 앞자락을 툭툭 털며 그러나 날이 밝으려는 이런 때 어디라고 찾어갈 곳도 없는 것을 알면서 어청 큰 거리로 나왔다. 그렇게나 번다스럽던 거리가 죽은 듯이 고요하여 K는 나포리의 폐허에 서 있는 듯 애수스런 감정을 느끼며 화살같이 삐뜬 거리거리의 양편에 굳게 입을 닷드리고 서 있는 가가를 바라보았다.

낮에 보기보다는 열 갑절식이나 높은 듯싶은 광장한 건물이 던지는 음침한 그림자 밑을 아슬아슬 거닐고 있는 한 개의 미물 같은 생명을 깨닫자 K는 갑작이 자신이 야채[夜叉]* 같이 생각되여 무엇인가 피비린내 나는 일을 저즐고 싶은 범죄 의식이 무럭무럭 떠올라 어떤 벽돌담 옆에 찰딱 닥어 붙어 두근거리는 가슴을 안은 채 야귀같이 빛나는 눈으로 사방을 휘-둘러보았다. 그러나 일 푼도 채 못 되여 K는

* 야채 : '야차'의 방언. 여기서는 '모질고 사나운 귀신의 하나'인 '두억시니'를 의미함.

이러고 있다가 불행히 순회하는 야경대에게 발각이라도 되면 의외에 무서운 혐의에 걸릴지도 모른다고 생각이 거기에 미쳤으나 그때면 그때대로 한 격투해 보는 것도 우울한 요즘에는 청심제도 될 것 같은 쾌감까지를 느끼었다. 그러다가 K는 문득 만약에 살인죄를 범하였다면 그런 때도 은주의 사랑이 변치 않을까 그러한 의심을 품자 순간 『죄와 벌』의 주인공 '라스코-리니코프'가 살인강도인 것을 알면서도 '쏘-냐'가 시베리아에까지 쫓아가는 장면이 머리에 떠올라

"오! 쏘-냐! 나의 쏘냐여!"

하고 호심(湖心)같이 푸른 눈동자로 K를 쳐다보던 은주를 그리며 꽤 높게 부르짖었다.

날이 밝기까지 K는 은주를 찾어서 동으로 서로 미친 사람같이 헤매였다.

은주는 사람이 아니라 한 개의 꿈 같어 그 꿈이 이 어두운 거리의 어느 모통이에서 모래사장엣 어린애처럼 놀고 있을 것만 같아 K는 거리의 구석구석을 샅샅이 헤매였다. 그러나 K가 제정신에 돌아와 며욱 오리처럼 피곤을 느꼈을 때의 그의 실망은 단순히 실연당한 때의 실망 그런 따위만이 아니었다. 거리에 사람들이 차차 많어지고 아우성이 높아갈수록 K는 자기의 처신할 바를 몰라 혹은 그들이 자기를 내쫓는 것만 같아여 퍽 당황한 걸음으로 어느덧에 어떻게 왔는지 우미관 앞에 있는 선술집으로 들어섰다.

뿌얀 김이 몰몰 떠오르는 설렁탕국을 마시기까지에 그는 벌서 두 사발의 약주를 드리켰던 것이다. 그는 점점 옆에 앉었는 사람들을 거들떠볼 만한 힘이 생겼다.

K는 어덴가 원시적이고 파격적(破格的)인 이 선술집이 맘에 댕겨 먹을 대로 먹고 나서도 반점이나 넘어 앉었다가 문득 시계가 아침 아홉시를 치는 바람에 지금쯤은 상호도 회사에 출근하고 은주 혼자 있으리라는 것이 생각나 구두를 질질 끌면서 밖으로 나왔다. K가 은주에 집 대문을 제법 호기롭게 대번에 밀치고 들어서니 은주는 네 평 가량이나 그렇게밖에 안되는 뜰 안에서 나무를 가꾸고 있었다.

은주는 K를 보고 눈이 휘둥글해지며 발칵 일어서서 두어 걸음 닥어온다. K는 경의와 동경이 가득 찬 은주의 시선에 부닥치자 순간에 황홀경에 이른 것 같음을 느끼며 방긋 웃으려다가 마는 은주의 얼굴에서 몹시 반가워하는 표정을 읽을 수 있었다. 그러나 K는 어찔할 바를 모르고 있노라니 은주는 이내 얼굴이 성류처럼 샛빨개지며

"식전 아침부터 웬 술을 그렇게 잡수셨어요?"

"누구 때문에 술을 마신 줄 알우?"

K는 속맘과는 달리 갑작이 은주에게 화푸리라도 하고 싶어 씹어밸듯이 역증을 썼다.

"아규! 제게 술주정을 쓰세요? 아침부터."

"재수가 없단 말이지요? 아침부터 나 같은 놈이 와서?"

그 말에 은주는 잠간 고개를 숙으렸다가

"그래요. 그러기 어서 가세요!"

말은 그러나 생글 웃는 매가 자기 말을 굳세게 부인하는 것을 알 수 있었다. K는 다시금 은주의 표정술에 놀래지 않을 수 없었다. K가 아침부터 곤드레만드레가 되여 찾어온 것도 좀 더 자유스러히 얘기하기 위하여서라고 은주도 짐작하였고 은주가 그만 것은 빤히 이해

하리라고 K도 믿었다. K는 방 안에 들어오자 벼개를 베고 덜석 눕기는 했으나 그러나 이런 꼴사나운 꼴을 했댔자 무엇이 되느냐 자조(自嘲)하다가 다시 머리맡에 앉어 있는 은주의 손을 더듬어 힘껏 힘껏 붙잡었을 때는 K는 거이 질식할 정도로 행복감에 도취되었다.

5

"아예 은주를 죽여 버리고 말까 보아."

얼마 동안 말없이 있다가 불숙 K는 이렇게 말하며 은주의 손을 힘있게 잡었다. 은주는 순간에 미간 새를 약간 찗으렸다가 이내 생긋 웃고 손에 힘을 주어 마조 붙잡으며

"흥 맘대루요?"

"그럼 맘대로 아니구."

"좀 안될걸요."

하고 다시 코웃음 치는 것이지만 K는 그 코웃음에 조곰도 불쾌한 감정을 느끼지 않었다.

"죽을 각오를 하면 안될 일이 어데 있담?"

"죽고 싶기면 혼자 죽어요. 난 죽기 싫어."

그 말에 K는 언젠가 어떤 사내가 정사를 강요(强要)하다가 여자에게 고소(告訴)를 당하였다는 신문 기사 읽은 것이 생각나 은주도 혹은 그러한 여자일는지도 모른다고 퍽 불쾌해졌으나 그러나 이내 부질

없는 생각이였다고 뉘우치자 벌덕 일어나며 두 팔을 벌려 으스러져라고 은주를 껴안었다.

"아이 놓아요!"

K는 은주가 뿌리치는 대로 도루 제자리에 앉었다.

"인제 그만 가세요. 댁에서 부인이 기대리실 텐데."

"누가 그런 소리 하래?" K는 얼른 손을 들어 은주의 입을 막었다. K는 은주의 입에서 그런 말을 들을 때처럼 괴로운 것은 없었다.

"가만 게서요." 하고 은주는 K의 손을 밀치고

"정말 이제부턴 우리 집에 오지 마서요 네. 뭣 하려 늘 오세요? 언제까지나 저를 괴롭게 해 주실 생각이야요?" 은주는 갑작이 침착해지며 약간 떨리는 목소리로 말하였다. K는 순간에 냉수를 끼운 듯이 정신이 펄적 들었다. 그러나 무엇이라고 대답할 거리가 없어 멍하니 땅만 처다보았다.

"아마 선생님은 양심의 가책을 퍽 많이 받으시리라고 믿어요. 그렇게 괴로우시면서 웨 늘 오시는 거야요."

K는 묵묵히 앉었다가

"은주는 내게 설교를 하고 있소?" 하였다.

"설교가 아니라 사실 그러찮어요. 안해 있는 몸으로 남편 있는 여자를 생각할 필요가 어디 있어요?"

"아마 애정은 논리와는 다르겠지."

"그럴는지는 모르지요. 그러나 저는 상호 씨에게 얼마나 미안한지 몰라요."

그 말에 K는 마치 쇠망치로 정수리를 얻어맞은 것처럼 헝청하였다. 고요히 눈을 내리깔고 있는 은주의 얼굴빛은 몹시 창백하였다.

“저는 누구의 순정보다도 상호 씨의 순정을 가장 굳게 믿어요. 이브는 아담의 갈배에서 나왔고 그러기에 나는 상호 씨를 떠나서는 아무런 행복도 느낄 수 없어요. 선생님의 작난을 저더러 믿으라는 것은 무리가 아니야요? 모욕이 아니야요?”

은주는 파들파들 떨리는 눈으로 K를 처다보았다. 은주는 돌로 아로색인 조각처럼 차거웠다.

“작난?” K는 굳세게 외여 보고 잠간 있다가

“그럼 작난으로 믿는단 말이요? 은주는 아직두 작난으로 믿었소!”

“그야 순정인는지도 모르지요. 그러나 이루어지지 못할 일을 요구하는 것은 위험한 작난이 안야요? 제발 내일부턴 오지 마세요. 서로 맞나지 안으면 그만일걸……. 음직이지 못할 것을 음직여 본댔자 헛수고가 안야요? 그러찬어요?”

“음직이지 못할 것?”

“그렇지요 저는 무엇을 희생하든지 가정의 행복을 파괴하고 싶지는 안어요.”

“으-ㅁ-”

K는 거이 소리를 내여 탄식하였다. 음직이지 못할— 음직이지 못할 것이 대체 어데 있으랴. 한 사내와 한 여자가 어떻한 동기로든지 서로 맞부끼만 하면 애정이야 있건 없건 죽기까지 떠러저서는 안된다는 것이 거룩한 도덕의 신조가 아니냐! 과연 그것은 옳은 일일까?

사랑과 리해 없는 가정은 무덤과 갈다면 그래도 도덕이라는 사회적 제약 때문에 살어서 무덤을 파야 옳을까?

아니다! 도덕은 더 잘 살기 위해서 사람이 비저 놓은 한 개 규약이다. 그러나 일단 맺어진 규약은 이외에도 사람 자신을 속박하는 힘이 이렇게도 굳센가 생각하자 K는 봉건 도덕에 대한 반항심이 밋물처럼 치밀었다.

"은주는 케케무근 도덕 때문에 자기를 희생할 필요가 그렇게까지 있다고 생각하오?"

"아니야요. 저는 도덕이 어쩌니 하는 것은 아니고 제 량심이 허락지를 안어요."

"량심? 량심 그것이 벌서 도덕의 구애를 받는 것이 아닐까요? 은주 씨는 적어도 제 태도를 거즛이라고는 믿지 않겠지요?"

"…………."

"만약 나의 순정을 리해해 주면 그것만으로도 벌서 이 가정은 파괴된 것이 아니요? 그러면서도 모든 것을 희생해도 이 가정을 직키겠다는 것은 오직 도덕의 아니 은주 씨 말대로 한다면 량심의 가책 때문이 아닐까요?"

K는 입이 열니고 보니 자기로서도 놀라리 만큼 말이 잘 풀니었다. 그러나 K 자신 자기 말의 론조(論條)를 시인하면서도 그것을 실행할 과단성은 의심하지 않을 수 없었다. 은주는 물팍을 쪼그리고 앉은 채 입설을 잘근잘근 씹을 뿐이었다.

"나는 절대로 사랑을 강요하는 것은 아니지오. 그러나 서로 애정이 느껴졌다면 도덕에 구애될 필요는 없지 않어요?"

은주의 어깨는 가늘게 떨렸다. 그는 잠간 잠자고 있다가

"그래요. 저는 순정을 배반할 용기는 없어요. 그러기에 죽어도 이

가정의 평화를 직키겠어요.”
하고 구슬처럼 매저 떠러지는 은주의 음성에는 굳은 결심이 풍기였다.
순간 K는 은주가 이를 악 새러물고 눈물을 참는 것을 보자 호흡이 빡 매켰다. 이윽고 은주는 사죄라도 하듯이
“저를 동상으로 대해 주든가 가장 친근한 동무로 사기면 그만 안야요? 자— 그만 가셨다가 저녁에 또 오세요. 다섯 시면 상호 씨도 나오실 데니…….”
하고 억지로 웃으려든 얼굴이 멋없이 지프러지고 만다.
“난 위선자는 못 되오.”
K는 은주의 무의미한 말을 도루 던저 주듯이 성난 음성으로 뱉어버리고 도망치듯이 그 방에서 뛰여나오고 말었다.

6

K는 극도로 흥분된 기분을 진정하기 위하여 다방 성림(聖林)의 한 자리를 잡고 앉어 지금 은주와의 사이에 이러난 일들을 질서 없이 생각하고 있었다. K는 물론 은주의 말을 그대로 믿을 수는 없었다. 은주가 이를 악 새려물고 소사오르는 우름을 깨무러 죽이며까지 상호를 사랑한다고 하는 그 갸륵한 심정은 족히 짐작할 수 있었다. 그러나 순정을 묵살하고 양심을 속이면서까지 봉건 도덕에 굴종해야만 할 것인가? 리지(理智)가 배승한 은주는 자기의 몸을 갈면서라도 사랑

을 깔어 죽일른지도 모른다. 그러나 그것이 한 개의 도덕의 노예는 될망정 결코 아름다운 것은 못될 것이고 상호의 처지로 보아도 달가운 일은 아닐 게다. 그렇게 생각하자 K는 아모리 해도 은주를 구원할 사람은 그에게 불행의 씨를 뿌린 자기 자신밖에 없다고 믿으며 상호도 그리 몰리해한 사람은 아이니 차라리 그에게 모든 것을 고백하는 것이 척경 같아 때를 기다려 상호를 맛나기로 작정하였다. 그러고 보면 일이 간단이 귀결 지여질 것 같아 그렇게 간단스러운 일을 엽때까지 질질 끌고 온 것이 우습기까지 하였다. K는 다시 안해로서의 은주를 머리에 그려 보며 차를 한 잔 더 청하는 무렵에

"요— K군 !" 하고 어깨를 툭 따리는 것은 이외에도 신진 소설가 P였다.

"응! P군 !" 하고 K는 P의 손목을 잡으며

"요새 아무 바리끼*를 내드구먼! 인제 아주 오사마루**했든데—"

"천만에— 그런데 자네두 이런 데 자주 오나?"

"응 아니 참 자네의 다방에 대한 철학이 굉장하데그려! 다방 연구가 어지간하든데."

K는 P의 다방 수필(茶房 隨筆)을 생각하고 P가 데카단한 현대 청년의 기분을 심각히 그려 낸 데 내심 감탄하는 것이었다.

"뭘 그만쯤이야—. 자네두 혼자 대낮에 이런 델 오는 것 보니 제법 취미를 아는 모양인데 하하하. 참말 다방은 틀림없는 현대 청년의 오아시스야! 틀림없지………."

* 바리끼(ばりき) : 마력. 정력. 박력.
** 오사마루(おさまる) : 조용해지다. 들어가다. 좋아지다.

P는 차 마시기를 잊어버리고 이렇게 떠들다가

"참 K군 ! 소설 재료나 하나 제공하게나."

"왜? 이야기가 궁했나? 다 짜 먹은 셈인가."

"아닌 게 아니라 없는 머리에서 쥐여짜고 보니 벌서 바닥이 드러낫서. 하하하 초라하지—."

"그럼 하나 제공할까."

K는 문득 은주와 자기와의 것도 혹은 소설이 될는지 모른다고 생각하며

"그 대신 한턱 쓰겠나?"

"그야 물론! 그러나 그것은 원고료를 받은 후의 일이고— 지금은 적수공권일세. 참 용돈 있나 있거던 한잔 배풀게나."

그러잖어도 우울하던 판서라 K는 P를 데리고 카페로 진출하였다. 카페 '모록꼬'에서 S를 맛나고 바-'황야'에서 M를 맛나 다시 카페 '엔젤'로 내다른 때는 K의 돈지갑은 거죽만이었고 남은 것은 팽팽 도는 취기뿐이었다. 새로 한 시가 넘어 다시 거리에 나서슬 때는 취한 때의 항용 쉬운 버릇으로 네 사람이 꼭 같이 게집이 그리웠다. S는 안해가 있었지만 P와 M는 독신이였고 게다가 K도 은주와의 일 때문에 자포자기가 되여 되는대로 되여라 식이었다.

"M군! 돈 있다지? 그러면 가세 가! S! 자네 앞서게 뭐! 청년은 잠간이 아닌가! 우리들은 옳고 긇고를 생각할 필요가 없거든! 그깟 놈어 도덕 쿠소구라에다 기분 내리는 대로 놀면 그만이지 악이면 악이라도 좋아! 극단의 악을 거닐어 보는 것두 유쾌한 일 아닌가? 루즈벨트가 되는 것보다 카포네가 되는 것은 더 상쾌한 일일세. 자— 가세."

P는 그 수다스런 말로 급기야 선량한 세 젊은이를 휘여 넣고 말었다. K는 취중에도 P의 말에 어떤 쾌감을 느끼며 모든 것을 초월한 듯한 P가 퍽 부러웠다. 만약 P가 자기 처지에 놓였다면 벌서 결판이 나슬는지도 모르리라고 하였다. 매 만사가 다 그렇치만 특히 이런 경우에는 과단성이 더욱 필요하다고 깨달르며 이런 때는 P를 맛난 것이 어째 단순한 우연만 같지 않었다. 그러나 K가 뒷골목으로…………. 여관방 같은 좁은 방에서 낯모를 여자를 겨고 눕자 생선처럼 펄덕이는 아욕을 깨닷고 순간 지금것 은주에 대한 자기 사랑이 퍽으나 성스러웠다고 그러나 사랑이란 역시 욕심을 버릴 수 없으리라는 것도 새삼스러히 발견한 듯했다. 그러나 그런 감각도 오래쟌어 K는 정신이 몽롱해지고 말었다.

7

이튼날 아츰 뒤통수를 툭툭 털며 그 집 대문간을 나설 때 K는 내가 웨 이런 델 왔든가 후회막급이었다. 어쩐지 지나가는 사람마다 뜻있게 자기를 바라보는 듯싶어 K는 S, M과 헤여저 P와 단둘이 큰 거리를 나올 때는 아모 말도 없었다. 은주를 사랑하는 남여에 이런 데를 화푸리 겸 오기는 해스나 그러나 K는 은주에게 대하여 퍽 미안한 생각이 들었다.

"자— K군 ! 어적게 약속한 소설 재료를 말하게."

골목을 채 버서나기도 전에 P는 조르는 것이다.

"가만있게! 차나 마시면서 보세."

K는 어쩐지 내키지 않었다. 그때 문득

"어이 K군 ! 아침에 어딜 갔다 오는가?"

하든 것은 이외에도 상호였다. 상호는 지금 출근 시간인 듯싶어 가방을 옆에 끼고 눈치를 채였는지 뜻있는 우슴을 보이며 버리였었다. K는 '시맛다'*하고 얼굴이 확근 달었지만 이내 그런 내색을 감추고

"응 놀고 오는 길일세. 벌서 출근인가."

아모러치도 않게 말하였지만 그실 어한이 벙벙하다.

상호가 알면 따라서 은주가 알게 될 것이 아닌가? 은주가 안다면— 그러고 보면 은주는 정녕코 K의 사랑을 의심할 게다. 그러잔어도 어적게 '작난'이라고 하던 은주가 아니냐?

"재미섰나?"

"글세— 또 보세."

K는 앞에서 P가 기대리고 있어 오래 얘기할 수 없다는 듯이 내빼였다. 그들이 차집에 가는 동안 K는 꽤 불안스러웠다. 차를 반 넘어 마시자

"인제 얘기하게나." 하고 P는 또 조른다.

"그럼 사건의 과정만을 말할게. 결론은 자네가 지여 주게."

하고 K는 자기 신세를 샂샂치 말하고 나서 최후로 온 아침 상호를 맛난 얘기까지 쇠통 터러놓고

* 시맛다(しまった) : 아차. 아뿔싸.

"그러니 인제 어떻거야 좋겠나?" 하고 물었다.

"자네는 진정 그 여자를 사랑하는가? 물론 작난은 아니겠지?"

"원 천만에 나야 어딜 작난……."

"그러하면 별문제 없잖은가? 진실은 절대로 죄일 수는 없으니까! 그 남자에게 단도직입적으로 대들어 보는 것이 척경일세."

P 역시 자기의 생각과 별다른 의견이 없다고 생각하나 역시 K는 P의 용기가 부러웠다.

"그만한 용기가 있는가?"

"있지. 지금 막 생겼네."

K는 금시로 가슴에 용기가 소사오르는 듯했다.

"그럼 아직도 소설의 크라이막스가 없으니 그것은 하회를 기대리겠네. 서트른 연출은 금물일세. 일후의 군의 행동은 동시에 나의 명예도 되니까 잘 부탁하네."

P와 헤여지자 K는 일단 집에 가 보기로 하였다.

이제는 상호와 단판할 용력도 생겨스니 안해의 처지도 생각지 안을 수 없었다. 대문에 썩 드러서자 뜰에서 놀던 셋잡이 딸년이

"아부지— 아부지 온다. 어머니."

하며 흙 무든 손으로 양복 소매를 붓잡아 끌었다. K는 변변치 못한 자기를 아부지라고 반갑게 마저 주는 어린것이 퍽 측은하여 손을 끌며 토방으로 올라섰다. 방문이 발칵 열니며

"왜 그렇게 속히 단녀 오세요?" 하고 안해도 상냥히 웃는다. K는 "응" 힘없는 대답을 하면서 과연 이렇게 순진한 안해를 배반할 힘과 잔인성이 있을까 하고 또 우울해졌다.

"아부지 과자"

어린년이 포켓트를 뒤지는 김에 K는 자식을 생각지 못하는 몰인정한 자신을 뼈아프게 뉘우치며 백통전 한 닢을 주었다.

"해수욕이 재미없어요?"

하는 안해의 무름에 K는 그지없이 괴로움을 느끼며 그동안에 온 편지를 뒤적이었다. 그러나 그실은 편지를 읽는 것이 아니고 천사처럼 순직한 안해와 아기들을 미워하는 자기의 죄를 몇 번이고 뉘우쳤다.

'실패로구나.'

K는 속으로 중얼거리며 은주가 여하한 희생이 있드라도 가정의 행복은 깨뜨릴 수 없다는 것도 자기와 꼭 같은 심사에서 생겨난 결심이리라고 믿었다. 그러나 K는 자기와 은주 사이에는 어떤 악마의 힘이 있어 줄기차게 그러댕기는 것을 새삼스러히 느끼며 미닫이를 훽 열고 퉤 침을 배텃다.

8

오후에 다방에서 P를 맛나 새로 용기를 얻어 가지고 상호를 찾은 때는 그러나 불행(?)히도 상호는 외출하여 도라오지 않었다. K는 그것이 퍽 다행 같기도 했고 또 혹은 그처럼 불행은 없는 것 같았다. 벼르고 별너 찾어온 기회를 노치고 보니 다시는 그런 용기가 생길 상싶지 않었지만 그러나 은주와 단둘이 맛나는 것만은 반가웠다.

K는 문득 아침에 상호를 맛난 것이 생각나 혹은 벌서 은주도 그 일을 알지 안을까 두려웠다. 그러나 웬걸 그동안에야 벌서 얘기해스리라구 또 했다면 어떼 그것과 은주에 대한 애정과는 딴 길인걸 하고

"상호 군은 언제쯤 도라온대요?" 물었다.

"왜요?"

하며 은주는 생긋 웃는 것이 어째 뜻있는 우슴 같다. 가슴에 켕긴다.

"은주— 나 오늘 상호 군에게 은주 얘기를 모두 고백할 생각이요. 그래서 통하든가 탕하는가 귀결을 맺고 말 작정이오. 은주 생각은 어떻수?"

"흥." 하고 은주는 순간에 코우슴 치고 나서

"참 우서 죽겠서요. 남자들이란 그렇게도 가면을 잘 쓰는 것일까요?"

하고 이번에는 생글생글 비웃는다.

"뭐가 우숩단 말요. 대관절 뭐가?"

"글세 다 알어요. 흥 참 우숩지 어쩌면 그렇게 가면을 뻘까?"

K는 '올타. 그러면 벌서 어제밤에 요리집에 갔든 것을 다 아는구나.' 하고 가슴이 떼금했다.

"뭐이 우숩단 말요. 글세 말을 해 보구려."

"나보다 자기가 더 잘 알걸 뭘."

"어떻게 알구? 생이지지(生而知之)도 분수가 있지."

"모르면 그만두세요. 참 우습지!"

"대관절 말을 해야 알잖우?"

"난 말하고 싶잖어요. 아직두 가면을 쓰고 게시려우."

은주는 갑자기 샐죽해지며 정색을 한다. K은 어제밤 일이 그렇게

까지 은주의 맘을 침범하였든가 의심하며 한굿 그런 것을 리해 못해 주는 은주가 원망스럽기까지 했다.

"글세 말해 봐요. 옳거던 옳다고 글커던 글타고 할게."

"아니얘요. 난 설명을 듯고 싶잖어요. 그런 설명을 또 누가 믿는다구요?"

K는 버선목이라고 뒤쳐 뵐 수도 없는 일이고 참 딱하였다. 어제밤 일도 사실은 은주 때문이 아니었든가?

"그럼 은주는 종시 나를 의심하실 작정이요?"

"믿고 믿지 않고가 문제 아니지요. 저는 꼬박히 속아 와슬 뿐이니까."

은주는 분이 치미는 듯 억게를 바르르 떨며 획 도라앉는다. K는 슲었다. 자기의 순정이 남에게 의심을 사는 것밖에 못 된다면 K 자신 자기의 위인이 몹시 꼴 보기 싫었다. 그러나 자기의 위인도 위인이려니와 그만 것을 리해 못해 주는 은주가 원망스럽기도 했다. K는 한참 묵묵히 앉어 눈만 꺼벅이었다.

이윽고 K는 은주의 억게에 손을 언즈며

"정말 그렇게 못 믿겠단 말이요?"

하고 거이 울 목성이 되여 침통히 물었다. 은주는 아모 대답이 없었다. K는 억게에서 손을 미끄러쳐 은주의 손을 잡었다.

"내가 그렇게 안된 놈으로 보였든가요? 정말 믿을 수도 없어요? 난 지금은 그것만이라도 알고 싶구료."

K는 은주의 손을 흔들었다. 그 순간에 K는 은주가 자기를 지극히 사랑했든 것을 깨달었다. 질투는 사랑의 반응이 아니냐!

"대답해 줄 수 없을까요?"

K는 다시 손을 흔들어 재촉하였다. 그제야 은주는 고개를 들어 방긋 우스려다가 우슴을 깨물고 몹시 괴로운 듯이 미간 새에 주름을 잡으며

"전 아모런 괴롬이 있드라도 가정의 행복은 깨뜨리고 싶지 않어요."

K는 그 말이 무엇을 뜻하는가를 알었다.

"아니 그보다도 저를 믿으시는가 말이요?"

"선생님은 사람을 의심하기가 그렇게 쉬운 일인 줄 알으세오? 의심하기란 믿기보다 더 힘든 일이랍니다. 그러나 상호 씨에게 미안해서 견댈 수 없어요. 제발 상호 씨 안 게실 때엔 오시지 마세요. 아마 이 위기에서 저를 구원해 주실 분도 선생님밖에 없지 않어요. 그러기………."

은주는 갑자기 목이 매여 말을 뚝 끊고 오금을 바들바들 떨었다. K는 문득 은주에게서 불상한 자신을 깨닷고 은주의 억게를 끄러앉으며 애정이란 이렇게도 야속한 것일까 생각하였다. 두 사람의 애정을 묵살함으로써 두 가정이 허울 좋게 지탕해 가는 것이 옳은지 굻은지 알 수 없지만 지금 은주를 구원할 길은 오직 그뿐인 것 같았다. K는 문득 지금쯤 다방에서 P가 기대리고 있을 것을 생각하며 소사오르는 순정을 참을 길 없어 다시 은주의 억게를 힘 있게 껴앉었다. 은주의 얼굴은 쇼상(塑像)처럼 무표정하였다. (丙子 五月 十一日)

성황당(城隍堂)

1

“제길 멀허구 송구(상기) 안 와!”

순이는 저녁밥 짓는 불을 다 때고 나서, 부지깽이로 다친 부억문을 활짝 열어제치며 눈 아래 언덕길을 바라보앗다. 그러나 아래로 아래로 빼든 길에는 사람은커녕, 개새끼 하나 얼신하는 것도 업섯다. 한참 멍하니 바라보고 잇든 순이는 다시 아까와 가티 중얼거리고 나서 부억 바닥을 대강대강 쓸어서, 검부제기를 아궁이에 털어넛는다. 그리고 나서 이번에는 빗자루를 든 채, 토방으로 해서, 뜰 안에 나서드니 천마령(天摩嶺) 우에 걸린 해를 처다본다. 산골의 해는, 저물기 쉬웟다. 아츰 해가 압산 우에 떳나 부다 하면, 벌서 뒷산에서는 해가 저물기 시작하는 것이다. 그러기로 신새벽에 집을 떠날 때에 그만치나, 신신당부를 햇스니, 여늬 장날보다는 좀 일즉 도라와야 할 것이고 그러니 이만 때에는 의례 왓서야 할 텐데 아모튼 순이는 기다리기가 몹시도 안타까웟다. 허긴 여늬 때 마련하면 아직도 도라올 무렵이 멀긴 햇지만 순이는 공연히 마음이 초조햇다.

붉은 고사 댕기 한 감과 흰 고무신 한 켤레를 가저 볼 생각을 하면 금방도 억개춤이 덩실덩실 나왓고 이제 보름만 잇스면 붉은 댕기에 흰 고무신을 신고 오 리 박게 잇는 큰 마을에 건네 뛰려 갈 것을 생각하면 금시에 엉뎅이춤이 나왓다. 어느듯 밥이 바지적바지적 잣는다. 순이는 솟뚜껑을 열어 보고 나서는 또 박그로 나와 언덕 아래를 처다 보앗다. 아직도 아모것도 보이지 안혓다. 순이는 이맛살을 찌프렷다. 순이는 아까 집을 떠날 때의 남편의 말을 생각해 보지 안흘 수 업섯다.

"올 수리(단오)날이 송구 보름이 넘어 잇는데 이제부터 댕긴 사다 멀해? 그럴 돈이 잇스면 술을 사 먹지! 참 오늘은 강냉이 한 말 사구 남는 돈은 술이나 한잔 사 먹어야겟군." 하든 현보(賢輔)의 말에 순이는

"흥 그래만 보갓디! 난 아에 다라나구 말걸."

하고 댓구를 하며 남편을 따라 우섯지만 지금 보면 그때 현보의 말이 노상 농담만도 아닌 것 갓다.

정말 현보는 남은 돈으로 술을 사 먹는 것이나 아닐까? 술을 그러케 조하하는 현보의 일이니, 정말 그럴는지도 모른다고 순이는 점점 불안스러워서, 이제는 집 뒤 언덕으로 기어올라, 더 멀리를 바라보앗다. 그래도 아모것도 보이지 안혓다. 순이는 집 아페 잇는 느틔나무 아래 성황당에 들르면서 제발 남편이 신과 댕기를 사 오기를 축수하고 나서 정말, 댕기와 고무신을 사 가지고 오지 안흐면 사생결단으로 싸워 보리라 마음을 먹엇다. 그래도 마음은 노히지 안엇다. 그래, 가만잇자 현보가 술 먹어 본 지가, 벌서 한 달— 아니, 허좌상네 제사 때 먹은 것이 마즈막이엿스니 벌서 두 달이나 되엿다. 정말, 오늘은 댕

기 살 돈으로 술을 먹는지 모른다. 그러기에, 아직두 안 오는 게지. 숫[木炭] 두 섬 팔어서, 강냉이(옥수수) 한 말하고, 댕기 한 감에 신 한 켜레 하기는 잠깐일 것이 아니냐? 술만 안 먹는다면 벌서 도라온 지 오래 엿슬 것이엇다.

저녁 해가 천마령 넘어로 넘고 말엇다. 산골짜기에는 산들바람이 아직도 불고 잇섯다. 나무이피 어린 아기처럼 우수수 떨어지고 그런 저녁이면 의례 뒷산 푸페에서는 부헝새가 운다. 순이는 점점 불안스러웟다. 밥을 담어 노키까지 부엌 문턱이 달토록 드나들엇지만 아모런 소용도 업섯다. 밥을 담어 노코는 가만히 서 기다릴 수가 업서 휭하니 언덕길을 내려갓다. 언덕길을 다 내려가면 다시 이번에는 언덕길을 올라야 한다. 이 언덕이라는 것이 이른바 삼 철마 귀성철마[龜城天摩], 삭주(朔州)철마, 의주(義州)철마라는 큰 령이엇다. 이 재를 경계로 하고 귀성, 삭주, 의주 세 군으로 나누어진 것이다. 이 천마령은 꼭대기까지 오르자면 십오 리는 넉넉히 되엿다. 순이는 갑분 숨을 쉬일 새도 업시 두 활개를 치면서 올랏고 꾸부러진 고비를 돌 때마다 고개를 들어 머리 우에 보히는 길을 처다보군 하엿다. 장에 갓다 오는 사람들도 이제는 다 돌아왓는지 간혹 한두 사람식 보일 뿐이엿고 멀리서 장꾼들이 수근거리며 올 때마다 행여 현보가 아닌가 하고 가슴을 조이곤 하지만 정작 맛나면 생면부지인 남이엿다. 그런 때면 순이는 가만히 한숨을 쉬면서 맥 풀리는 다리를 거누며 거누며 언덕을 올랏다. 언덕을 오르기만 하면 그다음 내림길 십오 리는 한눈에 바라볼 수 잇섯다. 순이는 점점 밸머리가 떠올랏다. 제길! 맛나기만 하면 대비산지 멱살을 부여잡고 악다구니를 쓰리라 하엿다.

2

어느듯 황혼이 지텃다. 기픈 산골짜기에서 피여나기 시작한 황혼은 나무를 에워싸고 개울을 덥고 점점 산허리로 해서 꼭대기로 뻣기 시작하엿다. 바람이 여늬 때보다도 차거웁게 불엇다. 갓 나온 떡갈나무 이퍼 바람을 마저 사르륵사르륵 소리를 내고 잇섯다. 길 여페 숩에서는 금방 호랑이나 산도야지가 뛰여나오지 안흘까 십게 굴가티 새깜하엿다. 그러나 순이는 그런 것은 조곰도 무섭지 안헛다. 산에서 나서 산에서 자란 순이엿다. 순이는 현보가 붉은 고사 댕기와 흰 고무신을 사 가지고 올 것을 생각하면 아모것도 두렵지 안헛다. 그는 다시 발을 빨리 놀렷다. 순이가 천마령을 십 리나 추어 올랏슬 때에 저편에서 홍타령을 하며 오는 사람이 잇섯다. 그 목성은 틀림업는 현보엿다.

그것이 현보인 것을 알자 대뜸 순이의 가슴은 덜컥 내려안젓다.

"산꼴에 귀물은 멀구나다레. 인간에 귀-물은 우리 님 허리."

이것은 현보가 아는 단 하나의 노래엿고 그리고 현보는 의례 술을 한잔 한 후에야만 이 노래를 부르는 것이엇다. 순이는 이 노래를 듯고 댕기도 고무신도 허 얄낭창이로구나 생각하니 가슴 밋바닥에서부터 끌어오르는 분노를 참을 수 업서 길바닥에 딱 버티고 스며 주먹을 불끈 쥐고 어둠 속에서 가까히 오는 현보를 노려보앗다.

현보는 등에 짐을 걸머진 채, 흥얼거리며 그대로 지나가랴다가 다시 한 번 처다보드니 그제야 순이인 줄을 알고 깜작 놀라며

"순이가? 너 어뜨케 여기꺼지 왓네? 올치 — 내 마중 왓구나 응?"

하고 얼근히 취한 음성을 굴리며 순이의 어깨를 붓잡으려 한다.

"그래! 신은 사 오는 거요?"

하고 순이는 현보의 팔을 뿌리치며 톡 쏘앗다.

"응? 그럼 나를 마중 나온 게 아니구 신 사 오는가 해서 여끼지 왓구나!"

"신? 사 오구말구! 쌔헌 고무신, 순이 신을 고무신, 말숙헌 하이칼나 신 사 오구말구."

하고 현보는 다시 순이의 소매를 붓잡엇다. 순이는 천만뜻박게 신을 사 온다는 김에 긴장이 탁 풀리고 반갑기만 해서 아모 반항도 하지 안헛다.

"정말 사 오우?"

"그럼 안 사 올까 원! 순이 고무신을 내래 안 사다 주믄 누구래 사다 준다구!"

"어디 봅수다."

하기도 전에 현보는 벌서 부스럭부스럭 하드니 고무신 한 켤레를 꺼집어내여 순이에게 주엇다.

"여기서 한번 신어 보련?" 하는 현보의 말에

"글세. 좀 쉬여 갈까?"

둘은 길 저믄 줄도 모르고 길엽 풀밧 우에 주저안앗다. 순이는 얼는 조이를 풀고 어둠 속에서도 눈처럼 흰 고무신을 보고는 입이 벌어지며 다 헤여진 집신을 벗고 새 고무신을 신어 본다.

"맛디?"

"응! 아니 좀 크우다래. 겨냥보다 킁 걸 사 왓수다래."

"좀 큰 거 날 것 가태서……. 여름엔 킁 거나두 겨울엔 좀 큰 편이 낫디."
"그래두 과히 큰가 바."
"좀 큰 편이 낫대두 그래. 올 한 해만 신을 것두 — 발은 크잔나 원."
"크믄 돈두 더 허디 안캇소?"
"돈은 가태. 아따 가튼 갑시면 처녀라구 돈 가튼 데야 허구 큰 걸 개왓디."
"돈은 가태요? 그름 큰 거 낫디 머. 참 댕긴."
순이는 그제야 생각난 듯이 댕기 재촉을 하엿다.
"댕기 생각두 낫지만 댕긴 와 시집올 때 디리구 온 거 잇잔은가?"
"아구만나! 시집올 때 웬 댕기래 잇섯나 머? 시집오던 날 디리구 온 건 남해래 돼서 사할 만에 도루 보내 주디 안앗소?"
"아 — 그랫던가? 난 또 오늘 문뜩 시집올 때 디리구 온 댕기 생각이 나기에 올타 잘 됏다 오늘은 댕기 갑시 남엇스니 술 먹을 돈이 생겻다구 막걸리 몃 잔 걸티구 왓디! 난 참 깜박 니저뻬렷드랫구만 허! 그러니 헐 수 잇나! 다음 당(장)에는 꼭 사다 주디!"
"여보! 그르케야 놈으 생각을 못해 주갓소?"
"아니 생각을 못헌 거 아니라 잇는 댕기야 또 사 올 거 없갓기 그랫디. 내가 님자 댕기 사 오는 거 아까와 그랫갓나. 그러치 안아? 순이."
하며 현보는 순이의 어깨를 휘감엇다. 순간 술 냄새가 훽 얼굴에 부디첫다.
"아이구 망칙해라!"
"망칙은 무슨 망칙! 아모개두 보는 사람 업서!"
하고 현보는 놀랜 호랑이처럼 덤벼들엇다. 순이는 고무신 사다 준 것만도 다행으로 여겨, 아모 반항도 하지 안헛다. 어느듯 열여드레 달이 천마재 우에 비죽이 소삿다. 산속은 괴괴하엿다. 나무 사이로, 싸늘하게 흐르는 달비치 더욱 적막을 도두엇다. 숩 우에서 반짝이는 별들만 현보와 순이를 지키고 잇섯다.

어데선가, 간혹 접동새 우름이 들려왓고, 그것이 끈치면 아지 못할 산즘생이 짝을 찻는 듯, 구슬프게 우는 소리 뿐이엇다.

3

순이는 밤새도록 자지 안코, 신만 신엇다 버섯다 하엿다. 신코가 뾰족한 것도 신기스럽거니와 휘여 잡으면 한 웅큼 되엿다가도 손을 노으면 발닥 제 모양대로 도라지는 것이 퍽은 재미스럽다. 순이는 버선 신은 우에도 신어 보고 맨발로도 신어 보앗다. 그는 정말 별안간에 하늘에 올라간 것만치 기뻣다. 이런 신은 아무리 돈 만흔 사람이라도 함부로 신을 것이 못되여 보엿다. 요 아랫마을에도 흰 고무신 신은 여편네라고는 구장 안해 한 사람 뿐인 것만 보아도 알 것이라고 순이는 불을 끄고 그만 자리라고 결심을 하얏다가도 다시 등잔을 켜고는 고무신을 어루만저 본다. 그리고 이런 모든 것이 모두 성황님의 은덕이라고 밋는 것이엇다. 순이는 자기가 시집올 때에 성황당 아페서 배례하고 부처가 될 것을 맹서한 것을 새삼스러히 행복되게 생각하는 것이엇다. 순이는 이 세상 모든 재앙과 영광은 성황당께서 주장

하는 줄로만 밋는다. 순이가 처음 시집왓슬 때에 순이의 시어머니는

"우리 집일은 무엇이나, 아페 성황당께 빌면 순순히 되는 줄만 알어라."

하고 타일르든 것과, 시증조부모 때에 한번 성황당에 불공스러웟기 때문에, 집이 도깨비불에 타지고 말엇다는 말까지도 이처지지 안헛다. 순이는 지금, 흰 고무신을 신게 된 것도 틀림업는 성황당님의 은덕이라고 밋는다. 이튼날 아침, 순이는 먼동이 트기 전에 일어나서, 신을 또 한 번 신어 보고는, 박그로 나와서, 이리저리 도라가며 돌을 주어 들고 성황당 아프로 가서 공손히 돌을 던젓다.

순이는 성황당에 돌 던질 때가 가장 행복스러웟다. 돌을 열아문 개 던지고 나서는, 고개를 수그리고 합장배례하고 잠간 섯다가 집으로 도라왓다. 그리자 현보도 벌서 잠이 깨여 옷을 갈어입고 나왓다. '숫가마(숫 굽는 굴)'에 일하러 가는 것이엇다.

"곤허갓는데 좀 더 자구 가구래."

순이는 고무신 사다 준 것이 생각할스록 고마워서 현보를 보고 힛죽 우섯다.

"괜티안아! 어서 가 보야디."

현보도 순이를 보고 힛죽 웃고 나서 눈을 부비며 집 뒷등마루(언덕)으로 올라간다.

숫가마는 고개를 넘고 고개를 다시 내려가서야 잇섯다. 현보가 한참 언덕을 올라갈 때에

"여보! 여보!" 하고 현보를 불럿다.

"와 그루?"

"좀 왓다 가우! 왓다 가라구요."
하고 순이는 소리를 질럿다. 이윽고 현보는
"와 그루? 와 그래?" 하며, 순이에로 왓다.
"인자 갈 때, 성황당에 비는 것 니저삐렛디요?"
"난 또 큰 변 낫다구!"
"그럼 큰 변 아니구요. 성황님께 불공햇다가는 큰 변 나는 줄 모루?"
하면서 순이는 벌서, 돌을 열 개 넘어 어더다가, 현보에게 주면서 던지라고 한다. 현보는 그것을 바더서 공손히 던젓다. 그리고 나서 합장하엿다. 현보는 다시 순이를 처다보고, 한 번 웃고 나서 집을 떠날 때에 퍽 행복스러웟다. 나히 스물여듧이 되여서야 겨우 안해랍시고, 코를 질질 흘리는 열네 살짜리 순이를 어더온 것이 어제 일 가튼데, 순이는 벌서 열여듧이 되여서 이제는 제법 안해 꼴이 백엿고, 게다가 기특하게도 남편에게 재앙이 업도록 성황님께 축수하기를 이저버리지 안는 것만 보아도 현보는 그지업이 행복스러웟다.

현보에게는 이 천마령과 순이만이 온천하의 모든 것이엇다. 순이만 잇스면, 현보는 조금도 괴로울 것이 업섯다. 그리고 또 이 천마령이 잇는 동안에는 따라서 잡나무[雜木]도 끗이 업슬 것이오, 그러고 보면 숫 굽기도 끗이 업슬 것이니 먹기 걱정은 영 업섯다. 세상이야 저 어떠케 변동되건 어떤 풍파가 일어나건 그런 것은 현보에게 아모런 상관 업섯다. 세상일로서 현보와 관계되는 것이 잇다면 그것은 오직 숫 갑시 내리는 것이엇다. 하나 그것도
"제길! 제 놈들이 숫이야 안 쓰구 백여날 수 잇나 원."
하고 생각하면 그것조차 걱정될 일이 업섯다. 현보는 그저 행복스러

웟다. 젓나무 잣나무 떡갈나무 무프레나무, 성나무……. 아름디리 나무 나무들이 활개를 쭉쭉 뻣고, 별 겻듯 서 잇는 풀 속을 거닐면서 현보는 다시 빙그레 우섯다. 무성한 나무! 그것은 얼마나 친근한 현보의 벗이엿스리요! 순이도 떼여 버릴 수 업시 사랑스럽다. 그러나 이 나무들도 순이보다 못지안케 사랑스러웟다.

봄이 오면, 나무닙픠 신선하게 생겨나고, 그래야만 현보의 마음에도 봄이 오는 것이엇다.

4

친근하기로 말하자면 산은 말할 필요조차 업다. 온갖 나무를 키워주고 온갓 풀을 키워 주는 것이 산이 아니냐! 현보를 나혀 준 것도 산이엿고 현보를 멕여 살리는 것도 산이엿고 현보의 어머니가 마즈막으로 도라간 곳도 역시 산이 아니냐!

현보는 산 업는 곳에서는 하로도 살지 못할 것 갓탓다. 이런 생각을 하는 새 어느듯 현보는 숫가마에 다다럿다.

숫가마 속에는 그적게 채곡채곡이 싸혀 너흔 나무들이 고대로 잇섯다. 현보는 여페 싸혀 잇는 불나무(火木)를 도끼로 탁탁 패여서 아궁지에 쓰러 너코 성냥을 드윽 그어서 불을 부첫다. 처음에는 잘 붓지안튼 것을 입으로 몃 번 후-ㄹ 후-ㄹ 불어서 부치기 시작하얏다. 한 아궁지 가득히 장작을 틀어막고 현보는 또 불나무를 패기 시작한다.

한참 패고 나니 등골세 땀이 나서 그는 저고리를 버서 저만치 내던지고 나서 다시 패는 것이다.

도끼를 번적 들어 뒤로 견줄 때마다 턱 버그러진 압가슴의 근육이 불끈 내소삿다가는 도끼를 탁 내리갈기면 억개쭉지가 물끈 부푸러 오르고 그와 동시에 장작이 팡 하고 두 갈네로 갈너지는 것이엇다.

이러케 한 번 한 번 내리갈길 때마다 도끼 소리는 즈르렁 산에 울리웟고 조곰 잇으면 마즌편 산에서 또 쯔르렁 하고 반향이 오는 것이엇다. 마즌편 산의 반향이 끗나면 현보는 또 도끼를 갈기고 그리하여 현보는 혼자이면서도 둘이 일하는 것과 꼭 가타여 조곰도 힘이 들지 안엇다. 한참 패고 나서는 하늘을 처다본다.

해는 조반 때가 잘 되엿다. 아츰해는 벌서 천마령 꼭대기로 버서낫든 것이다.

현보는 이번에는 언덕길을 처다보앗다. 아직도 순이가 조반 가저오는 것이 보이지 안엇다. 그래 숫가마에 장작을 더 너코 허리를 펴며 일어스니 이제것 안 보이든 순이가 어느듯 눈아페 나타낫다.

"아니 금방 안 보이드니…."

"히히히……. 나무에 숨엇드랫디."

"요망할 거." 하는 현보는 을러메는 듯 픽 우섯다.

"불은 일럿소?"

"그럼 바람세가 조아서 울- 울- 하는데."

순이는 조반 바구니를 풀밧에 노코 숫가마 아궁지로 가서 안을 드려다보드니

"오오- 막 훌훌하는구나." 한다.

"조반 먹을까?"

"먹습수다."

하고 순이도 현보를 따라 풀밭에 주저안저서 바구니를 연다.

바구니 속에서는 강낭밥 두 그릇과 산나물이 나왓다. 그리고 맨 마즈막으로 삶은 감자 다섯 개가 나왓다.

"응! 웬 감잔구?" 하는 현보의 말에

"궐 자시라구 삶아 왓디. 히히."

하고 순이는 현보를 처다보앗다.

"감자가 송구 잇섯든가?"

"요것뿐야! 궐 생일날 줄라든 거 오늘 삶아 왓디 머."

하고 순이는 수접은 듯이 고개를 비튼다.

현보는 눈물이 나도록 고마웟다. 조반을 마치고는 현보는 지게를 지고 나무하러 산속으로 드러가고 순이는 숫가마에 불을 때는 것이엇다. 순이는 불나무를 한 아궁지 처박고는 아까 그 바구니를 들고 나물하려 근방으로 도라다닌다.

겨울이 어제 갓드니 어느듯 산에는 맛나물이 두 치나 도닷다. 이윽고 고사리도 도다나리라고 생각하면서 순이는 눈에 보이는 대로 맛나물 알바꾸기 소리채 문들래……. 이런 것을 캐여서는 바구니에 넛코 넛코 한다. 그러다가는 또 숫가마에 와서 불이 스러지지 안토록 나무를 넛쿤 한다. 해는 중낫이 되엿다. 별 겻듯 빽빽히 서 잇는 나무숩 속도 훤히 밝엇다. 나무 미테 싸히고 싸힌 나무닙 속에서는 졸졸 어름 녹은 물이 흐르고 잇섯다.

온 산은 꽉 적막 속에 잠겨 잇다. 산새도 울지 안엇다. 다만 보이지 안는 곳에서 종달새 소리가 들려올 뿐이엿고 그것마저 구름 속에 잠겨지면 생각난 듯이 미라부리가 한 곡조 부르면서 멀리로 날러갈 뿐이엇다. 순이는 나물을 캐다 말고 미라부리 살어진 먼 하늘을 가만히 우러러보고 잇섯다. 그런 때에는 순이도 자연의 한 부분에 지나지 안엇다.

산속의 봄은 유난히 짧엇다. 뻑꾹새가 울어서 봄이 왓나 보다 하고 한겨울의 칩거(蟄居)에서 해방되여, 산으로 오르기 시작하면, 벌서 두견새와 꾀꼬리가 노래를 부르고, 뒤니여 매미[蟬]가 "맴맴맴맴맴매—" 하고 한가로운 산속의 여름날을 돕는다.

5

그러기에 산사람들에게는 봄보다도 여름이 더욱 친근하엿다. 하로하로 산은 나무입으로 무거워 가고 각색 새들의 노래 노래에 산사람의 마음은 흐들려저 간다.

할미꼿, 안즌방이, 진달내가 한물 지나고 도라지꼿 나리꼿 제비꼿 학이꼿 범부채 뫼나리 개나리……가 먼저를 다토아 필 무렵이면 스러젓든 잔듸바테도 새싹이 머리를 들고 그러노라면 풀바테는 빙충이 식세리 귀뜨람이가 노래를 부른다.

토끼가 춤을 추고 여호 노루가 양지쪽에서 낫잠을 이루는 것도 이런 때이다.

오늘도 순이는 숫가마에 불을 때고 잇섯다. 한나절이 되자 날은 점점 무더워 왓다. 사방이 병풍으로 휘두른 듯 산으로 감싸워 잇섯고 게다가 나무가 드러차서 바람 한 점 어들 수 업섯다. 순이는 아궁지 속을 한참 휘저어 불을 되살리고 나니 얼굴이 홧홧 달고 전신에 땀이 물 흘르듯 하엿다. 벌거버슨 웃통에서도 젓가슴 새로 땀방울이 줄줄 흘럿다. 순이는 나무를 듬북 집히고 나서는 저고리를 손에 든 채 개울가로 왓다. 개울로 오자 그는 치마와 베바지마저 훨훨 버서 돌 우에 걸처 노코 덤벙 물속으로 뛰여들엇다. 산골 물은 옥구슬처럼 맑고 어름처럼 차거웟다.

순이는 젓통까지 물속에 잠겨서 두 손에 물을 퍼서 세수를 하고 나서는 어깨와 목덜미에 물을 끼언고 그리고는 압가슴을 씨첫다. 한참 씻고 나니 몸은 날듯이 가벼워젓다. 순이는 물에서 나와 몸을 말리고 나서 옷을 입으랴고 바위 우에 안즈려니, 바위가 몹시도 따거워 찬물을 두어 번 끼언고 안젓다.

이제것 맑은 하늘에 어느듯 검은 구름이 한두 점 나타낫다. 소낙비가 올라는가 하고 조곰 잇다 보니 천마령 우에서는 먹장 가라 부은 듯한 검은 구름이 작구 소사올랏다. 순이는 어서 소낙비 내리기 전에 숫가마에 불을 톡톡이 집혀 두어야겟다고 생각하면서 옷 노흔 곳으로 가 보니 분명히 돌 우에 노흔 옷이 업헛젓다. 혹시 딴 곳에 노치 안헛나 하고 뺄거숭이 채로 이리저리 차저보아도 보이지 안헛다.

"숫가마에 놋구 왓나?" 하면서도 분명히 숫가마에는 벗고 오지 안허서 아래우로 샅샅치 차저보아도 역시 보이지 안헛다. 순이는 "귀신이 곡을 할 노릇"이라고 안타까워 돌아갈 때에 저편 숩 속에서

"하하하하하"

별안간 커다란 웃음소리가 들려왔다.

순이는 깜작 놀라 본능적으로 아래를 가리며 마즌편 언덕을 처다보니 숩 속에서는 땅꼬바지 입은 산림간수 긴상이 자지려지게 웃으면서 순이의 옷을 처들어 보엿다.

'제길 망할 쌍놈어 새끼!'

순이는 속으로 이러케 욕하고 나서

"입성 갯다 달라요 거!" 하고 짜증을 냇다.

"이거 입성 아니가! 갯다 입갓디 누구래 입딜 말래기." 하고 긴상은 여전히 빙글빙글한다.

"남으 입성은 와 개 갓소? 와 개 가시요?"

"내래 개 왓나 머!"

"고롬, 누구래 개 가구! 날내 갯다 달라구요 여보."

"갯다 입으야디 누구래 갯다 줄꼬?"

"글디 말구 갯다 주구레 여보!"

"자 이놈어 송화(성화)야 바더 주나."

하고, 긴상은 순이 옷을 들고 개울로 온다.

"실어은 오디 말라요. 망칙해 죽갓디."

순이는 발을 동동 굴럿다.

"자 이런 송화가 잇나. 입성 갯다다 달라기 개저 가믄 또 오디 말라구! 그럼 난 모루."

하고 긴상은 풀바테 옷을 내던진다.

"거기 놔두구, 더— 멀리 가라구요."

"가구 안 가구야 내 맘이지 머."

"글디 말구. 어서 더— 기 가라구요. 점단은(점잔은) 사람이 거 멀 그루."

"허— 이건 참." 하며 긴상은 숫가마 잇는 쪽으로 몃 거름 거러간다. 긴상이 옷 잇는 곳에서 멀리 간 다음에 순이는 얼른 옷을 입으려고 뛰여갓다. 그와 동시에 긴상도 순이에게로 달려오면서

"둬—둬— 이놈어 멧되지 봐라 둬—둬—" 하엿다. 그러나 순이는 재빠르게 바지를 추서 입엇다. 긴상은 얼른 순이의 저고리를 빼서 들엇다.

"글디 말라요 여보. 점잔은 사람이 거 멀 그루?"

"난 점다티 못해."

"조고리 날내 달라요 여보."

"안 줘. 길에서 어든 조거리를 내래 와 줄꼬."

"어서 달다구요!" 하고, 순이는 짜증을 내면서 긴상에게로 달겨들엇다.

"글세 못 준대두." 하고 긴상도 저고리를 뒤로 돌리면서 연적(硯滴)처럼 토실토실하고 고무공처럼 탄력 잇는 순이의 젓가슴을 검칙스러운 눈으로 처다보앗다.

"어서 달래는데 그래요!"

"그럼 줄 테니, 내 말 듣간나?"

6

"말은 무슨 말이라구 그루! 어서 달라요."

"글세 내 말 듯디?"

"엉! 들을 거니 조고린 달라우."

"정말 듣디?"

"어 들어."

"거즛부리 아니디?"

"정 들어. 들을 거니 조고린 달라구요."

긴상은 그제야 만족한 듯이 빙그레 우스면서 순이에게 저고리를 건너주엇다.

순이는 저고리를 입고 나서는

"행! 개떡 것다 누구래, 말을 들어!" 하고 휙 도라서 스며, 숫가마 잇는 곳으로 다러난다.

"순이! 정말 이러기야?"

하고 긴상은 잠간 멍하니 순이의 뒷모양을 바라보다가 순이를 따르기 시작하엿다. 순이는 숫가마에 다다르자 씁쓸한 듯이 시침이를 떼고, 아궁지에 장작을 너헛다.

아까부터 퍼지기 시작한 검은 구름이 이제는 하늘을 휘덥고 싸늘한 바람이 휙 지나갓다. 굵은 비방울이 떠러지기 시작하엿다. 산에서는 나무니피 서로 갈리는 소리가 소란하엿다. 순이 뒤를 쪼차온 긴상은 순이게로 와락 달겨들어 가쁜 숨으로

"순이! 정말 말 안 들을 테야?"

한다.

"누구래 말을 듯갓다기 추근추근이래?"

"분홍갑사 조고리 해 줄 거니 말 들어 응."

"난 실허! 분홍 갑사 조고리 누구래 입갓대기."

하면서도 아닌 게 아니라 순이는 분홍 갑사가 입고 십지 안흔 것도 아니엇다. 그러나 순이는 긴상의 꼴이 아니꼬왯다. 현보네 집에 늘 놀러 오는 사람 중에 순이를 눈에 걸고 잇는 사람이 둘이 잇섯다. 하나는 긴상이고 또 한 사람은 산 넘어 금광에서 일하는 칠성(七星)이엿다. 칠성이는 돈은 긴상만치 업서도 생기기는 긴상 열 곱 잘 생겻다. 그래 순이는 맘을 허하자 하면 긴상보다도 되려 칠성이 편이엿다. 칠성이가 오늘처럼 이런 곳에서 시달린다면— 하고 생각하다가 순이는 속으로, 고개를 설네설네 흔들엇다.

'칠성인 다 머래. 현보가 잇는데!'

긴상은 잠간 궁리를 하다가

"정말 실으니?"

"정말 실어!"

소낙비는 내리붓기 시작하엿다. 거기따라 순이의 마음도 점점 굿세어젓다. 순이와 긴상은 숩 속으로 드러가서 비를 기엿다.

"너, 나허구 틀럿다가는 큰일 날 줄 모르니?"

"흥! 난 그까짓 큰일 무섭지 안아!"

"정말? 너의 현보가, 오늘두 소나무 찍는 것을 내 눈으루 보구 왓는데."

"그래 소나무 찍엇스믄 어때?"

"너, 올봄부터 허가 업시 나무를 찍엇다가는 징역 가는 벌 생긴 줄

몰르니?"

"알믄 어때? 비려먹을 다! 성황님이면 고만이지 멀 그래."

순이는 순이대로 긴상이 엇세는 대로 대항을 하엿다. 은근히 법이라는 것이 무섭지 안흔 것도 아니지만 그러타고 긴상 따위에게 슬슬 기고 십지는 안헛다. 또 그까짓것 성황당에 축수만 하면 그만이 아니냐!

"순이! 그러지 말구! 나 말 안 할 테니 내 말 한 번만 들어."

"난 실태두 그래!"

"그럼 현보 징역 가두 존니?"

"징역을 와 가? 어드래서 헝!"

순이는 입설을 빗죽 내밀어 보엿다.

그 순간 긴상은 귀여워 못 참겟다는 듯이 순이에게로 달겨들어 허리를 휘감으려 하엿다. 순이는 그와 동시에 날새게 몸을 비키엿다. 비는 채굽으로 바뜻 내리쏘닷다. 숩 속에도 빗방울이 떠러지기 시작하엿다. 긴상은 또 잠간 계면적은 듯이 가만 섯다가

"정말 안 들을 테냐? 똑똑히 말해 봐."

그의 두 눈은 쌍심지를 켠 듯 충혈되엿다.

음성은 비수가티 날카로웟다. 그러나 순이는 호랑이를 보고도 놀라지 안코 자라난 탓으로 아모러치도 안흔 듯이

"글세. 백번 그래야 소용업대두." 하였다.

그 말을 듯자 긴상은 날랜 호랑이처럼 순이에게로 덤벼들어 순이를 휘여 넘기려 하엿다. 순이는 뒤로 휘끈 자빠지려든 다리에 힘을 주어 딱 버티고 서서 잡힌 저고리 소매를 힘껏 낙거채려 하는 순간에 벌서 뜨거운 입설이 이마에 와 다엇다. 순이는 더 참을 수가 업서

"쌍 개 튼 놈어!" 하면서 두 눈알이 빠저나올 만치 사내의 빰을 휘갈기고 제비가티 날새게 숩 속에서 뛰여나와 채굽 밧듯 하는 비를 바드며 언덕길을 올라 집으로 다라낫다. 숩 속에서는 빰 마즌 사내가 다라나는 순이의 뒷모양을 노려보면서

"이넌 두고 보자." 할 뿐이엇다.

비는 푹푹 내리쏘닷다. 안개에 싸혀 산도 하늘도 보이지 안헛다. 만산이 한참 흐들지게 웃는 것처럼 쉬– 쉬– 소리뿐이엇다. 한참 언덕을 오르는 순이는 사내가 따라오지 안는 것을 보고 발을 멈추고 코으로 입으로 흐르는 빗물을 씻는다. 그리고 나서 빙그레 우스며 뒤를 도라보고는 다시 언덕을 추어오른다. 순이는 비가 악수로 퍼부엇스면 하엿다. 비가 퍼부으면 퍼부을수록 마음이 튼튼해질 것 가탓다. 고개를 다 오른 때에는 순이는 벌서 지나간 일은 이저버리고 집에 가면 흰 고무신 신어 볼 생각에 맘은 날뛰엿다.

발끄테서 모치라기가 프드드드 하고 나러갓다. 비는 작구만 작구만 퍼부엇다.

이틀이 지나자 읍에서 경찰서에서 현보를 자부러 왓다. 현보는 아모 말도 못하고 한참은 땅만 보고 잇고 따라온 긴상만이 뜻잇는 우슴을 빙글빙글 순이에게 건느고 잇섯다. 순이는 가슴이 덜컥하엿다.

"날내 가! 빨리 빨리."

하는 재촉에 마지못하여 현보는 이러나면서 글성글성 눈물 고인 눈으로 순이를 처다보앗다. 순이도 현보를 보자 우름이 복바처 올랏다.

7

그럴 줄 알엇드면 긴상 말을 들어주엇든 편이 조앗슬 걸 하고 후회하엿다. 그러나 그보다도 더 큰 후회는 그저께 그길로 곳 도라오면서 성황님께 빌지 못한 것이엇다. 그때 오는 길로 한 번만이라도 빌엇드면 오늘 가튼 일은 이러나지 안헛슬 것이 아니냐. 현보는 살장[屠場]으로 끌려가는 늙은 소 모양으로 고개를 수그리고 압서서 읍으로 걸엇다. 순이는 참다못해서

"언제쯤 도라올까요?" 하고 간신히 물엇다.

"한 십 년 잇다 올 줄 알어."

하고 순사는 혼자 씩 웃는다. 순이는 순사가 우슬 적에는 대견스러운 죄는 아니리라고 짐작은 하면서도 십 년이라는 말에 어이벙벙하엿다.

"너 이전 시집가야갓구나."

긴상은 또 비꼬는 우슴을 보내며 힐끗 순이를 처다본다. 순이는 아모 대답도 안코 마음속으로 "이놈 두고 보아라. 내래 성황님께 빌어서 네 눈을 방덕을 허게 할 적을—" 하고 중얼거렷다. 순이는 현보가 보이지 안흘 때까지 문 박게 서 잇섯다. 마침내 현보의 뒷모양이 안게에서 사라지자 순이는 참엇든 우름보가 탁 터저서 목을 놓아 통곡을 하엿다.

단둘이 살든 살림에 현보가 잡혀갓스니 누구를 밋고 살 것이랴! 순이는 맘것맘것 울엇다. 이런 때에는 아이라도 하나 잇섯스면 생각하니 새삼스러히 현보 잡혀간 것이 통분하엿다. 그러나 잡혀간 것은 하는 수 업는 일이고, 이제부터는 몃 해 만에 나오든지 나오는 날까지

혼자서 버러먹어야 할 것을 생각하고, 순이는 나지 기우러야 숫가마로 갓다. 숫가마는 아직도 하로를 불을 더 때어야겟다. 그래 순이는 전에 현보가 하든 모양대로 도끼를 들어 장작을 패고 불 때다가, 겨를이 잇스면 겨울 준비로 도라지 고사리 가튼 것을 만히 캐엿다.

순이는 여니 때보다, 퍽 느저서야 집에 도라왓다. 집에 와 보니, 긴상이 기대리고 잇섯다.

"순이 인제 오는 게요? 오늘은 늣구먼?"
하고 사내는 현보를 잡어갈 때와는 달리 친절한 태도를 보인다.

순이는 '이 자식이 또 왓구나.' 하면서도 행여 현보의 소식을 알 수 잇슬까 하여

"발서 읍에까지 갓든 거요?"
하고 물엇다.

"아니 난 읍엔 안 갓서."

"그러믄 우리 주인은 어뜨케 됏소?"

"경찰서에까지 가게 되엿지."

"언제쯤 오게 되우!"

"그야 내 말에 달렷디!" 하고 긴상은 순이를 빤히 처다본다. 순이는 속으로

"네까짓 거!" 하고 아니꼬이 생각하면서 잠잣코 잇섯다. 사내가 몃날 전에 산에서 한 짓을 사죄하라는 것과 그리고 이제라도 제 말을 드르라는 것쯤은 순이로서도 눈치채일 수 잇섯지만 행차 뒤에 나팔 격으로 이제야 일은 틀려지고 말엇스니 순이는 작구 엇가고만 시펏다.

"정말 순이가 안타깝다면 현보를 래일누라두 내보내 줄까?"

사내는 순이가 혼나서 슬슬 길 줄만 알엇드니 뜻박게도 쓴[苦] 도라지 보듯 하는데 한끗 실망하지 안흘 수 업섯다. 그래 슬적 저편에서 먼저 수작을 부치는 것이엇다.

"난 괜티안아요. 근심 말구 거저 일 년만 잇다가 내보내 주."

"허! 말룬 그래두 속이야 불이 날 터이지."

"불케넨(커녕) 화두 안 나우."

"순이! 그러지 말어 응 나, 말 잘해서 니여(곳) 내보내 주게 허디."

"……." 그 말엔 순이도 대답을 안헛다. 한참 침묵이 계속되엿다. 박갓튼 점점 캄캄해 왓다. 하늘에는 별이 총총 떠서 여러 노흔 문으로 북두칠성의 네 개씩이나 보엿다. 바루 집 뒤에서는 접동새가,

"접동 접동 해오래비 접동." 하고 처량히 울엇다.

순이는 사내가 현보를 꼬즌[告] 것을 생각하면 이에 신물이 돌아서, 주먹으로 목덜미를 한 개 쥐여박고 시펏지만 녈(劣)도깨비, 복은 못 주어도 화(禍)는 줄 수 잇다구 그러다가, 또 어떤 작패를 할는지 몰라 어름어름해 두엇다. 그러나 사내는 좀처럼 도라갈 생각을 안코 진끼를 쓰고 잇서 순이는 점점 울화가 치밀엇다. 그까짓 긴상 가튼 사내 한나쯤 덤벼든대야 조금도 겁날 것은 업지만 저편에서 덤벼드는 판에는 순이도 가만잇슬 수는 업스니 그것이 성가시었다.

"정말 우리 주인이 언제쯤 나올까요?"

순이는 긴상에게서 눈치라도 채일 수 잇슬까 해서 은근히 물엇다.

"글세 내 말 한마디면 그만이래두."

순이는 잠자고 잇섯다.

"순이! 현보 내일 놔 줄까?" 하고 긴상은 순이의 치마폭을 잡어다렷다.

"이 놔요!" 하고 순이는 치마를 낙거채엿다.

8

"흥 내 말 안 들으야 순이게 손해될 것박게 잇나."

사내는 싱글 우스면서 담배를 피여 문다. 순이는 움두쿰두 업시 방바닥만 처다보고 잇다. 여름밤은 덧업시 기퍼 갓다.

순이는 사내가 어서 가 주엇스면 하엿다. 현보가 잡혀갓기 때문에 이런 자식이 렴치 조케도 밤중에 와서 찌그렝이를 붓는구나 생각하니 새삼스러히 현보가 그리워지고 울화가 불끈 치밀엇다. 사내에게 톡 쏘아부첫다.

"이, 아닌 밤중에 어떠케 가누?"

"못 가믄 어쩔 테요!"

"여기서 순이허구 자구 가디."

"흥 비위 탁에 삼백은 살겟다. 어서 가요?"

"이 캄캄한 밤에 어딜 가란 말이야 응 순이."

"궐네네 집이 가라요."

"그럼, 순이 다려다 주겟나?"

"흥 별꼴 다 보겟다."

순이는 사내에게 눈을 흘겨 보이고는, 박그로 다러나왓다.

순이는 어둠 속에서 돌을 주어 가지고 또 성황당 아프로 가서 성황님께 현보가 속히 나오게 해 달라고 기원하엿다. 그는 몃 번이고 허리를 굽실거려 절을 하엿다.

그러는 동안에 어둠 속에서 발자국 소리가 나드니 문득 에헴 하는 기츰 소리가 들렷다. 칠성이가 현보 잡혀갓다는 소문을 듯고 차저온 것이엇다. 순이는 긴상의 얄게를 밧고 잇는 지금에 칠성이가 차저온 것을 퍽 다행으로 여겨 이내 방으로 다리고 들어갓다. 긴상은 순이가 이제나 들어올까 그제나 들어올까 눈이 감기도록 기대리든 판에 순이가 웬 사내를 다리고 들어오는데 일변 놀라고 일변 겁을 지버 먹어서 눈만 껌벅이고 잇다.

"흑게(퍽) 어둡디요?"

순이는 긴상 보란 드시 칠성이에게 말을 거럿다. 그러나 칠성이는 칠성이대로 아지도 못하는 사내가 방 속에 잇는데 놀래여 얼른 대답도 못하고 멍하니 안저 잇다. 그러나 칠성이는 대개 눈치를 채고 갈구랑 눈으로 긴상을 훑터보고 잇다. 칠성이가 드러오자 긴상이 끔쩍 못하는 것을 보고 순이는 우슴을 참지 못하엿다.

산속의 밤은 접동새의 우름 속에 기퍼 갓다. 위대한 적막이 깃드러 잇는 기픈 산이것만 그러나 순이를 사이에 두고 방 안의 공기는 일촉즉발의 위기를 각일각 닥처 갓다. 아연가티 무거운 공기 속에서 칠성이와 긴상은 각각 눈아페 폭풍을 깨다르면서 호흡까지를 죽이고 잇섯다.

"웬 사람이요!"

드디어 긴상은 긴장을 이겨 날 수가 업서 혼자말 비슷이 중얼거리며 순이와 칠성이를 번가라 보앗다.

"이 산 넘어 잇는 칠성이네야요."

하고 순이는 칠성이를 처다보면서 대답하엿다. 긴상은 칠성이가 쭈구리고 겁먹은 듯이 안저 잇는 것을 보고 한층 깔보앗는지

"무슨 일이 잇서 왓나? 이 밤중에?" 한다.

"일은 무슨 일이갓소? 거저 마을 왓지."

"일업시 밤중에 여편네 혼자 잇는 데를 와?" 하고, 긴상 어조는 더 한층 노팟다.

"대관절 당신은 어떤 사람인데?"

이번에는, 잠자고 잇든 칠성이가 약간 떨리는 목소리로 침착히 물엇다. 그러나 칠성의 주먹은 어느듯 굿게 쥐여저 잇엇다. 칠성이가 큰소리를 치고 나서는 김에 긴상은 잠간 얼떨떨해 잇다가

"나? 난, 산림간수요. 현보가 산림 법측을 위반해서 조사할 것이 잇어 왓소."

"산림간수는 여편네가 혼자 잇는 밤중에 조사를 해야 되우?"

칠성이는, 가슴을 아프로 약간 내밀엇다.

"그야 조사할 필요만 잇으며 언제든지 조사하는 규측이지."

"세상이 그런 규측이 어디 잇단 말이가?"

이번에는 칠성이는 정면으로 긴상을 노려보앗다. 순이는 꼼작도 안코 안저 잇다.

"에 이놈! 그런 말버르장머리가 어디 잇니? 아무리 불량 무식한 놈이기로서니!"

"이놈! 머 어떄! 식헌 놈은 똥이 관을 쓰고 나오니—"

칠성이는 상반신은 이르켜 긴상 아프로 닥어섯다.

"빠까!" 긴상은 그 고함과 함께 칠성의 '따귀'를 불이 나도록 갈겻다.

"이 쌍갓나 새끼! 어디 보자!"

하기가 바쁘게 칠성이는 긴상 멱살을 붓잡앗다. 긴상도 칠성이를 맛잡앗다. 둘은 서로 업치락뒤치락 뒤처치엿다. 그 김에 등잔불이 휙 꺼젓다.

별안간에 방 안은 수라장이 되였다.

"아이구머니!" 순이는 외마디 소리를 부르지즈면서 박그로 뛰여나왓다.

"아코!"

"에이 쌍!"

"아코 아고고……."

하는 소리가 낫지만, 순이는 그 목소리가 누구인지도 분간하지 못하엿다.

9

순이는 어쩔 줄을 모르고 벌벌 떨면서

"아구메나! 아구메나!" 하다가 문득 성황당 생각이 나서 느티나무 미트로 와서

"성황님! 성황님! 떼쌈을 좀 말네 주십사! 떼쌈을 좀 말네 주십샤!"

하고 손을 싹싹 부비였다. 방 안에서는 아직도

"에이 쌍!" 하는 소리가 들려왓다.

이틀이 지나도 사흘이 지나도 현보는 도라오지 안헛다. 칠성이도 저번 날 밤 긴상과 싸우고 가서는 나흘재 오지를 안헛다. 떠도는 말이 칠성이는 긴상 머리에 상처를 입혓기 때문에 잡혀갈까 보아 그날 밤으로 어데론지 도망을 치고 말엇다고 한다.

순이는 나지면 숫 구울 나무를 하엿고 밤이면 성황당에 치성을 드리면서 그날그날을 보내엿다. 현보가 잡혀간 뒤로는 숫도 한 가마를 구엇슬 뿐이엇다. 순이는 저녁에 집에 도라올 때처럼 쓸쓸한 적은 업섯다. 여니 때 가트면 현보와 가티 도라와서 저녁도 마조 안저 먹을 터인데 이제는 혼자 오드먼히 안저서 먹자니 밥이 목구멍을 잘 넘어가지 안헛다.

순이는 나무를 하다가도 숩 속에서 장끼[雄稚]와 가토리[雌雉]가 "꾸둑! 꾸둑!" 서로 희롱하는 것을 보고는 문뜩 현보 생각이 머리에 떠올라 한참은 우두머니 서서 지나간 일을 회고하는 것이엇다. 그래도 숩 속에서 꾀꼬리가 울고 뻑국새가 울고 미라부리가 울 때에는 순이의 마음은 평화스러웟고 도끼를 든 손도 가벼웟다. 산에만 오면 순이는 어머니 품에 안긴 것처럼 마음이 듬북하여 온갓 새들과 가티 노래 부르고 시펏다. 새들이 노래를 부를 때에는 순이의 마음에는 슬픔이라고는 손톱만치도 업섯다. 나무가 무성히 자라고 새들이 노래 부르는데 순이의 가슴에 검은 구름이 잇슬 턱업섯다. 그런 때에는 순이는 현보도 성황님 덕택에 이내 도라올 것을 굿게 밋는 것이다.

그러나 해가 저믈고 산골자기가 어둠 속에 잠기면 순이의 마음도 어두어젓다. 제 '둥지'(깃)로 도라가는 가마귀가 어찌다가 순이네 집

우에서 "까우! 까우!" 하고 울 때이면 순이의 마음은 납댕이가티 무거워진다. 녯날부터 저녁 까마귀가 울면 집안이 불길하다는 것을 순이도 알기 때문이엇다. 순이는 현보가 내일도 도라오지 안흐려는가 정말 십 년씩이나 가처 잇게 될 것인가 하고 머리를 쥐여짜며 생각하다가 마침내는 벌덕 이러나서 성황당으로 달려간다. 그런 때면 순이는 성황당 아래 업대여 한 시간이나 치성을 드리는 것이엇다.

순이는 '모제기'(샛별)가 서편 하늘에 퍽 기우러진 때에야 잠자리에 누엇다. 허나 어쩐지 잠이 오지 안헛다. 눈을 감고 잇노라니 현보와 칠성이와 긴상의 얼골이 제각금 눈에 나타낫다. 순이는 아까 산에서 장끼와 가토리가 놀든 것을 생각하고 이내 언젠가 현보가 장에서 고무신 사 오든 날이 생각에 떠올랏다.

그래 '이번에 나오면 현보허구 둘이 성황님께 아들을 낫케 해 달라구 빌어야지.' 하고 생각하다가 혼자 씩 우섯다.

괴괴한 밤이엇다. 섬돌 아래서 도르레가 "돌돌돌돌돌…….." 우는 소리가 천지를 뒤흔드는 듯하엿다.

순이는 끼-ㅇ 하고 도라눕다가 문득 귀결에

"응응응응응응……" 하는 소리를 듯고 머리를 번적 들엇다.

"여호가 울어?"

순이는 가슴이 또 뭉쿨하엿다. 여호가 울 때에 입을 향하고 운 곳은 반드시 흉사가 있다는데— 순이는 벌덕 일어나서 문 박그로 뛰여나와 순이네 집을 향해서 우는지 알어보려 하엿다. 순이는 토방에 서서 귀를 기우렷지만 우름소리만 듯고는 어디를 방향하고 우는지 알 수 업섯다. 꼭 순이네를 향하고 우는 것만 가탓다.

"현보가 영 못 나오려나?"

순이의 가슴은 점점 어두어젓다. 순이는 성황님께 무슨 죄를 지엿든가 스스로 생각하여 보앗다. 그리고 역시 성황님께 정성이 부족한 탓에 가마귀가 울고 여호가 우는 것이라고 미덧다. 순이가 가마귀나 여호나 모두가 성황님의 마음대로 되는 것이라고 밋는다.

그래 순이는 다시 성황당 잇는 느티나무 아래로 와서 무릅을 꿀코 안저 손을 부비엿다. 순이는 참된 마음으로 성황님께 사죄(?)를 하엿다. 한 시간이나 지나고 두 시간 세 시간이 지낫건만 그래도 순이의 마음에는 부족하여서 순이는 꼬박히 하로밤을 치성으로 밝혓다.

10

그러나 이튼날 아침 순이의 마음은 도로 명랑하엿다. 아침 벼테 무르녹은 녹음을 보면 순이의 마음은 옥구슬가티 맑어젓다. 순이가 막 집을 나서 숫가마로 가려는 때 까치 두 마리가 순이네 집웅 우에서 "까까까까까…" 하고 지나갓다.

"올타……." 순이의 눈은 기쁨에 이글이글 빗낫다. 까치가 지즈(울)면 손님이 온다는데 오늘은 아마 현보가 오려나 부다 하엿다. 현보가 오면 순이는 무엇부터 얘기할까 하고 궁리하엿다. 긴상 얘기 가마귀 얘기 여호 얘기……. 모두 신기스러운 재료 가탓다. 아니 그보다도 성황님이 얼마나 신명하시다는 것을 말하고 두리서 아이를 나토록 축수를 하리라 하엿다.

순이는 기쁨 때문에 일이 손에 붓지를 안혓다. 개그마리가 갈갈갈갈 하기만 하여도 고개를 들고 멍하니 섯군 한다. 그러다가는 현보가 오지 안나 하고 언덕을 처다본다.

한나지 지나자 더위는 찌는 듯하엿다. 순이는 웃통을 벗고 나물을 하다 말고 나무 그늘 풀바테 펄적 주저안젓다.

바루 머리 우에서 산비달기가 "구－구－" 하고 울엇다. 순이는 고개를 들어 비달기를 차젓다. 소나무 가지에서는 두 마리의 비달기가 서로 주둥이를 맛대 보기도 하고, 머리를 부비기도 한다. 순이는 멀거니 그것을 처다보고 잇섯다. 순이의 가슴은 공연히 쓸쓸하엿다. 순이는 오늘도 현보가 도라오지 안흐려는가 한숨을 쉬면서 먼 하늘을 우러러보앗다. 바로 그때

"순이!" 하고, 부르는 소리가 들렷다. 순이는 현보가 왓나 하고 깜작 놀라 이러나니, 저－편 숩 속에 칠성이가 서 잇섯다.

"칠성이네! 어디 도망갓다드니."

순이는 반가웟다. 그러지 안혓도 순이 때문에 칠성이는 죄를 짓고 도망을 가서 미안하게 생각하든 판이엿는데 뜻박게 만나니 참말 반가웟다.

"나 말이야 순이! 그동안 한 삼백 리 되는 곳에 도망을 갓드랫디! 그 왜 그 자식 대가리를 깨트려 주엇거든! 그래서 도망을 가기는 갓지만 암만 해두 순이야 이즐 수가 잇서야지. 그래 순이를 대리려 왓서!"

하고 사내는 순이에게 가까히 닥어왓다. 순이는 저고리를 입으면서

"망칙해라! 내래 와 갈꼬?"

말은 그러나 자기를 생각해 주엇다는 것이 노상 실지는 안흔 모양 갓다.

"안 가믄 어쩌누? 현보는 언제 나올지두 모르면서."

"와 물라 오늘은 나올 텐데!"

"오늘? 흥 적어두 삼 년은 잇서야 해."

"삼 년?" 이번에는 순이가 놀란다.

"그러치 삼 년은! 그러니 그동안 순이 혼자 어떠케 사누? 그러기 현보 나올 동안 나허구 가치 가 잇자구."

"…………."

"그뿐이가 이제는 현보가 나온대두 다른 버리를 해야지 숫 구이는 못하거든!"

"와 어드래서?"

"숫두 말이야 이제부터는 검사를 하거든! 법에 가서 검사를 하지 안코는 못 팔어 먹는데 그 검사가 오즐기 어렵다구."

"누가 그래은?"

"누군! 다 그러지! 발세 신문에두 낫다는걸."

순이는 점점 안타까웟다.

"그까짓 법이 뭐요. 성황님께 빌면 고만이지." 순이는 혼자 짜증을 썻다.

"성황님? 흥 어디 잘 빌어 봐라 되나?"

순이는 어찌할 도리를 몰랏다.

"순이! 내래 발세 순이 입성 다 해 가지구 왓서!" 하고 칠성이는 보통이를 풀기 시작한다. 순이는 암말도 업시 보통이만 처다본다. 보통이 속에서 분홍 항나 적삼과 수박색 목 메린스 치마가 나오는 것을 보고 순이는 눈이 휘둥그레해진다.

"순이! 이거 다 순이 입을 거야!"

하고 칠성이가 순이 아페 옷을 내미는 순간 순이는 기쁨을 참을 수 업서 빙그레 우스면서 집에 잇는 붉은 댕기와 흰 고무신 생각을 하엿다. 그것은 다 가추 입고 나서면 그까짓 꿩 지치(꼬리)쯤 어림도 업서 보엿다.

"어서 입어 보라구!"

그 말에 순이는 치마저고리를 입엇다. 순이는 기쁨에 날뛰엿다. 산속이 갑자기 환해지는 것 가탓다.

"순인 참, 절색이야!"

칠성이는 순이의 목을 그러안앗다. 그러나 순이는 생글생글 웃기만 하엿다.

"구―구―구―" 산비달기가 또 울엇다.

순이에게는 칠성이가 현보와 꼭 가티 보엿다.

11

"구―구―구―"

산비달기가 울 때마다 순이의 가슴은 화로 우에 눈덩이처럼 슬슬 녹아 버렷다.

머리에는 붉은 댕기를 디리고 게다가 연분홍 황나 적삼과 수박색 치마를 떨처 입고 힌 고무신까지 신고 나서니 순이는 세상에 부러운 것이 업섯다.

발 한 자욱 옴겨 노을 때마다 치마폭이 너풀하는 것이 안즌방이꼿보다도 고와 보엿다.

"빨리 가자구! 어둡기 전에 백 리는 내대어야겟는데."

칠성이는 거름을 재촉하엿다. 순이와 칠성이는 저녁때가 지나서야 삼백 리 길을 떠나게 되엿다. 밤길이 불편은 하지만 아차 잘못하여 순사의 눈에 띠이면 큰일이엇다. 순이는 가벼운 거름으로 삼십 리는 언듯 거닐엇다. 그러나 천마령 고개를 다 넘고 들길로 들자부터 순이의 마음은 점점 불안스러워젓다.

"엉야! 좀 쉬여 가자구요."

순이는 애원하듯 말하엿다.

"다리가 아픈가 머?"

"아니 그래두."

"쉬여 가디! 순인 그래두 풀바텐 안지 말어. 입성에 풀물 오르믄 안 되."

"그럼, 어떠커노?"

"그대로 서서 쉬이야디."

한참, 순이는 말이 업섯다. 칠성이를 따라가는 것이 올흘까? 순이는 풀바테 주저안고 시펏다. 그러나 풀바테 주저안즈면 안된다고? 순이는 불안스러웟다. 더욱이 장차 아지도 못하는 지방으로 가는 것이 더욱 불안스러웟다.

"이제 가는 데두 산이 만흔가?"

"산이 머야! 들어판이디! 그까짓 산 댈까?"

"그럼 노루나 꿩 가튼 건 업갓구만?"

"업구말구."

"부헝사이 뻑국이 거튼 것두?"

"그따위두 다 업서! 그러나 사람은 만디! 큰 집두 만구! 참 살기 조흔 곳인 줄만 알갓디."

"고사리나 도라지나 그런 나물은 만나?"

"산이 업는데 그런 거 어떠케 엇누? 훙 글세 근심 말어! 썩 조흔 데 데리구 갈게."

그러나 순이는 기분이 내키지 안헛다. 산도 업고 새도 산나물도 업는 곳— 그런 곳에 가면 미라부리 우는 소리도 못 듯고 고사리나물도 못 먹고 무슨 재미에 살까? 순이는 더 가고 십지 안헛다. 가는 곳이 아모리 조타 해도 산이 업고 나무가 업스면 그 뻔숭뻔숭한 데서 어떠케 살까?

더구나 공연히 사람만 만히 모여서 복작복작한다는 곳에 가서………

사람만 만흔 곳에 가서 지금처럼 고흔 저고리에 고흔 치마를 입고 마음대로 주저안지도 못하고 어떠케 살까?

순이는 문득 천마령 안 골자기 자기 집이 그리웟다. 지금쯤은 부헝새, 접동새 울고 잇스리라 생각하니 삼십 리박게 떠나지 안흔 여기부터가 실헛다.

순이는 고흔 옷 입은 기쁨도 살어젓다. 그는 문득 현보가 그리웟다. 성황님께 어제밤에 그만치나 치성을 올렷고, 또 오늘 아침에 까치도 지저스니 지금쯤은 집에 도라와슬는지 모른다. 현보가 왓스면 나를 얼마나 기대릴까? 순이는 현보와 둘이서 나무하고 불 때든 때를 생각해 보앗다.

아모리 생각해도 순이는 천마령을 떠나서는 살 재미도 업거니와 살지도 못할 것 가탓다. 더구나 죄를 지으면 성황당이 벌을 준다는데 삼백 리가 멀다고 벌 못 주랴! 생각이 여기에 미치자 순이는 무조건 하고 집으로 도라가지 안허서는 안될 것 가탓다.

"자— 또 떠나 보디."

하고 칠성이는 성큼 이러섯다.

"나, 나 똥 좀 싸구 갈 거니, 슬근슬근 먼저 가라요."

순이는 겨우 입을 열엇다.

"똥? 그럼 나 저기서 기대릴 거니, 이내 오라구 응!"

"응—"

순이는 선 대답을 하고 숩 속으로 드러갓다. 숩 속에서 순이는 얼는 치마와 저고리를 버서서 나무에 걸엇다.

그까짓 입고, 주저안지 못하는 옷이라고 생각하니 조곰도 애착이 업섯다. 옷을 나무에 걸어 노코 순이는 힝 하니 아까 온 길을 거슬러 집으로 다름질하엿다.

캄캄한 산길이건만, 순이는 가든가든 거닐엇다. 얼마를 거러오니 그제야

"접동 접동 접접동…."

하고 접동새 우는 소리가 들렷다.

순이의 마음은 가벼워젓다. 이제야 저 살 곳을 올케 차즌 것 가텃다.

집 압 고개에 올라서니, 집에서 빨-간 불이 비치엿다.

"아— 현보가 왓구나!"

순이는 기뻐 날뛰는 가슴을 안고 고개를 다름질처 내려왓다. 다시 언덕을 추어서 집으로 올라갈 때 순이는 "성황님, 성황님!" 하고 부르지젓다.

모든 것이 성황님의 은덕 가탓다.

집 아페 오니 "에헴!" 하는 현보의 기침 소리가 들리엿다.

"아— 성황님!"

접동새가 울엇다. 부헝새도 울엇다.

늘 듯든 우름소리엿다. 그러나 오늘 밤따라 새소리는 순이의 가슴을 파고드는 듯하엿다. (丙子 十二月 十二日)

해춘부(解春賦)

담 굽에서 손꼽노름하는 아기들의 재잴거리는 소리가 아츰부터 쉴 새 없이 들녀왔다.

봄이라 해서 그런지 고놈어 재잴거리는 소리가 흡사히 자장가처럼 귓가에 아물거려서 옥희는 무척 정신을 가누느라고 애써도 자칫하면 조름에 몰녀 정신이 사무-ㄹ하고 다리와 팔엣 힘이 맥시 가니 풀니여 오다가는 고만 깜박해지곤 한다.

그럴 때마다 옥희는 아름목에 앉어 있는 어머니을 눈 익겨 보군 했다.

"제길! 뒤여질 보살 같으니!"

옥희는 밸머리가 비비 쏘이였다.

허구 긴 봄날에 이건 막 방 안에 밖어 놓고 버선볼만 받으라니 그야말로 육실을 할 지경이였다.

옥희는 정신은 엉뚱강산에 갔다 두고 손은 죽어 가는 게발 놀니듯 우무적꾸무적하였다. 암만 해도 옥희는 일이 손에 붓지 안었다.

'풀이 어제보다 얼마나 더 자라슬까.'

옥희는 요새 산엣 풀이 날구일 알어보게 자라는 것을 생각하면서 날내 한낮이 겨워야 나물하러 가겠는데 하고 그것만 궁리하였다.

한창 궁리에 골돌하여 옥희는 어느새, 바늘을 버선볼에 꼬자 놓고, 멍하니 들창만 바라보고 있었다. 순간

"요 망할 거 고새를 못 참어서 또 누깔을 파니?"

앙캉스런 고함이 모닥불을 끼얹듯 옥희의 머리에 쏘다졌다.

"올치 기어코!"

옥희는 흠츳 놀래고 나서 쓸은 듯이 바늘을 한 뜸 한 뜸 옮기며 '고 망할 애새끼들 때문에 공연스리 한물 데처난다.' 고 내살로 종알거렸다.

"아 조년 볼래! 아주 시치미를 딱 떼구 눈썹 한 데 까딱 안 하지! 나히 열일곱에나 난 년이 고렇게 얄망구저 뭣에 쓰니?"

잠잣고 있으니 숙맥만치 여겨 막우 퍼붓는다. 옥희도 그렇고 보면 맘이 온당할 턱없었다. 원악 하구 긴 봄날에 방구석에만 박켜 있자니 조곰쯤 졸기가 에산데, 그것이 됫센 죄 될 게 뭐냐 싶었다.

깍뜨시 어머니 어머니 하닌깐 그저, 그만인 줄 알구 매 간사에 "이년아" "조년아" 하는 보살의 꼴악선이가 흠척 아니꼽다.

아버지하고 맛부터 살기만 하면 모두가 어머닌 줄 아나, 어머니 구실을 해야 어머니지!

따지고 보면 어머니라고 불러 주는 것만도 가상한 일인데 업친 데 덥치는 격으로 되잔은 기갈까지 받으랴니 옥희는 심청이 외드러졌다.

"저 물건을 뉘가 다려다가 속을 썩이겠는지 그눔 팔자두 사납다."

보살은 한칭 더 지랄이다.

옥희는

"글세. 보살은 그런 걱정 작작 하우! 시집사리 내 다 하지 안으리짜!"

하고 한번 보살의 낯짝이 뻔질하두록 멋찌게 댓구를 놓아 보고 싶어스나 그때에는 정말 남을 울이고야 말 것 같애 꾹 참기로 했다. 허나 요새 와 생각하면 저런 보살한테, 찍 소리 한 번 못하고 가즌 구박을 받은 것이 어처구니없이 통분쳤다.

어머니가 살어슬 때는 딸은 딸이지만, 무남독녀 고명딸로 금지야 옥협이야 더울세라 치울세라 귀동녀로 자라났고 근처에서 쉬단지 떡을 갖여와도 옥희가 먹고 남어야 부모네가 입을 다시여 보지 안었든가?

허나 그것도 벌서 오 년 전 일이고 이제는 스믈다섯에 첫 서방을 잡어재치고 동으로 서로 바람목에 뒹치 딩굴 듯 딩굴어 단니든 노적꾸레기 보살이 드러오자부터는 꼼짝 오금을 못 펴고 게다가 동자질 빨내질은 말할 것도 없고 억당대 못해 본 질삼질까지 하면서도, 괴죽끌틋 변덕시는 노꾸시를 마추자니 원 주릿대경을 겪는 셈이였다.

그나마 아버지가 요런 앙큼한 기맥을 눈치 떠 준다면 맘만이라도 행결 노긋하겠는데 아버지라는 사람이 원악 대범한데다가, 보살이 눈꼴시엇든지 요새는 아름마을 색주가에게 흠빡 빠저서 집엔 그림자도 얼신 하지 안으니 보살은 약이 오를 대로 올랐고 약이 오르면 오를수록 실컷 복개이는 것도 역시 옥희밖에 없었다. 그래 옥희도 첨엔 끔쩍 못하고 숙녹비* 노릇을 했지만 인젠 지랄을 겪을 때마다 차차 외람된 생각이 드러가고 때로는 앙가품까지 지미러 오르곤 한다.

얼마나 있어야 한중낮이 되겠는지 기대리자니 해가 길기도 했다.

* 숙녹비 : '숙녹피(熟鹿皮)'의 방언. 부드럽게 만든 사슴의 가죽. 유순한 사람을 비유하여 이르는 말.

보살은 그래도, 한낮이 겨운 담에 나물하러 가는 것만은, 잔소리 없는 것이 신통했다.

그야 반찬거리를 해 온다고 그렇겠지만 그것도 꼭 동무가 있어야 내보낸다니 남 보기에는 아주 본때 있는 홋어미 같다.

옥희는 날내 확실이며 금녀가 찾어와야 이 질색을 면하겠는데 생각하면서 귀밑을 글적글적하였다.

봄이라고, 이란 놈도 상냥을 나온 모양 같다.

옥희는 나물바구니를 끼고 나스는 때만이 제 세상이였다. 나물하러 간다고 생각만 하여도 입언저리에 우슴이 흘넜고 이 봄부터는 바구니를 쓱 끼고 나스기만 해도 공연스리 가슴이 두근거린다.

그래, 벌서 몇 번 채고, 확실이와 금녀더러 일직암치 오라고 당부를 하여도 이것들은 보살의 말만 듯고 꼭 중낮이 겨워야

"옥희야 나물하라 가자우."

하고 짱짱 소리를 치는 것이였다.

오늘도 옥희는 확실이와 금녀 셋이서 나물하러 나섰다. 옥희는 이제야 생지옥 같은 집을 버서난 것이 좋아 츠렁츠렁 느러진 머리채의 검정 댕기로 노대를 치면서 맨 먼저 산으로 뛰여올랐다.

"가치 가자구나야!"

고작 나어린 금녀가 쌕색거리며 숨 갑분 소리를 하자

"걸시 오람아!"

언덕에 올라스자 옥희는 뒤를 도라보았다. 그실 옥희는 확실이 금녀 따위는 올봄부터는 제 동무가 되여 보이지 안었다.

옥희는 그들이 좀 더 나히도 먹고 갓 시집온 금녀 올케처럼 은근한

데가 있어스면 싫어스나 열서너 살이나 그렇게밖에 나지 안은 그들이 제 비위를 알어줄 턱없었다.

"오! 이거 산나물!" 하고 확실이는 어느새 나물 캐기에만 잠턱해스나 옥희는 옥희대로 어디 꽃 핀 것이 없나 두리번두리번 사방을 살피다가

"아구이! 거 봐 할미꽃이 피였구나."
하고 애송이 할미꽃을 한 가지 꺾어 눈앞헤 가까히 갖다 대고 말끔히 정겹게 처다보다가 꽃송이를 입설에 삭삭 부비여 보고 나서 혼자 얼골이 새빩해진다.

옥희는 혼자 여기저기 널녀 있는 할미꽃과 앉은방이를 꺾어 모았다. 그까짓 나물보다도 꽃이 몸시도 옥희의 가슴을 즐겁게 하였다.

한창 꽃을 따라 이리저리 헤매다가 문득 고개를 들어 보고 옥희는 벌서 고개 이편으로 넘어온 것을 알었다. 그는 자기 혼자인 것을 알자 별안간 가슴이 두근거리면서도 한편으로는 조용하고 아모개도 보지 안는 것이 어째 퍽 좋아서 모아든 꽃다발을 코에 대고 냄새를 마텃다.

향긋한 내음새가 뼈매디에 숨여드는 것같이 향그러웠다.

이때에 문득

"흥! 꽃혀구 입만 맞추구 잇구나."
하는 소리가 들녀 옥히는 고개를 번적 드니 저편 양디짝에서 자근놈이가 지게를 걸머진 채 싱글 웃그며 옥희를 마조 보고 있다.

"아이! 싱겁구나 아색끼두 누가 입을 마추든?"
하고 옥희는 얼골이 홍당무가 되면서 향하니 고개를 뛰여올랐다.

"아이 색기두 참 능청맞다."

고개에 오르자 옥희는 혼자 중얼거리며 어째 수집어 견댈 수가 없었다. 그러나, 자근놈이 머 맘에 있다는 것은 아니지만 아모튼 없은 일보다는 퍽 재미나게 생각되였다. 그런 때에 자근놈이 아니라 득쇠(得釗)였다면 좀 더 재미있어슬 상싶다.

득쇠와 옥희와는 부모네 간에 오래전부터 거론이 있어 왔다. 또 옥희 생각에도 득쇠는 보통학교도 졸업해서 근처에 편지 한 장이 와도 모두들 득쇠를 찾어가느라고 불벼락이 이는 판이니 득쇠라면 옥희도 안성마침 같았다. 그러나 매사에 거스레미를 잘 이르키는 보살은 거기에도 까닭을 드처 가지고 옥희는 아직 나히 어리다느니 득쇠네는 식구가 많다느니 할게(야료)를 부친다.

나히 어려도 내 앞사리 다하고 식구가 많어도 내 집식구지 보살더러 아랑곳하라느냐고, 톡 쏘아부치고도 싶어스나, 그럴 수도 없는 일이고 옥희는 참 손 안 닷는 곳이 가리운 것만치나 안타까웠다.

그야 보살은 옥희를 두고두고 부려 먹으면서, 처녀로 늙혀도 안달일 없겠지만 그놈이 제따위를 격다니 옥희는 시집도 시집이고 득쇠도 득쇠여니와, 하로바삐 그 집을 소사나고 싶었다.

옥희는 얼마 동안, 나물을 하다가 살금살금 개울가으로 갔다. 오밀조밀한 돌 사이로 돌돌돌 맑은 물이 문의를 도치면서 흘너내리는 것이 퍽 아름다워 보였다.

산골짝이에서 새암소슨 물이 이렇게 거침없이 흘너서는 나중엔 어디까지 가는지, 물이 가는 그곳에 옥희도 가 보고 싶었다.

거기에는 미상불 아름다운 것이 많을 것 같다. 옥희는 바구니를 옆혜 놓고, 샘물을 한 웅큼 웅켜, 디려마시었다. 갑자기 날듯이 몸이 가벼워 오는 것 같기도 했다.

물을 말꼼히 디려다보고 있노라면 마음도 물을 따라 요리조리 돌을 살살 헷치며 흘너가는 듯하다.

한가로운 산속의 개천가에서 물을 희롱하고 있는 옥희는 한 폭 음직이는 그림 그것이었다.

이윽고 옥희는 아수운 듯이 살그머니 이러서서 아장아장 마르턱으로 추어올랐다. 산 중품에 올라오자, 고개 우에서 이리로 내려오는 웬 처녀가 보였다.

미색 저고리에 보라 치마를 날씬하게 입은 품이 마을에서 행용 보든 처녀 같지는 않다. 옥희는 거름을 멈추고 부러움을 이겨 날 수 없어 멍하니 그를 바라보고 있었다.

처녀는 종달새처럼 가벼히 성큼성큼 아래로 내려왔다. 차차 가까히 오는 것을 보니 뜻밖에도 그는 여주(如珠)였다.

"아이구! 옥희로구나."

여주도 벌서 옥희를 알어보고 재빠르게 달내여와 옥희의 손을 붓잡는다.

"난 또 누구라구!"

옥희도 여주의 손을 마조 잡었다.

여주는 보통학교 삼 학년까지 옥희와 같이 단닌 옥희보다 한 살 우인 친한 동무였다. 여주는 서울 D 여자 고보 삼 학년까지 단니다가 지난가을부터 집에 와 있었다.

"나물하려 나왔늬?"

여주는 옥희의 바구니를 보고 생그레 우스면서 물었다. 옥희는 어째 게면쩍어

"응 참 넌 인젠 서울 안 가니?"

하고 얼핏 화제를 돌니였다.

"글세 집에서 놓아 줘야지! 참 난 속상해 죽겟다."

여주는 그 고흔 아미를 약간 찌푸린다.

"듯는 말이 시집을 간다두구나 호호호."

"얘두! 놀이니?"

여주는 약간 나무래는 듯 눈을 갤죽히 흘끼고 나서 "괘는 소리야? 누가 맘에두 없는 곳엘 가니! 난 그 때문에 더 속이 상해 죽겟서……."

둘은 잠간 동안 말없이 고개를 추어올랐다. 이윽고 여주는

"날시두 참 좋다! 여간 따수치 않구나!"

"참 인젠 춥지 안을나는가 바."

"춘 게 뭐냐! 서울을 벌서 사꾸라가 퓐다는데, 서울은 요새 참 좋겠다. 모두들 꽃구경 가느라구 야단법석일께다."

"서울은 참 좋다드구나!"

"그럼 좋키만 하겟니! 우리 잔디밭에 좀 앉엇다 각까?"

여주는 무근 잔디밭을 가르키며 옥희의 소매를 이끌었다. 둘은 잔디밭에 주저앉었다.

옥희는 어째 여주를 맛난 것이 도라가신 어머니를 맛난 것만치나 반가웠다.

샛놀한 무근 잔디밭에서는 파릇파릇 새 엄미 도다나기 시작하였다.

"옥희야! 난 참 속상해 죽겠구나! 넌 용히 이런 촌구석에서 참고 견

대는구나!"

여주는 옥희의 치마폭을 만지적거리며 한탄하듯 하소를 한다.

"그러잔으면 어쩌니? 공부 갈 팔자도 못 되구!"

옥희는 공연스리 가슴이 울렁거리고 눈물이 핑 도랐다.

"꼭 공부를 해야만 서울 가는 줄 아니! 서울에선, 우리 같은 처녀들이 얼마나 돈버리를 잘한다구!"

하고, 여주는 백화점 여점원, 여사무원, 뻐쓰껄, 타잎으라이터, 까소링껄, 여자 급사 등 제가 아는 한껏 모든 것을 옥희에게 일너바쳤다. 옥희는 드르면 드를수록, 아직껏 아지 못하든 새 세상을 발견하게 되여 한껏 놀라고 한껏 선망하지 안을 수 없었다.

"그래두 나 같은 촌치야 누가 써 준다든?"

하고, 옥희는 저도 모르게 이런 질문을 하지 안을 수 없었다. 만약, 써 줄 곳만 있다면 옥희는 한사코 서울로 가 보고 싶었다.

"왜 안 써 주겟니! 너만큼 예뻐면 얼마든지 못 떼고이겠다야."

"그래두――"

옥희는 불안과 동경에 떨며 맑게 개인 하늘을 우러러보았다.

남쪽 하늘 저―용골산 넘어 멀고 머―ㄴ 곳에 서울이 있겠지!

옥희에게 비기면 그렇게나 팔자 좋은 여주까지가, 그리워서 못 살겠다는 그 서울!

옥희는 서울에 한번 가 보면 죽어도 여한이 없을 것 같다. 봄별은 결핵균처럼 여주와 옥희의 오장을 파고들렀다.

× ×

이튿날 옥희는 나물바구니를 끼고 나오자 불이나케 여주와 맛나기로 약속한 곳으로 달내여갔다.

여주는 기대리고 있다가

“인제 나오니? 난 아까부터 기대렸단나.”

하며 옥희의 손목을 살작 붓잡는다.

“밖엔들 맘대루 나오는 줄 아늬?”

“그럼 밖에두 맘대루 못 나오니 뭐? 그래서야 어떻게 사늬? 난 그러잔어두 속이 상해 못 살겠는데.”

“얘 너야 뭣 따문에 속이 상허지?”

“그런 소리 말라! 너두 서울 좀 가 있어 봐라. 이런 촌구석에 있기가 하로가 한 달 맛잡이 아닌가?”

“나 거튼 것이 서울엘 어떻게 가겟나?”

“그야 가면 갓지 왜 못 가니? 요즘은 참 좋겠다. 창경원에 요사꾸라가 만발해서….”

“요사꾸라가 뭐기?”

옥희는 게면쩍은 얼골을 하였다.

“너 왜 사꾸라꽃 알잔니? 그런데 창경원이란 굉장한 공원이 서울에 있는데 거기 사꾸라 꽃나무가 드러찻거든! 밤이면 거기다가 각색 전등을 켜 놓는단다. 그러면, 꽃 우에 꽃이 되잔켓니? ….”

“아이구야! 얼마나 곱갓니.”

“곱다 뿐이겠니! 그 꽃 사이를 둘이서 거닐기란 참 재미난단다.”

“둘은 누구누군데?”

“누군 누구겠니? 사랑하는 남자 동무하구 말이지—”

"얘두! 그러면 점적허디 안튼?"

이렇게 둘이서 주고받는 회화가 모두 사랑 속에 싸인 꽃송이뿐이였다.

옥희는 갈수록 서울이 그리웠다.

더구나 여주가 남자 동무와 재미나게 놀든 얘기와, 그 남자가 그리워서 서울로 도망을 칠 수밖에 없다는 얘기를 듯자, 옥희는 못 견대게 서울이 그리웠다.

옥희는 이제는 득쇠도 아깝지 안었다.

백화점에서 제복 입고 점원 노릇만 하는 날이면 그까짓 득쇠쯤 어림도 없어 보였다.

"그래 넌 또 서울로 가려니?"

"아모래두 가야겠어. 그이가 그리워 죽겠는데 멀 그러니."

"참 나두 가고 싶구나."

"같이 각까? 옥희야! 나구 같이 가 응?"

"가기만 하면 또 어떻거니?"

"가면 고만이지 멀."

"가면 백화점이라는 데서 나 같은 것두 정말 써 줄 것 같으니?"

옥희는 생각할수록, 수탄 처녀들이 꼭 한 또래의 옷을 입고 물건을 판다는 백화점 여점원이 맘에 댕겼다.

"그럼 써 주잔쿠!"

"글세 난 원…."

"호호호 얘-ㄴ 꼭 할머니처럼 노네! 근심 말어 글세. 나 책임질께!"

여주는 자신 있는 기색을 보이며 옥희의 억게에 손을 얹었다.

옥희의 가슴은 날뛰였다. 서울! 꿈에도 생각지 못했든 서울엘 가다니! 허나 여주를 따러간다면 근심될 것이 조곰도 없을 것 같다.

"정말 가지! 옥희 가."

"글세 가고 싶긴 한데—"

"가고 싶으면 가자꾸나 머— 이 개떡 같은 시골에 박켜 있으면 멋하니!"

"그렇다가 집에서 알믄—"

"그까짓 보살이 무슨 걱정이냐!"

"차 싹두 없구—"

그실은 옥희는 아까부터 그것이 근심이였든 것이다.

"차비는 내가 줏께."

"정말?"

옥희의 눈은 희망에 빛났다.

"그럼 꼭 가자 응! 옥희야."

"언제?"

"갈 테면 래일 가자꾸나! 래일 낮에 나물하려 나오는 척하구 옷만 가러입고 나오렴무아."

"응."

"그럼 꼭 나와야 한다!"

"그래!"

"아이 좋아! 난 참 그이가 보고 싶어 죽겠어! 래일은 꼭 가 응! 옥희야!" 하고, 여주는 옥희의 억개를 붓잡고 좋아하다가, 문득 두 팔로 옥희의 덜미를 쓰러안드니 대비산지 옥희의 입을 맞추었다.

"애두!"

옥희는 깜작 놀나 얼골을 뒤로 비키기는 했으나 그러나 여주의 보드러운 입설이 와 닷는 순간에 어쩐지 몸이 찌르르했다. 날씨는 어제보다도 더 따수하였다. 산과 들과 나무와 풀은 까뜩하지도 안컷만 그래도 흐르는 물과 같이 옥희의 가슴속에서는 무엇인가 명상할 수 없는 것이 작구만 아물거리고 있었다.

하로밤—— 옥희는 한잠도 이루지 못하였다. 이 밤이 고향을 등지는 마즈막 밤이여니 하면, 그렇게나 밉살머리스럽든 보살도 어째 정겨워 견댈 수 없었고 더구나 득쇠—아모리 나는 좋은 곳에 간다 해도 남겨질 득쇠가 가긍도스럽다.

허나 옥희는 아까 헤여질 때 여주가 입을 마초아 준 것을 생각히면 지금도 오금이 짜릿짜릿하다. 어쩌면 숭업지도 않어 남의 입을 마초아 준담? 옥희는 여주의 보드러운 입설 지금도 와 닸는 것 갔다.

서울로 가면—— 밤마다 여주와 한 이불 안에서 둘이 꼭 껴안고 자면 얼마나 재미날까?

그뿐인가 낮이면 둘이서 백화점에 갓다가 밤에는 남자 동무들과 넷이서 창경원에 요사꾸라 구경도 가고 활동사진 구경도 가고…….

꽃수레를 실은 끝없이 아름다운 공상의 궤도(軌道)였다. 봄이라는 갸륵한 게절이 양같이 어린 처녀로 하여금 현실 속에 공상을 유인케 하였다.

다음날도 쾌청이였다.

먼 산 밑에 떠도는 아지랑이는 처녀만을 손빼 헤기는 듯하였다.

약속한 시간, 약속한 장소에 모인 옥희와 여주는 손에 손을 맞잡고 희망의 꽃다발을 가슴 가득히 품고, 정든 고향 산천의 품을 버서나건만 산천은 아는가 모르는가 오늘도 봄빛만 지터 갈 뿐 꾸준한 침묵을 지키고 있다.

거문고

교외로 집을 옮긴 다음부터 청매(靑梅)는 밤마다 자라 가는 달을 구경하는 것이 적지 않은 정취였다. 처음에는 가는 눈섭만 하던 초승달이 밤이면 밤마다 자라고 자라서 열이틀인 오늘 밤에는 제법 몸페도 살이 찌고 밝기도 어지간하여 이제는 전등 없는 촌거리라도 거침없이 거닐 수 있는 것이 퍽 유쾌하였다. 시가지에서 도보로 십오 분 거리나 그렇게밖에 떨어지지 않은 곳이건만 그래도 달빛 속에 웅크리고 있는 초가집과 무성한 백양나무숲이 보일 때마다 청매는 마치 몇 백 리 몇 천 리나 먼 타향에 온 것같이 느껴졌다.

청매는 혹은 내가 옛날 자라난 고향에 온 것이나 아닌가도 생각해 보는 것이다.

청매의 고향은 산수 좋기로 이름난 영변(寧邊)이였다. 차차 나이 들어가자 청매는 고향이 그리웠다. 더구나 어린 적에 개울가에서 손꼽노름질하든 동무들—실단이 매녀 확실이—그 아이들은 벌서 시집가서 안해가 되고 어머니가 되여 한 가정의 빼젓한 주부 노릇을 하고 있으리라고 생각하면 청매는 나히 스물다섯에 아직도 기생 노릇을 하고 있는 자기 신세가 더욱 가긍해 보였다.

어름더름 벌서 스물다섯—기생 환갑 지난 지도 어연간 다섯 해가 아니냐! 기생 스물다섯이면 한숨뿐이라더니 속담 틀리는 법 없는 모양 같다.

청매는 저 딴은 진실히 살어 보겠다고 결심한 지가 벌서 오래다. 허나 세월은 거침없이 흘러가고 인정은 자꾸만 야속하였다. 그래 청매는 용기를 다하여 마츰내 교외로 집을 옮겼고 집만이라도 교외로 옮기고 보니 행결 정신이 까라앉는 것 같았다. 그는 지난여름에 홀어머니가 도라가신 것을 게기로 이제는 아예 기계(妓界)에서 몸을 시츠려 하였다. 그러나 정작 퇴적하고 난댓자 남들처럼 사랑하는 사람이 있는 것도 아니요 그저 혼자 살자니 비록 먹기 걱정은 없다손 치더라도 어덴가 쓸쓸한 구렁이 있는 것 같아 오늘 밤도 어렁어렁 술 취한 손님들의 지탕을 받고 온 길이었다.

도성(都城)에서는 이름난 청매였다.

'노래의 청매' '거문고의 청매' '절색 청매'의 헌다허는 청매로서 '청매' 하면 삼척동자라도 모를 이 없이 유명한 그였다. 그러기에 청매의 치마자락에는 늘상 그를 존경한다는 사내의 눈총들이 떠나지를 않었다.

그러나 청매에게는 그것이 무엇이였으리요? 청매는 진실한 한 사람을 구하였다. 허나 넓은 세상에 하두 많은 사내건만 청매는 한 사람도 구하지를 못하였다.

아릿따운 청매의 고기를 노리는 사람은 많어도 그 영화를 떠나 고독 속에서 신흠하고 있는 인간으로서의 청매를 알어주는 사람이 하나도 없는 것이 설어웠다.

떠드는 인끼와 물거품 같은 명성 속에서 나날이 남겨지는 것은 주름살 늘어 가는 분칠한 얼굴과 덮처 가는 나히와 그리고 때 묻은 거문고뿐이 아니냐?

잠옷을 가러입고 나서 청매는 이 층 영창을 활작 열어제꼈다. 그 순간 달빛이 방 안에 가득히 흘러넘쳤다.

청매는 잠간 우두머니 서서 숲 우에 걸려 있는 달을 쳐다보다가 문득 가슴에 솟아오르는 감회를 참을 길 없어 구석에 고이 싸 두었든 거문고를 풀어 무릎 우에 놓았다.

어머니마저 도라간 후에는 거문고만이 청매의 모든 위안이였기 때문에 슬픈 때에도 기쁜 때에도 청매는 거문고를 타는 버릇이 있었다. 이윽고 옷자락을 여미고 나서 무릎 우에 바싹 거문고를 치켜 잡고 줄을 튕기는 청매의 손가락은 파르르르 떨리였다.

마조 바라보이는 달 속에는 어머니의 얼굴이 있는 것도 같고 혹은 청매가 찾어 헤매는 진실한 '그'가 있는 것도 같았다.

청매는 넋 잃은 시선으로 한참 달을 바라보는 동안에 그의 눈에서는 하염없는 눈물이 떨어졌다. 이 넓은 천지에 몸을 의탁할 곳도 위안의 말을 받을 곳도 없는 것이 그지없이 외로웠다.

이윽고 청매는 몸서리를 한 번 치고 나서 거문고 줄을 튕기였다. 손가락 움직일 때마다 애연히 울려나오는 간얄핀 메로디! 달빛 차거웁게 흘러넘치는 고요한 밤하늘에 고달픈 음향의 색조가 보드러운 날개로 교외의 하늘에 날고 있다.

점점 거문고를 타는 동안에 청매의 가슴에는 천 가지 만 가지 회포가 떠올랐다.

이 천만 가지 회포를 거문고 우에 싯자니 너무나 서글픈 신세였다.

잠간 거문고를 멈추었든 청매는 다시 거문고 줄을 튕기며 노래를 마초아 불렀다.

아실 이 누구신고 이 가슴 내 진정(眞情)을
천행루(千行淚) 만곡가(萬曲歌)론들 어이 능(能)히 표(表)할손가.
명월(明月)이 죽창(竹窓)에 드니 잠 못 일워 하노라.

노래도 님이요 거문고도 님이건만 그러나 그 노래 그 거문고를 들어줄 님이 없는 것이 더욱 안타까웠다. 달이 좀 더 유정하다면 신세나 하소해 보련만 노래를 듣고도 모르는 척하는 달이니 더한층 야속하다.

밤은 점점 깊어 갔다. 네온싸인 유동하는 도시에서 짜즈와 떠들며 팔 년이라는 세월을 거침없이 보낸 청매는 오늘 밤 별 반짝이는 밤하늘이 더욱 다감하였다.

청매는 거듭 다섯 곡조를 탔건만 그래도 회포는 풀릴 길 없었다. 그는 거문고를 내려놓고 흐르는 눈물을 씻을 생각도 없이 문턱에 팔굽을 고이며 한숨을 후유 내쉬었다. 순간 바로 창 밑에서 발자취 소리가 들려왔다. 청매는 거이 본능적으로 아래를 내려다보니 희미한 달빛 속에 웬 사내가 고개를 숙으리고 조심히 걸어가고 있었다. 청매는 가슴이 덜컥하였다.

"웬 사낼까?"

발자취 소리가 갑작이 들리는 것으로 미루어 그는 지금까지 이 밑에서 거문고와 노래를 엿듣고 있었음에 틀림없었다. 그는 오늘 밤따라 웬 사내가 제 노래를 엿듣고 있었다는 것이 그저 지나가는 우연만 같지 않었다. 시름 실은 노래를 엿들은 그는 혹은 그 시름을 풀어 줄 사내가 아니였든가? 청매는 상반신을 창밖으로 내밀어 사내의 뒤를 바라보았다. 사내는 조심조심히 한 발걸음씩 거닐어 저편 숲 속으로 사라지고 말었다.

청매는 안타까웠다! 그를 불러 보지 못한 것이 후회스러웠다. 그는 다시는 돌아오지 못할 행운을 놓쳐 버린 것같이 애가 씨였다.

사내의 행색으로 보아 결코 돈 있는 사내 같지는 않었다. 그러나 돈 있는 사내는 결코 진실될 수 없다는 것을 청매는 알고 있다. 그는 혹은 오늘 밤 잠자리조차 없는 불상한 짚씨일는지 모른다.

허나 돈 있고 없는 것이 무슨 상관이랴! 산골에 조그마한 초가 오막사리를 사 가지고 거기서 소복한 가정을 이룬다면 거기에 백만금이 무슨 소용이 있을소냐?

청매의 가슴은 천 갈레 만 갈레로 갈리였다. 거문고를 엿듣고 한줄기 연기와 같이 사러저 버리고 만 사나히의 정체가 몹시도 궁금하였다.

청매는 하로밤을 꼬박히 뜬눈으로 새였다. 이튼날 그는 감기에 걸려 노름난 것도 물리치고 진종일 자리에서 일어나지 않었다. 자리에 누은 채로 그는 지나온 반생에 머리에 남은 그림자들을 더듬어 보았으나 단 한 분 도라가신 어머니의 형상이 떠오를 뿐 그밖에는 너무나 쓸쓸한 반생이였다. 그는 앞으로 몇 십 년 남겨진 생명의 길을 걸어갈 생각을 하니 너무나 고독하고 아득하여 절로 한숨이 흘러나왔고 한숨 끝에는 끝없는 눈물뿐이였다.

청매 앓는다는 스소문을 듣고 저녁에 벽도가 찾어왔다. 벽도는 청매와 가장 친근한 기생이였다.

"청매야! 과히 아프지는 않늬?"

하고 벽도는 찬 손으로 청매의 이마를 짚어 보았다.

"아니 괜찮어! 어제밤 잠이 안 와서 자지를 못했더니 감기에 들렸나 바."

하고 청매는 벽도의 손을 이불 안으로 끌어댕기었다. 청매는 쓸쓸할 때에 이렇게 일부러 찾어와 주는 벽도가 여간 고맙지 않었다.

"웨 못 잤니? 생각을 골똘히 한 게로구나?"

"그렇지두 않었는데 공연히 잠이 안 와서……."

"잠이 안 오면 아다링이라도 먹지 웨."

하고 나서 벽도는 아차 앓는 사람에게 농담이 심하여졌나 보다 뉘우치며 청매의 눈치를 살피였다.

청매는 청매대로 아다링이라는 말을 듣자 문득 벽도 말마따나 차라리 아다링이라도 먹고 영원히 잠들어 버리는 것이 낫지나 않을까 생각하였다.

잠간 침묵이 흘렀다. 벽도는 청매의 기색을 알어채자 얼른 화제를 돌리려고

"얘! 잇다가 가거든 아스피링 사 보낼게. 먹어라."

"응 고맙다."

다시 얼마 동안 침묵이 계속되었다.

이윽고 청매는 진실한 태도로

"애! 벽도야" 하고 불렀다.

"응? 웨 그러니."

벽도도 청매의 심상치 않은 태도에 눌리여 정색을 하며 그를 바라보았다.

"난 인제 기생질 그만둘까 바."

"흥 웨 또 요렇게 새침이를 떼니?"

하고 벽도는 청매의 말을 농담으로 넘겨 버리려고 하였다.

"넌 그럼 당대 이런 노릇해 먹다 말려늬?"

"노라 먹는 대로 노라 먹잣구나! 머 웨 기생이 좀 잘낫다구 고관대작이 다 슬슬 기는 판인데 호호호."

"넌 참 어설긋드라. 애두."

하고 청매는 벽도처럼 어설긋지 못한 것이 한탄스러웠다.

"글세 청매야! 우리 따위가 기생을 그만두면 뭣 해 먹니! 나 같은 걸 큰마누라로 모실 부처님두 없을 게구 그렇다구 남의 셋재 넷재 첩으루 가긴 싫구……."

"그렇긴 해……."

하고 청매는 벽도의 말에 꼼짝 못하다가 "뭐 꼭 시집을 가야 허니. 나구 둘이 살잤구나 머." 하기는 했으나 그 말에는 아무런 힘도 없었다.

참말 젊어서 기생 노릇한 것만 해도 통분한 일인데 이제 또 첩이 되여 남의 간버러지 노릇을 하다니 참아 첩 노릇은 못할 것 같겠다. 잠간 동안 둘은 약속이나 한 듯이 잠잫고 있었다. 그동안에 벽도는 벽도대로 '최'를 생각하고 있었다. '최'는 요새 벽도에게 자조 다니는 이였다. 그는 벽도와 살림을 하자고 자꾸 졸랐으나 벽도는 최가 안해와 자식이 있는 것을 알고 거절하였다. 허나 요새 와서 벽도는 최의 안해가 신병 때문에 안해 구실을 못하게 되여 이제는 저근집 얻는 데 어느 정도까지 양해한다는 말을 듣고 아무래도 가마 타고 시집가긴 아진*에 틀려먹은 판이니 차라리 그에게로 가 버릴까 생각하였다.

"애! 벽도야! 너 참 요새두 '최' 자주 만나니!"

하고 청매의 돌연한 물음에 순간 벽도는 제 속을 뒤집혀 보인 것 같아 얼굴이 새빨개졌다.

"응 그적게 밤에 만나서."

"상기 졸라대든?"

"그럼."

"그래 가겠니?"

"글세 말야—"

"갈 맘이 있는 게로구나 글세 말야 할 적엔! 시집이 그렇게 가구 싶니?"

"요 망할 건!"

하고 벽도는 얼굴이 새빨개지며 청매의 뺨을 가볍게 따렸다.

"잘 생각해서 가야 헌다."

"고맙다. 글세 '최'의 부인두 몸에 병이 있어서 어느 정도까지 양해는 해 주긴 헌데—"

하고 나서 벽도는 또 안 할 말을 하였구나 뉘우치였다. 문득 청매는 큰마누라가 어느 정도까지 양해해 준다는 그 말에 큰 위안을 얻는 벽도가 몹시도 측은해 보였고 다음 순간에 벽도의 신세가 곧 제 신세인

* 아진 : '초저녁' 또는 '애초'의 방언.

것을 깨닫자 눈물이 핑 돌았다. 남들처럼 뻐젓이 내 남편이랍시고 내놓아 보지 못하고 죽고 말 몸이였는가 하면 가슴에 리리가 매치였다.

밤 열 시가 넘어서야 벽도가 돌아갔다. 청매는 혼자 다시 아까 벽도 생각을 하고 벽도는 그런대로 큰마누라의 양해를 얻을 곳이나 있거니와 제게는 그런 곳조차 없는 것을 생각하니 더욱 쓰라리였다.

그뿐인가 벽도마저 시집가 버리면 그때에는 정말 혼자 남을 생각을 하니 온 세상이 뒤집히고 마는 것 같았다.

이런 궁리 저런 궁리하는 동안에 밤은 깊었다. 어느듯 유리창 넘어로 어제밤 흐르든 달빛이 비치였다.

청매는 문득 어제밤의 사나히 생각이 나서 그가 혹은 오늘 밤도 이 집 앞을 지날는지 모른다고 생각하자 가만히 누어 있을 수가 없어 이불을 박차고 벌덕 일어나서 문을 열고 밖을 내다보았으나 아무도 보이지 않었다. 청매는 한굿 실망을 느끼며 밤이 아직 잃은 탓인가 생각하다가 문득 어제밤에 사내가 거문고 엿들은 생각이 나서 오늘 밤도 분주히 거문고를 타기 시작하였다. 한 곡조 또 한 곡조 하는 동안에 청매는 어느듯 자신을 잃어버리고 황홀히 취하였다. 이윽고 청매는 생각난 듯이 창 밑을 쳐다보니 아니나 다를까 어제밤 그 사내가 오늘 밤도 고개를 숙으리고 웅크리고 서 있는 것이 아니냐!

청매는 또 한 번 가슴이 내려앉었다. 그는 잠간 두근거리는 가슴을 두 팔로 껴안고 진정한 후에 얼른 아래칭으로 내려와서 현관 문틈으로 엿보니 사내는 벌서 보이지 않었다. 그래 문소리를 죽여서 열고 보니 사내는 고개를 숙으리고 한 발걸음씩 조심히 거니러 저편으로 가고 있다. 청매는 발자취 소리를 숨기며 살살 그의 뒤를 쫓았다.

사내는 얼마큼 가다가 고개를 도리켜 뒤를 한 번 돌아다보는 듯하더니 다시 앞으로 거닐며 호각을 호— 하고 불었다.

"아! 그럼 그는 암마상이였든가?"

청매는 실망하였다. 눈 못 보는 그— 그러나 눈을 못 볼망정 그가 이틀 밤이나 제 거문고를 엿들어 주었다는 것이 어째 이상히도 맘에 댕기였다.

얼마를 거닐면 조그마한 다리가 걸려 있고 그 다리를 건느면 높이 수십 길이나 되는 백양나무숲이 있다. 사내는 그 숲 속으로 들어와 커다란 나무에 몸을 지대이더니 앞가슴 속에서 통소를 꺼집어내여 부는 것이었다.

조그마한 통소에서 울려나오는 유량한 음률은 간얄핀 포물선을 그으면서 아련한 하늘가으로 달리는 듯하다. 쓸쓸한 생활에 지친 고독 그것처럼 비량한 신세가 통소 속에도 숨이여 있는 것같이 그처럼 통소 소리는 애달펐다.

이윽고 곡조는 안개 낀 바다가에 갈메기 날리는 듯 구름 저편에서 봉학이가 춤추는 듯 매디매디 꺾어 넘길 때마다 청매의 가슴은 메여지는 듯하였다.

일즉이 서양에 맹인 천재 음악가가 있었다 하거니와 오늘 밤 저이가 이렇게나 음악에 천재였을 줄이야 그 누가 알었으랴! 청매는 저렇듯 재주 있는 음악가에게 허잘 것 없는 제 거문고 소리를 들린 것이 어쩐지 반가우면서도 부끄럽기도 하였다.

사내는 한 곡조 읊고 나서 감개무량한 듯이 고개를 들어 달 뜬 방향을 바라보더니 통소로 나무를 탁 따리며 한탄하듯이

"아! 그리운 거문고여!"
하고는 다시 지축거리며 시가지로 접어 들어간다. 청매는 그를 붙잡을까 붙잡을까 하다가 그만 그가 눈을 못 본다는 그 한 가지 사실에 맥이 풀리여 되돌아오고 말았다.

그러나 정작 혼자 집에 돌아오고 보니 청매는 또 그만 행복을 놓쳐 버린 것같이 아수웠다. 서로 이해만 있다면 눈 뜨고 감은 것이 무슨 문제이냐 싶었고 더구나 그가 통소에 그만한 재주가 있을 때에는 어덴가 비범한 점이 있으리라고 생각되여 청매는 그를 놓쳐 버린 것이 자꾸만 안타까웠다. 그뿐이랴! 앞 못 보는 그에게 일생을 바친다는 것은 그것 자체가 벌서 성스러운 일이여니와 그와 자기가 꼭 같이 음악을 좋아한다는 그 사실은 암만 해도 신비스러운 합부 같기만 하였다.

이제 애써 행복을 구한다고 그보다 더 큰 행복은 절대로 없을 것 같았다.

그에게 일생을 바침으로써 그를 구원하고 또 그를 구원하는 것은 동시에 청매 자신의 구원이 아닐까?

이런 생각을 하노라니 청매는 점점 신열이 더하여 갔다. 머리가 어쯜하고 어깨가 바르르 떨리였다.

청매는 지나치게 흥분되는 자기가 어째 이상해 보였고 혹 불길한 징조 같기도 해서 혹은 이러다가 죽어 버리려는 것이나 아닌가 하니 이제 죽어 버린다면 여때껏 진실 되게 살어 보겠다고 남들처럼 요악한 즛 한 번 안 한 것도 후회가 났고 진실 되게 살어 보겠다고 한 그 보람조차가 무엇이냐 싶어 한 줄기 구슬픈 눈물이 뺨으로 흘러나렸다. 생각스록 청매는 어제밤 그 사내가 그리웠다. 일시나마 그를 소경이라고 깔본 것이 뼈아프게 후회가 나서 오늘 밤만은 기여코 그를 붙잡고 놓지지 않으리라 결심하였다. 그렇게 결심하고 나니 그날 하로가 유난히도 길었다. 청매는 그 사내를 대상으로 제멋대로의 공상의 탑을 쌓어 올렸다.

이윽고 밤이 오자 그를 맞을 생각에 청매는 가신 듯이 몸이 가벼웠다. 그는 거문고에 몬지를 떨었다. 오래동안 정드려 온 거문고지만 오늘 밤따라 더 정드는 거문고였다.

청매는 방 안에 달빛을 활작 맞어드리고 거문고를 타기 시작하였다. 그러나 한 곡조 타고는 창 밑을 내려다보군 하여도 열 시가 지나기까지 사내는 나타나지 않었다. 청매는 점점 불안해 왔고 그가 이틀 밤이나 이 앞을 지나갔다는 것은 단순한 우연이 아니였을까? 허나 청매는 그럴 것 같지는 않었다. 그가 지금 어느 곳에 있든지 간에 거문고를 타기만 한다면 그는 끝내 이끌려 오고야 말 것 같았다 '그리운 거문고'라고 어제밤 그는 말하지 않었든가?

그러나 청매는 할복한 자기 자신을 생각하자 자기에게는 행복이 영원히 돌아올 것 같지 않어 바야흐로 구름 속에서 솟아나는 달을 하염없이 바라보며 숨을 긴 내뿜었다. 청매의 귀에는 어제밤 통소 소리가 아직도 쨋쨋이 울려오는 것 같았다.

그는 이 밤에 통소를 품고 지금 어느 거리를 헤매고 있을까?

청매의 가슴은 떨리였다. 그는 자기도 모르게 거문고를 다시 치켜들었다.

거문고에 마조아 노래도 흘렀다.

고개를 문득 드니 들창에 달이로다.

문 열고 뜰에 나니 버레 우는 소리로다.

내 벗이 예 다 있거늘 어댈 부뤄하리오.

달을 보고 감기는 듯 애연히 흘러나오는 고흔 목소리가 한고비 한고비를 슬쩍 감돌아 넘을 때에는 일천 간장이 사리사리 녹을 듯하다.

노래를 마치고 문득 아래를 내려다보니 아— 어제밤 그 사내가 어제밤 그 모양대로 몸을 웅크리고 거문고를 엿듣고 있는 것이 아니냐!

청매는 반가웠다. 한참 두근거리는 가슴을 진정한 후에 얼른 문을 열고 밖으로 나왔다. 사내－윤수(允秀)는 돌연한 문소리에 놀래여 지나가든 사람처럼 어정어정 거닐었다. 청매는 갑작이 뭐라고 해야 좋을지를 몰라 망서리다가

"여보세요 누구를 찾으세요?"

하면서도 두근거리는 가슴과 아울러 얼굴이 새빩애졌다. 사내는 잠간 발거름을 먼추고

"암마하는 사람이올시다." 할 뿐이였다.

"저－실레지만 어제밤 통소를 불으신 어른 아니세요."

청매는 몇 발거름 그에게로 가까이 갔다.

"네…. 어떻게 알으시나요?"

윤수는 놀라는 듯 고개를 들었다 숙인다.

"거문고를 타다 말고 자리에 누었는데 통소 소리가 들려와서……. 저 미안하지만 오늘 밤 한 번 더 들려주실 수는 없어요?"

"뭐 변변치 못한 통소를－－참 거문고로 타시든 분이랴죠? 저는 벌

서 열 번 넘어 거문고를 엿들었습죠."

"아니애요. 그까짓 거문고를−−그보다도 미안하지만 제 집에 잠간 들려서 한 곡조 들려주고 가서요. 네?"

청매는 너무 열중하여 윤수의 팔을 이끌어 문 안으로 인도하였다.

두 사람은 한 방에 마조 앉어 몇 마디 주고받는 동안에 오랜 옛날에 사괴인 것처럼 서로 익숙하여졌다. 청매는 세상에 자기밖에는 고독한 사람이 없는 줄 알었든 것이 이제 윤수를 만나니 윤수는 자기보다도 더한칭 고적한 것 같아 고독한 사람끼리는 만나기만 하여도 서로 따뜻함을 느끼였다.

윤수는 통소의 능난함을 칭찬하기도 하였다. 그들은 서로 밤 가는 줄을 모르고 신세를 샅샅치 이야기하였다. 윤수는 제 일신을 다 말하고 나서

"그러기에 저는 이렇게 밤늦도록 거리에서 거리로 싸다니며 손님을 찾어 헤매다가 운수가 좋으면 좋은 음악이나 얻어듣고 하는 것이 가장 큰 행복이지요. 그런 일도 없을 때에는 정든 통소로 한 곡조 회포를 풀어 볼 뿐이구요."
하고 말을 맺었다.

그 후 윤수와 청매는 자조 만났고 만나면 만날수록 말없는 사랑이 두터워 갔다.

그리하여 마츰내 청매는 윤수와 일생을 같이할 것을 결심하고 모든 것을 윤수에게 고백하였다. 윤수는 고개를 수그린 채 암말 없이 듣고 나서

"고맙습니다. 그러나 저 같은 것과 무슨 결혼입니까? 그저 끝끝내

벗으로 사괴여 주시면 저는 행복이지요. 그저 거문고만 싫것 들려주세요."
하고 구지 듣지 않었다.

그러나 종시 청매는 우겨 내였다.

"저는 인젠 죽어도 당신 무릎에서 죽을 터야요. 그저 저 한 몸을 맡어 주서야 해요 네! 그래도 저를 못 믿겠어요!"

"아니 못 믿는 것은 절대로 아니지만……."

윤수는 청매를 의심하는 것은 아니지만 둘이 결혼한다면 너무나 행복인 때문에 도리혀 설명할 수 없는 불운이 닥처올 것같이 느끼여졌다.

그러나 청매의 재촉을 견대날 수 없어 그들은 이듬해 봄에 결혼을 하고 말었다.

청매는 윤수와 결혼할 것을 벽도에게 의론하니까 벽도는 잉큼 놀라며

"애! 글세 쇠경하구야 어떻게 결혼을 하니 좀 더 생각해 봐라."
하고 대반대여스나 그러나 청매는 벽도조차가 이해 못하는 거기에 윤수와 자기만의 비밀이 있는 것 같아여 마츰내 결혼함으로써 세상의 허영과 명예를 코우슴 치고 비우서 버렸다.

청매가 윤수와 결혼하였다는 사실은 도성을 발깍 뒤집고 말었다. 도성에서 헌다허는 할량배들도 면목이 없어졌다.

청매는 행복스러웠다. 이로써 지나온 죄악의 반생이 변상되리라고 생각하며 윤수의 통소에 마초아 거문고를 타며 세월을 보내였다. 그러나 그에게 단 한 가지 불평은 윤수가 결혼한 후에도 암마상 노릇

을 그만두지 않는 것이였다.

청매가 아모리 애원하여도 윤수는

"아니! 암마상 노릇만은 나의 천직이여든 나는 그것만은 그만둘 수 없어요."

하고 고집을 세웠다.

그래 청매도 하는 수 없어스나 그러나 이제는 그것도 불평이라느니보다 밤이면 늦도록 그를 기대리다가 호－호－ 하고 들려오는 호각 소리에 그이를 맞어드리는 것이 또한 재미이기도 하였다.

청매는 어찌다가 윤수에게 불편이 있을까 보아 암닭 병아리 괴듯 어리였고 입안에 혀[舌]처럼 가분가분 놀리였다.

밤마다 청매의 집에서는 거문고와 통소 소리가 번가라 들려 나왔다. 그리다가 마츰내는 거문고와 통소 소리가 병합되여 나왔고 그런 때에는 청매의 고흔 노래도 들리여 왔다.

춘하추동 네 게절이 청매에게는 모두 반가웠다. 이제야 세상에 낫든 보람이 있는 듯싶었다. 밤과 낮이 또한 끌거웠다.

그렇게 단락한 생활이 계속되는 동안에도 시간은 흘렀다.

가을이 가면 겨울이 오고 겨울이 지나면 다시 봄이 왔다. 그리하여 어연간 결혼 후 세 번재의 봄을 마지하였다. 먼 산에 아지랑이가 끼고 아츰저녁으로는 숲 속에서 참새가 재재거렸다. 뜰 안에 한 포기 사절화 꽃이 피자 진수산(鎭守山)에는 벗꽃도 피였다.

도성 거리는 벗꽃 구경으로 분주하였다. 오고 가는 사람들의 화제는 모두가 벗꽃 이야기였다.

그러한 어느 날 벽도가 최를 데리고 벗꽃 구경 가자고 찾어왔다.

청매는 벽도가 윤수의 형편을 빤히 알면서도 찾아온 것이 어째 모욕을 당한 것처럼 퍽 불쾌하여 대번에 안 간다고 거절하여 버렸다.

그러나 벽도와 '최'가 어깨를 나란히 하고 따뜻한 봄볕을 받으며 아장아장 거러가는 것을 보니 공연히 마음이 살란하였다.

이제는 자기는 죽기까지 저렇게 쌍쌍히 거니러 볼 일은 영 없으리라고 생각하니 한숨이 절로 흘러나렸다.

그날 하로 청매는 유난히 맥이 없었다. 윤수도 청매의 맘을 살피였는지 입을 굳게 다물고 있었다.

몇 날이 지났건만 청매의 수심은 풀리지 않었다. 밤마다 타든 거문고도 타지 않었다. 하로하로가 몹시도 무료하고 지루하였다. 청매는 지난 시절에 뭇사내들과 더부러 진수산에 가서 하로를 유쾌히 보낸 일을 추억하면 금시로 혼자라도 뛰여가 놀고 싶었다.

청매는 그렇게나 굳은 어름뎅이를 소리도 없이 가볍게 녹이는 봄볕이 안타깝게도 정드러 보였다.

꽃의 수명은 오래지 않었다. 꽃이 지면 녹음이 지터 갔다. 청매는 나날이 지터 가는 그 녹음을 생각만 하여도 맘이 살란하였다. 꽃이 지자 봄도 갔다. 청매는 가는 봄을 붙잡지 못하는 것이 한탄스러웠고 더구나 그렇게 짧은 봄을 즐겨 보지 못한 것이 몹시도 안타까웠다.

그뿐이랴! 게절의 봄이 짧듯이 인생의 봄도 짧지 안느냐? 짧은 청춘이 시들어 늙는 것은 또 얼마나 안타까운 일이냐?

문득 고개를 드니 마즌편 거울에 청매의 얼굴이 빛이였다. 제가 보기에도 아릿따운 양자였다. 청매는 옷 속에 쌔여 있는 그 고흔 몸둥아리가— 그렇게나 세상 사내들이 식욕을 도두게 하든 그 양자가 이제는 한 번도 남편의 눈을 흥분되게 하는 일 없이 썩어날 것을 생각하니 금시에 경대를 부시어 버리고 싶었다.

날이 갈수록 수심은 늘어만 갔다.

청매는 윤수와 마조 앉기를 차차 꺼리였다. 윤수는 암말 없이 점자 책만 읽고 있었다.

청매에게는 가정이 시금직한 생지옥이였다. 그리하여 그는 외출이 자잣고 밖에 나갔다가 윤수보다 늦게 도라올 때도 중중하였다. 청매는 벌서 윤수에게 아모런 애정도 느끼지 못하였다. 벽도가 반대하든 것을 듣지 않은 것이 후회가 났다.

"인생을 쇠경과 같지 늙다니! 차라리 죽엄만도 같지 못한 일이 아니냐?"

그러나 청매는 참아하니 윤수와 헤여지자고는 할 수 없어 그때가 절로 도라오기만 고대하였다.

어떤 날 밤이였다. 청매는 밤이 푹 깊어서 마츰내 '김'이라는 사내를 집으로 더리고 왔다. 그는 곁방에 윤수가 있다는 것을 알면서 사내에게 가즌 교태를 다 부렸다.

청매는 윤수가 자지 않고 이 광경을 알어주기를 바래였다. 그것은 한 계획이기도 하였다. 짧은 밤이 다하기까지 청매는 사내와 정을 희롱하였다. 그리다가 새로 네 시가 되여서야 사내를 보내고 청매는 곤히 잠이 들었다.

지금까지의 광경을 곁방에 있는 윤수가 믈론 모를 턱없었다. 윤수는 슬펐다.

한때는 있으리라고 미리 짐작은 하였지만 그러나 너무 빨리 온 것이 슬펐다.

청매의 코 고는 소리를 듣자 윤수는 옷을 추서 입고 머리맡에 놓았든 통소를 들고 청매의 집을 나왔다. 이태 동안 정들고 즐겁든 집이건만 이제는 더 머므를 집이 아님을 깨달었다.

윤수는 청매를 원망하지도 않었다. 모든 것이 피치 못할 운명에 지나지 않는 것 같았다. 통소 한 가락을 들고 청매의 집을 나스니 윤수는 앞길이 너무 고달프고 아득하여 눈물이 비 오듯 소사올랐다.

그는 지향 없는 발길을 지축지축 내밟었다. 윤수가 집을 등지고 방랑의 첫 발거름을 옮겨 놓는 그때 청매의 꿈은 고달펐다.

청매는 깊은 산모통이를 혼자 거니노라니 별안간에 호랑이가 날카로운 잇발을 앙 사려물고 달려들었다. 청매는 힘을 다하여 다름질쳤지만 호랑이는 작구 뒷발굼치를 덮눌러 어느새 호랑이는 청매의 목덜미를 덤석 깨물었다. 청매는

"아구머니 사람 살여요!"

하고 고함치면서 고개을 드니 마즌편 산에 윤수가 서서 자기를 바라보고 있었다. 그래 청매는 다시

"여보 좀 살려 줘요!"

하고 힘을 다하여 고함치다가 그만 제 고함 소리에 놀래여 깨니 꿈이였다.

청매는 직각적으로 어떤 불길한 예감에 찔리였고 청매의 몸에서는 시근땀이 물 흐르듯 하였다. 그 순간에 그는 어제밤 죄를 지은 생각이 번개같지 떠올라 장지문을 열고 윤수를 찾어스나 윤수의 잠자리는 깔러 있는 채 사람은 보이지 않었다. 청매는 가슴이 덜컥 내려

앉었다.

"여보 어디 가셨수?"

청매는 힘을 다하여 불러 보아스나 아모런 대답도 없었다. 혹시 변소에나 간 것이 아닐까 하여스나 그런 것 같지도 않었다.

청매는 벌덕 이러나 집 안을 샅샅이 뒤저 보아스나 윤수는 없었다. 이 층으로 올라가서 문을 열고 숲 속을 더듬어 보아도 윤수의 그림자는 보이지 않었다.

청매는 힘 빠진 다리를 끌고 윤수의 방으로 다시 도라오자 윤수의 통소가 없어진 것을 알었다.

"아――그러면 정녕…………."

청매의 예감은 들어맞었다. 청매는 제가 저를 죽이고 싶게 어제밤 일이 후회가 나서 죽어서 이 죄를 풀 수 있다면 금방 죽고도 싶었다.

청매는 푸러진 머리채를 가다듬을 경황도 없이 행여 윤수가 보일까 하고 이 층에서 밖을 눈 익여 보았다.

앞도 못 보는 그가 이제는 이 거츤 세상을 혼자 헤맬 것은 생각하니 기가 턱 매키였다. 그러나 이제 무슨 면목으로 그를 찾으며 그를 찾는달손 도라올 그가 아니였다.

그동안에 윤수는 쉬임없이 거닐었다. 숙명적으로 타고난 방랑의 길가에서 한동안 꿈을 꾸고 있었다고 생각하면 그뿐인 것 같기는 했으나 그러나 아모리 해도 청매의 정을 잊을 수는 없어 그는 새 길을 거닐다가도 발을 멈추고 보이지 않는 뒤를 몇 번이고 도라보군 하였다. 넓는 천지였으나 윤수의 갈 곳은 한 곳도 없었다. 윤수는 묵묵히 북으로 북으로 발을 옮겨 놓았다.

아직 봄이 오지 않었다는 북국－－사시절 어름과 눈이 쌓여 있다는 북쪽 나라－－그곳만이 윤수를 반기 맞어 줄 것 같았다.

믈 한 목음 마시지 않고 진종일 거니러 해가 저믈 무렴에는 들길을 혼자 거닐고 있다. 스므날 달이 소사오르자 윤수는 비로소 거름을 멈추고 풀밭 우에 주저앉어서 행여 청매의 거문고 소리가 들릴까 하고 귀를 기우리며 눈물을 시쳤다.

밤이 오기까지 청매는 아모 슬픔도 없는 사람처럼 천치같이 멍하니 앉어 있었다.

그러나 밤이 오자 청매는 새삼스러히 슬픔을 깨달었다. 지금쯤 윤수는 어느 곳 무슨 그늘에서 밤을 보내고 있을까!

청매는 윤수가 오늘 밤 안으로 도라올 것만 같기도 했다.

암마생 노릇 나갔다가 도라올 그 시간이 되기까지 청매는 문턱에 팔고비를 고이고 기대렸다.

그러나 밤이 깊어도 윤수는 도라오지 않었고 그러기에 청매는 다시 불안에 싸여 갔다. 청매는 문득 윤수를 부를 길은 거문고밖에 없을 것을 깨달었다. 둘의 인연을 맺어준 것도 거문고가 아니였든가?

동켠 하늘에 달이 소샀다. 청매는 달을 바라보며 거문고를 탓다. 구름 속에서 소사오르는 저 달 속에 윤수가 숨어 있는 것도 같았고 다리를 이끌며 지향 없이 헤매는 쓸쓸한 꼴이 보이는 것도 같았다.

지금쯤 어느 어두운 모통이에서 윤수는 그 옛날처럼 거문고를 엿듣고 있는 것이나 아닐까 하니 속키 그가 나타나지 않는 것이 안타까웠다.

밤은 거침없이 깊어 갔다. 청매의 마음은 시시각각으로 무거워 왔다. 드디어 청매는 거문고를 되사려 들고 그를 부르기 위하여 정성껏 노래와 아울러 거문고 줄를 다시 퉁기였다.

깊고 먼 그리움을 노래 우에 얹노라니
정회(情懷)는 끝이 없고 곡조(曲調)는 짜르이다.
곡조(曲調)는 짜를지라도 남아 울림 들으소서.

청매의 눈에서는 하염없이 눈물이 흘러내렸건만 그는 시츨 생각도 없이 마치 무서운 선언이나 기대리듯이 고개를 수그려 창밑을 살펴보는 것이었다.

그리하여 짖어질 듯이 긴장되였든 신경이 그만 또 한 번 실망을 느끼자 그는 순간 앞으로 쓸어지고 말었다. 그 서슬에 거문고줄이 쩽— 하고 튀였다.

그러나 청매는 조곰도 아깝지 않었다. 임을 위한 거문고가 아니였든가? 임 부르기 위한 거문고가 아니였든가? 임 부르기 위한 거문고였다면 임 없는 지금을 거문고가 무슨 필요가 있으랴!

아니 임이 가서 없을진댄 차라리 거문고부터가 괴로운 추억의 종차 같다.

허나 행여 이 밤 윤수는 어디서 통소를 불고 있지나 않을까 하는 생각에 청매는 줄 튄 거문고를 붙잡고 귀를 기우려 통소 소리를 였들으려도 해 보았다.

십 분 이십 분! 역시 사방은 괴괴하다. 청매는 튀다 나믄 줄로나마 한 번만이라도 더 불러 볼까 하고 떨리는 손으로 남은 줄을 퉁기였다.

임은 가오시고 기억만 남기도다.
정녕히 못 오시면 기억마자 거두소서.
철철히 더한 쓰림을 어이 몰라 하신고.

튀다 남은 거문고는 밤마다 돈에 팔려 노래 부르든 제 목성이건만 오늘 저녁 이 밤에는 왜 이다지도 절절히 애끗는고?

한참 동안 청매는 새츰히 앉어 있노라니 그는 정신이 차차 흐리여 갔다.

그는 지금껏 제가 무엇을 바라고 있었든가도 잊은 것 같았다.

청매는 이제는 슬픈 줄도 모른다. 그저 세상이 한 겸 해무에 쌓인 것처럼 몽롱할 뿐이었다. 끝없는 들판 길을 거러가는 윤수의 그림자도 그 안개 속에 보이는 것 같아 윤수의 환상을 더듬어 잡으려다가 또 한 번 앞으로 꼬꾸라졌다.

이윽고 제정신에 도라오자 청매는 거문고를 앞가슴에 앉고 밖으로 나왔다.

그는 아모런 표정도 없이 숲으로 거릴었다. 다리를 건너서 그 언젠가 윤수가 통소 불든 그 나무 앞에 다다르자 거문고를 땅에 놓고 성냥을 거어 부쳤다. 허나 거문고는 만만히 불이 댕기지를 않어 두 번 세 번 성냥을 거어 부치니 기름진 거문고는 마츰내 새파란 불길을 올리며 타기 시작하였다.

거문고 타오르는 화광에 시컴한 숲 속은 훤해였다. 청매는 넋 잃는 시선으로 새파란 불길을 바라보고 서 있었었다. 있다금 나무 조각 튀는 소리가 톡톡 하드니 마츰내 거문고의 남은 줄마저 쩽ㅅ 하고 튀였다.

지금쯤 윤수는 어느 이슬 밭에서 밤을 새일 것이고 그러기에 그의 통소도 이슬에 젖어 터저 버리리라고 생각하면서 청매는 하늘로 홀홀 나러 올라가는 불길을 바라보고 있었다.

이윽고 거문고가 다 타 벼리자 빛나는 불길도 슬어졌다. 사방은 다시 어두워 갔다. 남겨진 불꼬치도 차차 꺼저 버리자 한 옹큼 남은 재우에도 어두음이 덮치였다. 청매는 그만 도라가리라고 발길을 돌리며 고개를 문득 드니 사방이 별안간에 캄캄해져 이제는 어디로 가야 옳을지 방향조차 알 수 없었고 그와 동시에 참고 참었든 서름이 일시에 복바처 올라 그 자리에 콱 주저앉으며 엉엉 목을 놓아서 처량히 울었다.

—부기(附記) : 작중 시조(作中 時調)는 『경산시조집(鷩山時調集)』에서 뽑아슴을 말하여 둔다.

운무(雲霧)

1. 은자

"저를 아예 잊어버려 주서요. 그러는 수밖에 별도리가 없잖어요?"

은자(恩子)는 흥분된 시선으로 뚜러질 듯이 나를 쏘아보는 것이다. 허나 잊으려 해서 수이 잊을 수 있는 일이라면 벌서 잊어버리고 말엇슬 일이 아니엿든가?

그런 줄을 빤히 알면서도 작구만 잊어 달라는 은자가 퍽은 딱하다.

남의 안해의 몸인 은자를 몸이 달토록 사랑해서 장차 어쩌자는 것인지 나도 모를 일이거니와, 안타까이 잊어 달라고 애원할 바엔, 애당초에 어떤 심사에서, 내 사랑을 받어드렸는지 그것도 이상스럽다.

"서로 맛나지 않으면 이내 잊어버려질 거야요."

"글세요."

나도 그럴는지 모른다고 생각하면서도, 어째 그렇게 단순할 것만 같지는 않었다.

"날두 무덥구 한데 피서라도 가서요 네!"

"그렇게 해서라도 잊어버리는 도리밖에 없을까요?"

"…………."

은자는 고개를 수그리고 입설을 깨물 뿐이다. 초승달이 우리에게 쪽빛을 던진다.

나는 점점 신변에 무거운 우울을 느끼지 않을 수 없었다.

그래 이틀 동안을 두고두고 생각한 남여에, 마츰내 원산에 가기로 결심하고, 그날 밤으로 은자에게 이 일을 알리었다.

"잘하셨서요! 만날 맛나야 속만 상하는데 원산 가서서 시언히 한철 지나서요!"

"글세 시언할는지 어쩔는지!"

"바다가이 그럼 시언치 안쿠요! 잘 가서요 네! 그리고 영원히 잊어버리서요 네!"

"그래 봅시다."

나는 간단히 댓구했지만 배속이 몹시도 끄러올랐다. 잠간 침묵이 계속된 후에 은자는 다시

"언제 떠나세요?"

"내일—"

"내일요?" 은자는 깜작 놀라고 나서

"정말야요?"

"그럼 정말 아니구—"

이윽고

"원산은 퍽 멀지요? 여기서 원산 하늘은 아마 바라보이지 않지요? 그렇지만, 잘 가세요!"

하고, 은자는 침통해 하는 내 기분을 돌리려고, 내 어깨에 손을 가만히 얹는다.

그러나, 그러한 은자도 다음 순간에는 내 어깨 우에 얼굴을 파묻고 "흐-ㅋ" 느끼는 것이었다.

오! 죄 깊은 사랑의 가시덤풀 길이여!

2. 보레

철없는 마음의 탓이라 할까 발길은 아츰저녁으로 부질없이도 해변가으로 달니여진다. 하로의 환락이 깽그리 거두워진 쓸쓸한 모래사장을 거닐며 무슨 철학적 사색에 잠긴다든가 시적 영감(詩的 靈感)을 맛본다든가 그렇한 욕망에서가 아니고, 따지고 보면 그것이 얼마나 어리석은 일인가를 뻔히 알면서도 역시 우연히— 참으로 이 세상에 긔적[奇蹟]이라는 것이 있어 이런 곧에서 혹시 은자를 맛날 수 있으면 하는 엉터리없는 생각을 품었음에 틀림없다.

그것이 아주 터무니없는 희망임을 모르는 바도 아니지만 그러나 저—멀니 해협에서부터 잔조로히 풍겨 오는 미역 내음새로 미여진 가슴을 시언케 하는 것도 행결 상쾌하고 또 바다 우에 나른히 떠 있는 숲 욱어진 섬은 늘 은자의 눈동자 속에 나타나는 꿈나라처럼 아름다워 혹은 저 섬에 은자가 있어 바다 건너 나의 그림자를 엿보고 있지 안나 싶어 문득 섬을 향하여 손을 높이 들어 보는 것도 노상 부질없는 일 같지는 않다.

이야기 속의 꿈을 현실 우에 재현식힐 수 있다면 확실히 이런 때 이런 곳이리라고 거듭 섬을 바라보는 순간에

"황선생님—"

하고 나를 부르는 것은 간얄핀 여자의 목소리였다.

나는 병아리처럼 애리애리한 음성이 청신경을 양금줄처럼 사르렁 울니는 순간에

"이건 꿈이냐!"

깜짝 놀라며 뒤를 도라보니 어느듯 보례(保禮)의 눈동자가 말없이 나를 견주고 있다.

"꿋 이브닝!"

나는 이렇게 저녁 인사를 했지만 여자는 대답하는 일 없이 둘은 약속이나 한 듯이 억개를 견주고 모래 우에 쌍쌍이 발자최를 남겨 놓는 것이다.

나는 보례에게 저녁 인사한 것이 후회스러웠다. 나는 그만 잠자고 것기만 하면 그만이였다. 보례에게 느껴지는 매력—보례의 특징은 그는 유난히 말숫이 적다는 것과 그리고 그 깜한 눈이였다.

티 없는 흑진주처럼 샛맑한 검은 눈자위 속에 한 개 동그란히 백켜 있는 눈동자는 맛치 태고적 전설에나 나타날 듯이 고전적 정취에 흘너넘치는 것이 맘에 댕겻고, 아니, 솔직히 말하면 나는 보례의 그 눈동자와 마조칠 때마다 은자의 눈을 연상하게 되여 나는 그것만으로도, 보례와 거니는 것이 유쾌했다.

보례의 눈은 그의 의사를 표현하고도 남음이 있었다. 맑게 개인 오

전의 하늘 밑에서 해수욕복 한 겹에 싸인 두 뻘거숭이가 완전히 어린 시절로 도라가 모래성을 쌓을 때에도 보례는 도시 말이 없고 그러기에 나는 문득 어제밤 꿈에 은자를 맛난 것이 생각나 새삼스러히 보례의 눈을 처다보니 보면 볼수록에 보례의 눈은 은자의 그것과 흡사하여 나는 지금 꿈속에서 현실을 어루만지고 있는지 또 혹은 현실 속에서 꿈을 희롱하고 있는지 그것을 분별할 기력조차 잃어버리고 어리둥절하여 머-ㄴ 해협을 바라보기가 일수다.

그런 때면 으례 해협에서는 한 척의 기선이 검은 연기를 토하며 항구를 향하여 나그네의 여정을 주름잡는 것이 보이다가는 마츰내는 검은 기선조차가 보례의 검은 눈자위 속에서 떠도는 것 같아 기선을 에워싼 무지개 같은 눈동자가 나타낫고 그 눈이 몹시도 나를 엿보는 것 같아 별안간 고개를 돌녀 옆헤 있는 보례를 처다보면, 아닌 게 아니라 보례의 눈은 결박된 듯이 나에게 주시(注視)되여 나는 보례의 눈 속에 나 자신을 발견하였고 그와 동시에 이런 신기한 일은 도저히 현실로는 있을 상싶지 않어 고대 창세기 이전으로 비약해 버리는 것이다.

창세기 이전으로 도라간다는 것은 문화사적으로 보아 확실히 퇴보이지만 그러나 보례의 눈을 바라보면 터럭끝만 한 문화시설조차 없는 자연 그것만이 안타까웁게 그립고 순수한 자연 속에 두 사람만의 행복을 노리개 삼고 싶은 충동도 어찌할 수 없다.

보례와 마조 앉어 침묵을 노리는 동안 나는 요만치도 권태를 느끼지 않는다. 아니 되려 침묵 속에 피는 아름다운 대화는 매화 등걸에 걸닌 초승달보다도 다정다감하다.

그러나 한낮이 격우면 보례는 살그먼히 이러서 까운을 역게에 걸

치며 강렬한 볕을 끼[忌]는 듯이 자기의 하숙으로 도라가는 것이다.

3. 혜옥

보레가 하숙으로 도라갈 무렴이면 으레 바다가에는 혜옥(惠玉)의 자태가 나타난다. 나는 혜옥의 명랑한 목소리와 향기 있는 이야기를 좋아한다.

"벌서 나오셨어요?"

하고, 혜옥은 은방울을 굴니는 듯한 음성으로 무르며 고개를 개웃동한다.

나는 어덴지 모르게 혜옥이는 은자와 공통된 점이 있는 것을 느낀다. 그래 혜옥을 은자라고, 벌서 열 번 넘어 속아 왔고, 장차로도 속을 것 같다.

이윽고 나는 은자와 혜옥을 번가러 생각하면서 보레와의 침묵의 향락을 떠나 혜옥의 달큼한 이야기 속에 취하는 것이다.

"엽때껏 즈므셨어요?"

하고 나는 갑작이 생각나서 담배를 픠여 물었다.

"네 지금껏 잣서요. 저는 잠자는 게 제일 재미나요. 이 세상이 아모리 재밋다기로 어찌 꿈속만큼 아름다울 수 있어요? 그러기 저는 창경원 호랑이처럼 잠자기를 좋아해요!"

"그렇게 잠이 많으신가요."

"뭐 꼭 잠을 자는 게 아니죠. 창경원 호랑이가 꿈속에서만 대숲 욱어진 옛 고향에 도라갈 수 있는 것처럼 장님이 꿈속에서면, 아름다운 세상을 볼 수 있는 것처럼, 저두 꿈꿀 때에는 아주 이렇게 빼기구 도라단닌답니다."

하고 혜옥은 두 억게를 웃슥해 보이며 생글 웃는 것이다.

"허! 그럼 일종 몽유병자로군그래?"

"몽유병자가 오즐기 좋다구요. 몽유병자의 맘은 저 바다와 갓치 자유로운 줄 모르서요? 아—저 바다! 여봐!"

하고 혜옥은 신기스럽게 팔을 들어 기선을 가르키며

"저기 기선이 보이잔어요. 황선생님! 아! 바다! 내 바다 어서 바다에 드러갑시다."

혜옥은 맛치 미친 듯이 감흥 겨워 하는 것이다. 나는 혜옥에게 붓들녀 마지못하여 이러서 파도치는 바다와 아득한 해협을 바라보면서

"바다가 그렇게 좋으시우?"

하고 뭇자

"파도의 유혹을 이겨날 수가 있어야지요."

하며 바다를 향하여 거니는 혜옥의 몸은 펄덕이는 도미보다도 싱싱하다.

"물이 그렇게야 좋으실까 원?"

"사람의 선조는 물속에서 사는 아미바라면서요? 고향을 그리는 정은 동물이 본능이구요………."

도무지 해석하기조차 곤란한 대화다.

허나 허튼 소설가의 구저분한 획화보다는 간결하고 여향 있는 맛

이 좋고 진종일 들어도 기억에 남지 않는 것이 더욱 좋다.

어린 혜옥이가 어느새 세계 명작 소설과 희곡을 왼통 읽어슬 수도 없는데 그 획화만은 참 기특하다. 거기 혜옥의 재주가 있고 그러기에 한층 더 영특해 보이는 혜옥이다.

"해볕을 오래 쪼이면 살이 타서 구름보가 되쟌어요."

가령 이렇게 말하면

"안야요. 우리 조상 아담과 이브는 에덴동산에서 벌거벗고 산 일도 있었다우."

하고 대답하는 혜옥이다.

경우를 따라 혹은 아미바의 진화론을 발하고 혹은 에덴동산의 전설을 이야기하는 혜옥의 모순을 책하는 것은 전혀 부질없는 일로 나는 다만 혜옥의 이야기 속에, 도취해 버리면 그만였다. 그래야만 나는 그리운 은자를 잊어버리고 해수욕장의 즐거움을 누릴 수 잇다.

허나 그것은 오로지 보례의 검은 눈과 혜옥의 재주 잇는 이야기의 혜택이라고 깨닸자 나는 아지 못할 오한이 전신에 안개갓치 퍼지는 것을 문득 느끼지 않을 수 없었다.

4. 정회

보례의 명수한 눈동자보다도 혜옥의 알뜰한 이야기의 재주보다도 나를 완전히 상사의 쓸아림에서 해방해 주는 것은 정회(貞會)임에 틀림없다. 맨 처음에 정회를 맛나슬 때 나는 그가 정말 여자일까 의심까지 하였다.

그는 도제 내외법과 수접음이 없어 두 번재 맛나자 벌서 농담을 거는 것이다.

그는 여자거나 남자거나 대하는 품이 꼭 같아 어데로 보든지 여절따운 점이 없었다. 몸메가 좀 무뚱뚱한데다가 단발을 즐끈해 놓아서 진득 보아 희극 배우 타잎이었다.

정회는 어찌다가 내가 모래밭에 혼자 누어 잇는 것을 발견하면

"흥 또 연구를 하는 게로군."

하고 싱글 우스며 몸을 내던지듯이 내 옆에 펄적 주저앉는다.

"정회! 바다에 안 드러가?"

나는 나대로, 정회의 독특한 성격에 일종 흥미를 느끼며 남 동무에게 대하듯 말을 걸었다.

"금방 물에서 나오는 길야! '샛님'은 그래 진종일 요러구 앉었기유?"

한긋 깔보는 듯 죄없이 비꼬는 것이다.

정회는 나를 안 지 사흘 만에 나를 샛님이라고 별호 지었다. 그때에도 정회는 샛님이라는 말을 발견하고는 저 스스로가 손벽을 치며

"오라 오라! 샛님이 맛젓서! 그러치? 샛님?"

하고 대견스레 우섰든 것이다.

"정회는 아마 근심 걱정이라고는 요만치도 없지?"

"근심? 근심이 뭔데?"

"하하하. 태평세월이로군 —"

"그럼 태평세월이 아니구! 샛"

"정회두 또 드러갈 테야?"

"그래! 가치 드러가!"

이리하여 보례와 혜옥에게서는, 애써 은자의 그림자를 찾으려 하든 나도, 정회를 맛나면 은자에 대한 사모조차 잃어버리고 아주 바보처럼 정회의 작난감이 되여 버리고 마는 것이다.

은자를 잃어버린 나는 오직 은자의 추억만으로 살려고 하나 때때로 정회를 맛나면 추억조차 잃어버리는 불행을 맛보게 되여 그것만을 정회를 원망하지 안을 수 없으나 그러나 그 대신 일시라도 사랑의 오노를 버서날 수 있는 다른 하나의 행복은 전혀 정회의 혜택으로 돌니지 안을 수 없다.

그래 결국 사랑의 도피행인 나의 해수욕장의 하로는 보례 혜옥 정회 그리고 은자까지를 합하여 네 여자를 싸고도는 현실과 환상으로 날이 저문다.

그것의 순서야 날마다 어떠튼 간에 보례와 혜옥이와 정회 세 삼의 령혼은 각각 다른 힘을 갖어 해면처럼 나의 정신을 맘껏 흡수하는 것이었다.

어찌다가 세 여자와 한때 한 곳에서 마조치는 때이면 (항용 있는 일이였지만) 나는 몸과 맘을 어떻게 갖어얄지조차 몰라 아모 데도 처다보지 않을 셈으로 머-ㄴ 지평선을 노릴 뿐이다.

그러면

"샛님은 무엇을 그렇게 그려 보고 있누."

하고 놀녀 먹는 정회의 말에 나는 당황히 고개를 돌니다가 문득 나를 견주고 있는 보례의 시선과 딱 마조치고 그런 때면 으레 혜옥은 혜옥

이대로

“지평선 넘어가 그리운게지.”
하고 댓구를 놓는 것이다.

그런 경우에 맨 먼저 물속으로 뛰여드러 가는 것은 언제나 나 자신인 것은 말할 필요조차 없다.

5. 별리(別離)

가을철을 가장 예민하게 감각하는 것은 언제나 잡지쟁이와 해수욕객들이다.

공중에 떠도는 구름이 엷어지고 아츰저녁으로 드나드는 기선 기적이 조곰만 선명이 들녀도 해수욕객은 여름의 환락을 졸지에 잊어버린 듯이 짐 싸기에 분주해진다. 그날따라 정회는 일즉암치 찾어와서 아츰 산보 가자고 졸라 대였다.

“대체 웬일이야? 잠꾸레기가 이렇게 일즉 일어낫스니?”
하며 나는 그제서야 이러나기 시작하였다.

“어제밤엔 모기가 없어서 일즉 잣다우.”

“그래? 신통한데—”

“뭐가 신통해? 어서 잔말 말구 산보 가요.”

이윽고 나는 정회와 둘이서, 덕원 가는 신작로로 해서 개울가으로 왔다.

둘은 다리 우에서 발을 멈추고 물줄기를 따라 상류(上流)를 처다보았다.

개울 량편에는 넓다란 풀밭이 개울을 따라 뻐더 있고 풀밭 우에는 누렁소가 군데군데 서 있어 맛치 한 폭의 그림과 흡사하다. 소들은 아츰 정기를 노리는 듯 멍하니 서서 서로 바라보기를 하고 있는 것이 더욱이나 그림과 같다. 가만히 눈 익여 보면 먼 데 풍경은 차차 높아 보이고 가까운 경치는 점점 나자 보여 마츰내는 바람벽에 한 폭의 풍경화를 드리운 듯, 따라서 간혹 고개를 드는 소가 있드라도 그것마저 명 화백(名畵伯)의 붓 재주에 지나지 않어 보였다. 나와 정회는 약속이나 한 듯이 말없이 자연을 바라보고 있었다.

"샛님!"

문득 정회는 고개를 돌녀 나를 부른다.

나는 벌칵 내 정신에 도라왔건만 정회는 나를 불너 놓고도 한참 가만있다가

"저 소들이 왜 풀을 안 먹을까?"

하고 얌전스레 뭇는다.

"글세……. 아츰 이슬이 찬(冷) 게지."

"이슬이 찰까?"

"그럼 이슬이 차지 가을이 고댄데—. 머 어제밤엔 모기가 없었다면서?"

"오라 참! 가을이 되서 모기가 없나?"

"그럼 벌서 가을이유?"

"오래지 안었지."

"그랫든가? 그럼 오늘이 며츨이유?"

"팔월 십오 일인가 그러치 아마."

"뭐?"

하고 정회는 깜짝 놀래여 입을 딱 벌녔다가 한참 만에

"벌서 그렇게 됫나? 아유! 그럼 난 오늘 떠나야겟군! 개학이 이제 나흘밖에 안 남구먼그래."

나는 이 꼴을 보고 놀라지 않을 수 없었다. 놀기 시작하면 만사를 헐테* 버리고 오직 놀기에만 열중하는 그 순진한 성격!

온 조선 여성이 모도 정회처럼만 된다면 우리의 생활은 퍽 명랑할 것 같다.

그날 정회는 불야불야 짐짝을 쌌다. 또 정회가 떠난다고 서드는 바람에 혜옥이도 갓치 떠나기로 되였고 우연히도— 참말 우연히도 보레마저 서울을 향하여 그 차를 타기로 된 것을 알었다.

보레 혜옥 정회의 셋은 그들이 한 차에 타게 된 행복을 손벽치며 좋아 날뛸 뿐, 그들은 자기네가 가 버린 후에 혼자 남겨질 나를 측은히 여기는 기색은 조곰도 없다.

나는 그것이 서러웠다.

"샛님! 내가 없어져서 샛님은 얼마나 시언할구? 그러치 샛님?"

하고 정회는, 농담까지 천연스레 건넌다. 그 말에 나는 갑자기 비감한 생각을 참을 수 없어, 멍하니 플랫트홈에 서 잇을 뿐이었다. 이윽고, 그들 셋을 실은 차가 떠날 종이 울자 승강대에 섯든 정회가 벌떡

* 헐티다 : '헐치다'의 방언. 가볍게 하다. 허름하게 하다.

뛰여내리드니 내 옆으로 와 내 귀에 입을 갓다 대고, 들닐락 말락한 낮은 소리로

"황선생님! '샛님' '샛님' 혔다구 노하지 마서요 네! 아마 내가 선생님께 농담이 지나쳤든가 바."

한다.

나는 정회에게도 이런 여자다운 품이 잠재되 있었든가 싶어 깜짝 놀라며 고개를 돌녀 정회를 처다보려니까 정회는 어느새 깔깔깔깔깔 우서 넘기며 바야흐로 움직이는 승강대에 비조갓치 뛰여오르드니

"꿋빠이! 샛님!"

하고, 다른 사람을 끼는 일도, 리별의 서러움도 없이 손을 높이 들어 보인다.

"떠나는구료! 아! 원산이 그리워라!"

혜옥이도 손을 들었다.

다만 승강대 맨 뒤에 서 잇는 보례만이 암말 업시 바른손을 약간 들며 빛나는 눈자위로 나를 쏘아보고 있을 뿐이였다.

이윽고 기차가 머러지자 그들의 얼굴은 보이지 않고 내졌는 흰 손수건만이 팔월 염천에 선녀의 손길처럼 나풀나풀할 뿐이다가 그것마저 사러진 뒤에는 한 줄기 검은 연기만이 그들의 넋인 양 원산을 향하여 유유히 흘러올 뿐이다.

나는 얼빠진 사람처럼 얼마 동안 멍하니 그들이 살어진 방향을 바라보고 있다가 문득 플랫트홈에 혼자 남겨진 것을 발견하고, 허겁지겁 달내여 나왔다.

"아! 모두 갓구나!"

내 입에서는 이런 말이 절로 흘너나왔다.

6. 운무(雲霧)

이틀이 지나도 사흘이 지나도 셋의 떠나갈 때의 씬은 머리에서 사러지지 않었다. 바다도 벌서 내게는 아모런 매력도 없다. 나는 다만 그날그날을 그들 셋과 은자의 추억으로 살어가고 있다.

흘너가는 구름처럼 티끌만 한 애착도 없어 보이는 정회의 인상은 어느새 이렇게 뿌리 깊어저슬가? 더구나 정회가 마즈막 떠날 때에 내 귀에

"님두 그만 꼬물꼬물허구 어서 멱[浴] 감으려 드러가요!"

하고 내 팔을 잡어끈다.

속삭인 것은 나날이 또렷하게 뇌수에 아로삭여질 뿐이다.

그저 그뿐인가 하면 이번에는 혜옥의 인상—

그리고, 눈앞헤서 떼여 버릴 수 없는 보례의 존재— 또 하나 스크린에 나타나는 환상처럼 오락가락하다가 문득 뚜�헤지는 은자의 그림자!

'아! 다시는 맛나지 않겠다는 편지를 은자에게 써야겠다.'

나는 모든 환상을 물니칠 셈으로 펜을 들었다. 허나 참아 하니

'은자는 내게서 영원히 가 버리소서.'

하고 쓸 수는 없다. 은자를 잃느니 차라리 세상을 잃어버리는 것이

나흐리라!

나는 펜을 동댕이처 버리고 방바닥에 잡바 누어 눈 감고 은자의 추억을 더듬었다. 다시는 오지 마세요 하든 은자의 말은 진심에서 울어 나쓸까?

아니다! 은자의 눈은 그때 얼마나 고민에 타고 있었든가?

"여기서 원산 하늘은 아마 바라보이지 않지요?"
하든 은자의 말을 생각하며 나는 서편 하늘을 우러러보았다.

철 리! 저 하늘 밑에는 은자가………

허나 나는 아모리 해서라도 은자를 잊어야 한다고 결심하고 은자를 잊기 위하여서는 정회를 생각하는 수밖에 딴 도리가 없다고 하니, 또 문득 혜옥이와 보레에게 생각이 옮아 모든가, 먼 데 가 버린 것을 깨닸는 순간 막어 낼 수 없이 비감함을 느끼였다.

다행히, 그들을 맛날까 하는 생각에 해 저믄 바다가에 몇 번이고 오락가락하다가 마츰내 전혀 객적은 일임을 알자, 모래 우에 벌석 주저앉어 황혼에 물드는 해협을 하염없이 바라보았다.

그리자 나는 문득 지튼 황혼 속에 은자 보레 혜옥 정회 넷의 얼골이 따로따로 나타남을 보아, 이제는 정말 은자를 잊기 위하여 정회를 그리워하는 것인가, 보레와 혜옥을 맛나서 은자의 추억을 주서 보자는 것인가, 또 혹은 보레나 혜옥이나 정회가, 각각 제대로 그리운 것인가, 어느 것 속에서 어느 것을 더듬으려는지 나 자신조차 분별할 수 없이 다시 깨금쳐 해협을 유심히 처다보니 이번에는 넷 중의 하나도 보이지 않고 오직 희미한 해협의 룬곽만이 지터 가는 황혼 속에 스러지고 말뿐이었다.

나락(奈落)

연분홍 인조 숙소 문장을 드윽 잡어제끼자 아촘 해볕이 솨— 소리를 내다싶이 미닫이챵 우에 넘처흘넜다.

란향(蘭香)은 왼손으로 문장을 거더잡은 채 바른손으로 미다지를 넌즈시 열어제꼈다 .순간 찬 기운이 기다렸다는 듯이 수루루 흘러드러 왔다.

란향(香)은 옷깃을 여미면서 문 앞을 비켜 뒤에 서 있는 사내를 어서 나가란 듯이 처다보았다. 세비로 웃저고리에 당꼬바지를 입은 뒤에 섯든 사내는 목을 뽑아 토방을 한 번 처다보고 나서

"내 신! 신을 줘야지—"

"응 참!"

란향은 그제야 생각난 듯이 발치 구석에서 허술한 한 켜레의 구두를 들어 문밖에 내놓았다. 란향은 하롯밤의 사내를 돌려보내고 방문을 닷고 도라서는 순간 불현듯 몸에 이상 치위를 느껴 드르르 떨며 방 안을 휘— 둘러보았다.

방 한복판에는 넓짓한 요가 주책없는 게집년의 잠자는 꼴악선이

처럼 네 활게를 펴고 보기 싫게 자빠졌고 그 우에 놓여 있는 기름 때 오르고 구김살 간 두 동 벼개며 알맹이는 뽑인 채 아가리만 딱 벌이고 있는 청천 숙소 이불…………….

란향은 잠에 취햇든 눈이 어느듯 샛물처럼 샛말개젔다. 그는 눈앞헤 보이는 모든 것이 새삼스러히 추악해 보였다.

머리맡에 놓인 조고마한 경대며 그 우에 놓혀 있는 크림 물분 연지 마유즈미[眉墨] 미안수 콤팍트……. 이런 모든 것이 벽 우에 조촐히 걸녀 있는 죠셋트 치마와 아울너 얼마나 야속한 생활의 상징(象徵)들이냐! 란향은 몸서리를 치며 불이나케 이불 속에 기여들어 듬북한 이불을 머리까지 싸 덮었다.

푹신한 잠자리에 파무치니 몸은 홀가분햇스나 그러나 하로밤 동안 사내가 끊임없이 발산해 주든 온기가 이제 없어진 것을 느끼자 다시 몸소름이 가벼이 끼처졌다.

이제 열일곱!

활작 피려는 봉아리 시절에 밤이면 밤마다 아지도 못하는 사내를 맞었다가 아츰에는 나무가지에 앉었든 참새처럼 으레히 날녀 보내고 그리고 낮이면 낮마다 구슬흔 술잔에 우슴을 부어야 하는 서글픈 신세— 신세가 하두 딱하고 보니 누구라고 꼬집어 그리울 사람은 없지만 그러나 그 어느 한 사람이 노—그립다.

먼 길 가는 후조(候鳥)가 하로밤 깃드리듯 생면부지의 사내에게 롱락을 당하는 밤이라야만 이 두텀하고 깨끗한 이부자리를 덮을 수 있다고 생각하니 엽때 푹신하든 요때기가 갑자기 가시덤불 같다.

참말 몇 마리의 뜨내기 새를 맞었든가? 이제는 어제밤 자고 간 사내의 환상조차 희미하다. 돈만 내버뜨리면 싫구 좋구 간에 몸을 제공해야 하는 세상이니 딸 파러 먹은 부모라고 부모를 원망하는 겄도 철없는 일 갓다.

하로밤 사괴인 사내의 일홈을 잊지 말자고 애쓴 겄도 모두 어리석은 일이다 어적께 낮에만 해도 란향은 열세 번 차레에 마젓든 사내를 거리에서 맛나 공연히 귀밑이 달어 오고 가슴이 두근거렸지만 그렇다고 사내가 란향을 생각해 주었을 턱은 만무하다. 사내가 번번히 눈익여 보는 일도 없이 휙 지나가자 란향은 그만 실망에 눈물이 핑 도랐고 그와 동시에 사내란 호랑보다도 무서워 보였다.

그렇게나 잠자리 속에서는 양에 새끼보다도 다정하든 뭇 사내들이 밖에 나스기만 하면 악마처럼 쌀쌀한 겄이 원망스럽다.

그는 한 사람식 기억 속에 남은 사내를 내세워 보았지만 모두 다정하든 그들이었다. 그 어느 한 사내를 붓잡어도 백년을 해로하기에 흡족한 그들이였다. 그러나 어적께 맛난 그 한 사내가 란향의 아름다운 환상을 조각으로 부서 주었다.

지금 날려 보낸 사내도 어제밤 몹시 인자하였다.

그러나 그도 역시 사내인 겄을…….

하픔은 더럭더럭 나지만 오늘 하로를 또 시달려야 한다고 생각하니 정신이 흐미지해 오고 골치만 지근지근할 뿐 잠을 되 청할 수 없다. 란향은 누은 채로 팔 내밀어 머리맡 경대에서 자루 달린 거울을 들어 제 얼골을 빛을 보앗다.

갈금한 통상 한복판에 야무지게 오뚝 소슨 인형 같은 코 긴 실눈섭 아래에 갈랑갈랑 눈물 어린 듯이 빛나는 두 눈 좌우로 폭은히 달려 있는 죠개 껍질 같은 두 귀―.

어느 모로 뜨더보든지 매화(梅花)나 춘홍(春紅)이보다는 빼난 얼골이라고 란향은 혼자 만족의 우슴을 생그레 웃다가 문득 비감한 생각이 들어 거울을 동댕이처 버린다.

이 집에 갈보로 팔려온 지 한 달 동안에 겨우 사흘 밤을 제껴 놓고는 밤마다 손님을 맞은 젔도 모다 이 얼골 까닭이라고 알자 란향은 제 얼골을 자긍하고 싶으면서도 역시 팔자 사나운 자신을 한탄치 않을 수 없었다. 그때 문득 마즌편 매화 방문 열니는 소리가 나고 뒤미처 사내의 뚜벅뚜벅하는 구두 소리 또 그 뒤를 따르는 찰찰찰 고무신 끄는 소리가 들렸다. 그 소리는 뒷대문간까지 가자 잠간 멈처졌다.

란향은 매화가 사내를 보낼 때에는 으레히 하는 짓을 오늘도 또 하는구나 생각하였다. 매화는 하로밤 사괴인 사내를 보낼 때에는 영낙없이 뒤ㅅ대문까지 배웅을 하고 또 거기서 마즈막 키쓰를 주는 젔이 버릇이였다. 란향은 매화가 부러웠다.

매화처럼 모든 시름을 흐터 버리고 우슴으로 나달을 보내고 싶었다. 또 속정은 엉뚱 강산에 두고라도 사뭇 상사병에라도 걸닌 젔처럼 햇수선을 떨 수 있으면 싶었다.

허나 다음 순간 사내들도 매화와 같은 심정으로 자기를 대해 주는 젔이 아닌가 싶어 금방 맥이 풀였다.

그럴진댄 란향이도 그런 마음으로 대해 볼까 하였으나 엇째 사내를 대문간까지 배웅해 주기란 부끄럽고 애닯고 해서 번번히 미닫이를 열고 날려 보낼 뿐이였다.

찬물로 양치를 하고 죠반상에 마죠 앉으니 열한 시가 훨신 겨웠다.

오늘 아츰 밥 짓는 차례는 매화였다.

매화는 모반 우에 숫까락 세 게 저까락 세 컬네 밥 한 양재기 홈짜ㄴ지 한 그릇을 덜렁 놓아 가지고 드러와서

"자! 먹자구!"

하고 어느새 숫까락을 든다.

란향은 구미에 댕기지 않어 저까락만 그적거리면서 황소처럼 밥과 짜ㄴ지를 연방 쳐당아리는 매화를 멀거니 바라보다가 저까락을 덜렁 내팽겨쳤다.

"너 왜 밥 안 먹니?"

춘홍이가 밥을 씹다 말고 뭇는다.

"구미가 없어서."

란향은 오스스 몸소름이 끼쳤다.

달의 겄이 시작되랴는지 몸이 공연스리 설레인다.

예전 같으면 아직도 사오일 더 있어얄 텐데 어째 이상했다.

죠반상을 물니고는 화장할 차례였다.

여니 때엔 새로 두 시나 세 시 가량이 되여야 술군이 찾어오지만 R시에서 H 항구까지 가는 림항철도(臨港鐵道) 공사가 시작되자부터는 시구 때구 없이 막우 달려드는 노동꾼들 때문에 열두 시 안으로 화장을 미쳐 못했다가는 주인 어머니의 앙탈이 벼락같앗다.

"매화야! 네 베니 좀 쓰자구나. 참 나두 잇다가 베니를 사 와야겠다."

춘홍이가 이렇게 말하자

"돈 있니?"

하면서 매화는 연지를 춘홍에게 팽겨친다.

"응 어제밤 손님이 일 원 주고 갓서."

이 집에서 손님을 제일 적게 맞는 춘홍이는 오래간만에 손님한데서 돈 얻은 것이 반가워 근심 겸 자랑 겸이였다.

"얘 그 돈은 둬ㅅ다가 시집갈 때 가지고 가거라."
하고 매화가 하는 말에

"그래두 베니가 다 떠러젔는데—"

춘홍은 근심스레 쟈탄한다.

"없음 없구 그대루두 곱구나 머! 란향이만은 못해도! 그러치? 란향아 호호호."

"또 놀니려 드니?"

란향은 대답조차 귀찬었다. 란향은 매양 쟈기를 비싯는 매화가 불쾌했다.

물론 란향은 매화가 저를 시기하는 리유를 잘 안다. 란향이가 오기 전까지는 주인에게 가장 엉석바지 고명딸 노릇을 하든 매화가 란향이 온 담부터는 그만 세도를 못 쓰고 쟈라목처럼 홈츠러저 버리게 된 것이 골딱지 나서 빗꼬는 것에 틀림없다.

"란향이 넌 엇저녁두 돈 십 원이나 나꾸었겠구나?"

매화는 또 보채였다.

"난 돈을 그렇게 잘 나꾼다든?"
하고 댓구를 하면서도 란향은 억지지로라도 웃지 않을 수 없었다.

매화나 춘홍이나 란향이 자신이나 다 같은 설사론 무리라고 생각하니 매화와 겯고 틀고 하고 싶지도 않거니와 오늘은 성수도 오지 않어 이야기조차 짓거리기 싫였다.

오후 네 시쯤 되자 처음 보는 술군이 왔다. 쟈갈색 양복을 입은 이십사오 세 가량 되여 보이는 청년과 또 그 또레의 죠선 옷을 깨끗이 입은 맨머리 바람의 두 청년이였다. 그동안 드나들든, 노동군들과는 딴 계급에 속하는 인종인 겄을 란향이도 대번에 알어볼 수 있었다.

자리 잡고 앉자 맨머리 바람이

“그럼 K군 여긔서 시간을 기대리기로 하세. 다방 같은 겄이 있었으면 좋겠지만.”

하고 K라는 손님에게 말한다.

“잇다금 이런 곳을 구경하는 겄도 경험이지.”

하고 K라고 불니운 청년은 방 안을 휘— 둘너본다.

“자동차 시간을 기대리세요?”

란향은 그들이 어째 처음 대하는 손님이라느니 보다 친한 사이같이 느껴저 이렇게 말하였다.

“그래!”

K가 댓구를 하자

“어딜 가세요? 에?”

하고 이번엔 춘홍이가 한목 끼인다.

“그래 에—”

잠간 가벼운 침묵이 흘렀다.

“김군! 여기는 다방과는 또 딴 특색이 있을 터이지? 말하자면 그로테스크하다든가….”

하고 이번엔 K가 맨머리 바람을 처다본다.

“물론! 다방이 우울한 사색을 자어 준다면 여기서는 현실적인 ドス

黑イ*한 맛을 찾어볼 수 있겠지."

김은 이렇게 대답하고 란향을 처다보며

"색시! 언제부터 이런 곳에 드러왔수?"

란향은 오래간만에 앱[敬語] 대접을 받으니 귀가 어색했다. 그러면서도 어덴지 그를 존경하고 싶은 마음이 생겼다.

"두어 달 됐어요. 이 집엔 한 달 전에 왔구."

"이 색시는?" 하고 이번에 보리자루처럼 펄작히 얹어 있는 매화를 가르친다.

"한 오륙 년 됐죠. 퍽 딩구렸죠? 긴상!"

매화는 씩! 하고 실없이 우서 보인다.

"란향이— 챰 이름이 란향이랬지? 란향은 왜 이런 곳엘 드러왔소?"

"누가 드러오고 싶어 드러왔겠어요?"

란향의 그 말에 방 안은 잠간 엄숙해졌다.

"챰 당신네들은 자기의 생활을 꼼꼼히 생각해 본 일이 있소?"

김은 정색을 한 채 물었다.

"그런 걸 꼼꼼히 생각해서 뭐해요?"

하고 란향은 갑자기 애틋한 기분이 생겨 손가락으로 입살을 꼭 찌르자

"흥 아주 제법 생각해 본 척하는구나."

하고 매화가 또 스샘이였다.

그러나 춘홍이만은 움두쿰두 없이 이 사람을 처다보고 저 사람을 처다보고 할 뿐이였다. 란향은 매화의 꼬집는데 어지간히 울화가 치

* ドス黑イ : 거무튀튀.

밀었지만 잠잣고 있는 춘홍을 보니 어째 제 마음도 쓸쓸해지는 것 같고 또 이런 손님들 앞에서 옥신각신하는 겄이 천덕마저 보일까 싶어 입을 다므러 버리고 말었다. 손님들을 조곰도 야비한 수작을 하지 않었다. 더구나 김은 혹은 그가 우울병에 걸닌 사람이나 않인 싶게 입을 꽉 닷드리고 있었다. 란향은 그렇한 김을 볼 때마다 짜정 그는 보통 사람이 아닌 겄 같아 보였다. 그래 다른 사람에게 눈치채이지 않을 만큼 슬적슬젹 그를 훔쳐보다가 문득 쳐다보는 김의 시선과 딱 마죠치자 란향은 순간 감젼이나 된 겄같이 몸이 찌르르하여 와 얼른 고개를 도리켜버렸다.

허나 몹시 두근거리는 가슴을 진정할 방도죠차 없어 생각난 듯이 술잔을 들어 김에게로 공손히 내밀며

"한 잔 드셰요."

하고 살뜰히 권하였다. 그겄은 또한 란향의 알뜰한 정성이기도 하였다. 한 시간쯤 후에 그들은 두 도꾸리의 술과 보이지 안는 아릇한 인상을 란향에게 남겨 주고 가 버렸다. 그들의 뒤를 따라 대문 밖까지 나가서 란향은 몇 번이고 "또 와 응! 꼭 와야 해!"

하고 매화처럼 응석을 부려 보려고 얏간 힘을 써스나 참아 목구멍에서 말이 나오지 않었다.

그들이 가 버리자 란향은 아츰보다도 더 새찬 적막을 느끼며 변소엘 드러스니 거기 춘홍이가 혼자서 시름없이 고개를 수그리고 생각에 잠겨 있다가 눈물 어린 시선으로 란향을 쳐다본다.

왼 영문인지는 몰낫지만 란향은 그 순간 가슴이 덜컥했다. 춘홍은 요새 손님이 차차 줄어드는 때문에 만날 주인 아버지와 어머니한데

지랄 겪을 나기에 죽어 났고 그런 일이 춘홍을 한칭 더 외롭고 괴롭게 하여 요새는 능청 말숫이 적어졌다. 란향은 지금 춘홍이가 경황없는 얼골을 한 것도 역시 그 때문임에 틀림없다고 생각하니 이를테면 낯짝 맬죽히 생긴 것도 한긋 보람이 되는 셈 같기도 햇스나 또 뒤쳐 보건댄 그래 낯짝이 빤질해서 손님 많이 맛는다고 그것이 무슨 보람이냐 싶어 어제던 이런 곳에 드러온 것이 벌서 한심 팔자인데야 춘홍이 자고 나자 춘홍이라 하며 춘홍의 생끼 없는 꼴을 본 것이 몹시도 꺼리끼엿다.

진종일 탈지근히 흐린 날씨다.

높은 산보다 하늘은 열 길 낮고 구름은 땅보다도 두텁다. 게다가 구즌비까지 내리는 탓인지 오늘은 술군도 얼신 안는다. 란향은 이런 날이 몹시 괴로웠다. 매화나 춘홍이와 마죠 앉었댓자 각별히 신통할 일도 없어 어둠침침한 방에 혼자서 무근 잡지 나부레기를 뒤지엿다.

허나 보통학교 사 학년까지 단닌 그의 지식은 잡지를 해득하기에 너무 부족하였다. 란향은 홧김에 책을 저만치 내던지고 방바닥에 번뜨시 잡빠 누어 멍하니 천정을 쳐다보다가 문득 몇 날 젼에 왔든 김이란 사내 생각이 나서

그 손님이 또 오지 안으려나? 하고 혼자 뇌살거려 보앗다.

그런 손님만 대한다면 지금 신세도 그렇게 불행치는 않을 것 같앗다.

란향은 김의 꾸밈없고 뭇뚝뚝한 데 어쳐구니없이 미덤성을 느끼였다. 그려나 그를 재차 맛나 보기란 천도 따기보다도 어려운 일이니 한 번 맛나고 말 인연이라면 차라리 맛나지 안어든 편이 나었슬 것을 하고 란향은 괜스리 김이 야속스러웠다. 참말 란향은 한 번만이라도

더 그가 보고 싶어 혹은 이런 겼을 연애라고나 하지 안을까 하여 혼자 가슴을 조이는 것이였다.

저녁 무렴이 되여도 날은 것지 않었다. 주부쳐는 벌서 몇 번채고

"원 망할 놈에 날."

하고 안타깨비가 나서 연방 하늘을 쳐다보기만 한다.

란향은 이런 날 김이 찾어와 준다면 무척 반가울 것 같앗스나 공연스리 꽁꽁한대야 모두 쓸모없는 일이라고 하니 새삼스러히 오금이 오슬오슬해 왔다.

감기가 아직도 낫지 안은 것 같다.

그래 문득 생각에 문을 벌컥 열고

"매화야! 춘홍이랑 목욕하러 가지 안으련?" 하고 소리쳤다.

매화와 춘홍이는 한 방에 있다가

"갈까? 춘홍아!" 하고 매화가 뭇자

"난— 끼니 때문에."

하고 춘홍은 풀끼 죽은 대답을 한다. 춘홍의 그러한 태도를 볼 때마다 란향은 어째 그것이 춘홍이만의 일 같지 않어 까닭 없이 외로워지곤 했다. 춘홍은 손님에게 덜 불니우는 탓에 저녁밥 짓는 것을 혼자 맡헛고 매화와 란향은 번가러 가며 아츰 도방을 마토보는 것이였다.

"그럼 우리 단녀올께! 춘홍아! 난 몸살이 와서 목간허면 좀 날까 해서 그래."

란향은 잠잣고 나가기가 죄스러워 변명 비슷이 말하고 매화하구 나왔다.

목욕 집에 오자 란향이 치마도 채 벗기 전에 매화는 어느새 사루마

다까지 훨훨 벗고 빨가숭이가 되드니
"나 몬저 드러가!"
하고 목욕탕으로 화닥닥 드러가 버린다.
그 순간 란향은 매화의 유들유들한 젓가슴과 고기 떼미같이 펑퍼짐한 방둥이짝을 보고 거이 소리를 칠 번하게 놀래였다. 매화는 얼골 보기와는 엉뚱하여 터문이없이 살이 쩌ㅅ다. 란향은 목욕탕에 뜨러가는 거름에 거울 앞헤 제 몸을 비쳐 보앗스나 매화대구는 어림없이 파리했다.
란향은 젓통을 들내 놓고 물에 절반 잠겨 있는 매화를 보자 언젠가 그림에서 본 물소(하마) 생각까지 났다.
챰말 암만 궁리해 봐도 주인집에서 살이 오를 만한 음식을 먹어 본 기억은 없는데 매화는 어떻게 저러틋이 부대해졌는지 이상했다. 더구나 밤낮으로 복꺼이는 몸으로서………
아마 둥군이가 되는 것은 꼭 먹는 것만으로 안 가는 모양 같다. 이 만데만 것을 먹어도 심사만 편하면 역낙없이 살이 찌는 것 같다. 그러기 란향은 매화가 부러웠다. 차라리 이런 구렁에서 소사나지 못할 바엔 매화처럼 왼갓 시름을 흐터 버리고 살점이라도 옹굴고 싶었다.
란향은 물속에 잠겼다 나오니 암만 해도 몸이 가든치 못해 필시 제 것이 시작되려나 부다 싶어 당황히 뛰여나와 옷을 주서 입었다.
거리에 나스자 란향은 매화더러
"난 또 시작인가 봐."
하고 애닯게 말하였다.
"뭘 말인가?"

"뭐-ㄴ 뭐냐! 그겄 말이지 먼젓 달엔 스무날부터 쳤는데 이담 달엔 좀 빨은가 봐. 참 쏙상해!"

"그런 거 다 무슨 쏙이 상허니?"

"그래두—"

"그래둔 다 뭐냐! 그겄쯤은 여자로 타고난 팔잔대."

"넌 참 합체 걱정이 없드구나. 근심 걱정이 없으면 살이 찌니?"

"그럼! 속을 썩일나다가는 즐거 죽느니라. 근심 걱정이 어디 한정이 있는 줄 아니? 세상이 그저 그렇게 되여 먹었나 부다 허구 주인하라는 대루 술군에게 아양이나 떨면서 오 년이구 십 년이구 후에는 어쩌다 돈바람이라도 불면 내 세상이 되것거니 하구 맘을 느추 먹어야 한다. 어디 하로 이틀 살고 말 세상이라든?"

"글세—"

"글세는 다 뭐냐! 나두 첨엔 너처럼 기두 써 보구 울어두 보구 불어두 보구 했다. 그런다구 눈물이 팔자 고처 준다든? 괜스리 몸만 미찌지. 그저 기지게를 훨신 펴구 이놈두 좋다 저놈도 오나 허구 모이드리면 몸값 갚을 날이 있겠지 없겠니?"

"글세—"

란향은 매화의 말을 듯고 보니 별안간에 절벽에라도 다다른 것 같았다. 그래도 여때까지는 어덴지 모르게 구원의 손길이 있으리라고 믿어 왔는데 이제는 그 손마저 없어지고 정말 나락(奈落)의 밑바닥에 다다른 것 같다.

이제는 매화처럼 오 년이고 십 년이고 기대리는 수밖에 없을까?

십 년! 까마아득한 헤아릴 수조차 없는 긴 세월 같다.

그동안에는 란향이도 매화처럼 데부짱이 되여 이놈이고 저놈이고 닥치는 대로 오너라. 그리고 아츰마다 뒷대문간에서 사내에게 키쓰를 해 줄 수 없을가?

란향은 뒷통수가 앗질했다.

아래가 뭇줄하고 정신이 햇찝하였다. 집에 도라오자 란향은 타올과 비누갑을 다시 찾지 안을 겄처럼 저만치 내동댕이처 버리고 개 엾은 이부자리 우에 칵 쓸어 덮어졌다.

"란향아…."

하고 주인 어머니의 아무진 고함에 란향은 가슴이 떼끔했다. 덮었든 이불을 잡어 벳끼운 듯 온몸이 싸늘하고 허리가 휘영저 왔다. 머리가 작구만 앞으로 수그러지고 납덩이를 통채로 삼킨 듯 가슴이 뭉쿨하다. 이렇게 부성치 못한 몸으로 오늘 밤도 또 손님을 맞어야 할까?

어떠튼 란향은

"네—"

하고 제 방에서 뛰여나왓다.

전등불 희미하게 빛이는 뜰 앞에는 승마복 입은 한 사십 가량이나 그치게 되엿슴 직한 사내가 우두커니 서서 란향을 바라보고 있었다. 란향은 그가 내지 사람이라는 겄을 대금 짐작이 가서 철도공사 맡은 구미[組]의 감독이나 그러한 사람에 틀림없다고 생각하며 사내를 본체 만 체 주인 방으로 뛰여 건너갔다.

"내지 손님 바더라. 내지 말 아는 색시를 달나는데."

하고 암댁은 새즐 우서 보인다.

아마 톡톡이 받기로 약조한 모양 같다. 허나 란향은 '몸때'로 연하여 오늘 밤에는 도저히 손님을 맞을 수 없다고 얘기하려 하였으나 참아 중추가 막켜서 그저 시무룩히 서 있노라니

"왜 망두석처럼 서 잇니! 어서 나가 보려므나."

핀잔 비슷이 톡 쏘는 김에 란향이도 발칵 "난 '몸때'가 나서 손님 못 맞겟는데요!"

하고 댓구를 하는 순간 젼신에 바늘같이 날카로운 시선이 쏘다짐을 느끼였다.

"은제부터냐?"

야무지고 앙칼스러운 음성이였다.

"오늘부터야요."

"알앗다. 어서 나가 봐!"

암댁이 패악스래 구는데 란향은 눈물이 핑 돌앗다. 사체가 이 모양이고 보니 오늘 저녁만은 옴짝달삭할 수 없이 란향은 고분히 도라나왔다.

"나 원 네 나쌀 땐 가려본 일이 없다."

하고 뒤에서 상기 주인 어머니가 짜증내고 있었다. 란향은 다리가 후들후들 떨니고 아래가 께렴측스러웠다.

란향이 사내와 갓치 두텀한 요 우에 누은 때엔 신열조차 높아 오금이 홧홧 달었다.

"몇 살이?"

"집에 오데요?"

"좃소까?"

이러한 질서 없는 질문에 란향은 성가시다는 내색도 나타낼 수 없

는 것이 안타까웠다.

이윽고 몸이 해방되자 란향은 정말 자기가 열병에나 걸닌 게 아닌가 하였다. 살어서 이 괴롬일진댄 죽는 것이 상팔자 같기도 하나 죽엄이 인생의 최후의 길이라면 죽느니 보다도 그런대로 살어 가노라면 혹여 춘향이처럼 뜻밖에 이도령을 맛날지도 모른다고 그러기에 좀 더 살고 십은 생각이 나자 이내 몇 날 젼에 왔다 간 김이 머리에 떠올라 그이가 혹 또 올 것도 같이 믿어저 한갓 위안거리도 되지만 그러나 지금 번번히 의사소통도 못할 늙은이가 곁에 누어 있는 것을 문득 께닷자 마굴에나 잡혀온 것처럼 소름이 쪽 끼치였다. 이대로 죽어버리면 알뜰살뜰이 슯어해 줄 사람도 없이 시체는 거덕때기에 덜덜 말녀 공동묘지 한 발치에서 이름 성명없는 한 옹큼 흙이 되고 말 것이라 하니 영구(營口)로 이민 렬차(移民 列車)에 실녀 가 버린 후 우금것 두 달이나 되도록 소식조차 맥킨 부모 동생이 새삼스러히 보고파 귀밑에 한 줄기 눈물이 흘너나렸다.

"나도 언제 시집이라고 가 볼 수가 있을까?"

꼼꼼히 궁리해 보자 가마 터고 호화롭게 시집가든 봉실이가 부러웠다. 매화의 말은 오 년이고 십 년이고 후에는 내 세상이 한번 온다고 하지만 암만 해도 그런 때가 올 상싶지 않었고 그때까지 견대 나지도 못한 것 같앗다.

란향은 되지게 코를 골며 자고 있는 사내가 이리처럼 무서워 전등을 꺼버렸다.

―캄캄한 창 박에 험상구진 두옥신이 수없이 왔다 갔다 한다. 그러나 란향은 조곰도 겁을 먹지 않고 귀신이 가자는 대로 산으로 들로

헤메였다. 캄캄한 마련해선 산 같고 끗없이 무연한 마련해선 들어판 같고 다리를 옮겨 놓을 때마다 발밑이 푹푹 숨여드는 마련해선 진탕판 같기도 하다.

가도 가도 끗없는 길을 란향은 두옥신과 갓치 동으로 서로 헤메였다. 끗없이 끗없이 헤메이다가 무척 피곤을 느낀 무련에 해무 지튼 바다가에 와 길을 잃었다.

두옥신은 간 곳 없고 파도 소리는 은은히 들니지만 물은 보이지 않었다. 발끗조차 안 보이는 지튼 안개 쇽에서 란향은 자신을 잃고 지향 없이 오르내리였다.

안타깝고 안터까운 김에 몸부림을 치며 목을 놓아 울다가 제풀에 눈을 번쩍 떠 보니 어느듯 날은 활작 새였다. 꿈 세게와 달니 오늘은 아츰부터 시츤 듯이 개였다.

란향은 모든 겄이 얄구젔다.

파아란 하늘은 갈창보다도 엺다. 외로운 길손인 양 한 조각 힌 구름이 고요한 창공에 떠도는 겄도 눈물겨웁게 그럽다. 죽어서 넋이 남어 저 구름이 된다면 고대 죽어도 설지 않을 것 같다. 무연-히 뻐든 길은 긴내 거러가면 꿈 자태가 보일 상싶다. 밭이랑에서 아지랑이가 손뻐를 헤기는 것 같이 발길 내닷는 대로 무한이 거닐고 십다.

나무는 성성하고 산은 생끼 있고 물은 더 자유스러워 보인다. 거리를 버서나 축동에 오르자 란향의 발거름은 절로 느리여졌다. 종달새 소리에 맘을 날니고 거죽만 거니는 듯 줄기 있는 생각이 없다.

닷새 만에 보는 천지가 달너젓슬 턱없것만 모두 신기스럽다. 병석에서 다시 삶의 길을 밟는 것이 이처럼 기쁜 일일까?

허나 산과 들이 이처럼 아름답건만 사람은 왜 이다지도 추잡한고?

란향은 헌 치마여 달달 말은 '존서답'* 꾸레미를 냇가에 놓고 먼 산 기슭을 처다보앗다. 보면 볼수록 누가 불숙 뛰여나와 슬기로운 말로 란향을 어루만저 줄 것 같앗다.

란향은 거침없이 서답을 물에 쩜벙 당것다. 샛맑은 물속에서 술술 풀니는 존서답의 검붉은 빛깔이 보기에도 메시겁다. 왜 여자로 태여나서 이런 것을 내뿜을가. 사사모사**도 여자된 것이 쓸이리다.

두 손을 물에 당거 서답을 헤우랴니 몸이 웃싹해 왔다.

란향은 물에서 손을 빼자 아예 이 물 빠저 죽어 버릴까 하는 생각이나 옆헤 있는 자개돌을 들어 개울에 나붓이 던지니 첨부덩 하는 소리가 밑 없이 깊은 것 같앗다. 이 물에 빠지면 혹 밑으로 용궁에 통한 길이나 있지 않을가 싶어 흰 고무신을 모래 우에 나란히 버서 놋고 허리를 굽혀 물을 디다보니 문득 매화의 얼골이 보였다.

"오 년이고 십 년이고 참어!"

하는 소리가 귀ㅅ가에 들니자 이번엔 춘홍이가 보였다.

얼굴 못생긴 탓으로 손님에게 불니우지 안는다고 늘상 주인에게 쫓이우는 춘홍은 란향이보다도 더 측은한 것 같앗다.

고개를 드니 저-하류(下流)에서 회파람을 불며 이리로 거러오는 사내가 있었다. 란향은 얼는 주저앉어 빨내하는 척하며 호옥 김이나 아닐까 가슴이 두근거렸다. 점점 가까이 오는 사내는 아! 의외에도 맨머리 바람인 틀림없는 김이였다.

* 존서답 : '개짐'의 평안북도 방언.
** 사사모사 : '이러저러한 여러 가지 일'이란 뜻의 방언.

란향은 공연스히 가슴이 울넝거리고 얼굴이 달너왔다.

"아! 빨내 왔수?" 사내의 굵다라고 굵은 음성이 란향의 폐부를 찌르는 듯했다.

"산보 나왔서요?"

"응 인제 정말 봄인데."

"글세요." 란향은 서답을 흰 것으로 털어놓고 살작 이러섰다.

"빨내를 제 손으로 하우?"

"네……. 댁이 가까워요?"

"저— 산 아래."

사내는 팔을 들어 남쪽 하늘을 가르켰다.

그 말에 란향은 제주도보다도 머언 나라를 상상했다.

그렇게 그립든 그이것만 정작 맛나고 보니 란향은 가슴만 조어고 말문이 딱 맥컷다.

"혼자요?"

"네." 란향은 눈시울이 뜨거웠다.

가슴은 기쁨에 날뛰는데 눈물이 나오는 것이 우습기도 했다.

"왜 갓치들 안 나왔누?"

"그저………."

김은 아까 란향이가 하든 모양대로 조악돌을 들어 물에 던저 보고는 저리로 거러가려 한다.

"우리 집에 또 안 오세요?"

"왜 안 가 또 가지."

김은 란향을 보고 간단히 대답하고 나서

"그럼 어서 빨내하시오." 하고 다시 회파람을 불며 아까 가르키든 방향으로 유유히 거러간다. 란향은 멍하니 서서 김의 뒷모양이 가물가물 사러질 때까지 바라보다가 마츰내 한숨을 후— 내쉬였다.

아! 사라진 꿈이 아니냐!

그는 서답을 빨내할 경황도 없었다.

커다란 돌을 들어 부서저라고 힘껏 물 우에 팔매질쳤다. 첨벙하고 음흉스런 소리가 사러진 다음에는 굵은 파문이 고흔 둥그레미를 그리며 수많은 동심원(同心圓)으로 물쌀을 짓고 짓고 하였다.

멀니서 황소 넝각이 은은히 들려왔다.

암만 해도 란향은 시냇가에서 김을 허술이 노아 보낸 것이 맘에 쓰리였다.

하늘이 식켜 둔 그야말로 우연한 해후를 유야무아 간에 노처 버렸스니 이제 다시는 그런 행운이 올 상십지 않었다.

바라는 그이는 영원히 가 버리고 악착한 현실만이 또렸하니 역시 매화처럼 맘을 너긋이 먹고 언제까지 모르는 그 한때를 기대려야 할까?

차라리 이런 꼴이 되느니 어떤 사내든지 붓잡고 도망이나 처 버릴까?

허나 모두가 엄청난 생각 같다.

이제는 옴짝 못하고 매화처럼 될 수밖에 신통한 묘책이 없을 상십었다.

깊은 밤의 적막이 자라드는 듯하다.

술군들이 새여 버리자 요리집은 각별히 적막하였다. 란향은 생각에 몰려 잠을 설치고 말었다. 부억케서는 아직 술상 설거질을 하는지

대그락대그락 접시 부시는 소리가 나드니 문득 "왱그렁 둥그렁" 그릇 부서지는 소리가 들렸다. 그와 동시에

"에쿠! 망한 년아 눈깔이 썩어젔니?" 하고 주인 어머니의 악다구니가 들니였다.

"아 저 망할 년이 석 냥[三拾 錢]짜리 접시를 잡어 먹었구나. 저년을 어떻게 해야 한담! 이 망할 년아 전기불이 등장 같은데 왜 눈깔이 썩엇니? 왜 못 보니 왜 못 봐?"

집이 떠나갈 만큼 들석궁한다.

술상을 치다가 접시를 깨트리고 치를 부들부들 떨고 있을 춘홍이가 란향 눈에 선하여 란향은 벌덕 이러나 가엽슨 춘홍의 변명이라도 하려고 하다가 또 핀잔이 무서워 그대로 누어 버리고 말었다. 란향은 짜장 마굴같이 이 요리집이 무서웠다. 허나 그렇다고 소사날 수 없는 나락인 것을 깨닭고

"매화가 되자 매화처럼 되자!"

하고 이를 악 사려물며 치를 바르르 떨었다. 란향은 누구든지 사내가 찾어와 주었으면 싶었다. 몸때면 몸때지 그까짓 게 뭐냐 싶었다. 그리자 마즌편 매화 방에서는 엇던 놈이 킥킥거리는 소리가 들녀 란향은 정말 매화처럼 되리라고 또 한 번 다짐을 주었다. 맘을 굿게 당치고 나니 란향은 어지간히 안도되는 듯하였다.

란향은 그만 자리라고 눈을 감고 잠간 있노라니 곁방 춘홍이 방에서 흑흑 느껴우는 소리가 들려왔다. 순간 란향은 몸이 옷싹해 와 잠간 가만이서 듯다가 살며시 이러나 춘홍의 방으로 왔다.

불도 켜지 안은 캄캄한 방에 춘홍은 혼자 우두머니 앉어서 흑흑 느

끼고 있었다.

“춘홍아! 우지 마라 응! 우지 마러! 우름이 갈보의 맘을 기뻐게 해 준다든?”

란향은 언젠가 매화가 타이르든 대로 정답게 타일느며 춘홍의 억게를 잡고 흔들었다.

춘홍은 이번엔 어색해선지 좀 더 애닯게 억게를 들먹시였다.

“우지 마라구야! 네가 울면 내 맘인들 좋겠늬?”

란향이도 눈물이 글성글성 고였다.

“난 난 아예 죽어 버릴까 봐.” 우름과 서름이 뒤섞여 파들파들 떨니는 목소리였다.

“그런 소린 왜 하니? 죽은 정승이 산 개만두 못하다는데 그저 벗디라구 사어야지.” 하면서도 란향은 춘홍의 한마디 한마디가 뼈에 사모치는 것 같앗다.

“이 꼴루 살면 멀 허니?”

그 말엔 란향이도 대답할 바를 몰랐다.

‘사라서 뭐ㅅ 하는가 매화나 알는지?’

그러나 란향은 춘홍을 위로한 셈으로

“그래두 죽는 것보다는 사는 것이 낫잔켓니.”

“난 사는 것 귀찬타!”

하고 아직도 억게를 들먹시며 흐느끼는 것을 보자 란향은 삼십 전짜리 접시 한 개에 이렇게도 슲허해야 할 팔자가 갑자기 서러워 춘홍을 마조 껴안고 자기도 흑흑 소리조차 내며 따라 울었다. 춘홍의 우름도 점점 높아 갔다. 둘은 서로 남에게서 자기 자신을 발견한 듯해 긴내 긴내 울었다.

란향은 매화처럼 되리라고 그렇게 애를 썼건만 춘홍을 보고 그만 기가 꺽기였다.

이제는 김을 바랄 수도 없고 매화처럼 되여 먹기도 심보가 외젓다고 생각하니 막연한 앞날 일이 폭풍처럼 눈앞에 치바쳐 란향은 재쳐 춘홍을 힘껏 껴안으며 부들부들 떨었다.

이제는 김보다도 매화보다도 춘홍이만이 고작 믿어웠든 것이다.

애증도(愛憎道)

1

밤새껏 왁자지껄 떠들며 야단지랄을 피든 술꾼들이 모주리 가 버리자 초열흘 달이 서산에 기우렀다. 물이 여리운 달빛치 서창가에 애잔히 흘러 밤은 변으로 기펴 간다. 마당귀까지 술꾼들을 배웅하고 도라서는 길에 하늘을 처다보니 별은 여전히 총총한데 샛바람이 살품으로 숨여들어 몸소름이 쭉—끼처진다. 홍매는 어깨죽지를 옹숭그리며 웃간으로 드러왔다. 방 한복판 술상 우에 되는대로 흐터진 술잔과 안주 접시를 보자 홍매는 갑재기 고독이 느껴저 설거지를 해치우자니 기만 벅찰 뿐 피로가 먼저 소꾸처 오른다.

그래 술상을 내버려 둔 채 전등을 아랫간으로 내려다 걸고 나서 아랫목에서 자고 잇는 깐놈의 얼굴을 이윽히 바라보다가 이마를 지퍼본다.

깐놈의 머리는 어제대구는 행결 식엇다. 홍매는, 조엿던 마음이 노이는 듯 홀* 가벼운 숨을 내쉬며 잠잠히 바라보는 동안에 이번엔, 제 몸이 편치 못한 것을 깨닷는다. 아침부터 뻐근하던 아래가 아마 술잔간 넘긴 탓인지 인젠 몹시 쑤시어 댄다. 자극성 잇는 것은 모두 금해야 할 병이지만, 그러타고 술을 금하면 장사가 안되니 술만은 어쩔 수 업섯다. 홍매는 허리를 꼬부리며 안까님을 써 본다. 그래도 아픔이 멋지 안허 지레 이불을 헤치고 깐놈의 겻트로 기여든다. 정작 이불 속에 드러오니 오금이 으스스해 온다.

잠결에도 깐놈은 엄마 품을 젓먹이처럼 파고든다. 홍매도 아픔이 더해 올수록 깐놈을 힘껏 힘껏 껴안엇다. 삽시에 이마엔 기름땀이 번지르르 내밴다. 허리가 금새 두 동강이 날듯 금물하고 정신이 꿈뻑해진다.

하마하면 정신을 앳길 것 갓고 한번 앳기는 날엔 영 소꾸처 나지 못할 것 갓다.

홍매는 다시 깐놈을 으스러지도록 앙가슴에 껴안으며 이를 바드득 간다.

웃이로 아랫입설을 악 깨물며 눈을 호동그레 떠 천정을 쏘아본다.

거미줄 너풀거리는 것이 보인다.

젠장 이대로 죽어 버린다면—죽으면 고만이다. 죽은 댐에야 근심걱정이 잇슬 수 업다. 그야말로 만사태평춘일 것이다.

누구처럼 알뜰이 살고 푸기엔 세상이 너무 고되다. 고달픈 마련해선 요대로 살그머니 죽엇스면도 십다. 아편에 술을 타 마시는 법을 생각지 안흔 것도 아니다. 허나 그때마다 홍매는 깐놈이가 걸렷다.

* 홀 : '갑자기'의 함경도 방언.

원수의 씨를 바더 그늘 미테서 손때를 태우기 무릇 칠 년— 그 칠 년 동안에 때려 주고 꼬집어 주고 하면서도 정은 들 대로 들엇다. 숫짝 가튼 애를 남 아페 빼저시 내놋치 못하는 어미의 안타까움은 그대로 깐놈에 대한 사랑으로 변해 버렷다. 인젠 그저 무럭무럭 자라 주지 안는 것만이 한이다.

귀찬코 성가실 땐 깐놈에겐들 무슨 큰 덕을 보랴 시퍼 "젠장!" 하고 아편을 사러 나섯다가도 길거리에 거지 떼를 보자 오금이 노그라지고 말엇다. 썩고 고린내 나는 홍매를 그래도 에미라고 안 보이면 찻고 맛나면 앤기고 하는 그 꼴이 눈에 선해 철딱선이 업는 생각을 햇든 것조차 뉘우치며 허둥지둥 도라온 일도 잇다.

샐녁*이 되자 아픔은 좀 노인다. 아픔이 노이자 오금이 데처 낸 시레기처럼 보들녹진해 온다. 제진에 잠이 들엇다가 소스라처 깨치니 아침 해가 창가에 거지 올녓다.

"엄마!"

깐놈이 눈을 부비며 샛가슴에 손을 너어 젓망울을 만지적댄다. 깐놈은 일곱 살이나 먹도록 '엄마'라고만 불럿지 '압바'라고는 불러 보지 못한 애다. 홍매는 '엄마'를 들은 때마다 깐놈도 언제 '압바' 할 날이 잇겟지 하면서도 눈아피 앗득해 왓다.

* 샐녁 : 날이 샐 무렵.

2

"깐놈아"

"응?"

"'압바!' 그래 봐!"

"……."

깐놈은 대답 대신 엄마를 빤히 바라본다.

깐놈은 '압바' 얘기를 듯고 십지 안헛다.

엄마 입에서 '압바' 소리가 나올 때마다 엄마는 꼬박꼬박 울상이 되는 것이 수상쩍다.

한 번도 맛나 본 일 업는 '압바'다. 그래 돌이 압바처럼 돌이에게 알사탕을 잘 사 주는 압반지, 쇠돌 압바처럼 쇠돌이를 줄창 따려만 주는 압반지 깐놈은 통 알 수 업다. 언젠가는 압바 얘기가 낫길래 우리 압반 돌이 압바 가트냐 쇠돌 압바 가트냐 물엇드니 엄마는 대답을 못하고 울기만 햇다.

그래 깐놈은 저 혼자 쇠돌 압바 갓다고 단정해 버리고 그 댐부턴 압바 얘기가 나올 적마다 겁이 와락 나군 한다.

그러케 탐탁치 안흔 상십흔 압바—엄마와 깐놈을 한 번도 차저오지 안는 그까짓 압바 해선 대체 뭣하려는 건지 깐놈은 엄마의 맘을 알 길이 업다. 압바보다도 깐놈은 돼콩 잘 사 주는 득보가 더 조앗다.

"깐놈아! 압바 보구 푸지?"

홍매는 한참 잠작고 잇다가 머리를 쓸어 넘기면서 뭇는다. 홍매는 어떠케서든 깐놈에게 압바의 생각을 너허 주고 십헛다.

그러나 깐놈으로 보면 반대다. 깐놈은 압바쯤 잇스나 업스나다. 그야 돌이 압바 갓다면야 잇슬 박게 업지만 그런 압발 것 갓지도 안코 설령 그러트래도 돌이처럼 어리광을 필 수는 업슬 것 갓다.

아니 엄마는 그처럼 압바 애길할 적엔 압바가 불숙 나타나면 엄마까지 일허버릴 것 갓다. 허나 엄마의 눈치로 보아 압바가 보고 십다고 할 박게 업는 깐놈이엇다.

"압바 보구파—"

하자 홍매는 눈을 감어 버린다.

살눈섭 새로 샛맑안 눈물방울이 떠러진다.

깐놈은 그 눈물을 보자 갑재기 저도 비감해서 엄마를 꽉 끄러안고 영문도 모르고 한참을 엄마와 가티 흐들지게 울엇다.

홍매는 언제라고 최종섭(崔鐘燮)을 이젓스랴만 깐놈과 동갑인 애들이 보통학교에 입학한다고 서드는 소리를 듯자부터 불현듯 종섭이 그리웟다. 종섭을 맛나 깐놈이란 자식이 잇다는 것을 알려만 주면 맘시언하겟다. 허나 종섭의 소식은 아주 감감하다.

종섭이 생각을 하고 나면 으레 골치가 뗑해진다. 조반을 치루고 또 드러누엇다.

"엄마 난 나가 놀래"

방 안은 심심해 재미업다.

"오늘꺼정 누엇다가 낼부텀 나가 노르람."

"실타잉!"

"내 깐놈 곱디! 이리 와 엄마허구 누엇자."

깐놈은 이불 안으로 끌리고 만다. 홍매는 깐놈을 껴안을 때가 고작

제 세상 갓다. 홍매는 어렴푸시 잠이 들엇다가 문 여닷는 소리에 놀래 눈을 떠 보니

"낫잠을 자나?"

하고 노선달이 냉큼 드러선다. 원체 난쟁이 키라 때에 저즌 옷을 아무러케나 입고 냉큼 드러서는 꼴이 보기에 그리 기미 조치는 안타. 원숭이 볼기짝가티 샛빩안 얼굴이라든 금방 불이 발발 붓는 듯한 노랑 수염이라든 어디로 보나 선달답지는 안는데 다들 그를 선달이라고 부르는 것도 이상타.

"어서 드러오시우."

홍매는 이러나 이불을 개킨다.

"아니 그대루 누어 잇게나……. 어디가 아픈가? …. 이 녀석은 왜 나가 놀지 안쿠!"

하고 노선달은 뜻잇게 홍매를 바라보며 침을 주르르 흘리다가 손으로 바더 바지에 쫄 문댄다.

그리고 나서 깐놈의 머리를 쓰다듬으며

"어서 나가 놀아! 머슴애 놈이 집에만 잇슴 쓰나 원!"

3

깐놈은 엄마의 눈치를 살핀다. 엄마는 잠작고 잇다. 다시 노선달을 처다본다.

"어서 걱정 말구 나가 놀아!"
하는 노선달의 손짓에 휩쓸리듯 깐놈은 문 박그로 뛰여나간다.

노선달은 단둘이 되자 입을 헤작이 벌려 우스며 홍매를 처다본다.

사실인즉 노선달은 홍매와 단둘이 좀 볼일이 잇섯다. 허긴 보아야 할 '그 일'은 원루대로 하자면 호젓한 밤이래야 조켓지만 밤엔 술군이 되여 들고 되여 나는 판세니 체면상—체면뿐 아니라 게집에게 앤길 품으로 해도 젊은 여석들과 겻고 틀 재주는 업다. 그래 낫 틈을 타 차저온 게고 막상 차저와 보니 아주 안성마침이다. 눈에 가시든 깐놈도 나갓스니 제법 일이 드러맛나 부다.

노선달은 홍매에게로 바루 엉기엉기 내려안즈며

"요새두 갑 잘 되디그리?"

은근히 뭇는 투가 제법 걱정하는 속시다.

"멀요. 겨우해 밥이나 굶지 안티요."
하고 홍매는 경황업는 대답이다. 그날 버러 그날 먹는 살림에 그새 깐놈 병으로 사흘을 놀고 보니 쌀독도 밋티 드러낫고 새*도 이틀을 백일까 말까다.

나달을 꼽아 보니 집세 낼 날도 눈압헤 매달녓다. 병이 고달픈 마련해선 병원에 가 뵈고 십기도 하지만 건 념두에도 내선 안된다. 세간사리 생각에 골돌햇다가 문득 고개를 드니 노선달이 눈을 갈금하니 떠서 노상 바라보며 히물 웃는다.

'이 화상이 어찌자구……?'

* 새 : '땔나무'의 평안북도 방언.

허나 노선달이라고 맨주먹으로 온 것은 아니다. 노선달은 띄염띄염 족기 지갑에 손을 넛다 냇다 한다. 노선달 지갑엔 삼 원 돈이 드러 잇다. 그 삼 원을 만들기에 노선달은 꼬박이 이태 동안 앙이 백엿다.

아들에게서 담배갑스로 한 달에 삼십 전식 타서는 십오 전은 보쌈지에 묵거 둔다. 그 때문에 담배는 호박닙 가지닙과 석거 먹지 안으면 안된다. 그 삼 원엔 어린 손자의 코 무든 동전도 몃 닙 석겻다.

그 삼 원을 노선달은 달니 쓸 궁리는 애당초 안헛다. 졂어서 홀애비가 된 노선달은 보기와는 동떠러지게 정력가다.

그 정력이 어찌다가 홍매에게 쏠린 셈이다. 돈을 구해 노코도 어떠케 게집을 달래야하누 꼭 삼 원을 다 줘야 될까 삼 원을 줘두 실타면?…. 노선달은 밤낫 사흘 동안 꼬박이 궁리햇다. 참으로 고달픈 사흘이엇다.

노선달은 또 지갑 속에서 삼 원을 주물러 본다.

'이 환쯤 줘두 되잔을까? ….'

돈 쓸 통은 그수부지다. 일 원쯤 남기면…. 하니 써야 할 곳이 콩나물 대가리처럼 고물고물하다.

'젠장! 다 줘라! 다 줘!'

노선달은 굿은 결심을 하고 나서

"이거 조꼼 되지만 바더 두시! 허허허"

네 절로 접어 잠재운 지전을 바른손으로 쓰윽 내밀며 왼손을 홍매 억게 우에 언는다.

'이 화상이 누굴? ….'

홍매는 메시껌이 난다. 암만 해도 재수가 업슬 것 갓다. 허나 '돈!'

하고 홍매는 침을 삼킨다. 집세 낼 날이 또려시 떠오른다. 깐놈의 양복 사 줄 생각도 난다.

"어서 바더! 적다구 그러나?"

하고 노선달은 제 손으로 삼 원을 페처 뵌다.

'삼 원!' 하고 홍매는 내살 놀란다. 페처 보니 노선달도 새삼스럽게 아깝다.

허나 쇠 먹은 똥 안 삭는다구 이 댐엔들 모른다랴 시퍼 선듯 손에 쥐여 준다.

홍매는 못 견대는 척 바더 들엇다.

'가마 타고 시집가긴 애진에 글는 바에야…….'

노선달은 노상 만족햇다. 원체 새빩안 낫짝이 아주 익어 버릴 듯이 흥분된 순간에 문이 벌컥 열렷다.

4

문소리를 먼저 알어챈 것은 물론 홍매다.

"깐놈이가……."

홍매는 가슴이 철렁햇다. 이러나려 햇스나 좀처럼 물너나지 안는다.

가즌 힘을 다하여 몸을 모로 재처 휙 일어나는 서슬에 힐끗 득보의 얼굴이 보인다.

"득보!"

홍매는 깐놈인 것보다 못지안케 거북햇다.

홍매는 제김에 화가 난다. 짜증이 바작바작 떠오른다.

"체!"

노선달은 분햇다. 코를 다처도 유만부동이다. 맘성 갓태선 돈을 도루 내노라 시퍼스나 훗긁을 보리란 셈속에서 꿀떡 참고 섬쩍 이러섯다. 이런 땐 고분고분 밋티 가벼워야 훗날이 조타고 생각햇든 까닭이다.

홍매는 암만 해도 께럼측하다. 득보라고 색주가 본색을 모르랴만 그저 민망타. 홍매는 이 고장에 철로공사가 생긴다 하여 보따리 짐을 메고 다슬기에서 이리로 차저온 지 불과 두 달박게 안된다. 그리고 그 두 달 동안 정드려 사괸 사람은 득보 하나뿐이엇다.

득보는 곰살갑고 아기자기한 맛은 업지만 무뚝뚝하면서도 숨은 정이 잇는 것이 조앗다.

홍매는 아무리 해도 득보 볼 낫치 업다. 뜨내기 살림엔 정박게 업는데 득보를 일허버리면 어떡커나…. 눈아피 캄캄하다.

허나 저녁에 득보가 왓다. 오려니도 안 햇는데 불숙 드러오니 홍매는 가슴이 메인다. 낫일이 새삼스럽게 부끄럽다. 알고 보니 득보는 얼건히 취해 잇섯다. 득보는 철석 주저안더니

"깐놈 벌서 자나?"

"진일 나가 뛰더니 밥 먹자 쓰러지무다래."

"이거 깐놈 뒷다 주!"

득보는 호주머니에서 돼콩 자루를 꺼집어내 홍매 켠으로 팽겨친다. 홍매는 또 가슴이 뭉클한다. 낫일이 한 번 더 괴롭다.

득보는 덤덤이 안저 멀뚱멀뚱 눈알만 굴린다. 여니 날과 다른 점은 조곰도 업다. 그러길래 홍매는 더 란면타.* 차라리 더러운 년이라고 두들겨 맛는다면 무거운 짐을 부리운 듯 마음이 가벼울 것 갓다.

득보가 잠작고 잇슬수록 압박이 심해 온다.

"나제 오섯드랫디요?"

홍매는 참다못해 제 편에서 먼저 무럿다. 득보는 되려 얼굴이 불거지면서

"머! 지나가든 거름에…."

너무 순직한 것이 오히려 얄밉다.

"다 보섯디요?"

"…………."

"전 그런 년인 줄 아서요!"

"여편네 혼자 살라면 헐 수 업는 일이지 머."

"…………."

이번엔 홍매 말문이 맥켰다.

여편네 혼자 살면 헐 수 업다는 말은 설마 정욕에 탐해 그런 짓을 햇다는 말은 아니겟지? 돈! 홍매는 돈 때문에 몸을 팔어야 하는 신세가 서럽다. 득보가 그 사정을 알어주니 서름은 작구만 복바친다. '깐놈이가 득보 자식이라면'도 해진다.

득보가 술을 왜 마섯슬까? 아마 화푸리로 마섯슬는지 모른다. 그러면 그런대로 화푸리를 왜 안 할까?

* 란면타 : '난면하다'의 줄임말, '난안하다'와 동의어. 부끄럽거나 창피하여 얼굴색이 붉어지다.

서로 밋는 정은 득보도 매 마찬가지다.

정은 들 대로 들고 맘은 쏠릴 대로 쏠렷다. 운수가 조와 밋천을 몰골하면 살림을 베플 배포도 잇다. 그러케 뱃속에 육조배판을 버린 지라 낫일에 맘 온당할 리는 만무다. 그래 화푸릴 할 셈으로 술을 마시긴 햇스나 막상 맛나고 보니 홍매가 가엽서만 보이는 득보엿다.

5

더구나 사내가 노선달이엿다고 고쳐 생각하니 홍매가 가엽서만 뵐 뿐 샘은 봄눈처럼 녹아내린다.

"참 배 아프건 좀 나우?"

한참 움두쿰두 업이 안젓다가 득보는 불쑥 퉁명스럽게 뭇는다.

"쉬 날 병인가요 머."

"병원엘 가 뵈지!"

"그까진 덴 가 뭣해요. 괜 돈만 업세구."

"그래두 가 뵈우! 몸이 성하구야 돈이디."

홍매는 고개를 수그린다. 잠시 잠잠하다.

"낼 가 뵈우! 돈 업거든 한 일 원 쵀다* 주지."

"아니 돈은 잇서요."

* 쵀다 : '꾸다'의 방언.

홍매는 아까 노선달께서 바든 돈을 아직 허리침에 넌 채로인 것을 깨닷는다.

"제생병원이 젤 낫다는데 그리 가 보우."

"글세요."

아닌 게 아니라 배가 또 쌀쌀 아퍼 온다.

득보가 가자 깐놈을 끼고 누엇스나 좀체 잠이 오지 안는다. 득보 생각이 새삼스럽다.

허긴 눈에 얼씬거리는 건 득보만도 아니다.

최종섭—날씬한 교복에 힌 줄백이 교모를 꾹 눌러쓴 종섭……. 그는 지금쯤 무엇이 됏슬까. 시방도 모습이 눈에 선하다.

요모조모 뜨더 보면 깐놈의 눈, 코, 귀 모두 종섭을 안 달믄 데가 업다.

'종섭도 시방 우리를 생각해 보는 적이 잇슬까?'

허나 깐놈이가 잇는 줄도 모를 테니 홍매는 혼자 속이 썩는다.

"데려가지는 말구라도 민적에나 너 주면—민적에는 안 너트라도 제 아들이란 걸 알어나 주면—그도 못할 바이면 서로 맛나 보기만이라도 한다면…………."

이것이 만약 학교에 가면 동무들한테 애비 업는 애라고 우임을 바드리라 하니 잠든 깐놈의 나츨 드려다볼수록 불상타.

밤은 지옥 밋처럼 기퍼 가는데 잠은 철 리로 도망처 버렷다.

밤이 들자 또 아래가 무줄해 온다.

'일금 삼십 전야(一金 三十 錢也)'를 주고 진찰권 쪽지를 바더 들자 홍매는 불현듯 제가 병인이엿든 것을 굿세게 깨닷는다. 여길사해 그런지 다리도 떨리는 것 갓다.

홍매는 대합실로 드러간다. 먼저 와 기대리는 사람이 둘식이나 잇다. 모두 얼굴빗치 눌어 코뼈가 앙상 드러나 보인다.

홍매는 내 얼굴도 저럴까 시퍼 맘이 어둡다. 문득 고개를 드니 유리문 박게 새깜한 머리가 보인다.

'깐놈이가……?'

홍매는 따러나는 깐놈을 각가수로 떼 두고 온 생각이나 얼른 문께로 가 본다.

"엄마 나 여기 와시요."

아닐세나, 깐놈은 문 미테서 손가락을 입에 물고 계면쩍어 한다.

"왜 왓늬?"

홍매는 주먹을 빼메며 울골질*을 해 본다.

"홍 내래 와 집에 함자 잇슬래던."

홍매는 유리문을 열엇다. 깐놈은 문틀로 게여오른다.

"얘 여기 드러오믄 의원이 불랄 짼단다. 엄마 곳 나가께 게서 놀아라." 하니까 깐놈은 슬며시 문틀에서 물러나 조갑지 가튼 손바닥을 내밀며

"응야!"

사탕 사 먹게 한 입 달라는 것이다.

홍매는 돈 가방에서 고작 새 동전을 한 입 골라 벌린 손바닥에 떠러트려 준다.

* 올골질 : 지긋지긋하게 으르며 덤비는 짓.

깐놈은 싱글 우스며 제법 어른찌게

"나 여기서 사탕 먹으면서 놀 꺼니 엄마 병 뵈구 나오라우. 집에 함께 가자우."

세다리 꺼름을 이어 구멍가가로 다라나는 깐놈의 뒷모습을 멀거니 바라보고 섯는데

"차홍매요!"

하고 급사 아이가 고래 질러 불른다.

홍매는 깜작 놀라 두근거리는 가슴을 안은 채 급사 애를 따라 산부인과 진찰실로 사라진다.

6

청진기를 들고 산부인과 진찰실로 드러가려고 이러서면서 의사 종섭은 간호부에게

"오후엔 우리 교외로 픽크닉크라도 나갈까?"

"정말요? 데리구 가 주서요?"

하는 건 이 병원 간호부다.

"암 데리구 가구말구!"

하고, 종섭은 혜순을 보고 싱긋 웃는다. 혜순이도 생긋 웃스므로 대답한다.

"혜순이 말이라면야 뭐든지…"

하며 종섭이 여자의 억개를 툭 치자

"이야라시이!"*

혜순은 팽그르르 도라서며 눈을 샐죽 빤다.

"후후후후후……."

음흉하게 우스며 종섭은 산부인과 진찰실 문을 열고 드러선다.

홍매는 호섯이 서 잇다가 깜짝 놀라 본능적으로 의사를 처다본다.

순간 '어디서 본 사람…?' 하자 마침 대모테 안경 속에서 기억에 저진 눈이 굴고 잇다.

"아!"

홍매는 소래를 내여 놀라며 뒤로 한 거름 물러섯다.

눈망울이 호동글해진다. 하지만 혜순이 생각에 골돌한 종섭은 홍매의 놀램을 깨닷지 못하고 건으로

"저리 누으시죠!"

허나 홍매의 귀에는 아무것도 들리지 안는다.

'그 사람?'

속살로 이러케 부르짓는 홍매의 시선은 의사의 얼굴에서 한 푼의 미동도 업시 딱 못 백켯다.

'그러타 틀림업는 종섭이다.'

홍매는 포들포들 떤다. 깐놈의 생각이 얼씬 지나간다. 종섭이나 나를 못 알어보는구나 생각하니 골머리가 치꼬른다. 홍매는 금방 도망이라도 칠 자세를 짓는다.

* 이야라시이(いやらしい)! : 징그러워!

그제사 종섭은 홍매의 놀램을 발견하엿다.

"아! 당신이……."

하고 종섭은 하마트면 청진기를 떠러트릴 번하다가 날새게 주어 잡는다.

"혹시 하정숙 씨가? ……."

종섭은 한 발거름 내디디며 그러나 인제는 놀랜 표정은 거두어 버리고 태연한 태도로 도라간다. 홍매는 너무 어이가 업서 기가 맷킬 지경이엇다. 만나면 미칠 드시 반가워하며 덤벼들녀니 햇든 기대가 눈아페서 돌각담처럼 허무러진 셈이다.

'이 작자 때문에……. 이 작자를 바래고 일생을……'

하니 홍매는 종섭을 갈어 먹고 십다.

깐놈이가 이 작자의 새끼엿든가 금새 깐놈 미운 생각이 안개처럼 소사오른다. 악을 품은 홍매의 눈총은 화살처럼 종섭의 얼굴을 쏘아본다.

"정숙 씨! 전 최종섭입니다."

하며 종섭이가 막 홍매의 손을 붓잡으려는데 문이 삐걱 열리며 간호부 혜순이 나타난다.

그 바람에 종섭은 얼른 손을 거두고 시치미를 딱 떼면서 아모 일도 업섯든 듯키

"자— 이리 침대에 누세요!"

하고 갑재기 데면데면해진다.

홍매는 그대로 이 자리에 콱 쓸어저 울고 시펏다. 하나 울어 씨언치 안흘 일을….

"마아! 고노히도 도-나사이마시다노?" *

혜순은 홍매의 앙칼진 태도를 보고 자신 놀래며 묫는다.

"기가 도-끼 낫데이루라시이요." **

하는 건 종섭.

"아나다또 시리아이나노?" ***

"시루 몽까! 곤나 온나오…." ****

종섭은 몹시 곤궁했다.

'혜순이가 우리 사이를 안다면…….'

종섭은 어찌할 바를 모르다가

"어서 이리 와 누어요!"

하고 홍매만에게의 웃음을 웃어 뵌다.

홍매는 더 참을 수 없다. 그 증글증글한 웃음을 보자 빰을 휘갈녀 주고 시픈 충동을 막어 낼 수 업다.

홍매는 휙 도라서드니 진찰실 문이 부서저라 닷드리며 복도를 비조처럼 달내여 박그로 뛰여나왓다.

* 마아! 고노히도 도-나사이마시다노? : 어머나! 이 사람 왜 이래요?
** 기가 도-끼 낫데이루라시이요. : 정신이 이상한 것 같은데요.
*** 아나다또 시리아이나노? : 당신 아는 사람이에요?
**** 시루 몽까! 곤나 온나오…. : 어떻게 알아! 내가 이런 여잘….

7

허둥지둥 현관 박게 나서자 홍매는 깐놈을 차젓스나 보이지 안는다. 가슴이 덜컥 내려안저 햇슥하게 질린 얼굴을 좌우로 돌려본다. 아무데도 깐놈은 보이지 안는다. 담 모도리*로 다름질처 와 보나 거기에도 업다. 홍매는 울상이 되여 벌벌 떤다.

"깐놈아―"

발을 동동 구르며 고래를 지른다. 그래도 대답이 업서 이번엔 악을 다하여

"깐놈아! 깐놈아!"

하자

"엉엉엉― 엄마아!"

깐놈은 겡겡 울며 공동변소께서 지축지축 거러 나온다.

"울긴 왜 우니?"

홍매는 성을 발칵 내며 달려가기가 바쁘게 한 주먹 멕인다.

종섭에 대한 반항이다. 그러나 홍매는 이내 코물 눈물을 시쳐 주고 날새게 뒤집어 업고 휭 하니 내빼며

"깐놈아 왜 우늬 응?"

먼저와는 딴판, 곰살가운 그러나 떨리는 말씨다.

"애들이 때려―"

"언놈이 새끼들이?"

* 모도리 : '모서리'의 평안북도 방언.

"몰라 잉! '애비 업는 아쌔끼 애비 업는 아새끼' 그르면서 때리는데 잉."

"뭐? 그래 가만 서 마잣니? 이 못난아!"

홍매는 발을 멈추고 깐놈을 날카로운 눈초리로 도라다본다.

"때리구 맛구 햇디 머—"

"근데 울긴 왜 우니? 못나게— 울디 말나!"

또 아까처럼 앙칼저지는 엄마다.

홍매는 문득 또 종섭이 생각이 난다. 간호부 얼굴이 떠오른다. 종섭! 팔 년 전 일이 요지경처럼 획획 지나간다.

팔 년 전— 정숙의 정조를 빼앗고 나서 종섭은

"이태만 기대려!"라는 말과 함께 어디론지 자취를 감초앗다. 정숙이는 그 '이태'를 꼽아 기대리기로 햇다. 달리 몸을 갓기에 정숙의 상채기는 너무 컷다. 뿐인가 하면 달포가 지나자 입덧이 나고 배가 불럿다. 몃 번이고 못할 생각도 햇스나 이태 후에 종섭을 만날 생각에 아무런 괴로움도 달게 밧기로 집을 뛰처나왓다. 열여덟에 정숙이란 본명을 버리고 '스미레'란 이름과 함께 카페 여급으로 떠러젓다. 손님을 대할 때마다 종섭을 혹 만날 수 잇슬까 그것이 유일한 희망이엇스나 무정한 세월만이 흘럿다. 아기를 나차 여급을 떨어지고 여급을 떠러지자 살길이 매켯다.

다시 카페에서 카페로 직업을 구햇스나 모두 허발이엇다. 헐수할수업서 삼십 원 월급에 목을 매고 '홍매'란 색주가로 몸을 뒤첫다. 그 동안에도 깐놈은 무럭무럭 자라 뒤치고 기고 이러나 안고 자구를 떼고, 뛰놀고, 그랫다. 이태가 건듯 지낫건만 종섭의 소식은 영 감감이다. 아풋사 속앗구나 깨달은 때 몸은 벌써 기픈 구렁에서 빼처 날 수 업섯다. 청루에서 청루로 몸은 구름을 탄 듯 지향이 업다.

일단 그릇처 몸을 헤프게 갓고 보니 주렷던 청춘의 정이 일시에 물밀듯 햇다. 돈을 위하여 몸을 팔고 정을 더듬어 사내를 나꾸엇다. 단맛을 본 사내가 늘어 가면 쓰듸쓴 사내의 기억도 덥친다. 그동안에도 세월은 흘럿다. 세월은 쓴 것과 단것을 물 타 노하 이제는 쓴맛도 단맛도 업다.

남은 것은 슬거 빠진 몸둥아리와 아득한 압날의 생활 방도뿐. 각가수로 해 월급사리에서 자영업으로 도랏다고 신통한 수도 업다.

마치 상상봉에서 내던진 돌맹이처럼 미트로 미트로만 굴어떠러진 셈이다.

그러듯 기구한 반생을 격그면서도 종섭만은 잇지 안 헛는데 막상 만나고 보니 종섭은 수이 알어보지조차 못햇다. 아니 알고도 알른곳 안는다.

'의사 나리와 매소부!' 그러타 너무나 먼 거리다.

홍매는 깐놈을 업고 허둥지둥 집으로 다러 왓다. 토방에 올라서려는데

"병원에 갓던 거요?"

방문이 탕 열리드니 득보가 쑥 고개를 내민다.

8

득보는 어제 말한 대로 홍맬 병원에 보내려고 돈을 취해 가지고 와 기대리든 참이엇다. 홍매는 바짝 흥분햇든 김에 갑재기 득보를 맛나니 서룸이 복바첫다.

토방돌을 집고 힘을 주어 잉큼 추어올라서려는데 다리가 휙 부러지는 듯 휘며 몸이 모로 쏠린다. 서슬에 중심을 일허버린 몸은 제 무게에 지처 여프로 나가 자뿌라진다. 순간

"앗!"

"아가—"

미테 깔린 것은 업펏든 깐놈이다. 홍매가 정신을 차리고 득보가 손을 땐 때 깐놈의 머리에선 벌서 선혈이 뚝뚝 흘려내렷다.

"아가 아가 아가—엉어—"

깐놈은 댓돌에 머리를 짓띄여 덩수리가 깨웟다. 깐놈은 성차게 울지도 못한다.

"꿀떡! 꿀떡! 얼른 꿀떡을 해 오라구!"

득보는 깐놈을 이르켜 안고 손으로 상처에 피를 막으며 웨친다. 그제사 홍매도 정신을 가꾸긴 햇스나 어하중에 어쩔 줄을 모르고 안달복달이다.

상처에 밀가루 꿀떡을 해 부치고 나도 깐놈은 울기를 그치지 안는다. 홍매의 치마와 저구리엔 군데군데 피다.

'모두 깐놈의 피로구나' 하니 또 서럽다. 깐놈이가

"엄마— 엉엉엉— 엄마"

할 적마다 무디무디 울음이 소꾸친다.

"인젠 한잠 재우! 자야 아픈 걸 닛지."

득보는 덤덤이 안젓다가 불쑥 참견이다.

그 말에 홍매는 득보가 안젓는 것을 깨닷고 새삼스레 맘 든든해진다.

허나 깐놈이가 상을 찌프릴 때마다 맘은 아프다. 내 불찰로 깐놈 머리를 깟구나 하니 문득 종섭의 얼굴이 떠오른다. 빙글 돼지비게 가튼 우슴을 우스면서

"어서 이리 와 누으시지요."

하든 그 꼴악선이!

인제는 이저버리자 해도 좀체 이처지지도 안는다. 더구나 간호부와 주고밧든 그 회화!

"시루 몽까! 곤나 온나오!"

홍매는 또 새삼스럽게 멸시감을 느낀다.

"그럼 바람 쐬지 말우! 난 가무다."

득보는 섬쩍 일어선다.

"왜 좀 더 안젓다 가구래."

"또 오디."

득보가 가 버리자 방 안은 유별이 조용하다.

홍매는 깐놈을 끼고 눕는다. 자장가를 유행가ㅅ 조로 부르며 도닥 도닥 두들려 준다.

깐놈은 호지-잠이 들엇다.

근심은 한 겹 덜린다. 허나 한잠 자고 나자 깐놈은 전신이 불덩어리가 되엿다.

"머리 아프니?"

"응"

"어디 다른 덴 안 아프니?"

혹시 딴 데 다친 데 없나 근심이다.

"추어!"

"추어?"

"응"

핫니불을 하나 더 더퍼 주고 꼭꼭 감싼다.

그래도 깐놈은 부들부들 떤다. 홍매는 밧작 깐놈을 끼고 눕는다.

"밥 좀 먹자구나!"

"실허! 물"

깐놈은 냉수를 한 사발 뻘떡뻘떡 드리킨다. 머리 깨진 때문이려니 하면서도 홍매는 마음이 무거워진다.

"깐놈아!"

"응?"

"아빠 보구푸잔니?"

홍매는 문득 아까 깐놈이가 아비 업는 애라고 동무들에게 매 마즌 생각이 낫다.

"보구파."

홍매는 눈을 이윽히 감고 잇다가

"네 압반 죽엇단다."

"실타잉."

깐놈은 발버둥을 친다.

9

홍매는 잠깐 잠잠이 잇다가 또

"압바 보구파?"

"응 보구파."

오늘은 정말 압바가 잇스면 시펏다.

홍매는 눈을 감어 버린다. 깐놈은 엄마가 또 울려는가 겁이 난다.

"송구 아프니?"

깐놈의 머리를 집퍼 보며 말문을 돌니자

"인젠 괜찮아!"

말은 그러나 몸은 활작 단다.

"깐놈아! 얼른 나서 우리 또 다슬기로 가 살까?"

"응 다슬기루 가자우! 여기 애덜은 나빠!"

다슬기는 개뻘 역 더러운 곳이다. 그러나 홍매나 깐놈은 아모러 일이라도 흉허물 업는 고장이기에 다슬기가 조앗다.

홍매는 깐놈이가 낫는 대로 이 고장을 떠나 다슬기로 가야 할 것을 깨닷는다. 종섭이와 한 고장에 잇다는 건 견댈 수 업는 괴롬이다. 게다가 종섭이가 만약 깐놈이 제 아들인 줄 안다면 어떤 짓을 할는지도 모를 일이 아니냐?

홍매는 인젠 어떠한 일이 잇드라도 깐놈을 종섭에게 내맛기고 십지는 안타.

이틀을 지나도 깐놈의 열은 좀체 내리지를 안는다. 조반을 치르고 머리를 비스려고 선반에서 빗첩을 금방 내리우는데

"게심니까?"

누가 찾는다. 아닌 때에 술군이 올 수도 업고, 어떠튼 홍매는 얼른 이러서 웃간 문을 벌컥 열어 보고 깜작 놀라 뒤로 한 발 물너선다. 거기엔 종섭이 빙그레 웃으며 서 잇다.

홍매는 어하중에 문을 날새게 자바다려 걸려고 햇스나 종섭은 문보다 먼저 방 안에 성큼 드러서면서

"정숙 씨! 그래 저를 모르는 척하시기요?"

"몰라요! 어서 나가요!"

홍매는 종섭을 떠 바치고 시퍼스나 그 몸에 손을 대기조차 무서웟다. 종섭이는 홍매가 그리워서 차저왓다느니 보다 그를 다시 한 번 희롱해 보고 시픈 욕심에서 온 것이엇다.

"그러지 말구! 어서 서로 그동안 맥켯든 얘기나 좀 해 봅시다."

"헐 얘기 업스니 어서 나가요!"

홍매의 음성은 앙칼지다. 몸은 괜스리 덜덜덜 떨닌다.

"당신인들 오작 내가 그리웟겟소? 내가 그만치 당신이 그리워슬 적에야! 허허 꽤 오랜 옛날이엿군!"

"글세 듯기 실혀요! 나가요! 안 나가면 고함칠 테예요!"

"허—좀 과한걸! 내가 당신을 괄세하믄 햇지 정숙이가 날 괄세해서야 되겟소."

이 말에 홍매는 악이 치밀 대로 치밀엇다.

"머 어때? 이 쌍 더러운—"

인젠 더 참을 게재가 못 된다. 홍매는 저 모르게 종섭의 면판을 견우고 팔매를 야바다 갈겻다. 허나 건 어이업는 일로 종섭은 여자의

팔이 제 몸에 닷자 불현듯 정욕이 소꾸처 올라 왼손으로 홍매의 팔을 바더, 휙 엽꾸리에 끼드니 바른팔로 잽새게 허리를 휘감는다. 허리가 휘일 정도로 고무피대 가튼 힘이 오금에 조여든다.

"악!" 홍매는 얼굴에 뜨거운 입김을 느끼자 비로소 반항해야 할 것을 깨닷고 몸을 뒤채 보나 균형을 일흔 몸은 무게에 지처 방바닥에 맥 업시 꼬꾸라지고 만다.

"이 즘성 가튼……."

홍매는 팔 다리의 자유를 뺏기자 입에 닥치는 대로 힘을 다하여 빠드득 깨문다.

"아아아가가가……."

종섭은 펄쩍 뛰며 이러나드니 깨물닌 왼편 팔을 부비며

"너 이년 그래—"

하는데 아랫간에서 깐놈이가

"엄마—"

그리고 때를 타 박게서 엿듯든 노선달이 생큼 드러서며

"에헴! 웬일들이오?" 하고 두리번거리다가 종섭을 발견하고 또 한번 놀라며

"아니 이거 최의사 나리께서 에헤헤 그저 난 이런 줄은 모르고 헤헤헤 원!"

노선달은 연성 허리와 고개를 굽신거린다. 종섭은 좀 면란쩍다.

"엄마 엄마!"

깐놈 우는 소리에 홍매는 홀 아레깐으로 내려가고 만다. 종섭은 더 들 장이 업다.

뒤통수를 빽빽 글그며 막 나가려는 노선달이 "조금 가만" 하고 종섭을 붓잡는다.

10

노선달은 창졸간에 꿩 먹고 알 먹을 수가 떠올랏든 것이다. 최의사가 전부터 색골이란 건 온 읍내가 다 아는 일이다. 이 고장에 왓든 게집으로 밴밴한 것이면 최의사의 손에 걸리지 안흔 게집이 업다. 그러므로 그가 홍매한테 구미를 낸 것은 당연한 일이고 금방 미끄러진 것도 보아 안다. 허나 한 번 미끄러젓다고 벌써 구미가 제껴젓슬 최의사도 아니다. 그래 이놈을 어떠케 잘만 맹그러 노흐면 돈 십 원 쥐여보긴 여반장이 아니냐?

노선달은 종섭의 팔을 붓잡고 손구락을 펴처 종섭과 아랫간 켠을 왓다 갓다 지목하고 빙글 우스며 제 가슴을 툭툭 친다.

그리고 눈을 껌뻑 고개를 주악주악한다.

종섭도 아러드럿다는 드키 고개를 끄덕이며 노선달의 등을 툭툭 친다.

밀약은 삽시에 성립된 셈이다.

종섭은 "그럼—" 하며 나가 버린다.

"그럼 조심히 도라가슈!"

노선달은 종섭을 보내고 잠간 그 자리에 섯다가 아랫간으로 내려

오며

'헹! 꼴악선이 봐라! 자식이…….'

속으론 그리 생각하면서도 입은 딴판으로

"최의사! 참 벤벤한걸! 돈 잘 벌구! 병 잘 고치구……."

혼자말로 중얼거린다.

허나 정작 홍매 겨테 와 안고 보니 저번 날 생각이 나 노선달은 최의사 애긴 감쪽가티 이저버려진다.

"깐놈이 다 아주 못 낫나?"
하며 노선달은 홍매 겨테 바투 닥어안는다. 그러나 홍매는 아른 체도 안코 깐놈의 머리만 집고 잇다. 그래 노선달은 얼른 생각에 저번 날처럼 호주머니에 손을 넛다 냇다 해 뵌다. 주머니 속에서 주먹을 불진불진 주물러도 본다. 허나 오늘은 되통전 한 입 잇슬 턱업다.

'이년을 그저…….'

피가 훌뚝훌뚝 뛰는 마련해선 한번 대비산지 덤벼들어 보고도 십다.

'돈을 삼 원식이나 주구….'
하니 분하기가 이만저만이 아니다.

"헤-ㅇ야-라 헤-ㅇ요 헤-ㅇ야-라 헤-ㅇ요-"

산비탈에서 쌍쌍이 소리에 마초아 괭이로 돌을 때려낸다. 천 리로 티인 봄 하늘에 힘찬 노래소리가 유량히 흐른다.

득보는 괭이를 놀리며 까닭 업시 비탈 아래를 내려다보다가 문득 일손을 멈춘다.

손으로 해를 가리우고 한 번 더 유심히 눈 아래 길을 내려다본다.

'홍 저놈어 두상이…….'

득보의 시선은 노선달의 발굽을 쫏는다.

노선달이 발길이 바-루 홍매네 집으로 향한 것을 보자 일이 손에 붓지 안는다.

득보는 점심참까지 이십 분이 한 달가티 길엇다. 점심참이 되자 벤또는 내버린 채 휭하니 홍매네 집으로 달려온다.

"에헴"

문박게서 헛기침을 하며 문을 벌컥 연다.

노선달은 금방 홍매의 등어리라도 어루만저 보려든 참이라 팔이 흠츨 자래목처럼 흠츠러 든다.

"아— 노선달 영감이…. 요새 안녕하슈?"

"응! 에에헴! 아-ㅋ 퉤!"

노선달은 가래침을 길마루에 탁 배텃다.

'득보 저눔이 나와 무슨 원수라구….'

노선달은 득보게 등을 대고 도라안는다.

"깐놈 어떠우?"

득보의 무름에

"상구 낫질 못해서 그래요…."

득보겐 고분고분한 홍매가 더 얄밉다. 한참 잠잠이 안젓다가 노선달은

"임자 오늘은 일 안 감마?"

"오늘 놀아요!"

"놀아?"

노선달은 노상 눈섭을 찌프려 득보를 빤히 처다보다가 온다 간다 소리 업시 생큼 일어서 뒤도 안 보고 나가 버리며

"에-ㄱ 퉤! 퉤퉤-퉤!"

11

이튼날 저녁이 되자 깐놈의 몸은 불덩어리가 되엿다. 깐놈은 감은 눈을 뜰 줄을 모른다.

"밈 좀 쒀 달난?"

"앙이."

"그럼 죽?"

"실허잉!"

깐놈은 듯기부터 성가서 한다. 홍매는 어쩔 줄을 모른다. 괜스리 손만 두넙다.

'이놈이 병원에 차저갓든 것이 탈이구나.'

여괴가 나지 안흘 수 업다.

해가 지자 일터에서 오는 거름에 득보가 들렷다.

"깐놈이 멀 좀 먹엇수?"

"밈두 죽두 실타는데요! 아이구 참."

홍매는 머리를 빽빽 극는다.

"거! 참! 원! 신수두……."

득보는 혼자소리로 중얼거리며 깐놈을 물끄럼이 디려다보다가
"아무것두 안 먹음 속이 뷔서 되나."
하고 보스럭부스럭 호주머니를 뒤져드니
"옛수! 깐놈 먹갓다는 것 사다 주."
득보는 백통전 세 닙을 내던진다.
이십오 전이다. 홍매는 목이 메여 고맙단 말이 나가지 안는다.
"정 과허기 전에 병원에 갓다 뵐걸!"
"인제 낫깟디요 뭐."
하긴 햇스나 홍매는 가슴이 막막하다.
"그래두……. 과헌 댐에야 병원에서니 손을 쓸 수 잇나 원!"
"글세요!"
"이왕이면 제생병원 최의사께 갓다 뵈우."
"거긴 실허요! 죽어두 거긴 실허요."
홍매는 제김에 악이 치바처진다.
"웨?"
득보는 눈이 희번해지며 홍매를 마주 본다.
"………."
득보는 더 재처 뭇지 안는다.
득보가 나간 다음 홍매는 잠든 깐놈의 얼굴을 멍하니 디려다보며 돈 쥔 주먹으로 무디무디 흐르는 눈물을 시첫다.
깐놈은 밤이 기퍼서야 잠이 깻다.
"깐놈아 멀 먹구픈? 말해 봐라 사다 줄꺼니."
그 말에 깐놈은 눈을 벙끗 뜨며 햇죽 웃는다.

홍매도 기쁨에 겨워 따라 우스며

"너 머어 먹구푸늬?"

"붕어사탕!"

"아니 그보다 더 크구 더 맛잇는 건?"

깐놈은 오늘 엄마가 웬일이냐 시퍼 잠간 어리둥절햇다가 이내 눈을 꺼벅이며 딴것을 궁리해 본다.

지과(고구마), 군밤, 사과, 귤 모두 구미에 댕기나 죄다 사 줄 상십지는 안타.

그래 고작 댕기는 것을 고르자니 딱하다.

고구마로 하자면 군밤과 귤에 군침이 돌고 사과로 하자면 이마까와 야끼*와 고구마도 아깝다. 에라 이왕이면 빗싼 것으로— 하고

"사과!"

"사과? 또 그 댐엔?"

깐놈은 이게 꿈이냐 시펏다.

"귤!"

"귤? 또 업늬?"

"인젠 업서."

실상인즉 업는 것도 아니지만—

"그럼 엄마 귤허구 사과 사올 껀 가만 둔눠 잇거라 응! 얼른 사 가지구 올나!"

"얼른 오라우!"

* 이마까와 야끼 : 일본인 제빵사 이마까와가 만든 조그마한 단팥빵.

"얼는 오구말구?"

홍매는 이불을 꼭꼭 감싸 주고 밤거리로 나섯다. 밤바람은 차다.

엄마가 나가자 깐놈은 혼자 쓸쓸햇다. 사과와 귤에 탐이나 혼자 빙그레 웃는다. 좀 더 조흔 것이 업섯든가 궁리해 본다. 샛밝한 사과와 신눌하고 실뻑진 귤— 모두 그럴듯하다. 그러나 그러나 깐놈은 불현듯 딴생각이 낫다.

볼그레하고 달콤하게 맛 조튼 일년감(도마도)! 깐놈은 지난여름에 돌이에게서 엇어먹은 일년감 생각이 무럭무럭 낫다.

일년감에 대면 사과나 귤은 죽 갓탓다.

12

깐놈은 금새 사과와 귤은 구미가 제껴지고 자꾸만 일년감 생각이 난다.

"또 사다 달라지."

하다가 엄마 눈총이 무섭다.

그래 이제라도 사과 대신 일년감을 사다 달랠 생각이 나 깐놈은 벌떡 이러나 엄마의 뒤를 쪼차 박그로 뛰여나왓다.

박게 나서니 머리가 쭈뼛해진다. 금새 키가 기리로 느러나 하늘로 달려 올라가는 것 갓다. 머리칼이 우스스 제대로 놀고, 등골에선 와스락 소리가 난다. 어두운 구석에서 금방 드옥신이 왈칵 튀여나올 것만 갓다. 깐놈은 두 주먹을 불끈 쥐고 모지게 큰 거리로 달려 나온다.
'엄마가 조만치박게 더 못 갓겟는데…….'
큰 거리에 나서니 추운데도 진땀이 난다.
"엄마—"
깐놈은 소리처 불럿스나 대답이 업다.
콱! 울고 십게 안타깝다. 일년감 말고 사과도 조흐니 어서 엄마를 만낫스면 십다.
전후좌우가 늘 보던 거리건만 두루 무섭다.
"엄마—"
길게 뽑는 끗마디는 우름으로 변한다. 집에 되도라갈 기신도 업고 어디라고 더 따러갈 수도 업서 선 자리에서 엉엉 울엇다.
그리자 저만치서 힛득힛득 그림자가 보이드니
"거 깐놈이가—?"
줄다름질처 오는 것은 엄마다. 홍매는 깐놈이라고 알자 성을 발칵 내며
"아—니! 너 여겔 왜 나왓니? 이 애가 뒈질나고 혼이 낫나 원! 뒈질 테면 속 작작 썩이구 어서 뒈저라! 뒈저!"
하고 성김에 깐놈의 대가리를 한 개 쥐여박고는 젠창 뒤집어 업고 쏜 살처럼 집으로 다러간다.
"그만치나 가만 눠 잇스라구 햇는데……."
엄마는 또 뇌인다.
깐놈은 엄마를 만나고 보니 또 일년감 생각이 나 와들와들 떨면서도
"엄마! 나! 일년감—"

"일년감? 애가 정말 미쳣구나! 지금이 어느 철인데 일년감을 찻니?"

"실타잉."

"일년감은 여름에만 잇단다. 올 여름에 엄마 일년감 만히 사 주마 응. 놈 착하지!"

"실타잉. 엉엉."

깐놈은 야료가 우름으로 옮는다.

집에 갓다 누이니 깐놈은 새파라케 질렷다. 사과를 갈거 주어도 입에 댈 념조차 못하고 신장대*가티 와들와들 떨기만 한다.

깐놈은 삽시에 눈이 죽탕으로 풀리고 입설에 조갈이 갈품처럼 이러낫다.

"깐놈아! 사과나 귤 좀 안 먹으련?"

귤을 벡겨 입에 너 주어 보앗스나 짜증만 낼 뿐 도루 배터 놋는다.

홍매는 자꾸만 흉악한 생직성이 든다.

"어서 나서 우리 다슬기로 가 살자 응!"

홍매는 울성으로 부르며 흔들어 본다. 대답은 업다.

"깐놈아! 깐놈아! 일년감이 먹고 푸니?"

역시 대답은 업서 혀로 입설만 축인다.

"누가 좀 와 주지 안나? 아이구 참."

홍매는 머리칼을 열 손가락으로 곽장질한다. 깐놈은 숨을 꺵꺵 갑으며 힘차게 내몰지도 못한다. 홍매는 가슴만 빽빽 글거낼 뿐 어찌할 도리도 알 수 업다.

* 신장대 : 무당이 신장(神將)을 내릴 때에 쓰는 막대기나 나뭇가지.

'의사!'란 생각이 건듯 머리에 얼씬거리긴 햇스나 저러틋 복개는 깐놈을 혼자 두고 의사 데리려 갈 생각은 업다.

그래 주인 노파를 고래고래 질러 겨우 해 깨워서 득보를 데려오게 햇다.

"아-니 갑자기 웬일이유?"

득보는 눈이 동글해지며 드러온다.

"의사! 의살 좀 데려다 주구래! 깐놈이가…."

홍매는 득보를 보자 참엇던 서름뽀가 터저 목이 맨다.

"원! 참! 일두……."

하고 득보는 두말업시 의사를 데리려 나간다.

깐놈의 숨은 자꾸만 가빠간다.

13

한참 만에 득보는 고개를 수그린 채 숨을 씩씩하면서 상통이 한 말 부어 도라왓다.

"의사 오우?"

"제-길 때려죽일 놈들은."

득보는 댓구는 안코 혼잣소리로 엉실거릴 뿐이다.

"의사래 와요? 씨언히 말 좀 해 주구래!"

"오긴- 충화병원 놈은 술 처먹으러 아진에 나가 안 드러왓대구.

제생병원 놈은 감기에 들녀서 못 오갓다나! 훙 참! 그놈이 눈아페 뵈기만 하믄 멱살을 잡어 끌겟는데—"

"감기 땜에 못 오갓다구요?"

홍매는 성이 발칵 떠오른다. 차라리 깐놈을 종섭에게 업어다 맷기며 '옛다. 네 색기 바더라.' 할까 햇다.

허나 홍매는 설사 깐놈이가 죽드라도 종섭의 손에서 죽이고 십지는 안엇다.

괴로운 한밤이 지나고 날이 새엿다. 샐녁이 되자 깐놈은 잠이 좀 들엇다.

득보는 힛득 밝자 오줌을 누러 밖게 나오니 바주굽에서 웅숭그러치고 오줌을 누는 사람이 잇다. 보니 노선달 영감이다.

'신새벽에 이 영감이 어떠케….'

하며

"에헴"

득보는 헛기침으로 인끼척을 냇다.

"누구야?"

노선달은 득보라고 알자 위정 큰소리를 친다.

"나우다. 노선달 영감이 어떠케 신새벽에 여기꺼정……."

"득본가? 득보면 이리 좀 오게."

싸홈을 사려는 말투다.

노선달은 홍매를 차저오든 길에 또 득보를 만나니 골이 장끗 낫다. 나제 와도 득보 새벽에 와도 득보! 득보란 놈을 대체 어떠케 살머야 올탄 말인가?

사실 노선달이 새벽에 차저오기까지엔 궁리가 만헛다. 노선달은 어제부터 소변을 보랴면 뜨끔거려 병이 올문 것을 깨달엇다. 동녕은 동녕대로 못 밧고 쪽박만 깨트린 셈이니 이왕지사에야 올븐 병 더 올므랴 하고 이번에 가선 맘대로 안되면 돈 내노라고 야판이라도 써 볼 셈속이엿는데 또 득보를–

"자네 어제밤 이 집에서 잣나?"

"자구 어쩌구 깐놈이가 죽어 가서 벅작인데요."

"거즛말 마라! 이 본떼업시 자란 놈 가트니라구!"

"아-니 이 영감이! 뭐가 본떼업단 말유?"

신새벽부터 아닌 밤중에 홍두깨니 아무리 득보라도 미상불 증이 안 날 리도 만무다. 항차 노선달인 경우에…….

"이 절믄 눔의 말버르장머리 봐!"

노선달은 대꾹지로 눈이라도 지를 드시 흘근거린다.

"도대체 내게 헐 말이 머유?"

"이눔아 네가 네 죄를 모르갓니? 늙은 사람이 댄니는 줄 알면서 그게 절믄 눔의 행사냐?"

"내가 못된 행사가 뭐유? 영감이야말루…."

"에키! 죽일 눔! 내 돈 내놔라. 이눔! 내 돈 삼 원을 네 눔이 먹엇지? 한 푼 업는 백건달 눔이 외간 게집의 등만 깍거 먹구…."

노선달은 병도 고처 내라고 을렂다메고 시펏스나 참아 그 말은 안 나간다.

"이 영감이 망녕인가 대체 웬 돈 말유?"

"아 이눔! 내가 망녕이야? 에이 죽일 눔!"

하며 노선달은 들엇든 댓새로 대비산디 득보의 머리를 회갈겻다.

"앗."

득보는 두 손으로 머리를 감싼다. 이윽고 득보는 노선달과 딱 마조 서면서

"그저 이 두상 머리를 냉큼 드러서……."

하고 이를 버드득 간다.

노선달은 결김에 한 대 족서 노킨 해스나 아픗사 절문 놈이 대들면 큰 욕이로구나 은근히 뉘우치며 지레 실수엿다는 표시로 뒤짐을 진다. 득보는 눈을 으릅 떠 가지고 노선달을 노려볼 뿐이다. 금방 한 주먹 넘겨씨울까 하는데 노선달은 약 바르게 싹 도라서드니 뒤짐을 진 채 살금살금 내빼는 것이엇다.

"체!"

득보는 꽁문이를 빼메는 노선달을 붓잡엇댓자 헐 수 업섯다. 다만 '좀 더 절문 놈이엿스넌 그저' 하고 한 번 더 주먹을 불끈 쥐여 보다가 문득 의사 종섭의 얼굴이 떠올랏다.

"처 죽일 놈! 이놈 깐놈이만 죽엇단 봐라."

득보는 혼자 중얼거리며 방에 드러온다.

14

조반 때가 겨우자 깐놈은 왓싹 더해 갓다. 폐염이 뇌막염으로 도라

꼭두줄이 작구만 발터저 고개를 뒤로 고춘다. 숨은 목구멍에서만 할닥이고 입에선 개거품이 부그르 끌른다.

"깐놈아! 깐놈아! 아이구 내 깐놈아."

홍매는 고래고래 지르며 깐놈을 뒤흔든다. 그래도 깐놈은 눈뜰 기신조차 업다.

"깐놈아! 눈 좀 뜨려무나!"

그러나 깐놈은 꺵 꺵 갑기만 하면서 잇발로 입설을 잘기잘기 씹어서 샛빨간 픠가 흘러내린다. 목은 작구만 고다지고 얼굴비츤 차차 검풀어 간다.

"깐놈아! 애 내 깐놈아."

홍매는 꺼저 가는 정신을 붓들어 도꾸려는 듯키 대구 흔든다. 그러다가 제정신까지가 앗찔하고 눈아픠 팽그르르해진다.

홍매는 이를 바드득 갈며 사생결단으로 정신을 채린다.

득보는 입을 굿게 다므른 채 물끄럼히 깐놈의 꼴을 처다보다가 벌떡 일어서며 아모 소리 업시 박그로 뛰여나왓다.

의사를 데리려 가는 것이엇다.

노선달은 득보를 한 개 때려 부시긴 햇스나 그런 것으로 화는 풀리지 안헛다. 득보가 홍매를 끼고 자빠젓슬 생각을 하면 새은 야금야금 떠오른다. 분푸리가 되자면 이제라도 홍매를 약시약시해 보는 수박게 업는데 그건 아진에 글어 먹엇고 그러타고 돈을 차즐 수도 업지 안느냐? 그러고 보니 몽땅 코가 깨진 셈이다. 또 설사 득보를 따려 부신 것은 조앗스나 그다음 순간에 은근히 치를 떨든 생각을 하면 지금도 우울타.

집으로 도라오는 길에 미심길로 오줌을 누어 보니 인젠 요도(尿道)가 못쭐이 아니라, 칼로 살을 싹싹 어여 내는 것 갓다.

그런 사정을 뉘게 말할 수도 업고 그러타고 아프로 십 년을 더 살찌 모르는 판에 병을 길을 수도 업고…….

실로 진퇴유곡이요 호미란방*이엇다.

노선달은 개창가에서 허리춤을 움추리고 한참 궁리해 보다가 문득

"올치! 올치!"

하고 무릅을 툭 치고 나서 활기를 기운차게 내저으며 최의사를 차저가기로 한다.

저번 날 최의사와의 낌을 생각해 내고 최의사를 어떠케 얼렁뚱땅해서 병을 고처볼 요량이엇다. 또 최의사가 홍매에게 진심으로 눈을 걸고 보면 득보 제깐 놈은 문제도 안될 일이다. 노선달은 곳 최의사와 만낫고 마주 안자 얘기는 이내 그리로 올맛다. 종섭은 홍매 얘기가 나오자 또 팔 년 전 일을 회상하고 빙글 우섯다.

"근데 그 색시가 언제 여기 왓서요?"

"온 건 한 달포 넘엇나 보군!"

노선달의 말투는 하대로 도라진다.

"그런데 내가 몰랏슬까?" 종섭은 고개를 기웃해 보고 나서

"노선달은 퍽 친하신가 보드군요."

"허허허 그저 그러치 별루 친하달 것두……."

"본서방이 잇나요?"

* 호미란방 : '호미난방'의 방언. 한번 잡은 호랑이의 꼬리는 놓기가 어렵다는 뜻으로, 위험한 일에 손을 대어 그만두기도 어렵고 계속하기도 어려움을 비유적으로 이르는 말.

"무슨 본서방이…. 득보란 한 뜨내기 노동군 놈이 부터 잇긴 허지만 그깐 놈쯤 최선생이라면 문제나 될나구 허허."

"원 노선달 영감 입지가리라구야 하하…."

종섭은 유쾌하게 웃는다.

"내 참, 저번 날두 최선생 간 댐에 최선생 얘길 만히 햇지! 오늘 밤쯤 어떤고? 짬 잇나? 허긴 밤엔 애새끼가 잇서서……."

"아이가 잇나요?"

"하나 잇드구먼."

"아이가 잇서요? 몃 세나 낫는데요?"

종섭은 깜짝 놀란다. '설마' 하면서도 팔 년 전 일이 생각난다.

"그놈이 닐야듭 됏슬까?"

"닐야듭? 아버진 누군데요?"

"원! 뉘가 그런 걸 안다나! 그것인새나 요새 죽어 간다는걸……."

"죽어 가요?"

종섭은 펄적 뛴다. 일곱에 낫다면 정녕 내 아아임에 틀림업지 안느냐? 종섭은 아들에 대한 소유욕이 펄적펄적 떠올랏다. 종섭은 시재 아들이 업는 것도 아니지만 잇고 업고는 별문제로 '내 아들'은 내가 차저야 한다는 소유욕과 의무감이 소사올랏다.

"참 한 번 가 봐주지! 후에두 보람이 잇슬 테니!"

노선달은 고개를 달삭 드럿다 놋는다.

그러치 안허도 종섭은 '내 아들'이란 생각이 들자 불현듯 가 보고 시퍼서 막 일어서려고 하는 판에 진찰실 문이 벌컥 열리더니 득보가 성큼 뛰여 드러와

"최의사님 아기가 지금 급한데 좀 가 봐주슈."
하고 갑분 숨을 씨근거린다.

15

"아 깐놈이가 아즉 못 낫나?"

노선달이 압질러 말하자, 종섭은 득보의 아래위를 훌터보더니 귀찬흔 어조로

"무슨 병인데요?"

"금방 급헌데요!"

"무턱내고 급허기만 하다구 해서야 알 수 잇소?"

종섭은 사실인즉 득보의 채림새로 보아, 병을 보아 준댓자 약갑슬 바들 수 잇슬까 의심이 먼저 떠올라 가기를 덜 조하햇다. 그런 내색을 노선달이 눈치채자

"아니 최선생! 어서 가 봐주라구. 저 사람이 알른다는 애가 아까 내가 말하던 그 여자의 애거든. 그러니까 어서 좀 봐주! 가 봐줘."

그제서 종섭은 깨닷고

"아 그래요?"
하기가 바쁘게 왕진 가방을 득보에게 들리고 나선다. 종섭이가 박그로 나가려는데

"최선생! 얼른 댕겨오슈! 내 긴히 만날 일이 좀 잇스니……."

하고 노선달은 외눈을 찔끔해 보인다.

종섭이 다다럿슬 땐 깐놈은 벌써 들석들석 탁춤을 추고 잇섯다. 그런 줄도 모르고 홍매는 깐놈을 붓잡고

"깐놈아! 깐놈아! 대답 좀 허려무나!"

하고 우름 석긴 목소리로 부르고 잇다.

종섭은 깐놈을 보자 벌써 어찌할 도리가 업섯다. 깐놈의 모습을 본 순간 종섭은 이것이 틀림업는 제 아들이란 걸 깨달엇고 그와 동시에 아버지로서 아들의 죽엄을 목도하는 진실한 슬픔이 소꾸처 올라 캄풀 주사라도 노흘 생각조차 못하고 깐놈의 손만을 붓잡는다. 순간 홍매는 깐놈에게 손을 대는 것이 종섭인 줄을 알자 벼락가티 눈에도 살이 올라 불이나케 종섭의 손을 뿌리처 버리고 깐놈을 와락 들어 벼개처럼 모질게 제 가슴에 품어 안더니 휙닥 이러서며

"가! 가라! 이 더러운 놈아! 가거라 가!"

아글바글 고함을 지른다. 득보는 눈이 휑해진다.

"잔말 말구 아기를 내려 눕혀요!"

종섭은 깐놈이가 제 아들이엿다고 알자 갑자기 어떤 소유권에 대한 권리를 느끼고 호기 잇게 명령하며 벌떡 이러섯다. 홍매는 그 서슬에 쓸어질 듯 뒤로 물러서며

"실허 실허! 즘생 가튼 놈에게 뉘가 깐놈을 맛긴다든! 이게 네 아들인 줄 아냐?"

으스러저라고 깐놈을 껴안으며 발악을 쓴다. 깐놈은 엄마 품 안에서 핏득핏득 어깨춤을 추더니 차차로 오금이 구더진다.

"아기를 내리 눕혀요! 이 못 눕히겟나?"

종섭은 와락 달겨들어 깐놈을 빼앗으련다. 그 순간 홍매는 눈이 휑뗑해지며 종섭을 바라보더니 별안간

"으아악—"

칼날 가튼 고함을 지르고 나서 아기를 안은 채 펄적 박그로 뛰여나가며

"하하하 깐놈아! 우리 다슬기로 가 살자! 종섭이란 놈 죽일 놈! 깐놈아 넌 내 아들이란다. 하하하 깐놈아 네겐 애비가 업단다. 득보가 네 애비란다. 종섭이란 놈 죽일 놈 하하하 깐놈아 애비 해선 뭣허니! 엄마면 고만이지……. 깐놈아! 엄마 일년감 만히 사 줄나! 깐놈아 다슬기로 가자 다슬기로! 하하하 득보두 간단다……."

홍매는 시거진 깐놈을 껴안은 채 머리채야 풀어저 가지고 허달울레 마당을 연자말처럼 빙빙 돈다. 홍매는 미친 것이엇다. 득보는 속수무책으로 멍하니 바라만 본다. 종섭은 이 자리에 더 오래 잇다간 필시 창피를 볼 것을 깨닷자 가방을 생큼 들고 빼메려 한다.

"야이! 어딜 가?"

가만 안저 잇던 득보는 문득 종섭의 팔을 웅켜잡는다.

"당신은 무슨 상관야?"

종섭은 득보를 노려본다.

"무슨 상관이건 저 애를 살려 놔라!"

"훙 당신은 저 애가 뉘앤 줄 알구? …. 내 애야 내 애! 내 애 죽인데 당신은 무슨 상관인고?"

"이놈아! 언제는 감기 들려서 못 와 봐주겟다던 놈이 인젠 내 아들이라? 어느 악지가리서 그런 뻔뻔스런 말이 술술 나오니?"

"그땐 내 아들인 줄 몰라서 그랫지!"
하고 종섭은 아차 말실수엿구나 햇다.

그 말에 득보는 분통이 터젓다.

"이 때려죽일 놈! 네 쌔끼만 소중하구 남의 자식은 소중치 안흐냐? 이 죽일 놈."
하기가 바쁘게 득보의 주먹은 종섭의 면상에서 절싹 번개를 이르켯다.

"아쿠!"

종섭은 쓰러젓다. 득보는 두 번째의 팔을 장긋 뒤로 재엿다. 박게서는 홍매가

"하하하 깐놈아! 넌 내 아들이다. 일년감 만히 사 주마! 우리 득보 데리구 다슬기로 가 살자! 응 깐놈아 으흐흐흐흐 깐놈아! 다슬기로 가자! 다슬기로 가 살자!"
하고 홍매는 깐놈을 안은 채 흐느껴 울면서 허둥지둥 사립문 박그로 달리며 나가는 것이엇다.

저기압(低氣壓)

오늘도 일기는 개일 상싶지 안타.

칠팔일을 연다러 시펄둥해 잇는 천기는 참 질색이다. 어차피 흐릴 바이면 우박이 퍼붓는다든가 폭풍이 습격을 한다든가 하면 그런대로 기분이 표독한 맛도 잇스련만 그러치도 안코 그저 하수도 징강물차럼 흐넉흐넉하고도 풀기 업는 구이날 구 일 아츰도 그만 저녁도 그만 집웅 우에 덥혀 잇스니 원 골치가 쑤실 노릇이다.

영창으로 내다보이는 동편 하늘은 묵화처럼 둔탁하다.

원악 널븐 하늘이라 어느 한 모퉁이는 쨍그리 개인 데도 잇슬 상시퍼 미심길로 미다디를 열고 동서 사방을 휘너 보앗스나 역시 두터운 회색 하늘뿐이다.

"체!"

나는 혀를 차며 책상머리로 도라와 담배를 픠여 무럿다. 흐린 천기는 생리적으로 나에게 우울을 이르키고 우울은 다시 담배라는 마초(魔草)로서 나를 환상의 세게로 모라넛는다. 울적할 째에 담배를 픠여무는 것은 벌서 고칠 수 업는 나의 버릇이고 다른 무엇에서보다도 담배에서 더 만흔 위안을 얻는 것은 숨길 수 업는 사실이다. 그러케 담배를 자주 피는 덕분에 불면증이라든 신경쇠약이라든 그러한 선물을 밧기는 바닷지만 그러나 불면증의 고통에 비겨 담배의 매력은 너무나 크다. 이제 신선하고 싱싱한 한 대의 권연을 입가에 쓱 갓다 무는 순간의 상쾌미란 길가에서 절색 미인을 맛날 짜위의 류가 아니지만 샛빨가케 타오르는 성냥으로 권연을 붓쳐 첫 목음을 쑥 드려 빠랏다가 햇솜 가튼 연기를 코로 입으로 내뿜는 찰라의 묘미란 저마다 알 일이 못 된다. 연기가 침울한 골수를 시처 주엇슴으로 해서 나의 머리는 점점 침착을 유지한다. 혹은 연기에 마비된 탓일는지 모르지만 마비되엿스면 마비된 대로 우울을 포개 버리는 것은 조타.

손섭에서 타오르는 연기의 한 오리 한 오리를 채섬해 쏘아보노라면 정신은 절로 집중되여 어느듯 날짜리에 대한 쓰념[*]도 이저버린다.

정신을—갈패 사나운 신경을 어리고 달내여 오직 줄기 업는 환상의 세계로 차츰차츰 유혹하는 것이 담배의 연기다.

연기와 담배와 내 머리와는 한 푼의 틈 버러짐도 업시 밀접해진다.

이윽고 다시 한 목음 빠라 금붕어 아가리처럼 해 가지고 고요히 내뿜는 한 옹큼의 쌔끗한 연기가 눈앞에서 아롱아롱 뭉개이다가 나풀한 물결을 지으며 날개를 펴는 것을 보는 째 나의 머리는 수양버들처럼 평화롭다.

"연기는 어데서부터 와서 어데로 사라지는 것일까."

나는 문득 이러한 생각을 하다가 이내 사라지는 자최를 모를 것은

* 쓰념 : '샘'의 방언.

비단 연기뿐이 아닌 것을 알자 순간 생명에 대하야 무한한 허무감을 느끼였다.

사람이 연기라면 사회도 연기가 아닐까. 결국 이 세상은 한 웅큼의 연기다. 그러고 보면 김빠진 창작을 하느니 차라리 맘것 담배를 피이는 것이 상복일 상싶다. 가난한 골머리를 쥐여짜 한두 편의 소설을 맹글 수 잇다기로니 그것이 무슨 명예며 또 무슨 필요랴! 우황 내가 지금 골돌히 생각하고 잇는 '예술과 정치와의 관게'란 세상을 한 오리의 연기로 아는 이상 애당초에 문제도 되지 안을 상싶다.

나는 그날그날 연기를 사랑하고 또 연기 속에서 나만의 평화로운 보금자리를 꾸몃스면 그만이다.

예술은 정치의 종속물이라 건 정치와 예술은 별개의 것이라 건 그것은 나의 이런 지식으로는 알 수도 업거니와 애써 알 배도 아니다. 나는 기뻣 나의 어리서거씀을 깨닷는 순간 홀연 모든 것에서 해탈해 버린다. 해탈은 필연적으로 법열을 가티한다.

나는 세상일을 가소로히 본다.

담배 한 대 태우는 동안에 나는 완연히 성인이 된다. 애욕 명리 회의 이런 감정은 담배불에 죄다 타 버린 싶다.

그러나 다 타 버리고 담배 꽁초의 불이 나의 손가락을 따겁게 하엿슬 때 나는 내 신경 아직 사랏슴에 놀래며 꽁초를 재터리 속에 던져 버리자 불이 물에 다어 시시실 꺼진다. 그 바람에 나는 연기도 담배도 아닌—코와 입으로 끈임업시 공기를 호흡하고 잇는 자신을 발견하자 당황히 책상 앞으로 다가 안즈며 제풀에 만년필을 지버 드럿다. 아까까지 생각하든 창작 구상이 대번에 튀여나왓다는 것은 아니지만 내가 인간이라는 인식은 뒤미처 나에게 '일'이란 의무를 강요한 탓임에 틀림업섯다. 의무는 나에게 괴로운 물건이다.

인간으로서의 의무를 깨다라슬 때 나는 예술의 길을 밟기도 햇고 예술의 길은 이내 '예술과 정치와의 관게'란 새 과제를 제의한 셈이엇다.

연기로 동화되여 버렷든 것은 물결 거츤 현실을 도피하고 제 양심을 어름어름 속여 넘겨서 소안(小安)을 탐하려는 욕심에서 나온 것이라고 알자 초라한 자신이 미웁기 그지업다. 물론 그런 일이 오늘에 시작된 것도 그리고 오늘 비로소 발견한 것도 아니지만 한 개의 숫숫해야 할 학도의 의욕이 행용 강렬한 현실에 휩쓸려 참혹한 비명의 부르지즘을 제 귀로 드를 때마다 나는 자신의 무기력을 비웃지 안을 수 업다.

나라는 인간은 사회적으로 보아 손톱만치의 생존 가치도 업슬는지 모른다.

부평초가티 써도는 나로서 살고 죽고의 문제에서 한 거름 더 나아가 어써케 살까 하는 문제를 생각한다는 것은 그것부터가 벌서 쏭기호-테일 것도 갇다.

그러나 쏭기호-테도 제 생활신조가 잇섯스니 '나도 한 번' 하고 제대로 생각은 해 보앗스나 결과는 신경 쇠약과 불면증만이 욱심해 갓다.

나는 만년필을 내던지고 원고지를 저리로 밀며 이짝 손으로 담배를 지버 들다가 문득 S를 생각해 냇다.

좌익 평론가로 명성이 혁혁하든 S가 요새 벼락가티 '문학에 잇서서의 과학적 태도를 모멸'하고 순수 예술의 길로 도라진 것은 그 일 자체가 커다란 센세이슌이 아닐 수 업지만 나는 그의 리론은 잠간 두고 그의 용기에 놀라지 안을 수 업섯다.

놀램은 이내 부러움으로 변해서 내게 그만한 만용이라도 잇섯스면 시퍼진다. 허나 그것조차도 내게는 터무니 업는 일로 S와 나는 볼판부터 체질이 다르다. S와 가티 튼튼한 체격이 아니면 그만한 용기가 소사날 수 업는 일이라고 나는 버들가지 가튼 내 팔목을 쥐여 보고 불현듯 건강이 부러워젓다. 사실 생각의 표ㅅ대가 잿배ㅅ기 풀대처럼 이질거리는 것도 건강을 일허버린 탓만 같다.

나는 불현듯 여행을 해 보고 시픈 생각이 불길처럼 소사올랏다. 여행으로 건강을 추세우는 것도 조치만 탄력 업는 생활의 권태를 시처버리는 것도 요새에 잇서선 절실히 필요하다고 느껴저 속으로 단단한 결심을 마련하며

"여보! 오늘치 신문 좀 가저오우!"

하고 거는 방을 향하여 소리첫다.

나는 갑재기 원기가 부쩍 소쑤첫다. 래일의 원족을 고대하는 어린애가치 마음이 뛰노랏다. 여행은 언제나 미지의 세게에 대한 호기심을 자어냄으로 해서 즐거움을 가저오는 것이다. 나는 짐짓 여행을 생각해 내지 못햇든 것을 뉘우치며 래일의 천기를 조사하기에 맘이 씨엇다.

이윽고 안해가 신문을 들고 드러왓다.

나는 안해의 손에서 신문을 빼앗다싶이 허겁지겁 천기 예보란 째를 뒤젓다.

만주(滿洲)는 청(晴) 조선(朝鮮)은 담(曇) 칠삼팔(七三八) 미리의 저기압

(低氣壓)은 만주(滿洲)에 잇다.

금야(今夜)는 담(曇)

명일(明日)은 담(曇), 소우(小雨)

천기 예보는 이상과 같다.

나는 나의 시각을 의심하면서 두 번재 일거 보다가 짜장 신문지를 허투루 지버 던젓다. 부닥칠 곳 업는 짜증에 눈섭만 실눅거려진다. 장썻 부프러 올랏는 여행의 기대가 돌각담 허무러지듯 불시에 왈칵 왈칵 쓰러지는 슬픈 반동을 어찌할 수 업서 담배나 피일려고 고개를 돌리다가 문득 안해가 아직도 등 뒤에서 잇는 것을 발견하엿다.

"왜 그리세요?"

안해는 짐짓 잠작고 잇다가 얼굴이 마조치자 허는 수 업시 짜증 내는 원인을 뭇는다. 그러나 그 표정이 어이업든 남편을 딱하게 쏘 가긍하게 여기는 것을 태연히 말하고 잇서 나는 불현듯 가슴에, 분노가 치소사올랏다. 그 분노를 쓰다드머 가러안처 주는 것이 마치 담배 연기나가티 나는 담배만 퍽퍽 피엿다.

안해는 안해대로 댓구 업는 것이 불망인 양 두말업시 서 잇슬 뿐이엇다. 잠간 침묵이 지속되는 동안 나는 안해가 등 뒤에 서 잇다는 사실에 참을 수 업는 고통을 느꼇다.

"어처구니업는 공투정만 부리는 사나히" 하고 안해의 속살거리는 소리가 금방 고막을 울리는 것 갈고 쏘 경멸에 찬 시선이 온 일신에 숨여드는 것 가타 오금이 조여드럿다. 그러타고 이왕 이리된 판에 먼저 입을 짜부치기도 게면적고 체면 업는 상시퍼 시치미를 딱 떼고 연방 담배만 빠라스나 실상 진땀이 등골에 축축햇다.

연기는 삽시간에 방 안에 자욱해저 나는 해무 속에 은신한 듯 다소 오금이 노히기는 하나 등골에 안해의 바늘 가튼 시선을 이저버릴 도리는 업섯다.

대체 이 침묵내기가 언제까지 지속되고 안해는 언제까지나 버티고 섯스러는가 알 수 업다. 나는 어느덧에 적을 맛낫슬 때의 경게를 베풀기는 햇스나 시간이 흐름을 따라 스스로 지치여 나중에는 겻고서 잇는 안해가 그지업시 얄미워젓스나 그러타고 생트집을 잡을 수도 업서 그냥 벗대고만 잇섯다.

이윽고 안해는

"오늘은 원고 몇 장이나 쓰섯서요?"

하고 온순히 말을 허러 나는 '올타? 내가 이겻다'고 내속으로 날뛰다가 순간 안해의 말씨가 지나치게 온순하엿슴에 맛당치 못한 헤아림을 밧은 것을 발견하고 뒤미처 얼굴이 확근 다랏다.

안해에게 헤아림을 밧는다든가 그러한 일은 사내의 체면에 썻썻한 일은 결코 아니다. 안해는 대답에 실망을 느낀 채 한참 말이 업섯다. 내 창작 생활에 아모런 흥미도 관심도 갓는 일 업는 안해한테 별안간 우에와 가튼 질문을 바드니 나는 안해와의 거리가 오늘 갑작스레 압축되엇다고 보아야 올흘지 또 혹은 안해의 말을 멸시로 해석해야 할지 어째 경게가 알숭달숭햇다.

나는 안해가 처녀 시대에 그려 보앗슬 늠늠하고 완강한 사내가 못됨은 말할 나위도 업거니와 우리들의 삼 년이란 결혼 생활은 안해의 입을 빌면 결코 행복되지는 못하엿다. 첫날밤에 모든 지난 비밀을 터러노흠으로써 백 년 앞길을 손목 잡고 헤염처 보자고 옛사랑을 고백한 것까지는 조왓스나 그러면 그런대로 안해를 위하여 옛 여자의 모습은 시츤 듯이 이저버려야 할 것을 때때로 부질업시 첫사랑의 추억에 지쳐 눈물을 흘리는 거기에 흠집이 생긴 셈이다. 그럼으로 가정의 행복을 아서간 것은 지극히 짤븐 어썬 순간이엿스나 안해는 안해대로 그 짤븐 순간이 영영 가슴에 못 백켜 내가 울적해 하면 옛사랑을 연모하는 탓이라고 해석하는 것도 안해의 입장으로 보면 그리 나무랠 일도 못 되엿다.

그야 나로서는 옛사랑을 이미 어찌할 수 업는 일이라고 단념하얏섯고 짜라서 어느 틈에 안해에 대한 사랑이 호박 덩쿨처럼 자랏지만 그런 말을 입 박게 내여 오근마근 토설하는 것이 게면쩍고 아니꼬이 여겨질 쑨 아니라 어찌 보면 도섭(변덕)이라고 뒤잽힐 상시퍼 씁씁하고 잇슬 쑨이엇다.

두 번재의 트집은 여기서 생겻슬는지도 모른다. 안해는 야튼 마음에 지아비가 남들처럼 아기자기한 농담 한 번 안 거러 주는 것도 역시 애정이 업는 탓이라고 미듬을 나라고 모르는 바도 아니지만 나는 또 나대로 요래조래 혀를 굴려 실백처럼 싸놋치 안흐면 남의 충심을 아라채지 못하는 안해의 천박을 경멸하기도 햇다.

그럭그럭해서 우리 부처는 원수가 한 방에 가친 째처럼 서먹서먹하지만 나라고 안해의 충성을 모르는 바 아니다.

허나 취미의 대립만은 어찌는 수 업서 남편의 활자화된 소설조차 읽기를 게으르는 것을 볼 째 나는 일종의 실망을 느찌지 안을 수 업섯다. 그야 그러한 태도에서 안해의 대가티 곳고 솔직한 성격에 매력을 느끼기도 하나 매력이 내 욕심을 포개 버리지는 못한다. 본판 무식하다면 모르지만 보통 지식은 가지면서도 남편의 문학에 무관심하다는 건 결국 문학을 냉소하는 폭이고 그러한 안해가 오늘짜라 원고를 몃 장이나 썻느냐 무르니 그건 나를 달내여 골믄 기세를 푸러보자는 것임에 어김업섯다.

래일의 천기에 골머리를 쓰기를 이저버린 채 안해와의 관계를 이만치 생각하다가 문득 신문지 우에 똘롱똘롱 눈물 써러지는 소리에 안해가 울고 잇슴을 직각하고 고개를 돌려 안해를 처다보앗다.

안해는 과연 고개를 숙인 채 울고 잇다. 나는 짐짓 소 닭 보듯 하고 잇다가

"왜 우러?"

하고 퉁명스레 무릿고 안해는 대답이 업섯다. 이런 째 질신한 남편이라면 안해의 손목을 쓸허댕겨 쓰다드머 주면서

"울지 말러 응! 울지 말나구!"

해야 할 것이고 그러는 것이 안해를 위하여서든 나를 위하여서든 조흔 방책임을 알기는 알지만 교언령색과 감언리설보다 눈에 보이지 안흔 심리의 흐름을 캐내는 것이 가치 잇는 부부 생활이라고 안해가 그런 야릇한 심리를 종잡지 못할 줄을 뻔히 알면서도 생활에 파탄을 주어 세 번재의 틈 버러짐은 여기서 생겨나는 상싶다.

"제 말은 말갓지 안허요?"

쥐도 막다른 골목에 다다르면 고양이를 깨문다구 안해는 확실히 독살을 푸멋다. 나는 대답 대신에 담배를 피여 물며 부러 남편 된 위신을 엄포해 보엿다.

"그이가 그러케 그리우시면 저 가튼 걸 왜 대려와써요."

아니가리 쏘 그 일이 튀여난 모양이나 나는 어이업서 짐작고만 잇섯다. 내가 하늘만 처다보아도 그 일을 생각하는 줄 아는 안해니 가긍하다면 가긍도 하다. 나는 아니라고 변명한댓자 소용업는 일이여서 잠작고 잇섯스나 잠작고 잇는 것은 은근한 걱정이 되여 버려 안해는 이번에는 흑흑 느끼며 억게를 들먹신다.

"제가 보기 실커든 나가라고 하세요. 고대 나갈 테니까요."

"누가 보기 실탯나?"

나의 이 말도 어찌 보면 억지엿슬는지 모른다.

"그럼 그러찬쿠요!"

"제발 공연한 성화 시기지 마러요."

"공연한 성화요! 제가 공연이야요 그래?"

비감이 지치면 영독해저 안해는 충혈된 눈으로 나를 쏘아보며 아주 냉정해진다. 안해의 메스처럼 날카로워진 시선을 발견하는 순간 나는 아차 내가 속에도 업는 말을 그릇첫구나 햇스나 째는 이미 느젓다.

"왜 대답이 업서요!"

안해는 곱채 뭇지만 난 아주 입을 열지 안키로 다짐햇다. 안해는 말다툼이라도 실컷 못해 기가 바알발 쩌오르는 상십다.

이제 나로서 입을 연다면 근거 업는 투정이 튀여나올 게고 그래 괜스리 오해만 살 필요가 업는 것을 깨다랏다. 안해는 써오르는 기를 붓조을 곳 업서 장긋 토라진 심뇌가 우름으로 터저 나왓다.

한 달이 가도 일 년이 가도 별로 싸뜻한 말 한마듸해 주는 일 업는 남편이 안해에게는 미상불 불만이 아닐 수 업지만 나는 나대로 나를 작구만 의심하려 드는 안해가 비위에 거슬려 은근한 사랑을 푸므면서도 겉으로는 아는 척 모르는 척이엇다. 허나 정작 곁에서 쿨적쿨적 우는 안해를 생각하면 허잘 것 업는 나를 그래도 남편이라고 하늘처럼 믿고 잇는 그에게 공연한 슬픔만 자아 주는 것이 호독히 민망스럽기도 하지만 이제 새삼스럽게 어리고 괴이기고 할 아량도 업서 질식할 장면을 버서날 셈으로 훌적 이러나 박그로 나와 버렷다. 하늘은 아직도 개일 줄을 모른다.

소낙비가 오려는지 서편 하늘이 벽장 가라 부은 듯 시컴하다. 나는 어청어청 거닐며 여음 업는 생활을 탄식하다가 문득 은혜(恩惠)가 생각나 발길을 돌렷다. 무료에 시달리는 나의 생활에 이야기의 벗이 되여 주는 것은 오직 은혜이엿다.

은혜의 화제의 풍부성과 세련된 대화술은 얼빠진 소설가인 나를 늘 놀내게 한다. 가스레 자반가티 빼빼 마른 이야기의 줄기를 고둥어가티 포동포동 살을 지워 햇긋한 내음새까지 풍기게 해 놋는 재주을 가진 은혜엿다. 진일 가야 말거리 하나 못 가지는 나지만 은혜를 맛나면 수동적이나마 입설이 고분고분해진다.

우울은 내가 타고난 불행이라면 명랑은 은혜가 선천적으로 지니고 잇는 재주일는지 모른다. 그럼으로 내가 행용 그를 차자가는 것은 우슴을 얻자는 단순한 욕심에서이다. 은혜를 차자쓸 때 공교히 은혜의 남편은 업섯다.

"어서 오세요."

은혜는 뜰악에서 금어초를 가꾸다 말고 이러섯다.

나는 인사대로 빙그레 미소를 띠이다가 불시에 안해는 아직도 울고 잇스리란 생각이 드러 이내 미소를 깨무러 버리고 양 눈섭을 찌프렷다.

"그만 개엿스면 조켓는데 수이 개일 것 갇잔허요."

하고 은혜도 천기에는 못 견대는 상시펏다.

"글세 말이죠! 원 무슨 놈의 천기가—"

"오늘이 립추(立秋)라죠? 그런데 가을 하늘은 통 볼 수가 업세요."

나는 또 "글세 말이죠." 하려다가 마럿다.

오늘이 벌서 립취엿든가 세월은 참 빠르다. 가을 말근 하늘도 조치만 말근 마음이 더욱 그립다. 그와 동시에 나의 우울과 안해의 노염을 생각해 보앗다.

"면경가티 말근 하늘— 그것이 올 것을 밋지 못한다면 오늘처럼 흐린 날엔 자살자가 그수부지겟지요? 아마."

문득 은혜의 이런 말에 나는 뺨을 휘갈기운 것처럼 어리벙벙햇다.

흐린 날에는 말근 하늘을 기대리며 살 수 잇는 아량—그것이 무척 부럽다. 은혜에 비겨 나는 얼마나 허잘것업는 생활의 참패자냐? 나는 침묵을 지키는 수박게 업섯다. 은혜는 내가 댓구 업는데 채심을 하다가

"참 정희가 종내 주것대요."

하고 슬적 화제를 돌리며 치마를 감싸며 주저안드니 채송화 씨를 받는다.

"뭐? 언제요?"

나는 울적한 기분을 씻기 위하여 일부러 필요 이상으로 놀래 보앗다.

"그적께라나요! 그전부터 부부간에 금실이 퍽 조타구 하지 안핫서요. 그런대 주글 때에는 눈이 잘 보이지 안허서 손을 휘저어 남편을

더드므면서 "말소리는 들리는데 왜 보이지를 안어요?" 하고 여간 애가 타 하지 안트래요. 사랑하고 사랑 받는 남편을 두고 주그면 아마 주거도 살이 썩지 안을 거애요."

사랑하고 사랑 받는 사이—행복이 거기에 잇다면 사랑을 일허버리는 것은 확실히 불행일 께다. 나는 은혜의 말에 애끋는 정희의 단말마를 그려 보다가 문득 내 안해가 이제 죽는다면 정희가 남편의 사랑을 노코 죽는 것 애연해 하듯 안해는 한 번도 사랑을 바다 보지 못한 것을 애연해 할 것 같고 혹은 정희의 슬픔보다 안해의 슬픔이 더 지독할는지도 모르니 그러타면 안해의 살도 썩지 안을지 모른다 햇다. 정희가 최후의 순간까지 손을 휘저어 남편을 더듬듯 내 안해도 단말마의 순간까지 나의 사랑을 더드믈는지 모른다고 생각하니 사람의 생사는 원악 모를 일이라 죽기 전에 한번은 안해에게 사랑을 고백해야 할 의무가 느껴진다. 허나 주그면 만사가 그만이라 시퍼

"죽는 사람에게 사랑이 무슨 소용이든고?" 햇드니 은혜는 나를 처다보며

"그래두 죽자 사자란 말두 잇잔이요. 호호."

하고 손등으로 입을 싸 버리엇다. 나도 엽에 소나무에 기대인 채 덩다러 유쾌히 웃다가 문득 대문 안에 안해가 어느덧에 와서 잇는 것을 보고 벼락가티 우슴을 삼켜 버렷다. 유별히 양심에 꺼리길 짓은 업스나 지나치게 유쾌햇든 태도를 안해에게 들키운 것만은 괴로웟다.

그래 쏘처 버린 물이 다시 동으로 도라오랴 하면서도, 불안은 어지간햇다.

"손님이 오섯세요."

안해는 싸늘한 표정으로 눈썹 한 대 깟딱 안는다. 나는 그 시선에서 무한한 고독과 애원과 원함과 질투를 발견하엿다.

그러나 당황한 것은 나쁜만 아닌 듯시퍼 은혜도 얼굴이 새빨해지며 이러서긴 햇스나 변변히 인사조차 못한다.

옛날에 시동생과 가티 쥐를 잡다가 불 써진 그때에 남편이 도라왓다는 이야기와 흡사엿다. 나는 아모 소리 업시 나와 버렷다.

은혜와 안해는 두어 마듸 주고받고 하드니 안해도 이내 내 뒤로 쏘차왓다. 손님이 대체 누구냐구 궁금햇스나 뭇지 안키로 햇다. 쾌활하게 웃는 마당을 안해에게 엿보인 것이 생각할수록 불쾌햇다. 운명은 행용 공교로워 안해와의 거리는 한 번 교차(交叉)되엿든 두 개의 직선처럼 이재는 영원히 머러지고만 말 것 같다.

차자왓든 손님은 이내 가 버렷다. 손님이 가 버리자 우울은 한 겹 덥첫다.

저녁 산보를 마치고 것는방으로 드러오니 안해는 머리를 다소곳이 숙이고 손가락 하나 갈픗하는 일업시 쏘아 노흔 조각처럼 애연히 안저 신문 사회면을 읽고 잇다. 읽고 잇다느니 보다 바라보고 잇다는 말이 적실할는지도 모른다. 나는 안해의 모즈라질 듯한 암상에서 문득 타오르는 고민을 발견하고 나는 사회적인 문제보다 먼처 가정적인 문제를 순순히 해결해야 될 게재임을 깨닷자 불현듯 회오리 가튼 애정이 소삭처 안해의 두 억게를 꽉, 웅켜잡고 뒤흔들며

"신옥!"

하고 포들포들 썰리는 목소리로 불럿다. 안해는 별안간의 일에 한편 놀라면서도 이 무슨 발광이람 하는 듯이 조용히 고개를 드러 애수의

눈물 어린 쌈한 눈동자로 나를 마조 보는 것이엇다.

"신옥!"

다시 부를 때 나의 몸은 정열에 넘첫다.

안해는 어찌할 바를 몰라 쑤중 바든 어린애처럼 고개를 숙이고 입설을 자긋이 깨물 쑨이다. 나는 내 앞에 안즌 것은 정말 조각이 아닌가 의심 낫다. 그러나 아모런 일이 잇드라도 안해의 입을 여러 노아서로 화동을 하고야 말리란 추동에

"신옥!"

하고 야무지게 부르며 억게를 흔드럿다.

"네?"

고개를 살작 드는 안해의 눈은 맑고도 구슬퍼 나는 전기에 감전된 때처럼 중추신경이 짜르르햇고 제풀에 소쑤처 오르는 애정을 가눌 수 업서 안해를 덥석 껴아느려 햇다. 허나 그 순간에 번개가티 시각을 스치고 지나가는 안해의 얼굴은 너무도 새차 애욕의 충동은 미친 포표처럼 서두를 가리지 못한 채 날낸 손만이 단독 행동으로 안해의 뺨을 잴싹 휘갈겻다.

"앗" 하고 쓰러지는 것은 안해만이 아니다. 뺨을 휘갈긴 나 자신도 놀래엿다.

모든 것이 순간이엿스나 어지럽고 무서운 순간이엇다. 애정도 겨우면 이처럼 미치나 부다고 나는 나대로 새로운 진리를 발견햇스나 안해는 그것을 사랑의 변태적 표현이라고 해석할 리 만무니 여기서 내 번재의 틈이 버러지는가 보다.

내 정신으로 짜린 것은 아니지만 내 손으로 짜렷으니 역시 책임은

내게 잇섯다.

쓰러진 안해는 억게로 호흡을 하엿다. 그를 측은하게 여기는 것은 손이 뺨에 가 닷기 이전의 순간부터엿다.

나는 어찌할 도리를 몰라 장승처럼 우두커니 서서 몸 처신에 곤난해 하노라니 안해는 뺨을 두 손으로 감싼 채 획 이러나 큰 방으로 건너가 버리엇다. 나가 버리는 안해를 붙자브려는 충동은 심햇스나 또 일을 저즐까 시퍼 쑥 차맛다. 이제는 차믈 수 잇는 것만도 다행햇다.

저로 도라오기까지 꽤 오랜 시간을 격하엿다. 부동하는 정신 상태를 가누지 못하는 고비를 넘기면 그다음이 미치는 경게다.

"역시 여행을 써나자!"

여행을 써나서 정신을 가다듬고 그리고 나서 편지로 안해에게 모든 것을 고백함으로 새로히 가정의 기초를 다쓰리라 햇다. 괴로운 하로밤을 보내고 난 이튼날—날은 역시 흐리엿스나 나는 옷을 가러입고 손가방 하나만 들고 훌적 집을 나와 버렷다.

지향업시 써난 무궤도 여행이라 발길 도라지는 대로 갈 박게 업섯다.

정거장은 여행의 기초인 상시퍼 나는 어느새 정거장을 향하여 거럿다.

산과 들이 서로 엉기어 흐들신함이 흐르고 잇는 대지—대지의 맥박은 내 다리의 핏대를 프러 올렷다.

개찰구에서 표를 사야 할 마당에 이르자 나는 열차 시간표에 기재된 역명을 죄 일거 보고 백마(白馬)라는 이름이 맘에 댕겨 백마 표를 사기로 햇다.

수영장과 산성(山城)의 고적으로 알리워진 고요한 촌시장이 백마다.

저녁상의 고사리 도라지 가튼 산채는 행결 구미를 도우엇다. 백마는 시가지를 감싸고 도는 고진강(古津江)에서부터 저물기 시작햇다. 혼자서 산성 가는 호젓한 길을 더듬다가 중도에 날이 저므러 앞산 송림 속으로 게여 드렀다.

향긋한 송진 냄새 그윽히 가슴을 시처 준다. 숲 속에서 담배를 피이다가 문득 단풍으로 술을 데웟다는 죽림칠현(竹林七賢)을 생각하고 스스로 나도 고결감을 자긍하엿다. 향기로운 공기가 지천으로 잇는지라 맘껏 마시기로 햇다.

소나무에 지친 몸을 기대이고 무심히 머리 우를 처다보자 솔닢 새로 남두성이 마조처 새파란 정기에 안해의 눈을 연상햇다. 어제저녁에 내가 두 억개를 붙자바쓸 쌔의 안해의 그 눈!

어제 내가 은혜와 웃는 것을 목격한 쌔의 안해의 그 눈!

그리고 우리가 최초의 포옹을 하엿슬 쌔의 행복에 무르이것든 옛날의 그 눈. 모두 가튼 눈이엿스면서도 각기 짠 인상으로 새겨지는 눈 눈 눈이엇다.

개중에도 어제 저녁의 그 눈은 얼마나 공포에 찬 눈이엇든가?

안해는 나를 사랑하기 전에 무서워하는 것이 아닐까? 사랑 대신에 공포는 확실히 비극이다.

이런 비극은 나의 포류질인 약질과 약질이 가저오는 부동하는 정신 상태의 탓일 것이나 그러면 그런대로 그러타는 걸 알려야 할 것을 깨닷고 기회를 노치지 안으려고 당황히 여관으로 도라와 안해에게 편지를 쓰기로 햇다.

'사랑하는 안해 신옥에게—'

하고 시작하여 편찬지 일곱 장이 그득하도록 지나간 일을 샷샷치 사죄하고 사랑을 고백한 것짜지는 조앗스나 막상 써 노코 되일거 보니 이건 너무 어처구니업는 일 같다. 안해는 편지를 바드면 필시 눈감고 아웅도 분수가 잇지 안느냐구 오히려 오해만 살 것 가터 봉햇든 편지를 박박 찌저 버리며 래일은 고대 집에 도라가리라 가서 직접 부댓겨 보리라 하니 공연히 신경이 초조해저 하롯밤이 십 년 맛제비로 기럿다.

사회적이니 게급적이니 하고 노루 꼬리 가튼 지식을 휘젓느니 차라리 안해와의 타협으로 저근 평화를 설게하는 것이 첩경이라 햇다.

밤이 기펏다.

자정이 지나도 잠이 오질 안하 이런 때에는 은혜처럼 재치 잇는 말동무가 잇섯스면 하다가 다음 순간 집에 도라가면 족히 내 입으로 내 뜻을 표현할 수 잇슬싸 새로운 의문이 소사낫다.

아마도 불안은 타고난 팔자인가 부다. 이튼날 오후 내가 집 대문 안에 드러설 때 안해는 줄에 서답*을 널다가 념외에 나를 발견하고 얼굴에 빛나는 미소를 씌이면서

"아규! 어써케 이러케 쌜리 오세요? 어제밤엔 어듸서 즈므섯수?"

하고 치마에 손을 문지르며 맛바더 나오며 내 손애 가방을 빼앗는다.

안해에게는 어제의 원망스런 티는 요만치도 업고 아주 천연스러워 나는 그 거룩한 태도에 잠간 황홀하엿섯다.

실상 안해는 내게는 과분한 배우자임에 틀림업고, 그러한 것이 다시 나를 불쾌케 해 혹은 우리 부처가 정신적으로 결합되지 못하는 것

* 서답 : '빨래'의 방언.

도 짝이 기우는 탓이 아닐까 햇다. 그러고 보니 안해에게 고백하려든 결심이 졸지에 흠츠러지고 마랏다.

안해는 어듸 외국에라도 갓다 온 남편을 맛듯이 양복저고리를 뱃긴다 세수물을 떠온다 야단법석이드니

"참 ××잡지가 왓는데 당신의 소설이 실렷드군요."

하고 놀낼 보고를 한 듯이 이기양양햇스나 내 대답이 응뿐이여서

"당신은 명랑한 성격보다 병적인 성격을 그리는 데 더 장기인가 바요. 아마 당신 자신의 성격이 병적인 탓인지도 모르지만—"

하고 안해는 무심코 생각나는 대로 짓거린 모양이나 그실 나는 안해의 감상력에 놀나지 안을 수 업섯다.

아니 안해는 언제부터 나를 병적인 사내라고 단정해 왓든가.

나는 여편네 앞에 알몸둥이로 드러난 내가 그지업시 초라해 보엿다.

애초에 나는 안해가 나를 아라본 데 대하여 무한히 단축된 거리를 발견햇지만 다음 순간에는 안해는 나를 아랏스나 나는 안해를 몰랏스니 우리들의 거리는 점점 버러저 감을 깨다랏다.

영리한 안해와 얼간 남편과는 도제 타협할 길이 막혓다. 안해가 나를 아라본 대 비겨 내가 안해를 몰랏다는 것은 이 무슨 참혹한 일이냐!

나는 담배만 뻑뻑 빠랏다. 연기는 삽시에 방에 그득 차 나는 지튼 연기 속에서 비로소 간얄핀 안도를 느끼며 고개를 들다가 문득 마즌 편 거울 속에서 자욱한 연기에 파무친 나를 발견하자 운무에 싸인 갈매기를 연상햇다. 연기는 유령처럼 나를 유혹한다.

내 길은 연기에 싸여 나는 키 일흔 배 모양 같기도 하다.

역시 가 다을 기슭은 안해의 곁이라고 고개를 돌려 안해를 처다보

니 안해는 아직도 조초곤히 안저 잇다.

"병적이라는 말에 기분을 상하섯서요?"

안해는 내 시선과 마조치는 서슬에 마련햇든 질문을 디러대엿다.

그 순간 나는 '올타 안해와 타협할 시간은 이때다.'고 속살로 부르짖기는 햇스나 정작 시선과 시선이 딱 마조치고 보니 공연히 어리둥절해지다가 불시에 안해와의 멀고 먼 거리가 생각나서 섯뿌른 세리후[臺詞]을 외여 빗댓자 부질업는 일이라고 그냥 침을 들썩 삼키고 마럿다.

더구나 안해로서 남편의 표정을 샷샷치 뒤저 보지 안으면 안되는 지나친 주의는 몹시 불쾌하다. 부부는 좀 더 흠허물이 업서야 할 것이 아닐까?

그러나 타협해야 할 우리임을 나는 절실히 깨닷는다.

"당신은 집에만 드러오면 소가 되여 버리시니 좀 곤칠 수 업서요?"

퍼그나 잠잠한 뒤에 안해는 싸 두고 싸 두엇든 불평을 버려 노앗다.

"병적인 걸 어써커누!"

나는 모든 잘못을 병적이란 두 자로 보충하려 드럿다. 이번엔 내 말이 뜻박게 고분고분하엿슴에 나도 놀래엿다.

"병적이기 곤치시라죠!"

아차! 안해는 나의 심장을 뚜럿다. 숭허물을 병적이란 말로 보충하려든 나는 너무나 비윗살이 조왓다. 결국 병적이니까. 그걸 곤치라고 한 데 '병적인 걸 어써커나' 한 것은 대답도 변명도 못된 셈이엇다.

그리하여 나는 제풀에 울화가 치미럿다.

"집안에서는 소가 되엿다가두 박게만 나가면 우슴 쌈지가 터지는 것두 병적이야요?"

이러는 데야 내 성이 터지지 안을 수 업섯다.

별로 안해가 잘못한 말은 업지만 도리혀 안해가 정당하고 내가 그른 탓으로 화가 폭발하는 것이엇다. 나는 대비산지 안해의 뺨을 휘갈겻다.

"아코!"

외마디로 쓰러지는 안해를 보는 순간 나는 안해에 대한 지글지글 끌른 애정이 밋물처럼 치미럿다.

안해는 던저진 서답처럼 휘지근해 잇다. 얼마가 지난 후 나는 고개를 드러 나를 처다보는 안해의 눈에서 증오와 분노와 질투의 날카로운 빛을 발견하고

"아—" 나는 다시 타협할 길을 일허버렷다. 나는 벼랑애서 떠러진 때처럼 얼이 빠젓다.

이제는 영원히 교차될 수 업는 두 개의 직선! 슬픈 것은 안해보다도 오히려 나 자신이 더할는지 모른다.

증오와 분노와 질투의 날카로운 안해의 시선!

"앗!"

지금 본 그 시선은 언젠가 은혜와 둘이 우슬을 때에 바라보든 그 시선이다.

나의 희망은 종내 올기갈기 째여지고 마랏다. 지금 그 시선이 저번 날의 그 시선이엿슴을 발견한 것은 내 일화의 불행임에 틀림업섯다.

다섯 번재의 틈—그것은 영영 아물 수 업는 틈이 아닐까. 이 개인생활의 틈이 메워지기 전에는 생활신조가 스지 못할 것이고 생활신

조가 없는데 창작이 생겨날 리 만무하니 내가 창작을 한다는 것은 미친 녀석의 헤픈 넉두리박게 아모것도 아니라고 나는 천천히 담배를 피여 무럿다.

동경(憧憬)

"인곤아!"

머리 우까지 뒤집어썼든 이불을 게른층히 팔로 거더 제기면서 택규는 가만한 음성으로 조카를 불은다.

대답은 없다. 택규도 다시 불을 생각은 않고 두 손으로 배꽃처럼 여윈 얼굴을 이마에서부터 쓰윽 쓰러내린다.

—버스러진 이마가 나타난다. 눈자위가 홀패 구멍처럼 확이 패였기에 더 커 보이는 두 눈이 좌우로 배죽이 베진다.

손을 떼고 보니 전체로는 쑥밭인 양 헝크러진 머리칼에 길숙하고 늠늠한 통상이다.

코구멍이 동구처럼 헹뎅 드러나 보이는 것은 아마 하두 여윈 탓이리라.

택규는 다시 한 번 문켠을 바라보고는 도루 눈을 스르르 감고 이불을 뒤집어쓴다.

잇을막* 후에 열사오 세나 그렇게 되였을 소년이 문밖에서 미다지를 사르르 열고

"아젓씨! 저 불으셨어요?"

하고 나즈막한 말씨다.

"지금 몇 시냐?"

택규는 이불을 뒤집어쓴 채로다.

"저……. 네 시 십 분야요."

소년은 퇴마루에 기둥 시계를 보며 대답한다. 택규는 다시는 아모 말이 없다. 방 안은 시체를 뫼신 듯이 고요하다.

소년은 더 무슨 분부가 있기를 잠간 기대리다가 문을 닫어 버린다.

문을 닫고 나서도 문밖에 이윽히 서 있다가 옆의 화로 위엣 약탕관 뚜껑을 들어 본다. 물씬 피여올으는 증기와 함께 강한 한약 냄새가 코를 푹 찌른다. 소년은 탕관을 한편으로 기우려 쪼라든 짐작을 심중히 처다보드니 아마 쫄 대로 쫄았는 게지 사발과 약 짜게를 등대해 놓는다.

까무직지근한 약이 사발 허리에 쳤다. 소년은 양치물을 대 바처 들고 택규 방으로 드러온다. 머리맡에 약사발과 양치물을 놓고는 무릎을 꿀고 앉으며 바위처럼 웅숭그리고 있는 이불을 향하여

"아젓씨! 약 잡수서요!"

그러나 이러탈 반응은 없다.

"아젓씨!"

그래도 대답은 없어 이번에는 약간 높은 음성으로

"아젓씨! 식기 전에 약 잡수서요."

* 잊을막 : '이즈막'의 방언. 얼마 전부터 이제까지에 이르는 가까운 때.

그제야 택규는 한 팔로 이불을 걷어친다. 금새 감옥에서 십 년이나 살고 나온 사람의 꼴 같다. 택규는 얼굴에 내려 덮인 머리칼 새로 소년을 멍하니 바라볼 뿐, 아모 말이 없다.

"약이 식어 가는데요."

소년 편에서 되려 울상이 된다.

그래 택규는 모로 도라누어 약사발을 받어 들고 물끄럼히 쏘아보다가 암말 없이 단숨에 벌꺽벌꺽 드리켜 버린다.

소년은 약빠르게 양치물을 대 바처스나 택규는 손짓으로 저리 치라는 시늉을 하고 요 우에 덜석 누어 버린다.

입을 쩍쩍 다서 본다.

"몇 시냐?"

소년은 다시 이러서 문밖에 시계를 보고

"아죽 네 시 이십 분밖에 안됐어요."

하고 마치 시간 더진 것이 제 죄나 되는 듯키 쭈뭇거린다.

'네 시 이십 분! 네 시 이십 분! 사(四), 이(二)－シニ*－사(死)'

택규는 머리속에 문득 이런 것을 생각하며 대체 이날이 언제나 저물려는 것인가?

절로 안면 근육이 실눅거려진다.

밖은 아직도 해가 쨍쨍 낳다. 구월도 반 고개 넘은 가을 절기건만 석양 쪼악볕이 삼복을 비웃는 듯 무덥다.

소년은 아주 딱한 표정으로 잠시 삼촌을 바라보고 섰다. 택규가 도라

* シニ : 죽음.

눕느라고 이불을 들석하자 쉬치-한 냄내가 물컥 소년의 코를 찔은다.

"문 좀 열어 놀까요?"

"아서!"

택규는 귀찮은 대답이다.

소년이 나가자 택규는 아까부터 머리맡에 놓였는 서양 봉투 편지를 집어 물끄럼히 바라보다가 픽 내던지며 또 몇 시냐구 물으려다 만다.

다섯 시 반이 되자 소년은 체온게와 그라프를 들고 드러와

"열도 끼어 보서요."

하고 수은을 떤다.

택규는 상을 찌프렸다. 곰베님베* 열을 재여 본다고 열이 낮어질 바도 아니오 또 열이 높아졌다고 별로 신통한 도리가 있는 것도 아니지만 의사가 그러하기를 명령하고 그럼으로 인곤이는 열 재이는 것을 무슨 큰 치료법인 줄로나 알고 약과 함께 꼭꼭 시간을 지켜 채근해 주는 것이 성가시다. 택규는 그럼으로 그런 것에 아주 무심하지만 인제는 다만 그럼으로 충실한 조카의 효성에 보답하기 위하여 거이 의무적으로 체온게를 받어 든다.

이윽고 인곤은 택규에게서 체온게를 받어 보자

"아젓씨! 어제보다 이 부가 낮어졌어요!"

하고 눈을 둥글허케 떠 택규를 처다본다. 택규는 열 낮어진 그 사실보다 그것을 기뻐하는 인곤이가 고맙고도 귀여울 뿐이였다.

"너 좀 나가 놀고 드러오나!"

* 곰베님베 : '곰비임비'의 방언. 물건이 거듭 쌓이거나 일이 자꾸 계속되는 모양을 나타내는 말.

"일 없어요."

"어서 나가 놀아!"

인곤이가 나가자 택규는 아까 편지를 다시 집어 들고 한참 피봉을 물끄럼이 드려다보다가

"흥!"

코방귀를 뀌며 철석 떠러처 버리고 다시는 보기도 싫다는 듯키 낑하고 모로 도라눕는다.

생각을 잊으려고 살며시 눈을 감어 보나 감은 눈에도 순희의 얼굴은 나타난다. 순희! 그는 이태 전에 택규를 버리고 해주에 있다는 어떤 의학사에게로 시집간 여자다.

부모의 억제에 못 이겨 그와 결혼은 했지만 실상은 요만치의 애정도 없어 역시 일생을 두고 못 잊을 사람은 당신밖에 없다고 그러한 말을 되푸리 되푸리해 택규에게 고백한 일도 있는 순희다.

그러나 부모의 억지에 이겨나지 못하는 잔약한 순희의 사랑의 힘 —그것만으로도 택규는 넉넉히 그를 원망할 수 있었다.

허지만 택규가 받은 상처는 원망으로 아물지는 못했다.

택규는 술을 마시었다. 술집에서 술집으로 나달을 보냈다. 술에 저러 감장을 개면 급기야 서름이 터저 나왔다.

날이 갈수록 몸이 지치고 몸이 지칠수록 술은 더 댕겼다.

달포를 두고 술 장복을 하자 몸은 골아떠러저 급기야는 심상치 않은 기침이 나기 시작했다.

그런 일이 있은 지 벌서 만 이태—

이제 와 순희의 편지는 택규에게 아모런 흥분도 없어야 할 것이지

만 택규는 어쩐지 그 편지를 읽기에 겁이 났다. 한참 잠잠이 있다가 택규는 낑 하고 다시 아까대로 도라눕드니 팔을 넌즈시 내밀어 던졌든 편지를 웅켜든다.

피봉 기슭을 기리로 쭉 내리 찢고 알맹이를 꺼내 페처 든다.

한 자 한 자 읽어 가는 동안에 눈망울이 차츰 커 가고 마디마디 다 옛 기억에 새로워 되씹어도 본다.

읽고 나니 눈이 절로 감겨지고 눈을 감으면 구절구절이 네온싸인처럼 머리에 휘황하다.

… 그러길래 저는 다시 '인형의 집'엔 도라가지 않기로 결심했어요. 저를 이십 세기의 얼빠진 '노라'라고 웃어 주서요. 허지만 저는 노라처럼 맹목적으로 집을 뛰처 나온 것은 결코 아니예요. 제게는 그리로 도라가지 않으면 안될 고장이 있은 걸 그새 그만 딴 길을 잠간 밟었을 따름이예요. 그 도라오지 않으면 안될 곳 그곳이 만약에 이 편지를 보고 웃으실 택규 씨의 무릅 아래라고 한다면 얼마나 짓구즌 운명의 작난입니까. 아마 그것이 나의 숙명적인 길인가 바요. 제가 떠남으로 해서 택규 씨가 병석에 눕게 되섰는지 택규 씨의 병이 무서워 제가 도망을 친 셈인지 그건 저도 몰라요. 허나 어떻든 그 일로 해서 저는 괴로워 견댈 수 없어요!

택규는 순희의 편지를 어떻게 해석해야 옳을지 종잡을 길이 없다.

택규는 목을 자래처럼 홈츠라치며 이불을 어께까지 치켜올닌다. 갑자기 목구멍이 싸-하드니 기침이 복기여 오른다. 주먹을 입에다 갖다 대고 쿨룩쿨룩 한창 격고 나니 정신이 얼쒸-하다.

택규는 금새 제 몸이 시든 것을 깨닫고 이제는 순희도 소용없다는 걸 느낀다.

순희와 나는 지금 완전한 딴 세상 사람이다 했다. 사랑을 찾어 헤매는 순희－그는 과시 삶을 찾는 사람이고 택규 자신은 죽엄의 길을 거러가는 사람이 아닐까?

"예술이다. 예술! 예술 속에서 살자!"

성한 사람은 병든 사람을 버리지만 예술은 결코 병인이라고 버리지 안는다고 택규는 생각한다.

설사 순희가 뭇 사람의 예에서 버서나 진실한 사랑을 준댓자 그건 결국 생명과 함께 꺼지고 말 것이다. 허나 예술의 생명은 무한 길지 않은가?

택규는 C 잡지의 원고 독촉을 불현듯 생각하고 발길로 이불을 밀어 차고 지그시 이러나 저만치의 책상을 끄러당긴다. 한참을 원고지가 뚜러지도록 바라보다가 펜을 들고 책상에 밧삭 닥어 앉는다.

"봄 봄."

원고지 우에 두 자를 또라지게 써 놓는다. 오래동안 머리속에서만 복닥거린 이 소설이 과시 원고지 우에서 예술의 봄을 맞이할 수 있을까 그건 택규 자신으로도 의문이지만 어떻든 원고지와 마조 앉고 보니 봄이 머지 안은 것 같다.

두어 줄 써 내려가 여주인공의 이름을 '점순'이라 써야 할 데 가서 불쑥 '순희'라고 씨어졌다. 택규는 '에잌' 짜증을 내며 원고지를 와작와작 주물너 길마루에 내던진다.

"아젓씨! 진지상 드려요?"

인곤이가 문을 열고 묻는다.

"있다가—"

택규는 머리를 숙인 채로다.

인곤은 문을 열어 잡은 채 못맛당한 표정으로 잇을막 있다가

"아젓씬 원고 쓰기 그만두세요."

"…………."

택규는 고개를 들어 조카를 처다본다.

"몸에 해로워요. 대구 머리를 쓰믄."

택규는 어떤 말을 해야 조카에게 양해을 받을 수 있을까 잠간 궁리하다가

"이 원고 써 줄 테니 너 C 사로 가지구 가서 원고료 받어 와야 한다. 알었늬?"

하고 마코를 부처 물고 펜을 되잡는다. 인곤은 그 말엔 대거리를 못 놓고 잠잠히 서 있다가

"담배를 피여 물어야 생각이 나요?"

하고 이번에 역증에 가까운 말씨다.

택규는 암말 없이 담배불만 꺼 버린다. 소년이 나가자 택규는 껏든 담배를 다시 부처 물고 펜을 달낸다. 방 안에 담배 연기가 짙어 갈수록 택규는 저만의 황홀격에 빠진다.

허나 생각은 철 리로 달내여도 붓은 구절마다 더지다. 붓이 이렇게 더지다가는 벤벤한 소설 한 편 못 쓰고 죽어 버리지 안을까 택규는 되사려 앉으며 머리를 빽빽 긁는다. 밤이 저므러 갈수록 정신은 또렸해 온다. 시금직한 불면증도 원고 쓰기엔 다행히라고 여겨진다. 죽은

듯이 고요한 밤을 노려 원고지를 한 간 한 간 메워 가는 것이 고작 상쾌했다.

"아젓씨 그만 즈므서요."

인곤은 택규 옆에 자리를 보고 나서 저도 대님을 풀며 채근한다.

"응 그만 자자."

택규는 펜을 놓고 요 우에 덜석 자빠졌다. 웬일인지 택규는 예술을 위해 선수 아모개의 말이든 다 거역할 수 있어도 인곤의 말에만은 고집을 세울 수가 없었다.

오 분도 못 가 인곤은 코를 드르렁드르렁 곤다. 택규는 살그니 일어나 코를 되지게 골며 자는 조카를 물끄럼히 바라본다. 철없는 것이 삼촌에게 그처럼 특성이니 대체 인곤은 삼촌의 어떤 점에 맘이 끌니는 것일까.

택규는 기특한 조카를 둔 것이 더없이 반가워 인곤의 얼굴을 요리조리 뜨더 본다. 고무공처럼 탄력에 찬 얼굴—그 속에 흐르는 날뛰는 듯한 피, 툭 버그러진 앞가슴을 훌뚝훌뚝 내바처 금방 밖으로 튀여나올 듯이 굼풀덕시는 심장……. 인곤이가 언제 이렇게 장골이 됐든가. 택규는 놀랐다.

택규는 인곤의 토실토실한 팔목이 눈에 띄이자 이내 제 팔목에 손을 감여 본다. 맥박조차 감촉되지 안는 팔목 그건 꺽어진 생나무 가지만도 못했다.

택규는 다시 인곤을 처다본다. 배 밑바닥에서부터 울어 나오는 우렁찬 코고름 그건 삶의 고함이오 생명의 아름다운 노래 같다. 눈앞에 누어 있는 한 개의 몸둥아리는 그것이 몸둥아리기 전에 한 개의 게센 힘이오 벌거버슨 생명의 약동 그것이다.

웅켜 잡어서 제 것을 만드러 보고 싶은 굶주린 욕심은 택규의 가슴에서 굼풀덕신다. 택규는 주책없이 인곤의 두 팔을 덤썩 부둥켜 잡는다. 팔은 이상히 떨리고 호흡이 갑재기 가빠진다.

한참이 지났다.

택규는 눈을 감었다. 팔에 맥이 스르르 풀닌다. 택규가 제자리로 도라왔을 때 그는 며욱 오리처럼 피곤했다.

가장 사랑해야 할 조카에게 질투를 느꼈다고 생각하니 더없이 괴로웠다. 다시는 인곤을 처다보지 않으리라고 그와 반대쪽으로 도라누으며 택규는 긴 숨을 휴 내쉬인다.

다시 생각이 '내게는 건강이 아니라 생명이다. 육신의 생명이 아니라 예술로서의 생명이다.'라고 들어, 택규는 되 책상 앞에 일어나 앉는다. 삶의 생명을 등지고 예술의 생명을 찾는 건 고처 생각하면 울며 게자 먹기와도 같아 보이기도 한다.

"생명의 약동! 생명의 약동처럼 아름다움은 없다. 나는 생명의 아름다움을 예술로 그림으로써 예술의 생명을 키우자!"

택규의 눈앞에는 새로운 길이 티여졌다. 택규의 펜은 벌서 펜이 아니라 생명의 샘이었다.

새벽이 되자 택규는 펜을 던지고 드러누었다. 잠을 청하려고 눈을 감으니 불쑥 순희의 모습이 떠오른다. 뒤미처 생각나는 것은 순희 편지의 구절구절!

택규는 머리를 설레설레 흔들어 본다.

"쑥이다 쑥이야!"

인제는 편지를 도루 돌려보내지 못했든 제 자신이 미워진다.

"답장을 내지 말자! 답장을 내다니 원 천만구 없는…. 그러나 불쑥 찾어온다면? 그땐 면회 거절을 해야지."

하면서도 택규는 으려히 매정해야 할 제가 저도 몰으게 순희 일에 맘을 쓰고 있는 것을 깨닫고 한참은 어이없어 한다. 입으로는 답장을 말자 면회를 거절하자 하면서도 맘 어느 한구석에서는 혹 순희가 찾어오면 하는 기대도 노상 없지 안어 택규는 점점 어리석은 저를 발견한다.

"흥 제 년을 누가……."

택규는 위정 욕을 씹어 본다.

날이 밝었다. 택규는 뜬눈으로 샛다.

"좀 즈므셨우?"

인곤이가 눈을 부비며 묻는다.

"응! 얘 너 저 원고 소리 내 읽어 봐라."

택규가 누은 채 턱으로 원고를 가르치자 인곤은 잠작고 원고를 집어 들어 가만히 내려 읽는다.

"… 개돼지는 푹푹 크는데 왜 이리도 사람은 안 크는지 한동안 머리가 앞으도록 궁리도 해 보았다. 아아 물동이를 자꾸 이니까 뼉다귀가 옴츠라드나부다 하고 내가 넌즛넌즛 그 물을 대신 길어도 주었다. 뿐만 아니라 나무를 하러 가면 서낭당에 돌을 올려놓고

"점순이의 키 좀 크게 해 줍소사. 그러면 떡 갖다 놓고 고사 드립죠니까."

하고 치성도……. 하하하 아젓씨 이게 얼간 안야요."(김유정(金裕貞),

「봄, 봄」의 일 절(一 節))

인곤은 원고를 읽다 말고 대구 웃는다. 택규도 고개를 주악시었다.

점심 때쯤 되서 M 백화점에서 편지와 함께 '히야씬스' 화분이 택규에게 배달해 왔다. 택규는 가슴이 띄끔했다.

편지 피봉은 틀림없는 순희의 글씨다.

택규는 이번엔 정말 그대로 돌려보내리라 하면서도 야드러지게 핀 분홍빛 히야씬스 꽃송이에 정이 드러 한참을 물끄럼히 바라보다가

"인곤아 배달부 아직 있니?"

"왜요. 벌서 가 버렸는데요."

"가서!"

하고 택규는 숨을 단번에 모라쉬다. 화분을 돌려보내지 못한 것이 한스러우면서도 한편 돌녀보낼 길을 잃은 것이 맘 가벼웠다.

"이왕이면……."

생각하며 편지를 뗀다.

> 좀 어떻세요?
>
> 벤벤치 못한 화분이나마 머리맡에 놓고 보아 주세요.
>
> 푸른 히야씬스는 구든 마음이라나요.
>
> 순희 올림

"체! 복수불반분(覆水不返盆)*인걸!"

택규는 일부러 혀를 차 저를 경계해 본다.

* 복수불반분 : 한 번 엎어진 물은 다시 그릇에 담을 수 없다.

"쑥이다 쑥이여! 내게 게집이 무슨 필요든가? 내겐—생명 영원한 생명만이 필요타."

이렇게 생각하자 택규는 갑자기 순희의 기억을 싯고, 예술에 정진할 때가 바루 이 순간이라고 벌떡 일어나 순희에게 편지를 쓴다.

> 이 편지를 해볓에 십 분 동안 소독해서 읽으서요!
>
> 히야씬스 감사합니다. 저번 편지도 받었읍니다. 허나 그것이 지금 제게 무었이겠읍니까. 저는 결핵균을 먹고 사는 사람입니다. 어떠한 경우에라도 제겐 결핵균만이 친근한 동무입니다 오직 결핵균만이오. 택규.

이렇게 쓰고 나서도 택규는 너무 지나치지 않었나 싶어 한참을 앉어 있는 동안에 편지를 부등켜 쥐고 쓸어저 우는 순희의 측은한 팔이 보였다. 차라리 예술이고 뭐고 고집을 세울 것 없이 순희의 무릅을 베고 앓다가 순희의 품에 안겨 죽어 버릴까도 생각해 본다.

그러나 택규는 저를 깨닫자 고대

"인곤아! 이 편지는 곧 내다 붙어!"

투정하듯 편지를 마루에 팽겨쳤다.

이튿날 순희게서 속달이 왔다. 편지 받고 앉은 자리에서 쓴 것이다.

> 주신 편지 너무 과하시잖어요. 전 가슴이 메일 뿐이얘요. 받어야 할 벌이니 받기는 받겠어요.
>
> 오후 세 시에 찾어가 뵙겠으니 제발 그것마저 거절은 마러 주세요.

택규는 세 번째 읽는 새 어느듯 눈시울이 뜨거워 왔다. 그는 편지를 접어 품에 안어 본다.

오후 세 시— 아득한 앞날 같다.

'맞나지 않을 필요가 어디 있든가? 맞나서도 얼마든지…….' 하는 택규다.

이태 동안에 모습이 얼마나 변했을까? 유난히 인상 깊은 으리으리한 눈 석고처럼 희고 날신한 손가락 모두 그대로일까? 짜장 그대로일 것만 같이 느껴진다. 이태의 세월이 흘넜건만 순희의 인상은 어제만치 새롭다.

허나 문득 앵도알같이 붉든 그 입설은 아무래도 그대로는 아니였으리라고 생각이 거기에 미치자 무지개처럼 찰란하든 순희의 인상은 왈칵 허무러지고 만다. 순간 택규는 순희의 사랑은 벌서 옛날 그 사랑은 아닌 것을 깨닫는다. 지금 순희와 나는 서로 동정하는데 머저지는 것이 아닐까? 순희는 가정적으로 파산을 당한 외로운 맘이오 나는 나대로 병석에 누었음으로 해서 의지할 곳을 찾는 것이 아닐까? 단지 두 외로운 마음이 옛날에 서로 사랑했든 기억이 있음으로써 그 기억을 더듬어 얼키는 것이 아닐까?

택규는 역시 그 해석이 옳다고 고개를 끄덕기며 그렇다면 애시당초 맞날 의리도 아니라 했다. 허지만 택규는 순희의 래방을 막어 낼 아모런 궁리도 없이 문밖의 시게가 종을 칠 때마다 손으로 곱아 본다.

"땡! 땡!"

두 시 치는 소리를 듣자 택규는 가슴이 띠끔 했다. 잡지를 페처 들기는 했으나 장수만 헤여 넘긴다.

책을 던지고 눈을 감으며 머리를 빽빽 긁는다.

"인곤아! 몇 시냐?"

금방 세 시를 칠 것만 같고 그래 순희가 성큼 드러서는 것만 같다.

"두 시 반야요."

"반?"

무척 오랜 것 같은데 겨우 삼십 분이라니 택규는 들뜬 제가 저 보기에도 게면쩍다. 택규는 궁싯거리며 이불을 치켜 덥는다.

누가 병문안 올 때마다 맘에 점적하든 때에 저른 이불도 순희 앞이라면 맘 벋히여진다. 택규는 어떻게서든 제 궁상을 뵈고 싶었다.

세 시에 온다든 순희는 십 분 빨리 두 시 오십 분에 왔다.

"아규! 김선생님."

인곤의 안내로 방에 드러서기가 바뿌게 순희는 발칵 놀란 음성으로 택규를 불으기는 했으나 섬적 달려오지는 못한다.

잠시 되우 어색해 머뭇머뭇하다가 택규게로 바투 온다.

바투 와 볼수록 순희는 택규의 여윈 데 놀란다. 만약 길거리에서 맞났다면 그를 그라고 알어보지 못할 만치 딴 사람이 되여 뵀다. 택규는 순희와 딱 마조치고 보니 중추가 맥켰다. 내가 뉘 때문에 이런 병에 걸녔냐고 제 주제를 순희 앞에 떠벌려 뵈고 싶은 원망과 자긍이 한거번에 생긴다.

"참 오래간만입니다."

하고 택규는 일러날 념도 않고 순희를 바라보며 순희도 무던히 달라젔구나 했다.

새해 잡어 스물넷 어느새 야들야들하든 기품이 감족같이 없어젔다. 눈 테도리에 쟁이 간 것은 심뢰한 자최일 것이고 손가락 매듭이 알아보게 흥통이 진 것은 골악에서 발은 선물이리라.

그러면 그런대로 순희를 여위게 한 데 나는 얼마만한 역활을 했을까고 택규는 다시 순희를 처다본다.

순희는 어느새 눈물이 글성글성해 입을 못 떼고 택규를 맞 본다. 섯불니 입을 열었다가 터저나올 것은 서름뿐일 것 같다. 택규의 시선이 순희의 그것과 딱 마조치자 순희의 눈에서는 끼고 있든 눈물이 거침없이 떠러졌다.

"저를 퍽 원망하셨죠?"

순희는 눈물을 씻고 나서 울성으로 물으며 고개를 떠러트린다.

"…………."

택규는 눈을 감고 코로 긴 숨을 내쉰다.

"저라고 제가 못났든 걸 모르는 밴 안얘요."

"무슨——"

택규는 댓구를 해야겠는데 말거리가 없어 입속에서 중얼거리고 만다.

아닌 게 아니라 제 죄니 제 벌이니 하는 말을 듣고 보니 죄는 모두 순희 부모에게만 있는 것같이 느껴지는 것은 좀 이상했다.

"해주로 간 지 두 달만엔가 C 잡지 소식난에서 선생님이 병으루 누섰다는 걸 안 순간부터 저는 한 초라도 제가 죄인이란 걸 잊은 적은 없어요."

"죄라기보다 운명이겠지요."

"전 제 죄를 운명이란 말로 벗어나고 싶진 않어요."

하고 순희는 고개를 도리질한다.

순희는 어렁어렁 엄버무러 넘기려는 택규가 어덴지 몰으게 원망스러우나 그도 역시 제가 받을 벌인가 보다 했다. 택규는 입을 꾹 다믄다. 입을 열면 하고 싶은 말은 끝이 없을 상싶으나. 순희가 지난 일을 모두 제 죄로 떠지고 천벌이라도 달게 받겠다는 저 순교자적 비장한 각오에서 찰란한 아름다움을 발견했음으로 잘못 덤비다간 또 사랑에 빠지지 않을까 그걸 경계하는 때문이었다. 한참 질식할 침묵이 흘렀다.

"그래 해준 언제 가시려우?"

택규는 순희가 해주로 도라가는 것이 가장 옳은 길이라 또 제게도 고작 좋으리라 생각하고 아모렇지도 않은 듯이 물었다.

"…… 안 가기로 했어요!"

순희는 맺고 따지는 대답을 하면서 그러나 앓는 어미를 바라보는 어린 아기의 눈을 해 가지고 택규를 마주 본다.

"안 가믄 되우? 가야죠."

"그럼 가야 옳다고 생각하세요?"

하고 순희의 눈은 비수처럼 날카로워진다.

"그게……. 옳죠!"

하고 택규가 거복해 할 새도 없이 순희는 "흑!" 느끼며 두 손으로 얼굴을 감싸드니 택규의 가슴 우에 쓸어진다.

택규는 깜짝 벼락이었다. 가슴이 압박되자 울컥 기박이 소꾸처 올랐다.

"쿨렁! 쿨룩 쿨룩 쿨룩 쿨쿨쿨 쿨룩!"

금새 얼굴이 샛파랗게 질니며 숨이 꿈뻑 너머갈 듯하다.

순희는 "앗!" 하며 고개를 들었다. 방 안이 팽그르르 도는 것 같다.

택규는 연신 고개를 주악시며 기처 대드니 벌컥 일어나며

"왁!" 하고 픠를 토한다.

순희는 벌벌 떨다가 놀래 들었든 손수건을 손바닥에 페서 택규의 입 아래 갖다 댄다. 피여올을 듯이 샛빨간 픠가 흰 수건 우에 쏟아진다. 삽시에 피는 손바닥에 넘처스나 상기 그치지를 안어 순희는 손엣 피를 치마 자락에 픽 쏟아부으면서 치마를 페처 든다.

택규의 입은 피를 쏟는 수도처럼 왈칵왈칵 선혈이 쏟아진다.

사발 짐작으로 쏟아진 피는 치마에서 흥글흥글 엉긴다.

이렇게 고흔 빛깔에 정말 페균이 있을까 순희는 그냥 디려 마시고 싶었다.

"욕 보셨읍니다."

택규는 고개를 숙으린 채 말하며 손으로 이마엣 땀을 싯는다. 순희는 그러잖어도 저 때문이라고 생각했는데 그런 말을 듣고 보니 기가 맥킬 뿐이다.

그러자 택규 기침 소리에 놀라 인곤이가 벌컥 뛰여 드러오다가 순희 치마의 피를 보고 못맛땅한 듯키 상을 찌프리며

"미안합니다."

씹어 뱉듯이 퉁명스럽게 말한다.

순희는 갓득이나 조이든 판에 인곤의 꼴닌 눈치까지를 깨닫자 옹줄해 어찌할 바를 모른다. 인곤은 암말 없이 순희 앞에 요강을 갖다 놓는다.

순희가 겉치마를 벗고 속치마 바람이 되자 인곤은 뿌루퉁한 음성으로

"그만 도라가 주세요!"

하고 청이 아니라 축출 명령이다.

순희는 쇠망치로 골통수를 얻어 겨끼운 듯했다.

"용서하서요."

순희는 택규를 도라볼 여가도 없이 마루로 쪼겨 나왔다. 어쩐지 소년의 명령이 가슴을 찌르는 듯했다.

밖에 나오니 순희는 서름이 갑자기 복바처 대문 기둥을 쓸어안고 울고 울고 또 울었다. 택규! 그는 벌서 순희의 택규도 아니오 이 세상의 택규도 아니라고 생각하니 대문턱을 넘기가 가슴 쓸아렸다.

이제는 죽어 가는 그를 간호할 처지조차 못 된다고 알자 순희는 소년이 무척 부러웠다. 택규는 직켜 주는 소년이기에 소년의 명령이 무서웠든 것이다.

순희는 어떻거면 택규의 간호를 들 수 있을까 생각해 본다. 순희의 사는 목적은 그것 하나뿐이라 했다. 그러나 순간 순희의 눈앞에는 아까 그 소년의 엄숙하고 날카로운 눈초리가 나타났다.

순희는 울었다. 억게가 신장대처럼 떨린다. 금방 온 세상이 깊은 구렁 속에 함락하는 것 같다.

허겁지겁 집으로 도라오자 순희는 방 안에 쓸어졌다. 얼마 있다가 정신을 채리고 보니 순희는 저도 몰으게 기도를 올리고 있었다.

시간은 순희에겐 고민의 연사였다. 한 푼 한 푼이 지날수록 택규의 명도 그만치 쪼개지리란 생각에 순희는 시게 보기가 무서웠다. 순희

는 누어도 안달이고 앉어도 복달이다. 작구만 택규의 미이라처럼 수척한 꼴이 눈에 떠 버러저 몸을 지탕할 수가 없다. 황혼이 골목골목에 안개처럼 저저든다. 이윽고 밤이 올 전주곡이다.

순희는 이 밤을 어떻게 보낼 것인가 하니 도무지 답답하고 가슴이 에여 훌쩍 집을 뛰처나온다. 거리에 나서니 발은 저 갈 대로 간다. 다닫고 보니 아까 지대여 울든 그 대문이다. 순희는 대문을 넘어 발자취를 죽여 가며 약탕관이 놓여 있는 퇴마루 밑에까지 와 바람벽에 몸 찰닥 부친다.

"정신이 좀 드세요!"

하는 것은 방 안에서 들여 나오는 소년의 무름이고

"응 네게 미안하다."

하는 것은 거진 꺼저 가는 듯한 택규의 목소리다.

"거 웬 여자애요?"

그 말에 순희는 귀를 바짝 세운다.

"아는 여자."

"아는 여자면 인제야 찾어와요?"

"글세……."

"그런 여자 종후엔 맞나지 마서요."

순희의 가슴은 불꼬치로 지지운 듯했다.

"…………."

순희는 좀 더 귀를 소삿으나 이번엔 들리는 것이 없다. 순희는 대답 없는 것이 더 괴롭다. 이윽고

"원고를 또 쓰시려우? 오늘만은 제발 그만두세요."

하는 소년의 말에

"인곤아 내겐 벌서 건강은 필요치 않으니 내 맘대루 원고를 쓰게 해 다구!"

하며 삐걱 책상 다거 놓는 소리가 난다.

다시는 아모 말이 없다. 순희는 바위 같은 압박을 주는 소년이 지금 택규 옆에 우두커니 서 있을 것을 상상할 수 있었다. 순희는 와락 달겨 드러가고 싶었다. 반사적으로 획 밖으로 뛰처나왔다.

그날 밤 순희는 쮸-맆꽃을 한 다발 택규 방 앞에 몰래 갖다 놓았다.

이튼날 아츰 쮸-맆꽃을 발견한 소년은 잠간 고개를 이리저리 기웃둥거리다가 이내 '그 여자!' 하고 짐작이 가 집어 들고 방으로 드러오며

"아젔씨 이 꽃 어떼요?"

"쮸-맆? 곱구나 어서 났니?"

택규는 꽃을 받어 코에 갖다 대 본다.

"꽃 장수께 샀죠 머."

하면서도 인곤은 죄라도 지은 듯 가슴이 어리다.

이튼날은 코스모스였다. 인곤은 이번엔 정말 깜짝 놀라며 택규가 눈치챌까 싶어 그대로 쓰레기통에 넣 버릴까 했으나 보내 준 정성을 짓밟기도 멋하고 또 꽃을 하두 좋아하는 아젔씨길래

"코스모스 어떼요?"

"벌서 코스모스가 피였니?"

"그럼요 엽집엣 건 벌서부턴데요."

택규는 오늘은 그 꽃 어서 났느냐고 뭇지 안었다. '순희가' 하고 제대로 단정해 버린 것이다.

저녁 무렵이 되여 인곤은 뒷간에 가려고 대문을 지나다가 막 그리로 드러오는 순희와 딱 마조쳤다. 순희도 인곤을 보자 그 자리에 멈처 서며 두 손을 앞가슴에 뫃은다. 인곤은 암말 없이 순희를 뚜러지도록 지독한 눈초리로 처다본다. 순희는 고개를 숙으린다. 순희의 가슴에 안은 시크라멘 다발이 한들한들 떨린다.

인곤은 웬일인지 순희가 반가우면서도 밉다. 아젓씨를 위해 순희가 반갑고 아젓씨의 건강을 위해 순희가 미웠다.

잠시 순희와 인곤은 망두석처럼 마주 버티고 서 있다 순희가 고개를 든다. 타는 듯한 눈이다. 순희는 두어 거름 나서 땅 우에 꽃다발을 놓드니 획 도라서 도망치듯 나가 버린다. 한참 인곤의 호흡은 거츨다.

인곤은 잠시 후에 꽃다발을 집어 들고 막 택규방으로 뛰여 드러가려다가 무슨 생각에선지 갑자기 발을 딱 멈추고 고개를 기웃하드니 대비산지 태마루에 꽃다발을 내동댕처 버린다. 시크라멘 꽃은 마루 우에 무참히 흐터졌다.

인곤은 자리에 누어서도 예전처럼 잠이 수월이 들지 못했다. 꽃을 내버린 것이 잘한 것도 같고 무척 잘못 같기도 했다. 책상에 업디려 원고 쓰기에 열중한 택규를 보자 갑자기 눈물이 핑 돌았다. 아젓씨가 오늘 밤처럼 불상해 뵌 적은 없었다.

택규는 금새 써 놓은 원고를 읽다가 또 점순이라 써얄 곳에 순희라고 쓴 것을 깨닫는다. 그래 저으도 몰으게 쓰든 원고지 우에 순희 순희 순희……. 작꾸 써 본다. 그리고 나서 뻑뻑 지어 버리고 고개를 내젔는다.

이튼날 아츰이다.

"인곤아! 오늘 아츰은 꽃 없늬?"

"네. 꽃 꽃이요? 웬―?"

인곤은 허겁지겁이다.

"꽃 있거든 갖어오라므나!"

"웬 꽃 말야요?"

택규는 다신 말이 없다. 그 말 없는 것이 인곤을 더한층 괴롭게 했다. '아젓씬 다 알으시는 건가?' 허나 인곤은 시치미를 딱 떼고 만다. 인곤이가 나가자 택규는 머리맡엣 코스모스를 코에 갖다 마타 본다. 청초하고 향긋한 코스모스― 거기엔 조곰도 거즛이 없어 뵌다. 물끄럼히 드려다보면 어째 순희의 얼굴이 떠오른다.

"체 에이―"

택규가 혀를 차며 짐짓 원고지와 마조 앉는 바루 그때 미다지가 벌컥 열리드니 순희가 미친개에게 쫓기는 사람처럼 황망히 달녀 드러오며

"선생님!"

뒤미처 인곤이가 쪼차 들며

"가 가요! 어서 나가요!"

울성으로 발악신다.

순희는 비조처럼 달여가 택규의 옆에 쓸어진다. 택규는 눈만 휑뗑해질 뿐 아모렇지도 않는다. 인곤은 잠시 쓸어진 순희를 바라보다가 번개같이 달겨들어 순희의 덜미를 열 손가락으로 웅켜 잡드니

"나가요. 빌어먹을……."

줄줄 끌어 문밖에 내밀친다.

택규는 숨도 못 쉬고 멍했다.

인곤은 문을 닫드리고 막어선다. 호흡이 몹시 씨근벌덕신다.

택규는 고개를 들어 인곤을 처다본다. 인곤의 부프러 오른 전신— 그건 택규에겐 한 덩어리의 생명소로 보였다. 족히 만란을 물이칠 수 있는 거셈 힘! 택규는 그 힘이 차츰 제게도 솟아나는 것을 깨닫는다.

"인곤아!"

택규의 부름에도 힘이 넘첫다.

"인곤아!"

두 번재는 더 큰 소리다.

인곤은 택규의 부름을 책망으로 알은 듯 잠간 몹시 무안해 서 있다가

"아젓씨—"

하고 와락 택규에게로 달여와 쓸어지며 참회하는 죄인처럼 흑흑 느껴 운다.

"인곤아!"

이번엔 택규도 울성이다. 얼굴이 실눅거린다. 인곤의 손을 붓잡고 와들와들 떠는 택규의 눈물 어린 눈은 원고지 우에서 화화(花火)처럼 빛났다.

주인(主人) 잃은 방기(放氣)*

시아버님과 시아주버님과 제수(弟嫂)와 그리고 전도 부인—네 분이 좁은 방 안에서 각각 한 모퉁이식을 차지하고 앉어 게십니다. 그리고 꽤보란 놈—놈은 일곱 살이나 먹은 놈이 어린애처럼 눈을 도록도록 굴리면서 방 한복판에 앉어 고개를 개웃개웃 네 사람을 번가라 바라 봅니다. 시아버님은 본판 점잔으신데다가 전도 부인 앞이래서 아렛목에 으젓이 도사리고 앉어 게시고 시형은 제수 앞이래서 부러라도 점잔을 빼지 안을 수 없고 제수는 또 제수대로 시아버님과 시형 안전이라 아주 얌전을 부리지 안을 수 없고 전도 부인은 교인 심방의 엄숙한 직무를 띈 이를테면 교회의 어른이라 진실한 태도를 보이는 것 또한 당연한 일일 검니다. 그러고 보니 아무래도 숭허물 없을 사람은 어린 꽤보란 놈 하나밖에 없지만 이 꽤보란 놈도 본판 꽤 많은 놈이라 방 안의 엄숙한 공기를 얼른 아러채고 무릎을 꾸른 채 꽁! 하게 앉어 있었음니다.

* 이 작품은 『만화만문』의 '「주인공 찾기」 현상'을 위한 콩트이다.

이를테면 오수부동*인 질식할 장면이지요. 게다가 이제껏 계속되든 전도 부인의 설교까지 끝나고 보니 방 안은 질겁을 할 엄숙에 잠겼음니다.

그러한 순간에 그만 그 뉘의 실수론지 대단히 거룩치 못하고 신성치 못하고 엄숙치 못한 그러나 결코 웃지 못할 큰 사건이 돌발했음니다.

금시――

"뽀-ㅇ."

하고 방기를 뉘가 뀌였단 말슴임니다.

누구의 실수였는지는 모르지만 그 가늘고도 깨끗한 방기 소리로 미루어 참을 대로는 긴껏 긴껏 참다가 더 참을 수 없어 아주 비장한 각오를 하고 남몰래 살그먼히 내보낸다는 것이 그 지경에 이른 모양임니다! 아무러나 그때까지 참노라니 힘은 무척 썼을 것이로되 정작 급경에 다다러 일을 저즐너 놓았으니 노력은 도루 아미타불이 된 셈임니다.

그건 그렇고 자― 문제는 버러졌음니다. 여늬 때 여늬 사람끼리 같으면 서로 웃고 말 일이로되 시아버님, 시형, 제수, 전도 부인 이 네 분과 꽤보이니 사정은 딱했음니다.

방기를 놓은 사람은 큰일을 저즈른지라 양심상(?) 가책에 절로 얼굴이 빩애질 것이고 그 외엣 사람들은 혹시 누명이 제게 씨워지지 안을가 싶어 치를 벌벌 떨게 되고 치를 떠노라니 자연 얼굴이 빩애지고 ― 그러니 어디 웃고 말 형편임니까? 혹 눈치 빠른 사람이 얼른 딴말

* 오수부동 : 닭, 개, 사자, 호랑이, 고양이가 한곳에 모이면 서로 두려워하고 꺼리어 움직이지 못한다는 뜻으로, 사회 조직이 서로 견제하는 여러 세력으로 이루어져 있음을 이르는 말.

거리라도 꺼집어낸다면 좋았으련만 이런 때에 경망한 태도를 보이다가는 애매히 남의 찌자리에 주저앉을까 싶어 모두들 새삼스레 입을 담을고 코만 치켜드는 지경입니다.

이런 때에 견댈 성 없는 것은 아이입니다. 꽤보는 벌컥 고개를 들드니 할아버지를 빤히 처다보며

"방기 할아버지가 꿨수?"

그래 할아버지는

"녀석두!"

하고 아니라는 태도를 보이면서도 얼굴빛이 진홍이 됩니다.

"그럼 큰아버지가 꿨수?"

하자 큰아버지두 홍당무가 되면서 엄숙한 태도로

"이 녀석아! 못 써!"

"그럼 아즈머니가 꿨수?"

하고 이번엔 전도 부인을 도라다봅니다.

전도 부인은 무척 궁했든지 머뭇머뭇하다가 온공히 타일르듯

"애! 너 착한 애가 그래선 못 쓴다 응."

그렇고 보니 이번엔 어머니 차례입니다. 꽤보의 어머니자 영감의 둘재 며누리요, 큰아버지의 제수가 아니겠읍니까?

본시 얌전하신 부인께선 인제 저 혼자 남었다고 알자, 묻기 전부터 얼굴이 잔뜩 붉어지면서 '제발 나헌텐 뭇지 말어 다구!' 하고 속살로 기도를 올렸으나 꽤보가 어머니라구 용서할 리 있겠읍니까?

꽤보는 그 켠으로 고개를 돌려대드니

"그럼 어머니가 꿨수?"

종시 방아쇠는 터졌음니다.

그렇게 되고 보니 부인도 머뭇머뭇하다가는 애매한 누명을 쓸 것을 깨닷고 참말 비장한 각오로

"얘! 넌 왜 아지도 못허면서 까부늬!"

자— 이렇게 되고 보니 문제의 방기는 하늘에서 내려왔겠음니까? 땅에서 소삿겠음니까? 쾌보는 아주 불안입니다. 그래 다시 한 번 할아버지더러

"할아버지가 꿧는 게야?"

하니까

"허허허 이 녀석— 그럿타 그래!"

그래두 쾌보는 미신스러워

"안야 큰아버지가 꿧서?"

"녀석두! 그랫댐 큰일 나늬?"

하는 큰아버지! 것두 미심해

"아즈머닌지 몰라?"

"아기야 착한 앤 안 그런단다. 호호호 아기두 참 어쩌면 저렇게 귀엽담."

하고 전도 부인은 수선을 떨지만 쾌보는 드른 둥 만 둥 이번엔 어머니게다 대고

"어머니 아니유?"

"글세 그러타! 인젠 그만둬라!"

자— 이렇게 되고 보니 이번엔 아까와 반대로 문제의 방기는 한 방만이 아닌가 봄니다.

그래도 방기는 틀림없는 한 방이였으니 어떻검니까? 꽤보는 잠시 고개를 개웃거리며 무엇인고 궁리해 보다가

"그럼 나두 몰나? 나두 모르갓다아!"

하자 전도 부인이 문득 엄숙한 태도로

"이제 다–갓치 기도를 올립시다."

하고 나서 모두들 고개 수기기를 기대려

"하누님 아부지시여! 이 세상은 거즛 많은 세상입니다. 우리는 날마다 거즛말을 하는 죄인입니다. 우리들을 이 거즛에서 구해 주시사 진실한 사람이 되도록……."

하는 전도 부인의 음성은 과연 엄숙하게도 흘러넘쳤읍니다. 허나 꽤보는 종시 기도엔 진실치 못하고 방기의 주인공은 누굴까 하고 그 궁리에만 골돌했읍니다.

자— 여러분! 방기의 주인공은 누구이겠읍니까. (六月 四日 밤 끝)

현상(縣賞)

자— 여러분! 이 기매킨 장소에서 '방기'를 내놓은 범인(?)이 누구일가요?

시아버님? 시아주버니? 전도 부인? 제수? 그럼 꽤보?

하여튼 이 다섯 사람 중의 한 사람입니다. 좌기 규정에 의하야 주인공을 잡아 보내십시요.

—규정(規定) : 용지(用紙)는 엽서(葉書)에 한(限)하고 주인공의 이름만 적어 보내시면 됩니다. 정해자(正解者) 십 명(十名)에게 본지(本誌) 제이집(第二輯)을 보내드리겠읍니다. (정해자(正解者)가 많은 때는 추첨(抽籤))

개와 괭이와

개와 괭이가 비락상문*으로 원수지기는 옛날 귀고주의 부탁을 밧고 용궁에 옥통소를 가지려 갓다 오든 째부터라고 하니 그 원수진 래력은 꽤 오랜 옛날 일이지만, 가튼 사람의 종자요 게다가 가튼 게집년이면서도 이놈의 첩과 댁네 새란 맛나는 날부터 서로 겻고 틀고 울골질이 여간 아니니 참 웃지 못할 괴의한 일 갓다. 뭐 내가 호강을 할 심사에서도 아니고 다만 나히 오십 줄이 넘도록 슬하에 애비라고 부르는 것이 하나도 업서 하두 쓸쓸하길래 첩이라도 엇어서 권권이라고 하나 설너 보앗스면 하는 궁리에서 마츰 알맞는 것이 잇길래 어더드렷드니 원 참 개와 괭인들 어찌 그에서야 더하담!

어더 드릴 그때만 해도 내 안기에는 큰댁네가 벌서 마흔 살이니 인젠 남편 생도 할 것 갓잔코 또 제가 둘이 져스니 남편이 대를 물녀 보겟다고 첩을 엇는 바에야 아모런 찍소리도 못하려니만 햇다. 그래서 친구들의 주선으로 설흔두 살 난 과부를 첩입쇼 하고 마저 드린 것이

* 비락상문 : '앙숙'의 평안북도 방언.

재작년 가을이엿다.

이러케 말하면 눈치 빨은 사람들은 혹

"흥 저 늘근이 첩에게 홀짝 반햇구나!"

할는지도 모르지만 실지로 말한다면 난 호강첩이 아니고 혈속을 볼래고 어든 것이니 첩은 첩이라 해두, 세상에 흔히 잇는 자근 색시과야 성질이 애초부터 다르다.

자근집으로 말해두 망해 가는 우리 가문을 구해 주자는 것이니 남의 가슴을 빡빡 글어내고 재물을 나숴 내는 쌀다구들과는 생판 다르다. 첫재 다른 증거가 재물을 나숴 내는 것이 목적이라면 제장터에 겨우 버러먹는 나를 짜러와서 오뉴월 삼복에 더위를 먹어 가면서 호미자루를 들 필요 업시 들병이가 되든가 색주가가 되든가 그러찬으면 그 얌전한 맵시로 해서 부자집 자근댁이 되엿슬 게다. 그런데도 그걸 다 내버리고 날 짜러왓스니 자근집의 본심을 무던치 안타고는 할 수 업다. 기왕 말이 낫스니 말이지 자근집은 왜 예쁜—뭐 농사군의 쌀이라 물갈이 희다든가 뺨과 입설이 샛빨하다든가 언젠가 성내에서 본 학교 색시 선생처럼 머리에 기름을 바르고 낫에 분칠을 해서 냉큼 단입에 집어 삼키게 곱다는 게 아니구 그저 쓸쓸하다는 말이 올를까 어쩌튼 갤숙한 통상에 눈이 크고 쌈해서 어덴지 귀염성이 잇다. 그러타고 내가 인물에 반해서 어든 것은 행여 아니구, 짜장 어더 노코 보니 그러타는 것이다. 허나 인물 잘난 게 뉘게나 실을 리 만무지만 난 인물로보다두 혈속을 나허 주는 것이 더 고맙겟다.

하여튼 그러케 귀염성 잇서 누구나 얼른 보아도 밉지 안코 오래 사괴면 사괼수록 정이 드는 자근집인데 이건 참 웬일인지 큰댁네는 자근집이 드러온 그날부터 상통이 똥 누는 괭이처럼 앵당그러해 가지구 눈쌀을 펴는 일도 헤치고 웃는 일도 업다. 그리다가 어찌해서 나나 자근집이 요만한 일이라도 저질너 노흘 지경이면

"눈쌀은 엇다 두고 이 꼴이유?"

하고 노발대발 기고만장의 호령이 추상갓다. 댁네의 이런 버릇은 전에 업는 일이니 참 수상해, 속궁리를 꽤 오래 해 본 남아에 자근집을 어든 것이 탈이라는 걸 알엇다.

자근집을 안 어더섯슬 쌘 날 꿀 항아리처럼 소중히 여기고 또 어서 혈속을 하나 나라고 하면 상통이 붉어지면서 하는 말이

"난 천생 당신께 죄인이유!"

이러케 온순하든 댁네가 내게 포악하고 버르장머리 업는 패악을 부리길래 처음 생각엔 공알 주먹으로 엉덩이가 시큰둥하두룩 몃 번 쥐여 찔으며

"이년아! 서방에게 이런 버르장머리가 어디 잇늬!"

하고 단단히 뒷대를 세워 노리라 햇스나 고처 생각하면 애 못 낫는 죄로 시앗을 보고 미들 곳 업는 생과부 격으로 된 것이 측은도 해 그저 저 하는 대로 내버려 두엇드니 이제 도라보면 애초에 뱀을 길너 준 것이 큰 화근이엇다.

난 또 원 사십 줄이 넘은 것이 고러케 서방 ㅅ염을 할 줄은 몰랏다. 남 가트면 손자를 보앗슬 나히니 그 전에야 설사 한 이불 속에서 잣건 어째건 자근집이 온 지금에야 남편을 고이 물너 줘야 온당할 게 아닌가? 허긴 애두 업는데 서방까지 뺏기니까 정 부칠 곳이 업서 다소 부애야 나겟지만 고만 부애는 가문을 생각해서 쑥 참는 게 올흘

게다. 누군 자근집을 호강으로 어덧든가? 참 여편네란 아둔하기 짝 업다.

처첩(妻妾)이 한 방에서 자는 건 좀 여하하길래 처음엔 댁네는 아랫간에서 혼자 자고 우리는 웃간에서 잣지만 댁네가 하두 골싹지가 나서 죽어 가는 것을 보기가 딱해 겨울이 되면서 웃간은 칩다는 핑게로 아랫간으로 내려오기로 햇다. (약(略))

하여튼 그런 일이 잇슨 후 댁네는 자근집과는 물론 나와도 번번히 얘길하잔엇다.

말은 안치만 댁네는 자근집과는 대단히 틀엿고 또 자근집은 자근집대로 몃츨 새팔해 잇다가 노그라젓다. 허나 내 말이라면 죽어 대령을 하는 자근집이건만 댁네게만은 썩 만만치 안은 눈치엿다.

자근집이 드러오자부터 댁네는 부억일은 손톱에 물을 투긴다. 구즌일은 아주 자근집에게 매쪄 버리는 것이지만 그러나 새간사리 권한만은 장님 썩자루 부둥켜안는 셈으로 저녁 찌니에 좁쌀 한 되 내는 것도 꼭 제 손을 거친다. 이른바 큰댁네 기세를 보이자는 모양 갓다.

하루는 새벽에 장에 갓다가 오십 리 길을 되백이를 하고 나니 집에 도라온 쌘 대리가 뻐듯하고 시장끼가 이만저만이 아니엇다. 허나 방에 쓱 드러와 보니 자근집은 몸살이 온다고 웃목에서 이불을 툅 쓰고 누엇고, 댁네는 아랫목에서 씁씁하고 버선만 꿰매고 잇는 경태가 영문은 모르지만 어쌔 수상쩍다.

이러나저러나 난 시장한 판이라.

"에—시장해! 어서 저녁 가져오!"

뉘게 쏘집어 한 애기도 아니지만, 둘 다 드르라고 큰 소리로 햇다.

그러면 누구든지 하나은 댓구가 잇겟지 햇는데 둘 다 통이 입을 잘나 찬다. 댁네는 드른 척 만 척 눈을 송그라처 바늘귀만 쪄고, 자근집은 고슨도치 모양으로 홈츠라진 채다. 그러니 내 경위가 좀 어색햇다. 안기에 어그러지니 어쩐지 골머리가 붓썩 솟고 서방을 서방으로 안 보는― ― 내민 보살처럼 되사리고 안저서 눈쌀도 쌋딱 안는 댁네가 무럭무럭 미워젓다. 허나 골이 난다고, 갈피도 업시 막우 덤벼들어선 쏘 사내 도리가 아니다. 그럴듯한 트집을 잡어서 이번엔 단단한 다짐을 세워야 할 것만은 요량햇다.

서방을 서방로 안 보는 댁네를 그대로 내버려 두엇다가는 내종에 큰코다칠나! 그도 그러커니와 이 해괴한 쏠을 동리 사람들이 알고 볼 지경이면 그야말로 개망신이다.

그러고 보니 상말에 쫑은 둘출수록 냄새가 더 난다구 분한 일은 곱쐐일수록 더 분하다. 그대로 참어 버리자니 뱃속이 쓸덕신다. 경위를 쏘차 참어야 할 일도 잇지만 매사를 참고 참고 참기만 하면 참는 가운데 쏘 화가 생길 상십다. 참는 일은 옛날부터 미덕이라지만 참아서 홋긁이 조화야 말이지 그대로 참어 넘기는 일이 댁네의 밸머리를 키워 주게 된다면 행여 안될 말이다. 아모튼 이번엔 손배를 보여서 후환을 미전에 퇴치하는 게 능사리라 단정햇다.

마츰 시장씨가 대단한지라.

"어서 저녁 가져오구레!"

호령을 햇다. 누가 듯든지 싸홈을 사려는 볼탄 소리엇다. 허나 이불을 쓰고 누어 잇는 자근집은 말할 나위도 업고 바누질을 하고 잇는 댁네도 짬작 안는다.

이거 또 화가 동하지 안을 수 업다. 사람을 사람으로 안 보고 말을 말가티 안케 여기니 증은 털끗까지 쩌올라 댁네를 날 채로 바작바작 씹어 삼켜도 비린 냄새조차 안 날 것 갓다. 맛부터 사는 지 이십여 년에 이때처럼 밉상스런 적은 업섯다. 일왈, 아주 앙쌀맛게 댕그랜히 암어서 눈깔도 깻긋 안는 고 야무진 꼴이 비위에 거슬닌다.

"에이 쌍! 요년아! 아가리가 썩엇늬? 귀에 삼 년 무근 오리 ×를 찔넛늬?"

폭발된 입씹과 함께 단단히 쥐여진 주먹이 댁네의 등어리 뺨 억개 박죽 할 것 업시 닥치는 대로 한바탕 족여 댓다.

"아고고고………."

댁네는 금방 죽는 시늉을 하며 쓸어진다. 내 주먹의 뼈다귀가 얼쮜-하니까, 엄살도 잇섯겟지만 미상불 아프기도 햇스리라. 나는 손을 부들부들 썰며 허수아비처럼 선 채로 댁네를 내려다보앗다.

댁네는 등골시 결니는지 두어 번 억게를 씨긋씨긋하며 몸집을 비비 꼬고 나서 얼른 상반신을 내게로 향하여 이르킨다.

그 순간 댁네의 눈엔 잴이 올라서 불이 펄펄 붓는 것 갓닷다.

"아니 그래 사람을 이러케 잘 치는 기유?"

댁네는 시치미를 딱 때고 알망긋고 당돌한 음성으로 힐문하며 나를 쏘아본다.

참 뜻박게 일이엇다. 난 몃 번 쥐어박으면 쑥 드러갈 줄만 알엇지 이러케 영악한 삽살개처럼 딱 마조 설 줄이야 누가 알엇나! 하두 염외의 일이라 한참은 나두 무안햇다. 어안도 벙벙햇다.

심히 난처한 곤경에 빠진 것도 알엇다. 그러나 마츰내 이런 마당에 내가 쭈밋쭈밋해서 댁네에게 속살을 엿뵌다든가 쑹문이를 쌘다든가 햇다가는 사내 낫짝에 쑹치질이 된다. 그래 뱃심을 다져

"아 요년! 늬가 잘한 게 뭐라구 요런 아가리 노름이냐—. 넌 서방 배곱픈 줄 모르냐?"

여차하면 쏘 손을 댈 기세를 보엿다.

"저녁은 와(왜) 날과 가저오라는 거야?"

악을 품으면 한정이 업는 상십다.

"밥상 좀 드러오면 대사냐?"

"밥 업는 밥상은 갓다 뭣한다구?"

나는 그제야 아직도 밥을 짓지 안은 것을 알엇다. 그리자 지금껏 쌈짝 안튼 자근집이 이불을 바시시 들고 내다보며

"내래 아파서 밥을 못햇는데요——."

하고 좀 거북스런 쐴악선이다.

그제사 나는 대강을 알어챗다. 자근집은 아퍼서 누엇고 댁네는 밥 짓는 일은 제 직책이 아니라고 고대도록 안저 잇는 것이다. 그러타면 댁네는 더 괫심햇다.

자근집이 아프다면 어른된 처신에, 먼저 나가서 씨니를 지어야 도리가 올흔데 천박한 생각에 미욱만 부리고 잇스니 여편네란 고러케 토미무쌍하단 말인가?

그러고도 뭐가 잘햇다고 올빼미 눈깔이 되 가지구 싹 마조 서니 댁네는 갈수록 밉다. 댁네의 미욱은 그 씨근벌덕시는 삼티코에서 드러난다. 되지 안은 지둑과 파고드는 미련이 모두 코 째문인 것 갓다.

"그래 넌 밥 좀 못 짓늬? 늬가 밥을 허면 하늘이 벼락을 치늬 이년!"

하고, 댁네를 휘모라 대기는 햇지만 실상인죽 나도 말씨처럼 속이 배차지는 못햇다. 자근집은 내버려 두고, 댁네만 엎누르는 것은 도리가 아닌 줄도 안다. 그러나 밸푸리를 하려니 하가에 도리를 분간할 새도 업섯다. 허나 여기꺼정 오고 보니, 자근집에게도 한번은 나무래 줘야 댁네 낫도 내 낫도 슬 것 갓다. 자근집을 보고

"임잔 쏘 웬만하면 썩 이러서 부억으로 나가는 게지 즐갓 자빠져서 쏠이 뭐야?"

하고 내 말이 채 긋나기가 바쁘게

"새파란 첩을 어더 온 남아야 인제조차 날과 시야비야*할 게 뭔야 글세? 인제조차 내게 손길할 건 뭐구? ×에 혹 하믄 죄 업는 사람 매질하랫나?"

악다구니두 여기까지 오면 짜장 위협이 되여 나는 대를 놀 수가 업섯다.

아글바글 칼긋에라다 올라설 듯 앙칼구즌 댁네와 우악을 맛부리다가는 사생결단이 나고야 말 것 갓다. 경위도 체면도 여기에 이르면 헌신짝이다.

쏘 이런 마당엔 슬적 빌붓는 것은 사내의 수치가 아니라 관대성이다.

"제발 좀 이러지 마우! 집안 편히 살어 봅수다."

하고 나는 목소리를 나추며 주저안저섯다.

그리자 자근집이 발끈 이러나며,

"인젠 그만덜 두! 내 얼른 밥 지리다."

* 시야비야: 옳다 그르다를 말함.

하고 이불을 웃궂목으로 미러 치고 부억으로 나가련다. 실상인즉 자근집도 댁네의 그릇된 처신을 맛당찬케 여겨 매질을 고소히 여거슬는지 모르지만, 체면만은 거느린다. 댁네도 그것을 눈치채엿슴인지 이번엔 자근집을 쏙바로 쏘아보며

"아프다든 넌이 웨 요망스러운 참견이야?"

하니까 자근집이 샛문턱을 넘거 집다 말고

"올수다! 잘들 함메다."

하고 약간 빈정대는 어조엿다.

"뭐시 어드레 이넌! 가정불화가 뉘 쌤인 줄 아늬? 이넌아."

"흥 별소리 다 만타."

하고 자근집은 훽닥 부억으로 나가 버린다. 댁네는 쏘 골이 올라서 펄덕 이러서 샛문께로 나가려는 것을 내가 꽉 붓잡엇다.

"글세! 그런 싱강를 구만두라니께!"

"일 놔요!"

"글세 내 말 좀 들우. 이리 안주."

하고 나는 댁네를 줘져안첫다. 댁네도 단둘이 되자 풀이 녹으라지는 모양 갓다.

"임자두 생각을 좀 해 보우. 내가 호강첩을 어든 게 아니란 건 임자두 잘 알지? 그러니까 집안이 화목해 나가두룩 꾸며야 할 것이 웃사람 된 임자 감당이 아니유?"

"흥 웃사람 된 감당?"

댁네는 코우슴을 처스나 난 못 드른 척

"임잔 나허구 귀밋채 풀구 맛난 새야! 그러니까 내게야 상구(기) 임

자가 귀할 건 두말 업슬 게 아니유? 그러니 우리 가문을 생각해서 마세가 업두룩 임자가 도리를 쑤며야 하잔우? 그 사람은 나히 어리니 세상 이치를 알 게 뭐유! 오늘 일만 해두 뉘가 잘 허구 뉘가 못햇다 시비를 가릴 일이 아니야— 임자두 나히 사십 줄이니 남 갓트면 며누리를 봣슬 나히라 가싯물 구질거리기가 실키야 하겟지. 하지만 거다 우리 집안에 윤수가 못 뻣친 탓인 줄 짐작해서 잘 처리하는 게 올찬우?"

이러케 보리압(밥) 한 솟 지을 동안이나, 가즌 구별을 도쳐서 타일넛드니 댁네는 댓구 업시 폭삭이 녹으라서 버린다. 막상 그러케 되는 댁네가 측은햇다. 애 못 난는 죄가 여편네겐 제일 큰 주름인 상십다.

난 타일르는 동안에도 혹시 실수로, 자근집 보편이 될가 십퍼 바짝 채심을 햇다.

제길 첩살림이 이러케 갈피 사납다면 호강은커녕 징역사리다. 것두 댁네는 애 못 난는 죄가 잇스니 말이지 쌔젓이 먹둥이 가튼 새쌩이*를 쎄기 썝듯 썝아 논는 데도 첩을 어덧다가는 쌔쫑을 싸고 즐거죽을 지경인데, 건넌 마을 허초시는 첩을 셋넷 데리고 살면서도 이러타 할 싸홈이 업스니, 그 영감은 여편네 달내는 특이한 재주가 정녕 잇는 모양이다.

하여튼 그날은 대수 업시 지나갓다.

그만치 타일러스면 댁네도 무서이 이넌 비에야 알 도리가 잇스려니 햇다. 한긋 생각하면 댁네가 몹시 측은스러워 그날 밤, 나는 자근집 몰래 몃 번이고 댁네의 압가슴을 쓰다듬어 주엇다.

* 새쌩이 : '새끼'의 방언.

그다음 장날이엇다.

새벽밥을 먹고 조집 삼테기 다섯 개를 둘너지고 장에 가느라고 집압 산모퉁이 길을 도라가노라니 소나무 그늘에서 불숙 자근집이 나타난다. 갑재기 놀래기도 햇지만 큰댁네 업는 외딴 대서 맛나니 오래오래 해어젓다가 맛난 적처럼 반가웟다. 생글 웃스며 고개를 토라치는 꼴도 정이 폭 드럿다.

"아 여겔 뭘 허러 왓소?"

무르니까 점적한지 잠간 고개를 숙엿다가

"오늘 장에 가믄 돈 좀 잇갓소?"

"이걸 팔면 몃 냥 되지. 와 그러누?"

삼테기 한 개에 냥 반(십오 전)식 치면 다섯 개에 가만잇자, 일오는 오 하구 오오는 이십에 가서 오 하니까 도합 일곱 냥 반은 된다. 그 돈에서 석냥 오 전어치를 사면 흥정은 그만이다. 그러니까 일곱 냥은 남겨 가지고 올 텐데 자근집은 무슨 긴헌 흥정이 잇서서 댁네 몰래 여기까지 와 직키고 잇는지, 돈을 쓰자는 일이지만 그리 밉지는 안혓다.

"와? 뭘 살녀누?"

"돈 잇거든 사괴 좀 사오구레."

자근집은 낫짝이 홍당무가 되면서 되우 점적해 하는 맥이 심상치 안타.

"초(酢)두 좀 사 오구."

"초? 초해선?"

"풋나물에 쳐 먹게……. 신 거 먹구파 그레!"

그 말에 나는 번개가티 '입덧'이란 걸 생각해 냇다. 이게 웬일이냐

햇다. 눈압피 환히 티여젓다. 애를 배면 신 것을 조화한다는 것쯤은 누구나가 아는 일이다.

난 갑재기 낫짝이 훅긋거리고, 가슴이 쑥짝쑥짝햇다. 그래 잠시 멍하고 섯다가

"새끼 겻는 게로구먼?"

겨우 뭇노라니 등골 새 짬이 흐른다.

"............"

자근집은 고개를 숙일 쁜 아모 말도 업다.

내가 이만치 기쁨에 어리벙벙할 적에야 전들 오작할냐구!

"언제부턴구?"

하고 은근히 뭇는다는 말이 꽤 커젓다.

"여보 남 듯갯수다레."

자근집은 손을 내저어 내 입을 막고 나서 손가락을 세 개 버처서 내 압헤 내밀어 보이고 나서 빙글 웃는다.

"석 달재?"

나는 쏘 한 번 놀라기는 햇스나 입안 소리로 짜저 물엇다. 원! 석 달재나 된 것을 인제야 일너 준담? 원망도 낫스나 벌서 석 달이 되엿다니 퍽그나 자랑스리라 십어 어쩌튼 반가웟다.

자근집을 돌녀보내고 나니 해가 중천에 소삿다. 세 다리 거름을 니여 오십 리 길을 낫전에 대엿건만 조곰도 뇌곤치가 안타.

자근집이 애를 배엿다고……. 세상이 내 것만 갓다. 먹고 십픈 것 맘대로 못 먹으면, 어미도 병이 생기려니와 아이에게도 나쁠 상십퍼 어서 사괴를 사 가지고 집으로 도라가야겟는데 젠장 삼테기가 수이

팔니지를 안는다. 그래 헤기고 잇스면 으레 십오 전식은 밧들 것을 모두 십삼 전식에 되거리 장수에게 넘겨 버렷다. 육십오 전에서 성냥 오 전어치 사고 남은 돈으로 초 한 병에 사십 전, 사과 이십 전어치를 사든 때는 장군이 한창 모여드는 낫 기웃한 적이엇다. 장에서 돈냥 생길 때마다

"이 돈을 뉘게 물녀주누?"

하고 생각하면 금시에 다릿맥이 풀니군 햇지만, 오늘은 다리가 스믈 안팍 적처럼 거든거든햇다.

아들이 될지 딸이 될지는 나 노코 봐야 알 일이지만 싸장 내 혈속임은 분명하잔은가? 나히 오십에 이제 새끼해선 무슨 큰 덕을 보랴만 해두 자녀 간에 하나도 업고 보니 고자 갓해서 남 보기도 숭업거니와, 밧날가리*나마 물닐 데가 업고 위선 조상 대할 낫이 업섯다. 내가 칠십까지 산다면 그것이 스물에는 날 테니 허! 스물이면 장정이라 노상히 덕을 못 볼 것 갓지도 안타.

제 에미가 밴밴하니 새끼도 쫴 잘 생겨 먹을 것도 짐작이 간다.

오십 리 길이 이런 생각에 덧업섯다.

사과 꾸레미를 들고 방 안에 쓱 드러스니

"건 뭐요?"

하며 댁네가 내민 보살처럼 나안는다.

'제길헐! 애두 못 낫는 게 참견은!'

난 얼른 자근집과 눈금제기를 하고 나서

* 밧날가리 : '밭날갈이'의 방언. 며칠 동안 갈아야 할 만큼 큰 밭.

"사괴가 하두 육길래(싸길래) 사 왓지."

햇다.

실지대로 토설햇다가는 필연코 옥신각신이 올올다.

"별걸 다……."

댁네는 못맛당한 어조로 혀를 찬다.

"기왕 사 온 게니 노나들 먹지."

사괴 여들 개를 셋식 노놔 주고 난 두 개를 들고 박그로 나왓다. 한 오륙 년 만에 처음 먹어 보는 사괴지만, 자근집이 세 개로는 량에 차지 안을 상십퍼, 반쪽만 먹고 개 반은 밤에 몰래 박게 데려 내다가 먹엿다.

그날 밤부터 날구일 자근집의 배를 만저 보앗지만 좀체로 알 수 업다. 헛애가 아닌가, 괜스리 비싼 사괴만 먹엿나 부다 하며 다섯 달을 지나니, 배가 알러보게 불넛다. 마을에 소문이 쫙 페져서 맛나는 사람마다 인사가 그 말이니 어지간히 제면적엇다. 그런 소문이 나자부터 큰댁네는 성질이 유난히 패악해 갓다. 쓸데업는 일에 쓰염을 하기가 일수요 당치도 안은 노릇에 짜증을 쓰기가 예사다.

댁네야 어찌든 애만 무럭무럭 자라면 그만이다. 헌데 애라는 게 좀체 자라질 안는다. 애진엔 꼼짝 안타가 새벽녘이 되면 뱃속에서 곰폴곰폴 뛰노는 것이 신통은 하지만, 자라기가 더딘 데는 질색이다.

개는 석 달이면 낫코 양은 넉 달이면 낫는다는데 왜 하필 사람의 새끼짜라 열 달 만에야 나키로 되엿는지?

일곱 달이 쓱 너므니 배는 작구 박그로만 내민다. 아기는 제대로 자라는 모양 갓다. 치마 스전이 뎅글해지도록 배가 불너 보기는 숭업지만 그만쯤 예사다.

자근집은 차차 일하기에 벅차 하지만 댁네는 아는 체 모르는 체엿다. 하루는 자근집이 해산 전에 본가에 단녀온다고 써낫다. 헌데 그날싸는 댁네는 찍소리 업시 저녁을 일직암치 지엇다.

밥상에는 건건이도 푸금햇다.

그러나 인제는 자근집이 업다면, 집에 정들 것가티 안엇다. 댁네는 전에 업시 수선을 썰고 간사를 피지만 모두 귀찮고 소이 처다보엿다. 저녁상을 물니고 마을도리를 가려니까 댁네가 하는 말이

"여보 나 혼자 두구 어딜 갈녀구 그루?"

"마을 갓다 오마."

"나 혼잔데 오늘 밤엔 집에 잇스라우요."

"얼른 올걸 멀……."

"그래두 실허요!"

댁네는 제법 소매귀를 붓잡는다. 나히 사십에 이 꼴이니 내 편에서 쑥스럽기도 햇지만, 뿌리치기도 민망해 그대로 주저안젓다.

우리는 밤이 들기 전에 자리를 봣다.

불을 쓰고 나서 잠 즉해 잇노라니 댁네는 별안간, 나를 덤석 그러안으며

"그 사람이 앨 배서 혹깨 기쁘디요?"

한다. 허! 쏘 쓰념이 나오고, 지왕을 멕일 셈인가 보니 참 성화가 난다.

"별소릴 다 하누! 어서 잡시라."

내가 기쁘다고 햇다간, 강짜가 외죽 쓸듯 할 판세여서 슬적 쑹문이를 빼엿다.

"글세 말 좀 허라구요."

밧삭 겻부트며 다굽는다. 하는 수 업시

"임자 속엔 어쩌소?"

하고 뒤집어 어펏드니

"…………."

가슴이 찌끔햇든 게지 댓구가 업다.

싼은 업슬게다. 가문이냐 망하건 어쩌건 댁네에게는 자근집이 더 펴 놋코 열단 냥 금사로 미운 모양 갓다.

"궐은 사람 괄세래 과협두다."

"쏘 원 쓸데업는 소릴……. 뉘가 괄셀허든구?"

"그럼 괄세 아니구 뭐야요?"

댁네는 당창케 씩씩 울어 대니 변괴엿다. 댁네를 달내는 데는 한 가지 수단박겐 업다. 난 마지못해 그 수단을 썻다. 그러면서도 나는 자근집에게 큰 죄나 짓는 상시펏다.

닭이 세 회를 울도록 댁네는 나를 달랫다. 옛날 고생으로 지낸 일을 이야기하다가는 울기도 하고, 흥에 겨운 째는 쏘썹기도 하고,

난 참 댁네가 미치지나 안엇나 햇다. 그러케 산지 골통에서부터 넉두리 넉두리하고 나서.

"참 나두 삶에락두 앨 한번 배 볼 테야."

하니 사람이란, 저를 모르는 미물 갓다.

측은하다면 측은하고 어이업다면 어이업는 일이엇다.

그로부터 석 달이 지나 자근집이 만삭에 가싸운 무렴이엇다.

댁네는 웬일인지 푸시시한 머리카락을 한 광주리 해 가지구 단오

가 지나두 핫저고리(솜저고리)를 벗지 안코 어덴지 모르게 쌋츨햇다.

"어디가 아푸? 요세 웨 시무룩햇수."

이러케 무르니까 자근집이 방 안에 업는 것을 요행으로 댁네는 좀 머뭇거리다가 삼티코를 붉히며

"아무 데두 아프딘 안은데 헛구역이 나구 신 것시 먹구파 죽가시요." 한다.

"뭐?"

참말이지 나는 놀래엿다.

이거 참말일까??

갓 마흔에 첫 보살도 유만부동이지 나히 사십 줄에 애를 배여?

나로서도 밋기 어려운 일이다.

"오는 당날(장날) 당에 갈래우?"

"그럼 가구말구. 사괴 사 올까."

난 빙그레 웃엇다. 댁네도 오래간만에 쟁그럽게 웃엇다.

어쨋든 참 괴이한 일이다.

참말이지 여편네의 돌살엔 오뉴월 염천에도 서리가 매친다드니 사십 줄을 두고 낫설은 댁네가 자근집 쓰념에 새끼를 가질 줄이야. 아사 하늘이나 알엇을까?

인제 나는 밤을 새여도 삼테기를 역거야 할 형편이다.

다음 장날, 사괴전에 가니, 철이 철이라 사괴 한 개에 쏘라지게 칠 전식을 내란다. 그러타고 저번보다 덜 사 올 수도 업서 여들 개에 오십오 전을 주고 사 들엇다. 도라오는 길에 나는 이런 생각을 햇다. 둘 식이나 나흐니 둘 중에 하나은 아들일쎄다. 그만하면 족하다.

아들딸을 대번에 두는 것도 조코, 단박 형제를 두는 것도 그럴듯하다.

댁네고 자근집이고 그저 싸부치기만 해라. 내 다 멕여 살리마!

그러나 고처 궁리하면 걱정도 된다.

처와 첩은 개와 괭이 사이다.

내가 죽은 담에도 둘이 화목할 상십지 안타. 허나—내가 죽은 담에야 싸호든 말든 저이끼리의 일이다.

난 조상에 대한 내 직책은 다 햇스면 그만이다.

산길을 잡으니 부청새가 운다.

뻑국새도 운다.

올해는 시절도 풍등일 상십다.

눈 오든 날 밤 이야기

별안간에 외투를 떨처입고 밤거리로 나선 것은 오래간만의 눈이라 홍건히 맞으면 맘껏 거니러 보자는 욕심에서였고, 떨처입고 나서자 발거름이 은주(恩珠)네 집께로 절로 도라진 것은 자별한 사이끼리 질화를 끼고 둘너앉어 뼈 없는 이야기로 눈 오는 이 한밤을 즐겁게 새여 보자는 요량에서였다.

은주를 찾어간다는 것은 나의 가장 즐거운 행사(行事)의 하나이다 그러나 은주를 찾어간다는 것은 그것이 은주만을 찾어가는 것이 아니라 곳 그의 남편인 K를 찾어가는 것도 되니 K를 찾어가는 것도 나에게는 다른 무엇과는 바꿀 수 없는 즐거움이었다.

K와 은주와 또 혹은 오늘 밤 찾어왔을지 모르는 H군과 더부러 눈 나리는 이 밤을 깨알이 쏘다지도록 고소하게 지내리라 궁리하며 거러가는 나에게는 송이송이 나리는 눈발도 축복의 상징으로밖에 늣껴지지 않었다. 거리의 구멍가가에서 생밤 두어 호주갑 사 넣은 것은 이야기의 밤에 성찬(聖餐)까지 베플자는 심사였고 전차(電車)를 바라보고 타지 않은 것은 눈길을 거러가며 오늘 밤의 이야기거리를 넉넉

히 마련하기 때문이었다.

허나 급기야 목표한 대문을 두드려슬 때 섭섭하게도 K는 연말(年末) 관게로 야근이었고 H는 오지도 않었고 은주 혼자서만 부헝새처럼 외로히 앉어 있다가 맛바더 나왔다. 외로운 마음은 정(情)에 지차는 듯싶어 내가 은주를 맛난 반가움의 몇 갑절을 그는 그 웃음과 눈가장자리에 표정하는 것이었다. 오늘 밤 H군은 말고라도 K가 궐이졌다는 것은 도저히 보충할 수 없는 마음의 공허가 아닐 수 없으나 그러나 은주가 있고 K만이 있을 경우에 비기면 또한 참을 수 있는 공허이긴 했다.

"눈 오시는데 용이도 오시는군요."

"찾어오는 길에 눈을 맛난 게 아니라 눈이 오기에 찾어온 셈이죠."
하고 댓구하며 나는 담배를 피여 물었다.

"그럼 눈 오시는 밤이면 찾어오시는 분이다고 할까요?"

"설마 난 싼타크로스 영감도 아닐 텐데……. 어째든 밤에 오는 사람은 선물이 있어야 한대니 저도 이걸……."
하며 나는 호주머니에서 생밤을 한 옹큼 웅켜 내밀었다. 은주는 암말 없이 받어 죠코레트빛 밤알을 신기스러히 디려다보다가 제물에 공기를 채는 것이였다.

공기 채는 그 솜씨의 비범한 데 놀라기보다 오르나리는 밤알에 정신이 팔녀 천치처럼 되여 버리고 말 무렵에 은주는 놀니든 손을 멈추고 전기 콘로를 내려놓는다. 밤을 구어 가며 이야기를 시작하자는 내속이었다.

크리스마쓰 이야기로 시작된 눈 오는 밤의 담화는 명주 실마리인

양 길었다. 군밤이 방 안에 풍겨 주는 흐미한 내음새와 함께 우리들의 이야기를 돋는 귀맛도 구수하고 향기로웠다. 은주의 이야기는 그가 타고난 능숙한 이야기 재주로 해서 나를 도취케 했고 나의 졸변도 듣는 명수(名手)를 맛났기에 행겸 도꾸여졌다.

이야기의 매디매디엔 군밤으로 수를 놓았다. 군밤이 또 한 알 한 알 줄어져 갈수록 이야기는 느러만 가고 이야기가 길수록 밤은 깊어가고 밤이 깊어 갈수록 눈은 쌓여만 갔다.

고요한 밤에 눈은 자취없이 내리었다. 눈 오는 밤은 전설의 바다보다도 고요했고 눈에 쌓인 그 집웅 밑 조그마한 방 안은 꿈결같이 평화로웠다. 서로의 음성을 한낫 꿈 세게에서 들녀오는 간얄픈 심포니로 착각을 이르킨 것은 전혀 우리의 죄가 아니라 눈 오는 밤의 조화에 지내지 않았다.

왼 세계가 자최없이 커다란 변화를 이르키는 이 밤 우리는 살어 있는 대로 전설의 주인공이 되였었다. 만호장안(萬戶長安)의 넓은 지대(地帶)에서 단지 그와 나만이 꾸미고 있는 이 안윽한 세게는 전설로 해서 더한층 정겨웠다. 이 엷지 않은 하로밤의 즐거운 인연을 어떻게 해석해야 할 것인가 우리는 그런 것조차 깨닫지 못했다.

단지 주고받는 옛이야기와 함께 구수한 군밤을 까 가면서 이 밤을 아름답게 새여 볼 요량이였을는지도 모른다.

종전차(終電車)의 날카로운 경적(警笛)이 문풍지를 울린 지도 임이 오래였다. 아마 인제 머잖어 첫 전차(電車)가 궤도(軌道)를 달래리라고 느껴지는 그 무렵에 군밤은 동이 났고, 군밤이 동이 나자 갑재기 이야기도 허리가 끊어져 우리는 제풀에 당황했다.

"참 그만 가야겠군."
하고 내가 엉겁결에 튀여 이러선 것은 생각보다도 행동이 먼저였다. 문을 열고 보니 어느새 눈이 세 차는 쌓여슴 직 아직도 고요히 함박으로 퍼붓는다.

"전차도 끊어졌는데 인제 어떻게 거길 거러가세요! 얘기나 더 하시다가 눈이 멎고 날이 밝거든 가시지……."

"왔으니 가야죠."

"오셨으니 가시긴 해야지만 이 밤에 거기가 어딘데……."

"이야기도 미천이 드러나스니……."

"이야기 미천이 드러난 게 아니라 군밤 미천이 드러난 때문이야요!"
하며 나를 처다보는 그의 시선과 딱 마조친 나는 그만 기집을 하고 놀랬다.

이야기 속에나 나타남 즉한 그렇게 맑은 그 눈이 눈빛에 반사되여 나의 심장을 쏘는 듯해서였다. 사실 군밤이 동이 나고 보니 우리는 이야기에만 취하여 서로를 잊어버릴 수는 없었든 것이다. 서로를 깨닫는 순간 우리는 방 안의, 전설에 무르익은 공기를 그대로 호흡하며 우리 자신 전설을 재현해 보고 싶은 충동을 억제하기 골란했든 것이다.

오늘 밤 은주와 함께 앉어 있는 나는 내가 아니라 K인 것만도 같이 느껴졌다. 그만치 나는 은주에게서 사랑의 승리감을 저 모르게 맛보았든 것이다. 혹은 은주는 은주가 아니라 나의 영원의 여성인 것같이 느껴져 나는 나와 은주 사이의 거리를 분변할 기력을 잃어버렸다.

문을 열고 뜰악을 내다보긴 했으나, 인제 나는 내 하숙으로 가야 옳을지 이대로 주저앉어 마음의 물결을 은주에게 헤집어 뵈야 옳을지 전혀 리지가 마비되고 말었었다.

아마 그러한 망서림은 은주에게 판단의 여유를 준 듯싶어 재빠르게 저로 도라간 은주는 한 발거름 뒤로 물너서며

"그럼 안녕히 가세요!"

하고 나에게 축출 명령을 나리는 것이었다. 나는 눈 나리는 거리로 나섰다.

군밤이 동이 나자 이야기도 허리가 끊켰건만 그래도 눈은 한글같이 내리었다.

일것 마련했든 즐거움의 하로밤도 이제 보람 없이 된 듯싶으나 그러나 나는 군밤이 동이 난 것도 이제 밤거리에 나서게 된 것도 모두 뉘우치지는 않었다.

눈을 송이송이 맞으며 숫눈길*을 밟어 가는 나의 마음은 숫눈길 그것처럼 깨끗하였든 것이다.

* 숫눈길 : '눈이 와서 쌓인 뒤에 아직 아무도 지나가지 않은 길'을 비유적으로 이르는 말.

요마(妖魔)

무섭게 치운 밤이었다.

처마 끝에 달린 풍경이 밤새껏 뎅그렁거리였다. 매찬 하누바람이 맹수처럼 애-ㅇ 소리를 길게 뽑으며 창호지에 몬지를, 확! 쥐여 뿌리고 지나갔다.

단꿈을 부서 주려는 심술궂은 유령처럼 쉬―하고 방문이 부서지도록 잡아 흔들기도 하였다. 그리고 잠간 잠잠하다가는 지동(地動) 울듯 먼 데서 우-ㅇ 하고 하늘이 울었다.

꼰녀는 몇 번이고 단꿈이 깨여졌다.

갓득이나 불낌 없는 발치 구석인데다가 문틈으로 새여드는 바람에 사족이 얼어들어 도무지 다부진 잠을 이룰 수가 없었다. 잠이 들 만하다가는 바람 소리에 놀라 깨고 정신이 들면 치위와 어두움에 오금이 오들오들 떨니었다.

방 안에 꽉 드러찬 어둠에서는 금방 두옥신이 튀여나올 것만 같다.

아릇목에서 아버지와 금실 에미와 금실이가 자고 있는 것을 빤히 알면서도 어째 방 안에는 저 혼자만 있는 것같이 무시무시하다.

꼰녀는 따수한 아릇목이 그리웠다.

아릇목에 가 누우면 무섭지도 않을 것 같다. 그리고 고소하게 잠도 잘 수 있을 것 같다. 그렇건만 꼰녀는 눈을 깍 지리 감으며 개가죽만 한 이불때기 밑에 손발 머리를 오가리처럼 오그라 처넣었다. 금새 어러 죽는 한이 있드라도 꼰녀는 아릇목으로 가지 안으리라 했다.

꼰녀는 아릇목에서 자 본 기억이 깜아득하다. 친어머니가 아버지를 배반하고 득세란 뜨내기 노동군과 어데론지 도망처 버리고만 그다음부터 꼰녀는 줄곳 이 발치 구석에서 잣다. 아니 좀 더 똑똑히 말하자면 아버지가 색주가 퇴궁인 금실 에미를 데려온 그다음부터 꼰녀는 아릇목에서 자 본 일이 없다. 꼰녀는 그까짓 아릇목 신세는 바라도 못 볼 일이니 그건 말고 저이가 덮는 것 같은 도타운 이불이라도 주었으면 싶었다. 그러키만 하다면 이런 밤에도 치운 줄 모르고 잘 잘 것만 같다.

꼰녀는 머리와 발이 맛다토록 꼬부라들었다. 그래도 역시 춥기는 마찬가지다. 꼰녀는 문득 다라난 어머니 생각이 났다. 어머니도 간혹 금실 에미처럼 때리기는 했다. 그래도 어머니의 매질은 고렇게까지 아프지는 안었다. 그리고 그건 곧 분이 싹는 매질이었다. 그러튼 어마니가 대체 어디로 다러나서 나를 이 지경 맨드러 준 걸일가 꼰녀는 어머니가 원망스러웠다. 허나 그 생각도 오래 길지는 못했다. 꼰녀는 하두 곤해서 치위를 무릅쓰고 잠이 들어 버렸다.

얼마를 잣는지는 몰나라. 금방 잠든 것 같은데 누가 등어리를 잡아 흔든다. 꼰녀는 걸핏 정신이 들었다가 다시 깜빡해 버렸다. 참말 알사탕보다도 단잠이었다. 두 번째 등어리를 흔들니었을 때에는 꿈으로

만 여겨 도라누어 버리고 말었다. 그리하여 세 번째 잠이 드는 그 순간에 꼰녀는 몸 우에 쿵 하고 바위가 떠러지는 듯한 충동을 받었다.

"악!"

놀내여 제풀에 화다닥 이러나 앉으려니 여니 때보다 갑절은 더 커뵈는 금실 에미가 속옷 바람으로 젓통을 들내논 채 눈앞에 떡 버티고서 있었다. 그리고 다음 순간에는

"은 배라먹을 종지야! 빠안히 깨서도 자는 척하고 에미가 깨우는대두 도라눕고 마늬! 요 망할 외떡 같은 년아."

하고 독살 오른 악담을 퍼부었다.

꼰녀는 비로소 바위가 떠러졌다고 생각한 것은 금실 에미의 발길이었든 것을 깨달었다. 그래도 꼰녀는 날내 정신이 들지 안었다. 머리가 천 근같이 무거워 작구만 앞으로 꼬부라졌고 눈은 풀로 붙인 듯이 쉽사리 띠여지지 않었다.

게다가 잔등이 으스스해 오고 머리에서 와슬렁 소리가 들녀왔다.

한번 누었다만 이러나도 정신이 활작 들 것 같다. 꼰녀는 이러나려다가는 눈을 부비고 눈을 부비다가는 앞으로 꼬꾸라지고 하는데

"아 요 뒤여질 년아! 생큼 좀 못 이러나늬?"

하고 두 번재의 욕지가리와 함께 금실 에미의 공알 주먹이 꼰녀의 뺄따귀를 힘껏 찔넜다. 꼰녀는 금방 볼따귀에 강지 드나들 만한 구멍이 뚜러지나 보다 했다.

꼰녀는 비로소 정신이 들었다.

꼰녀는 눈섭 한 대 땃짝하지 않고 생큼 이러서서는 제 이불을 개키였다.

방 안은 아직 어둑컴컴하다. 아릇목에서 금실이 년이 두터운 이불을 덥고 고소하게 자고 있는 것이 따려 죽이고 싶게 미웠다. 아버지도 아직 자고 있었다.

“아진부터 자는 년이 상기 잔단 말이냐. 참 고년 꼴을 언제나 면할는지…….”

금실 에미는 아직도 성이 싹지 안었는지 웅실거리고 있었다.

꼰녀는 드른 체도 않고 부엌으로 나와 버렸다.

부엌은 을신년 같다. 부엌문에 북서리가 눈처럼 휘게 불니었다.

물 길녀 가려고 동의를 잡아 처들녀니까 동의 밑이 어러붙어 떠러지지 안는다.

이편으로 놀여보고 처편으로 지긋고 해서 간신히 동의 밑을 떼 놓으니 이번엔 손가락이 빳빳하게 어렸다.

두 손을 모아 호 입김으로 녹여 가지고 동의를 끼고 문밖에 나서니 바람은 자나 치위는 살을 싹싹 어여내는 듯하다. 우물에 가는 새 발고락마저 얼었다. 귀바퀴가 돌롱 떠러질 것만 같다.

우물가에는 아모개도 없었다. 누구나 다 겨울에는 아츰 쓸 물을 저녁에 미리 길어 두는 것인데 금실 에미는 무슨 심사에선지 꼬박꼬박 새벽 물을 길으라는 것이었다.

꼰녀는 동의를 놓고 또 입김으로 손을 녹이었다. 그리고 나서 손으로 귀를 감쌋다. 그리자 귀는 녹으라지나 손이 또 빠저 왔다.

꼰녀는 물을 한 드러박 푸고는 귀를 녹이고 손을 녹이고 했다. 한 동의를 그득히 길어 놓은 때에는 오금마저, 꽈꽈했다. 동의를 들어 머리 우에 언는 손이 제 손 같지 않었다. 눈섭이 입김에 서려 작구만 얼어붙었다. 죽을 악을 다 써 싸립문 앞에 드러서니 그제야 살어난 것 같었다. 허나 마당을 지나 막 부엌문으로 드러갈라구 허리를 굽으리는 순간 꼰녀는 어름에 발이 미끄러저 아차 급형을 바로 잡으려는데 몸은 제 무게에 지처 뒤로 번뜨시 나가 자빠졌다.

짓끈! 하고 머리맡에서 동의가 박살국을 먹었다. 어름같이 찬물이 삽시에 머리와 잔등에 흘러내렸다.

꼰녀는 잠간은 일 저즌 것도 잊어버리고 멍하니 자빠진 채로 있었다.

그리자 방 안에 있든 금실 에미는 동의 부서지는 소리를 듯고

"저년이 또 무슨 일을 저즐넌구나!"

하고 고래를 지르며 탕! 방문을 열고 푸러헤친 머리채를 쑥 내밀다가

"아 저년 보레! 자년! 저년이 달매 동의를 또 잡어먹었구나! 이년아! 다리가 동강이 났늬? 게죽을 먹었늬? 자빠지기는 왜 그리 잘 자빠지늬?"

금실 에미는 방문을 열어 열어 잡은 채 동내가 떠나갈 드시 고고나서 이번엔 방 안에 아버지게다 대고

"아 여보! 저년이 동의를 또 잡어먹었수다레! 사흘이 머다 해서 저렇게 그릇을 잡아재처서야 무슨 돈다리에 그릇 세력을 대갓소 글세!"

하고 고자질이었다.

꼰녀는 이번에도 드른 척 만 척 이러나서는 부엌으로 들어왔다. 어느새 머리채에는 고드럼이 줄레줄레 매치고 저고리는 가죽처럼 왈그덕거렸다. 꼰녀는 동의를 깨친 것이 큰일이긴 했으나 '이제 저즈러놓은 일을 어쩌랴 싶었다. 그까짓 금실 에미 저 아모리 독살을 퍼붓드라도 못 드른 척 했으면 그만이라 했다.' 고 아글바글하는 꼴 봐선 위정이라도 개서 주고 싶었다. 허나 한편 꼰녀는 매질이 무섭지 안은

것도 아니었다.

꼰녀는 부엌으로 드러와 오독히 서 있노라니 아니나 다르랴 금실 에미는 입성을 추서 입고 부엌으로 살기가 등등해 나타나드니

"요년아! 아직도 뭐시 부족해서 사귀처럼 요러구 섰니?"
하며 대비산지 따귀를 갈겼다.

꼰녀는 언 뺨이 싹 어여지는 듯했다. 그래도 그대로 오두머니 서 있으닌까 이번엔 부지깽이로 허리를 족시었다.

그래도 꼰녀는 옴작달작 않었다. 죽을만치 아퍼스나 "아가!" 소리 한마디 내지 않고 이를 악 사려물었다. "아가" 소리를 내는 것이 어째 금실 에미에게 항복하는 것같이 느껴졌든 것이다. 그리자 금실 에미는 약이 치밀 대로 치바처

"요년아! 울기나 좀 하려므나! 열둘에 나서부터 요렇게 악측허니 커선 뭐이 될녀니 요년아!"
하며 되는대로 장작 패듯 패대였다. 그래도 꼰녀는 입을 꼭 다문 채 곳떵 서서 마졌다. 부지깽이가 몸에 다을 때마다 눈만 갑삭갑삭할 받 눈물은커녕 콧물도 흘니지 않었다.

금실 에미는 한바탕 다듬고 나서는

"요년아! 잘못했늬? 안 했늬?"
하고 강다짐 받는다.

꼰녀는 그 말에도 대답을 않었다.

"요년아! 요 얄망구진 년아! 아가리가 어러붙었늬? 어러붙어서? 왜 대답이 없늬."

금실 에미는 꼰녀의 입설을 하우처 잡고 잡어 늘었다. 그제사 비로

소 금실 에미의 팔을 뿌리처 버렸다.

"아 요년이! 제법 에미께……."

잔뜩 고른 금실 에미는 이번엔 두 손으로 꼰녀의 양 볼따귀를 집어 좌우로 흔들었다. 꼰녀는 할 대로 하란 듯키 가만있었다. 꼰녀는 토라졌다.

'흥 네까짓 게 엄마야?'

꼰녀는 속말로 이렇게 뇌살거렸다. 꼰녀는 금실 에미를 지금껏 한 번도 '엄마'라고 부른 일이 없었다. 속살로는 언제나 '금실 에미'라고 부르지만 내놓고는 그렇게 부를 만은 없었다.

금실 에미는 꼰녀를 죽일 듯이 살닐 듯이 때렸다. 그래도 일향 꼰녀는 아가 소리를 않었다. 울지도 않었다. 대답도 않었다. 그저 오뚜기처럼 한자리에 빼치고 서 있기만 했다.

금실 에미는 실컷 때려 주고는 양제기를 주면서 물을 기러 오라고 했다. 꼰녀는 양제기로 세 번 우물을 곱백이 했다.

쌀을 솥에 앉이고 불을 때니 그제야 옹금이 좀 노그라젔다! 머리에서는 물이 줄줄 흘너내렸다.

아버지와 금실 에미와 금실이 년의 밥을 겸상으로 해대 바치고 꼰녀는 샛문 구석에서 밥을 몇 술 뜨고 나니 그제야 속도 풀니었다.

금실이는 에미 무릅에 안겨 밥을 먹으면서 재롱을 픠고 있었다. 그리고 그때마다 아버지와 금실 에미가 한데 얼켜 웃어 대는 것이 꼰녀는 고작 보기 싫었다. 금실 에미의 어디에 아버지는 홈빡 반했는지 꼰녀는 알 수가 없었다. 금실이 년의 주먹코에 방울 눈깔이 무엇이 귀엽다고 우서 대는지 꼰녀는 모두 아버지가 원망스러웠다.

세상에 아버지처럼 못난 사내는 없어 보였다.

설거질을 끝내자 금실 에미는 금실이 업어 주라는 호령을 내렸다. 꼰녀는 금실이 업어 주는 것이 제일 싫었다.

새벽물 깃기보다도 싫었다.

하지만 하는 수 없이 금실이를 업고 밖으로 나왔다.

"금실이 춥지 않게 해라."

하고 금실 에미는 당부하는 것이었으나 꼰녀는 밖에 나오자 이내 금실의 털모자를 베꼈다. 손도 들내놓아 주었다.

"추어!"

하고 금실이가 혀 바른말을 했으나

"뭘! 망할 간나이! 죽으람 죽으라우!"

하고 욕을 해 주었다. 아츰에 금실 에미에 대한 보복이었다. 꼰녀는 그러고도 맘성이 풀니지 않었다.

담모퉁이에 섰노라니 문득 눈앞에서 개가 똥을 싸고 있는 것이 보였다. 꼰녀는 별안간 좋은 수가 생긴 것처럼 생글 우섰다. 그리고 등에 엎인 금실의 손에 누렁지를 처다보았다.

"금실아!"

꼰녀는 상냥하게 불렀다.

"응?"

"나 밥 광정 달게 해 줄 꺼니 먹어라 응!"

하고 꼰녀는 금실의 손에서 밥 광정을 빼아서 반은 제가 얼른 먹어 버리고 남은 것은 잘게 떼여서 청밀에라도 직듯 개똥에 찍어서는 금실이 입에 넣 주었다. 금실이는 멋모르고 양양 먹었다.

꼰녀는 보기가 고소했다. 깨소곰인들 요렇게 고소하랴 했다. 꼰녀는 이제야 몹시 구는 금실 에미에게나 재롱을 떠는 금실에게나 다 앙분이 된 것 같았다. 금실 에미 저 아모리 앙쌀스러워도 이 일이야 알랴 싶었다. 왜 진작 이런 걸 궁리 못해 냈든가 뉘우치기까지 했다. 허나 두어 번 받어 먹든 금실이는 인젠 싫다고 했다.

"더 먹어라 응. 우리 금실이 곱디."

꼰녀는 종시 개똥 묻은 누렁지를 한 입 더 멕였다. 그리고 나서야 속이 갸운했다.

아버지가 나드리 간 날 밤이었다.

금실 에미는 딴 때 없이 꼰녀에게 곰살가이 귀면서 일즉 자라고 한다.

꼰녀는 좀 의아쩍긴 했으나 이거 어느 할머니 덕분이냐구 아진부터 드러누었다. 오늘 밤은 실컸 자 주리라 했다.

그리고 얼마를 잣는지는 모르지만 한잠 느러지게 자고 잠이 절로 깨여젔다. 그래도 이불을 뒤여쓴 채로 있노라니 웬 귀에 선 목소리가 들여왔다. 잠시는 아버지가 도라왔나 했으나 결단코 아버지 목소리는 아니었다.

금실 에미 말도 들이었다. 꼰녀는 어쩐지 수상했지만 그냥 자는 척하고 있었다.

무슨 얘긴지 서로 숙덕거리고 있었다. 그래 꼰녀는 이불귀를 살며시 들고 외눈으로 아릇목 편을 처다보았다.

등잔은 켜 놓은 채로 낯선 사내와 금실 에미가 한 이불 안에 드러백여 있는 것이 아니냐! 금실 에미는 사내의 팔을 잡아다렸다.

사내는 금실 에미의 방실방실 웃는 얼굴을 입이 어벙해서 바라보고 있었다. 그리다가 서로 물어뜯고 꼬집고 하며 마치 한 쌍의 강아지가 농을 치듯 하였다.

꼰녀는 웬일인지 가슴이 띠끔했다.

언젠가 한번 아버지와의 저런 짓을 본 법은 했으나 이렇게 또렸하게 보기는 처음이었다. 그리고 금실 에미의, 저 짓이 못맛땅한 일이란 것이 스스로 깨우처졌다.

'아버지가 만약 저 꼴을 안다면'

아버지가 금실 에미의 저 행실머리를 안다면 그때엔 금실 에미가 능지처참을 당할 것임에 틀림없이 여겨졌다.

꼰녀는 좋았다. 인제 정말 금실 에미에게 원수를 갚을 기회가 온 것 같았다.

꼰녀는 기여코 아버지에게 저 일을 일너바치리라 했다.

그날 밤 꼰녀는 더 자지 못했다. 공연히 마음이 흥분되였다. 금실 에미가 뼈똥을 쌀 생각을 하니 새 옷 한 벌 가러입어 보는 것보다도 깁뺐다.

이튼날 아버지가 왔다. 꼰녀는 그날처럼 아버지를 기대려 본 적은 없었다. 그날처럼 아버지를 반겨 본 적도 없었다.

꼰녀는 아버지께 그 일 일너바칠 기회를 타려고 무적 애썼다. 그래도 틈이 없었다. 금실 에미는 떡 먹은 입 쓸어치고 없는 정성을 있는 듯키 아버지께 감돌았다. 여길사 싶어 그런지 그전보다 좀 더 간사를 피였다. 꼰녀는 어제밤 그 사내에게도 저렇게 요사스럽게 놀든 일을 생각해 내고 지금 아버지께 피는 아양도 모두 거짓이려니 싶어 되려

아버지가 측은해 보였다. 그래 날래 그 일을 일너바치고 싶은 충동이 왓싹 이러났다.

참말 금실 에미의 요사스러운 꼴이라고야 눈꼴이 시고 해괴해 견댈 수가 없었든 것이다.

저녁을 마치자 아버지는 마을도리를 나섰다. 꼰녀는 부엌에서 설거질을 하다 말고 아버지의 뒤를 딸났다. 별서 사방은 어둑컴컴해 금새 나간 아버지가 보이지 않는다. 싸립문 밖에 나서자 꼰녀는 좌우사방을 도라다보았다.

왼편 집떼미 저편에서 얼른얼른하는 그림자가 보였다. 꼰녀는 줄다름질 처 그리로 따라갓다. 이내 그림자를 따르기는 했으나 아버진지 딱히 알 수 없어 잠간 망서리다가

"아버지!"

하고 불러 보았다.

"응? 꼰녀가 와 그르네?"

하고 대답하는 것은 분명 아버지였다.

꼰녀는 반가웠다. 눈에 눈물이 핑 돌았다. 그대로 달여들어 실컸울고 싶었다. 어머니가 다러난 후로는 이렇게 아버지와 단둘이 호젔하게 맞나기는 처음이였다.

꼰녀는 무슨 말부터 먼저, 꺼집어내야 할지를 몰라 머뭇거리고 있었다.

"와 그르네 꼰네야? 집에서 찾던?"

아버지는 마주 서서 기대리다 못해 먼저 물었다. 그 음성은 집에서 듣든 아버지 말씨보다 퍽 부드러웠다.

"아니!"

"그럼 와 그르네?"

"…………."

꼰녀는 또 머뭇거렸다. 그는 치운 줄도 몰랐다. 그 일을 무슨 말로 표현해야 좋을지 통 궁리가 안 났다. 그래 한참을 또 머뭇거리다가 아버지께로 한 거름 닥어서며

"아바지!"

하고 불넜다.

"와 그래! 말을 하려므나!"

"아바지! 어젯밤에 아버지 어디매 간 댐에 놈으 사람이 금실 엄마 허구 함께 자구 가서……."

하고 꼰녀는 제가 먼저 울성이 되엿다.

"머? 너 무슨 소릴 허늬?"

아버지는 진시 옳게 들리지 안는 모양이엿다. 그래 꼰녀는 좀 더 자서히 어젯밤 본 일을 일너바쳤다.

자초지종을 듣고 난 아버지는 잠간 말이 없었다. 이윽히 있다가

"꼰녀야 네 눈으루 똑똑히 봣늬?"

하고 아버지의 음성은 몹시 거츨었다.

전에 어머니를 때릴 때의 그 음성이었다. 꼰녀는 치를 부르르 떨었다. 섯불니 댓구했다가는 큰 봉변을 당할 것만 같았다. 그래도 꼰녀는 또라지게 이렇게 대답하였다.

"내 눈으루 똑똑히 봣는데. 방 등불꺼지 쌔 놨든데—"

꼰녀는 제 말이 아버지의 분을 동하게 한 것을 믿었다. 그리고 오

늘 밤으로 금실 에미가 주릿대경을 칠 것도 믿었다 그러나 사단은 꼰녀가 생각하듯 그렇게 단순치는 않었다. 아버지는 토라질 듯 명료한 꼰녀의 대답을 듣자 꼰녀에게 한 발 닦어서드니 꼰녀의 두 억게를 칵 붓잡어 흔들면서

"요 망할 년 같으니라구. 그런 악지가리질 또 허겠늬? 응 요 계집년아!"

하고 금방 잡아 삼킬 듯 험상구졌다.

꼰녀는 참말 뜻밖이었다. 꼰녀는 아버지 미쳤나 했다.

"그런 말 다시 또 입 밖에 내겠어?"

하고 아버지는 한 번 더 꼰녀의 억게를 왈칵왈칵 흔들었다.

꼰녀는 대답 대신 고개를 좌우로 흔들었다. 그러면서도 꼰녀는 어쩐지 아버지가 못나 보여 견댈 수 없었다. 꼰녀는 아버지의 심리를 알 턱이 없었든 것이다.

꼰녀에게서 그 말을 듣자 아버지는 뼈가 저리였다. 다른 사람 아닌 꼰녀에게서 들은 것이 더한층 괴로웠다. 분하기로 말하자면 금방 오든 길을 거슬너 가 안해의 멱을 때여도 오히려 가득치 못할 것 같다. 그러나 그는 분을 참고 생각을 도리켰다. 안해는 이미 절조 직히는 여자는 아니었다. 엽때껏 인육시장에서 놀든 그가 아니었든가?

과거는 망론하고 이제부터라도 절조를 직혀 준다면 그서 더한 좋은 일은 없을 게다. 허나 그렇지 못하다고 함부루 그를 나무랠 수도 없었다.

그런 일을 일일이 탄하다가는 서로 헤어저야 할 형편이 아니냐?

그는 금실 에미와 헤어지면 못 살 지경이거나 그런 정분난 새도 아

니긴 했다. 하지만 첫 번 안해가 잡놈과 배가 맞어 다러나고 이번 안해마저 잃게 되면 하고 생각하니 그는 제가 참는 수밖에 없었다. 그는 안해의 불의의 행실머리보다도 그 일이 꼰녀에게 발각된 것만이 괴로웠다. 안해가 꼰녀를 몹시 구는 것도 다 알고 있는 아버지가 아니었든가? 결국 이 일을 어떻게 처리해야 할까 하는 막다른 마당에 가서 아버지는 첫재는 제가 참어야 하고 둘재는 꼰녀를 욱박질너서 다신 발설이 안되도록 하는 수밖에 없었든 것이다. 애비가 그래도 의붓에미보다는 가깝다고 이렇게 비시간히 일너 주는 어린 딸이 무척 가긍하게 느껴지긴 하였다. 그런 딸에게 엄포로써 대하기가 무던히 괴롭긴 한 아버지였다.

그러나 아버지는 그러는 수밖에 딴 좋은 도리가 없었다.

"다신 그런 말 입 밖에 냈단 죽는 줄 알어라. 알았니?"
하고 아버지는 한 번 더 다지였다.

허나 이번엔 꼰녀는 고개도 흔들지 않었다. 다만 아버지께 대한 반발심만 무럭무럭 소샀다. 금실 에미에게, 쫄딱 달녀서 옴짝 못하는 아버지가 이제는 금실 에미보다도 미웠다.

꼰녀가 집으로 도라오자 금실 에미는 등대하고 있다가,

"요년 또 꽁지 빠진 참새토롱 어딜 싸닷녔니? 조년이 발서부터 초마귀에 바람이 니러 도라갈 적엔 크믄 큰일을 쳴껄 하고 샛문턱에 턱을 바치고 앉어서 고랑머리를 잘넜다. 그러나 꼰녀는 귀등으로도 안 들었다. 꼰녀는 일이, 손에 붙지 않었다. 설거질을 하며 물을 몇 번이고 엎질넜다.

그날 밤 아버지는 밤이 푹 깊어서야 술이 취해 드러왔다. 꼰녀는 그때까지 이불 속에서 자지 않고 있었다.

아버지는 문 안에 썩 드러서자

"자나?"

하고 금실 에미에게 볼탄 소리를 하였다. 틀림없이 싸움을 사려는 말투었다. 꼰녀는 옳다 금실 에미를 뼈뚱을 쌔우려나 보다 했다.

"술은 어디서 처먹구 이 지랄이요."

금실 에미도 만만치 않었다.

꼰녀는 작구 가슴만 두근거렸다.

"뭐 어떼? 이년 말버르장머리가……. 거 어디서 그런 버르장머릴 배웠?"

하고 아버지의 어성은 높았다.

"이 듣기 싫어요! 술 처먹었거든 어서 자빠저 자지 않구 왜 저 지랄이야!"

"아 이 회냥년 봐라! 제 편에서 큰소리친다! 에-이 취헌다. 이년!"

"흥 날과 회냥년? 참 우습다. 이제 와서 회냥년이라구……. 흥 아무렴 귀밑채 풀구 맛난 새든가?"

하고 금실 에미는 기세등등하게 종알대였다.

"에이 쌍년! 나가거라! 이년!"

"나가라믄 나가지! 저만한 사내 없을나구? 꽉떼기 열네쯤 더한 놈 업어 살지 안으리과! 참 우숩다. 제 편에서……. 흥."

금실 에미는 승승장구다. 아버지가 한마디만 내면 제 편에서는 열 말 수무 말 광대코에 대갈 박듯 조아려 댄다.

아버지는 더 덤비지를 못하였다.

나가라면 나가겠다는 말에 절치가 났는지 그대로 취한 척하고 제 자리에 가 쓸어지고 말었다.

꼰녀는 비로소 아버지가 금실 에미에게 꼼작 못하는 이유를 알었다.

꼰녀는 문득 아버지를 버리고 다러난 어머니를 생각하였다. 저렇게 유한 아버지를 버린 엄마가 미웠다. 그리고 너무도 유한 아버지가 불상히 여겨젔다.

사내로 생겨나서 저렇게야 무릉할까 생각하니 아버지가 바보같이 여겨졌다. 그럴수록 꼰녀는 저만은 금실 에미에게 항복해서는 안된다고 스스로 다짐을 두고두고 하는 것이었다.

이듬해 어떤 여름날이었다.

꼰녀가 부엌에서 저녁을 짓고 있노라니 장에 갔다 온 아버지가 금실 에미와 무슨 승강을 하고 있었다. 꼰녀는 부엌 바당을 쓸다 말고 귀를 기우렸다.

"한 달에 오 환이면 어된데그래? 밥 얻어먹것다. 옷 얻어 입것다. 그리고 오 환이라면 그서 더 큰 땡이 어데 있을나구!"
하는 것은 아버지의 말이었다.

"오 환 아니라 백 환을 준대두 글세 못해요! 꼰녀 내놓구 밥을 누구래 한답니까."
하고 종알대는 것은 금실 에미다.

꼰녀는 제 이름을 듣고야 비로소 제게 관한 말인 것을 알고 귀를 바짝 소았다.

"이렇게 답답한 소리라구야! 꼰녀가 집에 있어 깃껏해야 밥밖에 더

끄릴 게 뭐유? 거기만 보내면 매달 오 환식이 베지지 안우? 것두 작수가 부실한 데라면 모르지만 신택이네 아즈멈이 지시할 적에야 어련할나구!"
하고 아버지는 밧짝 구미가 동한 모양이었다. 꼰녀는 아버지 말귀로 저를 어디 보내려는 언론임에 어림이 갔다. 그리고 '신택이네 아즈멈'이라면 읍에 있는 꼰녀 일갓집 할머니인 것도 알았다.

"글세 못 헌다믄 못 허는 줄 알으구레! 아따 돈만 그렇게 귀허믄 아이보게루 보낼 거 없이라 갈보루 팔어 먹읍시다그레!"
하고 금실 에미는 딱 바드라졌다.

꼰녀는 금실 에미 말에 기가 질니었다. 갈보로 팔어 먹자는 말이 무서웠다.

"아이보게!"

꼰녀는 어딘지 모르나 그리로 가고 싶었다. 신택 할멈이 지시한다면 어련하랴 싶었다. 그뿐더러 꼰녀는 같은 구박을 받는다손 치드라도 금실 에미의 꼴만 면하면 극락일 것 같었다. 또 원 세상에 금실 에미같이 안된 년이야 어디 있으랴 싶기도 했다.

허나 아버지와 금실 에미와의 그 승강은 그저 그대로 끝나고 말었다.

꼰녀는 무불통한 아버지가 또 한 번 원망스러웠다. 아니 그보다는 건건사사를 제 우격대로 우겨 나가는 금실 에미의 행위가 좀 더 아니꼬웠다.

꼰녀는 그날 저녁 밥이 달지 않었다. 일껏 그 꼴을 면할 기회가 온 것을 노처 버리는 것이 아수해 견댈 수 없었다. 꼰녀는 밤에 잠도 잘 오지 않었다.

금실 에미가 반기를 드는 것은 뭐 꼰녀가 고와서가 아니라 마소 부려 먹듯 부려 먹지를 못해서 그러는 것을 꼰녀는 너무 잘 알었다. 그러기에 꼰녀는 꼰녀대로 아모렇게 해서라도 금실 에미의 비위를 거슬러 주고 싶었다.

꼰녀는 밤새껏 이불을 궁싯거리며 생각에 골돌하였다. 어떤 부자 집에 가서 이밥에 고기만 먹으며 금실이 아닌 딴 아이를 업어 주는 공상도 해 보았다. 그리다가 제진에 잠이 들었으나 꼭두새벽에 눈이 띠여졌고 눈을 뜨자 또 그 생각이었다.

꼰녀는 마츰내 좋은 수가 떠올랐다.

사 년 전에 어머니가 밤도망을 친 드시 나도 밤도망을 치면 그만이 아니냐. 꼰녀는 그날 하루가 무던이 길었다. 명절날 기대리기보다도 더 지루했다. 허나 드디여 기대리든 밤은 왔다.

꼰녀는 설거질도 하는 둥 마는 둥 했다. 오늘 밤이 마즈막이거니 하면 과시 꼰녀의 어린 가슴도 뒤숭숭했다. 동의 개치고 매 맞든 생각도 났다. 접시 잡어 먹고 밥 못 얻어먹든 생각도 났다.

허나 모든 추억이 오직 비참한 일뿐이었다. 꼰녀는 살그머니 부엌 문밖에 나섰다. 그길로 읍내 신택 할머니 집으로 다러나려려든 꼰녀는 그러나 다시 부엌으로 드러왔다. 꼰녀는 어둠 속에서 가싯장을 더듬어 금실 에미가 가장 소중히 여기는 뚜껑 있는 사발과 금실이 사기 수깔을 얻어 내여 들고 살그머니 밖으로 나왔다.

그리하여 집 뒤로 도라와서는 사발과 수깔을 한거번에 돌 우에 내리족시었다.

지끈! 하고 사기그릇 부서지는 소리가 꼰녀게는 뻐꾹새 노래보다도 재미나게 들였다. 꼰녀는 인제야 원수를 갚을 대로 갚은 것 같았다. 제가 읍으로 도망간 다음에 금실 에미가 깨어진 사발 자박지를 보고 낯짝이 우르락푸르락할 것을 상상하니 참 고소했다.

꼰녀는 그길로 읍까지 십 리 길을 단숨에 내대였다. 밤길이 무섭지 안은 것도 아니었으나 범의 굴 같은 이 구렁을 뛰여난다고 생각하니 무서운 것쯤 얼마든지 참을 수 있었다.

열 시 거진 되서 신택 할머니 집에 드러서니 할머니는 잉큼 놀래였다.

"네가 이 밤중에 웬일이냐! 혼자 오늬?"

"고롬……. 아니 아버지가 한소디 데려다 주구 가서……."

"그래 아이 보려구 오늬?"

꼰녀는 그렇다고 대답하였다. 새 옷이나 한 벌 입혀 보내지 않구 쯔쯔 하고 신택 할머니는 혀를 쩔쩔 찻다. 꼰녀는 뭇는 말마다 그럴 듯하게 꾸며 대답하고 그날 밤을 편히 잣다. 그리고 이튼날은 어느 회사에 단닌다는 사람네 아이보게로 들어갓다. 이튼날 낮에 아버지가 꼰녀를 찾으러 왔으나 꼰녀는 죽어도 안 간다고 억지를 썼고 할머니의 권면도 있고 해서 꼰녀는 그냥 눌너 있기로 했다.

꼰녀가 새로 간 집 밖앗 주인은 사십 가까이 된 영감이었다. 그러나 꼰녀는 그렇게 점잖고 인자한 어른은 처음 보았다고 생각했다. 꼰녀가 드러간 그날로 꼰녀에게 새 옷을 지어 입히라고 한 것도 영감님이었다. 꼰녀는 영감님이 정이 들었다.

안주인은 한 삼십 가량 된 여편네로 날구일 분세수를 하고 머리에 기름을 바르고 하는 제비같이 고은 색시였다.

꼰녀는 그러나 웬일인지 안주인이 살뜰이 탐탁지가 않었다. 영감님에게다 대면 어림도 없으리 만큼 정이 설었다.

봉오라는 네 살백이 머슴애가 바루 이 집 외동이로 꼰녀의 직책은 봉오를 업어 주고 달내 주고 하는 것이었다.

봉오는 귀동자로 자라스니 만큼 꽤 엉석바지긴 했으나 영감님을 닮었는지 푼수가 좋았다. 꼰녀는 하로의 직무라군 그저 봉오를 울리지 않었으면 그만이었다. 늦잠을 자도 깨우는 일이 없고 끼니를 지을 필요도 새벽 물을 길을 필요도 없는 것이 더욱 좋았다. 게다가 잘 먹고 놀기만 하자니까 되려 각급한 때도 있었으나 팔자 좋은 밖에 있으랴 했다.

그렇게게 으르는데도 영감님은 각금

"이번엔 참 똑똑한 애를 얻어서 천만 다행인걸."

하고 꼰녀를 칭찬하였다.

꼰녀는 영감님이 좀 더 정다웠다. 저런 아버지를 두었다면 얼마나 행복이랴 했다. 꼰녀는 영감님의 심부름을 할 때가 고작 즐거웠다. 세상에 저렇게 자비한 영감님은 두 분도 없을 것 같다.

그러나 영감님은 공일날 말고는 별로 집에 있지 않었다. 밤에도 늘 늦게 도라왔다. 아마 무척 분주한 모양이었다. 이듬해 설이 오자 영감님은 꼰녀에게 오십 전짜리 은전 두 닢 주었다.

꼰녀는 참말 엉뎅이 춤이 절로 나리 만큼 기뻐다. 꼰녀가 이렇게 돈을 만저 보기는 처음이기 때문이었다. 이 돈을 어떻게 써야 할까 무었을 사 가질까 하고 꼰녀는 마음이 분주했다.

"오늘은 집에 가서 아버지 어머니 뵙고 오너라."

설날 아츰 영감님은 꼰녀에게 이런 말을 했다. 꼰녀 집에 가고 싫지 않었다.

아니 죽드라도 그 금실 에미한테는 가지 않으리라 했다. 그러나 영감님의 말을 거역하는 것은 큰 죄나 짓는 것 같아 꼰녀는 집에 단녀온다고 하고 거리에 나와서 한나절 싸단니다가 저믈녁에 집에 드러갔다. 꼰녀의 저고리 고롬에는 아직 오십 전짜리 두 닢이 동여매인 채로였다.

꼰녀는 그 돈이 아까워서 쓸 수 없었다. 돈도 돈이려니와 영감님이 준 돈이니 기리기리 몸에 지니고 있고 싶었든 것이다.

꼰녀는 영감님에게 고맙다는 뜻을 표시하고 싶었으나 무슨 말을 해야 알아들으실지 몰라 생글생글 우서 보였다.

그해 봄도 다 간 첬여름 어느 날이었다.

주인 색시는 친정에 단니러 갔고 영감님은 출입하신 채 도라오지 않었고 봉오는 낮잠을 자고 식모는 제 방에 가 백여 있고 꼰녀 혼자만 대청에 오두거니 있었다.

꼰녀는 심심했다. 말동무라도 있었으면 싶었다. 아니 이렇게 종용한 때 영감님이 엽에 게신다면 얼마나 좋으랴 했다. 그런 생각을 하는 즈음에 참말 공교롭게도 "에헴!" 하고 영감님이 안대문에 나타났다.

꼰녀는 하두 반가워 대청에서 발칵 맛바더 나오며 생글 우섰다.

영감님도 마주 웃으면서 퇴마루에 올라서드니 모시 두루마기를 훨훨 버섰다.

꼰녀는 얼른 받어서는 모다귀*에 걸었다. 영감님은 저고리도 내

* 모다귀 : '못'의 방언.

의도 양말도 다 버서치고 '사루마다'* 바람이 되드니 입으로 후— 후— 바람을 내불면서

"에이 더워! 무슨 날이……. 벌서부터……."

하고 혼자 중얼거렸다.

꽤 더운 모양이었다. 등에서는 땀이 흘넜다. 꼰녀는 주인 색시가 하든 대로 날래 대야에 냉수를 기러 토방 아래 갔다 놓고

"세수하세요!"

하고 말씨도 주인 색시의 본을 고대로 땃다.

"응! 잘했다. 참 기특한데!"

주인 영감은 한마디 추존허고 나서 세수를 하였다. 꼰녀는 수건과 비누도 등대해 놓았다.

이윽고 영감님은 타오루로 얼굴을 문지르며 동의자에 가 앉드니

"꼰녀야! 이리 온!"

하고 꼰녀에게 희죽이 웃어 보였다.

꼰녀는 서슴지 않고 영감님 곁으로 갔다.

영감님은 꼰녀의 손을 붙잡었다. 꼰녀의 적은 가슴은 행복에 터질 걸 같았다.

"너 몇 살이지?"

영감님은 꼰녀를 빤히 처다보며 물었다.

"열네 살야요."

꼰녀는 고분고분 대답하며 고개를 개우시 방긋 웃었다. 웃어 뵈는

* 사루마다(さるまた) : '팬츠', '잠방이'의 일본어.

일만이 영감님의 후의에 보답하는 길이라고 생각했든 것이다.

"열네 살?"

"네!"

다음 영감님은 잠간 말없이 꼰녀의 팔목만 만지적시고 있었다.

이윽고 영감은 고개를 들어

"네 우리 집에 있기 좋늬?"

"네!"

"허허 너이 집보다 좋아?"

"네 좋아요!"

하고 꼰녀는 또 생글생글 우섰다.

"꼰녀야!"

"네?"

그러나 영감님은 이번엔 암말도 없이 꼰녀의 억게에 두 손을 얹으며 빙그시 웃기만 했다. 꼰녀도 마주 웃었으나 어쩐지 점적해서 얼굴이 달어 왔다.

잠간 있다 영감님은 꼰녀를 냉큼 들어 안었다. 영감님의 품에 안기는 것이 퍽 행복스럽고도 고마웠다. 저를 이렇게 안어까지 주는 이는 영감님밖에 없지 안으냐?

"꼰녀야."

영감님의 음성은 아까보다 거츨었다.

"네?"

"너 내 말 잘 듯지?"

"네—"

"아이들은 어른 말을 잘 들어야 한다."

"네!"

영감님은 꼰녀를 내려놓았다. 그리고 머리를 쓱－쓱 쓸면서

"너 몇 살이랬지?"

하고 닫었다.

"열네 살이예예."

"열네 살! 열네 살이라! 열네 살……."

하고 영감님은 열네 살이란 말을 작구 외이드니 벌떡 이러서 꼰녀의 팔을 잡은 채 안방을 가르키며

"저리 드러가 응."

꼰녀는 따라 드러갔다. 영감님은 꼰녀의 허리를 꼰러 안었다. 그리고 그리고는 언젠가 낯선 사내가 금실 에미에게 하든 그 모양대로 영감은 꼰녀에게 달녀들었다.

꼰녀는 무서웠다. 금실 에미에게 회초리로 얻어맞은 때처럼 어덴지 모르게 몹시 아프고 쑤시었다.

금실 에미의 매찜을 참기보다도 더 거북했다. 하지만 꼰녀는 영감님이 평소에 고마이 귀든 생각을 해서 참았다.

얼마 후에 자유의 몸이 되였을 때 꼰녀는 열병을 치르고 난 때처럼 다릿맥이 풀녔으나 그런 것보다도 영감님에게 큰 은헤를 갚은 것이 아주 기뻤다.

영감님과 저와는 세상이 모르는 비밀이 새로 맺어진 것이라고도 생각했다.

영감님은

무에다고

하고 물었다.

꼰녀는 영감님이 미안해 할까 싶어 잠작고 있었다. 그랬드니 영감님은 오십 전짜리 은전 두 닢을 주면서

"먹구 싶은 것 있건 사 먹어!"

하고 빙글빙글 우섰다.

꼰녀는 두어 번 사양을 하다가 받었다.

"이런 얘기 마님께 해선 안된다!"

"네!"

꼰녀는 고개를 주악었다. 누가 그런 얘길 주인 색시께 할까 보냐!

꼰녀는 아버지께 금실 에미 일을 일너바쳤다가 혼난 일이 떠올랐다.

그 후에도 영감님은 틈만 있으면 꼰녀를 사랑에 불너내서 그런 일을 요구했다. 꼰녀는 그때마다 말을 잘 들었다.

어느 날 밤 꼰녀는 막 자리에 누으려는데 주인 색시가 안방에서 불었다.

"저 부르셨어요?"

꼰녀는 안방에 드러가 이렇게 무르니 색시는 갈구랑 눈으로 꼰녀를 흘껴보며

"이리 와. 앉어?"

하고 단박 악에 바친 소리를 질넜다.

꼰녀는 가슴이 띠끔하면서도 시침을 딱 떼고 색시 앞에 공손히 가앉었다.

"너, 내 뭇는 말에 바루 대답해! 어제밤에 사랑엔 왜 나가 잣늬!"

아니나 다르랴 어제밤 일이었다. 그러나 꼰녀는 눈썹 한 대 까딱 않었다.

"제가 언제 사랑에 나가 잣기요?"

"요년 바! 내가 봣는데 안 나갓써?"

하고 색시는 금방 잡아 삼킬 기세였다.

"안 나갔어요!"

"내가 봣는데두 안 나갓써?"

"안 나간 걸 어떻게 보시겠어요?"

"요년아! 그냥 거즛말을 헐 테냐?"

색시는 목이 찌저질 드시 악을 부리였다. 그래도 꼰녀는 그런 일 없다고 그냥 버티었다. "이런 애기 마님께 해선 안된다." 고 한 영감님의 당부를 배반할 수는 없었다.

그뿐 아니라 꼰녀는 영감님과의 비밀이 다른 사람께 알녀지면 어째 서로 새가 버러지는 것같이 느껴졌다.

"요 요망할 년이! 죽어두 그런 일 없단 말이냐?"

하드니 색시는 주먹으로 옆꾸리가 시큰둥하도록 쥐여 박었다.

꼰녀는 안까님을 한번 쓰면서 혀를 잘근 깨물고 입을 힘 있게 다물었다.

금실 에미께 얻어맞을 때에 하든 버릇이었다. 인제는 아모런 악형이 있드라도 입을 안 떼기로 했다.

"요년아 댓구나 하려므나!"

색시는 실패로 꼰녀의 덩수리를 드러 박었다. 정신이 아찔해 왔다.

금실 에미를 두 번째 겪는 폭이었다.

그러나 꼰녀는 톡 아프면 아플수록 영감님과의 비밀이 큰 자랑거리로 여겨졌다. 영감님이 지금 이 지경을 보시면 얼마나 나를 불상히 여기시랴 하니 눈물이 핑 돌았다.

색시는 요리 뭇고 조리 뭇고 하다가 마츰내 약이 바짝 올라서 허튼대로 머리고 허리고 갈비대고 할 것 없이 막우 매를 퍼부었다. 그러나 그럴수록 꼰녀는 혀만 잘근 깨물고 꼬박이 앉어 마젔다.

마츰 그저에 방문이 드윽 열니드니 영감님이 성큼 나타났다.

색시는 매질하든 손을 멈추고 영감을 힌 자위로 흘겨보았다. 영감님은 모든 것을 알어채린 모양이었으나 아주 점잖게

“왜 아이를 이렇게 이러누?”

하고 책망하였다.

“뭐 어째요? 나더러 잘못이라구요? 세상에 그런 법은 없음넨다!”

하고 영감이 드러오자 색시는 단박 영감께로 대여들었다.

꼰녀는 영감님이 제 역성을 드러주는 데 기운을 얻었다. 그래 숙였든 고개를 들어 영감님을 처다보니 영감님도 눈으로 꼰녀게 ‘얼마나 아프냐.’는 표정을 지어 보였다. 영감님의 그 자애로운 눈 그 눈을 보자 꼰녀는 갑재기 서름이 복바처 올렀다.

그래 번개같이 영감님의 발밑으로 달녀가 쓸어지며

“영감님!—”

하고 꺼이꺼이 느껴 울었다.

아! 그러나 웬일일까? 그렇게 자애롭든 영감님은

“애! 이년이 미첬나? 버르장머리 없이 이 무슨 이 지랄이냐!”

하고 벼락같은 소리를 질넛다.

꼰녀는 천만뜻밖이었다. 꼰녀는 울음을 뚝 끊쳤다.

"저 꼴 좀 보우! 영감 헌 깐이 있기에 조년이 조렇게 영감께 형세를 부리지 뭐야!"

하고 색시가 여보란 드시 종알거렸으나 영감은 드른 척 만 척, 꼰녀에게다 대고 다시

"에이! 망할 게집애 같으니라구! 어서 썩 나니거라!"

하고 소래를 버럭 질넜다.

꼰녀는 생큼 이러서 제 방으로 물너 나왔다. 허나 꼰녀는 생각수록 서러웠다. 색시 앞에서 영감한테 멸대시 받은 것이 통분했다.

세상에 단 한 사람 하늘처럼 믿었든 영감님이 설마 그럴 줄은 몰랐다. 영감님을 위해서는 죽을 고패를 모주리 참어 왔드니 이제 보람이 무엇이냐 싶었다.

꼰녀는 색시보다도 영감님이 미웠다. 아니 금실 에미보다도 미웠다. 꼰녀의 가슴에는 회오리 같은 증오가 무지개처럼 치뻐덧다. 기가 떠올라 치가 와들와들 떨니었다. 이로 물어뜨더서라도 앙분을 하지 않고는 못 백여날 것 같었다.

꼰녀는 지금껏 영감에게 속아 온 것을 알었다.

영감쟁이에게 감쪽같이 속은 것이 생각수록 원통했다. 속은 줄을 안 바에야 왜 가만있으랴 했다.

안방에서는 얼마를 서성거리드니 잠이 들었는지 고잠지근했다.*

꼰녀는 벌떡 이러났다. 이 밤으로 원수를 갚지 않고는 잘 수가 없

* 고잠지근하다 : '고자누룩하다'의 방언. 한참 떠들썩하다가 조용하다.

었든 것이다.

꼰녀는 설합에서 사과 갈은 양도를 꺼내 들었다. 그리고 안방 토방까지 와서 발[簾] 새로 방 안을 디려다 보았다. 대청 불빛에 영감과 색시가 가즈란히 누어 자는 것이 보였다.

그 광경을 보자 꼰녀는 제가 엽때껏 속아 온 것을 좀 더 절실히 깨닫고 발을 잡아제켰다.

꼰녀는 안방에 드러섰다. 양도 쥔 손에 힘을 주었다. 팔이 부들부들 떨니었다. 영감님이 제게 살뜰이 고마이 구든 일이 파노라마처럼 머리속에 전개되였다.

그러나 그러나 꼰녀는 아까 영감이 색시 앞에서 막우 욕을 퍼붓든 일을 생각하니 더 참을 수 없어 와락 영감 우에 엎드러지며 양도를 함부루 내리 찔넛다. 그다음에는 정신없이 두 번 세 번 곱집어 찔넜다.

"으흐흐……."

하고 영감의 신음 소리가 귀결에 들였다.

꼰녀는 그제사 제가 가장 좋아하는 영감님을 죽인 것을 깨닷고

"우아――"

하고 서롬이 치밀어 올랐다.

꼰녀는 영감님을 부둥켜안은 채 정신을 못 채리고 목을 놓아 울었든 것이다. (戊寅 暮月 七日)

이 분위기(雰圍氣)

1

새로 잡아 놓은 장소(場所)의 집수리를 막 끝내고 황포차(黃包車)를 달내여 분주히 집으로 돌아와 보니 병립은 홧홧 달어오르는 방 안에서 아직껏 아편에 취한 채 곱새등이 되어 코를 되우 골고 있었다.

옥채는 옷 벗어 버리고 생각조차 잊어버리고 그대로 아릇목에 펄석 주저앉었다. 피곤이 일시에 덥처 오는 듯 뼈 마디마디가 노긋노긋해 왔다. 앉음 앉음을 바루 지탕하기조차 괴로워 옥채는 상반신을 지그시 바람벽에 지대고 방 안을 힘없는 시선으로 둘너보았다.

연꽃문의 돋은 천정지며 포도송이가 줄레줄레 매여 달린 도베지며 모두가 오늘따라는 추억이 새삼스러운 이 방이었다.

연꽃문의 돋은 천정지를 선택한 것은 일련탁생(一蓮托生)하자는 병립의 의사에서였고 포도송이 달린 도베지를 물색한 것은 이 보금자리를 꾸미든 계절이 마침 가을이라 이 가을을 영원히 기렴하자는 옥채의 애정에서였으나 그로부터 두 가을을 채 맞지 못한 지금에 옛날의 꿈과 행복은 그림자조차 엿볼 수 없이 된 것이 애닯다.

병립이와는 오늘 밤이 마즈막으로 이 방을 떠나는 날 그와의 인연도 영원히 끊기고 마는 것이라고 생각하니 옥채는 아모 내속도 모르고 아편에 잠겨져 있는 병립이가 가긍하기 짝 없었다. 더구나 옥채를 떠나서는 의지할 곳조차 없는 병립이가 내일부터는 황량한 이 북경 거리에서 어떤 운명을 지닐 것일까 하니 옥채는 눈시울이 뜨거워 왔다.

팔십객 노인의 쇠약한 정욕에서 오는 터무니없는 질투와 둘재 첩의 숭악한 사람탐에서 일어나는 가즌 학대와 괄시에서 옥채를 구원하여 이 땅으로 데리구 온 것은 참말 병립임에 틀림없었다. 그런 점으로 본다면 병립은 옥채의 재생지은인이 아닐 수 없으나 이제 어이없게도 페인이 되어 버린 병립을 끝끝내 지니고 다닌다는 것은 잔약한 옥채에게는 너무 벅찬 짐이 아닐 수 없었다.

날구일 생활력을 상실해 가는 반면에 약 분량마는 제대로 느러가 하로 오 원어치도 오히려 부족할 지경이니 아무리 아편 밀매업이 남는 장사라 해도 도저히 견대 날 수 없었던 것이다. 그래 옥채는 병립이 몰래 새 장사를 잡고 살작 혼자서 그리로 옮아가기로 결심하였다.

이제 와 병립을 버린다는 것은 은혜를 원수로 갚는 폭이여서 내심 괴롭지 않은 배도 아니나 지나간 날의 무참하던 역사가 옥채로 하여금 보람 있는 생활을 무던히 탐내게 하였던 것이다.

성에 눈을 떴을 때 팔십객 노인은 도저히 그에게 만족을 줄 수 없어 항상 애욕에 굶주려 오던 옥채가 지난 이태 동안엔 참말 과거를 보충하고도 남을 만치 애욕의 호화판을 꾸며 왔었다. 그러기에 인제 다시 독신으로 된다는 쓸쓸한 심사는 작구만 병립에게 끌리는 마음의 약점이긴 했으나 눈을 감고 고요히 생각할 제 옥채의 앞에는 고려여관(高麗旅館)에 유숙하고 있는 김지준이가 절로 망막에 떠올랐었다.

허나 지준에 대한 새로운 매력이 크면 클수록 처음으로 부부따운 살림을 베프러 본 병립이와의 추억도 강렬히 솟아올랐다. 일부종사라는 말을 코웃음으로 드러 넘기려 하는 옥채이긴 했으나, 그러나 어려서부터 하두 많이 듣고 보고 한 탓인지 귀로는 들어 넘겨도 마음한편 구석을 늘 아련케 하는 그 말이었다.

허긴 벌써 그 영감에게서 병립에게로 몸을 두 번재 가진 셈이니 무슨 일부종사가 있으랴 싶지만, 첫 번 출가는 완전히 매매 관계에 지나지 않었다고 친다면 옥채로서는 병립과의 관계를 처음인 출가로 칠 수밖에 없었던 것이다. 그리고 병립이와 함께 이 방을 꾸릴 때 옥채는 진실로 일부종사의 결심을 단단히 먹었던 것을 생각하면 제가 너무 신의 없이도 여겨졌다.

옥채가 그러한 잔탄에 잡혀 정신없이 앉어 있을 때 병립은 코 골기를 그치고 끼—하더니 눈을 번뜩 떠 옥채를 쳐다보며

"어디 갔던가?"

하고 잠에 취한 목소리로 묻는다.

"거리에 잠깐……."

하다가 옥채는 말끝을 흐려 버렸다.

옥채는 오늘 비로소 처음 병립에게 거즛말을 하는 것이 괴로웠다. 그리고 그 거즛말이 실속은 너무나 병립에게 참혹한 것이라고 깨닫자 참아 혀가 제대로 놀녀지지 않었다.

병립은 얼빠진 눈을 한참 동안 멍하니 굴리다가 굼질굼질 일어나

앉더니 "하아암" 하고 선하품을 두어 번 하고 나서 군입을 쩝쩝 다신다. 아편에서 깨면 클클증이 나서 늘 하는 버릇이었다. 그 때문에 아편 중독자는 과실이나 단것을 좋아하는 것이다. 그런 줄을 빤히 알면서도 여니 날은 군것질감이 있어도 진지꾸지 주지 않았건만, 오늘은 어째 마즈막 날이라 해 그런지 구미껏 멕이고 싶어 벽장에서 배와 궐병[中國菓子]을 있는 대로 내리워 병립이 앞에 내밀었다.

병립은 옥채를 보고 죄 없는 웃음을 한 번 힛쭉 웃고 나서 궐병을 맛나게 먹으면서 코를 훌첩 드리킨다.

어느 모로 보면 천진스러워 뵈는 이 병립의 꼴이 지금은 한없이 옥채의 가슴을 쓰라리게 했다. 한때에는 무쇠라도 녹여 버릴 듯이 열정적이오 남성적이던 병립의 성격이 이렇게도 비루해졌나 하니 그렇게 된 데는 옥채의 책임도 결코 가볍지 않음을 깨닫고 옥채는 병립의 모습을 눈앞에 대하는 것조차 가슴 아펐다. 약 작난하는 것이 그렇게 밉살머리스러웠건만, 병립을 막상 버리자니 병신자식 더 귀엽다는 심정에서일까 애정은 솟을 대로 솟는다. 그럴 적마다 옥채는 '지준이가 있는데 무얼 그까짓….' 하고 애써 번민을 지워 버리려 하나 제 행복만에 눈이 어두워 남을 구즌 발로 차 버린다는 것이 좀 더 죄스러히 여겨져 옥채는 도저히 말쩡한 병립과 마조 앉었기가 급했다.

그래, 마침 병립은 궐병과 배를 양껏 먹고 또 모로 덜석근 더지는 것을 기화로 옥채는 설합에서 약봉지를 꺼내 주었다.

그것은 마치 젖먹이를 버리고 도망가려는 어미가 아기에게 젖 한 번 더 멕이고 입 한 번 더 맞추어 주는 그런 심회에서였다.

그런 줄은 깜짝 모르는 병립은 이게 웬 호박이냐구 약봉지를 덥석 받아 놓자 권연 끝에 약을 꾹 찍어서는 성냥을 그어 빼금빼금 빨어 댄다.

옥채는 그 꼴이 처음에는 측은했으나 그러나 내종에는 밉살스러워졌다.

옥채 자신으로서도 깨다를 만치 제 행동과 표정이 변화한 지금이건만, 그리고 아편을 자진해 제공하기는 오늘이 처음이건만, 그런데 손톱만치의 의아도 느끼지 못하고, 그저 좋아만 하는 병립을 보아 옥채는 애처러운 마음이 불각시*에 사러지고 말었다.

'역시 오늘 밤이 마지막이다…….'

옥채는 속살로 이렇게 부르지즈며 옷을 가러입으려고 벌떡 일어섰다.

결심은 단단했다. 인제 더 병립에게 애정을 붓고 동정을 솟고 한대야 헛수고뿐일 것이라 했다. 그보다도 차라리 새로운 생활의 반려(伴侶)로 지준을……. 허나 지준이가 언제 내게 흥미라도 느껴 본 적이 있던가 하고 도리켜 보자 옥채는 마음이 갈품처럼 외로워졌다.

오노에 지처 잠 못 이루는 하로밤을 지난 이튿날 조반 후 옥채는 병립이 몰래 그의 지갑에 돈 삼십 원을 살작 넣 주고 나서 다시 오 원 한 장을 병립에게 주면서 약방에 가서 '스토리기니-네'를 사 오라고 했다. 스토리기니-네란 모루히네**에 석어 파는 약이었다. 옥채는 별로 그것이 필요해서가 아니라 병립을 외출시켜 놓고 그 짬에 새 집으로 이사하자는 것이다.

* 불각시 : '불시'와 동의어. 제철이 아닌 때, 뜻하지 아니한 때.
** 모루히네(モルヒネ) : '모르핀'의 일본어 표기.

오 원 지폐를 부러 쥐고 대문 밖으로 무심히 나가는 병립의 뒷모습을 바라보자 옥채는 눈물이 핑 돌았다. 약을 사 들고 돌아올 때에는 벌써 이 집은 빈 집이려니 그리고 병립이는 집 없는 서러운 몸이 되려니 하면 하염없이 설어워지는 옥채였다.

지갑에 넣 준 삼십 원 돈이 몇 날 동안은 그의 몸을 간수해 줄 것이로되 그 돈이 떠러지는 날 병립의 앞에는 절도 강도 거지……. 이런 비참한 죄악만이 전개될 것이 아닌가? 옥채는 한 삼사십 원 더 넣 줄 걸 하고 뉘우쳤다.

병립이가 대문 밖으로 살아진 다음에도 얼마를 회오에 잠겨 있던 옥채는 문득 자신을 발견하자 당황히 마차를 불러 의사짐을 실리었다. 그리고 저마저 차 우엣 사람이 되자 몇 번이고 멀어저 가는 대문을 돌아다보군 하는 것이었다.

2

새 집은 외로웠다. 미리 말해 두었던 중국인 뽀이를 데려다가 모루히네 밀매업을 다시 시작은 했으나 손님들도 그리 많지 않었다. 손님이 없으니 몸이 한가하고 몸이 한가하면 할수록 생각만이 얼키어졌다. 방 안에 호젓이 앉어 있자니 문득 이태 전의 팔십객 노인의 셋재첩 노릇 할 때로 돌아간 것 같았다. 산간 초막을 깨끗이 꾸리고 닷새에 한 번 열흘에 한 번 찾아오는 늙은 남편을 기대리던 그때에는 그래도 생활이란 그런 것이려니 해서 하그리 적막을 느끼지는 않았다. 그러나 병립이와의 경험이 있은 지금에 옥채는 이 적막이 안타까이 괴로웠다. 새로 바른 천반 도베까지가 몸소름 치게 고독감을 북도두어 주는 듯했다. 지금쯤 병립은 어디서 어떻게 방황하고 있을까 생각지 않으려 해도 무가내하였다.

옥채는 병립의 생각을 떨쳐 버리기 위하여 벼란간 옷을 가려입고 거리로 나섰다. 고려여관에 김지준을 찾어가는 것이었다.

고려여관 대문 안에 들어서자 옥채는 주인 영감 조춘택이와 딱 마조쳤다.

"또 오시는구먼……."

하고 춘택 영감은 익살맞게 웃으며 구레나룻을 내리쓸었다.

"안녕하세요!"

옥채는 전부터 이 영감과 지면이 있었다.

춘택 영감이 조선서 새로 입지(入支)한 동포들의 살찐 주머니를 고요히 나꾸어 먹는다는 사실은 아는 사람들만이 알 일이어니와 춘택 영감으로 본다면 그런 계획을 맘대로 수행하기 위해서는 옥채 같은 미묘의 가인을 많이 알어 둘 필요가 있었던 것이다.

"지금 계시나 봅니다."

하고 춘택 영감은 묻지도 않는 일을 알녀 주며 지준의 방을 손구락질했다.

"계서요. 그럼 또……."

옥채는 영감에게 인사하고 칠 호실 앞으로 갔다. 문은 닫겨 있는 채로 안에서는 아모런 인기척도 나지 않었다.

옥채는 문밖에서 잠깐 망서리며 되는대로 놓여 있는 구두짝을 바라보다가 방문을 똑똑 두드렸다.

"누구?"

안에서 잠고대 비슷한 음성이 울어 나왔다.

"저얘요!"

하며 옥채는 미다지를 가만히 열었다.

순간 방 안에서는 매캐-한 담배 연기와 함께 요탁한 공기가 코를 쿡 찔러 나왔다.

"아! 드러오시오."

지준은 아직도 요를 깔고 누어 있다가 이러나며 이불을 개키였다.

"엽때 즈므셨어요? 더운데 문은 왜 닫고 계서요?"

"그저 누어 있었죠. 머 헐 일이 있어야죠."

하고 지준은 헝크러진 머리칼을 긁어 올리며 바람벽에 가 덥석 지대여 앉는다.

"인제 그만치 류다류다(놀아놀아) 하셨으면 뭣하나 해 보서야 하잖어요?"

하며 옥채는 생글 웃었다.

옥채는 병립이보다 좀 더 젊은 지준에게서 의성으로서의 새로운 매력을 발견했던 것이다. 지준이와 함께 새 집에서 살 수 있다면 더 바랄 것이 무엇이랴 싶었다.

"허긴 뭣을 헙니까?"

"장사든지 뭐든지."

"장사? 글세 미천이 있으면 장수라두 해보련만…."

하고 대답하는 지준이였으나 그 태도는 너무 데설었다. 되는대로 밸어 버리는, 책임도 욕망도 없는 군대답에 틀림없었다.

지준은 북지에 와서도 제 생활은 역시 룸펜밖에 아모것도 아니라고 깨닫는다.

대학을 중도에 퇴학하고 사회 운동에 오 년 동안 몸을 받쳤던 일이 있는 지준이었다. 그러나 소화 삼사 년 이후 사회 운동이 쇠멸기에 들어오자 그곳을 나온 지준은 이내 고향인 황해도로 돌아왔다.

허나 지준에게 큰 희망을 품었던 부모는 전과자인 아들을 알뜰이 사랑하지는 않었다. 지준은 눈치밥을 삼키며 생끼 없는 생활의 몇 해를 보내다가 무슨 바람이 부러서였던지 저도 모르게 북경 땅을 밟게 되였었다. 그리하여 이 거리에서 이미 석 달을 지났건만 지준은 앞날의 아모런 방도도 꾸미는 일 없이 그저 뻔들뻔들 여관 구석에서 묵어나는 것이었다.

그러므로 옥채는 지준이가 딱해 보였다. 제게 돈이 있다면 서슴지 않고 장사 본전을 대 주고 싶었으나 그도 못할 사정이 아니냐?

"취직이라도 해 보세요."

하고 옥채는 달니 방도를 꾸며 주려 애쓴다.

"취직요?"

지준은 건으로 반문할 뿐 그것이 옥채에게는 증이 날 정도로 불만이었다.

'지준 씨는 왜 좀 더 내 가슴을 내 정성을 못 알어주실까? 저분은 내게 아모런 흥미도 없는가 보다.'

"어디 취직이라도 해 보세요."

"글세 원……."

북경서 조선 사람으로 할 수 있는 취직자리라고는 고작해야 민회 서기 그렇지 않으면 요리집 서자－－ 그밖에 무엇이 있을까?

민회 서기나 요리집 서자라는 직업을 경멸히 여기려는 의사는 없으면서도 어쩐지 지준은 그것이 우숨경으로 느껴졌다.

지준이가 선하픔을 두어 번 곱누리고 쓰디쓴 입을 쩝쩝 다시고 나서 방 안의 무료에 괴로움을 느끼는 무렵에 문득 밖에서

"나가긴 어디루 나가란 말요?"

하는 거촌 고함 소리가 들려왔다. 그리고 뒤미처 주인 영감 목소리로

"안 나가려거든 밥값을 내구려 밥값을! 우릴 돈 안 받구 밥 시중이나 드는 사람으로 알었든가! 에이 고-약해!"

하고 떠들어 왔다.

"못 나가겠소!"

"안 나가겠거던 돈을 좀 내라구!"

하고 손님과 주인 간에 짝짝궁이 일어났다. 밥값 못 내는 손님과 밥값 못 받은 주인 새에 버러진 싸움이었다.

옥채와 지준은 말없이 서로 바라보았다. 지준은 이 여관에 묵는 석 달 동안에 거이 매일처럼 이런 싸움이 버러지는 것을 보았다. 그리다가 마침내는 육박전으로 들어가 밥값에 트렁크를 빼끼고 알몸으로 어디론지 자최를 감초아 버리는 동포를 얼마든지 보았다. 그럴 때마다 지준은 제 트렁크를 바라보며 저것도 언제던 한번은 이 여관 창고 신세를 져야겠구나 하고 생각하는 것이었다. 그리고 인제는 그날도 그리 머러 뵈지는 않었다.

정작 북경에 와 보니 지준은 결코 동포를 믿을 배가 못 되는 것을 알었다. 서로 싸우고 시기하고 말어먹고 하는 것이 외국 사람들보다 더 야착스러웠다.

허긴 그렇기도 할 것이다. 여기 온 사람들은 이름이 조선인이지 그 실은 고향을 잃어버린 종속 없는 집씨들이 아니든가?

가즌 수단과 계획으로써 고향 땅에서 살어 보려고 애쓰다가 마침내 쫓겨나다십이 된 그들이 아니던가?

지준 자신 간신히 남었던 동포애가 요새 완전히 불타 버리고 말었다. 고향에 남어 있는 그들은 아직도 고향의 품에서 살고 있는 그것만으로도 큰 행복일 것이 아니냐? 지준이가 그런 생각을 하고 있는 지음에 옥채는 다시 지준을 바라보며

"그래 정말 앞으로 어떻거실 테애요?"

옥채는 생각수록 지준의 일이 딱했다.

그는 지준을 어떻게 해 보는데 어떤 민족적인 의무감까지를 느끼는 것이었다.

"글세요. 어떻걸지……."

하고 지준은 역시 서룩마룩한 대답이다.

'지준 씨도 역시 트렁크를 빼았기고 여관을 쫓겨나려나?' 하다가 옥채는 문득 그런 기회가 와 주었으면 했다.

지금에라도 지준을 새 집으로 데리구 가 새 살림을 베프렀으면 하는 것은 옥채의 아름다운 꿈이었다. 그러나 지금 지준이와 그럴 사이가 못 됨을 깨닫자 옥채는 한없이 쓸쓸했다.

"그럼 제가 어디 취직처를 알어보아 드릴까요?"

하고 옥채는 지준을 빤히 처다보았다.

"어디 하나 알어보아 주시오."

도무지 청탁하는 본떼가 아니라 거절에 가까운 말씨였으나 그래도 옥채는 그 말에서 힘을 얻는 것이었다. 생각컨댄 남의 성의를 알은 체도 않는 그 태도가 괘씸하기까지 했으나 한끝으로는 지준의 그데선 행동에 좀 더 애착이 느껴지는 것을 어찌하는 수 없었다.

3

옥채는 지준의 취직처를 구하기 위해 제가 아는 유력한 조선 사람들을 모주리 찾어가 보았으나 모두 허발이었다. 지준에게 취직만 시켜 준다면 그와 무슨 인연이 맺어질 것같이 느껴지는 옥채였다.

옥채는 실망의 무거운 다리를 이끌고 집으로 돌아와 보니 약도 변변히 팔니지 않었다. 더구나 집이라고 찾어와야 누구 하나 맞어 주는 사람도 없으니 그것이 더 서러웠다. 언어 풍속이 생소한 이 고장에서 믿고 살 한 사람도 없다는 사실에 가슴이 새삼스레 설레였다.

병립이! 그는 지금 어디서 어떻게 방황하고 있을까? 오직 믿어 오던 한 사람인 그였기 때문에 그의 거취가 궁금했다.

어째 그를 버렸다는 일이 큰 죄로 느껴졌다. 허나 인제 그를 의지할 수는 도저히 없는 일이고 보니 역시 지준………

옥채는 눈앞에 머리가 덥수룩한 지준의 모습을 그려 보았다. 그리고 다시 이리저리 취직자리를 청탁해 볼 사람을 머리속에 곱아 보다가 문득 고려여관 주인 조춘택 영감이 떠올랐다. 그 영감이면 취직자리 하나쯤은 어찌 되염 즉했다.

옥채는 선 자리로 춘택 영감을 찾어갔다. 춘택 영감은 옥채의 말을 다 듣고 나서 고개를 끄덕끄덕하며 징그러운 웃음을 웃고 나서

"쓰지! 마침 민회(民會)에 결원이 한 사람 있으니!"

하고 쾌히 승락하였다.

"정말이세요?"

옥채는 참말 죽었던 사람이 사러 온 것만치나 반가웠다.

"정말이구말구!"

춘택 영감은 진심으로 지준을 소개하기로 했다. 거기에는 그 로인도 이유가 있었다. 백건달 같은 지준에게서 식비를 받자면 그에게 고정한 수입이 있도록 마련해 주는 것도 필요하거니와 옥채 같은 미인의 환심을 사 두는 것도 후일을 위해 요긴한 일이기 때문이었다. 그뿐 아니라 이번 결원에 지준을 소개함으로써 민회 안에서의 제 세력을 부식하려는 배포도 있었다.

그러한 춘택 영감의 속살은 알 턱없는 옥채는 내일 이력서를 써 가지고 민회장한테로 가라는 말을 들었을 때 무던히도 고맙게 여겼다. 반가운 소식을 품고 지준의 방으로 찾어가는 옥채의 발거름에는 날개가 돋힌 듯했다. 더구나 지준이와 알뜰한 살림을 베프러 보는 공상에 가슴은 괜스레 날뛰었다.

"김선생님! 자리가 하나 있어요! 민회 서긴데! 주인 영감이 소개해 준대요. 김선생님이면 불감청이언정 고소원이라나요! 호호."

하고 옥채는 종달새같이 명랑했다.

"허! 고맙습니다그려!"

지준은 아주 남의 일만같이 무맥했다.

"내일루래두 출근하시라는데요."

하고 옥채는 참말 기뻤다. 나무가지에 앉은 새같이 금방 어디론가 훽닥 떠나 버릴 것 같던 지준을 인제 붓들어 두게 된 것이 무던이도 기뻤다.

"오라면 가죠!"

"정말요? 내일부터 출근하세요 네?"

하고 옥채는 연방 생글생글 웃어 대었다.

지준은 옥채의 좋아 날뛰는 양을 보자 이 여자가 왜 이리 달떠 할까 생각해 본다.

'연애? 그건 젊은 피가 이르키는 객적은 작난이다. 이 땅에 와 그런 달큼한 짓을 하고 있댔자 그것이 무엇이랴!'

그보다도 지준은 이 땅을 뒤흔드는 현실과 멀리 고향을 떠나 온 그들의 동향이 알고 싶었던 것이다. 허나 이제 와 지준은 그런 욕망까지 잃어버리고 말었다. 그저 변으로 라타만 해지는 정신—그것을 대룩의 영향이라고 하면, 그만일까?

"정말 내일부터 가시겠어요?"

하고 묻는 말에

"가죠!"

하고 대답은 했으나 지준은 싸라리맨의 실감도 취직에 대한 감흥도 일어나지 않었다. 더구나 민회란 어떤 것인가 륜곽조차 몰라 그저 어리벙벙해질 뿐이었으나 어쨌던 경험 삼아 한번 가 보리란 생각은 들었다.

"그럼 오늘은 제가 축하하는 의미에서 저녁을 대접하겠어요!"
하고 옥채는 방긋 웃었다.

"수고하셨단 의미에서 제가 한턱 써얄 텐데…."

"안야요! 거리 구경 겸 가치 나가 주세요? 참 오신 후로 거리에 몇 번이나 나가 보셨어요? 두 번? 세 번?"

"글쎄……. 왜요! 댓 번 나갔댔죠!"

"호호호 다섯 번이요? 참 무던하시군. 어서 나갑시다. 오늘은 내 안내하겠어요."

지준은 옥채를 따라 거리로 나섰다.

유월머리를 잡은 북경 거리는 저믈녁에도 찌는 듯이 더웠다. 황마차(幌馬車)가 이르키는 몬지는 소슬바람에 나붓끼고 로대(露台)에서 객을 부르는 장사치의 웨치는 소리는 유량하면서도 서글펐다.

가다가다 검은 벽돌로 된 고루거각의 대룩적인 건물은 변천하는 계절과 무상한 인생을 비웃는 듯 반공에 솟아 굳은 침묵을 지키고 가두에 범람하는 푸른 호복의 무리 떼는 표랑민의 비애와 영원한 짚씨의 혼을 상징하는 듯하다.

"의욕(意欲)을 뽑아 버린 무리!"
하고 지준은 혼자 중얼대 본다. 그 무리에서 어느 한 사람을 붓잡고

"무엇 때문에 사느냐? 어디로 가는 길이냐?"

무르면 저마다가 모른다고 도리질만 할 것 같은 그들이었다. 그저 거리거리에 도도(滔滔)히 범람하는 푸른 빛깔의 흐름이 있을 뿐이었다.

'이것이 대륙이던가?'

지준은 시방 이 거리에서 새로운 감격에 잠겨 옥채와 함께 황마차에 몸을 실린 채 망연히 또는 창연히 좌우를 바라보며 지향 없이 거리에서 거리로 달래여 가는 것이었다.

4

북경에 온 지 삼십 년이 넘었다는 오십 가까이 된 민회장은 지준이 보기에 결코 인격자는 못되었다.

그러나 그는 지준이가 첫날 출근하자 곧 불러 내세우고

"어! 김군이 이번에 우리 민회의 일을 보아 주게 된 것은 퍽 반가운 일이요."

하고 일장 훈시를 내리는 것이었다.

"지금 일본 국가로 보아 대륙 진출(大陸 進出)이 얼마나 중대사인가는 내가 말치 않어도 김군이 이미 잘 짐작할 일이니와 그러므로 김군 같은 지식분자는 더욱 자중자애해서 무식 계급의 표범이 되는 동시 적극적으로 국책에 순응해 활동해 주기를 바라는 바이오. 참말 지금까지 지나 방면으로 오는 조선인으로서 대학물 먹은 사람은 김군이 시호이니 만큼 깊이 명심해서 모든 방면에 지도적 입장에 서야 한다는 것을 잊지 말어 주기 바라오……."

민회장은 제 어투에 제 자신 흥분하는 것이었으나 지준은 아모런 감격도 느껴지지 않았다. 흔히 신문지상에서 읽든 '대륙 정책'이라는 국책이 그럼 이런 사람들로써 이렇게 수행되는 것인가 의아할 뿐이었다.

더구나 지식계급이니 지식분자니 하는 말을 듣자 지준은 문득 지식에 대한 혹은 자기 자신에 대한 경멸이 느껴짐을 어찌는 수 없었다.

민회에는 이사(理事)와 강, 현의 두 서기가 있었다.

이틀은 그대로 지내고 사흘 만에 자리는 바뀌여 이를테면 지준이가 수석 서기 자리를 차지하게 되였다. 지준은 그 자리를 탐낸 것도 아니고 또 강서기를 위해 민망하기까지 했다. 어째떤 그러한 관계로 지준은 강과는 좀처럼 친근해질 수 없었으나 현서기와는 이내 익숙해지게 되였다.

"긴상은 대학까지 다니셨다면서 이런 델 왜 들어오셨오?"
하고 어느 날 현은 저녁밥을 가치 먹으면서 지준에게 물었다.

"현형두 여기 계시면서 그러시우?"
하고 지준은 현을 의앗쩍게 처다보았다.

"저야 이런 데밖에 더 자격이 있든가요!"
하고 현은 자기는 중학교 이 학년까지밖에 못 단녔다는 것과 한때는 평안도에서 부명을 날니는 제 집이였으나 이럭저럭 패수하고 인제는 조석조차 마루해서 월급에서 고향에 계신 부모에게 매삭 이십 원씩을 부친다는 것을 대강 말하고 나서 가만한 한숨을 지으며

"아모렇게 해서라두 고향에 가서 한번 맘 펴구 살어 보구 싶은데 원!"
하고 지준을 처다보는 현의 눈동자에는 향수에 타는 정열의 빛이 넘처흘렀다.

"왜? 여기선 맘 못펴시나요?"

"맘 펴는 게 뭐야요! 만나는 사람마다 도적놈으로 알어야 하는 여기서……. 우리 민회에도 속살론 리사 패와 민회장 패와 알력이 여간 심하지 않다우! 어떻든 여깃 사람들은 남을 절대로 믿질 않거든요! 긴상두 누구나 믿지 말으시우!"

"그렇게들 그런가요?"

"아 그렇다 뿐이겠어요! 솔직히 말하자면 긴상이 드러오시자 곧 교-상(강)의 수석 서기 자리를 빼앗게 된 것두 실인즉 교-상이 리사 패로 간주된 탓이거든요! 그야 긴상이 학식으로 보나 인격으로 보나 수석 서기 자격이야 뻐젓하지만 그러나 긴상을 그 자리에 앉이우는 데는 민회장이 제 세력을 부식하려는 뱃속도 없든 않거든요! 긴상은 아마 춘택 영감의 소개시죠?"

"말하자면 그러쵸."

"그 영감과 민회장은 한패거든요. 그 영감이 민회장의 참모 총장격이지요."

"그래요?"

지준은 자신 아지도 못하는 새 민회장의 수배가 되여 이해 소관 없이 강서기 그 타와 척을 짓게 되였다고 생각하니 불쾌하기 짝이 없었다.

그러나 남은 아모렇게나 리용하려 들드라도 저만 속다짐 먹었으면 그만이라고 지준은 다음날부터 거루민의 상항이나 조사해 보기로 했다. 민회 장부에 등록된 거루민 수효는 삼천 명 가량인데 그 구활 칠 부까지가 해륙 물산 위탁 판매업이었다.

"현형! 모두 위탁 판매업이니 웬일이요?"

하고 지준은 현서기에게 의심스레 물었다.

"허허! 긴상은 아직 모르시우? 그거 모두 모루히네 밀매업자들이랍니다."

하고 현은 지준을 처다보았다.

"모루히네 밀매업자라니요? 그럼 삼천 명이 모두 그러탄 말슴입니까?"

"허— 그것만인 줄 아시우? 민회에 등록되지 않은 사람은 또 얼마나 많은데 그러슈?"

"아 그럼 이 밖에 또 있다 말슴입니까? 그리구 그렇게 많으면서도 족히들 밥을 먹어 갈 수 있단 말이오?"

"그러쵸! 잘하면 돈 모으고 못하드라도 밥걱정은 없죠! 그것만 하면……."

"그럼 중독자는 얼마나 많게요?"

"북경 시민의 삼분지일 가량은 중독자라 해도 무방하지요. 참 처음 듣곤 놀라지 않을 수 없는 사실이지요."

"원 저런……."

하고 지준은 문득 황혼의 거리에 도도히 범람하는 푸른 마구자의 무리를 머리속에 상상해 보면서 '역시 중국은 아편으로 망하는 나라'라고 속으로 중얼거려 보았다.

북경이 저러니까, 결국 중국 전체가 아편에 취해 있는 것이 아닐까?

"그럼 조선 사람의 중독잔 얼마나 되요?"

"조선 사람도 삼 활 가량은 되지요. 현재 민회 위원에도 중독자가 이삼 인 되니까요."

"뭐? 민회 위원들도요?"
하고 지준이가 악연히 놀라는 것을 보고
"쉬— 긴상 그런 소리 함부루 마시우!"
하고 현은 손을 휘휘 내젔는다.

지준은 참말 이 처참한 사실을 어떻게 해석해야 옳을지 스스로 판단의 길을 잃어버렸다. 대체 무슨 힘으로써 아편에 취해 있는 이 대륙을 눈뜨게 한단 말이냐?

지준이가 이러한 생각을 하고 있노라니 현도 잠깐 잠잫고 앉었다가
"그러기 긴상 같은 분은 사실 곳이 아니죠. 어서 고향으로 건너가시우!"
"고향 가믄 별수 있나요?"
"그래도 고향은 고향이지요! 난 그저 고향에만 가면 맘 펴고 살 것 같습니다."
"그렇다면 가시지요!"
"글세 이것두 밥자리라구……. 구복이 원수거든요. 구복이……."

현은 잠깐 고개를 수그린다.

지준은 현의 그 모순된 회화에 되려 린민의 정을 느끼며 현처럼 고향에—그 맥랑한 고향에—애착이나마 느끼는 사람이 대체 이 북경에 몇이나 될까 생각해 보았다. 그리고 그런대로 현처럼 고향을 동경하며 사는 사람은 오히려 행복이리라고 또 한 번 향수에 저즌 현의 눈동자를 처다보는 것이었다.

5

첫 월급날이였다.

지준은 민회장이 내 주는 월급봉투를 그대로 구겨 포켓트에 쓸어 넣으려니까

"김군 봉투엔 이십 원밖에 안드렀읍네다."

하고 민회장이 말하였다.

"남어지 삼십 원은 고려여관 주인 영감이 시급히 쓸 통이 있다구 어차피 제가 받을 밥값이 있으니 삼십 원은 제게루 돌려 달라구 해서 그리루 돌녔죠!"

"아 그렇습니까!"

지준은 씹어밸듯 대답은 했으나 참말 그때처럼 불쾌한 적은 없었다. 시급한 쓸 통이 있다는 건 통 거즛말일 게고, 월급의 손에 들면 못 받을까 싶어 선손을 쓴 것이리라고 짐작이 갔다. 저제에 현서기가 모두 도적놈으로 알라고 한 것은 아마 이런 것을 두고 한 말이리라고 지준은 어림이 갔다.

어차피 줘야 할 돈이긴 하지만 불과 삼십 원 돈에 인격을 무시하는 그 행위가 괴악히 여겨졌다. 돈이라면 인정도 의리도 예의도 없는 무리!

이러나저러나 삼십 원 뺐기고 보니 남는 건 단 이십 원이었다.

'단순히 밥만을 위해서는 날구일 이 불쾌를 무릅써야 할 것인가?

지준은 불현듯 제 자신 속에 모욕과 의분을 한거번에 깨달었다. 지준은 아예 민회 서기 자리는 집어던질 결심을 하며 숙소로 돌아오니 옥채가 뷘 방에서 기대리고 있다가 맞바더 나오며

"오늘은 월급 타셨죠! 한턱 쓰세요!"

하고 생글생글 웃었다.

"아— 마츰 잘 오셨습니다. 내 한턱 쓰죠!"

지준은 구두도 벗지 않고, 옥채가 나오기를 등대했다.

옥채의 알선으로 생전 처음 받어 본 오십 원이란 월급— 그리고 이제 다신 벌어 볼 상싶지 못한 그 돈이니만큼 지준은 옥채에게 저녁 한턱 쓰는 것조차 무슨 의의가 있는 듯했다.

둘은 조용한 판섬[飯店]에 가 앉자

"월급 타시는 재미 어떠세요?"

하고 옥채가 재냥스레 물었다.

"그저 그러쵸."

"그래두 첫 월급은 퍽 기뿌실 거애요. 몇 번 타 나면 심상하지만—"

"그러기 심상해지기 전에 그만두겠습니다."

"뭐요? 무슨 말슴이세요?"

하고 옥채는 말귀를 놓치지 않었다.

"…………."

지준은 대답 대신에 옥채를 빠안히 처다보기만 했다.

그는 참말 그처럼 힘써 준 옥채에게 한 달이 못 가 구만둔다는 건 미안하기 짝이 없었던 것이다.

"인제 거 무슨 말슴이세요?"

"민휠 구만둘까 합니다."

"?……."

옥채는 더 무엇이라 묻지 못하고 변으로 놀래기만 한다.

'… 지준이란 사내는 대체 이렇게 맹랑하든가? 어찌자구 또 구만둔다누? 그럼 장사라도 해 볼 심산에서인가? ………'

그러면 그런대로 장사밋천 대 줄 여유가 없는 것이 또 한탄스러운 옥채였다.

혹 누구 본전을 대 줄 사람이 생기기라도 했나? 어쨌든 옥채는 지준을 룸펜 상태에 두어둔다는 것이 마음 두려웠다.

룸펜으로 있다면 동으로나 서로나 맘대로 떠나갈 듯싶어서 싫었든 것이다.

"그래 구만둠 어떻거실래요?"

"별로 딴 도리가 있는 것은 아니지만……. 그저 싫증이 나는군요."
하고는 지준은 저까락으로 글자를 갈긴다.

"그럼 이제부턴 불편하신 대루 저이 집에 와 게서요 네!"

벌서 다섰 번째나 깎가 매는 옥채의 소원이었다. 그러나 그 말엔 지준은 잠작고 있었다.

북경이라는 도시를 좀먹고 있는 오륙천 명의 모루히네 밀매업자! 옥채는 그중에서도 아름다운 좀버러지가 아니든가?

"네! 불편하신 대루 저이 집에 와 게서요 네!"
하고 옥채는 또 한 번 애원이다.

"글세요, 차차루 신세를 져얄가 봅니다."

"차차룬 무슨 차차루요 오늘누래두 좋지 않어요?"
하는 옥채의 눈은 이상히 빛나 지준은 옥채의 눈에서 문득, 현서기의 눈을 생각해 내고 옥채가 지금 제게 감겨하는 것도 일종 향수병에 걸닌 탓이 아닐까 했다.

지준은 술이 얼건히 취해 옥채와 함께 거리로 나섰다. 지준이가 술을 마신 것은 북경 온 후로 이 밤이 처음이었다. 이 밤 어쩐지 지준은 술이 댕겨서 견댈 수 없었든 것이었다.

지준과 옥채는 나란히 거닐었다. 저녁 바람이 상기한 얼굴에 상쾌히 나붓기었다. 지준은 얼마를 거러가다가 가믈가믈 저므러 가는 거리의 소란한 음향 속에 문득 고향의 초가을이 연상되여 수심가가 제풀에 울어 나왔다.

그러나 다음 순간 그는 항수에 병든 현서기를 비웃든 제가 저 모르게 수심가를 부르고 있음을 문득 깨닫자 자조의 웃음을 픽 웃고 나서 반사적으로 입가에 흘러나는 대로

어느 님 님 아니며
어느 집 집 아니랴
맥수(麥秀) 서리(黍離)에
노래는 무삼 일고
만수산(萬壽山) 드렁츩처럼
얼켜지어 살리라. —친우(親友) 김린직 군(金麟稷 君)의 작(作)

하고 즉흥 시조를 읊조리며 쓸쓸한 밤거리를 허전허전 거러가는 지준의 눈에는 그러나 한없는 비랑이 흐르고 있었다.

6

민회를 사직한 후로는 지준은 별안간에 딴사람이 된 것처럼 잠시도 숙소에 백여 있지 않었다.

그는 날구일 휘지해 거리에서 거리로 싸도라단니다가 날이 저므러야 돌아오군 하는 것이었다. 그렇다고 안기에 무슨 목적이 있어서도 아니고 다만 북경 거리에 무질서한 풍기와 퇴패적인 분위기를 실컷 맛보고 싶어서였다. 거리의 무기력한 창맹(蒼氓)속에서 자기 자신을 발견했으므로서인지도 모른다.

참말 넓은 거리 좁은 거리 할 것 없이 도도히 흘러나는 그 얼빠진 얼굴들과 타기만만한 이 분위기가 어떻게 하면 생끼 있는 광채를 발휘할 수 있을까?

지준은 무슨 큰 경천동지(驚天動地)할 변괴가 일어나스면 싶었다. 아니 꼭 일어날 것만 같았다. 아무렴 이렇게 타성적인 분위기가 언제고 계속될 수는 없을 것이 아닌가? 타기로 포화 상태를 이룬 이 거리는 머잖어 심판을 받을 것만같이 예감이 갔었다.

저녁 후 지준은 맨머리 바람에 스틱을 내두르며 인파(人波)를 따라 지향 없이 거리를 거러가노라니 뒤에서 문득

"김선생님! 어디 가서요?"

하고 옥채의 말소리가 들녔다.

돌아다보니 옥채가 마차에서 내려 이리로 거러왔다.

"어디 가시는 길이세요?"

"안요. 그저 산보 나왔죠!"

"저두 심심해서 김선생님을 찾어가든 길이었어요. 저도 가치 걷겠어요!"
하며 지준의 옆으로 닦어서므로 지준은 대답 없이 발길을 옮겼다.
황진에 싸인 채 누엿누엿 저므러 가는 거리는 너무나 공막(空漠)하고도 회고적이었다. 더구나 지루한 한날을 찌는 듯한 더위에 물켜져 보내든 추잡한 목숨들이 혹은 웃통을 벗은 채 혹은 아랫뚜리를 내놓은 채 가가 앞에 즈른히들 나선 꼴이란 확실히 진기한 동물의 세게면 세게였지 인간 사회라고는 도저히 볼 수 없었다. 게다가 호매상 떼[呼賣商 輩]들의 객을 부르는 알아듣지 못할 괴상한 억양의 고함 소리는 그야말로 흡사 주린 동물의 부르지즘이었다.
지준과 옥채는 잠작고 육축 거리로 접어들었다. 그리하여 얼마를 사람 사이로 거러가노라니
"나리! 조선 나리 한 푼 적선합슈!"
하고 지준의 양복 자락을 붓드는 거지가 있었다. 도라다보니 남루한 의복에 피골이 상접한 삼십 가량 된 사내가 연신 고깨를 주악시며 죽는 시늉을 하고 있었다.
지준은 직각적으로 그가 아편 중독자인 것을 깨닷고 측은한 마음으로 물끄럽히 처다보노라니까
"조선 나리! 불상한 동포에게 구제해 주십사."
하며 또 한 번 절하는 것이었다.
그때 옆헤서 이 광경을 보고 있든 옥채는 순간 깜짝 놀라 하마트면 소리를 지를 번하다가 얼른 몸을 비켜 도라서 버리고 말었다.
그 사내는 다른 사람 아닌 박병립이었든 때문이었다.

그러나 그런 사정을 알 턱없는 지준은 이윽히 측은한 눈으로 사내를 바라보다가 이 사내는 저번에 트렁크를 빼끼고 여관을 쪼겨난 그가 아닐까 생각하며 포켓트에 손을 너어 일 원 지페 한 장을 내던저 주었다. 거지는 내던저진 돈을 주어 들자 이번엔 고맙다는 인사도 이만저만하고 대비산지 저편 거리로 다려나는 것이었다. 그 순간 지준은 문득 그가 지금 달래여가는 곳은 필시 모루히네 밀매업집이리라 깨닷고, 저런 자에게 동정할 무슨 필요가 있었든가고 몹시 뉘우처졌다.

지준은 이윽히 그 방향을 바라보다가 군입을 쩝 다시며 다시 거러가기 시작했다.

허나 옥채는 더 얼마를 멍하니 서 있다가 흘러나오는 한숨을 깨물어 버리며 지준의 뒤를 딸었다.

그러나 암만 해도 옥채의 망막에서는 병립의 그 너무나 초라한 꼴악선이가 지워지지 않었다. 아까 그때에 병립에게 얼마 베프러 주지 못한 것도 후회가 났다.

아니 이제 다시 병립을 맛난다면 그를 붓들고 싫껏 울며 사죄라도 하고 싶었다. 옥채의 발거름은 작구만 떠갔다.

한편 지준은 지준이대로 우울했다. 무슨 민족적인 금지를 가지려하는 것은 아니지만, 일껏 여기까지 와서 불상 모양인 동족을 보았다는 것은 그지없이 불쾌한 일이었든 것이다. 허나 그건 그 사람의 잘못이라기보다도 이 북경의—아니 대륙의 침레한 공기의 탓인 것만 같았다.

이 타성의 분위기가 언제야 소멸될 것인가? 이 땅은 마땅히 심판을 받어야 할 것만 같았다. 아니 그날이 이제 오래지 않어 필연적으로 올 것이다. 그날―억센 힘이 있어 이 땅을 뒤흔드는 그날 지준은 어떤 역활을 해야 할 것인가? 지준은 스스로 그것을 생각하며 지향 없이 거러 가노라니 앞헤 전신주에 붉은 잉크로 쓴 광고를 부치는 사나히가 있었다.

지준은 눈이 휘둥굴해지며 발을 딱 멈추고 광고를 바라보았다. 신문사의 고시였다.

"일지충돌(日支衝突)"

노코구에서 일본군과 지나군이 정면충돌을 하였다는 것이었다.

"아! 드디여―"

지준은 호외를 손에 든 채 부르지즈며 밤거리의 사람 떼를 바라보았다. 그러나 호외를 읽는 사람은 아모개도 없었다. 도야지 떼처럼 주둥이를 내저으며 동으로 서로 음직이고 있는 저 무리들 우에 새로운 운명이 지금 바야흐로 닥처오고 있는 것이 아니냐? 지준은 인제 제게도 옥채에게도 새로운 운명이 엄습하여 옴을 느끼었다.

그는 문득 고개를 돌려 마주 서 있는 옥체를 바라보았다.

"무슨 호외애요?"

"호외! 참말 호욉니다!"

하고 대답 아닌 대답을 하는 지준의 눈은 오래간만에 찬란히 빛나, 옥채는 제게도 무슨 새 광명이 빛이는가 보다고 이제 것의 우울은 다 잊어버리고 울렁거리는 가슴을 안은 채 생끼 있는 웃음을 띠이며 지준에게도 한 발거름 닦어섰다.

그러나 어느새 지준의 시선은 옥채의 얼굴에서 거리로 옮았다가 다시 호외에 못 박힌 채 음직일 줄을 모르고 있었다.

청춘행(青春行)

가. 휴일(休日)의 설계(設計)

십월 십육 일 일요일(十月 十六 日 日曜日)

십칠 일 신상제(十七 日 神嘗祭)

십팔 일 경성신사제(十八 日 京城神社祭)

십구 일 정국신사 임시대제(十九 日 靖國神社 臨時大祭)…….

업데여 신문을 읽고 있든 형채는 별안간에 용수철을 탁 퉁긴 것처럼 벌떡 이러나 앉으며

"부라보우!"

하고 웨치는 한편 뚝딱뚝딱 손벽을 쳤다.

"아규! 깜짝이야. 재가 왜 저래?"

옆에서 악보를 들여다보고 있는 애라와 물리 교과서를 예습하고 있는 보옥은 둘이 다 똑같이 고개를 반짝 들며 눈이 호동글해서 형채를 처다보았다.

"호호호 저 눈을 좀 봐! 저 눈들!"
하고 형채는 또 한 번 좋아라고 박수를 하며 자지러지게 웃는다.
"재가 왜 저 지랄이야? 너 미쳤니."
하고 애라가 형채를 빤이 처다보며 힐란했다.
"호호호. 너이들의 그 호동글한 눈알을 보니까 우서워 죽겠구나."
하고 형채는 한 호흡 드리키고 나서 정색을 하며
"얘들아! 너이들 이거 아늬?"
하며 금방 읽은 신문을 내밀었다.
애라와 보옥은 무슨 큰 사실이나 발견할 것처럼 이제껏 일은 죄다 잊어버리고 신문에 머리를 조았다가
"난 또 큰일 났다구?"
보옥이가 먼저 실망의 고개를 들자
"아규 나흘식이나 노는구나! 가만있자 오늘이 목요일이니까 금, 토, 글피부터 연다라 나흘 노는구나! 그렇지? 형채야! 아규 좋아라."
하고 애라는 손을 나뷔 날개처럼 나풀댄다.
"오-케-!"
형채는 고개를 개웃등해 뵈고 나서
"그런데 이 나흘을 어떻게 놀아야 하느냐 말이다. 문제는 거깃서!"
"글세 참!"
하고 보옥은 군대답을 하고 애라는 고개를 수그려 궁리에 골몰해진다. 한참 후에 애라는 산범을 잡은 듯키 형채와 보옥의 억개를 따리며
"얘! 형채야! 보옥아! 수가 있다! 내 제의할께. 내 말대루들 해 응!"
애라는 다지고 나서

"각각 고향에들 도라가서 제 고향 특산물과 제 고향 전설들을 모아 가지구 와서 서로 바꾸기로 하는 것이 어때?"

"애! 고향에 멋허러 가려늬?"

하고 보옥이가 단박 반기를 들자 형채도

"차암! 고린내 나는 고향엔 멋허러 간단 말이냐? 그뿐이냐? 이런 좋은 기회를 서로 헤여져 보낸다는 건 의미나시다. 오는 봄까지에 이런 기회가 또 있을 줄 알구? 졸업만 해 봐! 뿔뿔이들 헤여져서 어린애 기저귀 빨기에 배바뿔 작자들이."

하자

"누가 시집을 간다든? 구지나한 시집을."

하고 애라가 댓구했다.

"글세 큰 소린 작작해라."

하고 형채는 억눌너 보인다.

보옥은 '시집'이라는 말에 그만 서리를 맞은 듯 고개를 수그려 버렸다.

보옥은 졸업만 하면 애정도 리해도 없는 사십 가까운 사내에게 시집가야 한다는 제 신세가 서러웠다. 어제 집에서 온 편지에도 어머니는 그 얘기를 누누이 하였다. H라는 그 사나히는 돈이 많었다.

보옥의 아버지가 장사에 실패하였을 때 재출발할 자금을 대 준 이는 H였다. 보옥의 학비의 대부분도 H의 돈이었다. 그래 보옥은 몇 번이고 학교를 그만두려 하면서도, 설마 하는 생각과 동무들과 헤여지는 것이 서럽고 배지 못하는 것이 안타까워 하로하로 끌어오는 것이 이제는 어느듯 무거운 짐이 되였었다. 짐이 무거워졌을 때 아니나 다르랴 H는 보옥을 탐내였다. 그래 부모네는 H에게 은혜를 갚는다는 것은 이 기회라고 보옥의 의견은 듯지도 않고 덜컥 쾌락해 버렸든 것이다. 그런 걸 생각하면 보옥은 어제나 외로웠다. 형채와 애라가 제멋대로 시집을 가느니 마느니 하는 것을 듯기조차 괴로웠다.

"애들아! 잔소린 그만하구 내 제안대로 해! 않 들으면 절교다! 절교야!"

하고 이번엔 형채가 팔을 들어 휘저었다.

"그래 얘기해 봐!"

"지금이 가을인 줄은 너이들두 알지?"

"누굴 바보루 아늬?"

"가을은 멋에 적당한 게절이든가?"

하고 형채는 멘탈 테스트를 내놓는다.

"하이킹이지 뭐야!"

보옥이가 문득 대답하자 형채가

"올라잇! 오우탐 이스 하이킹 씨-즌!"

"그럼 하이킹을 가잔 말이냐?"

"암 아-ㅁ 룩사크 메구 등산모 질끈 눌너쓰고 콩고-쯔에 짚구 산으루들 올라가!"

하고 형채는 손을 들어 마즈편 하늘을 가르치며 시적으로 대답했다.

"아얌 애그리?(난 찬성이다)"

"아얌 올쏘! 나두."

애라가 찬성하자 보옥이도 손을 들었다.

순간 셋은 저 모르게 손벽들을 쳤다.

졸업만 하고 나면 다시는 맛나기 어려운 동무들—그중에도 형채 애라 보옥 이 셋은 '오 호실의 세 동무'라면 R 전문 학생치고는 모르는 사람 없는 친한 동무들이다. 그 세 동무가 날씬한 등산 장치로 가을 하늘에 나선다는 것은 누구나 다 기뻐할 일이었다.

"그럼 가긴 어디루 갈까? 소요산?"

"얘! 이왕이면 지저분하게 소요산에 갈 게 뭐냐? 노는 날이 나흘식이나 되는데."

"그러킨 해! 그럼 우리 부전고원 갈까."

하고 애라가 제의하자

"난 반대다! 경주 부여가 어떼!"

하고 함경도 처녀인 형채는 남도를 지원이다.

"안야. 난 금강산이 좋을 것 같아."

마즈막으로 보옥이가 제의하자

"넌 부전고원 넌 금강산 그리고 난 경주 부여! 이거 큰일이구나! 헐 수 있늬! 우리 그럼 장겐뽕을 해서 이기는 사람의 제안대로 하기루 하자꾸나!"

"그래그래 그래! 아마 내가 이길껄!"

하고 애라는 자신 있이 서둔다.

"아웅! 이기는 건 내다!"

"애개개! 그럼 난 지게? 머."

하고 보옥도 팔을 뽑아 들었다.

셋은 뻥 둘너앉어 해몰해몰하며 바른팔을 뒤로 감추고 소리를 쌋쌍이

"장·겐·뽕 아이고다쇼——"

하는 순간 주먹들을 쭉쭉 내밀었다.

형채는 가위

보옥도 가위

애라만이 조희였다.

"요-요-! 애라 넌 미끄러저라! 이번엔 내가 이길 차례다!"

하고 형채가 큰소리치자

"해 봐야 알지 머!"

하고 보옥은 형채와 다시 맛잡는다.

"장·겐·뽕 아이고다쇼— —"

이번엔 형채는 돌, 보옥은 조희로 보옥이가 완전히 승리였다!

"우야! 어떻늬? 자— 잔말 말구 어서들 금강산으로 가!"

"그래그래! 단풍 진 금강산도 보고파!"

이리하여 셋은 금강산으로 하이킹을 떠나기로 했다. 헌데 문득 보옥이가

"선생님한테 허가를 맡어야지?"

하고 근심스레 말하기가 바뿌게

"얜 별 근심을 다 하누나. 내 맡을께! 허가 안 하겠으면 말라지! 꼭 졸업장을 받어야 한다드냐? 인제 다섯 달에 배우면 얼마나 더 배운다든! 수틀리면 학교 집어치우자꾸나!"

하고 형채는 그 문젤란 아예 근심 없다는 듯이 말하고 나서

"우리끼리만 가는 것보다 우리 옵빠도 데리구 가요! 호옥 부상을 당하나 해두 의사를 시종군 겸 데리구 가는 것두 그럴듯하잔어?"

"형식 씨 말이냐."

하고 물으며 애라는 약간 얼굴이 상기해진다.

"그래! 그리고 우리 옵빠의 하숙 쥔네 기락(基洛)이란 어린 중학생두 데리구 가 응! 너이들 알지! 저번에 날 찾어왔든 열둘에 난 귀여운 중학생 말이다."

"그래 알어! 것두 괜찮어! 우리끼리만보다는 재미날 께야!"

"애들아! 그런데 우리 옵빠 데리구 가는 덴 한 가지 조건이 있다. 하이킹하는 동안에는 절대로 옵빠와 연애를 말어야 한다."

"호호호. 그럼 넌 중학생하구 연애를 말어야겠구나?"

하고 애라가 농으로 제 얼굴 붉어지는 것을 감추려 했다. 허나 애라의 말에 형채는 웬일인지 가슴이 뜨끔했다.

"너이 오빠가 가시기나 하겠기 그러늬?"

하고 보옥이가 물어

"않 가긴 어딜 않 가? 뉘 말인데! 에헴."

하고 형채는 시치미를 뚝 딴다.

그래 셋은 한참 웃고 나서 형채는 다시

"하이킹! 아 재미나겠네! 바랑 메구 하이킹! 노래는 무슨 노래를 부를까?"

"글쎄 무슨 노래가 좋을까?"

"아! 옳아! 옳아!"

형채는 갑재기 무슨 큰 수가 났는지 두 팔을 헤벌니며 좋아라 날뛰고 나서

"너이들 내가 문과에 다니는 줄 알지? 그리고 애라! 넌 음악과지? 또 보옥은 가사과지만 목청이 꾀꼬리 같구! 그러니까 시는 내가 지을

께. 작곡은 애라가 해서 부르긴 보옥이가 하기로 하는 것이 어때?"

"참 좋아! 좋아!"

"그래그래 그래!"

셋은 똑같이 박수로써 방 안이 떠나가게 떠들었다. 즐거운 하이킹을 꿈꾸는 세 처녀의 가슴은 가을 하늘처럼 맑고 단풍처럼 열정적이었다.

형채는 그날 저녁에 하이킹의 노래를 지어 동무들 앞에서 루랑한 목소리로 읽었다.

오르자 저 산(山)에 저 산(山)봉오리
구름이 노을 저 감도라 들고
금풍이 단풍에 향기로운 곳
우리의 희망이 저기 있도다.
라라라 라라라라
손잡고 오르세, 희망봉으로.

단풍이 네 넋인 양 붉게 탔구나.
풀끝에 매친 이슬 내 정기로세.
올라서 바라보는 산천(山川)과 초목(草木)
끝없는 우주(宇宙)가 내 기상(氣象)이다.

상팔담(上八潭) 맑은 물이 계곡(溪谷)을 돌아
비단폭 드리운 구룡연(九龍淵) 되고

낙엽(落葉)이 천년(千年) 꿈에 잠드러 있는
여기가 사랑의 낙원(樂園)이로다.

"어때? 문과 학생 싸지."

"오-라! 명작이구나 명작이야! 넌 아마 장차 유명한 시인이 될걸."

"암! 조선이 낳은 세계적 여류 시인 김형채 양!"

하고 형채는 제풀에 홍이 겨웠다.

"애라야! 너 작곡을 해야 한다!"

"가만있어! 나두 거운 되 가!"

애라는 시급히 작곡을 한다는 수는 없었다.

그래 그는 얼마 전붙어 애써 오는 '나의 노래'란 졸업 시험에 낼 곡보를 조금 고처 그대로 쓰기로 했다. 금요일 날 저녁에는 작곡도 끝났다.

애라는 보옥과 형채를 이끌고 음악실로 가 피아노에 앉었다. 이윽고 헛 것반을 두어 번 두드리고 나서 울어나오는 울엉찬 멜로디! 그것은 금방 날개를 도처 창공에 훨훨 날아다니는 듯 듯는 가슴이 선들선들해 왔다.

"빼리 꿋! 파쓰다! 홀 포인트다!"

하고 형채와 보옥은 갈채였다.

이윽고 피아노에 마초아 보옥이가 노래를 부르자 형채는 절로 울어나는 홍을 참을 길이 없어 어깨를 으쓱으쓱하며 휘파람으로 장단을 마초았다. 그리고 이 노래는 형식이와 기락이도 같이 불너야 한다고 토요일 날 밤 형채는 신촌서 시내에 있는 오빠 하숙을 찾어가 그들에게도 하이킹의 노래를 가르키기로 했다.

나. 단풍(丹楓) 찾어 금강산(金剛山)에!

일요일 날 아침 형채 애라 보옥의 세 동무가 갔뜬한 등산 복장에 바랑을 짓궂게 짊어지고 나서자 이백 명의 기숙사 학생은 깜짝들 놀래였다.

"너이들 어디 가늬."

"중 되려 금강산 드러감네!"

형채는 바랑 줄을 헤겨 매며 사내처럼 대답했다.

"아-주 멋지구나!"

하는 동무가 있어

"멋을 부릴래두 보아줄 리-베가 없어 못 부리겠네."

이렇게 몇 마디 댓구를 하고 기숙사 정원을 거러 교문을 나서는 셋의 가슴은 씩씩히 날뛰였다. 늘 보든 잔디밭이요 정든 화단이건만 오늘은 어쩐지 너무 인공적인 것이 초라해 뵈는 그들이었다.

신촌역에서 긔차를 타고 경성역에 닷자 셋은 재빠르게

바랑 멘 형식이와 기락을 홈에서 발견했다.

"굿 모닝! 마이 리틀 프랜드!"

하고 형채가 먼저 기락이와 악수를 했다.

"굿 모닝! 디얼!"

"안녕하세요!"

애라와 보옥이는 형식에게 번가러 인사하자 형채는 약간 얼굴이 붉어지며

"요— 다들 출출하시군요!"

하고 손을 들어 보였다.

여럾은 미리 잡아 놓은 자리에들 가 앉자

"오빠! 등산에 필요한 약품은 다 넣 가지구 오시죠? 원 호야 호야 의사가 돼서……."

하고 형채가 힐란하듯 형식에게 뭇는다.

"근심 말어. 부상하면 내 담당하지!"

"큰소리 작작해요."

하는데 애라가

"이번엔 참 저이들 땜에 욕보시겠어요!"

"원 천만에! 애라 씨나 보옥 씨와 같이 가게 된 것은 퍽 반갑습니다."

"천만에—— 저이들이야말로 맘 든든해요."

하자 형채가

"애! 애라야! 너무 심 미리해선 못 쓴다."

하고 쏘아부치고 나서 이번엔 옆에 앉은 기락이더러

"기락아! 아니 너 이제붙언 우리 기러기라고 부르기루 해 응? 가을 하늘에 기러기! 호호호! 우리 기러기 기러기! 비로봉 꽤 넘을 테야?"

"누나두! 그럼 기러기가 비로봉 따위 못 넘겠수! 훨훨 날어 넘지. 왜!"

하고 기락은 싱글 웃으며 대답했다.

"옳-아! 참! 그러기 내 기러기라지!"

하며 형채는 기락의 등을 두다렸다.

"형채! 너무 떠들지 말어! 남이 숭 봐!"

하고 보옥이가 주의시키자

"넌 너무 수선스럽구나!"

형식이도 한마디 보태였다.

"오빤 너무 새침떼기유! 새침떼기 골루 빠진다구 오빤 맘 조심이나 허우!"

"형채야! 넌 싸우려구 형식 씨를 데려오셨듸?"

하는 애라의 말에

"애라. 글세 보편 작작 들어요!"

형채는 톡 쏘아부쳤다.

이윽고 우렁찬 긔적이 울었다.

차체는 기세 좋게 움직였다. 차창으로 내다뵈는 한강의 백사장도 아름다웠다. 긔차는 작고 동으로 동으로 막진하였다.

일행이 바랑을 선반에 얹고 자리를 잡자 형채가 형식을 처다보며

"오빠! 이번 길엔 결코 연애를 해선 않 된다는 규측을 세웠는데 오빠는 범측이 없도록 조심하세요."

"허허허! 너무 꽤 심술궂구나! 하여튼 내 근심은 말구 너나 조심해라."

하고 형식은 역습하고 나서 애라와 보옥을 처다보았다.

"나야 머 무풍지댈밖에……."

"누가 안다냐!"

애라가 신경질하게 톡 쏘아부치며 기락이를 힐끗 처다보았다. 애라의 태도에 형채는 문득 저도 기락을 처다보며 애라가 저와 기락이

와를 의아스레 여기는 것은 참말 우습다고 생각했다. 아모리 사랑에 주렸기로니 기락이를……. 어쨌든 형채는 기락이가 귀여워 견댈 수 없었다. 애라가 의심한다면 그 의심을 좀 더 크게 해 주기 위해 형채는 좀 더 기락이와 밀접해 뵈고 싶었다.

"기러기! 우리 기러기! 너 참 금강산은 이번이 처음이지?"

"누난 두 번째유?"

"그럼 누난 두 번째라우! 기러긴 그럼 이번엔 꼭 나를 따라다녀요 응! 내 좋은 대루만 구경시켜 줄께! 참 내가 기러기 주려고 쵸코렛 사 왔지!"

하고 형채는 선반에서 바랑을 내려 속을 한참 뒤지드니 쵸코렛과 캬라멜 꾸레미를 꺼집어내여 쵸코렛을 기락에게만 주고 캬라멜만 하나씩 돌니면서

"하나씩 먹어요! 오빠두 주랴?"

하고 형식에겐 주지 않고 빤히 처다만 본다.

"허허 않 주겠으면 그저 주지 말녀무나! 캬라멜 한 갑이 그리 비싸냐!"

"싫음 말구랴!"

하고 형채는 내밀든 캬라멜을 도루 가드친다.

"안야! 우린 카라멜밖에 먹을 줄 몰라! 쵸코렛이야 누가 먹을 줄 안다기!"

쵸코렛은 기락에게만 주는 것을 보고 애라가 귀엽게 빈정대자 보옥도

"차암! 난 캬라멜도 쵸코렛도 먹을 줄 몰라! 이런 너절한 과자밖에."

하며 꺼내 놓은 것이 '사자레'란 과자였다.

그것을 보자 형식은 잉큼 놀라는 숭내를 내며

"에쿠! 우리 형채는 그 과자를 제일 싫어하는데요! 형채는 입에는 커녕 손에두 안 대는걸요."

하고 약을 올려 주려 했다.

"그래요? 그러니? 형채야! 너 주려구 사 왔드니 미안하구나! 호호호."

무릎 우에 과자 봉지를 헤처 놓으며 보옥도 형채를 골녀 주었다. 그러나 형채는 약이 오르긴커녕

"사자레 말이냐! 난 그런 것 덜 먹는단다. 허긴 하두 안 먹은 지가 오래서 맛까지 잊어버렸구나. 맛이 어떠튼가? 어디 맛이나 좀 보자꾸나."

하기가 바뿌게 형채는 보옥의 무릎에 과자를 한 웅큼 웅켜다가 맛나게 야웅야웅 먹으며

"우리 기러기두 먹어요. 응!"

하고는 입설을 빗죽해 보였다.

그 바람에 여럿은 한참 흐들지게 웃었다. 과자를 내놓은 것은 형채와 보옥뿐만이 아니었다. 다들 사는 줄도 몰랐는데 애라도 '비가!'를 내놓고 기락이도 어머니가 사 주었다고 하면서 팡과 나마까시를 내놓았다. 서로들 먹느니 마느니 하면서도 입들은 놀지 않었다. 그래 차차 삼포 검불령을 지낼 무렵에는 단것에도 지쳤다.

"잘못했어! 과실을 사 오는 건데—"

문득 애라가 뉘우치자

"과잔 못 사 왔지만 과실은 제가 갖이구 왔읍니다."

하고 형식이가 바랑에서 사과와 감을 꺼내 한 알식 돌녔다.

"오빤 능청쟁이야!"

감을 받어 들자 형채가 톡 갈겼다.

"왜? 너무 좋아 그러늬?"

"흥! 우리 기러기 감 한 개 더 줘요!"

"달라는 말투가 그 모양일 적에는 줄 때에는 사람 죽이겠구나! 좀 더 나이 많은 여자가 그런다면 히스테리라구 하겠지만 넌 아직 그런 나이도 아니구 그러타구 천진란만한 태도루 보기엔 나이가 많구. 넌 그저 심술구지라구 할 수밖에 없다."

"호호호. 그래요! 심술구지! 그래그래!"

하고 애라와 보옥이가 웃어재끼니까

"흥! 너이들 너무 오빠에게 반하지 마라! 보잘것없는 사내니라! 저 딴은 척하구 어째니 어째니 해두! 그러치? 기럭아."

"참 오늘은 김선생님! 잘 노시는데."

하고 기락이가 제법 형채의 맞장구를 처 여럿은 또 한참 웃었다.

일행은 안변서 경원선을 버리고 외금강 가는 차를 기대리기로 홈에 내렸다.

안변으로 돌아 외금강으로 해서 내금강을 구경하고 철원으로 빠저 도라오자는 형채의 제의에서 이 코-스를 밟기로 했든 것이다.

기대리는 차 시간은 삼십 분 가까웠다.

애라가 변소에 간 짬에 형채는 기락이와 함께 단둘이 역 밖으로 빠저나서 머리를 맞대고 도란도란 얘기하며 과수원께로 가고 있었다.

그때 보옥은 문득 홈에는 형식이와 단둘이 서 있는 자신을 발견하자 잠간 당황했다. 무엇이든 말을 거려 이 질식할 침묵을 깨트려 버리고 싶었으나 좀체로 말머리가 쏘꾸처 오르지 않었다. 같은 차를 기대리는 사람들이 힐끔힐끔 곁눈질할 적마다 보옥은 저이들은 정녕코 우리를 신혼부부로 알니라고 생각이 거기에 미치자 불현듯 남편될 사람이 H가 아니라 이 형식 씨였다면 얼마나 행복스러우랴 했다.

그러치도 못하면 지금 이 길이 형식이와 함께 아지 못하는 나라로 다러나는 길이기라도 했으면…….

보옥은 절로 흘러나는 한숨을 가만히 깨물어 버렸다. 생각하면 보옥은 이 길을 떠난 것이 뉘우처졌다. 애라는 장차 닥처올 행복을 좀 더 화려하게 꾸미기 위하여 떠난 이 길인데 보옥 자신으로 본다면 남의 행복을 바라봄으로써 제 불행을 좀 더 크게 하는 것이 아닐까? 보옥은 생각할수록 이번 여행이 뉘우처졌다. 자기는 벌서 형채와 애라와 어깨를 함께 하고 놀 자격조차 잃어버린 것 같았다. 차라리 동무들에게 제 신세를 고백해서 동정이라도 받고 싶었으나 동정이란 것이 이 세상에선 얼마나 초라한 것인가를 알기에 보옥은 쓸아린 고민을 언제나 혼자 품고 있을 박게 없었다. 보옥이가 이렇게 생각에 골돌해 있는 동안 형식이도 역시 침묵이 괴로웠다.

어덴지 모르게 쓸쓸하고 외로워 뵈는 보옥임을 벌서부터 눈치채고 있는 형식은 이 마당에서 뭐라든 말을 거는 것이 제 예의가 아닌가고 느껴졌다. 그래

"보옥 씬 가사꽈시죠?"

하고 보옥을 처다보았다.

"네? 네! 가사과야요."

보옥은 얼화간에 당황히 대답하였다.

"실생활엔 가사과가 제일일껄요?"

"……왜요! 가사과야 배우는 게 있어야죠!"
하고 대답하면서도 보옥은 형식의 '실생활'이란 문구는 '시집사리'란 뜻이리라 싶어 얼굴이 절로 붉어졌다. 문화 주택에 '쒸-트·홈'을 이루지 못할 바엔 음악과나 영문과보다도 가사과가 났다는 말같이도 들니는 보옥이었다. 설마 형식이가 그런 모욕적인 심사에서 얘기한 것은 아니라고 믿으면서도 작구만 외뚜루 해석해지는 것이 저로서도 걱정이었다.

보옥은 이 이상 더 제 얘기는 하고 싶지 않어 형식을 도라다보며

"S 병원은 퍽 분주하시죠?"
하고 화제를 돌녔다.

"뭘요! 전 원의사들 시중이나 드니까 늘 한가합니다. 혹 지나시는 길이거든 놀너 들리세요."

"네 감사합니다."

보옥은 어쩐지 눈시울이 뜨거워 왔다.

형식은 어데까지든 침착한 보옥을 보자 역시 여절따운 점으로는 애라보다 배숭하다고 생각했다. 가정부인으로는 애라보다 보옥이가 좀 더 알많을 것같이 여겨졌다.

다시 잠간 침묵이 계속되였을 때 애라가 변소에서 도라오다가 홀에 형식이와 보옥이 둘이 서 있는 것을 발견하자 낯까지 새침해지며 두어 간 거리에서 머뭇거리고 있었다. 그러한 애라의 태도를 눈치챈 보옥은 하두 미안한 생각에서 애라께로 닥어가며

"아직두 오 분이 남었구나!"
하고 말을 걸었다.

그러나 애라는 그 말에는 댓구도 않고

"형채석건 어디 갔어?"

하고 쌀쌀한 말씨로 꼬집듯 묻는다.

애라의 어세가 너무 날카로워 보옥은 대답을 못하고 잠간 어리둥절했다가 그럼 애라는 역시 형식 씨를 사랑하는구나 하고 생각했다. 그리자 마침 형채와 기락이가 손목 잡고 노래 부르며 홈으로 드러왔다.

"너이들은 금단의 철측을 그렇게 범하기냐?"

형채를 보자 애라는 성을 발칵 내서 쏘아붙이는 것이였으나 그실은 보옥이 드르란 심사임을 보옥이라고 모를 턱없었다. 보옥이가 민망해 우두거니 서 있으려니까 이번엔 문득 애라도 미안한 생각이 들어

"보옥아! 저 형채 꼴 좀 보아! 아유 우숴—"

하고 상량히 보옥의 억게를 따리었다.

"왜들 야단이냐! 심술궂게!"

형채가 코우슴 치자 기락이는

"우린 과수원 구경 가섰다우! 이것 봐요! 홍옥두 얻어 오구!"

하며 손에 든 사과를 자랑해 보였다.

다시 차를 탔을 때에는 애라의 가슴도 시쓴 듯이 가벼웠다. 그러나 보옥이만은 어덴지 모르게 마음에 뷘 구석을 느꼈다.

애라가 언젠가 형식이는 남자다운 남자라고 칭찬하든 말을 들은 일이 있기에 좀 더 마음 씨여졌든 것이다.

다. 상(傷)하기 쉬운 마음들

상상 이상으로 아름다움 송전과 총석정은 차창에서 바라만 보며 지내기로 했다. 언제 보나 정겨운 동해안의 호호탕탕한 풍경을 조망하며 산듯한 가을바람을 마음것 디려마시자 형채는 어느듯 시흥이 겨워

나의 귀는 바다가의 조개껍질
물결치는 바다가 그립습니다.

하고 '장 · 콕토'의 시를 외여 보았다.

"'음악은 바다처럼 나를 빼았는다'고 노래 부른 시인이 누군지 너 아늬?"

하고 형식은 형채를 처다보며 물었다.

"흥 문과 학생이 고만 것을 몰라 어떻건담! 악마의 시인 '뽀트렐'이지 머!"

"우리 형채 자- ㅇ 한데!"

"흥 누굴 놀니려구? 오빤 그래."

"눈물은 짜다! '바다는 누가 흘리고 간 눈물이드냐?'는 뉘신지 아시우."

"나야 문과 학생이 아니니까 알 수 있늬!"

"흠! 오빤 레벨 이까*야! 그 시는 조선서 유명한 여류 시인 김형채 씨의 시라는 걸 좀 기억해 두서요!"

"오- 그러튼가? 여류 시인 김형채 씨 !"

"난! 또 참! 싱겁구나!"

"글세 말이다."

하고 형식이와 애라와 보옥이가 우슴을 못 참어서 한마디씩 떠드는데 기락이만이 갑재기 얼떨떨해서

"여류 시인에 그런 사람이 있었든가? 머?"

하고 고래를 기우려 한바탕 떠들며 웃어 대었다.

형채는 하두 순진한 기락의 그 행동이 재냥스러워

"요걸 그저! 내 기러기! 요걸 그저!"

하며 두 손으로 기락의 뺨을 싸서 흔들면서 입이라도 마출 듯이 제 얼굴을 가까이 갖어갔다.

외금강역이 가까워 오자 일행의 마음은 차차 달떴다.

바랑을 내리우고 모자를 찾고 하노라니 절로 등산 기분이 생겨 누가 부르는지 모르게 '하이킹의 노래'를 부르기 시작했다.

오름자 저 산(山)에 저 산(山)봉오리
구름이 노을 저 감도라 들고
금풍이 풍기여 향기로운 곳
우리의 희망이 저기 있도다.
라라라 라라라라
손잡고 오르자 희망봉으로

* 이까(いか) : '이하'라는 일본어.

한 절이 끗나자 다들 손벽을 치며

"유콰이![*] 유콰이!" 하는데 보옥은 웃기만 했고 그래 형식이도 소리는 지르지 않었다.

외금강역에서 자동차로 온정리에 다은 것은 보리저녁[**] 때였다. 옆에 개울을 낀 금강여관에 초련 짐을 풀어놓고 산보를 나가기로 했다. 다들 여관 마당에 나섰을 때

"기러기와 난 이 개울을 따라 산보 갈 테야! 너이들은 오빠허구 산으로 가지!"

하며 형채가 기락의 억개를 붓잡었다.

"따러갈까 근심이냐?"

애라가 반박하자

"너이들은 날 따라 오래두 안 올걸. 뭘 그러늬?"

하고 형채도 지지 않는다.

"응야! 누구! 우리두 산으루 가요!"

하고 그때 문득 기락이가 개울가로 가자는 데 반대를 했다.

"아서요. 기러긴 누나허구 물 뜨러 가요!"

"그래두……. 그럼 애라 누나두 같이 가 응!"

하고 기락은 애라를 불렀다. 그 바람에 애라는 퍽 란처했고 형채는 형채대로 기락이가 애라를 따르는 새 사실에 놀라지 않을 수 없었다.

"내가 가면 형채 누나가 싫어한다우!"

애라가 변명 비듯이 말하자

* 유콰이(ゆかい) : '유쾌(愉快)'라는 일본어.
** 보리저녁 : 해가 지기 전의 이른 저녁.

"괜찮지! 누나!"

하고 기락이가 형채를 마조 보아 형채는 순간 분이 발깍 뒤짚여서

"우리끼리 가요! 애라해선 뭐ㅅ 허늬!"

하기가 바뿌게 기락의 손목을 나꾸어 끌고 개울가로 다러나서 남어지 세 사람은 아모 말들 없이 만물상 가는 길로 것기 시작했다. 얼마를 잠작고 거러가다가 형식이가

"여기서 두 밤 잘 예정이죠."

하고 침묵을 깨트리려고 쓸데없는 말을 물었다.

"네 예정이 그렇게 됐어요!"

"아! 상쾌하군! 참 이상하죠. 참 아모리 생활의 때[汚]에 저른 사람이라도 이렇게 위대한 자연을 대하게 되면 마음이 절로 깨끗해지고 천진스러워지거든요!"

하며 형식은 둘너선 산들을 우연히 바라본다.

"자연의 위대성이 거기 있잔어요! 가령 바다에 가면 혹은 잔조로운 또 혹은 아우성치는 그 파도 소리! 그 물결 소릴 들을 때에는 전 인간 사회의 음악이란 게 얼마나 좀된 것인가를 깨닫고 제가 음악과를 선택한 것이 뉘우처저요!"

하고 애라는 형식이와 발거름을 마초기 위해서 발을 곱집어 답는다. 보옥은 애라의 옆에서 잠작고 듣기만 하고 있었다.

"그러쵸! 자연에 비기면 인간 생활이란 너무 초라하죠! 가령 의학으로 보드라도 지금 과학이 발달해서 무슨 병엔 무슨 약이 특효니 어쩌니 해도 그것은 자연의 섭리(攝理)의 일부분을 발견한데 지나지 못하거든요. 자연은 태고에 생겨날 적부터 벌서 그런 약들을 맹그러 내

였거든요. 과학의 발달이란 결국 오묘한 자연의 섭리를 하나식 알어내는 것에 불과하지요."

"아마 그런가 봐요! 인간 사회에서 사랑이니 연애니 하고 떠드는 것도 자연은 벌서부터 말없이 실천하고 있잖어요? 그러치 보옥아!?
하고 애라가 보옥에게 동의를 구하였다.

"넌 그런 소릴 곳잘 하드라!"

보옥은 어하중에 얼굴이 붉어졌다. 그리자 형식이도 문득 보옥이가 지금것 잠작고 있었음을 깨닫고 보옥에게다 대고

"보옥 씨도 바다를 좋아하십니까. 혹 산?"

"저요? 전 산(山)을 좋아해요!"

"산이요?"
하고 반문하며 역시 그럴 것이라고 형식은 고개를 끄덕하였다.

"난 바다가 좋드라! 언제나 생명의 약동을 상징하는 바다의 용맹—바다는 언제나 운명을 정복하는 것 같잔어? 그래서 난 바다가 좋아!

애라가 제 의견을 진술하자

"애! 슬픔도 기쁨도 노여움도 즐거움도 삼켜버린 채 시침을 뚝 따고 있는 산은 얼마나 위대한데 그러니."
하고 보옥도 그제사 입을 열었다.

"그래두 난 산은 너무 숙명적인데 싫드라!"

"반드시 그러친 않죠!"
하고 문득 형식이가 말을 가로채여

"바다가 운명이라는 것과 싸워 가는 용감성이 있다면 산은 운명까지를 포용(包容)하는 관대성이 있다고 보는 것이 적절할걸요!"

형식의 이 말에 애라는 문득 가슴이 덜컥했다.……. 형식 씨가 보옥의 억개를 들믄 순전히 취미의 일치에서일까? 혹은 그를 사랑함으로서일까?……. 어쨌든 애라는 어지간이 불안했다. 설사 우연한 취미의 일치에서였다고 처도 애라에게는 적지 않은 불안이 아닐 수 없었다. 그러나 애라는 다시

"운명을 포용한다는 것은 고처 말하면 운명에 패배(敗北)당하는 뜻이 아니애요? 이 세상에는 지든가 이기든가 두 길밖에 없다고 저는 생각해요! 포용이라는 문구는 패배의 아름다운 이칭(異稱)에 지나지 안는다고 저는 생각해요"

"그러나 싸운다는 것은 에나-지를 소모하는 것이니 언제든 한번은 지는 것을 의미하지만 싸우지 안는다는 것은 싸우지 안으므로 해서 영원이 이기는 것이 안될까요."

"건 선생님의 괴변이야요! 괴변이지 머애요! 싸우지 안는 것이 어째 영원이 이기는 것이 되겠어요?"

하고 애라는 숨차게 발악신다.

"다 주관이겠죠! 어쨌든 바다 힘을 애인끼리의 사랑의 힘으로 비긴다면 산의 힘을 어머니의 본능적인 모성애의 힘에 비길 수 있으리라고 전 생각하죠!"

그 말에 애라도 잠간 생각하고 있었고 보옥은 역시 형식의 관찰에 틀림이 없다고 생각하는 것이었다.

산으로 간 셋이 이런 승강을 하고 있는 동안에 개울로 간 형채와 기락은 또 어떤 애기를 하고 있었나? 독자는 그것도 역시 궁금할 것이므로 몇 줄 적기로 하자.

애라를 유인하는 기락의 청을 억지로 물리치고 략탈을 하다싶이 기락을 끌고 개울가로 가기는 갔으나 형채의 마음에는 새로운 불안이 싹터 오르지 안을 수 없었다.

기락이가 애라를 유인했다는 그 적은 한 가지 사실이 암만 해도 형채의 가슴에 한 줄기 검은 구름을 드리워 주었다.

기락의 손목을 잡고 조악돌을 밟으며 물 뜨러 거러가는 형채는 잠간 말이 없었다……. 기락이가 혹시 나보다 애라를 더 따르는 것이 아닐까?…….

기락이가 만약 어른이였다면 할 말없이 형채는 기락에게 따저 물었을 것이다. 그러나 형채는 순진한 기락에게 그런 걸 따져 뭇기는 제 자신이 너무 어른찌게 여겨졌다. 잠작고 얼마를 가다가

"기락가! 너 다리 아프늬?"

하고 물었다.

"아니!"

"그럼 왜 말이 없늬?"

"누난 왜 말이 없수?"

그 반문에 형채는 가슴이 띄금해

"옳-아! 참 그랬든가 기러기! 내 업어 줄까?"

"망칙하게…….누가 누나에게 업핀다누!"

"기락인 어린애니까 누나가 업어 주지 머—"

"흥! 열두 살인데 어린애야?"

"그럼 누나 대신 어린애 앓이구."

"누난 몇 살인데?"

형채는 '수무 살' 하려다가 얼른 혀를 돌녀

"기락이보다야 까암하게 우이지. 멀!"

하며 제가 기락이보다 여들 살 우임을 새삼스러히 깨달았다.

또 한참을 가다가

"우리 여기 앉어 응!"

하고 형채는 기락의 억개를 눌너앉었다.

"조악돌에 앉어?"

"그럼 내 무릎에 앉으련?"

"누난 누굴 정말 어린애루 아네?"

"그럼 어린애 않이구! 기락인 어린애야 어린애! 그렇지. 내 기락이!"

하며 형채는 기락을 쓸어안는 순간 입까지 마추고 싶은 충동이 떠올랐으나 꾹 참었다.

"쵸코렛 먹어 응!"

"누나두 먹어요!"

"우리 반식 노나 먹을까?"

"어짜리 먹음 싸우게?"

"싸우면 싸우지! 난 기락이허구 싸우는 것 재미나!"

"싸우는 것 난 싫어!"

하고 기락은 고개를 설레설레 흔들었다.

"기락이 음악 좋아하늬?"

"응!"

"문학은?"

"문학두……."

"문학을 더 좋아하지?"

"앓이! 음악을 더 좋아해!"

그 말에 형채는 적지 않이 실망하며

"그럼 애라 누나가 좋틔?"

"응!"

"누나보다두 더 좋아?"

"앓이! 누나나 마찬가지야!"

형채는 간담이 서늘했다. 두 번째 맛나는 애라를 저만치 좋아한다는 것은 결국 저보다도 더 좋아질 징후가 앓이든가?

형채는 아모렇게 해서라도 기락의 맘을 빼았기고 싶지 않었다.

"기락이는 누나 앓인 사람을 좋아해선 않 된다우! 기락이겐 누나가 제일인 줄 알지?"

그러니까 기락은 씩 웃기만 했다.

"왜 우서?"

"김선생이 누나더러 심술구지라구 한 생각이 나서……."

"그래 누나가 심술구지 같어?"

"그럼 머! 앓이구?"

"호호호 기락이 일에만은 심술구지야 응!"
하며 또 한 번 기락을 껴안어 주었다.

형채와 기락이가 손에 손을 잡고 여관으로 도라왔을 때 산으로 갔든 셋은 벌서 도라와 있엇다.

"금단의 철측을 누가 먼저 범했구!"

형채를 보자 애라가 추궁이다.

"참 누구든데?"

형채도 역습하며 애라 옆에 앉으려는 기락의 팔을 끌어댕겨 제 옆에 앉치었다.

그 순간 기락을 제외한 넷은 각기

'참말 금단의 철측을 범한 자는 내가 않일까?'

하고 속으로들 궁리해 보는 것이었다.

라. 가을비 나리는 귀로(歸路)

이튿날은 일직암치 행장을 꾸려 갖이고 일행은 구룡연으로 향하였다. 신계사를 지나 한 발 한 발 계곡으로 깊이 드러갈수록 지천한 것은 단풍이었다. 골재기도 단풍이요 언덕도 단풍이요 산마루도 단풍이었다. 산은 산이라기보다는 선지피 덩어리 같았다. 금방 심장에서 소꾸처 오르는 것같이 씩씩한 그 빛갈!

단풍 속에 덤벙 뛰여들면 그대로 전신이 피투성이가 되고 말 것 같다.

보이는 것마다가 붉게 뵈는 것은 혹은 눈동자가 단풍에 물들어 착각을 이르키는 때문인지도 모른다.

그렇게 맑고 그렇게 파르족족하는 옥류동의 물까지가 주홍빛으로 뵈는 것은 아마 단풍을 울여낸 탓이리라. 보이는 나무마다가 단풍이요 보이는 봉오리마다가 단풍이다. 한 그루 한 그루 나무가 단풍이라기보다는 활짝 핀 꽃이라는 것이 적절한 표현일 것 같다. 않이 산 전체가 한 송이의 흐들진 꽃에 지나지 않어 보였다. 혹은 무르익은 사과처럼 식욕을 도꾸는 과실 같다고나 해 둘까? 단풍을 밟으며 구룡연을 찾어가는 일행은 완전히 자아를 잃어버린 채 선경에 황홀해졌다. 다만 기락이만이

"야— 굉장하구나! 야— 굉장하구나."

하고 감탄사를 연발했을 뿐 일행은 말이 없었다. 세존봉 집선봉을 바라보며 금강문을 얼뜻 지나 구룡연에 다다르니 해는 한낮이 가까웠다.

구룡대에서 점심을 맛나게 먹고 이번엔 상팔담(上八潭)에 오를 차례였다. 이 상팔담이야말로 일행의 목적지였다. 수학여행 때에도 구룡연까지는 왔지만 상팔담엔 못 올라갔든 것이다.

"자— 이제부터 본 코-스다! 우리 누가 제일착으로 상팔담에 오르나 내기를 하자꾸나."

하고 형채가 일행을 도라보자 제각기들

"그래그래 그래!"

"그래 내기하자!"

하고 떠들었다.

"자! 기락이! 우리 둘이 제일 먼저 올라요 웅!"

하고 형채는 기락을 어려 댄다.

"애! 암만 그래도 김선생님이 게신데 네까짓 게 되겠늬?"

"흥! 오빤 다 뭐래! 내 이겨 줄껄!"

"그래라! 내가 벽을 내면 넌 어림도 없지만 이번 경주엔 난 기권하마."

하고 형식이가 말하자 형채가 이여

"흥! 꽁문이 작작 빼요! 비루하게."

형채는 의기양양이다.

"요-이 땅!"

을 신호로 경주는 시작되였다.

맨 먼저 앞선 건 기락이었다. 그다음이 형채 애라 보옥 형식의 순서였다.

경주와 함께 노래도 시작되였다. 앞에서 뒤에서 하이킹의 노래가 쌍쌍이 울어났다. 산도 노래를 화답하였다. 산협도 노래에 곡조를 마추고 단풍은 우줄우줄 춤추는 듯했다.

그러나 얼마 안 가 노래는 점점 가느러저 갔다. 좀 더 올라 산이 그악해지자 노래는 완전히 날개를 가다듬고 숨소리만이 높아 갔다.

"다들 어서 따라와요!"

하고 형채의 고함지르는 소리가 구름 우에서 들녀오는 듯했다.

아슬아슬한 비탈길을 몇 고패 추어오르면 이번엔 밑이 까암한 벼랑의 이끼 낀 바위를 위태위태하게 밟어야 한다.

한 위험 물러가면 또 한 위험 닥처오고, 아 살어났다고 한숨 쉬기가 바뿌게 깎아 세운 듯한 랑떠리지가 눈앞에 가로선다. 쇠사슬을 붓잡고 게여오르자니 오금은 자릿자릿 떨녀 오고 사슬이 끊어지면 어쩌나 하는 근심에 간담이 콩알처럼 조라든다. 앞에서 "야-ㅅ" 하는 기락이 소리가 들녀올 때마다 뒤엣 사람들은 공연히 가슴이 떨니고 뒤에서 "조심해요!" 하는 소리에도 앞선 가슴은 비극을 연상하였다.

그런 중에도 형채와 기락은 거침없이 오르는 모양으로 있다금 도란거리는 소리가 점점 머러저 갔다. 애라도 꽤 앞섰다.

다만 보옥이만은 별로 경주를 하려는 기새 없이 천천히 올랐고 그래 형식이도 두어 간 새 두고 따라 올랐다.

팔 부 가량 올랐을 때다. 금방 사슬 줄을 잡고 벼랑을 추어오르든 보옥이가 아차 발이 미끄러저 손에는 쇠사슬을 하우처 잡은 채 몸페는 허공에 저울추처럼 둥실 뜨게 되였다. 절대절명의 일순간이다.

"아 아-ㅅ!"

하는 날카로운 부르지즘이 보옥이 입에서 흘러나오자 뒤에서 오든 형식은 순간 눈이 휑뗑해서 비조처럼 날새게 달녀와서 허공에 매달녀 금방이라도 몇 만 자 밑에 떠러지려는 보옥의 다리를 휙 잡아다려서는 얼른 쓸어안었다. 그러나 원낙 비탈길이라 어디 내려놓을 곳도 없어 형식은 보옥을 안은 채 몇 발을 도루 물러나서 소나무에 의지해서야 겨우 내려놓으며

"어디 다치신 덴 없읍니까?"

하고 물었으나 보옥은 정신이 절반은 나고 절반은 부끄러워 대답좇아 못했다.

"다리 아프시거든 무리하실 것 없이 여기 게시지요!"

"않이 괜찮어요!"

보옥은 형식에게 이런 추체를 보인 것이 그지없이 괴로웠다. 구멍이라도 있다면 숨어 버리고 싶었다. 허나 한끗으로는 형식에게 생명의 구원을 받은 것이 어째 만만치 않은 인연 같기도 했다.

보옥은! 금방도 형식의 팔이 제 허리를 휘둘넜을 때의 그 야릇한 감각을 잊을 수는 없었다.

"무린 마시구 여기 게서요. 저도 있겠읍니다."

"괜찮어요! 올라가겠어요!"

하며 보옥이가 다시 앞섰을 때 우에서는

"브라보우! 만세! 상팔담 만세!"

하고 형채와 기락의 환호성이 들렸다.

뒤니여 애라의 목소리도

"보-오-ㄱ아! 김선생니-ㅁ! 어서들 와요!"

보옥과 형식이마저 상팔담 꼭대기에 올랐을 때 형채는 두 팔을 너훌너훌하며 하이킹의 노래를 고래 질러 불렀다.

상팔담 우에는 사과 장수가 앉어 있었다.

"아니 여기까지 사과를 갖이고 오십니까."

하고 형식이가 사과 장수에게 묻자

"네 지고 올라옵니다."

"한 알에 얼마식이야요?"

이번엔 형채가 가로채 물었다.

"십 전에 두 알입니다."

"아유! 여꺼정 지고 올라와서 한 알에 겨우 오 전이라구야 너무 싸잖어요? 얼마나 남았는지 다 팔어 드릴께. 헤여 보세요!"

"열일굽 갭니다."

"열일굽 개요! 그럼 일 원 오십 전 드릴께. 어서 오늘은 내려가세요!"

하고 형채는 돈을 사과 장수에게 내주었다. 사과 장수가 몇 번 고맙다는 인사를 하고 내려갔다.

"너 한턱 쓰는구나!"

"흥! 그 돈을 내가 낼 줄 아늬! 자ㅡ 다들 삥 둘너서서 사과로 캣취뽈을 해! 떠러뜨리는 사람은 한 알에 십 전식 내기다."

"난 또 누나가 산다구!"
하고 기락이가 어이없어 하니까
"글세! 우리 기락인 가만있어요! 기락이 분은 누나가 주께!"
형채의 제안에 여럿은 불평이 없었다.
경기가 시작되였다. 첫 알은 세 바퀴 돌다가 보옥이가 미러트렸다.
"완 호-ㄹ!"
형채는 야구 심판군처럼 소래 지르고 나서 두 알째 내걸었다. 두 알째도 보옥이가 미쓰를 먹었다. 셋째가 기락이, 넷째가 애라, 다섯째는 형채, 여섯째는 보옥이었다. 보옥은 아까 일을 생각하니 원체 캣취뽈에 맘이 가지지 않었다.
보옥이가 작구 미쓰하는 것을 보자 형식은 보옥의 심정을 알어채고 저도 위정 미쓰를 몇 알 먹었다. 결국 가서 보옥이가 여섯, 형식이가 넷, 기락이가 셋, 형채가 셋, 애라는 단 하나였다.
캣취뽈이 끝나자 여럿은 사과를 먹으며 사방을 도라보았다. 바로 바른편으로 내려다보면 여들 개의 담이 줄레줄레 계곡을 끼고 달녀 있었고 그 우에서는 뽀얀 안개가 아련히 피여나고 있었다.
그밖에는 모두가 단풍이었다.
"단풍은 왜 빩애?"
하고 형채가 문득 엉뚱한 질문을 걸었다.
"사랑에 몸이 타서!"
하고 애라가 대답했다.
"그럼 오빠 얼굴은 왜 빩애?"
하고 형채는 뚱딴지같이 빩아치도 않은 형식의 얼굴을 빤히 바라보며 묻는다.

"가노죠*가 생겨서……."

하고 이번엔 뜻밖에 기락이가 퉁명스레 댓구해서 여럿은 불각시에 하하하 웃었다. 그리자 형식은 문득 아까 보옥의 몸페를 끄러안었든 것을 생각해 내고 정말 얼굴이 빩애졌다. 그걸 본 형채는 재미나게

"호호호 애들아! 오빠의 저 얼굴 좀 봐!"

하며 놀녀 대여 애라와 보옥도 다 같이 웃었다. 그러나 보옥은 만껏 웃기에는 마음이 꺼리끼였다.

"오늘 아마 마음에 가노죠가 생겼는 게지?"

"글세!"

애라는 맛장구를 치긴 치면서도 한긋 두려웠다.

"놀리지들 마세요!"

"보옥이는 왜 얼굴이 빩애졌늬? 너두 리-베**가 생겼는 게로구나?"

하고 형채는 보옥을 놀녀 먹으려 들었다.

"글세!"

하고 애라는 또 한 번 맛장구를 쳤으나 마음은 저욱 불안했다.

"막 놀니려는구나!"

하고 보옥은 슬적 화살을 피하긴 했으나 혹은 지금 내가 형식 씨를 생각하고 있는 것은 연애의 일종이 않일까 하고 생각해 보는 것이었다.

"아모러나 금단의 철측을 범해선 않 될껄!"

하고 형채는 벌떡 이러서며

* 가노죠(かのじょ) : '그 여자'라는 일본어.

** 리-베(Liebe) : '연인, 애인, 사랑'이란 뜻을 지닌 독일어.

"자— 노래들 불러요! 자— 기락이도 불러 응!"
하고는 제가 먼저 휘파람으로 박자를 마춘다. 다들 기운차게 불렀다.

"나 이 노래 퍽 좋트라!"

다 부르고 나서 기락이가 혼자말 비슷이 중얼대자

"아무렴 누가 지은 곡존데!"
하고 애라가 웃뚝해 보였다.

"누가 지었수?"

"누가 짓긴 내가 지었지!"

"정말! 애라 누나가 지었수? 정말?"

"아-ㅁ 호호호."

"정말유? 누나?"
하고 기락은 형채에게 따저 묻는다.

형채는 대답 대신에 고개를 주악서 보였다. 기락이가 너무 감탄하는 데 마음 상한 탓이었다.

"정말이유? 애라 누나가 지었수? 난 애라 누나가 음악이 그렇게 재주 있는 줄은 몰랐지!"

"재주 있지? 잘 지었지? 그러기 기락은 나구 친해요."

"글세! 난 그러잖아두 애라 누나가 좋왔었는데…….머."

"그랬어?"
하며 애라가 기락을 끄러안으려 하자 기락이도 팔을 벌니고 맛받어 안으려 했다. 그 순간 형채는 벼락같이 발광한 듯 와서 달겨들어

"기락아!"
하고 큰 소리로 부르지즈며 기락의 바른편 따귀를 불이 벙끗 일도록

휘갈겼다. 형채의 입은 굳게 다므러졌다.

"얘 형채야! 왜 이러늬!"

하고 형식이가 말이러 드렀으나 형채는 쨉세게 두 번째 기락의 뺨을 갈겼 대였다.

"너 미쳤늬?"

애라와 보옥이가 놀라 닥어서며 서둘넜다. 그러나 형채는 애욕에 지글지글 타오르는 듯한 시선을 깟딱 않고 기락을 쏘아보고 있었고 기락은 영문을 몰라 무안한 표정을 지은 채 어리벙벙해 서 있었다.

일순간 다섯은 망두석처럼 우두커니들 서 있었다.

'저것이 사랑일까?'

하고 보옥은 속으로 궁리해 보았다. 저것을 사랑이라고 한다면 형식에게 한번 안겨 본 것을 끝끝내 잊이 못하고 있는 내 마음도 아마 사랑에 눈뜬 탓이 않일까? 사랑을 위하여서는 체면도 의리도 저버리는 형채! 혹은 사랑이란 그런 맹목적인 것일는지 모른다. 보옥은 그 순간 문득 H를 생각하고 사랑 앞에서는 H의 존재도 미미한 것이라고 짜장 깨달었다.

"자— 다들 앉어서 노래나 부릅시다."

마츰내 형식이가 이 곤경에서 소사나기 위해 먼저 말을 내였다.

"누가 노래 부른대요!"

하고 형채가 떨니는 음성으로 짜증을 썼다. 형채의 호흡은 씨근벌덕 시었다.

"너는 종시 금단의 철측을 범하였구나?"

하고 형식이가 진지한 태도로 뜻있이 형채를 바라보자

"참 금단의 철측을 먼저 범한 건 대체 누군데! 좀 똑똑이 말해 봐요."

하고 형채는 한바탕 싸움도 사양치 않을 사나운 기세였다. 형채의 폭격에 그만 형식이가 얼굴이 붉어지자 보옥이도 절로 얼굴이 다러올랐다.

그것을 발견한 애라는 형식이와 보옥이와의 관계를 약게 눈치채고 낯빛이 새팔하게 질니었다. 저 모르게 골이 잔뜩 치꼴았든 것이다.

별안간에 마음이 폐허처럼 황량해진 것은 형채나 애라나 매 마찬가지였든 것이다. 그러나 누구보다도 기락은 갑재기 어찌된 영문인지를 몰라 가장 어리둥절했다. 그리고 형식은 몹시 면관쩍었고 보옥만이 사랑의 새로운 힘이란 걸 발견해서 비교적 마음 가벼웠으나 그러나 이 어색한 장면을 견대여 낸다는 것은 매우 거북한 일임에 틀림없었다.

"자— 내려들 가시죠."

마츰내 형식이가 일행을 도라보고 나서 내려가기 시작했다. 네 사람은 무츰해서 줄레줄레 풀끼 없는 거름으로 형식의 뒤를 따러 내렸다. 이번에는 아모개도 입을 여는 사람은 없었다. 노래도 불러지지 않었다. 선후를 다토는 사람도 없었다. 얼마를 내려왔을 때에는 뜻밖에 찬비까지 쏘다졌으나 모두들 비를 마즈며 산길을 내리었다. 마치 장레 행렬처럼 쓸쓸하고 엄숙하였다.

비에 조촐히 저즌 것은 그들의 옷이라기보다도 오히려 그들의 마음이였을는지 모른다. (戊寅 十月 晦日 稿)

자매(姉妹)

일 층에서 이 층으로…….

옥경은 층층계를 한 발식 올러 밟을 때마다 콩크리트 바닥과 구두가 맛부디처 때깍때깍 상쾌한 음향이 울어낫다.

그는 저녁을 먹고 나서 책을 읽다가 너무 싸분한데 염증이 나서 제풀에 내던지고 밤거리로 쒸여나왓든 것이다. 장곡천통으로 해서 본정에 들균다가 지금 명치제과의 이 층으로 올라가는 길이엇다.

"이랏샤이마시!"*

하는 게집애의 직업적인 부르지즘도 전에 업시 날카로운 듯십허 옥경은 또 한 번 저 모르게 미소를 씌엿다. 테불은 태반 븨여 잇섯다.

옥경은 뷘 자리를 차저 활기처 거러가며 본능적으로 방 안을 휙 둘너보다가 문득 안구석 테불에서 저를 처다보고 잇는 두 남녀의 시선과 딱 마조첫다.

다소 게면쩍은 듯이 히죽 웃으며 바라보는 최흥재(崔興載)의 시선!

* 이랏샤이마시!: 어서 오세요!

그리고 또 하나 승리와 자긍과 모멸의 감정이 설켜 잇서, 바늘갓치 찌르는 듯한 옥순(玉順)의 시선!

순간, 옥경은 옥순의 시선에 발칵 반발심이 회오리처스나, 이내 아모러치도 안은 척 생긋 웃어 보이고 나서

"옥순 언니!"

"홍재 씨두 오시구!"

하고 번가라 부르며 그들의 '테불'로 달녀갓다.

"혼자십니까?"

홍재가 제 엽헷 의자를 내주며 물엇다.

"네! 왜? 혼잔 이런 데 못 와요?"

옥경과 홍재가 숙면인 듯십흔데 옥순은 참말 놀라며 그래 지금까지의 승리감은 왈칵왈칵 허무러저 새로운 증오가 소사올라스나 안까님을 한번 써 간신이 울화를 억누르고 나서

"어디 간댓니?"

하고 제법 언니답게 정다이 뭇는다는 말이 거이 썰녀 나왓다.

"그저 휭청 홈 부라 나와죠!"

옥경은 옥순의 감정을 아모것도 모르는 척 싹멋다. 옥경과 옥순과의 감정적 티각태각이 오늘 밤에 시작된 것은 물론 아니엇다.

친자매(姊妹)이면서도 이저럼 감정의 갈등을 이르키게 된 원인을 밝기자면

그들보다 한 대[一代] 압선 그들의 어머니에게서 찾어야 할 것이엇다.

본처와 첩이란 이 숙명적인 원수가 나아가 옥순과 옥경의 대립을 보게 햇지만, 그러나 그들의 갈등이 좀 더 심각해지기는 둘이 함께 L

전문학교에 입학한 다음부터엿다. 옥순은 형쌜이 되긴 하지만, 나이로 짜지면 동갑이엿고, 키로라든가 틀지기로 보자면 옥경이 편이 훨신 배승햇다. 게다가 옥경이는 쌜레뽈 선수로 학교의 인끼를 독차지할 샌 아니라, 원악 성질이 괄괄해서 동무들을 제 손에 휘여 넝는데 비상한 재주를 가젓섯다.

그래, 반애들의 대부분은 옥순이보다 옥경을 소중이 역엿고 짜라서 옥순이는 샘이 이러나지 안흘 수 업섯다. 그런대로 옥경이와 친햇스면 별문제 없슬 것이로되 어려서부터 어머니의 귀쯤도 잇섯고 그 샌 아니라 건건사사*에 배승한 첩의 쌀인 옥경에게 굴하고 십흔 형의 감정 또 아니엿다.

학교 성적으로 본다면 옥경이짜위 어림도 업지만 아모개도 그걸 알어주는 동무는 업고 그래 옥순은 옥경이가 저러케 잘 놀아 먹는 것도 역시 점잔치 못한 어머니의 뱃속에서 나온 탓이려니 하고 간혹 동무들에게 고자질해 본 일도 잇섯스나 통 신통치가 못햇다.

그러한 관게는 학교 졸업을 하고 난 다음에도 그대로 남자 관게로 게속되엿다.

더구나 옥경이나 S 병원장의 비서(秘書)란 직업을 갓이자부터 옥경의 남자 교제는 거이 옥순을 압두고 말엇다. 옥경이가 취직할 째만 해도 옥순 어머니는 이를테면 가장(家長)의 위엄을 가지고 먹을 것이 구차한 터도 아니니 도라가신 부친의 명예를 위하여서라도 취직은 그만두라고 일러온 것을 옥경은 대번에 물니처 버렷고 그래 옥순은

* 건건사사 : '사사건건'의 옛말.

이중 삼중으로 옥경과 적개시하게 되엿섯다.

옥순과 아는 남자로서 옥경을 모르는 이가 업섯고 쏘 모주리 옥경에게 더 만히 호의를 가지는 것도 옥순은 시인치 안을 수 업는 괴로운 사실이엇섯다.

그러할 즈음에 옥순은 동경서 미술학교를 갓 졸업하고 나온 홍재를 알게 되엿고 인제는 서로 약혼까지 생각하게 된 처지엿섯다. 그럼으로 옥순은 이 자리에 불숙 옥경이가 나타난 데 은근히 적지 아니 뽐내 보면서도 한편 만만치 안은 적(敵)이 생기는가 보다고 은근히 겁도 낫스나 설마 옥경이가 홍재까지를 알고 잇슬 줄은 천만뜻박이엿든 것이엇다.

옥순의 그러한 눈치를 재빠르게 알어챈 옥경은 사실인즉 일전 어썬 좌석에서 한 씨 저녁을 가치한 일박게 업는 홍재지만 바-루 익숙한 사이처럼 수며 보는 것이엇다.

"뭣 잡수심니까?"

홍재는 테불 우에 반 넘어 마신 커피 차종을 힐긋 보고 나서 옥경에게 뭇는다.

"글세요…. 저…. 히야시 레몬."

"히야시 레몬? 히야시는 왜 히야심니까?"

"옥경인 뭐나 히야시를 조아하는걸요."

하고 잠작고 잇든 옥순이가 뜻잇시 한 마듸 참견이다. 그건 홍재와의 대화를 가로채는 것도 옥경을 멸시하려는 의사도 되엿다. 그러나 옥경은 그런 건 아른 체도 안코 대번에

"그래요! 옥순 언니 말마짜나 난 뭐나 히야시를 조아해요. 좀 야만

이죠?"

하고는 홍재와 옥순을 어리광스런 시선으로 번가라 보며 생글 웃는다.

"천만에…. 몸이 건강하신 탓이겟죠! 또 가을철이라지만 아즉 더우니까…."

"지금뿐 아니라 겨울이래두 전 찬 걸 조아해요. 그리구 맛두 좀 시원한걸…."

"그럼 코-힌 덜 조아하십니까?"

"네 종아하지 안어요! 요새 조선에도 양풍이 류행해서 아주들 차라면 커피박게 업는 듯이 또 커피맛을 알어야 현대 사람갓치들 써듭니다만 생각하면 좀 우습든데요! 저들이 언제 커피를 먹어 밧다구…. 그 쓰디쓴 것이 뭐가 그럿케들 좃타구 상을 찡글면서라도 마세야 한다니 우습잔어요?"

"아 이건 코-히잔을 압페 놋코 안저 잇는 사람은 듯기에 매우 거북한데요."

하고 홍재는 웃슬 뿐이엇스나 그러나 옥순의 얼굴은 순간에 누르락 프르락해젓다.

"아— 참 실레햇서요! 난 호호호."

옥경이가 재미나게 우서제끼랴는 순간

"옥경아!"

하고 옥순의 음성은 비수처럼 날카로웟다.

"옥경아! 넌 왜 네 비속한 교양을 깨닷지 못하고 갓잔은 기준으로서 당치도 안은 입을 짜놋니?"

옥순의 얼굴은 새팔해젓다. 홍재도 어찌할 바를 잠간 몰나 어안이

벙벙한 순간,

"호호호! 언닌 노하섯수?"

하고 옥경은 어이업는 웃음을 웃어 넘긴다.

"넌, 언니라는 말이 어듸서 그럿케 잘 나오늬? 언니라고 부르기 남부끄럽지 안늬?"

옥순은 이 기회에 홍재에게 옥경의 지체를 폭로식켜야 할 것을 깨닷는다.

"내가 부끄럽다기보다 언니라고 불니우는 것이 부끄럽단 말이죠? 왜 좀 더 솔직히 얘기하잔어요?"

과시 인제는 옥경이도 정색이엇다.

"지— 종용히 차나 마시죠."

홍재는 말 틈에 씨이며 가저온 히야시 레몽을 옥경에게 밀어준다. 허나 옥순은

"네 자신의 신분을 알난 말이다!"

"그래요? 내 자신의 신분을? 그럼 언니라고 안 불너도 조아요. 하지만 그건 아버지께 대한 모욕인 줄을 왜 몰으우? 참 놀랏는데요…. 아버지를 경멸하는 것은 나쁜인 줄 알엇드니 옥순이까지 그럴 줄이야…. 난 먼첨 아버지를 경멸햇조! 그리고 그다음으로는 옥순이와 갓치 내 어머니를 경멸햇조."

"뭐! 옥경아! 수치를…. 너는 수치를 모르늬?"

옥순은 발발 떨엇다. 홍재도 란면해

"옥경 씨! 그만두세요. 뭣 이런 데서……."

그러나 옥경은 조곰도 굴지 안코

"그야 저도 아버지를 모욕하는 수치를 잘 알어요. 하지만 난 내가 서자(庶子)이끼 때문에 그런 슬기롭지 못한 생각을 품고 잇나 햇드니 —옥순이까지가 아버지를 경멸하는 걸 보니 어째 알엇든 수치도 잇저버릴 처지인걸요.…."

그리자 홍재는 더 참을 수 업다는 듯이 손을 들어 내저으며

"가만 잠간만…. 그냥들 이러실납니까? 그냥 두 분의 얘기만 하실 바이면 전 먼저 실례하죠! 모욕이니 경멸이니들 하시지만 사람을 안쳐 놋코 저이끼리의 얘기만 하고 잇스니 그야말로 경멸이 아니고 뭡니까?"
하고 홍재는 절반 우스며 게산 절지를 웅켜잡고 이러섯다.

그리자 옥순은 조흔 기회라고, 살작 따라 이러서며 눈을 가릅 써 옥경을 흘쪄보는 것시엇다.

"옥경씬?"
하고 홍재가 머뭇거리니까

"어서 전 잇다 갈 테니 먼저 가세요! 오늘 밤 일 용서하서요."

"아니 가치 가시죠!"

"글세 괜찬어요. 저 뒤에 갈 테니 어서 가서요!"

"그럼 실례합니다."
하고 홍재가 인사하는 동안에 옥순은 저만치 압서 층층게를 내려가고 잇다.

혼자가 되자 옥경은 아모 일도 업섯든 것처럼 레몽 잔을 잡아다려 한 절반 단숨에 쭈-ㄱ 디리켯다. 이윽고 명치제과를 나와 본정통 아스팔트를 우편국께로 거러 내려오는 옥경의 긔분은 아까와 조곰도

다름업시 구두소리에 쾌감을 느끼는 것이엇다.

× ×

옥순과 함께 명치제과를 나온 홍재는 맛나기 전처럼 마음 허탄할 수는 업섯다. 갓잔은 일에다 대고 수치를 알나거니 비속한 교양이거니 그러한 말로 죄 업는 사람을 축박어 줌으로 터무니업는 우월감을 발휘하려는 옥순—그러케 온순하고 얌전해 보이든 옥순이는 그 얌전 속에 불가사리 가튼 야차가 숨어 잇는 것갓티 홍재에게는 느껴젓다. 옥경이가 서자라는 건 벌서부터 홍재도 알고 잇는 일이지만 서자라 해서 조곰도 넘볼 일은 업지 안은가? 옥경이 말마따나, 서자를 구박할 이유가 잇다면, 먼저 첩을 엇은 사내를 다음엔 첩 본 첩을 경멸하고 그다음으로 서자를 경멸해야 올은 순서일 것이다.

여기까지 생각한 홍재는, 문득 옥순이가 옥경이를 축박어 주려 하는 것은 일종 질투란 걸 깨달엇고, 그걸 깨닷자, 갑재기 옥순에게 대해 환멸이 느껴지는 것이엇다.

사람은 참말 제 힘으로는 적대할 수 업슬 때 배경이란 걸 의뢰하지 안는가?

옥순에 비겨 옥경의 시언시언한 태도는 무척 홍재에게 흥미 잇섯다.

종로 네거리에 오기까지 둘은 암말도 업시 거럿다. 그리고 언제나 총독부 압헤서 동서로 헤여지든 버릇을 깨트려 이날 밤 홍재는 싼 데 볼일이 잇다고 종로에서 옥순과 헤여젓다.

홍재는 그날 밤 일을 생각수록 옥경에게 미안햇다. 제가 오라고 부르지 안엇돈들 옥경은 싼 테불에 안젓슬 게고 그랫드면 그런 일은 생겨나지 안엇슬 것이라고 열 번이고 뉘우침은 한정이 업섯다.

이튼날 오후 홍재는 마츰내 옥경에게 사무실로 전화를 거럿고 한 시간 후에는 양장한 옥경이가 홍재가 기대리고 잇는 다방 '도루쎄'에 나타낫다.

"기대리셋죠?"

"저두 금방 오는 길입니다. 참 어제밤엔 실례 만엇습니다."

홍재는 허리를 굽신해 보엿다.

"어제밤은? …. 오! 오라! 참 어제밤이엿지? 명치제과에서 만낫든 건?"

옥경은 새쌈하게 잇어버렷든 일을 겨우 생각해 낸 듯키 생긋 웃고 나서

"참 홍재 씨께 미안햇어요."

"천만에…. 제가 도리혀 어찌 미안하든지요."

"자 그런 말슴은 그만하세요! 그보다도 홍재씬 옥순 언니를 조아하신다니 감사합니다."

옥경은 두 손을 압흐로 모으며 약간 허리를 굽혀 보인다.

"허허. 그러나 저는 옥순 씨보다 옥경 씨를 더 조하한단닙니다!" 하고 농담을 거러 보는 것이엿스나 사실인즉 허황한 농담만도 아니엿섯다.

"아유! 그러신다면 결초보은해 드리죠!"

"정말이심니까? 전 농담으로 드러 넘기고 십지 안은데요."

"정담으로 드르서두 조하요. — 홍재 씨의 지금까지의 인상이 내게

서 깨여지지 안는 한에는……."

하고 옥경은 홍재를 빤히 처다본다.

옥경은 사실 홍재에게서 조흔 인상을 바덧다. 더구나 어제밤 갓흔 때 움질쑴질 안코 과단스럽게 나가 버리는 처단에 적지 아니 호의를 품을 수 잇섯든 것이엿다.

대화가 게속되여 가는 동안 두 사람은 서로 가가워지는 것이엇다. 약 한 시간 후에 그들은 '기구야[菊屋]'에서 저녁을 먹엇고 두 시간 후에는 다시 다방 '노아노아'에 나타낫다. 그날 밤 그들은 열 시가 넘어서야 서로 갈나젓다.

× ×

홍재는 옥순과 맛나는 도수보다 옥경과 맛나는 차도가 자젓다.

홍재는 옥순을 산에 옥경을 바다에 비겨 본 일도 잇섯다.

산에 올를 때엔 등산화를 신고 단장을 집고 룩크삭크를 저야 하지만 바다에 들어갈 쌘 입엇든 옷조차 훨훨 벗어 알몸이 되는 것이 아니냐? 홍재는 어려서부터 산보다 바다를 조아한다고 스스로 생각하엿다.

'도루쎄'에서 옥경과 맛낫든 그 이튼날 아츰 홍재는 옥순의 속달을 밧엇다.

"꼭 맛나 뵐 일이 잇스니 열 시 안으로 저이 집에 와 주세요."

이러한 속달을 밧은 홍재는 조반 후 곳 옥순을 차저가스나 옥순은 각별한 볼일이 잇는 것도 아니엿다.

“하두 뵙고 십구 그러타구 아침부터 외출하기두 멋하구 해서 오시랫서요.”

전에 업시 생글생글 우슴을 지엇다.

“제 방으로 가실까요?”

통이간 양식으로 꾸민 옥순의 방은 예상보다도 화려햇다. 왼편으로 창가에 피아노가 노엿고 그 우엔 은제 화병에 ‘하-데흐-룩쓰’ 꼿이 아담이 꼬처 잇섯다. 그리고 바른편으로는 나무 책장과 책상이 고이 정돈되여 잇고 그 엽헤 하이한 시이쓰를 싼 침대가 주인을 기대리는 듯 가루 노혀 잇섯다.

“침대까지 논니까 방이 좀 협착해요.”

“뭘요. 혼자신데야…….”

이러한 객적은 얘기를 주고밧고 하면서도 홍재는 옥순이와 단둘이래서 기분이 이상히 야릇햇다.

그날 홍재 뜻하지 안은 관게를 옥순과 맺고 마럿다. 그러나 다음 순간 그는 불쾌한 뉘우침을 어절 수 업섯든 것이다. 그 뒤부터는 더욱이 옥순이와 맛나는 것이 불쾌햇스나 옥순이로 보면 반대로 전보다 훨신 감겨 하는 것이엇다. ‘정조 하나만 바치면 그 대상으로 무엇이나 요구할 수 잇는 줄 아는’ 옥순은 오늘 낫에 맛나슬 때만 해도 ‘어머니가 성화갓치 날내 결혼식을 하래요.’ 하고 어머니를 빙자로 약혼을 달게 구는 것이엇다. 쏘 속담에 애 배기 전에 기저구 꾸민다구 하지도 안은 결혼에 신혼여행은 어듸로 하자는 둥 문화 주택은 문이 어써케 나야 한다는 둥 도무지 듯기에도 해괴해 홍재는 아예 그 자리에서 퇴박을 노코 말까 하다가 저도 저즈른 죄가 잇서 꾹 참고 견대엿스나 옥순과 헤여지자 후— 하고 한숨이 절로 나왓다.

마츰 시게를 보니 오후 네 시 옥경이가 퇴사할 시간이라 홍재는 그를 맛나 코리타분해진 머리를 시츨 생각으로 옥경에게 전화를 걸엇고 십 분 후에 '미쓰꼬시' 압해서 옥경은 홍재를 맛낫다. 그리고 두 사람은 약속한 듯이 발거름을 마추어 본정통으로 드러간다.

"요새 참 그림 만히 그리세요?"

"천만에! 통 못 그림니다. 조선선 그림을 그릴래도 모델 기근 째문에 큰일이지요."

"꼭 모델이 잇서야 해요?"

"잇서야 하구말구요."

"그럼 저로도 될 수 잇다면 봉사해 드릴까요?"

하고 옥경은 홍재를 도라보며 우섯다.

"그래만 주신다면야."

"래일부터래두 봉사해 드리죠. 오후 네 시 반 이후라면 전 언제든지 조하요."

홍재는 너무 어처구니업는 행복이 별안간에 저를 차저온 데 잠시는 어리둥절하다가

"그럼 네 시 반부터 다섯 시 반까지 한 시간식만 제게 빌녀 주십시요!"

"빌니라구요? 언사가 좀 불온한걸요. 호호 차차로는 아주 드릴는지도 모르지만…."

웃스며 하는 애기엿스나

그 이튼날부터 옥경의 자태는 틀림업시 홍재의 '아드리에'에 나타낫고 오십(五十) 호짜리 '쑴꾸는 약동(藥童)'이란, 반라체화는 홍재의

화필로 요리되엿섯다.

× ×

홍재가 옥경의 라체화를 그린다는 소문을 들은 날 밤 옥순은 한잠도 이루지 못햇다. 일너 노코 보니 요새로 홍재의 태도에는 데문데문한 데가 잇서 보엿고 그러나 버레 한 머리 죽임 즉하지 안은 그 홍재가 뒤로는 살살 고런 앙큼한 짓을 하고 잇나 하면 감쪽갓치 속아 먹은 것이 통분햇다.

"비러먹을 망난이 자식!"

옥순은 거이 입 박에 내여 중얼거리다가 문득 '캄파스'에 화필을 움직이고 잇는 홍재 압헤 실 한 오리 안 걸친 옥경의 라체가 생글생글 웃고 잇슬 그 광경이 그려저서 몸을 부르르 썰며 앵그러진 눈으로 허공을 노려 보앗다.

"아니다! 홍재의 잘못이 아니다! 모두가 고 옥경이 년의 작간이다! 유혹! 옥경이가 내게 복수하려고 제 몸둥아리를 미씨로 홍재를 유혹한 것이다!"

옥순은 이젠 홍재를 나무랫든 것을 뉘우치며 앙심은 옥경에게로만 도라젓다.

이내 옥순은 그 자리로 옥경에게 전화를 걸엇다.

"옥경이냐? 나 옥순이다. 급히 볼일이 잇스니 곳 좀 오너라!"
하는 옥순의 목소리는 전화통에서도 썰니엿다.

"무슨 일인데요?"

"글세. 급한 일이니 곳 좀 와!"

"지금은 분주해 나갈 틈이 업스니 미안하지만 제게루 와 주세요. 그럼 기대리죠!"

하기가 바쁘게 옥경은 전화를 딱 쓰헛다.

옥순은 또 한 번 모욕에 부댓겨 수화기를 바람벽에 내동댕이치고 잠시는 전화통을 노려보다가 이내 '택시'를 불너 탓다.

옥순의 가슴에는 쇠뭉치가 치올랏다.

전화를 밧은 옥경은 옥순이가 곳 차저올 것을 짐작하고 홍재와의 관게를 아예 이 기회에 귀결을 지을 생각으로 홍재에게 곳 와 달라는 속달을 씌엿다.

홍재의 진보적인 교양은 날이 갈수록 옥경의 맘을 쓰러댕겻든 것이엇다.

한편 옥순은 결김에 미친 듯이 달녀오긴 해스나 막상 응접실에서 옥경이와 마조치자 낫빨만 새팔랏게 질닐 뿐 아모 말도 못햇다.

"오시래서 미안해요. 무슨 급한 일이…?"

옥경은 샐죽 웃으며 옥순을 처다보앗다.

"너 너 왜 홍재 씨를 유혹하늬?"

"네? 홍재 씨를 제가 유혹하다니요? ……."

옥경은 다 짐작하고 잇으며 진작 이러케 반문을 한다.

"홍재 씨가 네 라체화를 그린다는 걸 내가 안다면 어쩍할 테냐?"

"호호…. 그 일 말이에요…. 그건요! 서로 량해가 된 일인데 뭐!

"서로 량해…?"

옥순의 눈에서는 불쏫이 튀여낫다.

"그럼 네겐 풍기도 도덕도 질서도 업단 말이냐?"

"전 그런 걸 중하겐 보지 안어요! 지금 새삼스럽게 낡은 질서를 직힐 필요가 업스니까요!"

"그럼 홍재 씨를 유혹하는 것이 무슨 새 질서나 된단 말이냐? 또 네가 왜 새 질서를…?"

"건설하구말구요…. 하여튼 일을 저즐너 노코 해결은 사건 자체에 마씨면 그만이니까요…."

"네가?"

"첩의 딸이기에－천한 몸이기에 그런 짓박게 더 할 게 뭐야요. 그럼!"

"에이! 더럽다! 이 배러먹을……."

옥순은 더 참을 수 업서 마루를 박차고 이러서며 욕을 퍼부엇다. 거기에는 옥경이도 분이 발칵 소사스나 다음 순간 침착을 꾸미고

"전 무슨 욕을 먹든 조아요! 그러나 지나치게 흥분하시는 건 실례 안야요? 연애는 전쟁이라구 하잔어요? 그러니까 헛되히 흥분되여 망발을 부리느니 보다 침착히 승리의 길을 강구하는 것이 조으실걸요." 하는 바루 그때 문이 삐걱 열니고 홍재가 불숙 나타낫다.

"아! 어서 오세요!"

옥경은 이러서 반기어 마젓스나 이 마당에서 옥순을－더구나 금방 가슴을 찌를 듯한 날카로운 옥순의 시선과 딱 마조친 홍재는 그 자리에서 발을 딱 멈춘 채

"아! 옥순 씨!"

그러나 순간이 지나자 홍재는 방으로 드러오며 문을 가만히 닷엇다.

옥순은 암말 업시 홍재만 노려본다.

"자— 안즈시죠."

홍재는 어지간히 당황하엿스나 옥순에게 안지기를 권하며 저도 안는다. 허나 옥순은 종시 선 채로엿다.

"옥순 언니가 지금 저더러 홍재 씨를 유혹햇다구 하니 제가 그래 홍재 씨를 유혹햇든가요?"

옥경은 홍재와 옥순을 번가라 보앗다.

"유혹? 전 무슨 뜻인지 모르겟는걸요."

홍재는 순간 가슴이 뜨끔해 말쏘리를 엄버무려처 버린다.

"자— 그럼 저도 바빼서 단도직입적으로 박칠 테니 홍재 씨 대답해 주세요. 홍재 씨 옥순 언닐 사랑하십니까? 혹은 절 사랑하십니까?"

"허 이거 재판솝니까?"

홍재는 너무 딱한 질문에 어안이 벙벙해 다시 엄버무려치고 만다. 짜장 옥경이라고 하고 십헛스나 옥순이 압헤서 그럴 수도 업고—

홍재는 순간에 또 한 번 옥순과의 그날 밤 일에 무거운 짐을 깨닷는다.

"조곰도 써리실 것 업잔어요? 단박해 주시는 대답이 듯구 십퍼요!"

홍재를 마조 보는 옥경의 입언저리에는 용서 못할 굿은 결심의 빗이 흘러넘치엇다.

"글세 이럿케 급살맛게 구러서야……."

홍재는 연성 허겁대며 괜한 손수건을 써집어낸다. 그 순간 옥경은 옷토기처럼 발칵 이러서며

"대답 못하시겟서요? 그럼 잇다가 옥순 언니께나 조흔 대답 해 드

리세요!"

하기가 바쁘게 훗닥 응접실을 나와 복도를 뚜벅뚜벅 활개 치며 거러가는 옥경의 입에서는 어느새 〈나의 푸른 하늘〉의 멜로디-가 휘파람으로 흘러나는 것이엇다.

강태공(姜太公)

남궁선이란 버젓한 이름이 있는데도 누구나 다 그를 강태공이라고 불렀다. 혹시 호구 조사 나온 새로 온 면서기가 버들 마을에 남궁선이란 사람이 사는냐구 물으면 마을의 늙은이들조차

"남궁선이?"

하고 고개를 기우리다가도 누구 하나가

"아 강태공이 말이여."

하고 볼나치면 모두들

"아 강태공이 말이유? 강태공이라면 얼른 알걸 가지구 웬 뚱딴지같은 남궁선이래니깐 모르지! 강태공이야 살구말구! 그 사람이야 버들 마을을 떠나서야 사나요. 년전에도 에미네와 함께 평양으로 가드니 하두 버들 마을이 연연해서 에미네꺼정 내버리구 보름 만에 되도라온 일도 있는걸요."

하고 일제히들 껄껄 웃어 대는 겄이다.

그도 그럴 것이 남궁선 자신도 남궁선이라고 부르면 날래 대답을 못하다가도

"강태공이!" 하고 부르면 대뜸 "어!" 하고 대답하는 것이다. 그만치 강태공이는 마을에서 유명하다. 아니 강태공이가 살기 때문에 버들 마을이 좀 더 널리 알녀졌는지도 모른다.

그러나 남궁선이를 강태공이라고 부르게 된 그 유래는 아모개도 아는 사람이 없다. 애초에 누가 그렇게 지어 불넜는지 그것도 모른다. 남궁선이가 낙시질을 좋아하는 데서 나온 이름이라는 해석도 있고 여편네가 툇자를 놓은 때문이라는 해석도 있고 여러 가지로 해석은 구구했으나 모두가 추측에 지나지 않었다.

강태공이란 이름은 참말 하늘에서 내려온 듯 땅에서 솟은 듯했다.

그 강태공이가 지금 '네눈이'를 데리고 버드나무 누둥 아래에서 어정거리고 있다. 머리는 텁수룩하고 옷은 갈기갈기 찌저저스나 아주 태연 무산한 강태공이다.

어느새 봄도 지터서 버들개지가 설서리 도다났다. 버드나무 밑을 흐르고 있는 시내의 어름도 한숫 녹아 버렸다.

날은 잔잔하고도 따수하다.

강태공은 한 손으로 버들가지를 휘여잡으며 먼 산을 유연히 바라본다.

장글장글 퓌여오르는 아지랑이가 어째 겨드랑을 깐직씨는 듯하다. 강태공은 빙그레 웃었다. 그리고 입이 절로 벌어졌다.

"데-ㄴ니 가와리데 후기오 우쯔."*

엇그제 학교에 다니는 아이들한테서 드른 노래다. 강태공은 노래

* 데-ㄴ니 가와리데 후기오 우쯔 : 하늘을 대신해 불의를 친다.

를 좋아한다. 무슨 노래나 주서 듣는 대로 연습을 하는 것이지만 이틀이 머다 해서 죄다 잊어버린다. 지금 그 노래도 두 줄까지는 따로 외였는데 벌서 한 줄은 까먹었다. 한 번 더 불너 보며 다음 줄을 생각해 보았으나 아주 까마득하다.

"데-ㄴ니 가와리데 후기오 우쯔. 도라지 도라지 백도라지……."

강태공은 버들가지로 장단을 마추며 제법 홍겹게 콧노래를 부른다.

옆에서 네눈이도 꼬리를 치며 먼 산을 바라보고 있다. 주인의 노래에 네눈이도 한 홍겨운 모양이다.

네눈이는 강태공이가 가장 사랑하는 개요 단 하나인 그의 재산이다. 강태공이가 가는 곳에 반듯이 네눈이가 딸았다.

그래서 마을에서는 네눈이마저 네눈이라 부르지 않고 '동생'이라고 불은다.

강태공은 같은 노래를 세 번 곱집어 부르고 나서서 제 지갑을 뒤진다. 위선 마꼬 빨두기를 찾어내고 그리고 헤여진 지갑을 한참이나 두지다가야 겨우 꽁초 권련을 하나 얻어 냈다. 강태공은 권연에 불을 부처서는 떡 가로문다. 가장 유쾌할 때에 하는 버릇이다.

강태공은 고개를 들어 앞을 내다본다.

멀니 못[池]가에 무었인가 하이한 것이 보인다. 그는 미간 새를 쫑그리며 한 번 더 유심히 처다본다. 무었인지 알 수 없다.

강태공은 호기심이 버쩍 소삿다.

"어, 네눈아!"

하며 강태공은 네눈이를 부르고는 어성어성 거러 나간다. 그 뒤로 네눈이가 꼬리를 치며 따른다. 강태공은 못가에 하이한 그것이 무었인가를 규명하러 가는 것이다. 갈수록 흰 점이 커진다.

마츰내 사람이란 걸 알었으나 무었을 하고 있는지는 알 수 없다. 강태공은 좀 더 가까이 갔다. 그리고 삽시에 강태공의 얼굴에는 희색이 만면해졌다.

못가에서는 어름을 끄고 낙시질을 하고 있는 것이 아니냐? 강태공은 다 탄 담배를 빼금빼금 빨며 서슴지 않고 낙시군 옆으로 왔다. 알 듯도 하고 모를 듯도 한 사람이었다. 그러나 저편에서는 강태공을 알어 보고

"어 강태공인가?"

하고 빙글 웃는다.

"어 낙시질허우?"

하고 강태공이도 마주 웃어 준다. 그리고

"잘 무우?"

"잘 안 무네"

"그럴 수가 있나! 나 한 번 해 볼까?"

하고는 저리 치란 듯이 윤초시 앞으로 나앉는다. 윤초시는 마지못해 물너앉으며

"어디 잡으면 용치!"

"그걸 못 잡어요!"

하고 강태공은 대뜸 낙시대를 잡더니 똥지를 뚜러지도록 쏘다본다. 네눈이는 그 옆에 와 쭈구리고 앉었다.

이즐막 후에 맥이 왔다. 그러나 강태공은 '챌맥'을 넘겨 버리고 고기가 다러난 다음에야 낙시를 나꾸채니 새깜한 낙시만이 달녀 나왔

다. 미끼는 때운 것이다.

"하 고놈 조화 통!"

강태공은 혼자 중얼거리며 미끼를 또 물닌다. 한참 만에 맥이 또 왔으나 이번엔 너무 일즉 채여서 미끼대로 나왔다.

"하 조환걸!"

"너무 빨리 채는구먼."

"천 천만에."

하고 강태공은 천만구 없는 소리라고 한다.

저 딴은 낙시에는 자신이 있었든 것이다.

강태공은 세 번째 만에야 붕어를 한 놈 낙거 냈다.

"하하하 요거 어떴소? 고놈 참!"

하고 강태공은 낙시에 매달린 채로 붕어를 들어서는 낙시군에게 보이며 벅작 웃어 대인다.

"참 잘-하네! 인제 그만했으면 나 좀 허세."

하고 윤초시는 강태공더러 물너나라고 했으나 강태공은 꽉 눌너앉은 채 움직이지를 안는다.

"한 놈 더 잡구요."

그러나 두 놈째 잡고도 강태공은 자리를 떼지 않었다. 윤초시는 은근히 화가 났다. 이대로 내버려 두면 끝이 없을 게고 그렇다고 강태공과 싸울 수도 없고 그래 이 녀석을 어떻거면 쪼차낼 수 있을까 궁리하다가

"참 오늘 김순사가 이 늪에 낙시질을 온다구 했는데……."

하고 혼잣말 비슷이 중얼거렸다.

그 말은 확실히 강태공을 놀내게 했다.

강태공은 낯에 긴장미를 띠이며

"뭐요?"

하고 반문한다.

"아니……. 저 김순사가 낚시질을 온다구 했는데—"

"정말?"

"그럼! 오늘이 공일 아닌가?"

윤초시는 거즛말을 하나 더 보태였다.

강태공은 더 묻지 않고 낚시대를 놓드니 슬며시 이러서

"어 네눈아!"

네눈이를 부르고는 버들 마을로 내빼는 것이다. 강태공이가 순사를 제일 무서워하는 것은 누구나 다 아는 일이다. 한 사오 년 전에 길가에서 소변을 보다가 순사한데 들켜 뺨을 맞은 후로 강태공은 순사라면 십 리나 내뺀다.

강태공은 마을에 도라오는 길로 뒷산에 올라갔다. 낚시대감을 얻어보려는 것이다. 산을 온통 뒤타서는 그럴듯한 놈을 한 대 꺾어 가지고 마을로 내려오니 해는 벌서 저므렀다. 그제야 강태공은 시장끼가 나는 것을 깨닺고 눈앞에 보이는 집으로 쑥 드러가며

"에헴!"

하고 인기척을 내인다.

마츰 음전이가 부억문을 여러 놓고 설거질을 하다가 내다보며

"난 누구라구! 강태공인 걸 가지구……."

하고 생글 우섰다.

강태공은 음전이를 보고야 이 집이 음전네 집임을 깨다르며 저도 히죽이 웃어 보였다. 그리자 방문이 탕 열니드니 음전 아버지 승한이가

"어 강태공인가? 저녁 먹었나?"

묻는다.

"어! 찬밥 있건 한 술 주! 시장해서."

하며 강태공은 방으로 드러갔다.

"송구 저녁 전인가? 주인 많은 나그네 밥 굶는다드니 속담 그른 데 없구만."

승한은 농담을 하고 나서

"참! 래일 논뎅이를 끄일 텐데 태공이 하루 꺼 주게나! 밥 실컸 멕이지!"

"츠! 아무케나."

"돈두 줄까?"

하고 승한이가 빙그레 웃자

"돈 해선—"

하고 강태공은 도리질을 하였다.

강태공은 농사일을 곧잘 하였다. 그래 마을 사람들은 손이 모자랄 때에는 각금 강태공의 손을 빈다. 허나 강태공은 일을 해 주고도 밥이나 먹을 따름이지 돈은 싫다고 한다. 그리고 일은 여니 사람 갑절하는 것이다. 그래서 마을에서는 누구나 그를 미워하는 사람은 없다. 어느 집에 가든지 밥 한 끼 애끼는 집이 없다.

그럭그럭해서 강태공은 버들 마을이 좋았든 것이다.

강태공이가 밥상을 물니자 마을 사람들이 네댓 모여 왔다.

"태공이! 평양이 여기만 못하든가?"
하고 한 사람이 또 평양 얘기를 꺼낸다.
"평양! 그까짓 곳!"
"평양이 어드래서! 거리가 즐비허구……."
"그까짓 데 사람 살 덴가!"
하고 강태공은 옆 사람더러 담뱃대를 달내서는 담배를 부처 문다. 강태공은 참말 평양처럼 싫은 곳은 없었다.
간 데마다 순사가 떡 떡 버테 서서 도제 오금을 쓸 수가 없었다.
"평양이 나쁘면 댁내두 데리구 오지 않구 와 내버리고 왔누!"
"그까짓 년 소용 있나! 밤낮 앵앵거리기만 허구."
하고 강태공이 말하자 여럿은 늘 듣든 말이지만 한바탕 웃는다. 아룻목에서 음전이도 입을 감싸고 웃었다.
강태공은 음전이가 웃는 것을 보자 제가 잘해 보여 담배대를 쓱 가로물며 빙글빙글 웃었다. 강태공은 음전이가 제 안해보다 백배 배승해 보였다.
"그래 지금 색시 생각이 안 나나?"
"아니……. 참 음전이! 찬밥 있건 좀 줘!"
"금방 먹구 밥은 또 무슨 밥 말인가?"
하고 승한이가 묻자
"네눈이가 배고플 텐데."
하고 강태공은 갑재기 네눈이 생각이 나서 밖을 내다본다. 색시란 말에 네눈이가 생각났든 것이다. 네눈이는 토방에 쭈구리고 있었다.
음전이가 네눈이 물을 해 오자 강태공은 제 손으로 받어 네눈에게

주면서 털을 쓸쓸 쓸어 주었다. 그리다가 문득 아까 산에서 꺽어 온 낙시대를 보고

"참 누구 낙시줄과 낙시 있건 좀 주."

하고 도중에다 대고 말하였다.

"낙신 해선?"

"래일 낙시질을 헐나구."

"아 래일은 우리 논뎅이 꺼 준다면서?"

하고 승한이가 묻는 바람에

"오 참 그러쿤! 그럼 모래."

"낙시가 그렇게 재미있든가?"

"재미있구말구!"

"외입보다구 좋아—"

"히히 외입두 좋긴 해!"

하고 강태공은 고갯세*를 쓴다.

강태공은 마을 사람들과 이런 애기하는 것을 제일 좋아한다. 강태공은 거이 매일 밤을 그것도 밤이 깊도록 이 모양으로 지꺼린다. 그리고 거이 매일 밤 꼭 같은 애기를 되푸리하는 것이지만 밤마다 재미는 꼭 같다. 평양은 이러지를 못해서 더욱 싫었다.

이튼날 강태공은 여럿과 함께 승한네 논뎅이를 꼈다. 음전이네 논이래서 그는 좀 더 성의 있게 꼈다.

"강태공은 우리들 열 곱은 끄나 부다."

* 고갯세 : '고갯짓'의 방언.

하고 여럿이 추어주는 바람에 또 좀 더 많이 껐다.

음전이가 점심 광주리를 이고 나오는 것을 보자 강태공은 음전에게 뵈기 위해 있는 힘을 다하여 쇠시랑을 놀녔다. 그리고 목소리를 다듬어

"녹양사-ㄴ 십 리-하에 높고 낮은 저 무덤 아리 아리리 얼사 아라리가 났네."

강태공은 제법 신이 나서 소래 질너 불넜다.

"강태공이 참 명창이로구면!"

하고 모두들 추존해 주는 김에 강태공은 억게가 웃쓱했다. 음전이도 웃을 적엔 아마 내게 반했나 보다 여겼다.

점심을 먹자 강태공은 뒤가 마려워 쇠시랑을 내던지기가 바뿌게 네눈이를 데리고 산으로 올라왔다. 강태공은 산에서 똥을 눌 때가 고작 유쾌했다.

잔잔한 해별을 받으며 무쭐하든 똥을 깔기고 나니 긔분이 그지없이 상쾌하다.

일을 끝내고는 옆에서 기대리고 있는 네눈이에게

"먹어라! 먹어!"

하고는 저는 잔디밭에 가 번듯이 자빠졌다. 강태공은 똥을 그대로 내버리는 일이 없다. 벌서 몇 해째 강태공의 똥은 네눈이의 가장 성찬인 점심이었다.

날씨는 매우 잔잔하다.

장글장글한 봄별이 온몸에 잡분잡분 감기는 듯하다. 강태공은 눈을 감고 콧노래를 부른다.

"데-ㄴ니 가와리다 후기오 우쯔…."

허나 그저 그뿐 다음은 모른다. 아리랑도 불너 보고 도라지 타령도 양산도도 모주리 서두만을 불너 본다. 그리다가 어는새 잠이 들었다.

네눈이도 혀를 뽑아 주둥이를 할고 나서는 앞다리를 턱밑에 괴고 누어 버린다.

"구-구-구게구-"

산비닭이가 울었다.

"강태공이! 강태공이!"

하고 논에서 찾는 소리가 요란해스나 그것도 들리지 않었다. 강태공은 사지가 느러졌다.

얼마를 자다 깨니 산은 어느새 능지가 되였다.

그는 벌떡 이러나 들로 내려오다가 그제야 제가 승한네 논뗑이 끄다 만 것을 깨닷고 혼자 싱글 웃는다.

"태공이 어디 갔다가 지금이야 오누?"

하고 승한이가 묻는 말에

"히히 산에가 한잠 잣디 머!"

"남의 밥을 한 그릇식 족이구 일은 안 해 주구 자기만 해? 그러다간 순검한테 알녀서 잡어가래야지!"

그 말에 강태공은 낮까치 질니었다. 강태공은 눈이 훼둥글해저서 어쩔 줄을 모르고 어벙이 섰다가 네눈이를 처다본다.

금방 다라나려는 모양이다. 그래 승한이가 얼른

"안야! 인제부터래두 논뗑이만 끄문 강태공을 잡아가랄 수 있나 원! 어서 논뗑이나 끄게!"

하자

"정말?"

"정말이구말구!"

그제서야 강태공은 쇠시랑을 들고 넉성을 다하여 논뗑이를 끈다.

그리고 저녁에는 음전이가 날너 온 밥상을 받고 매우 만족했다.

며칠 지난 어느 날 버들 마을에 군수 영감이 찾어온다는 소문이 돌았다.

"에키! 군수 영감이 오신다구……."

하고 마을 영감들이 놀라는 것을 보고

"군순 뭘 허는 건데?"

하고 강태공이가 싱글 우스며 물었다.

"아 이 녀석! 군수를 몰라? 옛날로 비기면 사또 격인 군수를 모르다니!"

"사똔 또 뭘 허는 건데?"

"에키 이 녀석! 옛날 사또라면 지금 군수지 군수야!"

그러나 강태공은 종시 알 수가 없다. 그래 고개를 기웃거리며

"군수? 뭘 허는 놈인고!"

하고 혼자 중얼거리자

"에키 이 녀석! 버르장머리 없이 웃어른을 갔다가……. 이 고을에서 고작 높고 잘난 어른이 군수란 말야. 알어들었나? 태공이!"

"응……." 그제야 강태공은 좀 알긴 했으나 아직도 기연가미연가다.

"그럼 순사보다두 잘났나?"

"하하하 이 녀석아! 순사 같은 거야 군수 똥 자리에두 못 가 앉어!

옛날 사또는 백성을 죽이려면 죽이구 살니려면 살녔거든!"

"…………."

강태공은 크게 놀낼 뿐 더 말이 없다. 순사보다도 훨신 높은 사람이라면 참 굉장한 사람이 아니냐? 그런 사람이라면 적어도 키는 구척이 넘을 거요 쉬염은 관운장 이상이리라.

"그 사람이 언제 오는데?"

"오늘 온다네! 오늘 낮에!"

"오늘?"

강태공은 한번 구경을 하리라 했다.

한나절이 되자 구장네 마당에 마을 사람들이 모두 모여 갔다. 물으니 군수가 와서 연설을 한다는 거다.

강태공이도 따라갔다. 그러나 강태공은 마을 사람들 틈에 섞이지 않고 샛떼미 뒤에 숨어 있었다. 이즐막 있드니 군수가 온다고들 떠들었다. 강태공은 샛떼미에 몸을 밧싹 숨기고서 머리만 내밀었다.

양복쟁이 네댓과 순사 한 사람이 마당에 왔는데 암만 찾어도 군수 같은 사람은 없어 보였다. 하지만 마을 사람들은 모두 공손히 인사한다.

"상기 군수는 안 왔나?"

강태공은 혼자 중얼거리며 눈을 꺼벅인다.

양복쟁이들은 한참 서성거리드니 면장이 토방 요에 올라서서

"그럼 인제붙어 군수 영감의 말슴이 게시겠읍니다."

하고 토방 아래로 내려서자, 이번엔 키가 작달막한 양복쟁이가 올라선다.

"저게 군순가? 저 꼴에?"

강태공은 실망이 여북지 않다. 저까짓 것쯤은 저도 당해 낼 수 있을 것 같다.

키가 구 척이기는커녕 수염조차 없지 안으냐? 게다가 또 한 가지 강태공을 놀라게 한 것은 군순가 한 양복쟁이가 토방 우에 올라서드니 깍뜻이 마을 사람들을 보고 절을 하는 것이었다.

순사도 슬슬 긴다는 군수라면 순사한테 혼나는 마을 사람들 보고 절은 무슨 절인가 했다. 그런데 군수는 절을 하고 나서 목춤을 한 번 추드니

"어— 여러분!" 하고 말을 꺼집어낸다.

강태공은 이번엔 얼굴을 돌니고 귀를 기우렸다.

"어— 여러분! 오늘은 매우 분주하신데도 무릅쓰고 이처럼 많이 와 주셨으니 본인은 대단히 감사하게 생각합니다."

강태공은 그 사람 참 말 잘한다. 그러면 그렇지 보통 사람과 다른 데가 있을 것이지 하고 혼자 감탄하며 얼굴을 돌녀 한 번 처다보고는 또 귀를 솟는다.

"…… 우리나라는 고래로 농업국입니다. 그러니만큼 여러분이 만약 농사를 게으르신다면 우리나라는 그만치 쇠약해질 것이 아닙니까? 참말로 여러분은 우리나라의 줏대요 기둥이요 주인이라고 해도 결코 과언은 아닙니다. 우리는 이렇게 여러분에게 농사에 대해 지도는 하지만 그실은 여러분의 종사리에 지나지 안습니다. 여러분이 농사를 잘 지어서 유족한 살림을 하도록 해 드리는 것이 우리의 직무니까 결국 여러분이 댁에서 고용하는 머슴이나 무었이 다름이 있겠읍니까? 여러분이야말로 이 세상에서 가장 씩씩한, 힘 있는 주인이라고

하겠읍니다…….”

강태공은 연설을 듣다 말고 고개를 끼웃거렸다. 순사가 슬슬 긴다는 군수가 마을 사람들의 머슴이라니 될 말인가 싶었다. 그렇건만 군수는 또라지게 제 입으로 그런 말을 하는 것이 아닌가?

강태공은 암만 해도 알 수 없는 일이라 했다. 저 사람이 군수가 아닌가 하고 의심도 났다.

군수는 연설을 끝마치자 또 한 번 절하고 토방에서 내려왔다. 그러자 순사가 고 앞에 가 기척을 하고 서드니 깎듯이 손을 들어 경예를 부친다.

강태공은 빙그레 웃는다. 늘 웃뚝하든 순사가 오늘은 꼼짝 못하는 것을 보기가 재미났다.

그러나 강태공의 머리에서는 아직도 의심이 살어지지 않었다.

순사가 대령을 하는 걸 봐선 군수에 틀림없을 텐데 군수가 마을 사람들 보고 절하고, 저는 마을 사람들의 종사리라고 하는 것은 말이 안되여 보였다.

양복쟁이가 다 가 버리자 강태공은 그제야 새떼미 속에서 어스렁어스렁 나와

“그 사람이 군순가?”

하고 도중에게 물었다.

“그럼! 군수 말 잘허지?”

“잘-해!”

“강태공인 그만치 못하갔든가?”

“히히 못해…….”

"강태공이가 군수만치 말을 못해?"

"히히 못해……. 순사가 군수보구 척척 기드라 히히히."

하고 강태공은 히물적히물적 한다.

"그까진 순사 거튼 거야……."

"그런데 군수가 왜 전 농사군의 머슴이라구 그래?"

강태공은 아까부터 의심나든 것을 물었다.

"그럼 안 그러우! 우리 농사군이 없어 봐 다 굶어 죽지 안나!"

하고 옆에 섰든 일규가 대답하자 강태공은 딴은 그럴 상싶었다. 그러나

"그런데 왜 농사군은 순사한테 띠를 갈기나?"

하고 강태공은 또 의심이 생겼다.

"띠를 누가 갈겨! 죄 없은 댐에야 와 띠를 갈길고! 순사는 죄인 잡는 것이 제 일이거든!"

일규의 말에 강태공은 또 한 번 고개를 끄덕인다. 모두 처음 안 지식이었든 것이다. 그러고 보니 이 세상엔 농사군이 잘난 것이 아닌가? 강태공은 엇그제 저도 논뗑이 끈 생각이 나서 억게가 웃쓱했다.

"내가 그렇게 잘 났나?"

강태공은 비로소 제가 잘난 것을 깨닷고 빙글 웃는데

"태공이! 승한네 잔채 집이 떡 먹으러 갈까?"

하고 일규가 옆꾸리를 찔넜다.

"떡? 가자!"

그러나 강태공은 떡보다도 제가 순사보다도 군수보다도 잘낫다는 것을 음전에게 알니는 것이 더 큰일이었다.

강태공은 때에 저른 마꼬 물뿌리를 쓱 가로물며 일규의 뒤를 딸았다.

승한네 집 앞에 가니 안마당에서는 사람들이 복작거렸다.

강태공은 요지경이 온 것만치 여겨 사람 떼를 헤집으며 드러갔다.

승한이가 강태공의 꼴을 보자 얼른 쪼차 버리려고 떡과 안주를 한 꾸레미 옆꾸리에 끼어 주면서

"오늘은 분주하니 어디 가지구 가서 먹게!"

하고 타일넜으나 강태공은 떡 꾸레미를 옆에 낀 채 안으로 달녀들었다.

안마당 한복판에는 신교(가마)가 놓여 있다. 강태공은 신교를 보자 벙글벙글 우스면서 안을 적간해스나 신교는 뷘 채다.

"힝!"

하고 강태공이가 실망의 코우슴을 치며 고개를 드는데 마츰 방에서 흰 치마에 분홍 저고리를 곱다랗게 입고 분 치장까지 한 음전이가 신교를 타러 거러 나온다.

강태공은 처음엔 눈이 휑! 했으나 이내 가슴이 떠끔해저서

"음전이 어디 가?"

하고 음전에게 묻는데 옆엣 사람이

"어디 가다니! 시집가는 줄 모르나?"

"시집?"

강태공의 눈은 좀 더 커졌다.

"평양으루 시집간다네. 평양으루."

"평양으루?"

강태공의 눈은 볼수록 커졌으나 그러나 얼마 후에는 그의 눈에는 실망과 비애의 빛이 가득 차 있었다.

'평양! 어째서 버들 마을이 마다고 시집을 가누? 시집을 가면 어디

를 못 가서 하필 평양으루 가누? 곳곳이 순사가 서 있고 마을도리 갈 데도 없는 그 평양으루!'

강태공은 음전이에게 평양이 나쁘다고 알려 주지 못한 것이 뉘우처졌다. 아니 이 세상에서 농사군 강태공이가 제일 잘난 줄을 음전에게 알녔드면 음전이는 평양으로 안 가고도 딴 도리가 있을 것이라 했다.

신교 안에 든 음전이가 덩실하게 들니여 마을에서 머러저 가는 것을 바라볼수록 강태공의 눈에는 슲은 빛이 더하여 갔다.

신교가 안 보일 만하면 강태공은 신교를 따라 몇 발거름 앞으로 나가고 나가고 했다. 그러나 버들 마을 앞 신작로에까지 나와서는 강태공은 더 따르지 않었다.

음전이 실은 신교는 마츰내 눈앞에서 사라졌다.

한참을 망두석처럼 우두커니 섰든 강태공은 고개를 떠러트리며

"네눈아!"

하고는 힘없는 다리를 가누어 버들 마을로 도라온다.

강태공은 땅만 디다보며 거닐었다.

마을로 도라왔으나 강태공은 어쩐지 쓸쓸해서 산으로 올랐다.

잔디밭에 오자 그는 맥없이 털석 주저앉었다. 그 서슬에 옆꾸리에 꼈든 떡 꾸레미가 떠러졌다.

강태공은 떡 꾸레미를 끌렀다. 떡과 고기와 지짐이 수두룩이 나왔다.

모두 오래 먹어 보지 못한 것들이었다.

그러나 강태공은 구미에 당기지 않어 얼빠진 사람처럼 먼히 앉었다가 불쑥 꾸레미를 헤집어 네눈이 앞에 내밀어 주며

"어 네눈아! 머! 머! 머!"

하고 다짜고짜로 다 주었다.

그러나 네눈이는 섬찍 달녀들지 않었다. 그래 강태공은 네눈의 머리를 쓸어 주면서

"머! 고기구 떡이구 너 다 머! 머!"

하고 역정 쓰듯 내밸었다.

그제야 네눈은 고기를 한 점 덤썩 문다. 강태공은 네눈이가 고기를 무는 것을 보자

"아아!"

하고 장탄식을 하며 뒤로 번듯이 나자빠저 버리었다. (戊寅 獵月 九日 窮이)

귀불귀(歸不歸)

1

그 슬픈 일이 잇은 지도 일 년이 지냇다.

하로하로가 꺼질 듯이 지루한 마련해선 십 년도 더 지냇을 것 같은데 인제 겨우 첫돌을 보냈을 뿐이라니 현숙은 세월 더딘 것이 야속스러웠다.

허긴 손에 거치는 물건이나 눈에 띠이는 가장즙물*에마다 남편 동은의 호흡과 체온과 촉감까지가 시방도 느껴져, 기억으로 따지자면 아까런 듯 새로우니 먼 듯하고도 가깝고 가까운 듯하고도 먼 안타까움을 현숙은 어찌할 도리가 없엇다.

자꾸만 설레는 심정을 갈아앉히려고 결심을 하고 맘 단속을 부즈런히 하고 해도 스물아홉의 끓는 피와 피부에 안개처럼 숨여든 남편이 남기고 간 애정만은 속여 넘기는 수가 없엇다.

* 가장즙믈 : '가장집물(家藏什物)'의 방언. 집안의 살림에 쓰는 온갖 도구.

더구나 저녁 설거질까지 끝내고 이러케 호젓이 앉어 잇을라 치면 현숙에게는 동은의 체취(體臭)까지가 느껴저 왓다.

현숙은 살그머니 일어서 영창을 가마니 열어제첫다.

훈훈한 봄바람이 몇 가닥 머리깔을 나브끼며 어깨 넘어로 불어 넘엇다. 앞채 지붕 우에 솟은 먼 산봉오리가 저므러 가는 황혼 속에서 유난히 둔탁하게 부푸러 올라 보엿다.

'또 하로는 살엇구나….'

현숙은 속으로 이러케 뇌여 보며 하염없이 먼 하늘가를 바라다보앗다.

저녁 후이면 늘 동은과 함께 창가에서 바라보던 저 산 저 하늘, 그때에는 오직 즐거움의 샘이던 저 산 저 하늘이엿건만 인제는 오히려 안타까운 추억과 절망만을 변으로 자어 주는 그것들이 아니냐.

현숙은 또 '사람은 무기 집행유예의 사형수'란 문구를 생각해 냇다. 언제 어느 책에서 읽엇든지 기억조차 아득하건만, 하늘처럼 믿던 남편이 여듧 살짜리 진세를 남기고 번개처럼 불귀의 객이 되고 말자 현숙의 머리에는 그 문구가 자꾸만 떠올랏다. 그의 머리에는 오직 죽엄에 대한 생각만이 가득 차 잇엇다.

나비가 훨훨 날러 다니는 것을 보아도 저것도 죽엄이려니…. 꽃이 허들지게 핀 것을 보아도 저것도 죽엄이려니 여겨지는 현숙이엇다.

모든 것의 귀결이 죽엄일진댄 차라리 죽엄으로써 그의 뒤를 쫓아가는 것이 상책이리라고 몇 번이고 별르다가도 그때마다 어린 진세에게 생각이 밎어

'진세가 잇는데 내가 웨 방정맞게 이럴까.'

하고 끔찍한 생각을 당황히 지워 버리는 것이엇다.

그러나 진세도 역시 사형수임에 틀림없다고 생각하자 현숙의 입에서는 무거운 한숨만이 오직 넘처흐를 뿐이엇다.

현숙은 어린 진세가 불상히 여겨젓다.

뭐 어려서 아버지를 어인 때문인 것보다도 그 어린것의 몸둥아리에도 보이지 안는 죽엄의 마수가 숨어 잇으려니 싶어서엿다. 그러케 허황한 세상사를 그래도 믿고 일 년식이나 살어온 것이 이제는 스스로도 놀라리 만큼 용하게 여겨젓다.

이런 일을 가르처 기적이라 하지 안흘까 하고 현숙은 일 년 동안을 어떠케 지냇든가고 회고해 보려다가 그만 눈물이 핑 돌앗다.

황혼은 어느새 살살 짙어 저 산봉오리가 어둠 속에 녹아 버렷다.

눈물을 씻고 나서 현숙은 저고리 고름으로 전등을 가만히 켯다.

순간 눈이 부실 듯, 사방이 휘황해저 현숙은 불현듯 방 안이 너무 공허함을 깨닷고 진세를 데리려 밖으로 나왓다.

밥수까락을 노키가 바뿌게 뛰여나가서는 밤이 어둡는 줄도 모르고 찾으러 갈 때까지 작난에 팔리는 어린애의 천진성에 현숙은 남모르는 눈물을 흘린 적이 한두 번이 아니엇다. 애 아범이 살엇을 땐 그저 귀여워만 뵈던 진세의 행동이 인제는 작구만 측은해 보엿든 것이다.

대문 밖에 나서니 앞마을에서 아이들 재잘거리는 소리가 자냥스럽게 들려왓다. 현숙은 저 속에 진세도 끼여 떠들고 잇으려니 하며 넓은 길의 변두리를 걸어 소리나는 방향으로 찾어가노라니 문득 뒤에서

"어머니!"

소리치며 진세가 쪼르르 달려와 치마자락을 붙잡엇다.

"아규! 너 어디루 오늬?"

하고 현숙은 돌아서며 진세의 손을 마주 잡엇다. 진세의 손은 싸늘했다. 현숙은 진세의 손을 비벼 주며

"손이 얼엇구나!"

하는데 진세는 잽힌 손을 뽑아 지금 온 길을 가르키며

"난 아젓시허구 산에 산보 갓대시요!"

하고 자랑삼아 알리엇다.

"응? 아저씨허구?"

하고 현숙은 고개를 들어 진세가 가리키는 방향을 바라보앗다.

짙은 황혼 때문에 열아문 간 저기서 걸어오는 얼굴을 잘 알어볼 수는 없엇으나 현숙은 그가 관규인 것을 직각으로 알어낼 수 잇엇다.

2

현숙은 순간 가슴이 뜨금해지며 저도 모르게 얼굴이 달어와 잠시는 멍하니 섯다가 이내

"아저씨허구 산뽀 갓대서? 잘햇구나!"

하며 진세의 손목을 잡고 관규 켠으로 마주 걸어갓다.

관규는 서로 알어볼 만한 거리에 오자

"저녁 잡수셧어요?"

하고 멈처 서며 인사를 하엿다.

"안녕하세요?"

현숙도 허리를 굽히며 관규 못 만나기 몇 날채든가 생각해 보는 것이엇다.

"인제 아주 봄이 왓는걸요."

"그런가 바요."

하고 대답하다가 현숙은 문득 봄은 다시 찾어오건만 한 번 간 동은은 영영 찾어오지 못할 것을 생각하고 고개를 숙으려 버렷다.

현숙과 관규가 우두머니 서 잇는 것을 보자 진세는 관규의 손을 흔들며

"응야! 아저씨! 우리 집에 드러가자우―"

하고 지왕하엿다.

"좀 드러가세요. 그새 진세가 퍽 기대리든데요."

그제야 현숙도 자기로 돌아와 진세의 손을 잡아끌며 집으로 앞섯다.

진세는 왼손을 현숙에게 잡힌 채 바른손을 내밀어 관규의 팔마저 붙잡고는 두 새 틈에 끼어 활기를 휠-휠 쳣다.

현숙은 멋모르고 거닐다가 문득 진세의 팔을 저와 관규가 좌우에서 붓잡고 거니는 것을 발견하자 그것은 동은과 함께 늘 하던 버릇임을 깨닷고 당황히 진세의 손을 노아주엇다.

관규와 진세는 일향 활기 치며 현숙보다 앞서 나갓다.

관규와 동은과는 죽마지우엿다.

현숙의 아버지 은당(隱堂) 선생은 구한국 시대에 아전 벼슬을 지내다가 일한 합병 후에는 은퇴하여 성미재(成美齋)란 사숙을 창설하엿

다. 그리고 관규와 동은은 이 성미재의 숙생으로 은당 선생이 가장 사랑하는 두 제자엿엇다. 은당 선생은 침착하고 온공한 동은의 성격을 사랑하는 동시에 신의(信義)에 굳은 관규도 무던히 사랑하엿다.

그는 어린 딸 현숙을 두고 두 청년을 생각해 보는 일이 가끔 잇엇는데 그런 때엔 누구를 버리고 누구를 취하기에 매우 곤난해 큰 근심거리가 되엇엇다.

그리다가 마츰내 현숙은 열일곱 살에 동은과 결혼하고 말엇다. 동은과 결혼한 그때 현숙은 별로 관규를 사모한 것도 아니엇것만, 어쩐지 관규에게 무척 미안한 생각이 들엇다. 만약 관규와 결혼하엿더라면 동은에게 같은 기분이 생겻을 그런 미안에 지내지 안혓지만—.

그리고 관규도 동은이 장가드는 날 하로를 탈 없이 방에 누어 보내엇다.

허나 그저 그뿐, 동은과 현숙이가 가정을 이룬 후로는 관규는 깨끗한 마음으로 그들의 가정에 드나들엇다. 그리고 이태 후에 관규가 장가들엇을 때에는 도리어 현숙이가 까닭 모를 아수운 기분이 생겻으나 그것도 잠시에 그처지고 그 후로는 더욱 친근한 두 가정이엇다.

그러던 터에 삼년 전에 관규의 안해가 장질부사로 죽어 버리자, 현숙의 관규에 대한 기분은 꺼저 가던 불꽃이 바람을 맞은 듯 되살어올라 어서 관규가 재취를 해서 따뜻한 가정을 이루기를 바랄 무렴에 이번엔 뜻밖에 동은이가 세상을 떠나게 되어 동정을 받어야 할 신세는 관규인 것보다도 현숙 자신이 되고 말엇던 것이다.

동은이 죽엇을 때 가장 슬퍼한 것은 혹은 관규엇을른지도 모른다. 관규는 죽은 사람과 함께 살어 잇는 현숙과 진세가 불상해 견댈 수 없엇다.

관규는 그들의 뒤를 돌보아 주어야 할 의무를 느끼고 틈틈이 현숙의 집을 찾어오는 것이엇으나 그러케 오고 가고 하는 동안에 관규는 제 자신도 독신이라는 것을 문득 깨닷게 되어 그 후부터는 될수록은 현숙을 찾어오지 안키로 햇엇다.

현숙은 현숙이대로 자주 오던 관규가 갑작이 발을 딱 끈은 데 직각적으로 어떤 두려움을 깨달으면서도 무척 기대려지는 관규엿음을 어찌하는 수 없엇다. 등불을 받고 캄캄한 밤길을 걸어가다가 별안간에 불이 꺼진 듯한 느낌이엇던 것이다.

허나 현숙은 정작 관규를 이러케 만나고 보니 그를 만나서는 안될 것 같은 느낌이 들면서도 절로 맘이 든든해지는 것이엇다.

관규와 마주 앉자 현숙은 전에 없이 중추가 맥키고 말엇다. 관규는 진세를 달래고 얼리고 하엿지만 관규의 얼굴빛도 단순치는 못했다. 동은이 살엇을 때엔 아무리 단둘이 마주 앉어도 이러케 질식할 경우는 한 번도 없엇것만 오늘 밤은 어째 가슴만이 펄덕일 뿐이엇다.

둘은 서로 얼굴을 들어 마주 보기조차 거북햇엇다. 현숙은 세간사리 건사로 이것저것 관규에게 물어 봐야 할 일이 무던히도 만헛는데 막상 다다르고 보니 머리는 깜해질 뿐이엇다.

3

관규는 대구 진세에게 재롱만 피울 뿐 현숙을 잊어버린 듯 돌아보지 안헛다.

현숙은 차라리 바느질로써 긴장된 침묵을 쪼차 볼까 햇으나 오래간만에 찾어온 관규를 내버려 두고 일감을 붙잡는 것도 도리가 아닌 상싶어 그대로 눌어앉어 잇엇다.

"참 이 봄엔 진세도 입학시켜야겟군요?"

하고 관규는 문득 고개를 들어 현숙을 마주 보앗다.

별안간의 일에 현숙은 제풀에 얼굴이 빩애젓다. 그리 제 맘을 이 순간에 관규에게 뒤집혀 뵌 듯싶어 얼굴이 좀 더 빩애지며

"글세요. 입학은 시켜야겟는데 꽤 다닐까요? 너무 멀어서…. 하고 나서……." 하고 나서 이번엔 진세를 바라보며 "너 학교에 꽤 다니지?"

"응 나 학교에 갈래!"

하고 진세는 고개를 주악신다.

"학교가 너무 멀어서…."

하고 관규가 말하자

"고걸 못 거를까 바서? 고까짓 델…."

하고 진세가 뽐내는 김에 관규와 현숙은 뜻하지 안코 함께 웃엇다.

현숙은 오래간만에 웃어 보앗던 것이다.

그러나 다음 순간 현숙의 맘은 다시 무거워젓다. 남편을 일흔 여자가 비록 다른 사람 아닌 관규와라도 맘 노코 웃엇다. 어째 부덕에 어긋나는 일 같고 돌아간 동은에게 죄스럽기 짝 없엇기 때문이엇다.

현숙이가 참회에 잠겨 잇는 동안에 관규는 진세와 학교 얘기를 주고받고 하고 잇엇다. 그러다가 진세는 관규의 무릎을 벤 채 어느새 잠이 들어 버렷다.

진세가 잠들엇다고 알자 관규는 불현듯 가슴이 설레엇다. 관규의 지금 기분은 예전 성미재 시대에 뒷간에 갓다 오는 처녀 현숙과 딱 마조첫던 그런 때의 기분과 비슷햇다. 혹은 동은이가 현숙에게 장가 들던 그날 밤의 느낌과 같다고나 할까?

어쨋던 관규는 옛 감흥을 되푸리하는 듯하면서도 단순한 옛 감흥이라기에는 하두 벅찬 힘을 느끼지 안을 수 없엇다.

관규는 또 한 번 제가 독신이란 걸 깨닫는다. 현숙이가 아직 처녀든 때 현숙과의 결혼을 꿈꾸던 그 공상이 새삼스럽게 머리에 떠올랏다. 그리고 암만 해도 현숙과 진세의 뒷일을 보아줘야 할 사람은 저밖에 없어 보엿다.

관규는 차라리 이 기회에 모든 것을 고백해 버릴까 햇다. 진심으로 현숙을 생각하는 바에야 그것이 무슨 죄악이랴 싶엇다. 그리고 현숙과 자기와는 숙명적으로 그런 위치에 노혀 잇는 것같이 역여지기까지 했다. 그러나 관규는 가슴만 두근거릴 뿐 좀처럼 입이 열려지지 안헛다.

그는 그런 말을 꺼집어냄으로써 현숙을 놀래게 하고 싶지 안헛다. 그 때문에 도리어 현숙의 맘이 상처를 입는다면 어쩌나 하는 두러움도 컷다. 제 자신이 현숙에게 오해를 받는다면 그건 얼마든지 참을 수 잇는 일이나 만약에라도 그 때문에 현숙이가 두고두고 상심한다면 하는 다른 한편으로서 현숙을 옹호하는 맘이 자기를 억눌럿다. 더구나 현숙은 말하자면 봉건 도덕의 분위기에서 자라난 여자가 아니든가?

관규는 봉건 도덕의 그릇됨을 안다. 얼마든지 그걸 타파하고 싶엇으나 현숙과의 경우엔 현숙이가 너무 칙은히 역여졋다.

관규는 얼빠진 사람처럼 진세의 얼굴을 멍하니 바라보며 생각에 잠겨 잇엇다.

그동안에 현숙도 이미 지내간 옛날 일을 추억하엿다.

아버지가 조용한 저녁이면 현숙에게 관규를 칭찬하시던 그 말슴, 그리고 현숙을 동은과 약혼시킬 때 관규 때문에 사흘 밤을 망설이던 일 동은과 결혼할 때 관규에게 미안하던 생각, 관규가 장가들엇을 때 이유 없이 몹시 서먹하던 심정 혹은 그 심정이 시방도 뿌리가 되여 이러케 관규에게 굳은 믿음을 주는 것인지도 모른다고 현숙은 살몃이 고개를 들어 관규를 처다보앗다. 관규는 아직도 생각에 잠긴 대로 엇다. 현숙은 관규가 엽에 잇어 주는데 그저 맘 탄탄함을 느낄 뿐 그 밖에는 아모것도 깨닷지 못햇다.

4

현숙은 어떠케서던 이 침묵을 깨트리고 싶엇다. 그래 상반신을 이르키며

"무릎 아프실 텐데 나려 뉘세요. 애두 원!"

하고 자는 진세를 무릎에서 내리어 벼게를 베워 주고 물러앉엇다.
“꽤 곤한 모양인데요!”
그제사 제정신으로 돌아온 관규는 입을 열엇다.
“진종일 싸다니니까 해만 지면 골아떠러지는데요.”
하며 현숙은 관규를 바라보앗다.
그 순간 관규도 현숙을 마주 보다가 두 시선이 딱 마조치는 찰나에 불현듯 두 가슴은 꼭 같이 뛰놀앗다. 관규의 팔은 떨리고 심장은 불종을 따리는 듯햇다.
이성의 억제를 박차고 오직 감정만이 발고하여 여집껏 맘속에 깊이 숨어 잇던 정열이 바야흐로 폭발하려는 순간 관규는 반발적으로 벌떡 일어서며
“아 참 가야겟군!”
하고 자연스레 한다는 말이 엄청나게 커졋다.
현숙은 말없이 따라 일어설 뿐이엇다. 모든 것이 지냇다.
한바탕 폭풍이 불고 난 후의 야드러질 적막엇다.
기회!
다시는 없을 듯한 요긴한 기회를 노처 버린 아쉬움보다도 무서운 찰나를 용하게 버서낫다는 쾌감이 관규에게는 더 컷다. 모든 것이 무서운 위험에서 구원을 받은 듯한 느낌이엇다.
구원—그것은 관규의 것이 아니라 현숙의 것이엇다. 현숙은 열여(烈女)는 불경이부(不更二夫)라는 글을 배운 여자다. 그러므로 지금 관규가 기회를 노칫다는 것은 현숙에게는 구원이 아닐 수 없엇고 현숙의 구원은 동시에 관규에게는 절망이 아닐 수 없엇다.

허나 관규는 제가 절망을 맛보더라도 현숙의 마음에 구원을 베풀고 싶엇다.

관규는 휙 돌아서서 미닫이를 열고 퇴ㅅ마루로 나섯다.

"가시기 어두우시겟어요."

"뭘요……."

관규는 어둠 속에서 신을 더듬엇으나 잘 보이지 안헛다. 그래 현숙은 얼른 전등줄을 끌어 문밖 모다귀에 내걸엇다.

그 서슬에 현숙의 소매기슭이 관규의 어깨를 쓸 스치엇다.

신을 찾느라고 허리를 구부렷던 관규는 현숙의 옷소매가 제 어깨를 스치엇다고 알자 발작적으로 허리를 펴며 현숙의 어깨를 왼손으로 가만히 붙잡엇다.

모든 것이 이지를 초월한 순간의 일이엇다. 오직 타오르는 정열만이 제멋대로 덤비는 순간이엇다.

관규가 아차 경솔했다고 뉘우친 때는 벌서 일은 저즐러진 때엇다.

현숙은 관규의 손이 제 어깨를 붙들엇다고 깨닷자 자즈러질 듯이 놀라 두 팔을 가슴에 닥아끼며 한 발거름 뒤로 물너섯다.

현숙의 얼굴은 해슥하니 질리엇다.

관규는 고정된 시선으로 현숙을 바라보고 현숙은 고개를 수그린 채 옴짝달싹을 못하고—벅찬 침묵이엇다.

현숙은 이대로 관규의 가슴에 콱 쓸어저 버리고 싶은 충동이 회오리처럼 지나간 다음 순간에는 이상하게도 관규에 대한 반항심이 무럭무럭 솟아올랏다.

이런 순간을 예기하고 머리부터 무서워해 왓고 그러면서도 그런 순간을 기대하는 기분이 어느 한 구퉁이에 숨어 잇지 안흔 것도 아니엇으나 막상 현실로서 나타나고 보니 현숙은 무턱대고 관규를 경멸하는 것이 의리에 맛당할 것만 갈앗다. 그는 깨끗하던 제정신이 졸지에 흙탕구리를 한 듯이 느끼엇다. 허나 그러타고 뭐라고 말을 지어대들 요량은 애초부터 없긴 없엇다.

관규를 경멸하려는 심사는 현숙 자신이 관규에게서 저를 지키려는 극기심(克己心)의 변모(變貌)일른지도 모른다.

"현숙 씨!"

이윽고 관규의 떨리는 목소리엇다.

이 "현숙 씨!"란 부름에 현숙은 재차 놀라 제풀에 고개를 들엇다.

현숙은 오늘까지 관규의 입에서 "현숙 씨"란 말을 들은 기억이 없엇던 때문이엇다.

"아주머니"가 "현숙 씨"로 변하는 것을 깨달은 순간 현숙의 정신은 너무 어지러웟다. 삼십 초가 지난 후 현숙은

"절조를 생명으로 지키라!"

돌아가신 아버지의 유훈이 번개같이 생각낫다.

서른일곱 살에 안해를 어이고 구낄 때까지 일생을 독신으로 마춘 아버지의 얼굴이 불현듯 나타나 현숙의 가슴에는 새로운 힘이 용소슴쳣다. 현숙의 마음은 절대절명의 찰나를 당하엇을 때의 자기를 지키려는 최후의 다짐을 준비하엿다.

그리하여 현숙은 고개를 들어 관규를 똑바로 처다볼 여유가 생겻다.

"돌아가 주세요?"

야무진 음성이엇다. 그러나 관규에게 무안을 주지 안흐려고 애쓰

기를 잊어버리지 안혓다.

"잠간만 제 얘길…."

"저게 무슨 말슴을 하시려구 하세요? 왜 저를 괴롭히시려구…."

현숙은 기껏 대여들려고 하는 말이 나중에는 호소로 돌아가려고 해서 그만에 말을 흐려 버리고 말엇다.

5

"제 행실이 현숙 씨께 괴롭을!"

하자 현숙은 채 듣지도 안코 말을 가로채여

"괴롭보다 죄악이여요! 저더러 왜 죄악을 지으라고 하세요?"

현숙의 음성은 바들바들 떨니엇다.

"죄악이요? 동은 군에게 대해서 죄악이란 말슴이죠?――"

하고 관규는 더 무슨 설명을 하려다 말고 머리를 부르르 떨엇다.

마치 모든 생각을 떨처 버리자는 듯이…………. 현숙은 "동은 군"이란 말에 매스로 가슴을 푹 찔러운 것처럼 띠끔하엿다.

사람은 죽어도 혼백은 절대로 죽지 안는다는 아버지의 주장이 올타면 시방 동은의 혼은 안해의 꼴을 어떠케 보고 잇을 것인가?

현숙은 몸소름이 쪽- 끼첫다.

관규는 아모 말도 못햇다. 다만 심장만이 후뚝후뚝 뛰놀 뿐이엇다. 미리부터 이러리라고 추측이 안 간 것도 아니지만 실지로 당하고 보니 몹쓸 악몽에서 솟으라처 깬 것처럼 무기미햇다.

현숙은 잠든 진세를 처다보자 동은 생각이 다시 솟아올랏다. 이런 일을 당하는 것도 동은이 죽은 때문이 아니냐?

끔직히 사랑해 주던 동은— 그 사랑에 대한 보답을 위해서 일생을 바친다 해도 오히려 부족할 것이 아니냐?

황차 진세가 잇음에랴? 이제 남은 일은 오직 진세를 키워 바른 사람으로 맨드는 그거 뿐이라 하엿다.

관규는 어찌할 바를 몰라 한참 동안 멍- 하니 서 잇다가

"… 가겟읍니다. 오늘 저녁 일은 제 경거망동으로 알고 용서하십시우!" 하고 별안간 무슨 생각이 들엇는지 퇴마루에 성큼 내려서더니 바람처럼 표연히 대문 밖으로 살아지고 말엇다. 현숙은 이윽고 관규가 사라진 방향을 바라보다가 가마니 돌아서 방문을 닫엇다. 순간 유일한지 눈물이 핰 돌더니 전등이 뽀-야케 안개 끼여 보엿다.

자리를 보고 누어도 현숙은 잠이 오지 안헛다. 오늘 밤 일이 생시에 일어난 일이 아니고 한갓 어즈러운 꿈만 같앗다.

관규의 행위를 일시적 망동으로 여길 생각은 요만치도 없엇다. 그러기에 현숙은 관규에게 더욱 민망햇다.

더구나 망두석처럼 뻐처 서 잇다가

"가겠습니다. 오늘 저녁 일은 제 경거망동으로 알고 용서하십시우."

한마디를 던지고 표연히 대문 밖 어둠 속에 살아지고 말던 관규를 생각하면 현숙은 죽은 동은에게보다도 산 관규에게 더 큰 죄를 지은 듯햇다.

대체 관규 씨와는 전생부터 어떤 인연이엿길래 이러케 얼켜 도는

것일까? 몇 날 동안 오지 안는 관규를 안타까울 정도로 기대렷든 현숙 자신의 마음은 또 무엇으로 해석해야 올흘까?

오늘 밤 관규는 회한과 오노에 잠겨 잇으려니 생각하면 현숙은 몸서리가 첫다. 자주 오던 발길을 얼마 동안 끈허 본 일이라든가 아까도 시선이 딱 마조치자 쪼껴가는 토끼처럼 덤베여 방에서 나가 버리던 일이라든가 이것저것 미루어 보면 관규도 자신를 제어하려고 무던히 애써 왓음을 현숙은 새삼스러히 깨우첫다.

현숙의 가슴은 작꾸만 아리엇다.

시원히 말이나 하도록 내버려 두엇드면 조핫을껄 하고 뉘우치기도 햇다.

잠을 청하려고 돌아누으니 귀가에 관규의 음성이 울어나는 듯하다.

눈을 감으면 동은의 모습보다도 관규의 자태가 좀 더 또렷이 떠올랏다.

현숙은 옆에 진세를 꼭 껴안엇다. 앞으로 남은 목슴을 진세에게 받히리라 결심하엿다.

어린 진세를 기둥 삼고 거친 세상을 헤여 가자니 어째 쓸쓸하기도 햇으나 그러타고 예전처럼 죽엄만을 생각지는 안헛다.

현숙은 하로밤을 꼬박이 뜬눈으로 새엿다. 이튿날 아침 눈은 퀭햇으나 현숙은 웬일인지 삶의 보람을 저 모르게 느끼엇다.

진세와 더부러 보람 잇게 살어 보고 싶다. 마음의 공허를 느끼면 느낄수록 그는 진세를 힘것 힘것 껴안엇다. 현숙은 진실로 이날처럼 진세를 알뜰히 사랑한 적은 없엇다.

잇해가 지냇다.

매 주일날 낮이면 꼭꼭 찾어오군 하든 관규가 웬일인지 열흘이 넘어도 오지 안헛다.

"아저씨가 왜 안 올까?"

하고 진세가 거이 입버릇처럼 뇌이며 잔탄을 할 때마다

"아마 일이 분주하신 게지! 인제 안 오시랴!"

하고 겉은 태연을 꾸몃으나 현숙도 하로하로 맘은 무거워 갓다.

6

간혹 일요일에 볼일이 잇으면 월요일에는 반드시 찾어오군 하는 관규가 아니엇던가? 어쨋던 지금것 이러케 열흘까지 걸은 일은 없엇기 때문에 현숙은 슬그머니 병이 아닌가 근심되엇다.

그래 맘 같아선 진작 사환을 보내 알어보고 싶엇으나 이태 전에 그 일이 잇은 후로는 자칫한 일에도 자제하는 버릇이 생겻엇다.

열흘을 넘기고 보니 현숙은 다시는 관규를 만나 보지 못할 것 같은 느낌이 들엇다. 병이 고되다면 무슨 기별이 잇으리라고 현숙은 내내 조마조마하엿다. 그러는 차에 열이틀 만에 관규가 대문 안에 섬쩍 들어섯다.

현숙은 죽엇던 사람이 살어온 것만치나 반가웟다. 그새 왜 안 오섯느냐구 물어보구 싶기도 햇엇다.

관규의 얼굴빛은 전보다 좀 여위어 보엿다.

관규는 이것저것 현숙네 세간에 대하여 상의하고 나서는 무엇인가 딴 얘기를 하려고 야붓야붓하다가 그대로 담배를 붙여 무는 것이엇다.

권연 한 대를 다 태고 나서야 자리를 고처 앉으며

"저……. 이번에 결혼을 하게 됏습니다."

하고 관규는 겨면쩍은 낯빛이 된다.

"네? 결혼하서요?"

현숙은 깜짝 놀라다가 이내 놀랜 기색을 걷우어 버렷다. 허나 떨리는 목소리는 어찌하는 수 없엇다.

현숙은 어쩐지 친한 동무를 타국에 보내는 듯한 섭섭함을 느끼엇다. 그야 관규가 일생을 독신으로 보낼 리는 만무하지만 그러타고 한번도 관규의 결혼을 생각해 본 일은 없엇던 것이다.

"한번 상의해 보려고도 햇엇지만……."

하고 관규는 발명 비슷이 덧붙엿으나 그 말은 현숙의 귀에 들어오지 안헛다.

현숙은 신부에 대하야 여러 가지 물어봐야 도리에 올흐리라고 생각하면서도 아모것도 물어보지 못햇다.

관규가 가 버리자 현숙은 자리에 눕고 말엇다. 천 근같이 무거워진 몸은 자꾸만 깊은 구렁 속으로 잣아드는 것 같엇다.

이때까지 막연하게나마 관규도 독신으로 늙으려니 햇던 것이 얼마나 어리석고 배포 조흔 욕심이엇던가 뉘우처지기도 햇다.

현숙은 머리가 무거웟다. 또다시 이태 전처럼 주검에 대한 생각이 다음에서 다음으로 일어낫다. 인제 정말 신변에는 오직 진세만이 잇을 뿐이라고 깨닫고 현숙은 잠든 진세를 힘껏 껴안고 수없이 입을 맞추는 것이엇다.

그날 밤 현숙은 관규의 안해되는 여자와 싸움하는 꿈을 꾸다가 소스라처 깨니 아침 해볕이 방에 환하엿다.

현숙은 일어나려니까 머리가 행뗑하엿다. 세수를 하고 머리를 빗으려고 경대 앞에 가 앉다가 그는 거울에 비친 제 얼굴에 깜짝 놀랏다.

푸수수하니 헝글어진 탐스러운 머리채, 까츨하면서도 생매같이 생기 잇어 보이는 고운 얼굴, 확은 패윗것만 그래도 요염스러운 눈동자—.

저 보기에도 그대로 썩이기에는 너무 아까운 몸둥아리 같앗다.

간밤 꿈속에서나마 싸움을 한 탓에 이러케 날카로워젓을까? 관규를 노 생각하는 것도 이 몸둥아리 탓이 아닐까? 현숙은 보아서는 안 될 것을 본 듯이 고개를 설레설레 흔들고 나서 이내 거울을 치어 버리고 소경놀음으로 머리를 빗엇다.

그다음부터 현숙은 일절 거울을 쓰지 안키로 작정하고, 장롱 밑에 깊이 간직해 두엇다. 그리고 외로운 생각이 들 때마다 진세만을 생각하기로 애썻다.

십 년이란 세월이 속절없이 흘럿다. 진세의 잔뼈도 굵을 대로 굵어젓다.

현숙의 이마에도 잔주름살이 들어서 옛날의 모습은 찾기조차 아득하엿다.

그래도 현숙의 행복은 진세의 뼈와 함께 자랏다.

중학교 졸업을 얼마 앞둔 어떤 날 학교에 갓던 진세는 전에 없이 밤이 깊어도 돌아오지 안헛다. 현숙은 몇 번이고 대문 밖으로 드나들며 기다렷다. 그래도 진세는 돌아오지 안는다. 현숙은 차차 마음이 무거워젓다. 지금껏 학교에 잇을 턱은 없고, 그러타고 어디라 찾어볼 수도 없어 날며 들며 혼자 애를 태일 뿐이엇다.

진세는 자정이 푹 지내서야 돌아왓다.

"어딜 그러케 늦게 싸다니늬?"

하고 현숙은 맛받어 나가며 온공히 물엇다.

"동무 집에서 놀앗어요."

하고 진세는 간단히 대답하고 나서 허둥지둥 잠자리에 들어백히고 말엇다.

현숙은 좀 더 자세한 애기를 묻고 싶엇으나 귀찬허 하는 듯싶은 진세의 기맥을 알고 꾹 참어 버렷다. 현숙의 마음은 무거웟다. 등지고 돌아누은 진세의 뒷통수를 물끄럼히 바라보다가 저도 자리에 들고 말엇다.

불을 껏다. 허나 현숙은 잠이 오지 안핫다. 암만 해도 진세의 행동이 수상쩍어 견댈 수 없엇다.

7

얼마 후에도 진세는 잠을 못 이룬 듯 이불을 궁싯거리엇다.

"너 어디 아프늬?"

하고 물어도 진세는 자는 척 대꾸가 없엇다. 현숙은 외로웟다. 금새 공들인 행복의 탑이 무너진 듯 눈앞이 캄캄하엿다.

이튼날부터 진세는 학교에 안 가는 시간에도 집에 붙어 잇지 안헛다.

집에 돌아와도 그 전처럼 학교에서 일어난 일, 거리에서 듣고 본 일을 어머니에게 이야기하지 안헛다. 그러나 현숙은 단 한마디로도 진세를 나무래지 못햇다.

서뿔리 다르다가는 진세를 영원히 일허버릴 것 같은 예감이 들엇기 때문이엇다.

현숙의 행복에는 나날이 그림자가 짙어 갓다. 진세가 졸업하는 날도 현숙은 각별히 즐거움을 느끼지 못하엿다. 아니 도리혀 귀엽든 중학생대로 그냥 잇엇으면 싶기까지 햇엇다.

학교를 졸업하자 진세는 외출이 더욱 잦앗다. 조반 후에 나가면 밤이 푹 싶어서야 들어오기가 일수엿다. 그때마다 현숙은 저녁밥도 먹지 안코 기다렷으나 진세는 그런 건 아란곳 안코 들어오자 곧 자리에 들어백이곤 하엿다. 그런 때면 현숙도 저녁을 굶엇다.

어느 첫 여름날 다 저녁때 진세는 몹시 흥분되어 돌아오더니 부엌에 잇는 어머니를 방으로 불러들이엇다.

"왜 그러늬?.

하고 묻는 현숙의 가슴은 괜히 떨리엇다.

"어머니!"

진세는 흥분을 못 참어 눈알을 대구 굴리엇다.

"………?"

현숙은 공포와 불안 가득 찬 눈으로 진세를 빠안히 마주 보앗다.

"어머니! 저 결혼하겟어요!"

하고 진세는 그제사 점적해 낮을 붉히엇다. 현숙은 너무 뜻밖의 일에 잠시는 벌린 입이 다물어지지 안헛다. 이런 걸 청천벽력이라 할까 어둔 데 홍두깨라 할까? 현숙은 진세가 미치지 안햇나 생각도 되엇다.

아무리 시체(時體)가 시체기로서니 결혼을 할라면 중매가 잇고 부모가 가풍과 가세와 혈통과 그리고 신부의 생김새와 소행을 알어본 연후에야 할 것이 아니든가?

고리백정도 그러커늘 하물며 선비의 집안에서 이런 괴악한 말이 난다구야….

현숙은 가슴이 아펏다. 눈앞이 캄캄하엿다. 이 일을 어찌 처리해야 할지를 몰랏다. 그저 골치만이 아찔아찔햇다.

"어머니! 결혼하게 해 주세요!"

하고 두 번째 곱노이는 말에 현숙은 더 제 귀를 의심할 수도 없엇다.

현숙은 진세가 괴악하게 여겨젓다. 홀어미라고 업수이여기는 것 같아 골머리가 치오르기도 햇다. 허나 그는 받히는 가슴을 눌러앉치고 나서 예대로 삽삽한 말투로

"그래 색시가 대체 어디 잇는데 말이냐?" 하고 물엇다.

진세는 처음에는 약간 머묻거리다가 이내 애기를 꺼집어냇다.

그 말에 의하건댄 ×× 보육을 졸업한 백온순이와 진세와는 두 달 전부터 사랑을 속삭여 오는 터로 이제는 서로 목숨으로써 사랑을 맹서하고 이미 결혼까지 서약하엿다는 것이엇다.

현숙은 슬펏다. 진세의 "목숨을 받혀 백온순을 사랑한다."는 말이 그를 무척 슬프게 햇다. 저는 거이 일생을 진세에게 받혀 왓건만 진

세는 그건 안 체도 안코 듣도 보도 못한 여자를 그러케 사랑한다는 것이 가슴 쓰라리엇다. 더구나 어미의 허락은커녕 문차도 없이 저이끼리 약혼 언약까지 햇다니 현숙은 너무 어이없게도 진세를 빼앗기고 만 느낌을 어찌할 수 없엇다. 진세의 어미를 업수이여긴 행위는 두고두고 괴악햇다.

"색시 어버이넨 이 일을 아늬?"

"몰라요!"

"몰라?…. 이름은 온순이라면서 그리 온순치도 못한 여자 같구나?"

"원! 어머니두! 어머닌 그럼 제 말을 못 믿으시우?"

하고 진세는 되려 어머니를 나무랫다.

현숙은 더 할 말이 없어 잠간 섯다가 문득 관규를 생각해 내고

"관규 아저씨와 상론해 보려마!"

하엿다.

"아저씨두 그러쵸 머!"

하고 진세는 귀담아 듣지도 안코 휘딱 밖으로 나가 버렷다. 혼자 남자 현숙은 눈물이 핑 돌앗다.

그날 현숙은 저녁밥을 굶엇다. 암만 해도 맘이 언짢햇다. 온 세상을 일허버린 듯 가슴이 텅 비엇다. 동은이 죽엇을 때의 슬픔— 되풀이되는 듯햇다. 관규가 재취햇을 때의 공허와 비슷하기도 햇다. 현숙은 진세를 아주 빼앗기고 만 것을 깨달엇다. 진세를 일허버린 대신 동은과 관규 생각이 자꾸만 솟아올랏다.

밤에 자리에 누어도 잠 대신에 지나간 날의 꿈이 만헛다. 꿈을 꾸다가는 바람 소리에 놀라 소스라처 깨고 한 번 깨면 다신 잠을 이루

지 못하엿다. 그런 날이 자꾸 게속되엇다.

8

진세는 온순을 건넌방으로 맞어들엿다. 며누리를 맞은 날 밤 현숙은 기뿜보다도 옆에 진세 자리가 빈, 공허를 더 절실히 깨달엇다.

현숙은 며누리에게 애정을 느끼지는 못햇다. 며누리에게 밥상을 받는 것도 오히려 괴로움이엇다. 며누리도 시어머니를 그러케 소중히 여기지는 안헛다. 며누리를 맞자부터 현숙은 좀처럼 밖에 나오지 안헛다. 웬만한 더위에도 방문을 닫고 백엿다. 진세와 며누리도 좀체 큰방에 건너오지 안코 저이끼리만 아기자기하게 살엇다. 더구나 건넌방에는 그림자도 얼씬하지 안헛다. 현숙은 혼자서 심심파적으로 솜을 개키고 버선을 깁고 하면서 동은을 혹은 관규를 생각하는 날이 만헛다.

그 옛날 관규와의 일이 지금은 안타까운 추억으로 아로사겨지는 때도 잇엇다.

현숙은 차차 말도 적어 갓다.

비가 오거나 눈이 퍼붓거나도 제 오불관언으로 그저 버선만 기웟다. 하로가 침묵으로 시작되여 침묵으로 끝나는 날이 만헛다.

그리하여 늘어가는 것은 장롱 안의 버선과 이마의 주름살과 힌 털 뿐이엇다.

그러나 현숙은 인제 행복을 바라지 안는 대신 죽엄도 생각지 안헛다.

일 년이 채 못 가 며누리는 딸을 나헛다.

할머니는 손녀를 보려고 건넌방에 건너갓으나 사오 분 후에는 나와 버렷다.

한 열흘 후에 진세는 큰방으로 건너와

"어린앨 유몰 줘야겟는데!"

하고 문차엿다.

현숙은 잠시 암말도 없엇다.

제 새끼를 왜 남을 주어 기르려누 하는 생각이 들엇으나 반대할 의리도 없는 상싶어

"아모러케나 하려므나!"

할 뿐이엇다.

현숙은 시비를 따지고 싶지 안헛엇다.

며누리는 또 한 해 만에 아들 손자를 나헛다. 오래간만에 현숙은 기뻣다.

이제 비로소 선조에 대한 무거운 책임을 다하엿다고 생각햇다.

그리고 지난날의 진세를 생각하고 현숙은 어린 아들 손자에게 낙을 붙어 보려 하엿다.

어린 진세를 기르든 때의 즐거움이 어제련 듯 새로웟다. 현숙은 손자를 제가 맡어 키우고 싶은 욕심도 생겻다.

그러나 이번엔 진세는 어느새 유모를 정해 둿든지 삼낀*을 가르

* 삼낀 : '탯줄'의 평안북도 방언.

자 당장

"유모에게 오늘루 보낼까 봅니다."

하고 현숙에게 묻지 안는가.

허나 현숙은 먼저번처럼 선선치는 안헛다. 그는 만난을 무릅쓰고 진세를 길러 낸 생각이 회오리처럼 지나갓다.

자식을 나허 제 손으로 키우는 것이 어머니의 천직이 아니든가.

"집에서 길러 보려므나!"

하고 현숙은 오래간만에 명령을 내리엇다.

진세는 의외의 반대에 잠깐 어리벙벙햇다가

"구지러운 것을 어떠케 집에서 길릅니까?"

"구지러운 것을 나킨 어떠케 햇겟니?"

"에미께 제 새끼 구지러운 법이 어디 잇다든?"

하고 현숙의 음성은 강경하엿다.

그리자 진자리에 누어 잇던 며누리는 낯빛이 빨끈 질리워서

"유모께 주겠어요! 어머니!"

하고 나무래듯 말참견이엇다.

"어서 집에서 길러라! 유모를 주면 아이도 못 쓰게 되고 정이 떠지느니라!"

하고 현숙은 진세를 처다보앗다.

"유모 줄 테야요!"

하고 며누리는 한층 날카로워젓다.

"자식 귀한 줄을 그러케들 몰라서 어떠커니."

현숙의 말에도 힘이 차 잇엇다.

“자식 귀한 줄이오? 아이 자식을 내 손으로 꼭 길러야 한다면 난 자식 귀찬허요! 아침부터 저녁까지–늙어 죽기까지 자식의 종사리만 해야 한다면 사람으로 태여난 보람이 어디 잇겟어요. 글세! 그야말로 개돼지나 마찬가지지 머!”

하고 며누리는 쌀쌀하기 짝이 없엇다.

“그래두 그것이 옛날부터 내려오는 어미의 직책이란다. 것두 없으면 부모 자식 간이랄 게 뭐냐?”

“어미의 직책이요? 건 옛날 일이야요!”

“그래두 나두 네 남편을 그러케 길러 냇단다.”

하고 현숙은 괴약한 며누리를 오히려 측은하게 여겻다. 저런 며누리를 얻어서 장차 가문이 어찌될 것인가 근심되엇다. 그러나 며누리는 아직도 가만잇지 못하고

“어머니가 그랫다구 저도 그래야 한다는 법은 없잔허요? 어머니가 올타고 생각하시는 일이라고 반드시 저이에게도 올흐리란 법은 없잔허요? 그때와 지금관 시대가 다른걸요! 여자는 살고도 죽은 목슴이던 때의 옛말을 지금 왜 하시는 거애요?”

하고 며누리는 악이 올랏다.

“오냐! 그럼 너이들 맘대루 하려므나!”

하고 현숙은 홀쩍 큰방으로 건너오고 말엇다.

9

현숙은 새로운 히망마저 일허버렷다.

그다음부터 현숙은 더 말이 없엇다. 아들 부처의 생각과 제 생각과는 아주 다름을 비로소 깨달엇다. 현숙은 자식을 위하여 한 몸을 히생과 인종으로 보냇건만 아들 부처는 제 몸을 위하여 자식을 소홀히 하는 것을 알엇다.

현숙은 지금껏 헛된 노력을 해 온 것 같앗다. 관규와 그 일이 잇은 날 현숙은 진세에게 한 몸을 받히기로 맹서하고 오늘까지 눌러 왓으나 생각건댄 그날 밤에 벌서 모든 것을 일허버린 셈이엇다.

허나 이제 뉘우처 무엇하랴?

현숙은 밤이 새도록 돗보기를 끼고 등불 밑에서 버선을 꿰매고 잇엇다.

마치 가느다란 바늘에 삶을 의탁이나 한 듯키…………

×　　　　×

아들 손자 보앗다는 소식을 듣고 관규가 옷감과 닭을 사환시켜 보내엇다.

몸소 와 보고 싶지만 몸이 편치 못해 사환을 보내니 헤아리라는 사연의 편지까지 대받혀 왓다.

"몸이 과이 달프신가요?"

하고 현숙은 사환에게 물엇다. 이만저만하면 으레 당신이 오셧을 텐데 사환을 보냇을 젠 아마도 병이 심한 듯이 여겨젓던 것이다.

"글세요. 저두 자서힌 모르지만 몸지에 누어 게시와요."

하고 사환의 대답도 뜻뜻미지근햇다.

현숙은 것잡을 수 없이 마음이 설레어 진세에게 문병을 속히 가도록 서둘럿다.

진세를 보내 노코도 현숙은 맘이 조마조마햇다. 웬일인지 돌아가시지나 안흘까 하는 불길한 예감까지 들엇다. 몸소 가 보고 싶은 맘성도 생겻으나 진세에게 여부를 듣기까지 눌러 참기로 햇다.

낮에 간 진세는 좀체 돌아오지 안헛다. 요제나저제나 하고 방에 앉어 잇서 대문 소리에 귀를 기우렷으나 해가 저도 돌아오지 안헛다.

현숙은 자꾸만 불안스러웟다. 병이 위급해서 못 오는 것이나 아닐까?

오는 거름에 딴 데를 들린 것이나 아닐까?

속히 다녀오라고 다지지 못한 것이 뉘우처젓다. 그는 저녁도 구미에 댕기지 안헛다. 일ㅅ감을 붙들기는 햇으나 몇 번이고 바늘로 손구락만 찔럿다.

현숙의 눈앞에는 요 우에 기신없이 누어 잇는 병에 지친 관규의 얼굴이 떠올랏다. 거슬거슬 느러진 기다란 구레나룻 굵다라케 그어진 이마의 주름쌀—모두가 죽엄의 발자죽같이 느껴젓다.

이제 갓 쉰 살이니 나이로 따지면 아즉 앞날이 멀 것이나 천명을 누가 알랴 싶엇다.

한 보름 전에 왓을 때 딴 대 없이 진세에게 재산 괄리에 대해 여러 가지 주의시키고 나서 현숙에게 자기네 살림사리도 제제히 말하고 간 일이 상각낫다.

그럼 그것이 마즈막 만남이라 해서 그랫든가 하고 현숙은 일손을 노코 슬픔에 잠겻엇다.

참말 관규의 은혜는 컷다. 물질적인 은혜보다도 마음의 위안이 더 컷던 것이다. 일생을 관규를 의지하고 살어왓다고 해도 적절할 것 같앗다.

늡늡한 체구에 씩씩한 그 행동—퇴마루에서 현숙에게 사랑을 고백하려다 말고 표연히 어둠 속에 살어저 버리고 말던 때의 그 얼굴! 그 후에도 조곰도 굴탁없이 찾어오군 하던 서글서글한 그 행위!

희망에 찬 그 얼굴이 아니드냐!

남에게까지 희망을 갖게 하던 그 얼골이 아니드냐?

현숙은 지난날 그 얼굴에서 얼마나 만흔 위안을 얻은 것이엇든가?

"그이가 안 게섯던들 나는 얼마나 외로운 한세상을 보냇을 것이냐?"

현숙은 관규가 일생을 두고 자기를 생각해 왓음을 이제 새삼스러히 깨달엇다. 그리고 저도 하루도 관규를 생각지 안흔 날이 없엇음을 이제사 깨우첫다.

현숙의 눈앞에는 다시 관규의 병든 얼굴이 떠올랏다. 그이가 돌아가시면 어쩌나 현숙은 한숨이 절로 흘러나왓다.

죽엄!

현숙은 오래동안 잊어버렷던 죽엄을 다시 생각지 안흘 수 없엇다.

동은을 일허버리고 진세를 빼아낀 이제 관규마저 죽어 버리면 현숙에게는 캄캄한 밤만이 게속될 것 같앗다.

진세는 밤이 깊어서야 돌아왓다.

"어떠시든? 탈이……."

현숙의 눈에서는 공포와 기대가 교대교대하엿다.

10

대답을 기다리는 몇 초 동안 현숙은 언도를 받는 사형수의 마음처럼 떨리엇다.

"급성 간장 경화증(肝臟 硬化症)이라는데 의사 말이 그 병은 고치기가 무척 어렵다구요! 저 보기에두 몇 날 못 갈 것 갓습니다."

"식사는 어떠시든?"

"식사를 통이 못하시거든 그래두 정신은 똑똑하서서 저더러두 아들을 보아서 기뿌지? 어머니 안녕하시지? 하고 말씀하시드군요. 멋허면 어머니두 내일쯤 한번 가 보시우!"

"글세 그럴까 보다."

현숙의 마음은 천 근같이 무거웟다.

그는 하로밤이 지나온 일생보다도 지루하고 초조햇다. 어쩌면 이 밤으로 운명하지나 안흘까? 설마 그러케야 돌아가실라구? 하고 혼자서 안달복달이엇다.

현숙은 하로밤을 꼬박이 밝히고 먼동이 트자 일어낫다. 먼동이 터서부터 해 뜨기까지가 십 년 맛잡이엇고 해 떠서 조반 때까지가 또 십 년 같앗다.

세수를 하고 머리를 빗으려다가 현숙은 문득 거울 생각이 낫다.

관규의 입에서 결혼한다는 말을 들은 그 이튿날부터 한 번도 써 본 일 없는 거울! 벌서 이십 년이엇다.

그러컷만 웬일인지 현숙은 오늘따라 거울을 써 보고 싶은 충동을 느끼엇다.

이제는 쓴다 해도 두러울 것이 없을 것 같앗다. 그는 더 주저할 필요를 느끼지 안코 장롱 밑에서 거울을 찾어내엇다.

어쩐지 손이 떨렷다.

현숙은 거울을 손에 들기는 햇으나 무척 두러운 맘이 생겨 쉽사리 얼굴을 비치지 못햇다.

무던히 늙엇을 제 얼굴에 호기심과 공포를 함께 느끼며 조심히 눈앞헤 거울을 갖어다 보다가

"앗!"

하고 현숙은 질겁할 듯이 놀래엿다.

그는 하마트면 소리를 질를 번햇다.

늙엇을 줄은 이미 짐작한 바이지만 얼굴이 이처럼 쪼구라지고 흰 머리칼이 이러케 만타구야 참 천만뜻밖이엇다.

현숙은 암만 해도 거울에 나타난 사람이 저라고 믿어지지 안헛다. 그것이 참말로 저라면 그건 거울의 조화라고 믿어젓다. 마음은 그대로인데 얼굴이 이러케 늙을까 보냐 싶엇다.

"이 꼴을 어떠케 관규 어른께 보이누!"

현숙은 지금까지 관규에게 보인 얼굴은 이 얼굴이 아닌 것 같다. 너무 황당해 어이없어 하는 지저에 지친 대문이 삐걱 소리를 내며 열인다.

현숙은 그 소리에 깜짝 놀랫다. 웬일인지 가슴이 띠끔하엿다.

그리자 안마당에서 귀에선 목소리가 들려 미다지를 열고 밖을 내다보니

"새벽에 돌아가셧답니다레."

하고 사환과 마주 섯던 진세가 현숙에게 관규의 별세를 고한다.

현숙은 눈앞이 팽 햇다. 문을 닷자 그 자리에 콱 주저앉고 말엇다.

발뿌리 앞 땅이 무럭무럭 허무러지는 듯햇다. 방 안이 풍랑 만난 매성이처럼 끼울렁끼울렁하는 것 같엇다.

오히려 슬픔도 느끼지 못햇다. 얼마 후에 찬찬이 생각하다가 그제야 관규가 죽은 것을 깨닫고 눈물이 맥없이 주루루 흘러내렷다.

이십(二十)여 년 전 동은을 일헛을 때의 슬픔보다도 더 사모쳣다. 현숙은 소리 안 내고 한나절을 울엇다. 허나 울면 울스록 마음은 더욱 외로워졋다.

이윽고 현숙은 아까 길마루에 내던졋던 거울을 집어 들엇다. 역시 아까와 다름없는 그 얼굴이엇으나 인제는 조금도 두렵지 안헛다. 다만 이 얼굴이나마 아나 이 얼굴이기에 관규에게 한 번 더 뵛드면 하는 생각뿐이엇다.

그는 그냥 거울을 처다보앗다. 윤곽만이 비슷할 뿐 전연 생소한 얼굴이 거울 속에서 저를 마주 보고 잇엇다. 그대로 얼마를 마주 보고 잇엇다. 마츰내 거울 속엣 얼굴은 슬어지고 굵다란 주름살과 파뿌리 같은 머리칼만이 나타낫다.

사납게 찢어진 주름살은 히생과 인종의 자국일 것이고 한산에 눈날리듯 하는 힌 머리발은 무상과 공허의 상증일 것이다. 현숙은 일생

을 두고 아모것도 차지한 것이 없는 것을 비로소 깨달앗다.

"… 자식을 내 손으로 꼭 길러야 한다면 난 자식 귀찬허요!"

그리고

"어머니가 올타고 생각하시는 일이라고 반드시 저이에게도 올흐란 법은 없잔허요? 그때와 지금관 시대가 다른 걸요…. 여자는 살고 죽은 목이든 때의 옛말을 지금 왜 하시는 거애요?"
하던 며누리의 말을 거울이 되풀이해 속삭이는 듯 귀ㅅ가에 들려오는 현숙이엇다.

현숙은 그냥 거울을 본다.

연지 찍고 곤지 찍고 신방에 들던 때의 제 얼굴이 나타나 보엿다.

꿈에 관규의 안해라는 여자와 싸우고 난 이튼날 아침의 날카롭고 요염스럽던 얼굴이 나타나 보엿다.

그리고 마즈막으로 주름살과 백발이 그득한 쪼구라진 얼굴이 뚜렷이 나타낫으나 그러나 잠간 후에는 주름살도 힌 머리칼도 아모것도 보이지 안코 오직 관규에게 대해 두고두고 미안해 하던 생각이 막연하게나마 뉘우침으로 떠오를 뿐이엇다.

정비석 초기소설에 나타난 애정의 윤리와 주체의 문제

1. 들어가며

정비석은 1911년 평안북도 의주에서 태어났다. 1932년 일본 유학 시절 '납프' 계열 신문에 「朝鮮の子供から日本の子供たち」가 당선되면서 문학계에 발을 들어놓는다. 1935년 『매일신보』 신춘문예에 꽁트 「여자」, 1936년 『동아일보』 신춘문예에 소설 「졸곡제」 당선으로 조선 문단에 등장한다. 1937년 「성황당」, 1938년 「애증도」가 연이어 『조선일보』 신춘문예 소설 부문에 당선되면서 비로소 촉망 받는 신예 작가로 본격적인 문단 활동을 시작한다.

해방 이전의 정비석 소설은 정비석이 1991년 서거하기까지 작품 활동을 했음을 고려할 때 초기소설로 분류될 수 있다. 이 시기에 콩트·단편소설 50여 편과 장편소설 3편(『금단의 유역』, 『화풍』, 『청춘의 윤리』)을 발표하였다. 그럼에도 불구하고 정비석의 초기소설 전체를 아우르는 논의는 전무하다. 초기소설을 다루더라도 몇몇 작품만 다루거나 해방 후 윤문한 판본을 텍스트로 사용하기도 하여, 정비석 초기

소설의 특성을 드러내는 데 근본적인 한계를 보인다. 특히 초기소설에 대한 연구는 주로 「성황당」에 대한 연구나 일제 말기 친일 논의에 몰려 있다.

정비석의 초기소설 뿐만 아니라 그의 소설 본류는 남녀 간의 애욕의 문제에 집중되어 있다. 그는 소설이 남녀 간의 관계를 실생활의 핵심에 위치 지우고 '인간의 근본적 생명'으로 파악하고 있으므로, 우리의 삶에서 연애나 "성적 문제를 제외한다는 것이 거이 불가능한 일"이라고 주장한다. 그는 연애를 "시대에 예민하고 시대를 솔직히 표현하는 것"으로 보았으며, 소설을 통해 "새로운 연애에 대한 지시와 계발, 낡은 남녀 관계에 대한 지적과 비판을" 재현하고 있다. 그러므로 정비석의 소설에 나타난 애욕의 세계는 당대의 사회적 의식과 작가의 현실인식을 첨예하게 투영한 것이라 할 수 있다.

정비석 소설에서 애정 관계는 다양한 애정의 방식과 윤리적 · 시대적 감각을 드러내고, 다양한 주제의식과 주체의 문제를 나타낸다. 예컨대 조선 문단 소개작인 「여자」는 "처녀는 남자에게 대하여 녀왕과 갓치 거만하엿고 고양이와 갓치 교활하엿다. 그러나 이튼날 아츰 여자가 자기의 단 한 가지 보배인 정조를 밧치고 나자 그는 어제까지 노예로 알든 갓튼 사내 압헤서도 양파갓치 온순하여야 할 숙명적 운명을 깨달엇다"라고 시작한다. 하룻밤을 같이 보내고 나자 애정의 주체가 여성에서 남성으로 전환되는 젠더의 정치학이 펼쳐지는 것이다. 이와 같이 정비석은 애욕의 관계를 다루면서 개인의 욕구와 필요, 가족 구성과 관계, 윤리와 도덕에 대한 관심뿐만 아니라, 애정의 윤리와 시대적 상황의 결합 양상, 그리고 주체의 문제에 대해서 집요하게 파고들고 있다. 이는 소설을 "단순히 사회의 반영만이어서는 안 된다. 그보다도 적극적으로 한 거름 더 나가서 인생에 새로운 의미를 첨가하지 않으면 안"된다는 작가 의식에서 비롯된다. 따라서 그가 추구하는 애욕의 문제에는 당대의 다양한 문제가 재현되고 새로운 윤리적 감각과 시대의식이 스며 있다는 점을 간과해서는 안된다. 애정관계에 드러난 애정의 방식이나 윤리, 주체의 문제를 통해 당대의 사회적 의식이나 작가 의식을 규명할 필요가 있는 것이다. 이러한 분석 방법은 당연히 대중문학사 내지 한국문학사의 지평을 확대하는 데 도움을 줄 것이다.

2. 회귀점으로서의 고향과 본능적 주체

정비석은 일본 좌익 계열 신문을 통해 문학계에 입문했지만 "계급에 의존한 문학도" 역시 "몰락 붕괴에 떠러지는 것이 역사적 사실"이라며 카프의 계급문학을 비판한다. 즉 특정한 계급의 문학 내지 특정한 사상과 신념의 표현이라는 계몽주의에 대한 극도의 반감을 보인다. 도리어 목적지향적인 창작 방식을 고수하는 것은 "이-지 고-잉(easy going)한 창작 태도"이며 "퇴색된 표현술과 상실된 예술성"이라고 주장한다. 그는 이에 대한 대안으로 극히 사적인 영역인 애욕의 세계를 '인생의 가장 중요한 영원의 과제'로 삼고, 새로운 표현술로 그것을 묘사하려고 한다. 그 대표적인 작품이 「성황당」인데, 반문화적이고 반계몽적인 삶을 그려내고 있다. 그 스스로도 '악마의 협력'을 받은 작품이라고 칭할 정도로, 원초적인 생활 감각과 관능미를 보여준다.

「성황당」의 순이와 현보는 몇 개의 고개를 넘어야 인가가 나올 만큼 깊은 산골인 천마령에서 숯쟁이로 살아간다. 이 천마령은 이효석의 「산」과 「들」처럼 완전히 근대적 공간과 완전히 분리된 원초적인 욕망만이 존재하는 공간이 아니라, 문명과 그것에 대한 욕망이 공존하는 공간이다. 천마령에서 태어나 자란 순이에게 언덕 너머의 공간, 즉 물질문명이나 근대적 제도를 경험할 수 있는 공간은 '붉은 고사댕기 한 감과 흰 고무신 한 켤레'의 욕망으로 상징화된다. 성황님이 계신 천마령은 고향 상실 이전의 유기적 공간으로 인간과 자연이 자신들의 고유한 존재를 발현하면서도 서로 간의 조화와 애정이 지배하는 고향의 세계이다. 순이는 현보가 숯을 팔아 고무신을 사 오자 "이런 모든 것이 성황님의 은덕"이라고 여긴다. 그들에게 천마령이나 그곳을 지키는 성황님은 주객 분리 이전의 유기적인 세계이다. 현보에게 천마령과 "순이만이 온 천하의 모든 것이"며, 현보와 "순이도, 자연의 한 부분에 지나지 안"은 것이다.

이에 비해 고개 너머의 세계는 인간의 욕망을 확장하기 위해 자연을 수량화하여 지배하여 대지가 파괴되고 신들이 사라진 근대적 공간이다. 이 고향의 공간에 근대적 힘이 틈입해 오며 이 두 공간 사이에 대립과 갈등이 형성된다. 산림감시원 긴상은 법률이라는 근대적 제도를 이용해 현보를 천마령에서 떼어 내어 제도의 공간(감옥) 속에 가둬 버리고 순이를 강제로 소유하려 한다. 이 위기 상황을 광산에서 일하는 칠성의 도움으로 극복하지만 현보가 돌아올 날이 멀었다는 절망감과 긴상의 위험으로부터 벗어나려고 칠성을 따라 근대적 도시로 나아가고자 한다.

그러나 '들길'을 보는 순간, 순이는 들판이 자연으로부터 완전히 소외된 인위의 공간이라는 사실을 직관적으로 깨닫는다. 불안감은 "사람만 만히 모여서 복작"거리는 도시에 대한 거부로, 다시 산과 현보에 대한 그리움으로 전화된다. 그래서 칠성이 준 "분홍 항나 적삼과 수박색 목메린스 치마"를 벗어 놓고 성황님에 대한 믿음으로 접동새 울리는 산속으로 되돌아온다. 거짓말처럼 현보 역시 돌아와 있었다. 이처럼 천마령으로의 회귀는 근원적 생명과의 합일의 과정이며 소외로부터 탈주하는 행위이다.

천마령에서 현보나 순이는 자연의 세계와 서로 소통하고 서로 조화롭게 공존한다. 이 세계에서 성과 관능은 본능적인 자연스런 것이다. 「성황당」에서 나타나는 관능미는 일부 비평가에 의해 '악마의 종자' 내지 '애욕경'으로 비판 받았지만, 그것이 자연스러운 생의 일부라는 의미가 담겨 있다.

예컨대 천마령에서 목욕하는 순이의 묘사와 현보와 순이의 정사 장면는 도시적 타락과는 거리가 먼 자연의 일부로 살아가는 원초적 생활 방식이나 감각에서 비롯된 것이다. 자연을 인간의 지배 대상으로 간주하는 것이 아니라 인간조차 자연의 일부분으로 수용하는 동양정신과, 관능도 생의 원천이자 자연적인 것이라는 자연 법칙이 조화롭게 해후한다. "인간으로서의 참된 행복은 자기도 자연의 일부분임을 겸허하게 시인하고, 그러한 인식 속에서 자연과 조화를 이루어 나가는" 것이라는 작가 의식이 고스란히 투영되어 있다.

'성황님'이 지배하는 천마령은 원초적 힘이 지배하는 공간이라는 의미 체계로 현현되면서, 생활 규범과 조화롭게 공존한다. 동양적인 윤리가 원초성을 유지하는 생활 규범이 되고, 성황님이라는 샤머니즘을 숙명으로 받아들임으로써, 천마령은 동양적 공간이자 생명의 공간으로 지속적인 힘을 갖는다. 순이와 현보가 근대적인 제도에 의해 잠시 천마령을 떠나지만 다시 동일 공간으로 회귀할 수 있었던 것도 이 때문이다. 따라서 성은 관능적이지만, 그 관능조차 건강한 것이고 삶의 원천으로 그려진다. 자연적이고 원초적 관능미를 지닌 순이는 문명의 세계로 나가지 않고 현보를 믿고 기다림으로써, 동양적인 순종의 윤리와 부덕의 가치 체계를 형성한다.

그러나 인간이 성황당이 지닌 힘의 논리를 거부하는 순간, '불안'에 휩싸인다. 「성황당」에서 천마령의 자연은 '복작복작한' 근대적 제도와 문명을 타락한 것으로 거부하고 그 세계를 겨우 지켜내지만, 근대적 힘은 점차 이들이 살고 있는 자연의 세계를 끊임없이 지배하여 고향의 공간을 해체해 나간다. 그러면서 문명의 지배력이 농촌 깊숙히 파고들고, 자의나 타의에 의해 고향을 상실하는 사람들이 생겨나기 시작한다. 고향 상실자들은 예스러운 안정된 삶의 세계, 추억의 장소, 순수한 삶의 세계, 자연에 안겨 있는 아늑한 곳으로 고향을 기억하기 시작한다. 「해춘부」의 고향은 이미 자연에 대한 지배력으로 무장한 문명의 힘에 의해 도시의 주변부로 파편화된 곳으로 전락하여 아늑한 곳이 아니라 '생지옥과 같은 집'으로 그려진다. 주인공 옥희는 「성황당」의 순이처럼 산에서 위안을 삼으면서도 순이와 달리 문명 세계로 기표화된 서울로 가고 싶은 욕망을 가진 처녀이다. 도시 생활을 즐기다 내려온 여주는 "이런 촌구석에서 참고 견대는" 옥희를 한심스러워 하고, 옥희는 그런 여주를 만나면서 서울이라는 도시에 대한 매개된 욕망이 발생한다.

> 여주는 백화점 여점원, 빼쓰껄, 타잎으라이터, 까소링걸, 여자 급사 등제가 아는 한껏 모든 것을 옥희에게 일너바쳤다. 옥희는 드르면 드를수록, 아직껏 아지 못하든 새 세상을 발견하게 되여 한껏 놀라고 한껏 선망하지 안을 수 없었다.

옥희는 여주와 만나는 사이에 "남쪽 하늘 저— 용골산 넘어 멀고 머-ㄴ 곳"에 있는 서울을 '불안과 동경'으로 그려보면서도, "서울에 한번 가 보면 죽어도 여한이 없을 것 같"다고 생각한다. 그런데 옥희가 서울로 가고자 하는 열망에 사로잡혀 있을 때, "봄볕은 결핵균처럼 여주와 옥희의 오장을 파고" 든다. 결핵균이 고향으로부터 이탈하고 유리될 옥희의 병적인 황폐함과 불건강성을 예견함에도 불구하고, 옥희는 남자 동무와 창경원에 놀러 가서 "사꾸라 구경도 활동사진 구경도" 할 수 있는 자유로운 공간으로 도시를 상상할 뿐이다. 옥희가 고향과 자연세계를 떠나는 그 순간에도 "산천은 아는가 모르는가 오늘도 봄빛만 지터갈 뿐 꾸준한 침묵을 지키고 있"을 뿐이다. 이 침묵의 소리는 존재자 전체가 소리 없이 말을 걸어오는 '정적의 소리(das Geläut der Stille)'이지만 자연을 지배하려는 인간의 무한 욕망에 합류하는 옥희에게는 들리지 않는다.

고향 상실로 인한 황폐함을 죽음과 같은 도시의 삶으로 그려 낸 소설이 「졸곡제」이다. 주인공 언삼은 「해춘부」의 옥희와 달리 농사꾼이었지만 홍수로 인해 농사도 망친 데다가 처마저 죽고 논을 떼이게 되자 어쩔 수 없이 고향을 떠나 "신의주로 옮겨 와서 자유노동자인 지게군으로 전락"한다. 언삼은 도시에서 인간의 기본적인 욕망인 정욕이나 식욕마저 충족할 수 없는 처지가 되어 버린다. 그 와중에 노파의 권유로 '정욕의 주림'을 충족하고자 재취를 고민해 보지만, 먹을 입만 더 들이는 꼴이 된다고 아들 장손이 반대한다. 재취 대신 아내가 죽은 지 100일을 기리기 위해 졸곡제를 준비한다. 그에게 졸곡제는 단순히 아내에 대한 추모가 아니라, 충족된 세계로서 고향에 대한 회고이며 고달픈 현실을 달래는 위무였다. 비록 가난했지만 "지난날 동리 사람들과 같이 담배도 피우고 옛말도 우슴 바람에 지지빅거리든 때를 회고"해 보니 그때가 '행복된 시절'이었던 것이다.

> 안해! 생각만 하여도 입에 생침이 즐즐 흘럿다. 죽은 안해의—몸은 수척하면서도 젖가슴만은 툭 터질 듯이 발달되어 토실토실하든 그 젖무덤!
>
> 해별에 타서 적동색이면서도 뽑은 듯이 미끈하든 그 넙적다리! 갸름한 통상의 중앙에 유난히 빛나든 그 눈동자! 바람과 해별에 탄 얼굴이엇지만 결코 누구의 안해보다도 못지안흔 언삼의 처권이엇다.
>
> 언삼은 생활의 쫄린 속에서도 항상 자유롭고 아름다운 꿈이 잇엇으니 그것은 안해에 대한 만족과 안해를 품에 안는 순간이엇다.

언삼에게 관능적인 미와 정숙한, 부덕을 두루 지닌 아내와 살던 그 시절은 그다지 부유하지는 않았지만 '자유롭고 아름다운 꿈'을 꿀 수 있었던 과거이다. 고향 상실자의 현재는 꿈도 없이 그저 생존에 급급한 처지이다. 결국 아들 장손은 생계를 위해 위험한 설탕 밀수를 하고, 언삼은 졸곡제를 치루기 위해 돈지갑을 훔치면서 근대적 처벌 즉 "순사, 경찰서, 재판소, 감옥, 이런 것을 질서없이 련상"하는 처지에 몰린다. "참말이지 따져 보면 죽은 안해보다도 산 세 생명이 더 불쌍하였다." 그에게는 아내와 같이 살던 고향에서의 삶이 충족된 삶이었다. 자연에서 벗어난 도시적 공간, 근대적 힘의 공간은 죽음보다 못한 삶만을 주는 황폐한 곳이다. 이런 도시에서 애정의 결합도 단지 먹고 살기 위한 수단인 교환가치가 되고, 성적 욕망도 풍부한 자기 긍정의 상호 관계가 아니라 성적 주림을 해소하기 위한 것으로 축소되어 육체의 건강성을 상실한다.

「애증도」는 작은 포구에서 살고 있는 여성이 도시에서 온 남자를 사랑하지만 배신당하고 인생유전을 겪는 이야기이다. 결국 자기를 사랑하는 남자의 고향으로 회귀하려고 소망하지만 그것마저 이루지 못하는 비극을 담고 있다. 홍매는 8년 전 포구에 놀려 왔던 서울 의대생 최종섭을 만나 사랑에 빠지고 그의 기다리라는 말을 믿었던 순박한 여자였다. 그가 떠난 뒤에야 임신 사실을 알게 되자 뱃속의 아이를 지키기 위해 도시로 떠나온다. 아이를 낳자 여급으로, 다시 홍매라는 색주가로 전락한다. 8년 후 해후한 아이 아버지는 여성을 성적 대상으로만 간주하는 남자로, 기다릴 가치조차 없는 인물임을 알게 된다. 홍매가 죽어가는 아이를 붙잡고 평소부터 가고 싶었던 득보의 고향 '다슬기'로 가자고 외치지만, 공허한 울림일 뿐이다. 이 소설에서 다슬기는 「성황당」의 천마령과 같이 긍정적인 의미 체계와 지속적인 의미를 지닌 장소이며, 작부의 삶을 벗어나 소망스런 가족을 구성할 수 있는 관념적으로 이상화된 고향의 공간이다. 이 공간은 정신이 자기의 삶과 일치하고 감정이 자유롭게 해방되는 곳이다. 원초적인 힘에 의지하는 공간이며, 애정의 관계가 관능과 자연스러운 조화를 이루고 신적 세계와의 화해나 자신과의 화해가 쉽게 이루어지는 세계이다. 절대적 주관성의 세계라 할 수 있다.

이렇듯 정비석 초기소설에 그려진 고향의 세계는 남녀 간의 믿음과 의지가 애정의 방식이자 윤리가 되고, 관능과 자연의 원초적 욕구가 조화를 이루는 곳이다. 그러나 이 세계에서의 관능은 자아 보존이라는 하나의 목적을 위한 수단으로서만 이용된다. 그 속에 내재하는 것이 생명이며, 그 개체들은 생명에 매여 있고 생명 또한 그것들에 매여 있는, 원초적 욕구에 의해서 좌우된다. 헤겔식으로 바꿔 말하면 자신의 고유한 절대적 활동을 통해서 자기의 고유한 본질을 대자화시키는 의식과 세계를 향유하는 실존에 이르지 못하는 인물들의 공간이다. 이들에게 고향의 공간과 근대적 문명의 두 세계는 분리된 채 상호 배타적으로 존재한다. 인간이 복수의 타인과 살아가야 하는 것이 근원적 사실이라면 타인과의 교통 또한 숙명적이고 교환이 복잡해지고 제도화되는 것은 불가피한 일이다. 인간이 사회적 존재로서 타자와의 본연의 관계주의적인 태도를 취하는 한 불가피하게 교환과 제도는 복잡해질 수밖에 없다. 이런 면에서 정비석 소설에 나타난 고향 세계는 세계를 인식하는 존재로서의 실존이 아니라 원초적인 욕구가 충족되는 즉자적 공간이며 상상적 공간에 불과한 것이다. 여기에서 이루어진 자연스러운 관능 역시 무한의 세계를 유한한 나와 사건으로 연결하는 주체적 힘이 아니라 신앙의 절대적 대상이나 숭고한 자연적 질서의 한 부분으로 드러날 뿐이다. 그런 관점에서 본능적 주체는 반근대적 주체라 할 수 있다.

3. 열정적 사랑의 추구와 가족 윤리의 경계에 선 낭만적 주체

근대적 제도와 규범 속에서 근대적 개인이 탄생한다. 그들은 세계와 대자적으로 존재하는 주체가 되고 자신의 신체와 정신, 이성과 감정의 독립성을 추구한다. 또한 욕망과 감정의 주체로서 외부의 제도나 윤리의 속박으로부터의 해방을 선언하기도 하고, 사적 영역에서 자유를 찾으려고 한다. 자기 자신 이외의 어떤 것에도 구속받거나 복종할 필요를 느끼지 못하는 독립적 개인으로 존재하려 할 때, 그 주체는 비사회적 존재이자 낭만적 주체가 된다. 「애정」, 「동경」, 「상처기」, 「자매」, 「비밀」, 『금단의 유역』, 「청춘궤도」 등은 근대적 공간을 배경으로 전통적인 윤리나 규범으로부터 해방을 선언한 낭만적 주체를 그리고 있다. 이들은 '무기력한 조화와 평화 대신' '생의 약동, 유출, 개별성'을 강조하고 서로 다른 타자에 대한 열정적 사랑을 추구한다. 열정적 사랑을 인간의 본원적 욕망이자 자기실현의 계기로 간주하기 때문이다. 이들에게 관능은 극치의 대상이자 자기를 추구하는 한 요소가 된다.

예컨대 「애정」에서는 사랑이 자유이고 진실이며, 그것을 극대화시키는 것으로 간주된다. 따라서 주인공 K는 사랑을 절대적이고 가장 신성한 것이라며 "한 생명의 진실을 억누를 무엇이 세상에 존래" 할 수 없다고 주장한다.

> 음직이지 못할—음직이지 못할 것이 대체 어데 있으랴. 한 사내와 한 여자가 어떻한 동기로든지 서로 맞부끼만 하면 애정이야 있건 없건 죽기까지 떠러저서는 안된다는 것이 거룩한 도덕의 신조가 아니냐! 과연 그것은 옳은 일일까?
>
> 사랑과 리해 없는 가정은 무덤과 같다면 그래도 도덕이라는 사회적 제약 때문에 살어서 무덤을 파야 옳을까?
>
> 아니다! 도덕은 더 잘 살기 위해서 사람이 비저 놓은 한 개 규약이다. 그러나 일단 맺어진 규약은 이외에도 사람 자신을 속박하는 힘이 이렇게도 굳센가 생각하자 K는 봉건 도덕에 대한 반항심이 밋물처럼 치밀었다.

그런데 K와 은주는 사랑하는 사이지만 각자 다른 배우자와 혼인 상태에 있기에 복잡한 갈등에 놓이게 된다. 그들은 도덕이라는 사회적 제약이 자신들의 생을 약동시키고 자유와 해방감을 주는 열정적 사랑을 속박한다고 여긴다. 그들의 애정은 보편타당성에 준거하여 세워진 것으로, 개인의 행동을 규제하고 사회 질서를 유지시키는 힘인 도덕에 대한 '반항심'이기도 한 것이다. 그러나 은주는 남편 상호가 받을 고통과 "상호 씨의 순정을 가장 굳게 믿"기에, K 역시 "은주를 잃어버린 상호와 자기를 잃어버린 안해의 얼굴을 그려 보고 다시 우울해" 하며 결단을 못 내린다. 이들의 고민은 사랑하는 당사자 간에 발생하지 않고, 오히려 혼인 관계로 맺어진 그들의 배우자가 받을 고통의 상상적 공감과 연민 때문에 심화된다. 낭만적 주체들이 가진 일반적 속성처럼 자신뿐만 아니라, 타인의 특성을 이해하고자 하는 열정 때문에 고민이 깊어지는 것이다. 결국 타인의 고통에 대한 상상적 공감과 사회적 도덕을 견디지 못하고, "이지(理智)가 배승한 은주는 자기의 몸을 갈면서라도 사랑을 깔어 죽"이고, K 역시 "천사처럼 수직한 안해와 아기들을 미워하는 자기의 죄를 몇 번이고 뉘우"친다. "가정이 허울 좋게 지탱"하겠지만, "두 사람의 애정을 묵살"하는 것이 서로를 구원하는 길이라고 여기면서 소설은 끝난다. 그러면서도 "K는 자기와 은주 사이에는 어떤 악마의 힘이 있어 줄기차게 그러댕기는 것을 새삼스러히 느"끼는 낭만적 주체의 열정을 버리지 못한다. 비록 작가가 「연애소설 일반 오해를 일소하자」에서 "사람은 일생을 통하여 연애를 하는 것이고 또 해야" 하고, "엄격한 윤리 때문에 바친 무수한 희생을 업새기 위하여서도 거기 반기를 들어야 할 것이"라고 역설했으나, 이 소설에서 낭만적 주체의 열정은 가족에 대한 현실적 책임과 도덕률에 의해 봉합되고 만다.

「동경」은 봉건적 윤리나 질서를 거부하며 생명의 활력을 주는 힘으로 열정적 사랑을 그리고 있다. 2년 전 순희는 택규를 두고 부모의 강제에 의해 의학사와 결혼한다. 순희와 이별한 후, 택규는 이별의 상처와 순이에 대한 원망으로 술에 의존하다가 폐결핵을 앓게 된다. 그런데 2년 만에 순희가 '인형의 집'의 봉건적 질서 밖으로 과감하게 뛰쳐나온다. 반면 택규는 다시 나타난 그녀를 그 질서 안으로 보내려는 마음과 순희의 "앵도알같이 붉든 그 입설"의 관능적 매력 사이에 갈등한다. 순희의 "순교자적 비장한 각오에서 찰란한 아름다움을 발견했음으로 잘못 덤비다간 또 사랑에 빠지지 않을까 그걸 경계하는 때문이었다." 그러나 순희의 애정을 확인하는 순간 "택규에겐 한 덩리의 생명소로 보엿다." 열정적 사랑이 "죄라기보다 운명"이기에 인간이 피할 수 없는 것으로 받아들인다.

반면에 「자매」에서는 윤리적 책임감 때문에 열정적 사랑을 포기하기도 한다. 홍재는 옥순과 옥경 자매와 사귄다. 이들은 본처와 첩의 딸로 전문학교 교육까지 받은 신여성들이지만, 전혀 다른 윤리감각을 지닌 주체들이다. 즉 옥경은 외모도 우월하고 성격도 괄괄해한 데다가, 병원장의 비서란 직업을 갖고 주체적으로 남성을 만나 사랑을 나누는 새 시대의 윤리 감각을 지녔다. 반면에 옥순은 성적은 우수했으나 '부친의 명예를 위하여' 직업보다는 결혼하여 남편을 내조할 준비를 하는 구시대의 윤리 감각의 소유자이다. 옥순은 본처의 딸이라는 우월감이 있지만 남자 문제에서 만큼은 늘 옥경에 대한 열등감에 시달린다. 옥경에게 홍재를 뺏길지도 모른다는 질투에, 홍재 앞에서 옥경의 취향을 멸시하고 홍재를 유인하여 관계를 맺는다. 이런 옥순의 모습에서 홍재는 "비속한 교양이거니 그러한 걸로 죄 업는 사람을 축박어 줌으로 터무니 업는 우월감을 발휘하려는 옥순"에게서 도리어 "얌전 속에 불가사리 가튼 야차가 숨어 잇는 것갓티" 느끼고 환멸감을 갖는다. 이런 환멸감은 "시언시언한 태도"와 직분 윤리와 결합된 시민적 교양을 갖춘 옥경에 대한 끌림으로 이어져, 나체화를 그린다는 핑계로 옥경과의 만남을 지속한다.

"그럼 네겐 풍기도 도덕도 질서도 업단 말이냐?"

"전 그런 걸 중하겐 보지 안어요! 지금 새삼스럽게 낡은 질서를 직힐 필요가 업스니까요!"

풍기, 도덕, 질서라는 낡은 질서로 옥경을 다그치는 옥순을 보면서도, 홍재는 애정 / 윤리, 감성 / 이성이 대립 속에서 '낡은 질서'의 문제를 지적하지만, "순간에 쏘 한 번 옥순과의 그날 밤 일에 무거운 짐을 깨닷"고, 그것이 속박하는 윤리에 따라 애정 없는 결혼을 결심한다. 반면 옥경은 사랑을 찾아서 거리로 자유롭게 "활개 치며 거러" 나간다. 옥순이 오히려 윤리나 도덕을 낡은 질서로 규정하고 책임감으로 포장된 결혼이라는 제도의 구속하는 길을 택하였다면, 옥경은 생명의 근원이자 새로운 질서로 변화해 나갈 수 있는 힘으로 확장된 열정적 사랑을 추구하는 길을 택한다.

이처럼 정비석 소설에서 열정적 사랑은 도시와 근대적 제도를 향유하는 행위이고 근대적 개인의 사적 욕망의 충족이자 자기실현의 행위이다. 거기에 전근대적인 질서에 대한 거부라는 사회적 의미가 덧붙여진다. 그러나 이 낭만적 주체는 여성을 구여성과 신여성으로 구획하고, 여성의 정조 장치를 통해 남성과 여성의 젠더적 위치를 위계화한다. 작가 정비석이 「도회의 여성」에서 "인테리 여성들까지" 거리의 여자들처럼 행동한다고 비판한 바 있듯이, 봉건적 윤리와 애정의 갈등 사이에 당대 인텔리 여성들에 대한 비판적인 의식과 정조 관념을 틈입시키고 있기 때문이다.

「상처기」의 주인공 역시 열정적 사랑을 꿈꾸는 낭만주의자이다.

그의 로맨틱한 성질은 당연히 무식한 아내처럼 "소와 같이 충직한 것"보다 "비닭이와 같이 명랑하고 귀여운 것"에 더 관심이 있다. 그러므로 아내의 위독 소식에 "한편은 반가우면서도" "죄를 지은 것 같애서 맘속에 불안을" 느낀다. 아내의 죽음 순간에 "몸 지어 누어서도 내 점심 걱정이니 자아를 내던져 남에게 봉사하는 맘"을 발견하고, 비로소 아내의 "진실한 사랑을" 느끼고 그런 아내를 "다시없는 현처"라고 평가한다. 아내에 대한 사랑을 깨닫지만, 이 사랑은 삶이나 애정을 같이 할 존재로 아내를 재인식한 것보다는 더 이상 자신과의 관계에 영향을 미치지 못하는 죽는 자에 대한 연민의 측면이 강하다. 이상 속에서 관념화된 인물에 대한 칭송은 열정적 사랑에 대한 자기 변명에 지나지 않는다. 그러므로 봉건적 윤리 감각 내에서 허용되지 않는 열정적 사랑을 비밀로 간직하기도 한다. 「비밀」에서도 비밀로라도 열정적 사랑을 간직할 수 있다면 행복이라고 말하고 있다. 이런 비밀조차 윤리적 잣대로 거부하는 '상식인을 경멸'하고, 자유와 생명을 느끼기 위한 열정적 사랑의 낭만성은 비밀스럽게 유지하려 한다. 가족 윤리를 흔들면서 사색적 고민과 창작적 정열과 예술가적 양심이 한데 엉켜 싸우는 유혈의 절체절명의 찰나를 그리지만, 현실의 시선과 애정의 윤리, 도덕적 책임과의 경계에서 절묘한 긴장상태에 머물러 있다.

이에 반해 「잡어」와 「나락」은 여급의 삶을 관능적으로 보여 주지만, 열정적 사랑과는 분리시키고 있다. 이들의 관능적 육체는 돈을 버는 수단이고 남성의 성적 대상일 뿐이기 때문이다. 「잡어」에서 주인공 사유리는 문학가인 병보와 사랑하는 사이지만, 결혼한 아내가 있고 대학 강사이기도 한 병보와의 관계는 사회적으로도 가족에게도 인정받지 못한다. 사유리는 "여급의 운명이란 원체 이렇게 서글프고 애달프고 우울하고 그런 것이라고" 알고 있기 때문에, 병보의 애정을 느낄 때 "현혹할 행복에 서름이 앞장"서는 감정에 휩싸인다.

사유리는 병보의 세계를 인간 정신의 아름다움을 경험할 수 있는 열정적 사랑의 세계로 인식한다. 그러나 여급의 열정적 사랑이 결혼제도 속으로 사랑의 결실을 맺을 수 없음을 자각하고, 태웅과 같이 관능의 세계, '미지의 나라'로 떠나 버린다. 사유리는 여급이라는 자신의 처지 때문에 「나락」의 란향과 마찬가지로 열정적 사랑의 주체가 될 수 없음을 깨닫고 포기한 것이다. 정비석 소설에서 낭만적 주체는 언제나 새로운 애정과 가족의 경계에 서 있는 남성이다. 반면에 여성은 관능과 애정의 대상으로 타자화되는 젠더 정치학을 보여 준다. 그러므로 관능의 대상인 여급은 정비석 소설에서는 늘 가족 구성의 경계 밖에 있게 된다. 「잡어」의 병보 역시 그 경계에서 갈등하지만, 사유리나 란향은 가족의 타자로 경계 밖으로 내몰린다. 윤리와 애정 사이의 경계자를 자처하는 낭만적 주체는 남성 주체로 한정되고, 늘 외적 세계와 소통하려고 하면서도 그 세계에 대한 불안감으로 가득 차 있기 때문에 우유부단하다. 사랑과 성을 향한 감정의 순도가 높고 진실하다면 그것을 과단성 있게 추구해야 한다는 자아와 그로 인해 상처 받을 타자를 생각하는 윤리 사이에서 갈등한다. 이러한 갈등은 막연한 환상, 두려움, 불안을 동반하게 되고, 강력한 그 무엇에 의해 갈등이 조정되기를 소망한다. 이 갈등 상황에서 전체성이라는 새로운 조정자로서 국가가 호명된다.

4. 애정의 윤리와 유기적으로 조화되는 국가라는 대주체

자아와 세계의 이자적 관계인 낭만적 주체를 추구하던 정비석의 소설 세계에 '전체성'이라는 개념이 틈입하기 시작하면서 애정의 윤리를 바라보는 시각 역시 변한다. 그 전체성은 반근대적인 동양적 지역성(Locality)과 반자본주의적인 도의의 세계가 실현되는 새로운 국가 건설의 모습으로 나타난다. 언제나 갈등적 상황에서 딜레마인 채 중단되곤 했던 단계에서 벗어나기 위해서는 필연적으로 애정의 윤리의 향방을 새롭게 모색할 수밖에 없었다. 일제 말기, 정비석은 집요하게 파고든 애정 결합과 가족 구성에서의 진실한 관계는 욕구와 필요, 충동과 도덕을 희생해야 하는 불균형적이고 피상적인 관계가 아니라 '구체적 인격'을 추구한다. 즉 상호의존성을 확인하고 실현하는 새로운 환경이나 의식이 요구되는 것이다. 헤겔에 따르면, 개인은 결혼을 통해 자신이 더 이상 외롭게 고립된 독립적인 존재가 아니라 좀 더 큰 실체의 자의식적인 구성원이 되었음을 인식하게 된다. 부부로 엮인 남녀는 진정한 사랑의 의미를 이해하게 되고 나아가 자신의 진정한 자아실현이 상대방에 대한 합리적이고 윤리적인 태도와 자발적인 자기 절제에 있음을 반성하고 상호의존성을 실현함으로써 개인은 보다 높은 단계로 발전한다. 이때 인간의 본성에서 발생하는 모순으로 생기는 대립의 양태에 대해 철학의 엄격한 보편성에 따라 사유하고 또 보편적인 방식으로 이를 지양하고자 나아간다.

정비석은 「성황당」 등에서 고향으로의 회귀를 통해 애정과 관능성의 조화를 모색하였으나, 「애정」 등에서는 애정과 관능성을 극단으로까지 밀고 나가는 극단적인 자유주의자의 가치를 탐색했었다. 그런데 다시 애정과 관능성을 공동체적 전체성과 유기적으로 연결하는 과정으로 변모하는 과정을 보인다. 정비석이 애정과 윤리의 향방을 모색하는 과정은 헤겔의 변증법적 논리를 연상하게 한다. 주체가 원시적 세계와의 합일에서 개인의 극단의 자유를 주장하는 입장으로의 발전하고, 다시 전체성과의 관련성 속에서 참다운 의미를 찾으려는 종합으로 나아가기 때문이다. 낭만적 자아에 시대와 사회, 국가라는 전체성을 결부하고, 이상적이고 현실적인 사상과 의식, 가치를 추구한다. 그러나 헤겔과 달리, 정비석은 주체가 대주체로 회수되어 버리는 몰주체의 세계로 나아간다.

근대적 기술 문명은 자연과 세계를 지배 대상으로 수량화하여 정복하지만 역설적으로 지배자인 인간 자신마저도 지배 대상으로 전환시킨다. 왜소해진 인간은 확장 욕망의 대주체이자 지배의 연장적 사물의 대주체인 국가의 힘에 편승하여 자기를 확인하려고 한다. 「제삼의 우정」은 국가라는 대주체의 확장 욕망에 편승하려는 열정이 확연히 드러난 작품이다. 13년 전 오창억은 월사금이 없어 '나'의 도움을 받았으나 돈을 훔친 죄로 퇴학을 당한다. 그 후 일본 유학을 하게 되고 검사가 되어 나타난다. 우연히 기생집에서 만난 오창억은 '나'를 신진 문사로 지칭하면서 '나'의 보잘 것 없는 원고료 수입을 묻는다. 오창억은 돈 / 정욕을, 나는 정신 / 진실한 애정의 가치를 추구하면서 대립한다.

오창억은 홀몬 작용이라는 과학적 합리성에 근거하여 애정과 관능을 탐미의 대상으로만 간주한다. 또한 '양심'과 교화로서 법의 집행을 요구하는 '나'와 달리, '처벌'로서의 법의 집행을 주장하는 등 인간의 이기적 속성에 근거한 현실주의자적인 면모를 보인다. 이런 오창억의 태도에 경멸감을 보이지만, 기생 진홍이 어려운 처지에 빠져도 도울 수 없는 현실에서 무력을 실감하고 처절한 패배를 맞본다. '나'를 정신적으로 존경했던 진홍은 무기력하게 관조하는 '나'에게 환멸을 느끼고, 범죄 혐의를 받던 노부호 안승호와 함께 자취를 감춰 버린다. 가치의 기준을 돈에다 두는 오군보다 정신에 두는 진홍이 훨씬 승해 보인다는 '나'의 판단이 허무하게 무너진 것이다.

> 자넨 대문호가 되기엔 시야가 너무 좁아 있으나 마나한 문사루 일생을 궁상맞게 지내느니 차라리 돈을 모으란 말이네. 발자크의 '웨-지니 그란데'를 나는 가장 존경하네. 세상은 그를 수전노라 비웃지만 국가적 견지루 보드래두 그를 자네 또레 천만 명보다 차라리 '웨-지니 그란데' 한 사람이 필요하거든. 자네두 돈 모을 공불 해서 요새 말루 나리낑 보국(誠金保國)을 하게 충고하네.

결국 '나'는 오창억의 논리에 순응하고 만다. 오군은 '보국'을 위해 신경으로 전근 신청을 했다면서, 사회질서를 유지하는 법률이나 국가의 부강에 도움을 주는 경제적 활동이 정신적 창조물보다 훨씬 더 긴요하다며 '나'에게도 신경행을 권유한다. 오군의 권유에 '나'는 모욕을 느끼기는커녕 부탁한다고 말한다. 기술적 합리성을 최고에 가치에 올려놓고 금력의 위력을 더욱 빛나게 하는 전쟁이라는 특수 상황에서 문학가가 설 수 있는 자리는 없음을 인정한 셈이다.

'나'가 오창억을 만난 후 오랫동안 쌓아 왔던 신념을 포기하고 현실을 인정한 이유는 개인이 커다란 순환 법칙이나 전체의 논리에 속박당할 수밖에 없다는 '운명'의 논리가 전제되어 있기 때문이다. 이런 운명의 논리는 화학이나 물리학, 수학에서 원리적으로 최소한 어떤 종류의 궁극적인 답변이 주어지듯이, 혹은 궁극에 가까운 해답이 존재한다는 전체 개념을 믿는 것이고 사회와 세계가 그것을 향해 가고 있다는 합리주의에 대한 믿음인 것이다. 모든 질문들은 진정한 대답을 갖고 있고, 그 답은 원리적으로 발견 가능하고 그 대답들은 조화로운 단일한 전체 안에 화합할 수 있다는 견해이다. 따라서 정신의 가치만을 추구하는 나보다, 이 세계와 인간을 철저히 기술적 합리성으로 환원시키고 있는 오군이 더 합리적으로 보인다. 오군은 "가령 사교나 아첨 같은 것두 일종의 노력이라는 걸 잊어선 안되네. 사회란 따윈의 말마따나 생존경쟁의 전장이니까 이기기 위하여서는 수단을 가릴 배 아니겠지"라고, 애정이나 사람, 덕과 양심 등의 가치는 철저히 물리적 작용과 수리적 법칙으로 계산되어 파악되는 기술적 합리성으로 파악한다. 문제는 이런 대결 구도에서 '나'는 "십삼 년이란 세월이 오군의 사상을 이렇게 철저하게 만든 것일까?"라며 오군과 현실주의적 힘 앞에 무력하게 투항하고 만다는 사실이다. 전쟁이란 그 명분이 무엇이든 간에 이런 기술적 합리성이 전면적으로 극대화되는 상황임을 감안하다면 이런 패배는 전체 상황의 사실을 인정하고 수용하는 백철의 사실 수리론과 일맥상통한다.

이러한 사실 수리가 「삼대」에서는 전쟁에 대한 확신과 판단으로 나타난다. 이 소설의 주인공 형세는 "누구는 삼십 년대와 이십 년대

사이에 언어가 통치 않는다고 했지만", 삼십 년대의 언어는 "삼십 년대인 그들 자신에까지 통치 않을 것"이라고 판단한다. 그는 "시금직한 화상들"로 구성된 가족들과도 소통하지 못한 경험이 있기 때문이다. 구한말 병조판서를 지낸 후 벼슬에 대한 미련을 버리지 못하는 아버지, 붉은 사상의 세례자이자 현재는 우울병에 걸려 무기력해진 형, 남편의 외박에도 한마디 말도 하지 않지만 부덕(婦德)으로 명분화된 '동물적 굴종'의 아내는 모두 서로 소통하지도 않으며 소통하기 위해 자기의 운명을 개척하지도 못하는 인물들이다. 이런 구시대적 질서와 환경 속에서 형세는 새로운 시대의 개벽을 확신한다. 형 경세가 '새로운 사실' 앞에서 자기가 품었던 신념에의 회의와 고민을 거듭하는 인물이라면, 동생 형세는 이런 형을 "농간 없는 형을 비웃으면서 새날을 환영하"면서 형의 세대와 자신을 구별 짓는다.

형세는 지금의 시대는 "무질서의 시대가 영웅처럼 나타난" 시대이며, 전쟁에 의해 구시대의 잔재들 즉, "철벽같은 아성도, 정신문화를 자랑하던 사원도, 문명의 힘을 자랑하던 마천루도 새로운 힘 앞에서 오직 한 조각의 고고학적 창고품으로 변해 갈 뿐"이라고 인식한다. 그러므로 전쟁은 낡은 것을 부수는 "오직 파괴의 운동을 찬란하게 계속"하는 힘이라고 인식한다. 현재의 상황을 이해하지 못하는 형에게 형세는 "성자필멸(盛者必滅)의 불교적 관념으로 보나, 극성칙쇠(極盛則衰)한다는 유교적 관념으로 보나, 혹은 형님이 늘 말씀하시는 변증법적 론리로 보드라도 질서의 뒤에는 반듯이—필연적으로 무질서의 세계가" 온다고 역설한다. 형세가 보기에 "사회의 운동은 그 자체의 운동론리로써 움직이는 것이요, 움직인다는 것은 힘과 힘의 싸움을 의미"한다. 따라서 운동은 사람의 힘으로는 어떻게 할 수 없는 운명처럼 초월적인 것이다. "운명이란 말은 사람의 힘으로는 어떻걸 수 없는 운동의 론리를 말하는 것"이고, "그러므로 '운명'을 고쳐 말하면 변증법의 걸어가는 코스라고 해도 좋"은 것이다. 운동 = 변증법적 코스 = 운명의 연쇄 관계에 의해 형세는 대동아 전쟁이 전체적 힘의 논리에 의해 일어나는 필연이라고 파악한다. 전쟁은 운명이 요구한 것이고 필연성이 내재해 있다는 '시대적인 운명론'을 도출한다.

이러한 형세의 논리는 반지성론으로 이어간다. "지성이라는 것이 시대적인 운명 앞에서는 아무런 힘도 용납되지 못했든 것"이므로 지성은 "주어진 운명의 권내에서 그것을 잘 이용해 가는데 절실히 필요"한 것으로 한정된다. 따라서 힘의 논리는 지성을 우연적인 것, 상대적인 것, 상황적인 것으로 약화시키고, 선악이나 가치의 문제는 승리와 패배에 따른 '힘의 문제'로 귀결시킨다. 파괴의 힘, 정복의 힘은 세계를 계량적 대상으로밖에 파악하지 않는 과학기술의 합리성과 맞물려 그 힘이 배가된다.

> 가장 평화스럽게 보이는 도시의 창공에는 돌연 으르렁거리는 폭음과 함께 행열도 정연한 열두 대의 황취(荒鷲) 폭격기가 제비처럼 나타나더니 갑자기 푹 아래로 꺼져 내려오면서 폭탄들을 던진다. 열두 대의 비행기에서 빗발같이 떨어지는 폭탄은 쏜살같은 속력으로 커다란 삘딩에 붓좁기와 함께 쾅! 소리를 내며 지붕이 와슬렁와슬렁 허물어지고 연기가 삽시에 시가에 가득 차지고 그리자 한편에서는 화염이 맹렬한 기세로 하늘을 찌를 듯이 타오른다. 평화롭던 도시, 문화를 자랑하던 도시는 참으로

놀랄만한 속도로 파멸의 세례를 받는다. 그것은 인간의 힘이 아니라 거대한 운명의 힘만 같았다.

전쟁이 추구하는 명분은커녕 인간의 문화나 가치의 세계는 설명되지 않는다. 전쟁 주체에 동일시된 시선은 전쟁의 목표물이 된 문화와 문명, 그리고 사람들은 실존하는 존재자가 아니라 사라져 가야 하는 그림자, 구시대의 환영이다. 다만 '뉴쓰-영화'로 스크린에 투시된 비실제인 것이다. 수학적으로 계산 가능하고 예측할 수 있는 연장적 사물에 불과한 것으로 간주하는 데카르트의 자연 개념과 사회진화론을 인간 문화에 적용함으로써, 인간과 문화의 고유성을 자연적 에너지로 환원하고 인간 주체를 무화시키는 순환에 빠지게 된다.

인간 존재의 주체성이 무화되고 고통의 감각이 소거되었기 때문에, 형세와 미례의 눈에는 "수백이 한 덩어리로 엉크러져 산과 들을 정복해 나가는 거기"에서 "오직 정복의 찰란한 아름다움밖에" 발견되지 못한다. 둘은 '전시'의 흥분에서 정복욕과 피정복욕에 자극 받아 사디즘과 메저키즘의 관능성을 서로의 육체에서 탐닉한다. 결국 북지에 뼈를 묻을 각오로 "광막한 북지의 벌판에 선 개척자의 한 사람으로서의 미례와 자기와의 영웅적인 환상을 그리면서", 형세는 "운명의 물길"을 좇아 북지로 떠난다. 그들의 애정 관계도 구시대의 질서로부터의 새로운 질서로의 개혁이라는 의미로 기표화 되지만, 정복자나 피정복자 모두 자기의 존재를 실존의 무게가 실리지 않은 하나의 힘, 즉 국가라는 대주체에 수렴되는 '운명'과 '힘'에 의한 것이다. 그러므로 형세와 미례의 북지행은 현실을 깊이 있게 조망하고 자기

인생을 개척하기 위한 결단으로 서술되지만, 실은 비주체적인 모습이며 봉건적 윤리적 규약으로부터 벗어나기 위한 'カケオチ(사랑의 도피)'일 뿐이다. 소설 첫머리에 인용된 17세기 도덕주의자 라로슈푸코의 잠언처럼, 형세는 철학이 현재를 해결할 수 없는 것으로 간주한다. 힘과 현실의 논리가 압승하면서, 이 소설은 철학적 인식과 사유를 무화시킨다.

그 결과 인간이나 그들이 일상에서 경험하는 감정조차 사물을 지배하고 통제하면서도 익명의 물화 체계 속으로 객체화되고, 이들의 애정의 윤리는 국가라는 대주체를 숙명으로 용인함으로써 힘의 에너지 속으로 기꺼이 회수된다. 이 거대한 힘들의 운동 속에서 인간의 신비스러운 존재는 망각되고, 세계에 대한 경이와 타자와의 유대는 기반을 상실해 버린다. 사물을 정복하고 만물을 지배하려는 과학이 자연을 변환 가능한 에너지들의 연관 체계로 변모시켰듯이, 다수의 세계와 문명 역시 고유한 존재가 아니라 '변환 가능한' 힘 즉 에너지로만 인식된다. 그 자장의 중심에는 일본이라는 국가라는 대주체가 있고, 그 대주체는 힘과 인식을 모든 목적을 위하여 사용할 수 있는 것이며 이를 통해 자연과 개인의 지배자이자 소유자가 될 수 있기 때문이다. 타자의 문명은 존재 근거를 상실한 것이며 따라서 애정의 감정조차 과학적 법칙에 의해 계산 가능한 자연에 불과한 것으로 본다. 애정의 윤리는 봉건적 윤리나 질서가 아니라 국가라는 대주제의 '운명'과 '힘'에 의해 규정된다. 이때 애정의 당사자는 애정의 주체가 아니라 비주체로 미끄러지는 순환 법칙에 빠진다. 애정의 당사자가 새로운 세계를 정복하고자 욕망하지만, 독자적인 목적을 갖는 존재가 아니라 국가라는 대주체의 새로운 연장적 사물에 지나지 않기 때문이다. 이런 논리에서는 모든 존재는 힘의 운명에 따르게 되므로 정복자 자신마저도 즐거이 지배 대상으로 만들어 버린다.

일제 말기, 정비석은 한편으로는 낭만적 주체의 열정이 과학 기술의 합리성에 의존하여 전통적인 윤리의 세계로부터 탈주하려고 하였다면, 다른 한편으로는 고향 세계로 회귀하는 주체의 세계를 그려낸다. 여기서 고향 세계로의 회구는 「성황당」과 같은 원초적인 욕구를 충족하는 세계가 아니라 동양적인 도의의 세계를 소환하는 방식으로 이루어진다. 「한월」은 고향으로 가는 도중에 버스가 고장 나면서 승객들 간의 "세기적 노도를 극복할 수 있는 협동의 윤리"를 묘사하고 있다. 승객들을 위해 아버지의 대상(大喪)에 쓸 초를 내놓는 강춘보와 마찬가지로 예쁜이 어멈 역시 "대동아 공영권을 확립하려는 우리에게" 절실히 요구되는, "이해를 초월한 희생과 인종의 숭고한 정신이야말로 지금 시대가 요구하는" 윤리 감각을 지녔다. 이들은 도시적 이기성을 지닌 수달피와 대비되면서, 농촌 사람들이 지닌 "겸양하고 순박"의 표상으로 묘사된다. 특히 남편의 배신을 겪고도 폐병으로 죽어가는 남편의 임종을 보기 위해 고향을 찾아가는 이쁜이 어멈에게서 동양적인 도의의 세계에 순응하는 모습을 발견할 수 있다. 이쁜이 어멈이나 강춘보와 같은 모습을 「고고」의 춘파 선생이나 「김첨지」의 김첨지에게서도 발견할 수 있다. 특히 「고고」에서 춘파 선생이 용읍마을로 귀향하여 '정렬한 애향심'으로 '계림원'이라는 과수원을 짓고서 과실의 수확보다는 '마치 생불(生佛)'처럼 탈세속적인 태도로 살아가는데, 그가 살아가는 용읍마을이나 계림원은 서구와는 다른 공간성을 주장하는 동양적 문화론과 연결된다. 요컨대 고향의 세계로 회귀하는 작품들에서 정비석은 근대의 직선적 시간관이 아니라 개체를 초월하는 순환적 세계관을 보여준다. '수달피'와 같이 개인의 이기적 욕심만 차리는 서구의 개체주의를 초월하고 윤리, 즉 '이쁜이 어멈'이나 '춘파 선생'이나 '김첨지'처럼 인고와 근면이 직분의 윤리로 체화된 주체들의 세계이다. 이들에 의해 소환된 향토적 질서는 물리적 빈 공간이 아니라 유기적으로 상호 의존적인 관계, 즉 전체적 질서 속에 협력하는 관계의 장소이다. 그 질서에 순응하는 것이 '지금 시대가 요구하는 그것'의 윤리가 된다.

'지금 시대'라는 시국적 관점에 작동되면서 동양적인 정신의 세계가 강조될 때, 관능성이 애정의 윤리와 통합되면서 극도로 절제된 양상을 띠는 것을 「국화진열」에서 발견할 수 있다. 이 소설의 주인공 성수는 "핸드백을 가슴에 품고" 있는 현대적인 여성 미라와 "보재기를 가슴에 품은 채" 서 있는 아내의 전송을 받는다. 고향에 도착하자마자, "미라의 말마따나 성수 자신이 마음의 고향을 잃어버린 탓"인지, 오히려 국화의 성품을 닮은 아내와 미라를 모두 그리워한다. 여기서 고향은 실재적인 삶의 터전이 아니라 동양적인 정신의 세계를 소환할 수 있는 공간이다. 그곳에서 성수는 아내를 침착성을 보이는 '제관', 미라를 아름다움을 간직한 '전택정'이라는 동양적인 도의를 상징하는 국화로 규정하고 그리워한다. 요부형과 순종형의 여성이 동양적 도의 속에 조화롭게 공존하고 있는 셈이다. 관능미조차 적극적인 삶의 태도를 요구하는 국가라는 대주체의 이상과 결합할 수 있다고 현실 논리가 개입되었기 때문에 가능한 상상이다. '지금 시대가 요구하는 그것'의 윤리는 육체/정신, 요부형/순종형, 동양/서양은 모두 인간의 삶을 영위하는 필수적 요소를 국가적 대주체 속으로 수렴하고, 사회적 힘으로 전화시킬 수 있는 힘을 요구한다. 윤리의 경계에 선 낭만적 주체 역시 그 우유부단성에서 벗어나 에로티시즘의 낭만적 열정을 국가와 결부시키는, 과단성 있는 삶의 자세를 요청받게 된다.

정비석 소설 패턴에서 여성의 관능미에 대한 접근 방식은 요부형과 순종형로 대별되지만, 「국화진열」에서처럼 상호보완적이라기보다는 대부분은 위계적이다. 「삼대」처럼 서구적 에로티시즘이 국가로 수렴될 경우는 긍정적이지만, 장편소설 『화풍』, 『청춘의 윤리』에서처럼 개인의 욕망 충족과 사랑의 쟁취를 위해 적극적으로 표출될 때는 부정적으로 그리고 있다. 관능을 절조하는 서술 태도는 신체의 자아 독립성과 에로티시즘이 동양적인 도의의 세계로 소환하는 방식이지만, 여성을 전통적인 가부장적 윤리로 위계화시키는 젠더 전략이기도 하다. 예컨대 『화풍』의 채영은 살로메적 요부형으로, 애정을 쟁취하기 위해 거짓 계략을 꾸며 명호와 결혼한다. 반면에 명호와의 결혼을 포기한 인애는 동양적인 희생정신의 소유자로 명호의 아이를 낳아 기르는 지고지순하고 숭고한 여성으로 그려진다. 『청춘의 윤리』에서도 영옥은 우정을 앞세워 현주를 설득하여 성호와 결혼에 성공하는 이기적인 인물로, 반면에 현주는 우정을 위해 사랑을 포기하는 숭고한 인물로 묘사된다. 여기에는 성적인 관능성이 틈입할 여지가 전혀 없다. 이런 현주에게서 전장에 나가 부재중인 남편을 위해 정절을 지키는 총후 부인상이 겹쳐진다. 이런 점에서 「국화진열」에서처럼 정비석의 일제 말기 소설은 '지금 시대'가 요구하는 윤리의 자장 안에 있다고 할 수 있다.

5. 맺음말

이상에서 정비석의 초기소설에 나타난 애정의 윤리와 주체의 문제를 살펴보았다. 1930년대 고향상실이 진행되는 시기에 정비석은 고향으로의 회귀를 욕망하는 본능적 주체를 통해 애정을 관능미와의 조화를 소망한다. 그가 그려낸 고향 세계는 원초적인 욕구가 충족되는 즉자적 공간이다. 이 공간에서 주체는 신앙의 절대적 대상이나 숭고한 자연적 질서의 한 부분으로만 존재하는 반근대적 주체이다. 반면에 근대적 제도와 문명 속에서 근대적 개인으로 탄생한 낭만적 주체들은 자아의 극단적 확장을 욕망한다. 자아와 세계의 이자적 관계인 낭만적 주체는 관능과 열정적 사랑을 욕망하지만, 늘 현실적 규제 장치인 봉건적 윤리와의 경계에서 비밀스럽고도 조심스럽게 존재할 뿐이다.

일제 말기 정비석의 소설에서 본능적 주체와 낭만적 주체가 지녔던 애정의 감각과 윤리는 국가라는 대주체와 유기적으로 통합된다. 국가라는 대주체로 고향의 세계와 자아의 세계가 변증법적 방식으로 통합을 꾀하는데, 한편으로는 애정의 당사자가 열정적 사랑을 하지만 기술 문명의 도구적 합리성에 의거해 국가라는 대주체의 일원으로 기꺼이 투신하는 방식으로 실현된다. 국가로의 열정적인 투신이 가능할 수 있었던 것은 세계의 전체성이 존재자들의 조화나 상호관계를 사상한 채 사회진화론에 의지해 물리적 힘들의 우열의 대결이라는 운동에 의해 세계를 변화시킬 수 있다는 신념이 깔려 있기 때문이다. 다른 한편으로는 애정의 당사자는 관능을 절조하고 인종과 희생의 정신을 가진 전통적인 도의의 세계를 복원함으로써 국가라는 대주체로 통합된다. 향토성과 동양적인 정신, 전통적인 도의를 강조함으로써, 개인의 다양성을 전체성이라는 일반의지로 포섭하고 있다.

이처럼 일제 말기 정비석 소설에서 애정의 윤리는 순종/희생/모성 중심의 동양적인 가치와 자기중심/지배/관능 중심의 서구적 가치가 대립하면서 제기되지만, 「삼대」나 「국화진열」을 제외하고 결국은 가치의 싸움에서 동양적인 것의 승리를 확인하는 담론으로 조직된다. 그 가운데 전통적인 가부장적 윤리로 여성을 규제하는 젠더 전략이 잠재해 있다. 그리고 그 자장의 중심에는 명시적이든 아니든 일본이 내세웠던 국가적 전체성이 있고, 그 전체성의 심급인 국가라는 대주체에 개인들이 수렴된다. 이런 전체성에 대한 감각은 일종의 전체원리 혹은 운명의 논리를 확신하는 감각에서 나온다고 볼 수 있다.

기록과 기억을 통한 만남, 나의 할아버지 정비석*

나는 할아버지를 잘 알지 못한다. 할아버지로부터 시작한 3대의 막내인 내가 할아버지와 이 세상에서 함께 한 시간은 만 십 년이 채 되지 않는다. 따라서 어쩌면 처음부터 내가 할아버지의 삶을 돌아보는 글을 쓴다는 것은 무리이며, 적절하지 않은 일인지도 모른다. 내 머리 속에서 할아버지에 대한 기억, 추억들은 여러 장의 스냅샷처럼 파편적 혹은 단편적으로 남아 있을 뿐이다. 그러나 오히려 '그 잘 알지 못함'은 할아버지에 대한 내 막연한 그리움의 기원이 되어 주었고, 이후 나로 하여금 할아버지에 대한 기록들, 그리고 기억들에 관심을 갖도록 만들었다. 지금은 역시 세상에 안 계신 할머니(박정순, 2005년 별세)와 한 아파트의 아래위로 살면서 할아버지와 그 가계에 대한 이

* 회고록 집필자 정인관(鄭仁瓘, In-kwan Jeong)
정비석의 막내 손자. 정비석의 3남 춘수의 아들로 1982년 서울에서 태어났다. 어렸을 때부터 문학을 공부하고 싶다는 생각을 갖고 있었으나 그 꿈을 뒤로 하고 사회학을 공부하고 있다. 그러나 여전히 문학이 사회학을 바라보고 이해하는데 있어 중요한 시각을 제시해 줄 수 있다고 믿는다. 서울대학교 사회학과와 같은 대학원 석사를 마치고 지금은 미국 예일(Yale)대학교 사회학과 박사 과정에서 공부하고 있다. 주 관심 분야는 교육 불평등, 사회 연결망, 문화 자본 등이다.

야기들을 반복적으로 들을 수 있었던 것도 그런 측면에서는 내가 가질 수 있는 특권 중 하나였다. 할아버지를 기억하는 여러 사람들의 이야기를 들으며, 또 할아버지가 남긴 자신에 대한 글(「나비야 청산 가자」를 비롯한 수필(집)들)을 읽으며, 난 내 머릿속에서 할아버지의 모습을 그렸고, 그렇게 할아버지를 다시 만날 수 있었다. 이 두서없는 짧은 글은 할아버지에 대한 기록인 동시에 막내 손자와 할아버지의 만남이다. 다분히 어설픈 글을, 이러한 단서를 달고 여기 조심스럽게 펼쳐보고자 한다.

할아버지는 1911년에 평안북도 신의주에서 태어났다. 본명은 정서죽이었는데 평안북도 사투리로는 '덩세둑'이라고 불린 그 이름이 어려서부터 마음에 들지 않아서 후일 신춘문예에 기고할 때 '비석'이라는 필명으로 써서 냈다고 한다. 내 고조부이신, 할아버지의 조부께서는 무역업을 통해 큰돈을 벌었고, 그 덕분에 할아버지의 어린 시절 역시 매우 풍족했다고 한다. 고조부는 이웃의 노옹을 모셔다가 삼국지를 구현하도록 청하곤 했는데 그때 그 자리에 앉아 이야기를 듣던 기억은 이후 할아버지를 작가의 길로 인도하는 하나의 계기가 되었다. 할아버지는 막내아들이었는데, 아버지가 일찍 돌아가셨기에 장형과 어머니의 보호 속에서 자랐다. 증조부께서는 몸이 약하셨는데, 자신의 막내아들이 중학교에 합격했다는 소식을 듣고 바로 돌아가셨다고 한다(할아버지는 처음에는 안동현에 있는 일본 만철중학교에 입학했다가 이후 신의주의 의중으로 전학을 오게 된다. 이곳에서 당시 고보에 재학 중이던, 평생의 지기가 된 문학평론가 백철(본명 백세철)을 만난다).

의중 시절, 할아버지는 작가가 되겠다는 확신을 굳히게 된다. 중학교 2학년 작문 시간에 작문 선생이 수업 시간에 학생들에게 대단히 잘 쓴 글이 있어 읽어 주겠다며 할아버지가 제출한 과제를 낭독했다고 한다. 돌려받은 글에는 '장래에 문학가가 될 소질이 풍부하니 더욱 정진하라'는 문구가 붉은 잉크로 적혀 있었다. 그렇게 문학에 관심을 갖고 여러 서적을 탐독하는 과정에서 할아버지는 몇몇 친구들과 독서회를 조직하게 되었으나 중학교 4학년 무렵 그 조직이 발각되는 바람에 1년간 신의주 형무소 생활을 하게 되었다. 감옥 생활 중에 심심한 재소자들을 위해 할아버지는 이런저런 이야기를 지어내게 되었고 그것이 훗날 작가 생활을 하는데 있어 중요한 밑거름이 되었다고 한다.

출소 뒤 할아버지는 몇 편의 단편소설을 써서 소설가 김동인에게 보냈고 그렇게 스승인 김동인과의 인연이 시작되었다. 이러한 일련의 경험들은 할아버지 스스로 작가의 길을 선택하는데 있어 확신을 갖게 해 주었는데, 그때부터 한동안 본인이 원했던 작가의 길과 집안에서 원했던 법관이나 의사의 길 사이에서 '위험한 곡예'를 하게 된다. 출소 후 국내에서 학교를 다니기 어려운 상황에서 일본으로 몰래 건너가 대학(니혼대학)에 진학하게 되었다. 할아버지의 일본 유학생활은 낭만적이면서도 풍요로웠던 듯하다. 집에서 형이 보내 주는 공식적인 생활비 외에도 막내아들을 위해 어머니가 몰래 보내 주던 돈으로 '문청(文靑)'의 삶을 누릴 수 있었던 것이다. 그러나 결국은 법과가 아닌 문과에 몰래 다니던 것이 장형에게 적발되어 학교를 다 마치지 못하고 국내로 돌아오게 되었다. 1932년 할아버지는 할머니(이화 여전 출신의 박정순 여사)와 결혼하여 가정을 꾸렸다. 그리고 이때부터 본격적으로 글을 쓰기 시작했다. 귀국 초기, 할아버지는 여러 편의 시를 발표하기도 하였으나, 곧 원래의 본령인 소설로 돌아왔다. 그리고 1936년 『동아일보』 신춘문예에 단편 「졸곡제」로 입선, 다음 해에는 『조선일보』 신춘문예에 단편 「성황당」으로 당선의 영예를 누리게 되었다. 문학이 좋아 소설을 썼으나, 사실 이 시기 할아버지에게 문학이란 먹고 살기 위한 수단은 아니었다. 형으로부터 적지 않은 땅을 받아 소작을 주고 있었기에 마음 놓고 소설을 쓸 수 있었던 것이다. 중간에 신문사에 취직을 했지만 이 또한 징용을 피하기 위한 불가피한 선택이었다.

1930년대 중후반 이후 해방 전까지 할아버지는 적지 않은 수의 작품들을 발표했다. 그 중에는 『청춘의 윤리』와 같은 대중적(혹은 통속적)인 것들도 있었지만, 오히려 다수의 작품들은 단편소설로 오늘날 우리가 순수문학으로 분류하는 문학성 짙은 것들이었다. 그러나 어떤 쪽이 되었든 할아버지는 기본적으로 소설은 읽혀야 하고, 읽히기 위해서는 재미있어야 한다는 점을 강조했다. 1940년대 초반, 할아버지의 식민지 조선의 대표적인 젊은 소설가 중 한 명이 되어 있었고 일제의 무단 통치가 극에 달했던 그 시기에도 붓을 놓지 못했다. 어쩌면 할아버지 스스로, 또 유족들의 입장에서 가장 예민할 수도 있는 친일의 문제도 이 지점에서 피하기 어려웠던 것인지도 모른다. 유명 작가가, 자신이 쓰고 싶은 글만을 쓸 수 있었던 시기는 아니었던 것이다. 누군가는 그것의 기원을 식민지 지주의 계급성에서 찾을 수도 있겠지만 그것보다는 오히려 계속 글을 쓰기 위해서 일정 정도 그 당시의 상황과, 스스로와 타협점을 찾은 것이 아니었을까 한다.

> 매일신보가 총독부 기관지인 까닭에 일부 작가들은 매일신보에 집필하기를 꺼려했으나 나는 우리말로 작품을 발표할 수만 있다면 어떤 신문이나 잡지도 서슴지 않고 써나갈 생각이었다.
>
> —「매일신보에 입사」, 『나비야청산가자』

할아버지 스스로가 일제 말기의 행적과 관련, 해방 후의 상황에서 약간의 불안과 불편한 기억을 갖고 있었음도 수필에 나타나 있다. 그러나 비슷한 시기(1939년 말) 할아버지의 스승이었던 이광수에 대한 괴편지 사건에 연루되어 잡혀가 고문을 당하고 투옥되었던 경험도 빼놓을 수 없을 것이다. 경위야 어쨌든 친일 행위에 대한 사회적 평가는 유족으로서는 겸허하게 받아들일 뿐이다.

누군가의 표현대로 도둑처럼 찾아온 해방은 할아버지의 삶을 송두리째 뒤흔들게 된다. 해방 후 북쪽에 소련이 진주하고 사회주의 체제를 천명하게 됨에 따라 삶의 물적 기반인 토지를 잃게 되었기 때문이다. 그리고 이것은 '먹고 살기 위한' 글쓰기의 출발점이었다. 할머니의 기억에 따르면 가족의 수대로 토지를 재분배함에 따라 해방 전까지 소작농이었던 가정이 할아버지 땅의 가장 많은 부분을 가져가고 안방도 차지하게 되었다. 이러한 혼란 속에서 신변의 불안을 느낀 할아버지는 혼자 먼저 서울로 왔다. 이후 할머니도 남은 가족들을 데리고 서울로 거처를 옮기게 되는데, 이것이 가능했던 이유는 할머니의 아버지가 평안북도 선천 출신의 독립운동가(박병익)였기 때문이었다. 즉, 해방 후 선천지역에서 고인에 대한 추모 사업을 한다고 하여 유족으로서 기념식에 참석한다는 이유로 동의증을 얻은 뒤 몰래 남하할 수 있었던 것이다. 그렇게 할아버지와 가족들은 남쪽에서의 생활을 시작하게 되었다. 어수선한 시기였지만 이제는 먹고 살기 위해 글을 써야만 했다. 만년필은 더 이상 문인의 낭만적 휴대품이 아니었다. 그것은 곡괭이나 낫과 같은 생계의 필수품이 되어 버린 것이었다. 1949년에 이르면 어느덧 가족은 8명이 되어 있었다. 거기에 조카들까지 합치면 10명이 넘는 식구의 가장이 되어 버린 것이었다. 다행히도 신문 연재는 끊이지 않았고 어렵게나마 살아갈 수 있었다.

그 와중에 1950년 한국전쟁이 발발하게 되었다. 6월 말부터 동년 9 · 28 서울 수복까지 3개월 동안의 인공치하에서 할아버지는 '서라벌예대 강사'라는 직함을 가진 채 겨우 징용을 면했고 서울 수복 직후 종군작가단에 합류하여 전선을 돌아다니게 되었다. 그러나 다시 1 · 4후퇴 때 대구로 피신하게 되었다. 가족들을 남겨두고 홀로 계엄사령부 차를 타고 대구로 떠나는 마음을 할아버지 스스로 '죽음의 길로 떠나는 심정'이라고 말하고 있지만, 이후 근 1년이 지난 후 대구에서 가족들을 만날 수 있었던 것은 거의 전적으로 할머니의 덕이었다. 할머니는 그 혼란 중에도 10여명의 식구들을 모두 데리고 대구까지 안전하게 피난을 왔던 것이다. 그렇게 한 여관에 장기투숙을 하던 도중 대구에 미리 내려와 있던 할아버지와 극적으로 만나게 되는 것이다. 이후 전쟁이 끝날 때까지 할아버지는 대구에서 신문 연재소설들을 집필하며 생계를 유지할 수 있었다.

휴전이 성립되고 서울로 돌아온 뒤에도 할아버지는 지속적으로 신문 연재소설을 쓰는데 1954년 『자유부인』의 대성공은 이후 대표적 대중소설작가로서 할아버지의 위상을 확립해줬다고 하겠다. 이제는 삶을 어느 정도 안정적으로 유지할 수 있을 만큼의 위치에 올라선 것이었다. 그러나 그것은 일곱 명의 자녀의 학비와 생계를 유지하기에 결코 넉넉한 수준은 아니었다. 할머니는 항상 주변의 쌀가게 등에서 외상으로 물건을 가져다 쓴 뒤 할아버지의 고료가 나오면 그 외상값을 갚고, 또 외상을 쓰는 일을 수십 년간 해 왔음을 자주 말씀하신 바 있다. 모두가 살기 어려운 시기였기에, 아무리 인기 작가라고 하더라도 생계의 문제는 결코 녹록치 않았던 것이다. 그런 와중에도 슬하의 일곱 남매의 대학 교육을 모두 마칠 수 있었던 것을 할아버지와 할머니 두 분 모두 늘 뿌듯하게 생각했다.

쉬운 소설, 읽히는 소설, 재미있는 소설은 할아버지의 모토였다. 누가 읽어도 술술 읽히는 소설을 위해 할아버지는 막내아들 춘수에게 쓴 원고를 보여 주고 이해가 되는지를 묻기도 했다. 해방 이후 1970년대에 이르기까지 할아버지는 가장 많은 신문 연재를 맡은 작가로 기록되기도 했고, 그 범주도 연애물을 넘어 역사물까지도 본격적으로 다루기 시작했다. 『노변정담』, 『명기열전』 등도 그때의 작품인데 이들 작품을 취재하기 위해 환갑을 넘긴 나이에도 전국을 돌아다니곤 했다. 할아버지는 한때 금강산으로 들어가 중이 되고 싶었다고 말할 만큼 산을 좋아했고, 여행을 다니는 것도 즐겼다. 어느 순간부터 먹고 살기 위해 바쁘게 글을 쓸 수밖에 없었던 할아버지의 취미는 이처럼 등산을 비롯한 여행이나 바둑 정도였다. 생계를 위해 글을 쓴다는 것은 글쓰기의 즐거움과는 또 차원이 다른 것이었다. 한번은 일주일치 원고를 신문사로 부쳤는데 중간에서 분실이 되어 버렸다. 한 번 쓴 원고를 다시 쓰는 일이 얼마나 어려웠던지 할아버지는 빈 원고지를 들고 바깥에 나가 줄담배를 피우며 겨우 다시 작업을 마치셨다고 한다.

70년대에 할아버지는 20여년을 산 후암동 집을 떠나 새로 들어선 아파트라는 곳으로 옮기게 되는데 환갑을 넘겨 연탄불을 가는 아버지를 본 둘째딸이 새로 지은 아파트를 계약해 와서 옮기게 된 것이다. 이 시기가 되면 일곱 명의 자녀들 중 이미 두 딸과 두 아들이 출가를 하고 다른 두 딸은 미국과 독일로 떠나게 되었다. 특히 70년대를 거치며 네 딸들 중 둘은 독일에, 한 명은 미국에 생활을 꾸리게 되었다. 자녀들의 떠남, 이는 해방 이후 오랫동안 할아버지를 짓눌러 온 생활인으로부터 어느 정도 해방을 누리게 되었다는 것을 의미하는 동시에 삶의 많은 부분이 그렇게 흘러 가 버렸음을 보여 주는 것이기도 했다. 예전부터 떠밀리듯 맡아 오던 펜클럽과 라이온스 클럽의 일을 하기도 했지만 여전히 하루에 정해진 분량의 글을 쓰는 일, 그것이 할아버지의 삶이고 일상이었다.

그렇게 70년대가 지나가고 할아버지의 연세도 칠십을 바라보게 되었다. 당시 모 신문사에서 평소처럼 연재소설을 부탁해 왔는데 그것이 채 얼마 나가지 못한 상황에서 신문사에서 먼저 연재 중단을 요청해 왔다. 독자들의 인기가 없었던 것이다. 이미 최인호나 황석영 등 할아버지보다도 삼십 년이 더 어린 작가들이 신문 연재의 중추를 맡고 있을 때였고, 특히나 일흔 살이 된 작가가 연애를 주제로 한 작품을 쓴다고 했을 때 바뀐 시대의 감수성을 맞추기 어려웠을지도 모른다. 하지만 이 경험은 할아버지에게는 굉장히 큰 충격이었다. 40년이 훨씬 넘도록 글을 써 오면서 늘 재미를 강조해 왔던 할아버지였기에 소설 중단이라는 것은 이제 작가로서 본인의 역할이 끝났음을 보여주는 것이었다.

> 내가 독자들에 대해 두렵게 생각하는 것은 독자들의 욕이 아니라 오히려 무관심이다. 내가 어떤 소설을 쓰거나 독자들이 일체 관심을 가져주지 않으면 그때에는 작가로서는 이미 파멸이 아닐 수 없기 때문이다.
>
> —「외곬로 살아온 70생애」, 『나비야 청산가자』

큰 미련은 없었다. 남은 생은 강줄기를 따라 국내 여행을 하며 지낼 계획을 세웠다.

여생을 평소 좋아했던 여행이나 하고 지내자는 생각으로 수자원공사를 찾아가 강줄기까지 기록된 전국 전도를 구하던 중 사장실에서 한국경제신문의 사장으로 막 취임한 이규형 씨를 만나게 되었다. 그리고 그 곳에서 이런저런 이야기를 나누던 중 '손자병법을 주제로 한 소설을 써 달라'는 권유를 받게 된다. 손무의 『손자병법』은 할아버지가 오랜 세월 가까이 읽어 오던 책 중 하나였다. 그렇게 1981년부터 『한국경제신문』에 연재를 시작한 것이 만년의 베스트셀러였던 『소설 손자병법』이다. 1983년 연재를 마치고 출간된 소설은 큰 인기를 끌게 되었고, 그렇게 다시 할아버지는 제2의 전성기를 맞이하게 되었다.

이미 74세의 노구였지만, 그 다음 작품으로 『초한지』를, 그 다음 작품으로는 『김삿갓 풍류기행』을 썼다. 그렇게 『한국경제신문』에 총 8년간 세 편의 소설을 연재하게 되었다. 80년대는 할아버지가 경제적인 윤택함을 누리셨던 처음이자 마지막 시기였다. 그러나 여전히 할아버지의 자리에는 국철 시간표가 놓여 있었다. 해방 이후, 절약은 선택이 아니라 필수였다. 한번은 어머니에게 돈을 달라는 투정을 부리던 국민학생(초등학생)인 나를 할아버지가 불러 '돈의 용도'에 대해 물으신 적이 있다. 어떤 의도로 왜 돈이 필요한지를 들으신 후에 할아버지께서는 용돈을 주셨다. 그렇게 시간이 흘러가는 동안 이미 할아버지의 오랜 친구들은 하나둘씩 떠나가고 없었다. 박영준, 안수길, 백철…… 오랜 세월을 함께 지내온 가까운 벗들 중에는 구상과 김광균 선생님 정도만이 남아 있을 뿐이었다.

할아버지의 원고지 글씨는 문단에서도(그리고 출판사와 신문사에서 특히) 유명한 악필이었다. 그래서 할아버지의 원고만을 전담으로 '해독'하는 직원도 있었다고 하고, 전화로 판독이 불가능한 글씨를 물어 오는 직원들도 있었다고 한다. 할아버지는 또한 파지를 많이 내기로도 유명했다. 물 흐르는 듯한 유려한 문장은 그냥 나오는 것이라기보다는 그런 고민의 결과물이었다. 보통 그 파지들은 할아버지의 책상 왼편에 놓여 있던 화로를 거쳐 쓰레기통으로 가는 것이었는데 어린 시절의 나는 그 파지를 가져다가 뒷면에 그림을 그리거나 글씨 연습을 했다. 할아버지의 방은 어두웠고, 담배 연기로 자욱했다. 70대에도 하루에 두 갑 이상의 담배를 피셨기 때문이다. 그 연기를 뚫고 조심스럽게 다가가 원고지를 집어 오면서 어린 손자는 할아버지에 대한 궁금증을 키웠던 것이다. 종종 나는 할아버지의 볼펜 심부름을 하기도 했는데, 얼마나 많은 파일롯의 하이테크펜들이 할아버지 방에 쌓여 있었는지 모른다. 그곳은 펜의 행복한 무덤이었고, 하나의 세상이 태어나는 곳이었다. 이제 몽블랑이나 파커 만년필은 책상 속 깊은 곳으로 들어가 있었다.

일흔 여덟의 나이에 할아버지는 절필을 선언했다. 잠깐이지만 할아버지는 이제 손자들을 데리고 동물원에 갈 만큼의 삶의 여유를 찾을 수 있었다. 단정한 롱코트에 '도리우찌(빵모자)', 회중시계를 차고 다니셨던 할아버지의 모습이 기억에 남는다. 그리고 얼마 지나지 않아 병고에 시달리시기 시작했다. 그리고 서울대 병원에 입원하게 되었다. 그 당시 서울대 병원에는 소설가 김동리 선생님과 문학평론가이자 서울대 불문과 교수였던 김현(김광남) 선생님도 같이 입원해 있었다. 할아버지는 가끔 김동리 선생님의 방에 찾아가 이런저런 이야기를 하셨다. 퇴원을 해 집으로 돌아온 말년에 할아버지의 낙은 TV, 바둑을 보며 친구들과 바둑을 두는 것이었다. 이제 내 일은 볼펜 심부름에서 신문 심부름으로 바뀌었다. 매일매일 할아버지가 쥐어 주는 천 원 한 장을 들고 신문 한 부를 사 오면 나머지 금액은 내 용돈이었다. 지금 생각해 보면 그렇게라도 할아버지는 가까이 살고 있는 막내 손자의 얼굴을 한 번이라도 더 보려고 하셨는지도 모르겠다.

할아버지는 복이 많으신 분이었다. 자식과 사위, 며느리들 늘 할아버지를 존경했고 자주 찾아왔다. 자식과 사위들도 신문 기자로, 대기

업의 중역으로, 성공한 기업인, 연구자로 자신들의 삶을 잘 꾸려 나갔다. 할아버지는 가끔 한강이 보이는 저층 아파트 앞의 잔디밭에 돗자리를 깔고 누워 책을 읽으셨다. 또 어린 손자와 함께 자전거를 타며 시간을 보내기도 했다. 시간이 지날수록 할아버지의 얼굴과 몸은 야위어 갔다. 말씀이 힘들어져서 종이에 펜으로 글씨를 쓰셔야 했고, 방에서 사람을 부를 때는 벨을 눌러야 할 만큼(방에 벨을 설치했다) 기력이 떨어지셨다. 그러나 삶이나 사물에 대한 호기심만은 끝까지 놓지 않으셨다. 어느 날 집 앞을 나서는데 할아버지가 쭈그리고 앉아 발밑을 바라보고 계셨다. 무슨 일이냐고 여쭤 보자 개미들이 열심히 움직이며 먹을 것을 나르는 것을 바라보고 계신다고 했다. 할아버지에 대한 내 마지막 기억도 호기심과 관련된 것이다. 둘째 고모가 병원에 입원해 있을 때 할아버지가 문병을 오신 적이 있다. 마침 우리 가족도 병원에 와 있던 터라 함께 나오게 되었다. 그때 국민학교 4학년이던 내게 할아버지는 엘리베이터 옆에 붙어 있던 어떤 표식을 가리키시면서 그게 무엇인지를 물어보셨다. 나는 알아보고 알려 드리겠노라 대답을 했다. 그리고 그게 마지막이었다.

토요일 새벽, 할머니로부터 할아버지께서 돌아가셨다는 전화를 받았다. 많은 분들이 찾아왔다. 구상, 조경희, 전숙희 선생님 등 평소 가깝게 지냈던 분들이 찾아왔다. 한 동네에 살았던 평론가 김윤식 선생님도 빈소를 찾았다. 시인이신 구상 선생님은 관의 흙을 덮으며, "형님 먼저 가시오"라고 혼잣말 비슷이 할아버지와 마지막 인사를 나누었다. 천안 공원묘지에 안장된 할아버지의 비석 뒤에는 유족들의 이름, 그리고 구상 선생님이 쓴 짧은 시가 남아 있다.

내 생각에 할아버지의 삶은 성공적이었다. 그 성공은 이름을 날리고 많은 책을 써서만이 아니다. 『월간중앙』 1995년 신년호 별책 부록으로 낸 「학계 언론계가 뽑은 광복 50년 한국을 바꾼 100인」에 할아버지, 정비석의 이름도 들어가 있다. 서울신문사 논설위원을 지낸 이중한씨가 쓴 글의 한 토막은 할아버지에 대한 한 평가를 담고 있다.

> 스스로 행운아라고 자족해 온 정비석은 그러나 그가 산 사회에 대해서도 행운의 이미지를 남겼다. 무엇보다 그는 대중을 편하고 즐겁게 했다. 불안하게 하거나 불편하게 하지 않았다. 타락을 말하면서도 정숙함을 손상시키지 않았고, 병법을 말하면서도 극악함은 잊게 했다. 대중적 베스트셀러 작가가 그처럼 평이하지만 의미 있는 신념을 가지고 착한 소설로 성공하는 예는 대단히 드물 것이라는 점에서 정비석은 잊혀지지 않아야 하는 작가다.

작가로서뿐만이 아니라 한 가족의 가장으로서 할아버지의 삶 역시 성공적이었다. 할아버지에 대한 가장 짧은 기억을 갖고 있는 나조차도 회상에 잠겨 이런저런 이야기를 할 수 있다는 것, 아직까지도 어디에 가든 '누구의 아들', '누구의 사위', '누구의 손자'로 기억될 수 있다는 것, 그리고 그것을 자랑스러워하고 감사하며 망자를 기억할 수 있다는 것은 할아버지가 이룬 가장 큰 성공이라고 할 수 있을 것이다.

:: 작가 연보

1911년	본명은 서죽(瑞竹). 필명으로 비석(飛石), 비석생(飛石生). 5월 21일 평안북도 의주에서 출생.
1927년	신의주중학교 4학년 재학 때 학생 독서회 사건으로 피검. 신의주형무소에서 1년간 복역하다가, 치유법 위반으로 징역 10월, 집행유예 5년을 선고 받고 석방됨.
1929년	4학년 때 쓴 습작으로 김동인에게 격려문을 받고 고무되어, 일본으로 유학 떠남. 일본 히로시마의 구산중학교 졸업. 니혼 대학 문과에 입학.
1932년	일문 소설 「朝鮮の子供から日本の子供たち(조선 아이로부터 일본 아이에게)」가 납프계 대학신문 공모에 당선. 니혼대학[日本大學] 문과 중퇴 후 귀국. 이화 여전 출신의 박정순과 결혼
1933년	콩트 「여자」 『매일신보』 신춘문예에 당선. 시 「배」, 동화 「소나무와 단풍나무」를 『조선중앙일보』에 발표.
1935년	시 「도회인에게」를 『조선문단』에, 시 「어린 것을 잃고」, 「여인의 상」, 「저 언덕」, 「지평선」 등을 『동아일보』에 발표. 채정근, 김우철, 계용묵, 허윤석, 장일익과 『해조』 동인지 발간하려다 무산됨.
1936년	단편소설 「졸곡제」가 『동아일보』 신춘문예에 입선. 단편소설 「궁심」, 「애정」, 「바다의 소야곡」 등 발표. 장녀 영아 출생.
1937년	단편소설 「성황당」이 『조선일보』 신춘문예에 당선되면서 소설가로 본격적인 활동 시작. 단편소설 「해춘부」, 「거문고」, 「운무」 등 발표.
1938년	단편소설 「저기압」, 「동경」 등 발표. 단편소설 「애증도」가 『조선일보』 신춘문예에 당선. 차녀 은혜 출생.
1939년	단편소설 「요마」, 「이 분위기」, 「강태공」, 「귀불귀」, 「잡어」 등 발표. 장편소설 「금단의 유역」(전6회)을 『조광』에 연재.
1940년	단편소설 「석별가」, 「삼대」, 「고고」, 「제삼의 우정」, 「국화진열」 등 발표. 중편소설 「화풍」(전90회)을 『매일신보』에 연재.
1941년	단편소설 「난양」, 수필 「민들레」 등 발표. 수필 「금강산 기행―산정무한」을 『매일신보』에 연재. 장남 천수 출생. 사상전환자에 대한 협박장 발언자로 검거됨. 매일신보사 기자로 입사.
1942년	단편소설 「한월」, 「조춘」, 「광명」, 수필 「지식인」, 「전시 작가 일기」 등 발표.
1943년	단편소설 「산의 휴식(山の憩ひ)」, 「사랑의 윤리(愛の倫理)」, 「추야장」, 수필 「국경」, 「사격」 등 발표. 차남 남수 출생. 조선문인보국회 간사 역임.

1944년	단편소설 「행복」, 「김첨지」 발표. 장편소설 『청춘의 윤리』를 매일신보사에서 출간.
1945년	해방 전에 단편소설 「청년 단원」, 「불청객」, 수필 「심두잡필」 등 발표, 해방 후에 단편소설 「만월」 발표. 7월에 매일신문사에 사직원을 내고, 중이 되기 위해 금강산으로 들어가려고 결심하지만 해방으로 무산됨. 해방 후 조선문화건설중앙협의회 결성(1945.8.18)에 회원으로 참석.
1946년	단편소설 「귀향」(전 13회)를 『경향신문』에 연재. 단편소설 「꽃순례」, 「파도」, 「동녀기」, 「동정녀」 등 발표. 장편소설 『고원』(백민문화사) 발간. 종합교양잡지 『대조』를 계용묵과 함께 창간하고 편집주간을 맡았으나, 3호(1947년)만에 재정난으로 폐간. 『중앙신문』 문화부장 역임. 전조선문필가협회 결성에 참여함.
1947년	단편소설 「파계승」, 「운명」, 역사소설 「가실의 아내」 등 발표. 장편소설 「애련기」를 『실업조선』에, 「장미의 계절」을 『중앙신문』에 연재. 3녀 천혜 출생.
1948년	단편소설 「눈물」, 「연락선」, 「소녀의 주검」, 「박꽃」, 동화 「돌아온 아버지」 등 발표. 해방 전에 쓴 단편을 모아 소설집 『성황당』(금룡도서) 발간. 중앙신문을 그만 두고, 출판사 창광사(創光社)를 설립하고 창작에 몰두. 문교부, 여순 사건 실정 조사를 위해 문인조사반으로 파견됨.
1949년	단편소설 「냉혈 동물」, 「혼명」 등 발표. 중편소설 「연애 노정」을 『신태양』에 연재. 평론집 『소설작법』(신대한도서), 『문장보감』(신창사) 발간, 장편소설 『장미의 계절』(창광사 / 선문사), 『애련기』(보문출판사) 발간. 3남 춘수 출생.
1950년	단편소설 「신문 기자」, 「사향가」 등 발표. 장편소설 「청춘산맥」(전147회)을 『경향신문』에 연재(전쟁으로 중단). 번역서 『검둥이의 설움』(동명사), 서한집 『명사서한문집』(동문사) 등 발간.
1951년	단편소설 「훈풍」, 「인생화첩」 등 발표. 장편소설 「여성전선」을 『영남일보』에 연재. 장편소설 『고향의 봄』(창조사), 『애정무한』(창조사 / 삼성사), 『청춘산맥』(문성당), 번역서 『춘희』(문성당』, 수필집 『작가수업』(수도문화사) 발간. 국제펜클럽 한국본부위원장 역임.
1952년	단편소설 「호색가의 고백」, 「간호장교」 발표. 장편소설 「번지 없는 주막」을 『신태양』에 연재. 장편소설 『도회의 정열』(평범사), 『여성전선』(한국출판사), 『청춘산맥』(문성당), 장편소설(掌篇小說)집 『색지풍경』(한국출판사) 등 발간.
1953년	단편소설 「남아출생」, 수필 「M 준장의 인격」, 「연대장과 전우애」 등 발표. 장편소설 「세기의 종」을 『영남일보』 연재. 장편소설 『청춘의 윤리』(평범사), 『고원』(정양사), 『애련기』(보문출판사), 『애정무한』(삼성사), 단편집 『서북풍』(보문출판사), 번역서 『제2의 찬스』(정음사) 등 발간.
1954년	장편소설 「자유부인」(전215회)를 『서울신문』에 연재하여, '중공군 50만 명에 해당하는 조국의 적'이라는 비난 속에서도 선풍적인 인기를 얻음. 장편소설 「민주어족」을 『한국일보』, 「심해어」를 『영남일보』에 연재. 『자유부인』(정음사), 『장미의 계절』(대조사), 『번지 없는 주막』(향문사), 『세기의 종』(세문사), 『호롱불』(동아문화사), 번역서 『걸리버 여행기』, 『철가면의 비밀』 등 발간.

1955년	단편소설 「그 여자의 경우」, 수필 「민의원의 발언」, 「장관과 특선」 등 발표. 장편역사소설 「폭군 연산군」을 『아리랑』에, 「나비야 청산가자」를 『국제신보』에, 「산유화」를 『여원』에 연재. 장편소설 『황진이』(정음사), 『민주어족』(정음사), 『월야의 창』(정음사), 『홍길동전』(학원사), 평론집 『비석문학독본』(글벗집) 발간. 4녀 경혜 출생.
1956년	단편소설 「사막에 피는 꽃」, 「최노인」, 수필 「여정여담」, 「장미와 쓰레기통」 등 발표. 장편소설 「낭만열차」를 『한국일보』 연재. 장편소설 『연산군』(정음사), 『여성의 적』(정음사), 『산유화』(여원사) 발간.
1957년	단편소설 「여인의 행복」, 「애정위기」, 「여죄수의 수기」, 「애견광」, 수필 「김내성 형 이야기」, 「불효자의 어머니 생각」, 「여성의 생활 각서」 등 발표. 장편소설 「순정일로」를 『아리랑』에, 「야래향」을 『여원』에, 「슬픈 목가」를 『동아일보』에 연재. 장편소설 『낭만열차』(동진문화사), 『모색』(범조사), 『슬픈 목가』(춘조사), 『애정무한』(선진문화사), 『야래향』(문성당) 등 발간. 제29차 국제펜클럽 대회에 한국 대표단의 일원으로 참여하고 자유 중국 정부 초청 방화 문화 사절로 송지영, 조병화, 주요한, 김용호, 이무영 등과 함께 대만을 방문.
1958년	단편소설 「아화랑」, 「슬픈 추억」, 「등대수의 딸」, 「전락의 장」, 수필 「백해무익한 미신」 등 발표. 장편소설 「유혹의 강」을 『서울신문』, 「비정의 곡」을 『경향신문』에 연재. 장편소설 『유혹의 강』(신흥출판사) 발간.
1959년	단편소설 「인간실격」, 「처녀제」, 「정병사의 기연」, 수필 「친하고 싶은 자연」, 「사기여기자 내가 유명해진 탓인가」 등 발표. 영화소설 「사랑의 십자가」를 『아리랑』에, 장편소설 「화혼」을 『국제신문』에, 「인간실격」을 『여원』에, 「연가」를 『서울신문』에, 「순정애사」를 『아리랑』에 연재. 『사랑의 십자가』(삼중당), 『화혼』(삼중당), 단편집 『인생 제1과』(춘조사) 등 발간.
1960년	단편소설 「미지의 애인」, 「여인 이태」, 「세월」, 수필 「나는 음치지만」, 「조국을 돌아보며 태평양상에서」 등 발표. 장편소설 「혁명전야」(『한국일보』) 연재 중 나흘 만에 연세대학교 학생들의 항의로 중단. 『꽃모습』(홍익출판사), 『연가』(삼중당), 『비정의 곡』(삼중당) 발간. 브라질에서 개최된 제31차 국제펜클럽 대회에 백철과 함께 한국 대표로 참석.
1961년	수필 「문화교류를 찬성한다」, 「서울의 치안을 고발한다」 등 발표. 「에덴은 아직도 멀다」(전320회)를 『조선일보』에 연재. 『연가』(삼중당), 번역서 『이든 회고록』 등 발간.
1962년	장편소설 「산호의 문」을 『경향신문』에, 「여인백경」을 『조선일보』 연재. 『인간실격』(정음사), 장편소설 『에덴은 아직도 멀다』(민중서관), 『인간실격』(정음사) 발간.
1963년	장편소설 「욕망해협」을 『동아일보』에, 편역소설 「소년 삼국지」를 『학원』에 연재. 수필집 『산정무한 : 비석과 금강산의 대화』(휘문출판사), 『번지 없는 주막』(상지사) 등 발간.
1964년	기행문「탐라풍광」을 『조선일보』에 연재. 장편소설 『산유화』(창조사), 수필집 『여인백경』(정음사) 발간.
1965년	「노변정담」을 『대한일보』에 5년간 연재. 중앙신문 문화부장, 관광정책심의위원 역임.

1966년	「내 마음을 아실이」를 『경향신문』에 연재. 『소설작법』(은조사) 발간.
1967년	『노변정담』(대한일보사) 발간.
1968년	『삼국지』(학원장학회), 『홍길동전』(중앙서적) 발간.
1969년	평론 「인물 설정의 방법」 발표.
1970년	『사랑하는 사람들』(인문출판사) 발간. 국제라이온스클럽 한국지구 총재(~1971)
1971년	『욕망해협』(노벨문화사)과 『대한일보』 폐간으로 연재가 중단되었던 『노변정담』(전 10권, 노벨문화사)을 발간.
1973년	장편소설 「여수」를 『경향신문』에 연재.
1974년	장편역사소설 「명기열전」을 『조선일보』에 4년간 연재. 장편소설 『여성전선』(선일문화사), 『욕망해협』(동림출판사) 발간.
1976년	야담 『퇴계일화선』을 『퇴계학보』에 연재. 『삼국지』(개선문출판사), 『이조여인사화』(정음사) 발간.
1977년	『삼국지』(일연각), 『이조여인사화』(이우출판사), 『명기열전』(이우출판사) 발간.
1978년	『삼국지』(고려문화사 / 대현문화사), 『자유부인』(정통출판사), 『에덴동산의 길은 아직도 멀다』(회현사), 전기 『퇴계소전』(퇴계학 연구 후원회) 발간.
1979년	수상집 『살아가며 생각하며』(회현사) 발간.
1980년	『민비』(범우사), 사화집 『퇴계일화선』(퇴계학 연구원) 발간.
1981년	「손자병법」을 『한국경제신문』에 연재.
1983년	「초한지」를 『한국경제신문』에 연재. 『소설 손자병법』(고려원) 발간.
1984년	『소설 연산군』(고려원), 『소설 초한지』(고려원), 『파랑새의 꿈』(금성출판사), 『산유화』(영한문화사) 발간.
1985년	「김삿갓 풍류기행」을 『한국경제신문』에 연재. 『삼국지』(고려원), 『소설 홍길동』(고려원), 『자유부인』(고려원), 『현부열전』(정음사) 발간.
1987년	『민비전』(고려원) 발간.
1988년	『소설 김삿갓』(고려원), 자전적 에세이 『나비야 청산가자』(신원문화사) 발간.
1989년	『미인별곡』(고려원) 발간.
1990년	『삼국지』(은행나무) 발간.
1991년	『小説 孫子の兵法』(일본 : 광문사) 발간. 서울 용산구 동부이촌동에서 10월 19일(향년 81세) 숙환으로 사망 후, 천안 공원묘지에 안장.
1992년	『손자병법 연의(孫子兵法 演義)』(중국, 길림인민출판사) 발간.

1993년	『산유화』(가리온), 『여인극장』(고려원) 발간.
1995년	『소설 명성황후』(고려원) 발간.
1996년	『소설 김삿갓』(고려원) 발간.
1997년	『소설 손자병법』(고려원), 『小說 項羽と劉邦』(일본 : 광문사) 발간.
1999년	『小說 孫子の兵法』(일본 : 광제당출판) 발간.
2000년	『성황당』(맑은 소리), 『小說 三国志』(일본 : 광문사) 발간.
2001년	『명성황후』(범우사) 발간.
2002년	『소설 손자병법』(은행나무) 발간.
2003년	『초한지』(범우사), 『만화 손자병법』(주니어 랜덤), 『성황당 외』(범우사) 발간.
2004년	『삼국지』(은행나무) 발간.
2005년	『산정무한』(범우사), 『손자병법』(랜덤하우스코리아) 발간.
2006년	『황진이』(열매출판사) 발간.
2008년	『의적 일지매』(창해), 『홍길동』(열매출판사) 발간.
2010년	『자유부인』(지식을 만드는 지식) 발간.
2011년	대중서사학회 주최로 '정비석 탄생 100주년 기념 학술대회'(2011.10.22)를 개최하여, 정비석의 초기소설부터 역사소설까지 전반적으로 재조명.
2012년	『자유부인』(타임비즈) 발간.

:: 수록 작품 목록

no	수록 작품명	게재지	발표년도	비고
1	여자(女子)*	매일신보	1935.1.19	
2	궁심(窮心)	조선문단	1936.1	
3	상처기(喪妻記)	신가정	1936.1	
4	졸곡제(卒哭祭)	동아일보	1936.1.19~2.2	11회 연재
5	바다의 소야곡(小夜曲)	여성 8	1936.11	
6	애정(愛情)	사해공론	1936.12	
7	성황당(城隍堂)	조선일보	1937.1.14~1.26	11회 연재
8	해춘부(解春賦)	여성	1937.5	
9	거문고	조광	1937.8	
10	운무(雲霧)	여성	1937.8	
11	나락(奈落)	사해공론	1937.10	
12	애증도(愛憎道)	조선일보	1938.4.24~5.13	15회 연재
13	저기압(低氣壓)	비판	1938.5	
14	동경(憧憬)	조광	1938.6	
15	주인(主人) 잃은 방기(放氣)*	만화만문	1938.8	
16	개와 괭이와	비판	1938.9	
17	눈 오든 날 밤 이야기*	조광	1938.12	
18	요마(妖魔)	삼천리	1939.1	
19	이 분위기(雰圍氣)	조광	1939.1	
20	청춘행(靑春行)	신세기	1939.1	
21	자매(姊妹)*	매일신보	1939.2.15	
22	강태공(姜太公)	조선문학	1939.3	
23	귀불귀(歸不歸)	동아일보	1939.3.1~3.17	10회 연재

* 콩트[掌篇小說].